王　晋　康

中国科普作家协会资助项目

王晋康文集
第1卷

逃出母宇宙

王晋康 著

科学普及出版社
·北 京·

图书在版编目（CIP）数据

逃出母宇宙 / 王晋康著 . -- 北京：科学普及出版社，2023.2
（王晋康文集；1）
ISBN 978-7-110-10466-8

Ⅰ.①逃… Ⅱ.①王… Ⅲ.①幻想小说 - 中国 - 当代 Ⅳ.① I247.5

中国版本图书馆 CIP 数据核字（2022）第 121250 号

策划编辑	王卫英
责任编辑	王卫英
封面题字	张克锋
装帧设计	中文天地
责任校对	焦　宁　张晓莉　邓雪梅　吕传新
责任印制	徐　飞

出　　版	科学普及出版社
发　　行	中国科学技术出版社有限公司发行部
地　　址	北京市海淀区中关村南大街 16 号
邮　　编	100081
发行电话	010-62173865
传　　真	010-62173081
网　　址	http://www.cspbooks.com.cn

开　　本	710mm×1000mm　1/16
字　　数	7460 千字
印　　张	470.25
插　　页	1
版　　次	2023 年 2 月第 1 版
印　　次	2023 年 2 月第 1 次印刷
印　　刷	北京中科印刷有限公司
书　　号	ISBN 978-7-110-10466-8 / I·641
定　　价	2888.00 元

（凡购买本社图书，如有缺页、倒页、脱页者，本社发行部负责调换）

简 介

王晋康，著名科幻作家，原石油系统高级工程师，中国作家协会会员，中国科普作家协会荣誉理事，世界华人科幻协会名誉会长。

王晋康1948年生于河南南阳，1968年高中毕业时适逢"上山下乡"运动，曾到新野县五龙公社当知青，又去云阳钢厂杨树沟铁矿当工人。1978年恢复高考时，以优异成绩考入西安交通大学。1982年毕业后分配到南阳油田石油机械厂，曾任该厂技术中心副主任，高级工程师。他是该厂大型特车产业的开拓者，主持开发的80吨修井机底盘和沙漠修井机底盘获部级科技进步奖，后者还填补了国内空白，属于国务院重大项目。

1993年，王晋康因"10岁娇儿逼着讲睡前故事"而偶然闯入科幻文坛，处女作《亚当回归》即获1993年全国科幻征文的首奖，于是他在45岁的年纪开始了科幻创作生涯。从事科幻创作20多年来，发表中长篇小说20多部，短篇小说90篇左右，近600万字，代表作有长篇《蚁生》、新人类系列、活着三部曲、《古蜀》等，中短篇《生命之歌》《替天行道》《转生的巨人》《养蜂人》等。

王晋康的作品深受读者喜爱，获奖无数，如科幻银河奖、星云奖、腾讯书院文学奖、京东文学奖等，一些作品被翻译成英语、意大利语、德语、日语、韩语等在世界范围内传播，多部作品正在被改编成影视。他的作品在中国科幻文坛上独树一帜，风格苍凉沉郁，冷峻峭拔，富有浓厚的哲理意蕴。他善于追踪最新的科学发现尤其是生物学发现，在真实可靠的科学基础上进行清晰的推理，揭示出科学进步对人类本身的强大异化力，因此在他对科学的讴歌中常常有挥之不去的忧虑。他的文学功底深厚，小说语言流畅，结构精致，构思奇巧，善于设置悬念，作品可读性强，是严肃文学和通俗文学完美结合的典范。有评论称"王晋康是在书写中国科幻的大地"，"站在地上望星空，站在过去看未来"，"上世纪90年代的中国科幻是王晋康时代"。

这套《王晋康文集》包括王晋康的绝大部分作品，中长篇（部分为合集）12卷含22部，短篇结集8卷含90篇，创作随笔1卷，合计21卷，卷名分别为《逃出母宇宙》《天父地母》《宇宙晶卵》《蚁生》《与吾同在》《十字》《豹人》《海豚人》《古蜀》《拉格朗日墓场》《寻找中国龙》《血祭》《水星播种》《七重外壳》《替天行道》《养蜂人》《终极爆炸》《转生的巨人》《生命之歌》《黄金黄金》《耕者偶得》。

目 录

第一章　劈面相逢　　　　　　　　　　　　　　/ 002

第二章　囚笼重重　　　　　　　　　　　　　　/ 039

第三章　入山和出山　　　　　　　　　　　　　/ 075

第四章　柳暗花明　　　　　　　　　　　　　　/ 109

第五章　送子远行　　　　　　　　　　　　　　/ 157

第六章　真空之洞　　　　　　　　　　　　　　/ 187

第七章　以尾作头　　　　　　　　　　　　　　/ 218

第八章　太空冲浪　　　　　　　　　　　　　　/ 237

第九章　长别离　　　　　　　　　　　　　　　/ 266

第十章　终极之灾　　　　　　　　　　　　　　/ 283

第十一章　希望的泡泡　　　　　　　　　　　　/ 307

第十二章　蓦然回首　　　　　　　　　　　　　/ 362

第十三章　二度梅开寒又来　　　　　　　　　　/ 384

第十四章　天马行空　　　　　　　　　　　　　/ 441

第十五章　漂流瓶　　　　　　　　　　　　　　/ 494

人活着是为了享受活着的乐趣，不是为了逃避死亡。因为无论个体的死亡，抑或是人类物种乃至宇宙的灭亡，最终都是无可逃避的。

马士奇对患绝症的八岁义子说的话。

——鱼乐水《百年拾贝》

那个时代令人目眩的科技成就基于一个新的科学体系，该体系则基于两点基本发现：一、真空有深层结构；二、真空可以因高能激发而湮灭为"真空的空洞"或曰二阶真空，释放出低强度的光能。

——鱼乐水《百年拾贝》

第一章　劈面相逢

我们不幸或有幸生活在这样的时代，绝望与希望，灾难与抗争，毁灭与重生，都在这片时空重重交织。上帝不经意打一个尿颤，便累得他的亿万子民如蝼蚁般仓皇——其中也升华出生命的壮美。如今惊涛已经退去，海滩上只余下满地贝壳。

那就随一个百岁老妪去捡几枚贝壳吧，即使一瓣残贝也有它天生的虹彩。

——鱼乐水《百年拾贝》

一

初夏的夕阳已经接近山尖，鱼乐水参观完西峡县恐龙蛋博物馆，开着她的比亚迪混合动力车返回这几天下榻的老界岭迎宾馆，准备赶写她的稿子。鱼乐水 25 岁，去年刚大学毕业，在北京青年报社会部当实习记者。她要写的是一个系列游记，实际是应地方政府之邀所做的旅游推介，几篇应景文章而已，以她的资历，还轮不上采访热点新闻重大事件。她绝对想不到，正是这趟豫西南的山中之行让她"劈面"撞上那个历史时刻。

虽说只是应景文章，但她在采访这家博物馆时倒是动了真情。这儿对她来说是旧地重游，十岁时就跟父母来过。十岁少女的心灵是最敏感的，那时的感悟一直留存在记忆深处，经过青春期的发酵，今天将转化为笔下的醇酒。博物馆的外观不怎么样，十几只恐龙雕塑散落在院中，造型呆板，缺乏灵气，但博物馆的精髓在那些未经修饰的凿洞中。站在洞里仰面观看，你马上穿越时空回到七千万年前。在这片贫瘠的砂岩地表下，重重叠叠埋着恐龙蛋，洞中随处可见，触手可及。这片区域中恐龙蛋的数量多达数万枚，而在此前，全世界发现的也不过数百枚。其对应的地质时代是中生代白垩纪晚期或末期，正是雄霸地球的恐龙将要告别舞台的时候。资料介绍说，因为某种未知的灾难性因素，其中很多蛋在变成化石前压根儿就是不育蛋。那么恐龙家族是遭遇了什么样的弥天灾难？久久孵育而盼不到孩子出生的恐龙母亲是否会对着夕阳引颈悲啸？为什么恐龙蛋在这儿如此集中，莫非这是灾变时代恐龙最后的避难所？少女鱼乐水天生一副悲悯情怀，说她当时曾为这些夭折的恐龙落泪属于夸张，但当她立在狭小的石洞中，仰面观看一窝窝处于原始状态的恐龙蛋时，确实曾愀然不已。当时爸爸看出了小女儿的感情激荡，还曾笑着解劝，说根本不必为恐龙伤悲。不管怎么说，恐龙在地球上雄霸一亿七千万年，没有哪个物种能比得上，可以说它们是虽亡犹荣。不妨比比人类，人类在地球当上"领导阶层"才多长时间？不过十数万年。即使从直立人时代算起也不过四五百万年，只相当于恐龙时代的五十分之一。虽说人类是万物之灵，但能否像恐龙那样延续一亿七千万年的煌煌盛世，还真没人敢打保票哩。爸爸的黍离之叹她当年不敢说理解了，但确实记住了，至今记忆犹新。她准备将它融到此次采访稿中。

鱼乐水一边为这篇采访打着腹稿，一边在盘山公路上左转右拐。这儿属于乡村公路，但可能是附近有个军事大单位的缘故吧，道路质量异常地高，虽然路面不宽，但平坦如镜，开起车来异常平稳，只听见沙沙的轮胎擦地声。再加上车辆很少，又没有贼头贼脑的摄像头，飙起车来真是难得的享受。鱼乐水打开车窗，让强风吹着长发在身后飘拂，兴致飞扬时还要喊几嗓子。

晚饭前她回到了位于深山区的老界岭迎宾馆，进门就觉得气氛异常。门口的保安不见了，换了几个穿便衣的人，气质明显不是山里人，个个眼神机警，动作干练，显然是高层次的便衣保卫人员。她暗自揣摸着，看这势头，是不是有大头头来这儿下榻？把比亚迪在院里停好，来到大厅，胖胖的宾馆经理马上满面堆笑地迎上来，满口"豫味儿"普通话，问她是不是213房的客人。又连声道歉，说："宾馆被政府临时征用开一个紧急会议，原来的客人只能分散到附近的农家宾馆，这儿将双倍退还房费。对不起对不起，政府行为，俺们实在没法子。时间太紧，所以未经允许，已经把诸位的行李拿出来了，都在沙发上。"鱼乐水乍然吃了这个闭门羹，有点被扫地出门的感觉，难免恼火，但看经理的道歉一片真诚，也就一笑了之。她去柜台上结了手续，去沙发上找出自己的行李，拎上出门。

一辆黑色长车型红旗正好赶到门口，有位便衣上前拉开后座的车门，一位满头银发的小个子老头儿下了车。老头儿的相貌和衣着都很普通，鱼乐水第一眼并没认出他，但老头儿身上有一种毫不张扬又明显与众不同的气度，让鱼乐水不由得多看一眼。这时她认出了，不由得肾上腺素加快分泌——难道幸运之神要眷顾她这个实习记者啦？这是贺老，贺国基，十几年前政府的一位重臣和干臣，已经退休多年，但退休后似乎更忙。都说他为人机警，能谋善断，视野开阔，虑事周全，人脉广阔，再加上退休后身份不敏感，所以常常作为政府特使，处理国内外某些紧急或机密事件。鱼乐水之所以知道这些情况，是因为报社葛总编在一次酒宴上为社里记者们吹过风。那位心宽体胖爱开玩笑但事业心很强的葛总说，日后你们哪位有幸在首都之外撞上此老，一定要紧盯不放，那样多半会挖出一则爆炸性的超大新闻。而且葛总并非随便说说，当时他还向大家散发了贺老的近照，否则今天鱼乐水也认不出来。

一位秘书模样的人迎上去，把老头儿安置到大厅沙发上，低声谈着什么。鱼乐水在门口犹豫片刻，决定不能放过这送到手边的机会。她打算住到附近的农家旅馆，然后暂时停下原定的系列采访，紧盯这儿不放。当然，看这儿的阵势，保密措施肯定很严格，自己不敢说能在鸡蛋上找到一条缝，那就赌赌运气吧。她拎着包包出了大厅，听见天上有轰鸣声，一架直升机从山坳处冒出来，转瞬来到头顶。然后它在院内降落，旋翼搅起漫天的落叶。这是六座型的军用AC311，涂着迷彩。舱门拉开，两名武警分别搀扶着两个人下来。被搀扶的两位竟然都是残疾人。一个是中年男子，50多岁，方脸盘，头发略见花白，身体很强壮，但左腿应该是假肢，走路明显地瘸拐。另一个是大男孩，20岁出头吧，体形瘦削，身体的残疾比中年人更严重，他两肩松弛，走起路来有明显的鸭步，一晃一晃的相当艰难。这两人立时勾起了鱼乐水十几年前的记忆，但一时激住了，想不起他俩的名字。她紧张地在脑海中搜索着。大男孩先认出她了，欣喜地大喊：

"鱼姐姐！鱼乐水姐姐！"

鱼乐水一下子想起他的名字。"是你，楚天乐！那位是马伯伯！"马伯伯是父亲的老友，隐居在附近一座山上，而天乐母子当年曾与她在附近偶遇。她急忙向两人走去，但一个便衣像土行孙般突然冒出来，卡在前面，微笑着向她摇手。那边的两位武警也赶忙"搀"着两人，实际是硬拽着两人绕过鱼乐水，向屋里走去。鱼乐水对这个场面愣住了，几位兵哥竟然如此不近人情，不让偶然邂逅的故人寒暄两句！？这阵势太异常了，也许两人此时的身份是罪犯？那边的楚天乐突然站住，从武警的搀扶中抽出左臂，先用左手指指天，然后两手虚抱成球状，用力向中心合了几下。搀扶他的武警很生气，低声制止了他。楚天乐对这边送来一个顽皮的笑容，笑嘻嘻地随武警走了。

鱼乐水没有耽误，立即开车离开宾馆。就在楚天乐一笑的瞬间，她已确信这俩人绝不是罪犯，罪犯不会有如此明朗的笑容。他们看来是被搅到某个大秘密中了。楚天乐打的哑谜无疑是说：政府正在努力封锁某个秘密，而封锁的命令来自最高层。

那又会是什么惊天秘密呢？尤其是牵涉到两个隐居山中的残疾人，加上一位神秘的贺老？但这会儿顾不上细细推敲，她要赶紧离开这里，以防这里的保卫人员醒悟过来，把她也圈进去——至少她已经看到了楚天乐打的哑谜，已经和那个秘密沾边了。

她开上比亚迪匆匆出了大门，没注意到贺老此刻正立在大厅门口注视着她。这位老者老眼不花，刚才看见了楚天乐对她打哑谜。他向秘书使一个眼色，秘书轻轻点头，唤过一名便衣，让他骑摩托尾随鱼乐水的汽车。秘书则走向柜台，去查询这位女客入住时登记的资料。

二

重新找旅馆倒不难。这儿是有名的旅游区，农家旅馆遍地皆是，而且条件不错，价钱也实惠。鱼乐水很快找到一家，停好车，洗漱一番，吃了简单可口的农家晚饭。她把随身物品放到屋里，脱了T恤短裙换成运动衣，把高跟鞋换成登山鞋，又悄悄返回老界岭迎宾馆。她准备绕宾馆院墙侦察一番，看有没有守卫上的漏洞。从大门看进去，院内停车不多，只有十几辆，看来将要召开的那个什么"紧急会议"规模不算大。宾馆傍着山体，有些地方很不好越过，鱼乐水手脚并用地爬过去了。西墙外有一株大柿子树，枝叶茂密，方位正对着宾馆主楼。鱼乐水对着它琢磨了一会儿，心想如果藏到树上偷窥，也许能观察到院内一些情况，要是马伯伯和楚天乐凑巧住在面向这边的房间，说不定还能用某种手段比如用小镜子反射阳光同二人秘密联络上呢。她准备明天凌晨时分带上望远镜早早来到这儿，趁夜静无人藏到树上，等待机会。柿树颇高，树干有合抱粗，不太好攀登，但鱼乐水从小性子野，爹妈又一向纵容她，所以爬树游泳都不在话下。虽然当上淑女后有年头不干这个勾当了，但当年的童子功想来不会丢生。想到这儿鱼乐水不免喜滋滋的：俗话说艺多不压身，艺高人胆大，老辈人的话绝对是至理名言啊。

夜色已浓，她回到农家旅馆，冲了澡，睡到床上，对明天即将开始的秘密行动充满临战前的亢奋。只是有一点她实在想不通，两个隐居山中的残疾人会搅到什么样的秘密中去呢，想破脑袋也想不出来。

她想先给报社打个招呼，但不知何故，手机一直打不通。于是她给社会部主任发了个短信：

"何姐并转总编：我在这儿撞上了贺老，还有一个天大的新闻，可能要耽误几天。详细进展我随时电告。"

她枕着双臂睡在床上，在隔壁的喝酒行令声中想心思，刚才楚天乐明朗顽皮的笑容一直在眼前晃动。当年她在这一带与楚家母子偶遇时，天乐可是个相当自闭的男孩啊。也难怪他自闭，命运对这位七岁孩童确实太残忍了。

十岁那年夏天鱼乐水随父母驾车来过这儿，那是一次半公半私的旅游，父亲要来豫西南考察楚长城等文物，顺便带妻女出来玩玩儿。父亲是个知识渊博的好导游，在他的指点下，沿途普通的风光都显示出苍凉厚重的历史底蕴。他说中原虽然在近代比较落后，但它是华夏民族最重要的发祥地之一，就省级范围来说在全国名列前茅。中国从夏到清的4000多年历史，其中有3200年之久，中原一直居于华夏政治、经济、文化的中心，有20多个朝代建都于此，包括中国最早的几个朝代夏朝、商朝和周朝（东周）。就是放到世界级别上，中原也是人类古代文明最重要的中心之一。只是因为夏商文化的发现比较晚，所以它的名头不太响。这儿是盘古神话的诞生之地，有炎帝黄帝的活动遗迹，是殷商甲骨的埋藏地，老子庄周的故居。还有南召猿人、裴李岗文化、仰韶文化遗迹等，此次要考察的楚长城也是中国最早的长城。华夏民族很多姓氏起源于中原，著名的客家人正是从中原河洛之地迁徙出去的。爸爸当时还开玩笑地说，正因为对历史的尊重，所以当社会上习惯于拿土气的中原人开涮时，他从来不参与。十岁的鱼乐水听得津津有味，体悟到了历史的厚重。

当然，那时她绝对想不到，在15年后，这个古文明中心会因某个事件而一跃成为现代世界的中心。

那天他们在西峡县参观了恐龙蛋博物馆，中午在一个山区小镇停车，找家饭店吃了午饭。出了饭店，见街上有一片地方乱嘈嘈的，停着工商所和卫生局的车，挤满了围观者。鱼乐水正是好事的年龄，妈妈一把没拉住，她已经钻到人群最里边看热闹去了。原来是本地工商所和卫生局联合查封一家诊所。诊所规模很小，一间门面房而已，屋里摆设简陋而杂乱。墙上倒是挂满了"华佗再世""妙手回春""三代中医世家"等匾额或锦旗。医生是个50多岁的干瘦老头儿，穿着皱巴巴的白大褂，此刻正向查封者苦苦哀求："俺有正当手续啊，俺行医从不为赚钱，是为了积福行善啊，是为人民服务啊。"查封者中一个年纪较大的人没好气地说：

"算了，胡老谝你就省点儿唾沫吧。不说别的，你单说这'三代中医世家'是真是假？我可知道你家老根儿，三代都是打土坷垃的，你也是到40多岁才从哪儿弄了个文凭。"那个医生满脸通红，吭吭哧哧的说不出来。"这几面锦旗恐怕也不是病人送的，是在同一家店里定做的吧，做假太不专业，也不知道换换笔迹。胡老谝，不是接病人举报，我们也不会来查封你。再说我们来查封是救你，幸亏到眼下你还没治死人，等你治死几个人，你就得戴那不花钱的银镯子了。"

鱼乐水没兴趣再看，挤出人群。她虽说天生同情弱者，但看眼前阵势，那个瘦老头笃定是个骗子，不值得同情的。这时她看见一对显然远道而来的母子，母亲背着颇大的一个廉价条纹包，拉着一个七岁左右的男孩，母子俩都风尘仆仆，神色疲惫，境况的困窘明白地写在脸上。那就是楚天乐和他妈妈任冬梅。那时小天乐已经显出病态，走起路来像鸭子一样摇摇晃晃，还老是无缘无故打一个趔趄。当妈的看见了这边的变故，忙把旅行包放地下，让男孩坐上面等着，自己挤进人群。不久就听见她在里边哭求："你们干吗要封胡医生的诊所？求求你们啦，俺家孩子还指着胡医生救命呢。"

此后，在送这对母子去马伯伯家的途中，鱼乐水详细了解了这个男孩的一切，可以说因为命运的安排，她径直走进了这个自闭男孩的心灵。命运对小天乐太残忍了。他患的是一种绝症，进行性肌营养不良，而且是其中预后最差的假肥大型，现代医学至今无能为力。这种病是由于X染色体上的dystrophin基因结构异常所引起的，使得细胞不能制造抗萎缩肌肉蛋白，最终使患者失去行走和呼吸能力。它属于性连隐性遗传病，只有男孩会得，在人群中患病比率是三千分之一到两万分之一。病人一般在五岁左右发病，到15岁就不能行走，25～30岁时因心力衰竭等原因死亡。

小天乐跟着爸妈走遍了全国的著名医院。小小年纪的他已经习惯了藏在妈妈身后，胆怯地仰视那些高大的白色神灵，而神灵们俯瞰他时，总是带着见惯不惊的漠然。每次医生给出诊断结果前，妈妈总是找借口让他出去，于是他独自蜷缩在走道里那种嵌在墙上的折叠椅中，猜着屋里在说些什么，模糊的恐惧在幼小的心灵中逐渐扎下根……后来爸爸从他的生活中突然消失了，永远地消失了。他问妈妈，爸爸到哪儿去了？妈妈不回答，妈妈一听这句话就哗哗地流泪。后来小天乐再不问了。

半年前他们才找到救星。虽然胡医生的白大褂皱巴巴的，诊所又脏又乱，但他很有把握地说："这病我能治，保你除根儿！就是娃儿得受罪，要想除掉病根儿只能以毒攻毒啊。药价也不便宜。"以后的半年里他们一直用胡神医的祖传药方治病，是把一种很毒的药液涂满全身，皮肤和关节都溃烂了，以至于一说涂药小天乐就浑身打战，涂药前妈妈不得不把他的手脚捆到床上。妈妈哭着说："乐乐你忍忍，乐乐你一定要忍住！这是为你治病啊。"小天乐是个很听话很勇敢的孩子，真的咬牙忍着。苦难让他早熟了，懂事了，他要努力把病治好，这既是为自己，也是为妈妈。那时天乐妈只有三十四五岁，但已经憔悴得像五六十岁的老妇。

半年的治疗没什么效果，但胡神医事先说过，这种顽症得治两三年才能见效。妈妈艰难地凑够钱，带孩子来复诊。现在突然得知唯一的救星原来是个骗子，天乐妈刹那间心碎了，精神彻底崩溃了。她坐在诊所前的石阶上，眼光失神，喃喃自语着：该咋办呢，咱娘儿俩该咋办啊。鱼乐水的爸爸鱼子夫和妈妈章隽都是热肠子人，挤过去，蹲在她面前解劝。章隽说："大姐，"后来才知道天乐妈比她年轻。"你别难过，知道了这医生是骗子其实是好事，免得他耽误了孩子，咱们赶紧去大医院治啊。"天乐妈惨然摇头：

"还能去哪儿？该去的地方都去了。再说俺娘儿俩已经山穷水尽了，除非我去卖眼珠卖肾。"她忽然拉着章隽的手，"大妹子，哪儿能卖器官你知道不？我真的想卖肾。大妹子你帮帮我，我一定得坚持下去，绝不能让娃儿死到妈前头。"

这个场景在鱼乐水的记忆中非常清晰，一直保持着令人痛楚的锋利。十岁的她已经能敏锐地注意到这位母亲的用辞：她说"绝不能让娃儿死在妈前头"，而不是说"我一定救活娃儿"，显然她打心底已经绝望了，现在只是最后的挣扎。这句话中也隐含着不祥，也许这位母亲已经做好打算，在彻底绝望时带上儿子一块儿自杀。

鱼乐水的鼻子发酸，喉咙里发哽。她瞅见爸妈的眼眶也红了。

她把眼光转向人群外的小病人。那个男孩独自坐在破旧的蓝色条纹行李包上，手中拿着一个小瓶，就是小孩儿们常玩的廉价的泡泡水玩具。他在吹泡泡，吹得非常专注，人群中的喧嚣，妈妈的哭诉，竟然丝毫没有影响到他！这种鲜明的反差让旁观者格外心头沉重。此后鱼乐水才理解，小天乐的自闭实际是一种无奈的逃避。一座阴冷的灾难之山高耸在他的人生之途中，他绝对无力攀越也根本没办法绕行，只好闭紧眼睛不看它，躲得一刻是一刻。鱼乐水非常同情他，走过去，摸摸他脑袋，挨着他坐到行李上。男孩看她一眼，没说话，仍在专心吹泡泡，只是把身子挪挪，给她腾出点儿位置。这个男孩眉目清秀，目光非常明亮，此刻因为是坐着，看不出什么病态。但有一点与普通小男孩不同：他的神色非常冷漠，他用一个冰冷的外壳把自己罩在里面，让心灵与现实隔离。

他小心地吹出一个大泡泡，泡泡悬在吹管前端，颤巍巍地长大，七彩阳光在薄膜上轻快地流动，变幻不定。泡泡原来是圆球形的，越变越大之后，由于重力的作用变成扁球形。男孩把吹管从嘴里抽出来，对着大泡泡轻轻吹一口气，大泡泡被吹散，分成十几个小泡泡，大小不等但同样的七彩缤纷，在空中冉冉飘走。他盯着泡泡，看着它们的鲜艳色彩慢慢变得平淡，直到迸然碎裂。然后他再吹出一个大泡泡，再把它吹成小泡泡。这样重复几次后，男孩说话了：

"姐姐你看，我对大泡泡吹一口气，按说该把它吹破的。可它没破，会自动分成几个小泡泡。"

此后鱼乐水从天乐妈口中得知，天乐那时已经相当自闭，即使和妈妈之间话也不多。他这会儿能主动对鱼乐水说这么多话是比较异常的，也许是"他俩天生有缘"。看着他在如此命运下却沉迷于童稚游戏，鱼乐水心中酸苦，柔声说：

"这种现象是因为表面张力。泡泡水的表面张力比较大，能让水膜自动聚成泡泡。小弟弟，等你长大，学会识字，看了《趣味物理学》这些书，就懂得了。"

小天乐摇摇头，固执地重复着刚才的话："我想不通。按说它该破的，可它没破。"

七岁的楚天乐还不能对外人说清他的思维脉络，其实即使他说清了，十岁的鱼乐水也不会理解。此后数十年中，鱼乐水在充分认识了丈夫过人的才华和他对物理世界惊人的直觉之后，在同乐之友科学院诸位天才多年相处并受到潜移默化之后，她才真正理解了七岁楚天乐的困惑，理解了他的思维光束是聚焦在哪里。没错，自己关于表面张力的解释是对的，但那只是死的书本知识，不是心灵的感悟；只是较浅层面的解释，不是深层次的机理。而楚天乐璞玉般的心灵却直接同大自然相通。他那时尚不了解熵增定律和自组织定律，但他本能地觉得世界应该走向无序。所以在他横吹一口气之后，大肥皂泡如果迸然碎裂，应该是"最自然"的结局。但大肥皂泡没破，而只是分成十几个小一点但同样精巧的球状结构。这里面有上帝之手在干涉,或者说有大自然深藏的精巧秩序在自动起作用。几个小泡泡的分生,实际暗含了宇宙得以演变的最深刻的自组织机理。美国著名物理学家惠勒说过:我们只有先了解宇宙是多么简单,然后才能了解它是多么奇妙。七岁的小天乐凭直觉已经感觉到了这两点:简单,和奇妙。

那会儿鱼乐水不知道该说些什么,只能陪小天乐默默坐着,看着他吹出一个个大泡泡,再把大泡泡吹散成众多的小泡泡。看着泡泡在空中悠悠飘荡,迸然碎裂。她看见爸妈离开人群,夫妻俩商量一会儿,然后爸爸拿出手机,同某人说了很久,最后满面喜色地连连致谢,显然是有了重要收获。爸妈随即喜洋洋地走回来,蹲在天乐妈面前,爸爸柔声说,"这位大嫂,我和爱人为你们娘儿俩做了一个安排,你看行不行。我有一个朋友,马士奇,正好在附近一座山上隐居。他是个残疾人,一个人住山里太苦,我早就劝他找一个保姆,现在我想请你到那里干。至于孩子的病你不用操心,他虽然隐居深山,但交往相当广阔,也有很强的经济实力。刚才我们通过话,他答应尽力在国内外联系,如果这病能治,所有费用都由他负责。你们看怎么样?"

听了这番话,天乐妈失神的眼中突然焕发出异样的光彩,她震惊地看着对方,不敢相信母子命运会有如此突然的转折。她说不出话,哽咽着,只是连连点头。然后她走过来,低声把喜讯告诉儿子。这边,乐水爸笑着对女儿说:

"帮人帮到底,咱们干脆开车把这娘儿俩送到你马伯伯那儿。水儿你说行不行?"

"当然行!爸,妈,你们是天下最好的人!"

"是吗?有女儿这个评价爸妈太高兴了,我也觉得咱们应该算作好人。不过,最好的好人是你马伯伯,他为此将花上几十万也说不定。"

"那马伯伯也是天下最好的人,你们仨并列天下第一名!"

他们招呼母子俩上车,调转车头向山中开去。鱼乐水原本是坐在前排的,这会儿非要与后排的妈妈换位置,与那娘儿俩挤在一块儿。一路上她不住嘴地询问着有关小天乐的事,问得非常详细。对她的问题都是天乐妈回答,小天乐一直默不作声，但他的瞳仁中分明闪着异样的光彩，那是喜悦的闪光。鱼乐水欣慰地想，看来小天乐的自闭不算严重，只要确实看到前边的希望，他会从那个茧壳中挣出来的。

夕阳将尽时，爸爸把车停在路边，用手机同马先生通了话，问清剩下的路径，然后对娘儿俩说：

"汽车只能开到这儿了。你们顺着这条小路向那个山尖爬，大概有十几里路就到了，马先生会让人在前边等你们。大嫂，不，应该称大妹子吧，你们走这段路有没有问题？"天乐妈连说没问题。"那好，我们也得赶着天黑前下山，就在这儿分手吧。祝你们好运气。"

天乐妈把孩子抱下车，依依不舍地拉着章隽的手，拉着鱼乐水的手。她想说几句真心感谢的话，但嗓子哽住了，一句话也说不出。她突然跪到地上，向三个恩人磕头！鱼氏夫妇吃一惊，赶忙上前拉她，章隽小声说：

"可别这样……可别这样……大妹子快起来……你看当着孩子面……"

那阵儿鱼乐水的眼泪唰唰地流下来。看看楚天乐，他默默低着头，泪水在眼眶里打转，但到底忍住没流出来。天乐妈被拉起来了，她擦擦眼泪，把行李绑在腰间，蹲下身，要小天乐趴到她背上。天乐执拗地甩脱妈妈的手，摇摇晃晃地往前走，天乐妈忙同三人告别，追着孩子去了。两人在拐入山背之前，回身使劲向这边招手，听见小天乐在喊：

"叔叔阿姨再见！乐水姐姐再见！"

这边三人一直看着那两个背影在山林中消失。爸爸在狭窄的山路上艰难地调过车头，开车下山，一路上三个人都没怎么说话，默默品尝着从心底汩汩流出的甘甜。

这之后他们一直同马先生保持着联系。可惜的是，马伯伯虽然四处打听，但世界上没有地方能治这种绝症。不过马伯伯说母子两人在山中住得很安逸，很幸福，后来他还认病残的楚天乐为义子，这边也就彻底放心了。马伯伯曾打来一个电话，兴高采烈地说："老鱼你知道吗？你给我送来的是一个天才！别看这娃儿病歪歪的，脑瓜儿倍儿灵。我上学时一向自认脑瓜儿灵光，比起他来可差远了！眼下我正在教他读高一课程呢。"

那年楚天乐才十一岁，比他大三岁的鱼乐水才是初二学生。

此后鱼乐水上高中，上大学，课业繁重，有了自己的朋友圈，与那边联系少了。只是偶尔从爸妈的闲谈中知道，楚天乐一直在跟干爹学知识。还有，好像马伯伯和天乐妈恋上了——但在眼下，这两个残疾人会搅到什么国家机密中去呢？她实在想不通。

三

第二天凌晨，鱼乐水穿上运动衣和登山鞋，带上望远镜和小镜子等作案工具，还有干粮和饮水。饮水她只带了一小瓶，因为今天要严格控制饮水量，她准备在树上"蹲坑"（警察的行话）一整天，想要"方便"会很不方便的。旅馆老板娘在开门时好心地说："天还黑着，爬山要小心啊，一个姑娘家，咋不带个伴儿哩。"鱼乐水笑着说："我这人晕胆大再加武功超群，大妈你甭操心。"她来到宾馆外，在苍茫晨色中找到那棵大柿子树，手脚并用地爬上去。爬树的童子功还在，但已经大不如前了，等她气喘吁吁地坐在树杈上时，自得地想，如果这次行动真的挖出一个超级新闻，"淑女爬树"也是其中一则很有卖点的花絮吧。用望远镜向墙里边看，各个房间的灯还没亮，于是她把自己在树杈上安顿好，从容地吃了早饭。

霞光终于升起来了，各个房间里也有了动静。她用望远镜仔细搜索各个房间，看能不能找到那俩人的身影。山神保佑，还真的找到了！那两人住在主楼的二楼，是一个双人间，此刻正在盥洗间进进出出。虽然从外面只能看到不大清晰的身影，但两人的残疾是明显的特征，所以绝不会认错的。她拿出小镜子，但阳光离这儿还远，无法用反光同二人联系。她只好耐着性子等着，祈祷着阳光转到这边时那两人不要离开屋子。没想到手机响了，响得太不是时候！昨天手机似乎出了毛病，一直打不通，偏偏在这会儿响。这里离院子不远，而且清晨时分周围很静，难保不被里面的警卫听见。她手忙脚乱地掏出手机，屏幕上显出一个陌生的号码，她摁下通话键，压低声音问：

"喂，是哪位？我这儿正有急事。"

手机里是一个男人平静的声音，标准的普通话："鱼乐水小姐，下来吧，我就在树下。"她大吃一惊，忙朝树下看，果然有一个便衣正在仰着脸打手机！她一时惊慌失措，不知道该怎么办。手机里又说，"快下来吧！你不用躲在树上偷看啦，贺老请你去。"

鱼乐水唯有苦笑，知道这次输惨了。既然对方知道自己的姓名和手机号，那就甭想花言巧语蒙混过关了。她爬下树，狼狈不堪地面对那位帅哥便衣，心想如果这会儿有记者拍下自己的尊容发到网上，一定和偷鸡贼差不多。便衣心平气和地说：

"你一个姑娘家，爬树蛮专业的，我挺佩服。就是反跟踪水平太差，我从昨晚就跟定你啦。"鱼乐水更难堪了，想想自己颇不"淑女"地爬树时一直被对方瞄着，真有被剥光衣服的感觉。"跟我走吧，你可以直接采访贺老，好写出你那则'天大的'新闻。"

"天大的"三个字加了重音，鱼乐水机敏地猜到，这分明是指她昨天发的短信。鱼乐水一愣，顿时尴尬退去，怒气充塞胸臆。"你们……竟然侵犯公民的通信自由？"

便衣干脆地说："那要看你这个公民犯不犯法。"

怒火中鱼乐水豁出去了，气势汹汹地说："我犯啥法了？我犯啥法了？我爬树掏鸟蛋你管得着吗？"她突然想起在胸前晃荡的望远镜，掏鸟蛋是用不上这玩意儿的，她不等对方指出这个破绽，自己先把望远镜举起来，"我带望远镜是为了看清是什么鸟儿，以免伤到国家保护鸟类。你管得着吗？你是不是要拘留我？给我看拘留证！"

这一排乱炮倒把便衣给轰懵了。但对方也不是等闲之辈，马上笑着说："我说拘留你了吗？你当面造谣不脸红吗？我只说贺老请你去，帮你完成心愿，采访这个天大的新闻。"

鱼乐水冷笑："真要谢谢你的盛情啦，不过你是霸王请客，不去不行，对不？"

"哪里哪里。不过，如果鱼小姐不去，请不要介意我跟在后边，你全当如昨天那样没发现我就行。然后我一直跟到拘留证送来。"他微笑着，"不过我想用不着的，以鱼小姐的脾性，绝不会因为贺老是个大人物就不敢见他。"

鱼乐水知道自己该见好就收了，也换上笑容："你甭激将，我巴不得去呢。再说是你这样的帅哥请我，哪能拂了你的面子。喂帅哥，能不能留个姓名电话？噢，电话号码已经有了，只用留个姓名吧，等回到北京我请你喝咖啡。"

"这是不是意味着一次艳遇？我太荣幸啦。不过我的姓名就不用留了。请客也该男生主动啊，我有你的电话，又知道你的芳名。"

便衣很和气地带她到老界岭迎宾馆大门，交给另一个便衣。第二个便衣沉默寡言，只简单说了一个字："请。"把她带到二楼一个房间。这应该是这家宾馆的总统间吧，客厅很大，个子矮小的贺老坐在一个单人沙发上，沙发背上只能看到他的银发。对面的长沙发上坐着——楚天乐和马伯伯！楚天乐看见她，高兴地叫：

"乐水姐姐！"

起身要来迎接，但他行动不便，试了两次没站起来。马伯伯扶他起来，不快地对贺老说：

"贺老，我理解你的谨慎，但把这姑娘也圈进来，做得有点过了。"他平和地说，"贺老咱们可别重犯非典的错误。"

贺老没有起身，指着另一只单人沙发说："鱼小姐请坐。"回头对马先生平和地说，"不是我，而是小楚把她卷进来的，也是她自己硬跳进来的。再说，这件事和非典有可比性吗？马先生，如果你们发现的大塌陷是真的，且不说实在的后果了，单从心理上说，也是人类从未经历过的灭顶之灾。作为政治家，即使不能挽救这架失事的飞机，至少要尽量稳定乘客的情绪，不致因恐慌造成偏载，使飞机提前坠落。"他温和地责备道，"马先生，这样重大的信息，你们该第一时间通知政府，而不是通知天文台。"

马士奇想了想，赧然说："贺老，你是对的。但我们想在上报政府前先请天文台做出确认，那样更稳妥一些，免得我们谎报军情。"

"我理解你们的用心，但你们的做法很有可能提前泄密。"

鱼乐水此时听得目瞪口呆：大塌陷！人类从未经历过的灭顶之灾！"即使

不能挽救失事的飞机"！这些都是太恐怖的字眼儿。她脱口问："你们在说什么？马伯伯，什么大塌陷？"

贺老立即侧过头，锐利地看她一眼："你不知道？我亲眼看见小楚给你比手势，你的短信上还说天大的新闻——当然，那时你的通信已经被屏蔽了。"

这当儿鱼乐水完全忘了"侵犯公民通信自由"这档子事，老老实实地说："我可能猜错了。我想小楚做这样的手势，"她用手虚握成球状，用力向中心合了几下，"是说政府正在使劲封锁某个大秘密。他这样的手势，"她用手指指天，"是说封锁的命令是最高层发出的。至于封锁的究竟是什么新闻，我完全没有概念。"

贺老久久盯着她，看得她有点儿狼狈。他的目光复杂，奇怪的是似乎还含着浓重的怜悯。"原来如此啊。"贺老叹道，"是我草木皆兵了，不该把你也卷进来。"眼前这个姑娘显然是个阳光女孩，应该在绯红色的霞光中展翅，而不应因深重的灾难而折翼。"既然已经卷进来，那只好一块儿往前走了。姑娘，恐怕你得做好心理准备。要面对一会儿听到的消息，你恐怕太年轻了。"

鱼乐水不服气，侧过头看看楚天乐："小楚比我还小三岁呢。"

贺老摇摇头，没有接这句话，只是含意莫名地挥一下手。"进去吧，今天是一个小型的务虚会。与会人员已经到齐了。噢对了，姑娘你是否把望远镜摘下来？"

鱼乐水知道他是好意，带着这玩意儿进会场未免太招摇，便红着脸照办。

会议室是在三楼，面积不大，椭圆桌前坐了十几个人，大多是气质清秀的知识分子模样。后排有十几个人，气势明显要"轩昂"一些，应该是政界军界的各路诸侯。几位军人虽然穿的便服，但有明显的军人气质。正面墙上挂着屏幕，投影仪打着几个字：关于楚—马发现的通报。服务人员正在拉窗帘，鱼乐水在一瞥中看见了院外那棵大柿子树，不由笑了，悄悄对天乐说：

"哎，我就是藏在那棵树上搞侦查被逮住的。"

天乐也笑了，表情分明是赞赏。前排两个中年人看见楚马二人，忙迎过来握手。前头一位穿着西服，身材不高，圆脸庞，表情沉稳。他说：

"马先生，楚先生，你们好。我是国家天文台的詹翔。这位是紫金山天文台的徐一凡，咱们神交已久，但见面还是第一次。我俩也是刚刚知道你们二位身有残疾，所以——非常敬佩，非常敬佩啊。"他加大了握手的力度，然后回头向与会人员介绍，"这两位就是楚马发现的发现者，楚天乐先生和马士奇先生。"

众人都向他俩微笑致意，他们刚刚阅读了会议发的简报，也是在那上面才知道了"楚马发现"是什么。鱼乐水心中又是一震，既然这两位是天文学家，就意味着"那件事"可能是一场天文灾变。天文史上冠以某某"发现"的情况好像不多，从这点上看，这是一个极为重大的发现——但结合贺老刚才的话意，越是"重大"越是不祥。

前排中间为楚马二人留有两个空位，工作人员此时又加了一张椅子，让鱼乐水坐在楚天乐旁边。贺老开始讲话，讲得简明扼要：

"请与会人员关上手机，詹翔、徐一凡除外，他俩得保持同世界各天文台的联系。"与会人员立即都关了手机。"今天在这家山间宾馆开会，一是为了保密，二是为了向楚马二人表示敬意。二位行动不便，所以会场尽量离他们的家近一些，他们就住在附近的玉皇顶。现在开会。"

正在这时响起手机铃声，詹翔迅速掏出手机，向大家做一个抱歉的手势。贺老停下来等着他。詹翔听完电话，用英语简单回复：

"知道了，谢谢你在第一时间通知。"摁断手机后苦笑着对贺老说，"贺老，我说过这事儿瞒不住的。那个现象不难观测，只要有人想到把望远镜和摄谱仪对准那儿，再来点简单的计算。刚才是澳大利亚悉尼天文台通报，该国一个中学天文小组已经重复了楚马发现，按照国际惯例，它得改名为楚－马－格林发现了，格林是那个做出发现的学生。不过，"他回过头向大家解释，"好在此前贺老出过一个好主意，我们按照贺老的指示，在向世界所有天文台发出询问通报的同时，也与对方做了约定：所有知情者都要严格保密，直到各家天文台全部做出验证后同时发布。这是一个策略，把各天文台捆到一块儿了，否则保不定某家天文台早就公布了这一消息。但当时还另有一条约定：保密时间至多不能超过一个月，"他算了一下，"从今天算就是21天后。到那时，我们就不得不，"他苦笑着，"对世人当一只报祸的乌鸦了。"

贺老平静地说："知道了。现在开会。"

工作人员为新来的三人补发了文件。楚和马没有看，鱼乐水则埋下头，一目十行地看下去。她的心也越沉越深。

四

"咱们开会吧。今天是个小型务虚会，是为即将召开的最高层会议做准备的。"贺老说，"我先介绍一下与会人员。楚、马、詹、徐四位刚才已经介绍过了。后排各位是旁听的，今天只带耳朵不带嘴巴，也不用介绍了。我只介绍前排人员。"他按着一张名单介绍：天体物理学家李天翔，宇宙学家陈奇，量子物理学家洪力平，气候学家朱天问，宇航专家张明先，古生物学家王清音女士，人类学家冀如海，数学家严博来，心理学家董月霞女士，危机处理专家吴正，科幻作家康不名。对最后这位作家，贺老特地多说了几句，"在国内的类似重要会议上，科幻作家是第一次出席吧。其实不必惊奇，英国科幻作家克拉克一向是美国NASA重要会议的贵宾。"

康不名年过花甲，头发过早地白了，但精神矍铄。他的相貌有显著的特点：耳垂特大，眉毛比较长，使他看起来宛如长眉罗汉。他对贺老点点头，笑着说了两句："科幻作家的职业优势是可以胡说八道，所以一会儿如果我有建议或意见，请大家不要太当真。当然了，一百句胡说八道中也有那么一两句是对的。"

"噢对了，与会的还有一位记者鱼乐水小姐。我们原本没打算邀请新闻界，她是爬树跳进来的。"贺老说这句话时面无表情，听众不知道这是玩笑还是事实，都没有笑，只是好奇地把目光转向鱼乐水。楚天乐笑着悄悄触触鱼的肘子，鱼乐水笑着回触了一下。"既然跳进来了，就作为新闻界的唯一代表吧。当然，鱼记者也必须遵守刚才说的保密约定，你的报道必须在官方公报后发表。"他看看鱼乐水，后者略有点尴尬，连忙点头许诺。

"今天与会的有不少科学的门外汉，包括我，所以希望各位专家发言时尽量浅显一点。为了节省时间,我已经拟了几个问题,请专家们先以此为基础,给出扼要和可靠的回答。时间有限,今天尽量只给结论,不详述中间过程。如果还有上述问题不能涵盖的内容,在此后还有自由发言。"他的目光扫过众人,落在詹翔身上。"第一个问题,这个楚马发现到底是怎么回事?确定度有多少?"

詹翔起身,走到投影屏幕前:"我和楚、马、徐三位已经做过多次交流,所以我是代表四人发言。先介绍一点必要的背景知识。上世纪20年代,伟大的美国天文学家哈勃发现,遥远天体的光谱都有红移,红移量与星体距我们的距离成正比,从而确认整个宇宙空间在均匀膨胀,这个假说已为科学界公认。这种与空间膨胀有关的光谱红移被称为宇宙学红移。一般来说,它只对十亿光年外的遥远天体才可观测,因为近地天体的宇宙学红移数值极小,被多普勒红蓝移和引力红移覆盖了。后来天文界还确认了宇宙膨胀至今仍在加速,可能是由暗能量所造成的斥力所引起的,因为加速很小,也与此刻的议题无关,我就不说它了。大家只需记住,我们所处的是一个温和膨胀的宇宙。"他重复了一遍,"请记住这四个字:温和膨胀。"

大家点点头。他接着说:

"在哈勃公式中,红移量与星体距离的正比关系中有一个比例常数,即哈勃常数,目前公认比较准确的数值是75,即两个距离百万秒差距——326万光年——的星体,其相互退行速度为75千米每秒。如果换算成空间在一维尺度上的年膨胀率,则大致为千亿分之七点六七。由这个膨胀速率倒推,并考虑到相对论效应,可计算出宇宙诞生于137亿年前的一场大爆炸。"他扭头看看后排的人,"这些知识大家都不陌生吧。"

大家都点头。贺老说:"你提到了引力红移和多普勒红蓝移,请再解释一下。"

"噢,我补充几句。光谱红移有三种。第一种,由引力的相对论效应引起的红移称引力红移,它的数值很小。第二种,因星体自身在空间运动所导致的红移或蓝移,称多普勒红蓝移,它与星体相对地球的视向速度有关。可以用一个直观的说法,多普勒红蓝移是因为光源拖着光线后退或前行,把波长拉长或压缩了。第三种,即我刚刚说的因空间膨胀而导致的红移,称为宇宙学红移，此时星体相对它所处的本域空间并无运动，但相对于远空间有运动。所以直观地说，是空间本身的膨胀把光的波长撑大了。这些知识大家都能理解吧。"

听众再次点头。

"但九天前我们忽然接到楚马二人的邮件，通报了一个惊人的发现：所有距离在35光年之内的近地恒星，其光谱在扣除了原有红蓝移值之后都新增了大小不等的蓝移，构成了一个明显以太阳系为中心的异常区域。有异常的恒星包括距我们8.7光年的天狼星，11.4光年的南河三，16光年的牛郎星，26.5光年的织女星，还有很多民众不大熟悉的暗星。其中牛郎星即天鹰座 α 星的蓝移增量最大。由于各星体蓝移增量的普遍性和一致性——都是指向太阳——可以断定它不是缘于单个星体的视向速度的随机变化，而是由于整片空间的收缩。但收缩空间肯定又是局部的，因为到了牛郎星之外蓝移值逐渐减小，显然只是受本区域收缩的波及，到35光年的北河三和36.7光年的大角星就测不到蓝移了。"他略为停顿，"如果确如我们的推测，蓝移是由该局域空间的收缩引起，并假定收缩率均匀，那么在收缩区域内它的大小应该与距离成正比。这与牛郎星之内的观测值基本符合。"

宇航专家张明先问："既然这些蓝移是空间收缩所引起，那就应该属于你刚才说的'宇宙学'的蓝移，对不对？"

"是的，从本质上说是的。我一直谨慎地没用这个名称，是怕引起误解，因为真正的宇宙学红移涵括整个宇宙，而我刚才说的蓝移只发生在很小的局域空间。所以更准确地命名应该是'局域空间收缩而导致的光谱蓝移'。"

张明先点点头。詹翔继续说："我刚才说过，蓝移最大值是在牛郎星，在光谱5000埃处的蓝移达到0.15埃。根据下述公式，"

他在投影屏幕上打出公式：

$$V = C\Delta\lambda/\lambda_1$$

（式中 V 为光源速度，C 为光速，λ_1 为光源在静止条件下所发光波的波长，$\Delta\lambda$ 为接收时刻波长的红移或蓝移量。恒星光谱在 H_β、O_{III} 的三条吸收线附近取 $\lambda_1=5000$ 埃）

"根据这个公式计算得出,牛郎星新增了一个朝向地球的 9.21 千米每秒的速度。你们也许觉得这个数字不大,但如果拿它与宇宙学红移相比就非常惊人。按哈勃公式计算的牛郎星的红移速度才是 0.0004 千米每秒,只是上述速度的两万五千分之一!所以,"他加重了语气,"这是一场暴烈的、可怕的局域空间塌陷,可以称为暴缩。"

会场里极度安静。

"很难向大家描绘这幅图景是什么样子,我只能用一个二维的比喻。"他在屏幕上打出一个缓缓膨胀的气球。"假如这个气球的球面是一个二维宇宙,气球在三维的维度中缓慢膨胀,二维球面也随之膨胀。但忽然伸来一只巨手扣住一片球面并向内挤压,"屏幕上,二维之外伸来的五个手指紧紧扣住一块气球的球面,五个手指向内收紧。"那就是我刚才说的图景了。这片惊人的塌陷太匪夷所思,但这九天来,国家天文台、紫金山天文台,稍后还有世界各地的 240 家天文台,全都予以证实了。"

徐一凡插话:"我补充一点。宇宙的各种观测数据中,唯有星体视向速度的数据是最可靠的,不存在误差。所以,对这次的局域收缩大家不必怀疑。"

在大家的震惊中,詹翔继续说,"单是已经有的塌缩还不算太可怕,可怕的是其收缩率还是匀加速的。楚马两位已经观测了五年,据他们的资料,牛郎星的蓝移值每年提高约 0.01 埃,对应的蓝移速度值每年增加 0.58 千米每秒,这个数值是不是也很小?但它其实相当大,是按哈勃常数所算出的牛郎星红移速度的一千倍!请大家注意,这个 0.58 千米每秒的速度只是牛郎星每年新增的!对这个增速,各天文台无法立即复核,但我仔细复核过楚马二位的观测记录,相信它是可靠的。从这些数据反算过去,可以得知空间暴缩大致从 32 年前开始。"

"这个局域空间塌陷,或者说暴缩,可能是什么原因引起的?"贺老问。

詹翔苦笑着:"毫无头绪啊。我们为此考虑了各种最疯狂的假说,但毫无头绪。最可能的原因是太阳附近突然出现了一个巨型黑洞,正把 35 光年以内的星体和空间拉向中心,造成局部塌陷。但这个假设肯定说不通的。首先，如果有这个黑洞，那么越接近黑洞的天体的塌陷速度应该越大，但据观测数据，这片局域空间的收缩率大致是均匀的。再者，这么大的黑洞应该有强烈的吸积效应，有强烈的 X 射线暴，甚至有可以感受到的重力异常。但实际上什么都没有，太阳系附近一直风平浪静。还有，上面说的蓝移增量都是以标准太阳为基点算出来的，"假设太阳的轨道为圆形，以平均半径和平均速度绕银河系旋转，即为标准太阳。"而太阳绕银河系中心有一个相当高的巡行速度，高达 220 千米每秒。如果有黑洞，那它也应该正好有太阳的巡行速度，才能得出现在的稳定测值。但这个突然出现的黑洞只可能是'外来者'，它闯入太阳系后就正巧获得和太阳一样的巡行速度？这未免太巧了，基本不可能。"

徐一凡说："贺老刚才说过尽量只给结论，不要中间过程，但对塌陷原因的研究眼下只能说中间过程，想得出结论恐怕是遥远的事儿。"他困惑地摇头，"确实，我们根本无法想象能有什么原因造成如此暴烈的局部塌陷，塌缩的毫无来由总是给我一个强烈的印象——除非原因是在三维之外的更高维度。我的意思是：可能是更高维度的自然因素，甚至……可能是更高维度的人为干涉。"他自嘲地说，"如果像詹翔那样仅仅把不同维度作为比喻，大家都能接受。但如果把它解释为事变的真正起因，恐怕就不大容易被人接受，比如楚马二位就坚决不同意。不过，福尔摩斯说过一句话：把所有可能的假定都排除后，我们不得不考虑那些看来根本不可能的假定。"

楚天乐看看干爹，后者示意由他发言。楚平静地说："是谁来揿这个尺度为数十光年的三维球？四维智能生物？它是否类似于一个万能的上帝？从本质上说，这是重犯牛顿把第一推动力归于上帝的错误。我和干爹都不认可宇宙中有一个爱玩气球的上帝。"

他的病情已经影响到口齿，有些话咬字不清。马士奇与他配合默契，凡是咬字不清的地方就及时加以重复。楚天乐说完了，与会的科学家们都没有发表意见，但不少人下意识地点头，显然赞同他对徐的反驳。徐一凡微微摇头，没有再发言。

鱼乐水听他提到玩气球，忽然想到十几年前他专注于吹泡泡的场面，不由得侧过脸注目着他。她想,今天的楚天乐远不是那个自闭小男孩了,他的语气中带着上帝般的冷静。贺老刚才说自己"过于年轻"而没说楚天乐,应该是已经了解了他的成熟。贺老说:

"简单地说,就是这个局部塌陷来得无缘无故,但塌陷本身无可怀疑。是不是这样?"

詹翔点头:"没错。正是这样。"

"那么,我就要问到最关键的问题了:它会造成人类文明的毁灭吗?如果是,它给人类留出多长时间?"

所有与会人员,特别是后排的人员全都竖起了耳朵。如果说前边的介绍比较虚,比较理论化,普通人还只能看到一个虚浮的幽灵,那么下面它就会"塌缩"成具象的恶魔,变成直接捅入心中的尖刀。詹翔,还有楚、马、徐二人,显然都非常清楚下面回答的分量。他们不愿当"报祸的乌鸦",但无法躲避落到肩上的责任。詹翔沉默片刻,苦涩地说:

"负责地说,只有先把塌陷原因弄清,才能做出准确的预估。但事态过于紧急,我们又不能坐等那一天。此刻我们只能以已有观测资料为依据来做出粗线条的预测,所以预测有其不确定性,但我们想,大趋势不会错吧。"他看看贺老,后者示意他继续说。"刚才我已经说过,可怕的不是已经有的收缩速度,而是它的加速度。牛郎星每年新增的蓝移速度为0.58千米每秒,它对应的该空间一维收缩率$\Delta \Psi$为每年递增亿分之十二。如果这个趋势保持不变,那么,若干年后这片空间的一维收缩将按屏幕上这个公式计算。"

他打出一个公式:

$$L_t/L_0 = (1-\Delta\Psi)(1-2\Delta\Psi)(1-3\Delta\Psi)(1-4\Delta\Psi)\cdots[1-(n-1)\Delta\Psi]$$
$$\approx (1-n\Delta\Psi)^{n/2}$$

"先不说远的,就算算几百年后吧。按眼下的空间收缩加速度,200年后该局部空间的一维尺度将收缩千分之三,也就是说日地距离将拉近千分之三,它将导致地球日照增加千分之六。而且这些数字是以指数形式飞速增加,500年后日照增幅就会达到千分之三十,1000年后超过千分之一百。至于这将造成什么后果，请气候学家朱先生讲讲吧。"

朱天问考虑片刻，简单地说："这样的光照变化，短时间不要紧，但要不了200年，其累积效应就会导致地球变成一个热地狱，使现有的生态系统完全崩溃。至于热地狱中能否进化出新的生态系统？不大可能，因为变化太陡峭了。"

200年。这个数字让会场众人都下意识地摇头。詹翔接着说：

"空间收缩后，地球所受的太阳引力也会像日照一样同比例增加，但它并不会掉到太阳中。根据动量守恒定律，它将以加快的速度绕太阳旋转，一年的长度将缩短，这也将在生物圈中引起不可预测的影响。而且这仅仅是200年后，如果是500年后呢？1000年后呢？以天文尺度说这都是很短的时间，但那时塌缩区域肯定已经变成了热和引力的地狱。且不说暴缩的最后结果可能是，"他顿了一下，"黑洞。"

屋里一片静默，空气似乎变得极为黏滞，鱼乐水觉得呼吸困难，心中就像压了一块千斤巨石。这场大塌陷将把太阳系抹去，把人类这个物种抹去。人类的命运甚至比不上灭绝的恐龙，连一堆不育蛋也留不下。而这一代人也将像当年的恐龙父母，对着越来越近的太阳引颈悲啸。贺老把会议地点安排在恐龙蛋的遗迹附近，莫非是冥冥中的安排？鱼乐水生性豁达，从来不是那种见血晕厥的娇弱女性，但突然撞上这样一个"塌天灾祸"，无论如何，她的心灵还是过于柔嫩了。她恼火地想，今天说"塌天"这个词儿，可不带一点儿修辞色彩啊。

这会儿她才真正理解了贺老在会前的话，理解了他对自己的怜悯目光。

她看看小楚和马伯伯，他们的表情比较平静。毕竟他们早就知道这些情况。但鱼乐水想，这五年来，当他们独自揣着这个秘密时，心灵上该承受着怎样的压力啊。

会场沉默很久，科幻作家康不名轻咳一声，小心地说："科学早就确认太阳系会灭亡，宇宙也会灭亡，但宇宙的天年是以百亿年计的。现在你们说：人类所处的这片小宇宙得了无名绝症，活不到天年了，有可能在千年数量级就夭折，甚至在二百年中就不适于人类生存，是不是这个意思？"

詹翔点点头："你把我的话文学化了，但你说的不错，就是这个意思。"

逃出母宇宙

在长久沉默后，古生物学家王清音女士示意别人把话筒递过来。这是一位身材娇小的中年女性，穿着中式高领上衣，风度淡泊，笑容温婉，发言时语气平和——但她发言的内容却绝对算不上平和。她说：

"生物进化史实际一直伴随着天文地质灾变。地球生物有六次大灭绝，基本可以肯定都与天地的灾变有关。历史上曾有人质疑'灾变说'过于离奇，但考虑到天文或地质时间的漫长，'灾变说'实际是'均变说'，灾变才是宇宙中最正常的现象。比如，遍布月球的陨石坑就是一个很有说服力的凝固档案，表明偶然的灾变如何累加为正常的均变。如果再把视野放开一点，宇宙中频繁出现的新星爆炸、超新星爆炸、伽马暴、X射线暴、双星之间的吞食、星系之间的吞并、黑洞对周围天体的吞食，等等等等，这类宇观尺度的灾变更是不可抗拒的。这些灾变区域有没有生命或文明？没理由断定它们没有，那么这些生命或文明都已悄然灭绝于灾变。所以，人类遭遇到这场小型宇观尺度的天文灾变，其实是宇宙中的正常现象。咱们从感情上难以接受，只是因为，灾变之间的和平期虽然相对天文地质时间来说比较短暂，相对人类寿命来说却足够漫长，这就造成了虚幻的安全感。"

她在叙述这些事实时语气非常冷静，唯其冷静，让听众心中寒透了。稍停她又补充道："至于这场灾变是不是人为的，我觉得不必为它浪费时间。外星人灾难只适于用作科幻小说题材，而自然灾变才是实实在在的，人类必须面对的。"她可能觉得这番话对科幻作家不礼貌，歉意地向康不名点点头，后者一笑了之。

会场中沉默良久，贺老长叹一声："这几天我一直在想一句成语：杞人忧天。两千多年前的一位杞人总担心天会塌下来，于是他成了两千年的笑柄。实际上他才是历史上真正的清醒者。"他挥挥手，"不说这些闲话了。大家说一说，如果詹翔说的属实，人类还有什么可以做的事。"

康不名立即说："光照增加这事儿容易解决。科学家已经有了成熟的方案，在距地球150万千米的太空，即日地引力系统的第一拉格朗日点，设置巨大的镜子来聚拢阳光，当时的设想是给缺少光照的地区如西伯利亚增加光照，现在把它改为反射镜就行了，它比聚光镜更容易实现。这能为人类争取几百年时间。另一个方案是移民火星，它离太阳远一点，同样能为人类争取几百年时间。当然，这只是治标不治本的权宜之计。"

停了停，他又补充道："也能向天王星和海王星移民，那儿距太阳很遥远，大致为20个天文单位。当空间收缩导致距离大大减少后，那里的日照将大幅增加，也可能变得适宜人类居住。但我想了想，恐怕不行，这些冰巨星虽然被称为'冰'，其地幔实际是水、氨、甲烷等在高压下形成的过热流体，一旦温度剧升，会立即变成撒旦的地狱。而且说到底，这只能争取到有限时间，从长远看，人类还是得，"他顿了一下，"逃离。"

提到逃离，人们自然把目光转向宇航专家张明先。这是一位瘦小的中年人，在会上表现得沉默拘谨。他意识到了大家的目光，为难地沉吟良久，字斟句酌地说：

"对于逃离的办法，我只能讲讲我唯一熟悉的化学火箭。火箭能达到的最高速度取决于两点：一是喷出物质的速度 V_e，化学火箭的 V_e 目前为4千米每秒，在可见的将来不会超出10千米每秒；二是火箭初始质量与最终质量的比值，在可见的将来很难大于20。依这两个数据计算，化学火箭的最高速度不会超过30千米每秒。这对于恒星际旅行肯定远远不够，要差几个数量级，更不用说星系际旅行了。还有一个成熟的方法是利用星体的重力场加速，人类早就在使用。不过，由于星际距离的遥远，可用重力场太少，它只能用作辅助手段。其他一些比较超前的设想，比如以核裂变或核聚变为动力的有工质或无工质火箭、以恒星光照作持续能源的离子火箭或光帆驱动、激光动力站驱动、沿途收集太空氢原子的冲压式驱动、以正反物质湮灭为能源的光子火箭等，目前尚属于科幻范畴，最多属于理论假说范畴，都不能在可预见的将来进入工程实施阶段。"

大家在等他继续讲下去，但他已经结束了发言，自此沉默不语。会上有些冷场，也有隐隐的不满，连会议的主持者贺老也有所表现——技术专家的谨慎持重是对的，但在眼下这样的非常时刻，这位先生谨慎得过头了吧。显然他的视野过于狭窄，思维过于僵化，也许这就是"专家"和"大师"的区别。过一会儿，等到确认他已经结束了发言，康不名轻咳一声，委婉地说：

"谨慎是技术专家的第一天性,尤其在如此重要的会议上。所以张先生不想讨论任何一个不能保证实施的技术设想,这种谨慎可以理解的。那就由我来越俎代庖吧,刚才我说过,科幻作家可以胡说八道的。"他笑着说,然后用20分钟时间,比较详细地分析了以上几种"属于科幻范畴"的驱动方式,分析了它们的优劣和难易。从他的发言看,他对这个领域确实有广泛的涉猎。最后他做出总结,"以我的估计,核聚变技术在百年内应该能够实现突破。这样的话,如果想在百年内实现恒星际或星系际逃亡,可行的、也是唯一可行的方式,是以核聚变为动力的可变比冲磁等离子体火箭。它的喷射 Ve 可达 1000 千米每秒,火箭最高速度可达 3000 千米每秒,即光速的百分之一。"他转向詹、徐、楚、马,"不知道这个速度能否逃离塌陷区域。"

楚天乐立即说:"我和干爹计算过,这个数量级不够。它若能保持这个速度,并且不考虑启航加速段耗费的时间,那么它飞出 35 光年的灾变区域需要 3500 年。这个时间够漫长了,但还可以接受,问题是这个速度也无法保持。由于空间在收缩,而且收缩率在匀加速地递增,飞船就像逆水行进,走的时间越长水流越急,而且越往外走水流越急,至少在收缩峰值之内的区域里是如此。所以船的飞行将是匀减速运动。想要知道飞船飞出 35 光年灾变区域的时间,只需解一个一元二次方程。"他摇摇头说,"我们解过了,可惜它没有实数解,因为飞船还未到达边界就已经是负速度了。那时在灾变峰值区域,空间向内倾泻的速度将超过百分之一光速。直观地说,飞船冲不过比它更快的逆向急流。"

这个结论让大家心头一沉。

"詹、徐二位用不同方法做了计算,结果误差不大。比较一致的估计是:人类要逃离塌陷区域,至少需达到十分之一光速这个数量级,而且必须在 100 年内启航,否则上面说的逆向急流的速度会越来越高。"

那两位点点头,表示同意这个结论。对这个结论,不光张先生摇头,连科幻作家康不名也大为摇头:"十分之一光速,太高了,几百年之内的人类科技肯定达不到这个突破。"不过,也许是他不想引起过度的悲观,立即改口说,"不,不,我说'肯定达不到'恐怕过头了。科技史上很多发明是突发的、超常规的，比如，没有一个科学家预言到电脑，但它突然出现了，而且其发展的迅猛超乎预料。所以，如果在这一百年内出现某种全新的飞船驱动技术，也不是没有可能。"

楚天乐继续着自己的思路："而且，上述估算还没有考虑其他负面因素，包括：灾变区域是否会扩大？很可能要扩大的，但还没有得到观测证实。甚至——在原来的'温和膨胀'和新出现的'急剧收缩'的交界处，会不会产生撕裂，撕出一个无法渡过的封闭的弱水河，把人类圈在里面？可能大家以为真空无所谓撕裂。但真空不空，它肯定有深层结构，否则它就不可能因引力而弯曲，不可能产生量子起伏。"他加重语气强调着，"请大家注意，这种从温和膨胀转为暴烈收缩的突变是宇宙137亿年历史中从未出现过的——可能这句话说得太大了，那就改为：至少人类从未经历过。这种现象是全新的，我们不能只凭'想当然'就贸然做出臆测。"他照例停顿一会儿，让干爹对他的模糊口音做出必要的翻译。"总之一句话，这个突然出现的局域塌陷太邪门，在弄清其产生原因之前，无法预估它所造成的裂纹沿哪个方向扩展、扩展到什么程度——但詹先生刚才说得对，事态非常紧急，我们不能坐着等死，只能边走边摸索。这是一个两难的处境。"

这个结论几乎斩断了所有的希望，屋里的气氛更令人窒息。沉默了很长时间后，看见没人发言，楚天乐笑着说：

"刚才康先生说咱们这片宇宙得了绝症，实际我从五岁起就得了绝症，是在恐惧的煎熬中度过的童年。后来多亏我干爹，"他看看旁边的马士奇，"在我七岁时果断地揭开了真相，斩断了我的后路，反倒让我有了活下去的勇气。兵法云：**置之死地而后生**。当整个人类被置于绝境后能够迸发出怎样的勇气？也许它能够让不可能变为可能。所以，我们几个刚才的估计可能太悲观了。"

会场气氛略有松动，人们都笑着向楚天乐示意。他们并不信服楚的安慰，但至少这个勇敢的大男孩给大家的心灵送来一股小小的暖流。旁边的鱼乐水欣喜地挽起他的胳臂，现在她对这个小他三岁的大男孩确实刮目相看了。

逃出母宇宙

此后的自由发言阶段基本冷场。今天与会的都是一流科学家或技术专家，但他们都是谨慎的人，不会在心中无数的情况下说一些不疼不痒的淡话。这场灾变太突然，平静的文明之河突然跌落为万丈瀑布，常规的经验现在都失效了，这让睿智的科学家们心中茫然。人们一直说科学可以改造自然，但这儿的"大自然"其实是指"局域环境"。从没人敢说科学可以改造整个宇宙。对于宇宙来说，人类仍然是、恐怕永远是一群蝼蚁。鱼乐水观察到，贺老同样是眉峰暗锁。这位干臣在处理各种事变时一向游刃有余，但那些事变都是人类内部的角力，而现在是人类同上帝角力，两者不具可比性。现在要想做出决策，并非依赖人生经验而是依赖科学上的直觉，贺老对此并不擅长。比较起来，会场上最有底气的是楚马二人，他们隐然成了会场的中心。这是因为一个特殊原因——他们是五年前做出的发现，所以比别人多了五年的思考时间，多了五年的心理准备。她特别惊异于楚天乐这个大男孩。从刚才他的发言看，他的知识面、视野、个人修为、心态气度、天文方面的专业造诣等无疑已达到很高的层次。俗话说"腹有诗书气自华"，他的腹内一定装满了书，不是文学书而是科学书，这些内在知识是他外在气度的支撑。在他病歪歪的身体内，天才之火在熊熊燃烧，你在旁边都能感受到它的灼热。

她不禁回想起15年前那个冷漠自闭的绝症男孩。他是如何在15年的深山生活中完成了这样大幅度的转型？鱼乐水突然萌生出强烈的愿望，想深入地、近距离地了解他，写出一篇访谈。至于这个天大的噩耗——去他妈的，即使它明早降临，鱼乐水也不会在今晚自杀，她会咬着牙挺到那个时刻来临。既然如此，不妨敞开胸臆，遂着心愿干几件事，反正其他尘世俗务，像工作啦，前途啦，甚至女人的美貌啦，婚姻啦，都成了可有可无的事。大树将倾，顾不上这些漂亮的鸟蛋。对，就这样决定。她从遐思中走出来，听见贺老在说：

"喂，后排的诸位，今天你们是只带耳朵不带嘴巴的，但是否也选个代表说一两句？"后排的人互相观看，没人主动发言。贺老点名道，"小林你说吧。"他向大家介绍，"他叫林秉章，国家发改委的首席智囊。"

40岁出头的林秉章从后排站起来。显然这是个为人谨慎的人，思考一会儿后,字斟句酌地说:"一般民众恐怕很难相信,摄谱仪上小小的蓝移就意味着一场大灾变。但虔诚信奉科学的人会相信的。"众人默默点头,但他随即转变了口气,"不过——虔信者则容易迷失客观性。"

这句话虽然委婉,实际是对灾变预言的严重质疑。詹、徐、马、楚四人互相看看,显然不同意他最后这句话。詹翔叹道:

"我们但愿这是一次谎报啊,只是,摄谱仪没有信仰,不会失去客观性的。"

虽然会场气氛一直很凝重,这句话还是让大家绽出微笑。林秉章本人也大度地付之一笑,坐下了。贺老做最后的总结:

"今天本来就是个务虚会,得不出明确结果的,就开到这儿吧。请各位专家认真思考,下次会议最高层要参加的,希望那时你们能给出一些实在的建议。刚才小林的简短发言很有价值,它包括两点:一、这场局部宇宙塌陷的灾变究竟是不是完全真实?二、如果真实,如何说服一般民众包括决策者相信?这两点要做过细的工作。还有,请小詹小徐继续同世界各天文台协商,争取把公布日期尽量推迟,哪怕多争取一天也是可贵的。"詹翔想说什么,贺老猜到了他的意思,抢先说,"当然,推迟过久也可能造成非官方的泄密,那样更不利,这个时间点你们自己权衡吧。你们还要同各天文台协商,提前拟出一个发布消息的通稿,我的意见是——在通稿中尽可能把灾变淡化。这不是瞒报,而是对社会负责。不妨把康先生和小楚刚才说的意思揉进去。这点上我和他俩看法一致,我就是不信,突然之间人类就走到绝路了,没一点法子可想了,老天爷不会这样操蛋!另外,在发布之前注意保密,尤其是你,半路闯进来的鱼记者。"

鱼乐水干脆地说:"贺老你放心,我会把嘴巴严严地贴上封条。"

"马先生和小楚,散会后你们是否回家?我安排直升机送你们。"

马士奇说:"我们在街上转一转,傍晚回吧。"

鱼乐水立即说:"马伯伯,天乐,我也要去你家!"马伯伯和小楚都欣喜地点头,鱼乐水高兴地挽上两人的臂膊。她的高兴在眼下的气氛中未免显得"没心没肺",贺老下意识地摇摇头,沉闷地说:

"我要赶快回京向上头汇报。唉，我着实不愿意把这个结果端给他们啊。散会！"

五

楚马二人难得出山，下午办了一些私事：理发、逛街、采购。鱼乐水把汽车托付给农家旅馆保管，陪着两人在集镇上转悠。傍晚他们带着大包小包，包括贺老送的礼物，坐直升机去马家。驾驶员是个娃娃脸的小兵，姓朱，机上还有两个武警护送。夕阳已经与山顶平齐，霞光映着满眼的绿色。宝天曼的山势有个特点，虽然悬崖陡峭百丈深跌，山顶却是平的。直升机落在山顶，武警们扶两位残疾人下来。鱼乐水跳下直升机，被夕照下的山景迷住了。清流飞瀑，松涛声声，空气清洌，到处是合抱粗的巨树。真没想到，在中国的腹心之地，在华夏民族开发数千年之后，这儿还保留着一片袖珍型的原始林区。武警送两人下山，鱼乐水跟在后边，拨拨道旁的箭竹，扯扯岩上的茑萝，伏到清泉上喝口水，与红腹锦鸡和虎凤蝶相嬉，颇为自得其乐。大自然的勃勃生机渗入心中，让她心中的阴郁消散了大半。

小楚的病状已经相当严重了，会场上鱼乐水没有觉察到，但在山路上行走一会儿，他已经明显撑不住。武警蹲下身要背他，他在推辞，马伯伯柔声说：

"乐乐，让武警同志背你吧。"

楚天乐不再坚持，趴到武警的背上。鱼乐水心头一沉，不由想起15年前小天乐执意不要妈妈背他的情景。以他的性格，不到万不得已是不会让武警背的。看来他已经病入膏肓，留给他的时间已经不多了。

快到马家时她看到不远的山顶上有一幢白色建筑，球形屋顶，顶部分成两瓣，打眼一看就知道是座小型天文台。爸爸说过，马伯伯过去是学天文的，后来干实业，资产过亿。可惜正在人生高峰期间遭遇一场车祸，妻女都死了，自己失去了左腿，心灵上受到重创。后来马伯伯把公司交别人打理，自己来山中隐居，重拾青年时对天文的爱好。因为山中没有灯光污染，便于观察星星。但鱼乐水一直不知道，原来马伯伯还在这儿建了一幢小型的私人天文台！难怪他们俩能做出那个发现。

天乐妈任冬梅在院门口迎接。鱼乐水老远就看出她有孕在身，应在五个月以上。走近后她反倒认不出天乐妈了。15年前邂逅这对母子时，天乐妈憔悴衰老，像50多岁的老妇；而现在她脸色黑红，身体壮硕，好像不足40岁。她步履轻快地跑过来，先握住鱼乐水的双手，匆匆问了她父母的安好；再从武警背上接过儿子，把他放在躺椅上安顿好；又忙着为客人端茶倒水。两位兵哥没有多停，喝了几口水就返回了。天乐妈连声感谢着，出门送他们走。

鱼乐水也跟着出去了。她对天乐妈的怀孕，对她与马伯伯的关系有一点儿隐秘的好奇，想避开俩男人侧面打探一下。不过根本用不上她"侧面"探听。送走武警，天乐妈注意到了她的目光，多少有点难为情。但很爽快地把话挑明了：

"乐水姑娘你会不会笑话我？快50岁了，还挺着个大肚子。再说我和马先生之间也没名分。我俩也想办结婚的，只是天乐他亲爹没消息，需要去法院解除婚姻关系，手续挺麻烦。我得照顾两残疾，难得下山，就这么拖下来了……依我的想法，荒天野地的，有没有名分也没啥。我这两年像入了迷，非想为马先生生个娃儿，你知道他没儿没女，那场车祸中他的独生女跟妈一块儿去了，我得给他在世上留条血脉。他今年已经六十，再不生育就晚了。你说自打盘古开天地，女娲娘娘造人，人活着不都是为了留后？"

鱼乐水听得止不住发笑。这位没多少文化的女性把人生看得如此简单，头脑实在简单得可以。不过细想想，她的话其实正好提炼了生命的精髓。生物学家说，生物的天性实际就是八个字：保存自己，延续后代。她刚才说的"活着"和"留后"正是这八字天条的口语化，而且是最简化最精辟的表述。她又想起15年前跟爸爸来这儿游玩时，爸爸曾介绍过这一带是盘古神话的发源地，具体在桐柏山的淮渎之源，这些华夏神话已经同华夏民族的血脉之河掺在一起。它是在社会表象下流动的一条暗河，平时不为人们觉察，但它如此强大，如此长久，凡间的法律、政治、时尚之类花哨东西根本撼动不了它的根基。天乐妈接着说：

"我说要给他生个娃儿，马先生也打心眼里乐意……乐水你笑啥？笑我二百五？笑我不守礼数？"

鱼乐水咯咯地笑："哪里哪里。我是听你说话觉得痛快。阿姨你小瞧我了，我哪会这样守旧僵化。我觉得能为所爱的男人生孩子是一件很浪漫的事儿，名分什么的根本不用理会。阿姨我太佩服你啦。你接着说。"

天乐妈很高兴。"天乐也一再劝我生一个，他说等他走了后，得有人陪我和他干爹。他这么说了，我才最后下了决心。"

鱼乐水心中一震。迅速扫一眼天乐妈，那双目光此刻非常平静。这是她第一次听天乐妈用平静的语调谈论天乐的死亡。这种平静令她震惊，不过此后慢慢习惯了。天乐妈是世上最好的妈妈，为儿子燃尽了一生的爱。但十几年来她一直与"死神"耳鬓厮磨，已经把它当成了家中的普通成员，生与死就是这样很"家常"地无缝对接。看着天乐妈，鱼乐水不免有一个联想，她觉得这个女人就像山间一棵老橡树，树不高，树冠不大，远说不上清秀水灵，但它扎根在石缝中，生命力极为强悍。她刚刚提到了死亡，鱼乐水不由想起楚马发现，试探地问：

"阿姨，那爷儿俩出去开了一天会，你知道是啥内容吗？"

天乐妈不在意地说："知道。是啥子楚马发现，直白说，就是天要塌了。"

"那你……"

"我不把这事儿放心上。不是说我不信服那爷儿俩，他俩都是文曲星下凡，聪明得没法儿说，连国家都请他们去讲课，这事儿一定不会假。古人说500年有一劫，这就是一劫了，让咱这辈人赶上了。不过劫数有起就有尽，就像女娲娘娘那时，天也塌了半边不是？把天补补，人还要活下去，老天爷不会那样操蛋，把所有的路都堵死。再说，就是500年后真的天塌了，也不耽误我把肚里的娃儿生下来。子生孙，孙生子，500年还够传20代呢……乐水你又在笑啥？"

鱼乐水忍不住放声大笑，胸臆中的阴郁在笑声中全都发散了："没啥，没啥。阿姨，听你说话我就是觉得痛快。阿姨我得在这儿多住几天，多听你说话。阿姨你欢迎不？"

天乐妈乐坏了："那还用说？我早就盼着见到鱼家人，你们可是俺娘儿俩的大恩人啊。"

马伯伯的山居简直是修仙之所。院子之外紧傍着参天古树，鸟鸣啾啾，松鼠在枝间探着脑袋。后院的竹篱临着百丈绝壁，山风从山谷里翻卷上来，送来阵阵松涛。院子东边是石壁，石缝里有一道山泉，从院中流过，在地上汇出一汪水池，那儿应该是作为居家的水源。天蓝得透明，空气非常清新。家中的摆设相当简单，但书房里是一圈满墙式书柜，堆满了各种书籍，尤其是天文和物理领域的厚部头书，这让山居的"仙风"中又加上了科学的"道骨"。在这样的仙境中，尤其是陪着任阿姨这样开朗的人，那个阴暗的前景至少是暂时地远离了。

楚天乐倚在躺椅上小憩，马伯伯已经在操持晚饭。天乐妈忙推他去休息，自己接手做饭，鱼乐水也去帮她。虽说这儿远离尘世，但有自备电源，厨房中电器一应俱全。两人很快整治出一桌野味，有岩白菜、地曲连儿、野韭菜等，四个人热热闹闹吃过晚饭。饭后，鱼乐水的手机可能刚刚解除屏蔽，一下子显示出很多短信和未接电话。她赶快做了简短的回复。有两则短信来自两个与她有恋情的男人，想约她过周末。她谢绝了，眼下不是谈情说爱的时刻。给爸妈的回复很含糊，因为她不好透露目前在马伯伯这儿，所以只说她这两天太忙，过几天再回话。报社在问她的采访进度，显然没有收到她上次发的短信，她的回复很干脆：

"我正在山中采访一个新的重大新闻，十天内不要联系我。"

然后她干脆地关了机。她想报社社会部的何姐，说不定还要加上总编，一定为这个先斩后奏的请假瞪圆了眼睛，也许会雷霆大怒吧。但以她现在的心境，尘世上的种种约束和规则真的看淡了。

这幢山居只有两间卧室，热心的任阿姨要为她腾出主卧，鱼乐水坚决拒绝了。于是他们在客厅里加了一张活动床。马伯伯说：

"水儿你早点休息吧，我该进笼了。"他笑着解释，"是指天文望远镜的主焦点笼。这些年来，只要是晴天，我和天乐从没误过观测。"他看看义子，改口说，"不过这一年多来是我一个人去。我家三人有了新的分工，你阿姨主要用手，我主要用眼，天乐主要用脑。"

也就是说，楚天乐的身体已经不容许他"进笼"了。鱼乐水立即说：

"伯伯我也去！"

马伯伯有点迟疑："你也去？晚上路不好走。主要是那个笼里装不下俩人，我得观测一夜，没人陪你。"

"没事，我一个人在笼的下边等。"鱼乐水嬉笑着，"不好意思，我有点拜物教的狂热。你们俩做出了天大的发现，我想亲手摸摸你们占卜用的法器。"

楚天乐忽然说："我也去吧，我在下边陪鱼姐。"见两个老人都迟疑着，他不在意地说，"没关系，我能走上去，无非慢一点。干爹你先去，不用等我。"

没等俩老人说话，鱼乐水立即说："天乐你能去当然最好！走路不用愁，我来背你。伯伯阿姨你们别吃惊，我能行。在学校里我爱好体育，攀岩爬山都不在话下。今天凌晨还爬上宾馆外一株大柿子树搞侦查，被便衣逮住了，要不我也进不了那个会场。"

她这么自曝家丑，把马伯伯逗笑了："是这样啊，难怪贺老说你是爬树跳进来的，原来确有此事啊。"

楚天乐不想让一位姑娘背自己，使劲儿摇手，说他不去了。但鱼乐水不管不顾，硬把他从躺椅上扯起来，背到身上。背上后有点心酸，她能感到背上的瘦骨支离。天乐个子不高，大约 1.65 米，体重比这个身高的正常体重要轻。她开玩笑说：

"咦，这么轻！我背你就像孙大圣背红孩儿，不用费力。走吧。"

马伯伯不再劝阻，爽快地说："好的，咱们走。冬梅，今晚你一个人在家吧。"

这段山路确实不好走，但好在不长，鱼乐水在中途歇了一气，终于到了。马伯伯从她背上接过天乐，把他安置在椅子上，打开电灯开关。鱼乐水喘着气，环视着屋内的摆设。球形穹顶下主要是一架天文望远镜，是一件很有年头的旧设备，傻大笨粗，黑不溜秋，甚至配着老式的铜制双闸刀电气开关,整个一上世纪的遗物。它的主焦点笼同样破旧,上人时摇摇晃晃。马伯伯打开屋顶,把镜筒对着夜空,又转动屋顶,调好方向。他让天乐待在下面,领着鱼乐水爬到观察台上参观了一遍。他说这是一架36英寸牛顿式反射望远镜,是美国一家天文台淘汰下来的。虽然旧,有点儿运转不灵,但总的说还管用。"对业余天文学家来说,能有这样一架望远镜已经很奢侈啦。"牛顿式望远镜是用底部一个巨大的凹面镜聚焦星光,反射到悬在头上的一个小镜面上,小镜面把聚焦的光线再从侧面引出,引到目镜、照相机、分光仪或摄谱仪上。观测者必须置身于半空之中来调整焦距。

他介绍了其他几样设备,像恒星摄谱仪、CCD光电耦合器、电脑等,这些设备倒都是最新型的。他大致介绍一遍,回到焦点笼,熄了灯,开始观测了。鱼乐水摸索着走到楚天乐身边,挨着他坐下。有一阵儿两人都没说话,透过屋顶的槽形观察窗凝视着暗黑天穹上的群星。今天是无月之夜,视野中没有一丝亮光,夜空幽暗而静谧,静得能听见星光的振荡,星星的私语。黑暗中两双眼睛灼灼发光。楚天乐怕影响观测者,压低声音,笑着说:

"鱼姐,你已经亲手摸了占卜用的法器,是不是有点失望?一台报废的老设备,毫无神秘性可言。"

鱼乐水也压低声音说:"恰恰相反,我感到非常敬畏。我总是难以相信,用这些人造的、硬邦邦的、物化的玩意儿,竟然能撬开宇宙间最神秘的秘密?"

"宇宙的最终秘密一定是最简单的。这些年的学习中我有一个强烈感受,科学家们都永葆童真,而宇宙学家又是其中最天真的,他们要干的事,就是用孩子般单纯直观的想象去破解宇宙最终的秘密。"

"就像孩子吹泡泡?"

楚天乐敏锐地猜到她所指为何,笑着说,"对,就像我当年吹泡泡。"

离开那个气氛阴郁的会议室来到马家,鱼乐水心境明朗多了,但那个魔鬼无论如何是躲不开的。她叹息道:"天乐,那个灾难真的不可避免?刚才我听任阿姨说了一句话,正与贺老的话巧合,她说:老天爷不会这么操蛋。"

她想,楚天乐在会议上曾有过乐观的发言,应该同意她这番话吧。没想到楚天乐摇摇头，很干脆地把这句话否定了："不，这样的乐观毫无意义。老天爷并不特意操蛋，也不特意不操蛋，他只按自己的规则行事，并不考虑这些规则对生命的意义。纵观整个生物史，99.9%的物种都灭绝了，所以从客观效果来说，老天爷操蛋的时候居多。"

鱼乐水怕冷似的靠近他，埋怨道："你真是冷面无情啊，连一句宽心话都舍不得讲。这么说，你在会议结束时的乐观是假的啦？"

"不，那不是乐观，是达观。不管局势多么无望，我也会努力活下去，尽人事而听天命。毕竟，"他平静地说，"这些年来，我个人就是这么过来的。"

鱼乐水此前已经知道，患肌营养不良的病人一般在20～30岁死去。天乐今年22岁，那么，他的余生真的不多了。刚才天乐妈曾以平常的口吻提到儿子的死，但鱼乐水做不到这一点。她也不想空言安慰，这对楚天乐没有用。想了想，她由衷地说：

"不管怎样，你的一生是充实的。"

楚乐水微笑着："你说得不错。这亏了我妈、干爹，也亏了你们全家15年前的帮助。我们母子的命运就是在那一天改变的。鱼姐，我一直想有个机会，当面表达我的谢意。"

鱼乐水挥挥手——那些事儿不值一提。她说："谈谈你吧，谈谈你进山之后这15年。不，从你生下来谈起。这是多难得的机会——对明天的世界名人预先来一次深度采访，等到楚马发现发布那一天，这篇访谈将同时发表，我这个实习记者笃定一炮走红。"她笑着自嘲，"天将塌矣，此时还关心尘世俗名是不是很可笑？不管可笑与否，你还是成全我吧。"

楚天乐也笑着打趣："采访我的一生是不是早了点儿？我原想活到一百岁再写回忆录，名字都起好了：百年拾贝。你把这个时间整整提前了78年。"

两人都笑了，鱼乐水收起戏谑，正容道："天乐，我是认真的。我想向民众展示一个绝症患者如何顽强地活着，如何度过一个充实的人生。等到宇宙得绝症的噩耗公开，社会难免陷入恐慌，到那时，这篇文章应该有一点儿正面激励作用吧。"

楚天乐没有立即回答。头顶响起哑哑声，那是马伯伯在手控微调屋顶的转动，这台望远镜配的转仪钟不大好用。然后头顶上有轻微的声音，那是马伯伯在微调镜筒，以校正基座运行的误差。调整结束了，马伯伯又变成一个黑色雕塑，一动不动地嵌在槽形的天幕上。

"好，那就谈谈吧。其实说实在的，我这会儿来梳理一生已经不算早了，也就提前那么两三年吧。"

他平静地说出这句内蕴悲惨的话，唯其平静，让鱼乐水心中撕裂般地疼。她轻轻握住楚天乐的双手，无言地安慰他。这是一次彻夜长谈，为了不干扰马伯伯，两人都尽力压低声音。交谈中她的双手一直拉着天乐的手，所以没有做笔录和录音，不过用不着记录的，楚天乐的所有话都深深刻印在她的记忆中。那晚她还有一个奇怪的感觉，似乎在两人窃窃私语时，头顶上空一直有某个冷静漠然的倾听者。当然，马伯伯就悬在头顶，但在那个高度他是听不到的，何况他一直沉醉于天文观测。那么就是星空在倾听，是上天在倾听。那个"老天爷"让一个男孩一生被病魔囚禁，让 99.9% 的生物物种灭绝，让万物之灵突然面临一场暴烈的空间塌陷，他在干了这么多操蛋事之后，这会儿仍然心静无波，无悲无喜，无疚无悔。这不奇怪，他老人家本来就是一个冷面无情的家伙。

第二章　囚笼重重

楚天乐生于霍金去世20年后。一则黑色幽默说，霍金的灵魂在冥界整整漂泊了20年，才选中这个理想的转世灵童——高智商加上患绝症的肉体。因为这样的肉体是坚固的囚笼，可以把天才之火圈闭其中，使其达到最完全的燃烧。

天乐在他的人生中的确燃尽了天才，甚至延烧至他抛弃肉体之后。这是后话了。

——鱼乐水《百年拾贝》

一

七岁那年，楚天乐随妈来到马先生住的宝天曼山区的玉皇顶。到这儿后妈才知道，原来马先生已经有了保姆，是附近的山民大婶，就是她在路口接上了娘儿俩。天乐妈没想到自己顶了别人的工作，非常内疚，红着脸，几乎不敢正视对方的眼睛。那位大婶是个爽快人，笑着劝慰：

"没事没事，你家娃儿病得可怜，老马是积福行善哩。俺干不干这个活儿都行，正打算回家抱孙子哩。"

她做了简单的交接，介绍了厨房几件电器如何使用，还有如何下山买日用品，然后匆匆走了。天乐妈放下包裹，让儿子在保姆床上休息，自己马上到厨房做晚饭。

马先生是个和善的人，终日带着微笑，他虽然是遭逢大难之后来山中隐居的，但心灵创伤已经在时间中平复了，至少在表面上平复了。他每天晚上要去山顶的天文台观测星空，但今晚没去，陪娘儿俩吃了饭，又指挥着天乐妈在保姆卧室添一张折叠床。他说："今天你们累了，早点休息吧。"楚天乐经过十几里的山路跋涉确实累惨了，躺到床上很快入睡。等他一觉醒来已经是午夜之后，他看见妈还没睡，她坐在折叠床上，呆呆地看着窗外，嘴里喃喃地祷告着："老天保佑啊，老天保佑啊。"

七岁的楚天乐不可能深味妈妈的心情，但他把这一幕牢牢记在心中。那时，妈是被突然而来的幸运耀花了眼睛，她非常怕失去它，生怕一觉醒来发现只是南柯一梦。

初到新家的头几天楚天乐仍处在自闭状态中，他基本不说话，白天默默看山景，夜晚悄悄看星星。马先生没有打扰他，但显然在悄悄观察他。第四天，马先生说，"今天我带你们游览一下山景吧。"天乐妈担心地问："你的腿？"马先生说："没关系，我已经习惯了。再说咱们又不用急着赶路，累了就休息嘛。咱们带上午饭的干粮就行。"

马先生领他们慢悠悠地逛了一天。这儿景色醉人，山路傍着水量充沛的山涧，千年古树的树干上爬满了藤萝，藤萝上挂着晶莹的水珠。据说这片原始林区有不少种动物，像金钱豹、金雕、丹顶鹤、穿山甲、林麝、豹猫、水獭等，但他们大都没见到，只是偶然有一只金雕平展着翅膀在蓝天上滑过，或者有一只松鼠在枝叶间探头探脑。山涧对面常常是斧劈般的悬崖，石缝中杂树丛生。马先生指点着那些横生的树木，感慨地说："想想那些树是咋活下来的？一颗种子因为难得的机缘落到悬崖石缝，很可能正赶上一场雨水，它发了芽，把根扎在薄薄的积土上。于是它活下来了，直到长得筋粗骨壮，用粗大的树根撑裂了岩石。生命就是这样的坚韧。"

这儿还有一种独特的风景：山上有细细的清泉流挂，碰到凹处积成一个水池；然后又变成细细的清流，再积出一个水池，如此重复，就像一根长藤上结了一串倭瓜。三个人自下而上，循着这串倭瓜观赏。水池都是石头为底，池水异常清洌，寒气砭骨，水中几乎没有水草或藻类，却总有二三十条小鱼。这种鱼身体呈半透明，形似小号的柳叶，它们悬在清澈的水中，如同在虚空中游荡。楚天乐向水面撒几粒馒头屑，它们立即闪电般冲过来吞食，看来是长期处于饥饿状态。马先生说，"这种小鱼本地人叫柳叶鱼，我没查到它的学名。这样清澈的水，几乎没有食物，温度又低，它们是怎么活下来的？但不管怎样，它们千秋万代地活下来了。"

再往上爬，几乎到山顶时，仍有水流牵着水池，池中仍有活泼的小鱼。但俯瞰各个水池之间连着的那根藤，很多地方是细长而湍急的瀑布，无论如何，山下的鱼是无法用"鲤鱼跃龙门"的办法一阶一阶跃上来的。那么，山顶水池中的柳叶鱼是哪儿来的？自己飞上来？鸟衔上来？还是上帝开天辟地时就撒在山顶了？马先生说他也不知道，但反正这是自然界的现实。他再次感叹道，生命就是这样坚韧啊。

七岁的楚天乐虽然沉默自闭，其实心窍玲珑，他知道马先生今天一再称赞"生命的坚韧"，都是说给他听的，这些所见也确实震动了他锈蚀已久的心灵。那天晚饭后，马先生把天乐妈喊到他的卧室里，掩上门，悄悄谈了很久。然后他们出来，领着楚天乐到院子，在石桌旁坐下来。楚天乐意识到自己将面临一次重要的谈话，因为妈妈显然非常紧张，目光躲闪着，不敢与儿子的视线接触。事后楚天乐知道，经过马先生的反复劝说，妈勉强同意把病情坦白告诉儿子，又非常担心儿子承受不住这样重的打击，会一下子垮掉。这会儿马先生笑着，用目光再次鼓励这位母亲，温和地对天乐说：

"天乐，你已经七岁了，算得上小大人了，一定有勇气听我说出有关你病情的所有真相。对不对？"

那时楚天乐其实很矛盾，又怕知道病的真相，又盼着知道。他点点头，只说了一个字："嗯。"

但马先生并没马上说起病情，反倒把话头扯得很远："天乐我告诉你，世上万千生灵只要一生下来，都会陷入一个又一个逃不脱的监牢。鱼儿离不开水，水就是它们的监牢；走兽飞禽离不开空气，空气就是它们的监牢；生灵们都无法逃离地球，重力是它们的监牢。世上还有一个最大最牢固的监牢，它管着所有生灵，一个也休想逃脱，连万物之灵的人类同样逃不开。是啥？寿命的监牢，死亡的监牢。每个人都要死的，不管他是皇帝还是总统，是佛祖还是老子。任何方法，无论是古人的法术还是现代的科技，都无法逃离它。人的寿命有长有短，几年，几十年，一百多年，也许明天的科学能让人活一千岁，甚至一万岁，但终归要死的，有生必有死，这是老天爷定下的最硬的铁律，世界上没有一个例外。甚至不光是生灵会死，连咱们的太阳和地球，连银河系，连整个宇宙，最终都会死亡。"

那是楚天乐第一次听说宇宙也会死，他吃惊地问："宇宙会死？"

妈也问一句，"马先生，你是不是说——天会塌下来？"

"没错。古人曾以为天地长存，连伟大的爱因斯坦也曾相信宇宙是静态永存的，但自从美国天文学家哈勃发现宇宙膨胀后，永恒的宇宙就结束了。虽然对于天究竟如何'塌'，科学界还没有定论，但它最终会塌，这一点已经确凿无疑。"他叹口气，"知道了这一点真让人丧气。你们想想嘛，既然每个人生下来注定会死，甚至连人类和宇宙也注定会灭亡，那人们再苦苦巴巴活一辈子有什么意思？确实没有意思，你多活一天，只不过是向坟墓多走一步。所以，世上有一个最聪明的民族就彻底看开了，不愿在世上受难。这个民族的孩子只要一生下来，爹妈就亲手把他掐死。这才是聪明的做法，我非常佩服他们。"

这几句话太匪夷所思，楚天乐和妈妈都吃惊地瞪圆眼睛。不过天乐马上在马伯伯唇边发现了隐藏的笑意，就得意地嚷起来：

"你骗人！世上没有这样傻的爹妈！再说，要是这样做，那个民族早就绝种啦，最多也撑不过一百年！"

妈惊喜地看着他，因为儿子自从陷入自闭以来，从没有说过这么多的话，更没有过这样的激动。马先生笑着问：

"真的？"

"当然是真的！"

"哈哈，这就对了！"马先生放声大笑，笑声在夜空中强劲地震荡。以后楚天乐经常听到马伯伯这种极富感染力的大笑，听着这样的笑声，不管你有什么忧伤都会被赶跑。天乐也在刚才那声嚷叫中宣泄了心中郁结的苦闷，相对轻易地走出自闭状态，恢复了开朗的本性。马伯伯郑重地说，"天乐呀，既然你明白这个理儿，干吗还要我费口舌哩。这个理儿就是：虽然人生逃不了一死，还是得活着，要活得高高兴兴，快快乐乐，有滋有味，不枉来这世上一遭，否则就是天下第一大傻蛋。你们说对不对？"

楚天乐用力点头,"对。"

"现在该说到你了,楚天乐。你比一般人不幸,患了一种绝症,叫进行性肌营养不良。"他冷静地介绍了有关这种病的所有知识,一点没有隐瞒和淡化。天乐妈眼中盈出泪水,扶着儿子的胳臂微微发颤,马伯伯瞄她一眼,仍冷静地说下去。"这些天我一直上网查询,也请朋友在国内外打听,非常遗憾,对这种病的治疗至今没有突破。研究最深的是一位美国的华裔科学家段同声先生,他是使用基因疗法,有很大进展但还不能用于临床。孩子,现在我把所有真相明明白白告诉你了,你说该咋办?是学那个聪明民族,让妈妈立刻掐死你;还是继续活下去,而且要活得有滋有味?要活得像悬崖石缝的树,山顶水潭的柳叶鱼。"

对这个残酷的真相,楚天乐其实早就猜个八九不离十,但妈一直尽力瞒着掖着,他也抱着万一的希望,在心底逃避着不愿去面对。但是今天马伯伯无情地粉碎了他的逃避,这就像揭去伤疤上干结的绷带,越是小心越疼;干脆一狠心撕下来,片刻的剧疼让你眼前发黑,但疼过之后就心中清凉了。马伯伯微笑地盯着他,妈紧张地盯着他。楚天乐没有立刻回答,回头看看院外满溢的绿色,心中忽然漾起一种清新的希望。这些年一直与奔波和恐惧为伍,其实他已经烦透了。他很想过一种新生活,一种明明白白的、心地平静的生活,哪怕预先知道死神会在哪一天登门。而且——支撑他勇气的其实是一种很简单的想法:既然所有人都难逃一死,那么对于他来说只不过把那个日子提前一点,如此而已,又何必整天为它提心吊胆呢。想到这儿,他有一种豁然惊醒的感觉。

于是楚天乐回过身,朝伯伯和妈用力点头,一切在不言中。妈这才把高悬的心放下,高兴地看看马先生。马先生同样很欣慰。他观察了这孩子几天,觉得他是能面对真相的,而且只能用这种"疼痛休克疗法"才能激醒他的生存欲望。现在,事情的进展证实了他的判断。他笑着说:

"这就对了嘛,这就对了嘛。一定要快快乐乐地活下去,不愧你爸妈给起的这个好名字——天乐,上天赋予每一个生灵的快乐。"

他为母子俩安排了今后,说既然暂时没有有效的疗法,就不要四处奔波了。他会随时托人问询和在网上查询,一旦医学上有了突破就送他去治疗,即使是去国外,费用都由他筹措。在此之前母子俩可以留在这儿,天乐妈做家务,天乐随意玩耍。如果想学习,他可以教文化课,"咱们可是一对一的授课!而且我自信是一个好老师,学校的学生哪能享受这样的奢侈啊。"他笑着说,"当然,如果你不想学呢,也不必勉强。说句狠心话,其实能预知死期也是一种优势,可以尽情顺应心灵的呼唤,活得自在一点儿。至少说,不用到僵死的教育体制下去受煎熬了。"

他还说,其实他给天乐准备了一个最诱人的玩儿法:观察星星。那是一座琳琅满目的大宝窟,只要一走进去就没人想出来,十几年根本不够打发的。他自己打小就喜欢浩瀚的星空,但尘世碌碌,一直在商场中打拼,只有失去家人和左腿后才"豁然惊醒",断然告别尘世,来山中重拾心中所爱。当然,商场的打拼提供了建私人天文台的资金,也算功不可没啊,他笑着补充。

娘儿俩就这样留下来,满意地开始了新生活。妈尽心尽意地操持家务,伺候两个残疾人,开荒种菜,喂鸡喂猪,到林中采野味,跟山民大嫂交朋友,也学会了到网上查医学资料。她的生活安逸了,更重要的是心里不"张皇"了,于是憔悴便以惊人的速度消退,嘴唇上很快有了血色,人变丰腴了,恢复了三十几岁年轻女性的光泽。

楚天乐在前几年的磨难中已经很"沧桑"了,现在恢复了童心。尽管步履蹒跚,他还是兴致盎然地在山林中玩耍,早出晚归,疯得昏天黑地。哪天都少不了摔上几跤,但毫不影响他的玩兴。他并没忘记横亘在十几年后的死期,但有了那次与死神的正面交锋,他确实不再把它放在心上。

时间一天天过去,马伯伯也变成他的干爹。干爹说要教他观察天文,不过没有让他立刻从事枯燥的观测,而是先讲各种有趣的天文知识和故事,培养一个孩子的兴趣。此后等楚天乐真的迷上天文学,才知道干爹的做法太聪明了。夜晚家里经常不开灯,脚下那个景区的灯光也掩在浓浓雾霭之下,所以方圆百里都浸泡在绝对的黑暗中。天上的星月非常明亮,似乎可以伸手摘到,很有"不敢高声语,恐惊天上人"的意境。三人坐在院里,干爹给楚天乐指认天空中横卧的银河，指认几颗行星金木水火土，指认著名的冬季亮星大三角、黄道上的王星轩辕十四、肉眼刚能看到的 M42 猎户座大星云、M31 仙女座大星系、M45 昴星团（又叫七姐妹星）、经常被用来检验望远镜能力的天鹅座 β 目视双星等，就这样似不经意地，把天文学的基础知识浇灌到他的头脑里。干爹说：

"上次我说过，人生逃不脱寿命的囚笼，其实人类身上还罩有很多重囚笼呢，像重力的囚笼，可怕的天文距离加光速极限的囚笼，等等。古时候的人类就像是关在荒岛古堡里的囚犯，终生不能离开囚笼半步，不但不知道外边的世界，甚至连自家古堡的外形也看不到。他们只能透过铁窗，用叮怜的肉眼视力，眼巴巴地窥探着浩瀚的星空。后来人们发明了望远镜，发明了火箭，通过一代代努力，总算窥见了宇宙的一些秘密，比如：知道了我们的银河系是涡旋星系，太阳位于银河系的猎户旋臂上，距银心人马座 A 有 2.7 万光年；知道了太阳带着太阳系在绕着银心旋转，2.5 亿年转够一圈；知道了从银河系到本星系群、本超星系团、总星系等各种层次的宇宙结构，等等。1825 年法国哲学家孔德曾坚决地断言：人类绝不可能得到有关恒星化学组成的知识。他当时的想法没错啊，人类怎么能登上灼热的恒星去取试样呢，就是乘飞船去，半路上也烧化啦。但仅仅 30 多年后，人类就发明了天体分光术，将恒星光通过望远镜和分光镜分解成连续光谱，把光谱拍照下来研究，从各种元素谱线就能得出恒星的化学成分。"

干爹又说："上世纪 20 年代发现的宇宙膨胀是天文学上最伟大的发现，也是整个科学领域里最伟大的发现之一，不亚于进化论、牛顿力学、相对论和量子力学。1914 年，天文学家斯莱弗第一个发现了恒星光谱图的红移现象，即很多星云的光谱线都移向光谱图的红色端，按照物理学中的多普勒效应，这意味着星体都在远离我们。这发现把斯莱弗弄得一头雾水——要知道，虽然行星恒星有点儿小小的运动，宇宙从整体来说可一直是静止的啊。非常可惜，他敏锐地发现了红移现象，却没有达到理论上的突破。后来，哈勃经过对造父变星的研究，弄清了几十个星系的大致距离，他把星系距离及斯莱弗的光谱红移组合到一张坐标图上，然后在云雾般杂乱的几十个圆点中划出一条直线，就得到了那个伟大的定律——星系的红移速度与距离成正比。这意味着宇宙就像一个不断膨胀的蛋糕，其上嵌着的葡萄干（星体）都在向远处退行，互相飞速逃离，相对距离越远则相对退行速度越大。"

"告诉你吧，别看我早过了哈星族的年龄，我可一直是哈勃的铁杆哈星族！"虽然院子中仅有星光的照射，楚天乐仍能看见干爹眉飞色舞的样子。"作为最伟大的天文学家，哈勃有一种对真理的超级直觉。他拍的光谱底片并非很好，也不是一个出色的观察家，就当时的条件，他所掌握的资料也远远算不上丰富。但他总能穿过种种错误杂乱所构成的迷宫，依照最短的捷径，一步不差地走向最简约的真理。而那些善于'复杂推理'、执着于'客观态度'的科学家却常常与真理擦肩而过。哈勃甚至不单单是科学家，还是哲学家，是宗教先知。你想嘛，从这个发现之后，静止的、永生不死的宇宙，连带着上帝的宝座，就被他颠覆了，以他一人之力，仅仅用一张粗糙杂乱的坐标图，就给颠覆了！可以说，自打这一天起，人类才迈过童年期，长大成人了。"

干爹讲得很有激情，楚天乐和妈妈听得很起劲儿，星光朦胧中，楚天乐看见妈和干爹亲密地挨坐着。九岁的天乐高兴地宣布：

"妈，干爹，我要改名！我要把名字改成楚哈勃。知道是啥意思吗？你俩肯定想不到。这个'哈'字是一字双用，就是'哈'哈勃，是哈勃的哈星族！"

干爹朗声大笑，妈也笑。妈说这个名字太怪，干爹说这个名字很好。以后这真的成了楚天乐非正式的名字。尤其是当干爹对他的聪明脑瓜有了足够了解后，常常亲昵地摸摸他的脑袋："小哈勃，又有啥古怪想法啦？"

进山后不久，干爹把他领进自己的私人天文台。那些夜晚干爹大幅度地调整着望远镜的角度，让楚天乐在"一夜之间"尽情饱览了星空中最"好看"的星体。在36英寸的镜野中，他能清晰地看见遍布环形山的月球、云层弥漫的金星、有着狂野条形云带和大红斑的木星、带着漂亮光环的土星。干爹为他指认了夏夜北天星座中著名的星星：天琴座的织女星和天鹰座的牛郎星，这两颗星星是中国人最熟悉的；巨蛇星座和蛇夫星座就像一个巨人在捕获一只巨蟒;像蝎子一样的天蝎座中有一颗著名的星星叫心宿二,又叫大火,古人用来测定季节,诗经中说"七月流火,九月授衣",火就是指它了。再往东的人马座里有六颗星组成"南斗",人马座里有很多大星云,而银河系的核心就在这个方向。当然也少不了让他看最有名的大熊星座,夏天这柄勺子高悬在天顶,斗柄从头顶指向南方,所谓"斗柄指南,天下皆夏"。北斗星区还有一个漂亮的"大风车"——涡旋星系M101,明亮的蓝色旋臂围绕着橙色的中心,它在天文学家测量星系距离中起过重要作用。

天乐从俯到目镜前的那一刻就被迷住了。楚天乐后来总结说他的一生中实际有三次"新生",肉体的诞生是第一次,干爹为他撕开自闭的茧壳是第二次,而与星空结缘则是第三次。自从第一次走进天文台,他每天最盼望的就是天赶快黑,还有,千万不要阴天。

干爹家中有满墙的书,楚天乐饥渴地学习着。有干爹引路,再加上他本人的高智商,他学得很轻松,11岁那年,他在学习高中课程的同时,已经能阅读天体物理学和宇宙学的专著了。他发现宇宙学家都是些大男孩,很多假说就是大男孩的狂想,像暴胀宇宙、多宇宙、人择宇宙等,以一个11岁的脑瓜来理解这些并不难,反倒很合拍,很共振,很有点相见恨晚的感觉。干爹说得对,在所有宇宙学家中,不管他是哪个流派,"宇宙会死"已经是常识性概念了。所谓宇宙学这门学科,用最简单的话来概括,就是研究宇宙如何生和如何死。而且这儿说的不光是物质层面"肉体的死亡",还有信息层面"灵魂的死亡"。大自然万千生灵,甚至包括整个人类文明,科学、感情、信仰、智慧、意识,如此等等,究其根底,不外是信息的建构、保持和传递,但在"咱们的宇宙"灭亡时,所有信息都会在混沌中消解,不会有一丝一毫留存于"另一个宇宙"。这么说来,研究和认识宇宙还有什么意义?人类艰难地一步步攀登,终于逼近了最终真理,但到宇宙塌陷的最后时刻,轰的一声全部玩儿完!但宇宙学家可不管这些,还是在孜孜地研究着,比如宇宙学家中有一个叫惠勒的美国怪老头,就是那位说宇宙"简单和奇妙"的宇宙学家,最关心的事就是宇宙有几种死法,简直是变态嘛。

楚天乐的思想达到这个层面后,对自己的绝症更是看淡了。

在这些"精灵古怪"的理论中徜徉，他自己的"古怪问题"也是层出不穷，这些孩子气的傻问题常常难倒干爹，因为最简单的问题常常是最难回答的。干爹对天乐妈说，"这小东西的脑瓜就像万花筒，随便拨棱一下就冒出个新想法，我这个半瓶醋的天文学家已经应付不了啦。"

一个冬天的夜晚，他们在望远镜中看累了，就从屋顶的缺口探出身子，直接用肉眼观察天空。冬夜的星空特别明亮，著名的亮星竞相辉映，像猎户座的参宿四和参宿七，大犬座的天狼星，金牛座的毕宿五，双子座的北河二和北河三。这天晚上楚天乐的"古怪问题"最多，仿佛它们是从暗蓝色的星空深处冒出来的一串串泡泡。他问干爹：

"宇宙膨胀时天体膨胀不？换句话说，天膨胀了，量天的尺子膨胀不？"

"不膨胀，被引力束缚着的天体不参与膨胀。"

"那气态恒星呢？几乎和真空一样稀薄的星云呢？这些稀薄粒子中间'夹着'的空间膨胀不？物质结构和空间本来就密不可分啊。"

干爹想了想，坦率地说："这个问题我回答不上来。宇宙学本来就是一门非常年轻的学科，关于空间膨胀的问题还没人考虑得这么细。"

楚天乐跳到另一个问题："干爹，宇宙膨胀时，光速变化不？"

"光速不变，但光会被膨胀的空间'拖着走'。比如宇宙暴胀阶段从 10^{-36} 秒开始，到 10^{-34} 秒为止，宇宙的大小膨胀了 10^{43} 倍，它发展到今天是各向同性的，可是，按照世界的定域性原理，不可能有超光速的因果关系。所以在这 10^{-34} 秒中，光信号必定能传递到小宇宙的所有区域，才能造就宇宙的各向同性。但这远远超过了'正常光速'所能达到的尺度。"

"是不是可以这样说：宇宙正膨胀时，光会变快；停止膨胀时光就恢复正常，得按膨胀后的实际距离和光的'正常速度'来花费它的时间了。对不对？"

干爹笑着说："这样说也未尝不可，就像我们习惯说太阳绕地球东升西落，但本质上还是地球的自转。"

天乐又跳到另一个问题："干爹，大爆炸时的'粒子汤'会随空间膨胀而变得稀薄，但空间本身呢？是不是空间本身也变'稀疏'了？"

"空间只是真空，真空无所谓稀疏与否……"

楚天乐马上反驳："干爹你说得不对！"

干爹逗他："咋不对了？说说。"

"真空不空。真空能够因量子起伏而不停地产生虚粒子对，像电子—正电子对，夸克—反夸克对，并且它们有可能转化为实粒子；真空在引力场中会弯曲，弯曲空间产生虚粒子对的概率更大；狄拉克还说宇宙膨胀时也会产生更多的负能电子对；真空有真空能，即零点能，其密度不随宇宙膨胀而改变，所以宇宙膨胀的最终结局，可能使宇宙由辐射主导转化为物质主导再转化为真空能主导。真空有阻抗，它与光速有密切关系。真空中每单位空间存在着数量有限、转瞬即逝的粒子，而真空阻抗与粒子电荷数的平方有关，与粒子质量无关。"他引经据典地说了一大通，然后说，"干爹，这些都是已被证实的事实或有力的假说，它们都暗指真空有深层结构。只要有深层结构，就应该在膨胀时变'稀疏'——当然，说它'稀疏'只是直观的比喻。但不管怎样，我认为有这么三点：一、空间和物质一样，同样是一种物理实在；二、它有深层结构；三、空间的宏观胀缩会在微观结构上有所表现。有人说空间只是物质的性质，就像'锋利'只是刀刃的属性，我不赞成这种说法。我觉得它太虚无了。"

干爹有点儿惊奇，天乐能脱口说出对真空的这三个观点，其正误姑且不论，至少说明这孩子曾认真思考过。他考虑一会儿，最终摇摇头：

"我的小哈勃，这个问题我答不上来，而且眼下恐怕没有哪个科学家能给出确切回答。据我的印象，人类对空间或者说真空的了解还只是蜻蜓点水，是对其外在状态的浅显描述，没有深入到本质。也许物理学的下一个重大突破就是对真空的真正认识。"

楚天乐安静了片刻，星光在他的眸子中闪烁，两人哈出的水汽在寒冽的夜空中凝成团团白雾。万籁俱静，尘世仿佛离得很远。干爹说：

"你问了这么多问题，我发现你对真空最感兴趣。"

"没错。看了这么多书，我最弄不懂的就是真空的本质，云里雾里，越看越糊涂。我想这正说明它有待认识，因为干爹你说过，宇宙的真相常常是最简约的。"

"好！好好研究，将来提出个有关真空的楚哈勃定理，在未来的天文学专著中排在哈勃定理之后。"干爹搓搓手，搓搓耳朵。"外边太冷，咱们下去吧。"

这次冬夜闲聊中，干爹对天乐的"鬼灵精"有了更深的认识。这小子的思维虽然还幼稚，但贵在不循常规，不像在学校里用填鸭方式喂出来的学生，后者常常被"经典答案"的框框给框住了。他还看到天乐的另一个思维特点，就是更关心那些整体性的问题——正如他崇敬的哈勃一样。拿哈勃与同时代另一个伟大的天文学家巴德相比，巴德更关心对具体星系的解析，而哈勃则侧重于对宇宙整体的认识。也许，假以时日，天乐也会成为哈勃那样的科学巨擘，可惜——

这个可怜孩子不会有太多的时日，这朵天才之花肯定等不到怒放就要凋谢。

干爹看看他闪烁着星光的晶亮眸子，把苦楚压在心底。从那以后，他教天乐更起劲了，可以说父子俩都上了瘾。他不指望天乐在短暂的生命中真能提出什么定理，做出什么惊世成就，但他至少要让孩子活得有滋有味。那时他和楚天乐都不会想到，一个11岁孩子的幼稚猜想，有一天会发展成一套革命性的"三态真空理论"。

山中日子一天天过去。楚天乐的少年时代没怎么认真上学，现在他像久旱干裂的土地吸取雨水一样狂热地汲取着知识。山中的三人生活过得很充实，可惜病魔并没有放过他。他的病情一直在发展，行走越来越困难，说话开始发音不清，好在智力没受影响。医学资料中说，这种病人有30%的人会智力受损，那么，他没有在这30%之中，实在是不幸中之大幸。

在干爹为他打开智慧之门后，这种庆幸感越来越强烈。

这一年他发现了妈和干爹的私情——其实如果追索起因，这事多少是他勾起来的。一个盛夏的满月之夜，临睡前，妈伺候两个残疾人洗了热水澡，把他们安顿到院中乘凉。过一会儿，妈也洗完澡出来了，穿着布做的短裤和内衣，站在风口吹头发。这个年代恐怕没人会穿这种自制的内衣裤了，但她在"山穷水尽"的那几年里苦惯了，俭省成癖，现在又住在深山，下山一趟不容易，所以一般都是自己做衣服。这些粗制的衣服遮不住一个40岁女人的活力，那天月光如水，勾勒住一具丰腴健壮的身体，胸脯饱满，脊背浑圆，一头黑油油的长发在身后飘拂。楚天乐和干爹都注意到了这幅颇具美感的剪影，天乐脱口说：

"妈，我真不知道你原来这么漂亮！年轻时你一定是个大美人！"

月光下他看到也感觉到妈的脸红了，她飞快地看了干爹一眼，那两人的目光在夜空中怦然相撞，然后都赶紧收回目光，显得有些慌乱。妈羞涩地说：

"你个憨娃子，哪有当儿子的这样说妈的。"

干爹已经平静下来，笑着凑趣："你妈说得对，你真是个憨娃子——说什么你妈年轻时漂亮，她这会儿也不老哇。"

那天三人还说些什么楚天乐已经忘记了，后来他回屋睡觉，那两人却迟迟未回。天乐从窗户里往外看，看到的是另一幅颇具美感的剪影：在一轮明月的映照下，干爹立在妈的身后，两手环抱在她的胸前，妈把头向后斜靠在干爹的肩膀上，身体好像瘫软了。两人不说话，就这么一动不动地贴在一起。

楚天乐偷偷地笑，心想看这架势，肯定是干爹主动吧。他躺回床上，舒心地睡了。

几天后，他深夜醒来，听见轻微的脚步声。是妈从外边进来，正检查他的蚊帐，妈每晚都要查看几次。他闭上眼睛装睡。妈查看完没有回她床上睡觉，脚步轻轻地走了。少顷他听到干爹屋里有细语声，他竖起耳朵，听到是妈在说话，自嘲中夹着苦恼：

"马先生，过去听人说男女之间是干柴烈火，我算是有体会了。自打有了第一次，这些天我老想要你，忍都忍不住。"

听干爹笑着轻声劝慰："这不算罪过啊。人来到世上，活着是第一重要的事，男女之间的事就是第二重要的事，和吃饭喝水一样重要。依我说，一个民族的平均性欲水平，和这个民族的生命力是成正比的！宋朝有个冬烘老头儿说'存天理，灭人欲'，那是害人的狗屁，不要信它。"

妈说,"可我总觉得有罪,乐乐娃病成这样,当妈的却出来偷汉子……"

楚天乐觉得再听下去肯定不合适,悄悄下床关好房门,把那边的窃窃情话关到门外。他想这回得由自己挺身而出了,帮妈走出负罪的囚笼,正如干爹帮自己走出恐惧的囚笼。第二天吃晚饭时他当着两人的面说:

"妈,我已经14岁了,想单独住一个房间。"

妈很窘迫,试探地问:"可这儿只有两个卧室,你让妈住哪儿?"

楚天乐笑嘻嘻地说:"当然住我干爹那儿啦,省得你夜里来回跑,还要瞒我,累不累呀。"

妈立时满脸通红,简直无地自容,干爹也颇为窘迫。天乐笑着安抚两人:

"妈,干爹,你们互相恩爱,快快乐乐,我高兴还来不及呢。以后不必再瞒我啦。"

妈眼睛湿润了,干爹高兴地拍拍他的后脑勺。从那天起,妈就搬到干爹屋里去住了,只是每晚还会往这边跑几趟,她终究对病残的儿子放不下心。爱情滋润了两人,妈的脸庞上光彩流动,明艳照人。那是爱之光辉,藏也藏不住的。

以后几年,干爹把大部分观测时间让给了天乐。本来干爹观察星星就属于"票友"性质,纯粹出于"心灵的呼唤",没有必须要干的压力,何况这会儿"爱情的呼唤"显然更强劲一些。晚上总是由妈送天乐来天文台,然后妈就回去了,到早上再来接他。

那几年的夜晚他就这么独自待在天文台里,同星空对话。观星是一件苦差事,这儿没有暖气。观星望远镜所在的房间不能有任何空调措施,要保证望远镜和外界气温一样,以避免温差带来的大气抖动。寒夜中眼泪会把目镜和眼睛冻在一起,长时间的观测让背部和脖子又酸又疼。当镜筒跟随星星移过天空时,底座常有吱吱嘎嘎的响声和不规则的跳动。楚天乐首先学会的技巧,就是在物镜跳动之后迅速重新调好焦点,追上目标,这样才能在CCD上曝光出边界清晰的斑点或光谱。

干爹开玩笑说,想当一个好的天文学家,首先得有一个铁打的膀胱,可以省去爬下观察台撒尿的时间——说不定那几分钟就会错过一次千载难逢的观测，让你抱恨终生啊。这样的铁膀胱对两个病残者尤为重要吧。楚天乐很快练出了可以和干爹媲美的铁膀胱，只要一走上观察台就整夜不下来，为此他改变了饮食习惯，晚饭时不再喝稀饭。

不知不觉楚天乐已经 16 岁了。生日这天，吃完妈煮的代替生日蛋糕的红蛋，妈去厨房洗碗，他对干爹说：

"干爹，我想天上的星星我大体上已经熟悉了，以后我想学一点儿具体的测量技能，像测量恒星的光度啦，自行啦，视向速度啦，距离啦。这么说吧，我不光想'看'星星，还想'摸摸'它们。"

干爹笑着："行啊，我就教你怎样来摸它们。你说得对，当一名天文学家，不光要动脑动眼，也要会动手。"

此后干爹恢复了夜间的值班，为天乐介绍了各种相关仪器。重点是那台平面光栅式恒星摄谱仪，因为按干爹的话，那是"天文学家最锐利的武器，是他们的湛卢和巨阙剑"。与物理学家相比，天文学家能够动用的测量手段太可怜，以致很难得到"干净"的观测数据。比如，确定星体绝对亮度时常常无法排除星际介质的影响，也与该星体的距离有关；想确定星体的切向速度除了要测周年视差，同样离不了星体距离。但星体距离的测定是最不靠谱的，要依赖诸多假定。这么着，上述绝对亮度和切向速度的准确度都要依靠一个不可靠的中间值。唯有依据星体光谱测得的参数，像恒星化学组成和星体的视向速度，是"干净"的，可信的。当然，实际测量中也有很多需要排除的因素，比如测遥远星体的宇宙学红移速度需要扣除它的本动；测较近星体相对"标准太阳"的多普勒速度，要扣除地球的公转，扣除太阳本身相对"标准太阳"的速度浮动。干爹介绍说，"咱们这台恒星摄谱仪是低色散度的，主要用于遥远星体的观测。"远星的光谱红移比较大，不需要太大的色散就能准确测量。"这种低色散摄谱仪比较轻巧，可以放在主焦点笼中。当然用它来观测近星也是可以的，只是精度低一些。"

等天乐熟悉了这些仪器，干爹又暂时退出了，留下他一人在星空中徜徉。天乐对宇宙大爆炸的图景最感兴趣，出于对哈勃的敬意，他想沿着哈勃走过的路再走一遍。此后几个月他测量了很多遥远星系和类星体的红移值，这些星系太暗了，在镜野中拥挤得像窗户上的苍蝇，想把它们的光谱清晰地留在天文底片或CCD上并非易事。经历了几次失败后，天乐终于熟练地掌握了它，测得的几十个红移值都与资料值相差不大。

他对遥远星体的宇宙学红移太痴迷，直到几个月后，第一场薄雪飘落在天文台的圆顶，他才把目光转向冬夜星空中的亮星，大致说来，亮星大都离太阳较近。他测量了很多亮星的光谱红蓝移（视向速度），像御夫座的五车二和柱六，金牛座的毕宿五，双子座的北河二和北河三，猎户座的参宿四和参宿七，船底座的老人星，等等，这些测值与资料值也很接近。只有在大犬座的天狼星，这颗夜空中最亮的 -1.4 等星上，他第一次遇到了麻烦。

他为此整整忙了两个月。快到元旦时，干爹问他：

"小哈勃，这俩月在干什么？我看你相当亢奋。"

"干爹，我正打算告诉你呢。我在测几颗亮星的光谱红蓝移时遇到了麻烦，无论如何校正，它们的视向速度都和资料值有偏离。这些天我又回过头检查了夏天以来拍的光谱片，找出了和资料值有误差的所有星星。你看。"

他给干爹一张纸，上面列着：

恒星名称	与地球的距离	资料上的视向速度（负值表示靠近地球，正值表示远离地球）	实测的视向速度	误差值
南门二	4.3 光年	-21.6 千米/秒	-22.1 千米/秒	-0.5 千米/秒
天狼	8.7 光年	-7.6 千米/秒	-13.3 千米/秒	-5.7 千米/秒
南河三	11.4 光年	-3.2 千米/秒	-9.2 千米/秒	-6.0 千米/秒
牛郎	16.0 光年	-26.0 千米/秒	-32.5 千米/秒	-6.5 千米/秒
北落师门	21.9 光年	+6.4 千米/秒	+2.4 千米/秒	-4.0 千米/秒
织女	26.5 光年	-13.5 千米/秒	-14.0 千米/秒	-0.5 千米/秒

干爹看了一遍，问："出误差的都是近地恒星？"

"对，误差最大的是十几光年远的恒星，很近的和较远的恒星误差较小，35光年之外的恒星就完全没有误差了。"

"所有误差都是单向的，都是增加了朝向地球的视向速度？"

"对，但增加的值不同，离太阳十五六光年处最大。"

干爹对着这个表格久久沉吟。他知道天乐这孩子做事可靠,既然在两个月的亢奋观测后才拿出这个表格,说明上面的数据已经反复校对过。也不会是天乐的观测计算中出了什么系统误差,因为他说过,35光年以外的星体的测量值都与资料值很接近。他自语着:

"但……怎么可能出现这么系统性的误差?那就像是这片空间在向太阳塌陷。"

"干爹,这正是我的印象啊。"

"这根本不可能,太阳附近并没出现一个巨型黑洞,就是有黑洞也不会造成这样的塌陷。"他想了想,"巡天星表上,35光年以内还有几十颗暗星,它们的光谱你测过没有?"

"还没有全测。"

"那咱们全测量一遍。我也去。"他回头对天乐妈说,"从今天起我得上夜班啦。"

天乐妈稍一愣——说实话,这一两年来她已经习惯了睡在这个男人的怀抱中,那种安心的感觉真的是一种享受。但她马上说:"去吧去吧,这样你们俩互相也有个照应。"

这之后他们又亢奋地忙了七八个月,一直到来年初秋。他们对35光年内的所有恒星全都测了光谱,后来又扩大到50光年之内。天乐的那个表格基本没错,这些近地恒星都增加了一个朝向地球的蓝移。蓝移增量大小不等,以牛郎星最大。异常区域限制在35光年内,到36.5光年的大角就截止了。与那个表格不同的是,两人后来测得的蓝移增量比天乐的测值稍大,最大能大0.4千米每秒。天乐检查了记录,对干爹说:

"我发现一个规律,凡是和我的测值误差较大的数据,两者的观测时间都相差较远。比如对南河三,上次测的时间是去年初冬,到现在已经大半年。所以,也许这是因为——这个收缩是逐年递增的。"

"这不奇怪。既然它们都有了蓝移增量,那这个增加不可能是突变,只能是一个逐渐加速的过程。"

此后秋雨连绵,无法观测,父子俩就待在家里反复讨论,探讨造成这个现象的深层原因。天乐妈听得时间长了，也约略听出他们的意思，那天她小心地问：

"你们这些天一直在叽咕啥呢？是不是说天要塌？"

天乐老老实实地说："从观测值看是这样的，不是全部的天要塌，只是一小块。当然，这一小块空间也足以把地球捂进去了。"

天乐妈愣了，干爹忙安慰她，说这只是观测的表面现象，一定有别的解释。老天既然已经存在了一百多亿年，哪能说塌就塌呢。天乐妈放心了，回厨房做饭去。干爹回头对天乐说，他这段话并非全是虚言安慰，因为他不相信"天塌"确实有一个理由，虽然不能算严格的反证，但也不能忽略——科学启蒙之前，自恋的人类总把地球当成宇宙中心。科学后来破除了这种迷信，现在我们知道，地球或太阳只是极普通的星体，上帝无论在施福或降祸时，都不会对人类另眼相看。可是现在呢，恰恰人类区域是一个局部塌缩的中心！这就像是"地球中心论"的变相复活。

话虽这么说，但父子俩并不能排除心中的不安。不管怎么说，这个古怪的"蓝移区域"是确实存在的，它给人一种难言的感觉：阴森、虚浮、模糊，就像童年期间天乐潜意识中的病魔形象。但它究竟是什么机理造成的？随后的四年里，父子俩用大量观测确认了以下的结论：

半径 16 光年之内的空间正发生着暴缩，收缩率大致是均匀的，因为观测值基本符合"蓝移量与距离成正比"的哈勃公式。该局域收缩已向外波及半径 35 光年的区域，在受波及区域中蓝移量随距离递减。

从时间轴上说收缩是匀加速的。

暴缩原因未明。

两人搜索枯肠，提出了很多假说，讨论后又把它们一个个淘汰。他俩完全沉迷于此，想得头脑发木，嘴里发苦，天乐妈说这爷儿俩都痴了，连吃饭也不知道饥饱了。可惜他们一直没能找到任何一个说得通的假说。虽然灾变原因找不到，但后果是可以预测的，非常可怕。他俩不敢再耽误了，于是在一个月前，他们把这个发现向国家天文台和紫金山天文台做了通报。后来该发现被国家天文台命名为"楚—马发现"。

以后的情况就是鱼乐水亲历的了。

二

鱼乐水完成了采访，写好稿子，修改了两遍，存在笔记本电脑里备用。访谈的结尾是这样一段对话：

"楚先生，让咱们来个最后结语吧。你作为一个余日无多的绝症患者，却悲剧性地发现了宇宙的绝症。以这种特殊身份，你最想对世人说一句什么话？"

"只一句话？让我想想。干脆我只说两个字吧，这俩字，一位著名作家，余华，几十年前已经说过了，那是他一篇小说的题目……"

"等等。余华老先生的作品我大多拜读过，让我猜一下。你是说——《活着》？"

"对，这就是我想说给世人的话：活着。"

活着。

活着！

我读过余华的这本书，还记得书中一个细节，那是一个小人物的荒诞台词。当时他站在国军的死尸堆里向老天叫阵，说："老子一定要活着，老子就是死了也要活着！"

第二天，也就是她来马伯伯家三天后，那架 AC311 又来了，要接楚马二人到北京去。不用说，这就是贺老说的那个"最高层会议"了。鱼乐水朝两个兵哥发牢骚，埋怨贺老没一点绅士风度，不知道怜香惜玉，既然上次她阴差阳错地参加了会议，这次怎么着也该给她发个邀请函啊。兵哥笑着没接她的话茬，只是说，"如果你想回北京，我们可以把你捎过去，这一点我们能做主。"鱼乐水说："我不去，我就待在这山里等两人回来。"

她和任阿姨目送着直升机在蓝天中消失。她此刻绝不能回北京——当你怀中揣着这么一个秘密又不能对外泄露时，你该如何面对父母、朋友和同事的目光？她此刻只能抽身站在尘世之外，等待着消息公布的时刻。

时间一天天过去，那俩人杳无声息，这说明那个会还没开完。鱼乐水能设身处地地想象到最高层的为难：这个灾难眼下是看不到的，但只要相信科学，你就该相信它必然会到来。可是你怎么敢因为一个看不见的灾难，因为恒星摄谱仪上一点小小的光谱蓝移，就断然改变国家这只大船的航向？这是往昔的政治领导人从未遇到的局势，很难做出决断。这几天晚上鱼乐水总是失眠。虽然她生性豁达，又在楚、马、任这仨人身上汲取了足够的勇气——正是那句话：去他妈的，即使明天早上天塌，她也不会在今晚自杀——但说归说，心绪繁乱还是免不了的。不免回忆起高一时读过的著名哲学家罗素的一段话："有史以来，科学所做的最阴郁的预言，就是热力学第二定律（熵增定律）所预言的宇宙末日。所有恒星终将熄灭，宇宙不可违抗地走向能量平衡。人类成就的整座殿堂必将埋葬在宇宙的碎片之下。"那时她敏锐地感受到了这段话的力量，心中充盈着宿命的悲怆。但罗素说的还是宇宙的天年，是百亿年之后的事！而现在楚马二人发现宇宙得了绝症，虽然只是部分得了绝症，纵然灾变在这代人的有生之年不会发生，但也绝不是天文地质时间。

可以说，楚天乐的不幸命运扩展到了全人类。人类生活的这片宇宙也不幸得了绝症，余日无几了。

任阿姨对她这个客人打心眼儿里欢迎，这些天一直陪她玩儿，想方设法给她做山中的野味，没事儿就陪她拉家常，问候她的父母，更多是谈"马先生"，谈天乐，谈她肚子里的小生命。鱼乐水想，以任阿姨的知识层次，可能对灾难的反应要迟钝一些吧，迟钝也是一种幸福啊。不过鱼乐水想错了，任阿姨并非迟钝，至少她看出了客人的心绪繁乱，只不过埋在心里罢了。晚上鱼乐水睡不着，悄悄走出院门，立在山石上久久仰望星空，任宿命的悲怆大潮在心中激荡。偶然回头，见任阿姨站在门口悄悄看她。任阿姨看见这边已经发现了她，笑着摇手：

"没事没事,我怕你撞上野物,山里有个把野物。"

五天后,鱼乐水收到马伯伯的一个短信:"今天上午十点,全世界同时公布。"

终于来了。鱼乐水打开电视等候着。十点,央视播报了这则新闻:

> 以下消息由世界各天文台联合发布。
>
> 20天前,中国民间天文学家楚天乐和马士奇向中国国家天文台和紫金山天文台通报,所有近地天体的光谱,在扣除了原有多普勒红蓝移值之后,都新增了相当大的蓝移。蓝移值以16光年远的天鹰座 α 星最大,达到 −0.15 埃,也就是说它新增了一个朝向地球的 9.21 千米每秒的速度。从天鹰座 α 星向内和向外,新增蓝移值逐渐减小为零,构成了一个以太阳系为中心的异常区域。鉴于蓝移增量的普遍性,它应该是由这部分空间的整体收缩所引起的。另外,据楚马二人五年来的观测,这个收缩是匀加速的。以天鹰座 α 星为例,每年新增蓝移约为 0.01 埃,对应的该星球每年新增的视向速度为 0.58 千米每秒。
>
> 此后不久,澳大利亚一位中学生丹尼斯·格林独立做出大致相同的发现。该发现已被世界各天文台正式命名为楚-马-格林发现。

接下来是国家天文台的詹翔和紫金山天文台的徐一凡登场,他们的任务是向不具有天文学常识的百姓讲清这是怎么回事——当然要尽可能淡化,以尽量减少社会的歇斯底里。鱼乐水没有往下听,立即回到电脑桌前,从网上把自己那篇文章同时发给报社葛总编和社会部的何姐。然后她拨通了葛总的电话。葛总急急地说:

"小鱼?你总算回人间了!这会儿我没工夫跟你说……"

"我也没工夫说闲话,我给你和何姐同时发了一篇人物采访,你们尽快发。"

葛总苦笑一声:"小鱼,这会儿你没在看电视吧,还说什么人物采访,天都要塌了！……"

鱼乐水打断他的话："我知道。我七八天前就知道了这个楚马发现，我说的采访就是针对这二人的。"

葛总惊呆了，有好一阵子没回话。鱼乐水平静地说："葛总你快点发稿。我说句务实的话，不管天塌不塌，没塌之前日子还是要过的，报社还是要办的。"

葛总又愣了片刻，这回他是惊异于小鱼的口气，天将塌而色不变，这哪像一个25岁小姑娘的气度啊。但他马上镇静下来，果断地说：

"好，我这就和小何同时看稿，尽快发，先发网络版，再发号外！小鱼，你立了大功。"

他挂了电话。鱼乐水又把电话打给妈。妈接了电话，头一句就是问："水儿，这两天你是不是在马伯伯家？"鱼乐水说是啊，妈你太了不起了，女福尔摩斯啊，你咋猜到的？"联想呗。我已经从电视上知道了楚马发现，你又是在那一带采访，而且你这几天的行踪太神秘。"

说到这儿两人都卡壳了，都在想着如何措辞来安抚对方。鱼乐水说：

"妈，我对楚马二人有个采访，今天就会发在我们报上，你和我爸看看吧。我想会增加你们的勇气！"

妈爽快地说："好的，报纸一出来我就去买。"

鱼乐水挂了电话，天乐妈从门外探头进来，喜滋滋地说："听，直升机的声音，那爷儿俩回来了！"两人赶紧到院门口迎接。少顷，两位武警扶着马伯伯，背着楚天乐过来了。她俩赶快接过两人，安顿好，两个兵哥水都没喝，立刻走了。鱼乐水想向父子俩问问会议的详情，但看看两人的表情，把要说的话咽进去了。两人神色倒还平静，但都透着极度的疲乏，不用说，他们在长达五天的最高层会议上没少经历心灵的揉搓，而且这样的揉搓并没换来明确的结论。这不奇怪，可以预料到的。还是那句话，最高层不可能因为摄谱仪上一点小小的蓝移就断然改变国家这只大船的航向。不光中国，全世界都一样。

一个小时后葛总来电话了。听电话中的口气，他被"塌天噩耗"砸飞的魂魄已经基本归位，变回原来那个尘世中的报社老总。他对小鱼的文章大声叫好，说它简直是一团"冷火"，外表的冷静包着炽热的火焰。他马上全文刊发。葛总只提了一点修改意见，说你在结语中当面直言楚天乐是"余日无多的绝症患者"，是不是太冷酷？恐怕读者会有这个印象。鱼乐水稍稍一愣，这才意识到短短七天自己已经被这个家庭同化了，已经能平静地谈论死亡了。她对葛总说："不必改，他们这儿从不忌讳这个。估计读者们也不会在意，既然连宇宙都得了绝症。"

葛总说："那好吧，就保持原样，不改了。"他又主动说，"你可以在他家多留几天，看能不能再挖出一篇好文章。"鱼乐水心想该挖的都已经挖过了，但既然总编这样慷慨，她乐得再留几天，陪陪天乐和俩老人。这几天她已经同这家人有了很深的感情，如果甩手就走，真的舍不得。挂电话前她迟疑一下，还是问了她关心的事：

"葛总，外边……怎么样？我刚才从网上了解了一些，人心已经大乱了。但你知道，网上的鼓噪向来要比实际情况高几个分贝。我想知道真正的社会脉搏。"

葛总苦笑着："实际情况也好不到哪儿去。这么说吧，人类社会就像突然得了心肌梗死，剧痛已经传递到文化层次比较高的阶层，普通老百姓稍稍迟钝一些，但也差不太远。老百姓弄不大清什么是蓝移红移，但他们知道一个更形象的词儿：天要塌了！我有个感觉，眼下社会虽然还在正常运行，但其实是在梦游中，是一种集体性的梦游。迟早会因一两个人的跌倒，放大成整个队伍的大乱。"他长叹一声，"正因为如此，我对你的这篇访谈特别看重，它对社会情绪多少有安抚作用吧，也算是咱们为社会尽最后一份职责。谢谢你小鱼，也替我谢谢山里那仨人。再见。"

"再见。"

摁断手机后她愣了一会儿，葛总的话勾起她心底的阴郁。这些天她虽然努力用"明朗"压制着它，但其实是压不住的。想来这事真他妈妈的，老天爷真就这么操蛋，不言不语地就让人类走上绝路，连个酝酿情绪的时间都不给。虽然消息公布不到两个小时，但网上的情绪已经到了爆燃点，有人感叹"杞人忧天"的杞人才是人类的唯一智者，说"杞国有人忧天地崩坠"这九个字的价值超过了文明史上所有文字的总和，后者全都可以拿来揩屁股。有人商量着不如到杞国旧地去自杀,以表达对这位智者的敬意,居然响应者云集。各网站也失控了,没有及时屏蔽这些鼓动自杀的非法言论。按这个趋势走下去,人类甚至不能有尊严地死去。

她发现楚天乐坐在角落的一张椅子上,默默地注视着她。她赶快抹去了阴郁表情,笑着走过去。天乐说:

"鱼姐,你这会儿有没有空儿?"

"有啊,你想干什么尽管说。"

"我想让你陪我爬爬山——先说好今天不许背我,也不许搀扶,我自己走,能走多远走多远。"他平静地说,"近来我感觉不好。也许这是我最后一次自己爬山了。"

鱼乐水心中发苦,柔声说:"好的,我不背你。我陪着你走,走到哪儿算哪儿。咱们走吧。"

两人没对二老说,悄悄出门。楚天乐领着她朝后山走,那里基本没路,所以走起来格外困难。楚天乐不仅是肌肉无力,好像运动神经也不大灵光,走起路来像醉汉一样趔趔趄趄。鱼乐水为了帮天乐实现心愿,硬着心肠不去搀扶他,只是跟在他身后,随时准备他跌倒时伸手搀扶。她心中止不住发苦。

他们走了不远,到了一处绝壁前。这儿有一处小小的平台,垒着一个柴堆,用小腿粗的松树圆木,堆成整整齐齐的井字垛,大约有肩膀高,最上边盖着松枝防雨。鱼乐水不解地问:"这是你家储备的干柴吗,怎么放这么远?"天乐摇摇头,专注地盯着这个井字柴堆,眼睛里浮出一片阴云,但阴云只是短暂的,很快就飘散了。他平静地说:

"不,是为我准备的,我让妈提前准备的。我打算死后就地火化,骨灰撒在悬崖之下,免得二老把遗体运下山去火化。山路陡,运下山太难。恐怕我以后爬不动这段山路了,今天是来最后看一眼。"他看着鱼乐水惊愕和痛楚的表情,反过来安慰,"鱼姐你别难过,我跟'死'揉搓了这么多年,已经习惯了。"

鱼乐水机敏地抹去痛楚表情。"天乐我不难过。你的一生可能很短暂,但活得辉煌死得潇洒，值！"鱼乐水笑着说，"其实我很羡慕你，不，崇拜你，是你的铁杆哈星族！我也要学你改名字，从今天起我就叫'鱼哈楚哈勃'！这名字多特别，保证没人会重名！"

两人在火葬台上放声大笑，笑声震荡着散入空旷的山涧。一只老鹰从他们头顶滑过，直飞九天，它不是西藏天葬台上空那种兀鹰，也不像是此地旅游介绍上说的金雕，应该是北方山中常见的苍鹰吧。

这是鱼乐水在马家逗留的最后一个晚上，明天就要和三人告别，和山林告别，回到繁华世界，重做尘世之人——尽管那个繁华尘世已经有了深长的地裂。夜里，她睡在客厅的活动床上，辗转反侧，难以入睡，听听马先生卧室里没有动静，而天乐屋里一直有窸窣声，显然他也没睡着。鱼乐水干脆起身，悄悄推开他的屋门，蹑脚走近床边，压低声音问：

"天乐你睡着没？你要没睡着，咱俩再聊最后一个晚上，行不？"

天乐没睡着，黑色的瞳仁在夜色中闪亮，显然对鱼乐水的过来十分喜悦。他的嘴唇动了动，是在说"行"。他的口齿不清，有时候得对口形才能听明白，这些天，鱼乐水已经学会读他的口形了。

天乐要起身，鱼乐水把他按下去，让他仍旧侧躺着，自己拉过椅子，与他脸对脸坐下。她怕影响那边两位老人，压低声音说：

"天乐，这会儿我不想开灯，看不清你的口形，交谈比较困难。那就听我说吧。我采访了你的前半生，也谈谈我的前半生，这样才公平，对不？"

天乐无声地笑，认为她竟自称"前半生"是倚小卖老，他低声说："好。你说，我听。"

鱼乐水天马行空地聊着，思路跳到哪儿就说到哪儿。她说："我和你害病前一样，从小乐哈哈的，特别爱笑，我的名字中有个乐字，我爸老说他起的这个名字最准确。上初中时，有一次在课间操中，忘了是什么原因发笑，正巧被校长撞见。按说在课间操中迸一声笑算不上大错，问题是我笑得太猖狂，太有感染力，引得全班女生呼呼啦啦笑倒一片。校长被惹恼了，厉声叫我跟他到校长室中。我妈在本校任教，有人赶忙跑去告诉她：'不得了啦，你家小水不知道犯了啥大错,被校长叫到校长室了,你快去救火吧!'我妈神色自若安坐如常,说:'没关系,能有啥大错?最多是上课时又笑了。'真是知女莫若母啊。"

她又说:"我不光性格开朗,还晕胆大,喜欢游泳爬树登山,游乐场中连一些男孩子都不敢玩的东西,像过山车、攀岩、激流勇进等,我没有不玩的。大学时谈了个男朋友,就因为这件事吹了。他陪我坐了一次过山车,苦胆都吓破了,小脸蜡黄,还吼吼地干呕。按说胆子大小是天性,怪不得他,而且他能舍命陪我,已经很难得了。但我嫌他太娘儿们,感情上总腻腻歪歪的,到底和他拜拜了,说来颇有点对不起他。连我妈也为这个男生抱不平,说:'你这样的野马,什么时候能拴到圈里!'我说:'干吗要拴,一辈子自由自在不好吗?'"

时间在闲聊中不知不觉溜走,已经是深夜了,鱼乐水忽然停下来,沉默有顷,转入对两人交往的回忆:

"15年前咱俩第一次见面,地点就在这一带,当时的情形你还记得不?我可是记得清清楚楚。你那时面色冷漠,对周围的一切都不理不睬,坐在一个带蓝色条纹的大行李包上,只顾专心吹泡泡。我在你眼睛深处看到一些很沉很重的东西,那根本不是一个七岁孩子应该有的,多少年后我想起来心里还难受。你妈那时更糟,几乎精神崩溃了。所以,看到你们母子现在这样开朗,我真的很欣慰。"

天乐眼睛发亮地回忆:"我也记得。你当时穿一件露肩式的绿色连衣裙,赤脚穿一双绿色凉鞋,短头发,很干净很清爽的样子,对不对?我当时一见你就觉得非常亲切,就像是见到失散多年的姐姐。我那时不大同人说话的,但我记得对你说了很多。"

"也没有说很多啦,都是些'肥皂泡应该破但没有破'的傻话。后来我们开车送你们,路上我问了你好多话,你一直闷声不吭。倒是咱们快分手时,你忽然转回头,很动情地大声喊叔叔阿姨再见,鱼姐姐再见,让我的鼻子酸了很久。"

"我也一样啊,我舍不得和你们仨分手,一路上闷闷不乐。后来我还问过妈，小鱼姐姐会不会来这儿玩。这个问题我问过两三年，也可能是四五年，后来大了，就不问了。"

"是吗？"鱼乐水顿觉心中酸苦，酸苦中也有甜蜜，天乐这句话击中了她心中最柔软的地方，想到在这片荒僻的深山中，有一个患绝症的男孩曾苦苦思念一位只有一面之缘的姐姐，却最终没有盼到，她心中有如刀割。最不该的是，这次来近处采访，她也没想到顺便探访一下山中的三位，这让她很愧疚。"天乐，是我不好，分手后我真该来看你，赶着寒暑假可以来。不过，没想到咱们会在这样特殊的场合巧遇，看来咱俩还是有缘分的。"

"缘分"这个词儿比较敏感，她很随便地说出来了，天乐笑着没应声。过一会儿，鱼乐水忽然握住天乐的手，盯着他的眼睛说：

"天乐，明天我不走了，永远不走了——不，在你去世前不走了。我要留下来，陪你走完人生的路，就像简·怀尔德陪伴霍金那样。你愿意我留下不？考虑五分钟，给我个答复。不过，可不要展示'不能耽误你呀'之类高尚情操，对这类话我最腻歪了，相信你也不会说。"她静下来，等了五分钟。"喂，五分钟过去了，回答吧。噢等等，我拉亮灯好看你的口形。"

她拉亮灯，楚天乐眼睛里笑意灵动，嘴一张一张地回答：

"非常愿意。我太高兴啦，只是有一个条件。"

鱼乐水很不满："咦，向来都是女生提条件，到你这儿怎么倒过来啦？行，我答应你。说吧，什么条件？"

"你留下来，必须内心快乐，而不是忍受苦难，不是牺牲和施舍。考虑五天再回答我。"

鱼乐水笑嘻嘻地说："哪儿用考虑五天？我现在就能回答：没错，我想留下来，就是因为跟你们仨在一块儿快乐。因为我喜欢这里的生活，它和尘世生活完全不一样，返璞归真，自由无羁，通体透明，带着松脂的清香，带着山泉的清洌，我真的舍不得离开。告诉你，如果哪天我新鲜劲儿过了，觉得是苦难，是负担，我立马就走，不带打哏的。行不？简·怀尔德后来就和霍金离异了嘛。"

天乐的手指慢慢用力握着，脸上光彩流动。俩人欣喜地对望着，鱼乐水探起身，给他一个动情的长吻，楚天乐也给了热烈的响应。外边有脚步声，是天乐妈来了，她每晚都要督促儿子翻几次身以预防褥疮。看见鱼乐水在儿子房中，她多少有点儿意外，鱼乐水说：

"阿姨，帮他翻身的事以后交给我吧。我俩刚刚说定，我决定留下来陪他走完人生，你儿子还行，没驳我的面子。"

天乐妈有点不相信，看看鱼乐水，再看看儿子，那俩人眼中的光彩说明了一切。她把姑娘紧紧搂在怀里，说：

"我太高兴了，太高兴啦。马先生！马先生！你快过来，乐水姑娘留下来不走了！"

马先生匆匆装上假腿赶过来，也给鱼乐水一个拥抱，但他的眼神分明很复杂，同天乐妈单纯的喜悦不同。

第二天八点，等报社一上班，鱼乐水就向总编通报了她的决定。那边半天不说话，她喂了两声，心想总编大人这会儿一定是大张嘴巴，把下巴都张脱了。他难得慷慨一次，放我几天假，结果把一位刚立了大功的好记者赔进去了。但他不愧为总编，等回答时已经考虑成熟，安排得入情入理：

"好，小鱼我祝福你。记着，我这儿保留着你的职位，你只要愿意，随时都能回来。你今后的生活可能很忙碌，但尽量抽时间给我发来几篇小文章，我好给你保留基本工资——你留在山里也得要生活费啊，我怕你在爱情狂热中把这件'小事'给忘啦。还有——下面这个问题你可以不回答。你打算怎么陪伴他？比如……"

"葛总你别为难啦，我知道你的意思。告诉你，我不满足当情人，我要正式和他结婚。"

"是吗？什么时候办喜事，我和同事们一定赶去。"最后他感慨地说，"小鱼，年轻真好。我真想再年轻一回，干什么事只需听从内心的呼唤而不必瞻前顾后，那该多'恣儿'！"

"谢谢你老总。拍拍你的马屁吧：你是世上最好的老总。"

鱼乐水想，她不光碰上了世上最好的老总，还有世上最好的父母。父母对她的决定当然大吃一惊，不想让女儿一辈子吃苦，费尽口舌劝了两天，但总的说还是比较顺当地接受了。两人知道女儿的脾性,她一旦决定的事别人劝不转的。而且,尽管楚天乐身体病残,但鱼氏夫妇打心眼里对他怀着敬意,这一点大大减少了他们做出决定的阻力。

何况——天都快塌了,世俗的考虑已经不重要了。

鱼乐水没有耽误时间,当天晚上就把客厅的床拆了,把卧具并到楚天乐的床上。两天后,马先生躲过天乐母子,把鱼乐水约到院外,一株合抱粗的水曲柳后面,伴着山涧里的潺潺水声,马伯伯慈爱地说:

"水儿,你决定留下来,你不知道我和冬梅有多感激。但为了替你负责,替你的父母负责,我必须把该说的话说透。婚姻是件大事,务必请你慎重考虑,不要只凭一时的感情冲动。你知道,这将是一个终生的十字架,至少是天乐的终生吧……"

鱼乐水笑嘻嘻地说:"谁说是终生的十字架?我和天乐已经事先约定,哪天我觉得累了,苦了,觉得它是十字架而不是快乐了,我拍拍屁股就走,不带打咯的。"

马伯伯微笑摇头:"你别给我打马虎眼,说得很轻易,一旦陷进感情旋涡,哪能这么轻易抽身。"

"有啥担心的嘛,能抽身就抽,不能抽就留——如果不能抽身,那就证明这个感情旋涡还值得留恋嘛。伯伯,你们这些长辈啊,就爱把简单的事情复杂化。"

马伯伯很有点儿啼笑皆非:"孩子,这是简单的事情吗?"下边的话难以出口,但他还是说出来,"你还说要和天乐正式结婚,但你是否考虑过,以他的身体不可能有孩子,甚至……我不知道你们会不会有正常性生活。"

这句话让鱼乐水心中黯然,她和天乐共度两晚,确实没有成功的性生活。她从来不是个性冷淡的女孩儿,所以这将是很大的人生缺憾——但这儿的吸引力足以胜过缺憾。她把黯然藏在心底,仍是嘻嘻笑着:"这也不难,即使天乐没有性能力也没得关系。我不打算当禁欲的修女,可以把爱情和性欲分开的,到时候你们闭上眼就行。"

话说到这份儿上,马士奇真的无话可说了。看来长辈和年轻人确实有代沟，他精心准备的谈话就这么让姑娘轻易碰卷刃了。他摇摇头，甩掉曾经有过的担心，爽朗地笑道：

"好，那我就不多说了，衷心祝你们幸福。水儿，说句心里话，其实我和冬梅真盼着你能留下啊。"

鱼乐水和父母商定了婚期，也通知了葛总和任姐。葛总吃惊地说："三天后？你可真是闪电式。"

鱼乐水嬉笑着："天都快要塌了，我还不抓紧时间享受爱情？"

提到"天塌"葛其宏不免黯然，那个恶魔已经长驻在世人心灵深处，不会再离开了。甚至眼前这件喜事也是它促成的，实在让人心中别扭。他摇摇头，抛掉心中的阴郁，爽快地说："那好，我和报社全班人马都去参加婚礼……"

"别，千万别。葛总你听我讲讲理由：我不想麻烦俩残疾下山，但这幢山居可盛不下几个客人。我只打算让父母来，其他人只好婉辞了。这次婚礼从简，我连婚纱都不打算要。你们的心意我领了，但千万不要来。"

葛总略为沉吟："这事由我来安排吧，你稍后等我的消息。"

鱼乐水警惕地问："说什么由你安排？我已经安排好了。"

但葛总已经挂了电话。

鱼乐水通知了所有亲友，但同样婉拒了大家来参加婚礼。还通知了两个有过恋情的周末爱人，她得把这段关系挽个结。那两个男人都真诚地祝福她，说既然不能来参加婚礼，他们就把贺礼寄来。

第二天晚上葛总的电话来了，他风风火火地说："听着小鱼，我自作主张为你做了一些安排，你事后尽可埋怨我，但眼下你得服从。我联系了贺老，他将亲自参加你们的婚礼。他安排了一架直升机，就是你们乘坐过的那架，接你们全家下山，在你曾住宿过的老界岭迎宾馆举行婚礼。宾馆那天歇业，专门为你们服务。我在网上撒了请帖，请你们的所有熟人，甚至敬佩楚马二人的陌生人，都来参加。我要把它办成世上最盛大的婚礼，不亚于英国王子娶王妃！"

鱼乐水听得直摇头："葛总啊，你平素是个办事稳重的人……"

"天都快塌了，你就让我不稳重一回吧。还做了一个安排，为了你们今后的生活，我开了一个账号，并以我的名义在网上发布呼吁，呼吁愿为你们祝福的人送一份薄薄的贺金。我刚刚查过，我的天，换算成人民币，眼下已经有了三个亿，远远超过我的估计！除了国内的，也有不少来自国外，美国、日本、俄罗斯、瑞典、法国、英国等，第三世界国家也不少。"

鱼乐水真正吃惊了："这怎么行！你搞非法集资啊。这笔钱我绝不能收。"

"我也考虑到，你们不会收下这么大笔的款项，但它肯定无法退还了。我刚刚想到一个办法，就借这笔款项成立一个基金会吧，名字我也是刚刚想好，就叫乐之友基金会——你俩的名字中不是都有一个'乐'字吗？基金会的首要目的，是保障楚天乐这位残疾科学家的生活和工作，使他能为社会充分施展天才。虽是用于他个人，但这本身就是公益性的。除此之外也可以做其他社会公益事业，但具体搞什么我还没想好。"

鱼乐水无奈地说："好吧，只好这样了，基金会的宗旨随后再从容制定。葛总，你的帮忙太强势啦，我真不知道是该感谢你，还是埋怨你。"

"感谢埋怨我都不在乎，倒是我该感谢你的。上次我说过，我真想再年轻一回，干什么事只需听从内心呼唤而不必瞻前顾后，那该多'恣儿'！现在我已经年轻啦，已经'恣儿'啦。"

这几天忙于筹办婚礼，鱼乐水一直没上网。挂了电话，她赶紧上网查询。我的天，网上像经历了一场核爆，潮水般涌来的贺信把网络都堵塞了。网速太慢，她只能浏览大标题。网友们热诚祝福这对夫妻，说他俩都是真正的英雄，一位是思想的英雄，另一位是感情的英雄；说有了这样一场婚礼，人类即使明天灭亡，也留下了高度的尊严；如此等等。鱼乐水看着，心头不免沉重。网上情绪非常亢奋，其实亢奋的骨子里是悲戚，是末日情绪的宣泄——好在这种宣泄是表现为强烈的爱心。葛总的用心是好的，但这么大张旗鼓，确实有点孟浪了。

她对家人说了这一切，天乐和马伯伯还没说什么，天乐妈先吃了一惊："这么大场面！可别让我参加，挺着个大肚子，多不好意思。"

马伯伯笑她："你能躲得开？你是新郎官的亲娘，新媳妇的婆母。常言说'丑媳妇也得见公婆'，你是'丑婆母也得见媳妇'。"

全家人大笑，笑得天乐妈有点难为情。鱼乐水搂着婆母笑着说："你哪里丑？我觉得有身孕的女人最漂亮。"她心中忽然掠过一波黯然——自己很可能没有这种漂亮的福分了。她不愿扫大家的兴头，迅速抛掉这片刻的黯然，笑着说，"想推也推不掉了，只好服从葛总的安排吧。"

第三天上午，那架AC311来了，还是上次那两位武警，背着扶着，帮全家人上了直升机。昨天鱼乐水已经下山买了喜糖，登机后先给俩兵哥和驾驶员小朱怀里各塞了一大捧。直升机擦过一座山背，能远远看见老界岭迎宾馆了，但下面的景象让他们大为吃惊，从311国道下路，通往宾馆的支路上，密密麻麻塞满了汽车。这儿是山区公路，虽然路况很好，但公路不宽，想打转向回头都难。再飞近一点儿，飞低一点儿，看见离宾馆十千米之外的路口有武警在设卡，劝阻和疏导汽车返回。娃娃脸的小朱回头笑着说：

"都是小鱼你那个葛总惹的祸。他在网上大发英雄帖，一下子招来这么多客人，连他也没料到。多亏贺老有经验，早早发现势头不对，赶紧让武警设卡阻拦，就这已经天下大乱了。"他指指下边补充一句，"你们看，那些被阻拦返回的宾客，都要把贺金留下，后来决定由武警代收。"

四人听得只是摇头，但心中甜丝丝的。

宾馆的场面同样火爆，院里停满了车，更多的车是停在附近的路边和草地上，至少有三四百辆。葛总和鱼氏夫妇在院门口迎接宾客。等四人下了直升机，葛总笑着先把鱼乐水的嘴堵上：

"小鱼你别埋怨，我没料到会有这么多人来。要怪只能怪你的文章写得太有激情，也说明民众对你们是发自内心的崇敬。"又说，"你任姐也急着要来，但她得留在报社替我值班，她让我把贺礼带来了。"

鱼乐水这时已经伏到妈妈怀里，回头威胁道："等婚礼忙完我再跟你算账。"马家夫妻同多年不见的鱼氏夫妇见了面。那二老看来彻底想开了，对这桩婚事完全认可了，今天也像大家一样满面喜色，这让鱼乐水放了心。她问葛总，"贺老呢？"

"正在屋里用电话指挥着疏导交通呢,他说婚礼上再同你们见面。喂,我按你俩的体型准备了结婚礼服,估计会合身的,你和小楚赶紧去穿吧。"

中午在宾馆大厅里举行了一个热烈但杂乱的婚礼,毕竟时间太仓促,几方面又缺少事先的现场磨合,乱是免不了的。婚纱轻盈的鱼乐水脸色红润,美得惊人。贺老当主婚人,葛总当证婚人。这两位主宾还有双方家长及新婚夫妇的致辞激起阵阵热烈掌声。

新娘父亲鱼子夫动情地说:"水儿是我俩的掌上明珠,含嘴里都怕化了。现在她自愿选择了一条坎坷的山路,我们祝福她,也相信她会在简朴的生活中找到幸福。"

新郎干爹马士奇说:"感谢我的老友鱼氏夫妇,15年前,天乐母子山穷水尽时,他们把两人送到我这儿,实际改变了我们仨的后半生。现在,他们的女儿又勇敢地留下来陪伴天乐,我们无法表达心中的感激。"

新郎楚天乐的讲话比较出人意料,不应该是婚礼上说的话:"水儿要留下来陪我时,我曾提了一个条件:她必须觉得快乐而不是受苦。什么时候她累了,不想留在这儿了,我会笑着把她送走。届时,也希望大家用掌声欢迎她的新决定。"

众人在稍稍的吃惊后热烈鼓掌,鱼乐水笑着说:"没错,那的确是我们俩的约定,但我相信,我会始终快乐地留在这儿!"

今天的宾客有近两千人,宾馆为这次宴会可算用尽了解数。雅间和大厅当然不够,馆方在院子中见缝插针,到处都摆满了桌子,桌子是从附近小学借的课桌,几张拼到一块儿。但不管如何简陋,宾客们的情绪十分热烈。按照本地规矩,新人必须挨桌敬酒,但以楚天乐的身体,无论如何是支撑不下来的,他只好在妻子的搀扶下来到大厅和院中,向大家集体敬酒。他在婚礼上一直情绪平和,但这会儿感情失控了,只说了一句:

"谢谢大家!"

然后他就哽住了。宾客们用掌声填补了后边的空白。

下午三点,宾客们基本都离开了。报社的女同事们刚才没捞上机会和鱼乐水说话,这会儿紧紧围住她,叽叽喳喳地说了一会儿,然后离开了。贺老

也准备走,走前把马家和鱼家共六位家人,还有葛总编,请到他下榻的房间里。鱼乐水抢先说:

"贺老你真不够意思!那次既然阴差阳错地让我参加了老界岭会议,第二次的高层会议怎么着也得给我发个邀请函啊。"

妈妈忙责备她说话不知分寸,贺老笑了:

"今天我就犯点自由主义吧。实话说,我当时确实把你列入与会人员推荐名单了,但第二次会议不是我组织,国务院办公厅在平衡参会人员时把你平衡掉了,所以这事你不能怪我。"

"真的?虽然没弄成,我还是要向你道谢。"

贺老转向报社的葛总编:"小葛呀,我得批评你两句。作为一个大报的总编,你这回处事太嫩了点儿。不是我当机立断,设卡拦阻,宾客早把这儿挤爆了。"

葛总编红着脸说:"贺老批评得对,我是孟浪了一点儿。"

"但我同时要表扬你,你这次大张旗鼓地办婚礼,对社会情绪起到很大的宣泄作用。"他对大家说,"你们也可能看出来了,婚礼上群体情绪不太正常,显得过于亢奋。其实根子还是那个噩耗,民众心中都有狂躁的情绪暗流。不过这次婚礼把它转化为正面的宣泄、爱心的宣泄。这一点对我很有启发。小葛,听说你还弄了个基金会?"

"对,我昨天查过,户头上已经超过三亿了。"

贺老回头说:"老马,小楚,我这次来,原打算邀请你们到北京去,那边生活条件和科研条件要好一些。你们既然弄出这个吓人的楚马发现,我想你们一定会铁下心来继续研究,把它搞清搞透。比如产生空间塌陷的原因?人类如何脱困?如果你们想去北京,科学院或国家天文台都会欢迎你们。但我知道了这个基金会后,想法有改变,你们现在有了基金会作依托,想干事也很方便的,也许更自由一些。何去何从,请你们商量后自己决定吧。"

天乐父子相互看一眼,马士奇简短地说:"我们留在这儿。"

"好的,尊重你们的决定。那么,我赠你们一件礼物吧。"他微笑着,"当然不是我个人的而是国家的馈赠,我来前已经把有关手续都走过了。哎,就是你们乘坐过的 AC311，以后作为你们的专机，驾驶员仍由武警担任，就是那位娃娃脸的小朱。飞机运行费用由国家支付。"

鱼乐水高兴得尖叫一声，楚天乐两眼放光，其他人也都很兴奋。贺老又同鱼氏夫妇和天乐妈拉了几句家常，朝里间喊："洋洋！这边正事谈完了，你可以出来啦。"

随着话音，里间立即窜出来一个十岁左右的男孩，看来他早就急不可耐了。他长得虎头虎脑，浓眉大眼，面相敦厚，穿着背心短裤。他对屋里的人打过招呼，笑嘻嘻地盯着楚天乐。贺老介绍说："我的孙子，小名洋洋，大名贺梓舟，将来的天文学家。他是楚马二位的追星族，这次非缠着我带他来。"

鱼乐水把他拉过来搂着，逗他："只追他们俩？那我可太伤心了。"

"不，我也是你的追星族。鱼姐姐我看过你写的那篇采访，写得非常震撼！"他又说，"网络上你的追星族一点儿不比楚哥哥少，大家都说你是伟大高尚的女性，富有牺牲精神，用爱情的光芒照亮一位绝症天才的余生。"他再补充一句，"而且你又那么漂亮，你的美貌和你的爱情一样的无比璀璨。"

这显然是从网上搬来的语言，众人都大笑。鱼乐水皱眉蹙额："别，别，我可受不了这个。小洋洋，你这么个小屁孩也会肉麻人！"

贺老说："洋洋过去就喜欢天文，最近立下宏愿，长大后要和楚马二位一起，把这个楚马发现彻底弄清。"

马士奇说："那好啊，我们热烈欢迎，假期尽管到我家。吹句牛吧，我培养出一个楚天乐有点儿不过瘾，还想培养出第二个呢。"

"马伯伯咱就说定了，一放假我就来！"

"说定了，我们全家欢迎你。"

贺老拉着洋洋过来，把孙子的两手分别放到楚马二人手里，平静地说："那好，老马，小楚，我的孙子就托付给你们了。"

贺老的这个举动看似随意，实际带着仪式化的庄重，众人理解了他的深意，不由肃然。他实际是说：我把贺家的后代托付给你们了，把贺家的血脉托付给你们了。请你们务必在科学上做出突破，让洋洋及全人类，能够逃出这个塌缩的地狱，让人类的文明和血脉得以延续。我知道这很难，眼下看不到丝毫希望之光,但你们一定要百倍努力,永不言弃。众人从他的表情中看到了隐隐的悲怆。贺老是喜怒不形于色的,这是两次接触中他唯一的感情流露。马士奇和楚天乐很感动,用力握住孩子的手,简短地说:

"贺老放心,我们一定尽力。"

"贺老,那是我们的责任。"

洋洋笑着加了一句:"也是我的责任!"

贺老和洋洋要走了。洋洋恋恋不舍地同众人告别,大家在宾馆大门口送别,看着那辆加长红旗消失在盘山路上。

第三章　入山和出山

在那次老界岭秘密会议上，贺老把科学家安排在前排。他可能并没想到这会成为一个时代的隐喻或预兆：在灾变时代，科学家们当上了主角，而且不仅限于纯学术领域。科学与政治以空前的力度结合起来，形成了被称为科学执政的特殊阶层，开始直接掌管人类文明的舵轮。我的丈夫楚天乐、公公马士奇和我本人都名列其中。

不过我们多少是被潮流裹挟到了这个位置。只有一人除外，可以说是他在原河道上主动扒了一个口子，从而造就了新的流向。

姬人锐。他也是我后来的柏拉图式情人。

——鱼乐水《百年拾贝》

一

杞县公安局局长鲁军定敲敲姬县长的门，里边漫应一声："是鲁局吧，请进。"他推门进去，见姬县长仰靠在高背转椅上，面向窗户沉思，靠背上方只能看见他的脑袋。老鲁在沙发上坐下，姬县长仍保持着那个坐姿，沉思不语。老鲁等急了，轻咳一声。他这才转过转椅，平静地说：

"说吧。"

老鲁有点儿焦灼："县长，今天是集体绝食的第五天，天又热，再不采取行动就要出人命了。已经有两个体质弱的休克，警员强行把他俩带走，送到医院输葡萄糖。但两人清醒后坚决不进食，坚持要回现场。"他摇摇头，"相当可怕。只要走近绝食现场，就能感到一种非常决绝的气氛。"

姬人锐平和地责备："公安要是早点从网上发现苗头，今天会好得多。"

鲁局长脸红了。县长说得对。老鲁干公安是把硬手，但这次确实疏忽了。

那个该死的楚马发现公布后，网上曾泛起一波鼓噪，相约到杞县来集体自杀，以纪念那位忧天的杞人、所谓"人类文明中唯一的智者"。后来自杀言论被网站屏蔽了，消失了，但自杀行动其实仍在网上秘密组织着。可惜的是，作为当事地的公安局局长，他没意识到这些网上鼓噪会真正实施，过于大意了。六天前，忽然有大批外地人包括外国人同时涌入杞县，直接到城外一片农田里集合，然后开始集体静坐。他们说是静坐而不是绝食，弄得公安没办法采取行动。你无法把他们定性为鼓动集体自杀的邪教。

"参加者的身份仍然弄不清？"

姬县长曾出过一个主意：设法弄清这些自杀者的身份，然后通知他们的家属来杞县来劝阻自杀。鲁局长很尴尬：

"嗯，一个也没弄到。不是咱们无能，我们通过一些借口或手段，检查了一批人的身上物品，竟然没一人带有证件！没身份证、银行卡、驾驶证等，都是只带着一些现金。这里面有相当数量的外国人，他们入境时至少是有护照的，那么肯定是在入境后销毁了。依此分析，销毁证件这件事他们肯定事先有约定。县长，一万多人哪，还都比较年轻，很少有超过50岁的，又大都像是知识层次较高的，甚至有带着孩子的母亲。他们竟这么决绝地斩断后路，一门心思求死，实在可怕！"他骂句粗话，"妈的哪儿死不了，非要来杞县害咱们？"

姬人锐看看老鲁，没加评论。正是这些"知识层次较高"的人才会有足够的敏感，知道楚马发现对人类究竟意味着什么，所以才决绝地走上这条路。老鲁的知识层次显然不在此列。这会儿老鲁急切地盯着他，盼着他快点拿主意。身高马大的老鲁是从基层熬上来的，算得是政界的老油条了，不大容易服气什么人，但对这位35岁的年轻县长衷心佩服。姬县长是北大的高才生，学的国际政治，曾在几个大使馆工作过，后来空降到这儿当县长，来这儿仅两年就赢得了极好的口碑。老鲁最服气的，是他干起工作来轻松淡定，无论是处理同僚关系，还是处理紧急事件，都显得游刃有余。以老鲁看来，这种人天生就是当大官的材料，至少要当副总理的，当县长只是小试身手，是升迁途中必然得有的经历和垫步。姬县长的相貌风度也是没说的，自打他来到杞县后，县府县委里那些漂亮小丫头就像被打了鸡血，有事没事想往县长办公室那边跑，直到姬的妻子也跟着调杞县后，这股热潮才慢慢冷下来。

这两天姬县长已经出了几个很巧的主意，让他做了一些准备，只是一再告诫他不要着急，说等火候到了再行动。但老鲁今天有点坐不住了。楚马发现公布后，中央三令五申要保持社会稳定，这已经成了政界第一要务。如果杞县闹出个万人自杀，他这个公安局局长头上的乌纱是保不住了，甚至要连累到县长书记。

姬县长平静地说："那就走吧，绝食了五天，已经到火候了。我通知现场人员先把肉锅烧起来。"他看看老鲁的脸色，安慰道，"老鲁你不必过于担心。这次集体自杀的组织者肯定是个雏儿，没有经验，哪有用绝食这种方法来搞万人自杀的？组织这种集体性的慢性自杀难度太大，那么多人中肯定有人坚持不到最后。"

他们来到城外那片农田。正如老鲁所说，只要一走近这儿，就能感受到一种决绝的求死气氛，一片无处不在的坚硬的气场。骄阳如火，一万多人坐在麦茬地里，黑压压的一大片，没有一丝声音，没有一个动作，就像是一片阴森的坟场，景象确实瘆人。多数人已经很虚弱，无法保持坐姿，躺在地上。人群中有少数几个孩子，有的还是婴儿，没有哭闹的，都软塌塌地歪在母亲怀里，肯定没力气哭了。姬人锐清楚，一万多人中肯定已经有人熬不住，有人后悔，但他们仍被"集体意志"魇住。只有想办法打破这个气场，他们才会"活"过来，独立做出新的决定。

只要有一些人退却，其他人就好办了。

人群四周架起了几十口大锅，锅里是五花肉和各种香料。遵照姬的吩咐，肉锅早已动火，此刻肉汤沸腾着，浓烈的肉香弥漫在人群上空。这对饿了五天的人们来说当然是要命的诱惑，不少人下意识地抽着鼻子，脸上浮出近乎眩晕的表情。但没人动弹，因为那个气场还在罩着他们，而这个气场正是他们自己建立起来的，物理学上说这叫正反馈。姬人锐从手下那儿拿过扩音器，径直来到人群正中间，讲话前他先酝酿一下情绪——把平时的不苟言笑换成满脸嬉笑——笑着喊：

"大家好！我是杞县县长姬人锐，我来问候大家，欢迎你们来到杞县！"人群没有反应，只有少数人微微抬头看看，重又躺下。"我是专程来感谢大家的。为啥感谢？因为你们这次来杞县，帮我们办了一件大事。要知道，古杞国的地望原在此地，但后来迁往山东诸城和安丘一带。那位忧天的杞人如今肯定成宝贝啦，能大大振兴旅游业，可他究竟是河南杞还是山东杞，史书没记载。为了把他争过来，我们少不了同山东打一场长期的口水官司。但你们这么一闹腾就好了，那位杞人先知铁板钉钉就是河南杞了！山东人甭想夺走了！所以，我代表杞县父老谢谢你们！"

因为绝食者中有不少外国人，他先用中文讲，再用英语重复一遍。人群周围散布着的杞县干部都有点儿吃惊。姬县长平素讲话沉稳内敛，带着浓厚的书卷气，他文学底子厚，讲话中常常引经据典，而且顺手拈来毫不费力。但他今天的讲话——却相当俗，相当玩世不恭。把忧天的圣人摆在金钱的秤盘上，而且是对一群即将死亡的绝食者说这些，未免残忍和厚颜。绝食的人群明显被他激怒，不少人撑起上身，恨恨地看着他。姬人锐对听众的反应很满意——说明自己这段话已经抓住了这群濒死者的注意力。

"再告诉你们一个好消息，杞县已经决定修一座杞人的巨型雕像，高度要超过峨眉山大金佛和太湖大金佛！雕像位置就定在现在的人群中心。为了赶上今年的旅游旺季，今天就要举行奠基仪式，希望中心地带的绝食者配合我们，向外挪挪，腾出动土的地方。杞县谨向你们保证，在场所有献身者的名字都将刻在雕像基座上，以铭记你们对杞县的贡献——当然啦，前提是你们得留下名字。"

他用中英语讲完，挥挥手，早就候在外圈的施工队伍立即进场，来到人群中心，或劝说或强行架着，把中心地带的绝食者带到外围。被架走的绝食者很愤怒，但他们很衰弱，无力抗拒。这么一闹腾，那个坚硬的气场明显被搅乱了。被架走的人中包括五个男人，其中四个中国人一个外国人，这几天警方已经大致确定他们是绝食的组织者，是自杀人群的中心。他们被架着离开人群中心，然后被"无意间"分开，安插在不同地方，这样他们就无法及时商讨对策了。

"还有一件小事，很不好意思说，但我想还是应该告诉你们。"姬人锐笑嘻嘻地说，"我知道诸位身上都没有证件，但大都带有相当数量的现金。你们去世后，如何处理这些现金是政府的大难题，因为你们全都拒绝留下家庭地址，没法子寄还。我想这样吧，等你们死后，我们把现金收集起来，全部用于这座雕像的建设。当然，我们绝不是稀罕你们的钱，你们看，四周是香喷喷的炖肉，有大肉，也有给清真教徒准备的羊肉牛肉；也有主食，是两指厚的香喷喷的大饼。我们希望你们都放弃绝食，高高兴兴地大吃一顿，然后各回各家。我刚才说的只是万不得已时才要做的善后。现在请大家表个态，是否同意对这些现金的处理意见？"

他低下头，征询绝食者的意见。鲁局长在旁边听着，手心捏一把冷汗。他知道姬县长今天是有意扮演丑角，插科打诨，以便破坏绝食现场那种"圣洁"的气氛。至于他的策略是否有效，马上就要见分晓了。姬人锐好像突然想起什么，抬起头说：

"噢，顺便说一个消息。楚马发现的发现者之一，那位姓马的天文学家，是我父亲的老朋友。我昨晚同他通过电话，听他说，已经对空间塌陷的原因做出了解释。解释本身太艰深，一般民众难以理解，但马先生打了一个浅显的比方——上帝，或老天爷，偶然向这片宇宙扔了一颗石子，扑通一声，石子消失了，荡起一圈圈的涟漪，这些涟漪就是此前发现的星体蓝移。但这些扰动是暂时的，很快就会恢复平静。再打个粗俗的比方，这个灾变不过是上帝撒尿时打了一个尿颤，尿完了，抖抖老二就没事了！马先生说，这个假说经过专家讨论后很快就会公布。"

这两个浅显的比喻虽然很粗俗，但很形象，也很合理。不少人目光中射出希望的光芒。他们来前已经下了必死的决心，但——如果那场塌天灾祸只是上帝的一个尿颤？这位县长的话也许是谎话，但至少该去验证一下，毕竟生死不是小事，死了就完了，没办法来个游戏重启。人群中一个中年人抬起头，向姬人锐招招手，姬人锐立刻过去，把扩音器交到那人手中。那人怒冲冲地说：

"我不稀罕把名字刻在什么基座上，也不想为你们的旅游业出力。"他掏出一张百元钞摔在地上,"老子不死了,死也要换个没有铜臭味儿的干净地方!这是钱,把你的炖肉和大饼拿来!"

姬人锐不以为忤,仍嬉笑着:"你这位贵客也忒小看主人啦!炖肉和饼都是免费的,这就给你端过来。不过先生你悠着点,先喝点汤,饿久的人不能猛吃。"他朝远处喊,"这位先生放弃绝食了,快给他盛一碗肉汤,来一块大饼!"

立即有人端着汤碗过来,一路走一路吆喝:"来了来了,香喷喷的肉汤和大饼来了!"

姬大声问:"别人谁还要?"

另一个年轻人也抬起头:"老子也不在这儿死了,给我来一碗!"

又有人吆喝着把肉汤和大饼送去。但在这之后没人再要,老鲁的心不由得沉下去——这两人其实是他的手下,是按照姬县长的计谋事先混进绝食人群的,已经陪他们绝食了五天。当时还特意挑选普通话好的警员,以免带出本地口音。但看眼前局势,没准这两只假头羊带不动这群顽固的真羊?立在人群中的姬人锐环顾四周,忽然说:

"快,那位女士也要肉汤,就是那位带孩子的女士!"

工作人员赶快把肉汤和大饼送去。那位三十多岁的女士其实没有表态要,不过肉汤送过来时她犹豫片刻,看看怀中孩子无力而渴望的眼神,还是伸手接过了,先喂孩子喝。姬人锐连续指点着:"那位穿西服的先生!那位穿绿裙子的漂亮女士!那一对珠联璧合的小夫妻!算啦算啦,数不及了,你们盛好肉汤排齐送吧。"

这些话他仍旧用英语重复一遍。一碗碗肉汤和一块块大饼送到人群中,有少数人坚持不接,但绝大部分人接过来了。人群中心的姬人锐此时心中石头落了地,知道群体气场已经被戳破,即使还有少数顽固者,总归能想办法解决的。圈外的鲁局长佩服得五体投地,刚才多亏姬县长的急智才一举扭转了局势,而且县长的急智并非莽撞,是基于他对人性的透彻了解——如果肉汤送到头一位女士手中时被她坚决拒绝,并且一怒之下把碗摔在地上,那么,在这样高度敏感的场合,事态完全可能向相反方向发展,那就不可收拾了。但姬县长吃透了那位带孩子的妈妈不会拒绝。

大部分绝食者慢慢地喝着肉汤，小口地嚼着面饼。他们都沉默着，互相之间没有目光交流，也许是对自己的"叛变"感到羞愧。半个小时后，吃过喝过的绝食者开始悄悄离开。人群中有数百名外国人，他们也大都顺应了潮流，默默吃喝后离开。姬人锐知道大局已定，便离开人群出来，此时他脸上的嬉笑已经一扫而空。鲁局长避开别人的视线，悄悄向他伸大拇指。姬人锐淡然一笑，小声说：

"有二三十人仍拒绝进食，等人群走后把他们分散，单独劝说一番，实在不行就拉医院打葡萄糖。"

"好的，估计能劝转。"

"把所有外国人截住，想办法给他们补办出国手续，然后尽快送出境。客走主人安。"

"好的。"

"你那俩手下受苦了，替我谢谢他们。好好补养补养。"

"不消你吩咐。"他笑着低声问，"县长，真有那个上帝打尿颤的假说？"

姬县长摇摇头："很可惜，我唱的是空城计。老鲁我走了，这儿的善后交给你了。"

"行。只是——那个雕像真个要整？"老鲁指指人群中开始干活的工人。

"没错，真的要整。这事儿我没上县委会集体研究，纯属个人行为。雕塑家是我的一位朋友，友情出演，带十几个学生来，全当是搞毕业设计。征地费和材料费是我拉的赞助——当然只够建个小雕像，绝对赶不上峨眉金佛的。"他微笑道，"刚才关于旅游业的话并非瞎说，只要社会没有立即崩溃，这座雕像应该会振兴杞县的旅游业。我走了。"

他沉沉地环视着正在善后的绝食现场。今天他的计谋大获成功，按说该高兴的，但他此刻意兴阑珊。良久，他没来由地叹息一声，走了。

晚上姬人锐很晚才回家，妻子苗杳立即迎上来，接过公文包，递过拖鞋，笑着说："大功臣回来了？老鲁给我打了电话，对你佩服得五体投地，说你羽扇纶巾，谈笑间樯橹灰飞烟灭。还说他这次若能保住乌纱全是你的功劳，大恩不言谢。"

姬人锐笑笑，没说话，到卫生间洗洗手，又到卧室看看熟睡的五岁儿子，问，昌昌今天在幼儿园惹事没？苗杏说今天倒没有。昌昌是幼儿园里挂着号的调皮孩子，阿姨们很头疼，但姬人锐一向不太在意。他常对妻子说，不要过于管束孩子的天性，有点野性的孩子长大才会有出息。他亲亲熟睡的昌昌，坐到饭桌前。妻子摆好饭菜，说：

"今晚特意做了你喜欢吃的螃蟹，犒劳犒劳你。喂，老鲁还提到那个雕像，很认真地让我劝劝你。虽然你没让县里出钱，但现在是敏感时期，社会上很多人窝着一股戾气。你在这时弄个雕像来振兴什么旅游，说不定会激起舆论界的反感，说你钻到钱眼里，发国难财球难财，那就不好收场了。老鲁后来说得动了感情，他说知道姬县长不是凡人，早晚会成龙的，千万不要因一件小事崴了脚。"她剥了蟹肉放到丈夫面前，柔声说，"人锐，我看老鲁是一片诚心，他的考虑也有道理。"

姬人锐吃着蟹肉，慢悠悠地说："你别担心，这事我有通盘考虑。不过现在透底儿还太早，等雕像落成后再说吧。放心，我不会瞒着你。"

此后他就抛开这个话题。按照夫妇的一向默契，丈夫只要不说，苗杏也不会再一次追问，但她无法排解心中的隐忧，因为听丈夫口气，似乎他很快要做出一个比较重大的决定。苗杏不像别的官太，不贪财，不好奢侈品，处事内敛，为人低调。她唯一挂心的，也可以说是她人生的唯一目的，是帮助丈夫在仕途中发达。丈夫有这样的天分，也有这样的志向，这是她在选择夫婿前就认准了的。平时她言语谨慎，从不在其他官太面前说三说四，但时刻竖着耳朵倾听着政界的些微动静。她认为老鲁的劝阻不无道理，那么——丈夫究竟有什么样的"通盘考虑"呢。

此后几个月，姬人锐把雕像的完成当成了第一要务。他开会协调征地、与北京来的雕塑家吉大可商量雕像的设计构思、组织施工、到现场察看塑像进度。县里其他头头比较困惑，因为按姬县长的处事风格向来不会这样独断专行的，即使是私人行为，至少要向同僚们打个招呼，但姬既然不说，他们也就礼貌地保持沉默。四个月后，这座杞人塑像以惊人速度落成了。它的整体构图比较怪异，不循常规。一个巨大的半球形大理石底座，通体黑色，有如黑色的夜空。外表面用浅浮雕技法镌刻着北半球的星图，其中星体是用白色石英石镶嵌其上，并按照中国古代的二十八宿，用金属丝镶嵌出各星座相应的连线，刻出星座的名字。半圆的上部有一个不规则的缺口，缺口处露出一个男人，裸体，头顶挽有古人的发髻。他表情忧郁，目光苍凉，头颅后仰，两手平举，手心向天，好像在发出天问，也好像在很不自量力地以手托天。他身体羸瘦，肋骨根根凸出，完全不类希腊雕塑的健美。塑像的高低与一个真人相当，嵌在巨大的基座里显得尺度过小，颠覆了一般塑像和底座应有的比例。这样的设计凸显了人的渺小和脆弱，再加上基座的暗色背景，给观看者造成沉重的压抑感。不过，雕像本应仰视的星空却处在他的脚下，这又使他显得高大。

姬人锐主持了一个低调的非官方的剪彩仪式，县里头头只有他一人参加。他没有邀请旁人。仪式结束，众人散去，包括吉大可的学生们也一窝蜂去歌厅放松了，只剩下两位老友立在塑像前，久久凝视着他们四个月的成果。塑像内蕴着阴郁、苍凉和困惑，它正是雕塑家心态的显化。天色暗下来，姬人锐拉上吉大可，开车来到一家相熟的高档酒家"水一方"，对老板说：

"曲老板，不必点菜了，按最高档的上吧。吉先生为杞县做了四个月的义工，今天我要好好犒劳一下。噢，对了，不要上鱼翅、发菜这类，吉先生是个彻底的环保主义者。"

吉大可闷声说："不，有什么尽管上，今天我也彻底堕落。现在讲环保还有什么意义？"

"好，遂客人的意吧。曲老板，菜单由你来定。这儿不用服务，我们想单独聊一会儿。"

老板领着女服务员恭敬地退出房间，先上了几个精致的凉菜，开了一瓶茅台。姬人锐举起杯：

"大可，感谢话我就不说了，一切都在杯中，干。"

吉大可与他碰了杯，一饮而尽。"人锐，其实我该感谢你。你提供了这次机会，让我在天塌之前能够留下一件传世的作品——虽然它同样逃不脱毁灭。不管怎样，至少让我有了一次心理上的宣泄吧。"

"现在谈地球毁灭还早着哩，来，再干一杯。"

酒过三巡，吉大可说："人锐，听说我来杞县之前，你刚刚化解了一次集体自杀。"

姬人锐笑了："没错，手段不大光明，半蒙半骗，反间计，空城计。虽然没用美人计，但用了美肉计。"

"那不算啥，为了高尚的目的可以使用不高尚的手段，这是你一向的主张嘛，我也赞成。"

"谢谢啦。我当时是被逼无奈，你没到过现场，不知道那种一心求死的气场是何等决绝。"

"其实从世界范围来说，中国人天性比较皮实，比较耐摔打，更重要的是上面有一帮老家长在尽心照管着，在苦苦支撑着，所以情况要好得多。你看国外，已经实施的集体自杀至少已经20起了！北欧几个小国，就是那些民众吃惯高福利的国家，社会已经整体崩溃了！人类的诺亚方舟真的会被这个该死的塌陷所毁灭？一切的一切：人类一砖一瓦所建立的物质殿堂和精神殿堂、鲜花一样娇嫩的儿童和姑娘、精妙的诗句、天籁般的音乐、美色美景、美酒美食、爱情亲情、理想抱负，如此等等，都要消失？这些天，我真遗憾我不是某种宗教的信徒，如果是，至少我还知道谁该负责，我还可以用最恶毒的话骂骂宇宙的主宰，出出胸中的鸟气。可惜我信仰的是科学，是冰冷无情的物理定律。科学让我们预知了明天的灾难，却给不出拯救宇宙的办法。你说这样的科学有啥球用？还不如在懵懵懂懂中死去的好！人锐你告诉我，生命的意义是什么？就是一路荆棘地走来，艰难地开启智慧，只为了能清醒地看到最终的毁灭？"

姬人锐拍拍他的肩膀，斟上酒，微笑着说："那位鱼乐水记者对楚马二人的采访，你应该看过吧。"

"当然。"

"建议你再看一遍。文中有马先生劝绝症病人楚天乐的话，说得很有哲理：人生尽管免不了一死，还是要活得高高兴兴，快快乐乐，有滋有味，不枉到世上走一遭。这是一段很浅显的大白话，但它其实涵括了人类所有哲学、宗教和科学的真谛。有生就有死，生存不是为了逃避最终的死亡，也无法逃避。生存的意义就在于生存本身。我很信奉马先生的话，哪怕明天天塌，今天我还是要活着。"

吉大可苦笑："其实我也一样啊。宣泄归宣泄，活嘛还是要活下去的。"

两人又喝了几巡，聊了些闲话，吉大可问："今天给我个实话吧，对这尊雕像你为什么如此上心，你当然不是为了什么狗屁旅游。"

"你说错了，我确实想用它来带动本县旅游业，这是我送给杞县的告别礼物。"

"告别？又要高升了？"

"不，我想挂冠封印，从此扁舟江湖。"

"归隐江湖？你？"吉大可大为摇头，"别开玩笑了，且不说你本人一向志存高远心向庙堂，至少你过不了嫂夫人那道关。她可是立志要以身为梯，托你跳过龙门的。我想她的最低愿望是副总理夫人吧。"

姬人锐此时有了五分酒意，借着酒意说："大可，你我是过心的朋友，我不瞒你，不过这些话眼下到你为止。我不是开玩笑，确实要辞官入江湖，但不是出世，而是更深地入世。人类面临的灾变是没有先例的，旧的社会体制已经失去了动力，目前只是靠惯性在运转，但不久就会停转的，倒不如及早跳出。"他为客人斟一杯酒，忽然问，"知道陈宫吗？三国中的人物。"

"捉放曹的陈宫？"

"对。他当时是中牟县令，和我一样的七品官。"他笑着说，"中牟离杞县很近，同属开封府，拉远一点，我和他算是前后届的同僚吧。此公足智多谋，更难得有清醒的眼光，知道那时天下即将大乱，正是英雄建功立业的时候，就断然放弃仕途前程，跟着通缉犯曹操跑了。只可惜他很快发现，曹操并非他心目中的明主。"

"你已经找到明主了？"

姬人锐放声大笑："大可，你太拘泥了，那只是个类比嘛。现在还有什么明主，我就是自己的明主。"他又说，"我不担心苗杳那一关，估计她权衡利弊，会认可我这个大动作。"

吉大可举起杯："很佩服你的雄心和决断，来，我敬你一杯，祝你成功——不，这话不准确。纵然你才智过人，对这样的天文灾变也不会有回天之力的。不过，在文明走向毁灭的途中，让你的才智再怒放一次吧。"

那晚苗杳把五岁的儿子昌昌哄睡，靠在床背上等丈夫，一直等到零点，打手机老说对方关机。苗杳开始觉得焦灼，虽然丈夫不近女色，但如今的社会，稍稍有一点儿把握不住就会掉下去。但她没有打电话问司机和县府办，因为打这样的电话可能影响丈夫的官声，对这类事她一向非常谨慎。过了零点，听到脚步声，她急忙打开门，丈夫和水一方的曲老板在门口。曲老板笑着说："县长犒劳那位雕塑家，两人喝得高了一点儿，我把他送回来。"

苗杳向曲老板道谢，老板没进屋，走了。她把丈夫扶进卧室，为他解衣脱鞋，一边埋怨着，老朋友见面酒兴高，也不能没有节制。"再说，和大可喝酒干吗不喊上我，我和大可也熟，我带着昌昌去。"

"不合适让你去，今天是谈些男人的话题。"

"哼，男人的话题，多委婉的代名词。"

丈夫正色道："别以你的小人之心度君子之腹，我俩今天的谈话一点儿不带'色'的。不过——这会儿我倒想和你'色'一次。"

苗杳哼一声："就你那个醉猫样还有余勇？来吧，今晚我撑着你。"她招呼丈夫冲了澡，到小屋查看了儿子，两人上床，缱绻了很久。事后她夸丈夫，"小看你啦，醉是醉，今晚很勇猛啊。"丈夫困乏了，没有应声，眯着眼躺了一会儿。苗杳没睡，一直悄悄看着臂弯里的丈夫。凭她的直觉，凭她对丈夫心理脉搏的把握，她估计丈夫要在今晚把那个"通盘考虑"揭开盖子了。果然，一会儿丈夫睁开眼，虽然还有醉意，但目光非常清醒。丈夫把她搂到怀里，平静地讲说了他的重大决定，苗杳的眉头则越皱越紧。最后丈夫说：

"如果你同意，这几天我就要递辞呈了。"

苗杳摇摇头："风险太大。人锐，我理解你的考虑，但风险太大。你眼下正走的是一条已经熟悉的路，尽管是条坎坷险峻的山路，但只要锲而不舍地攀登，避免一跤摔到悬崖下——凭你的才智能避免——就肯定能攀到相当的高度。但你新选的路其实根本没有路，前边究竟是沙漠、悬崖还是能够陷顶的沼泽，都不清楚。人锐，我劝你谨慎。"

"苗杳，我正走的这条路的确已经熟悉，但山体本身就要崩塌了。"

"我知道，虽说宇宙得了绝症，但毕竟离现实还远。影响到人类生活那是二百年后的事，要谈论地球灭亡更是千年后的事。在那之前，咱们还得活下去。"她看见丈夫的嘴边绽出笑意，"你笑什么？"

"没什么，我笑你和楚马二人的话不谋而合，他们也说，即使明知明天就会死，今天也要活下去。只是你和他们的活法不大相同，他们是为活着而活着，你是为活着之外的追求而活着。"他望着屋顶，沉默片刻后说，"苗杳，虽然这个世界暂时还在正常运转，但我的心态已经变了，我已经不能在旧舞台上继续演出了。不过，这件事不是一次就能说清的，今晚我累了，以后再细谈吧。"

他转过身，很快入睡。苗杳则睁着眼直到天亮，心中翻江倒海。她不同意丈夫如此突然的人生转折，但她也知道，丈夫决定的事很难劝转。而且丈夫最后那段话说得很对，在官场中奋斗需要时刻鼓着一种无形的"心劲儿"，现在丈夫的心劲儿已泄，继续留在这儿很难发达。新路虽然险，但成就与风险成正比。丈夫敢于断然抛弃已经熟悉的旧路而重新选定一条险路，这样的气魄她是敬服的，这样的心劲儿可鼓不可泄。早上她唤醒丈夫，说：

"该起床啦。人锐，我想了一夜，同意你的决定。"

丈夫奇怪地看看她："这么快就改变主意了？我料到你最终会同意，但原估计需要几天才能说服你。"

苗杳简短地说："知道劝不转你，那就赌一次吧。"

当天姬人锐送走了吉大可和他的学生，又用几天时间处理了一些善后，包括落实对雕像征地的赔偿，为那些赞助过雕像的企业介绍一些好项目。五天后的晚上，他仍在"水一方"酒家举办宴会，宴请了县里县委、县府、人大、政协四大家的主要头头，又多请了一个公安局局长老鲁。宴会上他说，他打算离开这里了，这些年在官场打拼，"恃此方寸耳，今方寸已乱，留之何益？"这是引用徐庶别刘备时说的话。"至于老婆孩子，不想让他们随我到江湖上颠沛，暂且留在这儿了，还望诸位照顾。"同僚们很吃惊，都估计这位空降而来的县长肯定是腾云而去，另有重大的升迁，很可能是某种秘密职务。按照官场的默契，当事人不明说，别人都不会追问，所以都打着哈哈，祝他鹏程万里。姬人锐笑着，没有解释。政协的郭主席同他最熟，一脸鬼笑地说："至于夫人令郎你就放心吧，我以后天天去向弟妹问安，只要你在外边放心。"姬人锐说："那我预先谢谢你啦，你一天去两次都行，我绝对放心。"他又特意对老鲁说："咱两家住得最近，那娘儿俩就托付给你了。"老鲁简单地说："尽管放心。"宾主尽欢而散。

第二天，他把一封辞职信放到办公桌上，回家吻别了娇妻令子，飘然而去。

二

杞县离宝天曼很近，当天中午马家人接待了这位姬姓客人。他自称是楚马的倾慕者，专程前来拜访。这个客人很家常地提了一些要求：想在这儿住上一两夜，还想请主人带他去山中转转。马家人以山里人的好客爽快地答应了，先安排客人吃午饭。

饭桌上姬人锐说："我想问一下，马太太……"他笑着摇摇头，"我不习惯这么周吴郑王的，显得生分。我就称伯母吧。伯母，我估计你的临产期快到了，到时候怎么下山？这段山路可不好走。"

天乐妈不在意地说："没事，世上没医院之前女人是咋生孩子的？祖祖辈辈不都过来了？再说又不是头胎。"

"话是这样说，但你可是高龄产妇啊，还是小心为好，最好到医院生。"

马士奇说："小姬你不用担心，贺国基贺老不久前给我们配了一架直升机做专机，可以随唤随到。"

"是吗？那就好，那我就放心了。这架直升机配给你们后，用过没？"

"还没有，我们轻易用不上它。"

"那就用一次！下午就让它来，咱们一块儿从空中俯瞰宝天曼的全貌，行不行？"

全家人稍愣，互相交换着目光。这个要求也……太家常了点儿。他们在山中过惯了不求人的生活，轻易不想麻烦人，哪怕这架直升机是专门配给他们的。不过楚天乐想了想，爽快地说：

"好吧。让直升机来一次，一则陪客人转转，二则把日后送妈去医院的事安排妥当，全当是预演一遍。"

鱼乐水给小朱打了电话，饭后直升机很快来了。全家人坐上它，请小朱把直升机拉高，从空中俯瞰宝天曼的全景。天乐妈是第一次坐飞机，惊叹着："从天上看地上，景色真的不一样啊。"这一带有玉皇顶、犄角尖、老君山、化石尖等悬崖，均是刀削斧劈般险峻。但位于空中观察，险峻之处都隐没了，只剩下平缓的山顶。山势一路向东南延伸，只是时有中断。这样的平缓山顶正是宝天曼独具的景观。极目之中尽是郁郁葱葱的山林，连阳光都被染绿了。一条条白色的细线从山石中钻出来，曲曲折折，时隐时现，最后汇成一条白带，向东南方向流去。姬人锐大声叫好，说这儿烟锁雾罩，元气内聚，龙脉绵绵，有王者之气。驾驶员小朱笑嘻嘻地回头看看他，那意思很明显——哪儿跑来这么一位年轻潇洒的风水先儿。

转了半个小时，直升机把他们送回原地，双方做了将来接产妇的安排，然后直升机飞走了。他们搀扶着两个残疾人回到屋里，姬人锐意犹未尽，说：

"你们几位休息吧，我想请小鱼带我到山上转一转，看看她那篇著名访谈中提到的几个地点。"

鱼乐水爽快地答应了。她用一个下午领客人逛了山景，看了那一线山泉串起的各个小石潭，看了潭中悠然往来的柳叶鱼，看了那些横生在绝壁上的古树，返回时也领他看了悬崖边的火葬台。客人在这儿停住了脚步，默默抚摸着井字形的柴垛，久久凝望着悬崖下的荒草古树、飞瀑流泉，叹息道：

"人生自古谁无死。小楚将来葬到这片清净之地，也算是福分了。"

鱼乐水含笑望着他，没有接话。

"小鱼，也许你猜到了我单独约你出来的用意？"

鱼乐水笑着摇头："我只猜到你大概要和我说什么话。"她补充道，"我、丈夫和公公都看出你不是一般的访客。你……"她斟酌着用辞,"气度不凡。"

姬人锐笑了,"谢谢夸奖。其实这句话该用到你们身上,你们全家人的气度都非常平凡,但又非常不凡,这种平凡的不凡才是真正的不凡,是不凡的最高境界。"

鱼乐水笑了:"你给我念绕口令啊。不过,还是谢谢你的夸奖。"

他说出真实身份。"小鱼,我是原杞县县长姬人锐。"

鱼乐水想了想,"是你平息过一场万人集体自杀,后来又搞了个'杞人忧天'的雕像?我在网上媒体上看过有关消息。"

"对,是我。不过那都可以说是前生之事了,今天早上我已经挂冠封印,披发入山了。"他笑着说,"入山就是为了找你们,想谈一件大事。但我觉得,在和楚马二位谈话之前,最好先和你把话说透。小鱼,我看出了你对他俩的影响力。"

鱼乐水笑道:"是吗?我倒没觉得我有什么影响力,要说影响也是他俩影响了我。"

"你说得不错,但我说得也不错。小鱼,找地方坐下吧,这场谈话比较长。"

"好的,我洗耳恭听。"

他们找地方坐好,开始了这场平心静气的谈话,后来史学界称之为"火葬台谈话"。它实际奠定了此后几十年人类文明的流向,开辟了一个极度辉煌的、被称为"氦闪"的时代。面临绝境的人类像"氦闪"一样迸发出了千万倍的能量,用几十年时间实现了千年的科技进步,虽然这些努力对灾变本身并无实际影响,但"氦闪时代"仍以金字书写在人类历史上。当然,绝不是姬人锐以一人之力造就了这样的时势,这样的时势迟早会来的,他只是提前扳了一下扳机而已。

"小鱼,这次灾变所造成的局面是人类从未面临过的。科学让我们预知了这场泼天灾难,但又给不出求生的办法。人类还有二三百年的时间,这段时间太短,不大可能在科技上做出足够的突破;这段时间又太长,足以让人类在一天天逼近的灾难中因绝望而疯狂。小鱼，我亲自处理过那次万人自杀事件，我知道人一旦绝望是多么可怕。你能想象得到吗？母亲带着婴儿来自杀！因绝望而生的疯狂已经抵消了人类最强大的母性。而且杞县那些自杀者的行为还是在法律框架之内，如果民众的绝望转化为暴力又该如何？我给出一个估计吧，如果楚马发现没有被新证据否定，又找不出求生之路，那么人类社会将在五年之内停转，在十年之内崩溃，在50年之内毁灭。"

鱼乐水心情沉重地点头。

"但事情都是两面的。兵法云，置之死地而后生。人类已经被置到死地了，这种极端的处境也许能转化为巨大的能量，从而促使科学技术在几十年几百年内暴升几个数量级，让人类绝处逢生。"

这次鱼乐水看着对方，没有点头。这番话恰恰是大乐在那次会上说过的，但这种可能性——她觉得希望不大。科学能助人类改变局部的自然，但不能改变宇宙。像这次尺度至少为几十光年的天文灾变，站在现阶段的科学平台上，看不到任何一种有可能实现的技术突破。这是那次老界岭会议上众位科学家的一致看法。姬人锐了解她的想法，紧接着说：

"即使奋斗的结果仍是失败，至少可以把人类社会中的高压蒸汽在可控状态下引出来，让它喷到汽轮机叶片上，不致因高压累积而造成锅炉本体的爆炸！依我说，单单为了这个结果就值得全力去做，这样人类至少可以死得有尊严。"

鱼乐水仍没有点头。这段话如果换一种直白的说法，就是用虚幻的希望蒙骗人们，让他们在劳碌中麻木神经，在没有结果的努力中度过一生。依她本人的愿望她不想这样，如果人类确实无法逃生，她宁愿在这片山林中安静地打发日子，安静地死去。姬人锐看看她，显然洞悉她的心理，接着说：

"也许有些人宁愿安静地死去，作为个体意志来说，这也无可厚非。但人类作为群体来说绝不会这样，所有生物物种在族群濒临灭亡的时刻，都会爆发强烈的群体求生意志，并转化为狂热的群体求生努力——只是，它也有可能转化为疯狂和暴力，毕竟这次灾变来得太陡然了。"他一字一句地说，"作为人类的清醒者，有责任把群体的亢奋引向'生'，而不是听任它滑向'死'。"

鱼乐水思考之后深深点头。姬把问题分成"群体"和"个体"两个层面，这种观点很新鲜，也很有力，她自己的"个体意志"拗不过"群体意志"。"你说得对。你把我说服了，人类应该这么做。但你为什么来这儿？你应该去找政府或联合国，这肯定应该是国家行为，甚至是全人类的行为。"

姬人锐摇摇头，"不，这是全新的局势，需要近乎疯狂的努力，旧的权力机构无法适应也无力承担。我这句话你不一定相信，那我跟你打个比方吧。现在假定有某种可以让人类逃离灾难的设想，要想实现技术突破必须砸进去数千亿元，但它只有百分之一的成功希望。假设你是国家主席，你会冒险决策吗？"

鱼乐水想想，不得不承认："不会。如果这样冒险，那这位政治家太不负责任了。"

"你说得对。但在全新的形势下事情恰恰反过来：只有敢这样冒险才是对人类负责任！否则你就是个坐拥亿万家产而活活饿死的土老财。但旧式政治家已经习惯了'负责'和'稳健'，很难转过这个弯子。何况'国家'是个极为庞大的机器，即使失去动力也能因惯性继续运转很久，这会掩盖局势的急迫性；但若等到机器真的停转，等政治家们真正认识到形势的危殆时，想让机器重新运转就非常困难了，可以说已经没有可能了。还有一点，今后的领导层将面临很多艰难的决策，决策者的科学素养和科学直觉将变得非常重要。既然如此，不如直接把决策权交给睿智的科学家。"

"你说该怎么办？"

"我想这样办：现代社会的一大特点，是私人拥有巨大的财富，其总量堪比国家。我想，最好的办法是借某个民间组织把这些财富集中起来，组织对新技术的攻坚战。船小掉头快，民间组织能把这件事办得非常高效。如果打个比方，那么这个民间组织就像解放战争期间的野战军，而今天的国家机构将扮演当时的地方政府。前者可以轻装前进，纵横驰骋；后者只管维持治安，组织支前工作，解除野战军的后顾之忧。"

鱼乐水沉吟着，"要发展这样的全新技术，所需投入应该是天文数字，可能是数千亿……"

"不，你的估计还是太保守，投入可能是数万亿，应该是人类财富的大部分。"

鱼乐水沉思着。"我得好好想一想。"她笑着说，"你的设想太宏伟，太辉煌，我的眼睛一时间被耀花了，我得让眼睛适应片刻。但你为什么……"

"为什么来山里找你们？因为你们已经于无意中占据了'天枢'或'天权'的位置，占据了人类社会的道德制高点，尽管你们本人尚未意识到这一点。你看，马伯伯身有残疾，小楚更是绝症患者，但两个残疾人做出了伟大的楚马发现；他们藐视死亡，坚韧地活着，这对民众而言是巨大的精神力量；还有你婆母，任冬梅，正像你在访谈中说的，是天下最好的母亲，为绝症儿子燃尽一生的爱，又为所爱的男人生孩子，不计较名分，可以说是母性的绝好象征；其实，在你们四人中最具号召力的是你。"

"我？"

"对，你是真善美的化身，是牺牲精神的象征。你漂亮，性格开朗，对民众而言有很强的亲和力。你自愿留在山中陪伴一个时日无多的绝症病人，以达观的态度对待死亡，完全不把金钱、前程等世俗庸物放在眼里。而且你这样做纯粹是响应内心的呼唤。从内心里你把自己的举动看得非常平凡，对不对？"

鱼乐水笑着说，"本来就很平凡嘛，我哪是牺牲，说起来倒是极度的自私——在这大难临头的时刻，我却只顾寻找内心的平静和个人的快乐。"

姬人锐深深看看她："有句老话说，意识不到自己美貌的姑娘才是真正的美貌。今天我可以说，意识不到自己高尚的鱼乐水才是真正的高尚。试想，如果民众和企业家把钱捐给你们这样的四人组合，他们是否会非常放心？"

鱼乐水痛快承认："那倒是。我们四个有无能力干成什么事且不说它，但决不会把捐款私吞一分一毫。"

"所以——担起历史交给你们的责任吧。我先说服了你，咱俩再共同说服那三位，然后，先成立个基金会……"

"基金会？我们刚刚有了一个，叫'乐之友基金会'——我俩名字中都有一个'乐'字。是北京青年报葛总编号召的募捐，原来的目的是为天乐治病，但没想到募到的金额太大，有几个亿，我们不能把这么多的钱据为己有，就成立了基金会，准备用于公益事业。"

"噢——我知道募捐的事，不瞒你说，我还捐了钱呢。但我同样没想到会有这么大金额，也不知道你们已经有了一个基金会。这么说，你们实际已经走到我前边啦。"他略为思考，"如果这件大事定下来，以后我会找葛总编谈谈基金会的事。"

"再往下怎么做？"

"有了钱，就要立即开展工作了。我想应该首先成立一个世界性的科学院，它将延揽各国的天才科学家，然后以最疯狂的想法，最狂热的节奏，寻找让人类逃出这个地狱的办法。科学院的地点我都看好了，就设在离这儿不远的老界岭迎宾馆，然后向山下慢慢辐射。"他解释说，"因为，我觉得你们最好不要离开这儿，这儿已经成了世界民众心中的圣地，最好让这样的神圣感继续保持。好在如今科技昌明，即使居住地偏僻一点儿也不影响指挥的效率。我路过时已经了解过这家宾馆，它有 1500 张床位，一应通信设施俱全，硬件是大致够用的。当然，这一切的前提是你们同意我的设想。"

鱼乐水考虑一会儿，笑着说，"我已经差不多被说服了。《三国演义》中说诸葛亮不出山便知三分天下，你是未进山就看准了文明之河的流向。"

姬人锐一笑，立起身来指着东南方向，此刻夕阳在背后，为那个方向的山水涂上了金光。"你看，伏牛山的余脉沿这个方向再走百十里，就是诸葛亮曾经隐居过的卧龙岗。我非常敬仰这位古人，只是对他躲在卧龙岗上坐等刘皇叔去三请三顾这一点儿颇有腹诽。大丈夫生于乱世，自该挺身而出，建功立业，就像徐庶或陈宫那样。干吗扭扭捏捏的，太不爽快。所以，我就贸然上门自荐来啦，哈哈。"

鱼乐水沉吟着。这位姬先生的游说很雄辩，很有煽惑力，但她也不好轻易许诺。她知道，自己只要一点头，此后的人生就变了。这与不久前她决定与天乐结婚不同，那也是个陡峭的人生转折，但那时她更多是顺应内心的呼唤，是潜意识的母性替她做的决定，并非理智的权衡。而今天则是清醒地思考，决定是否把一副十字架扛在肩上。一旦扛上就没有退路了，随后是终生的攀登……长久思考之后她轻叹一声：

"只是，公公和天乐都要受累了……受累也值，这样活着才有意义，哪怕最终只是空忙一场。"她向姬人锐伸出右手，"来，握握手，这就算是拉钩了，我答应帮你说服他们仨。"

两人紧紧握手，薄暮中两双眼睛都闪着火焰。这番长谈后两人都觉得，他们已经成了相知很深的老友。鱼乐水忽然说："呀，太阳马上就要落山了，咱们快点回去吧，那仨人肯定在等着咱们回去才开饭呢。"

两人在暮色中步履轻快地下山。

晚饭后鱼乐水对家人说了姬人锐的真实身份，笑着说："这位辞官不做的姬县长此次进山，是想说动咱们几位出山的。他已经把我基本说服了，让他再对你们施展辩才吧。"

四人坐在院中的凉棚下，姬人锐从容地开始了游说，马士奇和楚天乐听得很认真。天乐妈收拾好碗筷也出来了，笑嘻嘻地听着，她能听懂姬先生说的话，但以她的境界胸襟，还不能把它转化为形象化的、宏伟的历史图景，所以听是听，没把他的话太当回事。但楚马二人与她不同，他们的目光越来越专注，明亮的火焰在眸子中跳动，照亮了山中的暮色。等姬人锐说完，马家父子交换一下目光，楚天乐毫不犹豫地说：

"你把我们也说服了。我们干。"

马士奇则有片刻的沉吟。以他的人生经验，他看出这位现代版的陈宫绝非等闲之辈。姬肯定能把这件事做大，也很可能成为乐之友的实际掌门人——楚、鱼甚至加上自己，就政治谋略而言无法与他相比。那么，乐之友今后的功罪将与姬的个人品德密切相关。至于姬的个人品德，仅仅一天的接触是无法透彻了解的。但不管怎样，姬的提议顺应了时代的潮流，这种建议无法拒绝。所以他沉吟后也表示：

"我们干。"

鱼乐水笑了："呀，这么爽快！我还等着帮姬先生敲边鼓哩。"

天乐说："你的态度就是最有效的边鼓。我们干！只是……我与你们不会同行太久，也就两三年吧。"

他的口吻非常平静，但由于这句话中内蕴的悲凉，在场人心中都是一震。鱼乐水非常机敏，立即笑着说：

"能同行多久就多久，那是以后的事。说不定你这么一忙活，阎王爷会对你手下留情呢。你想嘛，如果这片宇宙塌陷，他的阎王殿也难逃此劫。他和咱们是一条绳上拴的蚂蚱，巴不得咱们成功哩。"

众人都大笑，那片刻的悲凉也就化解了。姬人锐赞赏地看看鱼乐水。这位年轻女性浑身散发着阳光，而且是她内心世界的自然流露，没有作秀的成分，她确实非常适当做基金会的旗帜。马士奇说：

"往下说吧，对于乐之友组织的基本结构，你肯定也有想法。"

"也基本是三权鼎立，不过不是为了互相制约，以人类面临的局势，无法享受这样的奢侈。我们将建立三个方面军，各有不同任务。第一方面军是乐之友科学院，负责确定新技术的发展方向。科学院应该有个执委会，由几位最睿智的科学家组成。人数不能太少，太少则难免片面；也不能太多，太多会影响效率。我想以九人为佳。马伯伯和小楚都是合适人选。"

马士奇说："天乐更合适，我俩占一个位置就够了。往下说。"

"第二方面军是乐之友基金会，负责募款、资金管理和其他综合事务，其执委会也以九人为佳。我想小鱼是非常合适的人选，她将是基金会的首席亲善大使。"

马士奇说："乐之友基金会眼下由葛总编负责，他也是一个合适人选。第三方面军呢？"

"是执行机构，姑且命名为乐之友工程院吧，这个名字比较不招摇。工程院的任务是，无论科学院做出多么疯狂的决策，后者都要以疯狂的努力把它变为现实。执委会同样定为九人。"他笑着说，"内举不避己，我想我是一个比较合适的人选。"

三人都点头："没错，你最合适。"

"如果你们都同意，明天我想去北京一趟，把基金会也许还有葛总编这个人一块儿收编过来。有了这笔钱，咱们的事儿就要正式启动了。"

三人相继点头："好的，你去吧。"

天乐妈这会儿才听出点眉目——这几个人真的要干一件大事，而且马上就要干了。她迟疑地问："你们是不是很快就要离开这儿？"她忙解释，"你们都走也没事，我一个人能对付。"

四个人都笑了，说："我们没打算离开这儿，就是离开，也不会把你一人撇下呀。"天乐妈说："那你们继续商量吧，我在旁边插不上话，我要先睡了。"她用手支着后腰窝，慢慢地走了。余下的四人为了不影响孕妇休息，把谈话声音压低了。他们谈了整整一夜，可以说，"科学执政时代"的大致轮廓当晚就基本勾勒出来了，以后填充的只是细节。

第二天，彻夜未眠的姬人锐顾不上休息，要来了直升机，启程赶往南阳机场，从那儿飞往北京。他这趟游说非常顺利，当天晚上葛总编兴高采烈地给小鱼来电话，说："你派来的那位说客真是舌灿莲花呀，我轻易就被说动了。我已经向报社董事会递了辞呈，明天就赶往你那儿，给我几个月前的部下当兵去。你看看，真是三十天河东转河西呀。"

鱼乐水笑："来了你还是我的领导，是基金会的实际掌门人。我的唯一任务就是戳在基金会门口当招牌，就像机场进站口戳的空姐招贴画，不用大脑的，只要笑得甜就行。这两天我正在苦练露齿微笑呢。"

"好说好说。喂，小鱼，那位姬先生，那位现代版的陈宫或诸葛孔明，你觉得是怎样一个人？"

鱼乐水有所警觉，表面上仍是嬉笑着："也就相处那么一天，说不上太深的了解。你说呢？你既然这样问，肯定有自己的看法。"

"我对他印象蛮好，否则也不会这么轻易就被说服。不过——怎么说呢，对这个人的描述无法用普通方式，我打个比方吧。预先请你原谅啊，这个比方有点得罪人——如果你和丈夫楚天乐被困在一只小船上，只有够十天用的食物和淡水，但离最近的海岸也有 20 天的路程。你会不会省下食物和水，让天乐一个人用？"

"我想我会吧。"

"可是你要考虑到天乐是个残疾人，即使有食物和淡水也无法把船划到海岸。所以冷静权衡，应该让天乐把东西留给你才对。这个方案你会接受吗？"

鱼乐水略略停顿，埋怨着："你真是个变态的考官，专提这些戳心窝的问题。告诉你吧，我不会。在这种情况下，我会和丈夫均分食物，然后我尽力划船。谁知道呢，也许十天之内就有船只路过，也许十天内会下雨，也许我们能靠捕鱼活下去。即使这些都没有，我们会在吃完食物后一同迎接死亡。不过就是一死嘛，也不是啥了不得的事。"

"但如果姬先生处于你的角色，绝不会做出这样感情冲动的愚蠢决定。不，我的评价并非贬低姬，而是完全客观的。如果他处于天乐的角色，他也许会心甘情愿把生的机会留给你。所以这不是自私，只是冷静权衡后做出的清醒选择，完全排除了感情的因素。"

鱼乐水沉吟片刻："也许你对他的评价是对的。"

"我的话还没有完呢，你既然说我变态，我就再变态一点儿吧。现在，假设食物已经罄尽而海岸还没到，天乐先去世了。这时——你做好心理准备，我的问题令人作呕的——食用尸体可以让你坚持到成功。你会吗？"

他稍停片刻后说："算啦，我不逼你回答了，我想你肯定不会。可是，如果姬先生处在你的位置，他会这样干的。再重复一遍，我这么说并非贬低他，如果他反过来处在死者的位置，他也许会主动提议，捐出肉体供你食用。所以，这不是自私也不是残忍，而是无与伦比的冷静。"他沉默片刻，"坦率地说，这样的冷静让我心存忌惮——但话又说回来，在现在的非常时刻，也许正需要这样极度冷静的人。"

鱼乐水稍停，笑着说："葛总你不愧是领导，说起话来逻辑严密滴水不漏，正面反面你都分析到了，我还能说什么？"她转了话头，"葛总你快点来吧，我盼着你呢。"

姬人锐和葛其宏总编的进山耽搁了几天。几天后他们回来了，同时带来三块金属牌：乐之友科学院、乐之友基金会和乐之友工程院，之前基金会虽说已经成立几个月，但没有正式挂牌。还带来十几位新闻界的人士，包括搜狐、网易和新浪，难得的是其中还有央视记者，他们将对这次挂牌仪式全程直播。这是非常难得的，众所周知，央视一般不会随便报道民间活动，但眼下的非常局势，再加上姬人锐的辩才，最终促使央视破了例。

姬人锐还说，他已经把老界岭迎宾馆全部买下，做一会两院的临时总部。当天下午所有来宾参加了挂牌仪式，媒体向全世界直播。典礼简朴而热烈。姬人锐做典礼的主持，鱼乐水做了主旨讲话。她呼吁各界踊跃捐资，诚邀世界各国的一流科学家和工程师来这里效力，呼吁各国政府与这儿密切合作。她的讲话激情洋溢，客观坦率，为世人描绘出一个清晰的、热烈而不疯狂的前景，拨动了亿万人的心弦。当然她甜美明净极富亲和力的笑容也起到很大作用，达到和讲话内容一样的效果。

在她身后是加入救世计划的第一批人员，此刻只能说是一小撮：一条假腿的马士奇，病歪歪的楚天乐，神态冷静风度不凡的姬人锐，心广体胖笑得像弥勒佛的葛总。大着肚子的天乐妈不算正式人员，但她也笑哈哈地站在楚马二人中间。

在北京的一家单元房内，鱼子夫喊正在阳台浇花的妻子："章隽你快来看，咱们的女儿！"

章隽拎着水洒急急往客厅跑："水儿怎么啦？"

"她正在乐之友会两院挂牌仪式上讲话呢。台上还有咱的俩亲家，有咱的可怜女婿。咦，那不是水儿报社的葛总吗，怎么也去那儿啦？"

夫妻二人挨坐在沙发上，认真听完了女儿的讲话。他们很感动，也很惊奇，那个大大咧咧的、在他们眼中永远长不大的女儿已经脱胎换骨了，已经是世界级的人物了。他们正在做的事是历史上从未有过的，无比壮阔和艰难，虽然最终的成败无法逆料，但是单单他们的气魄和境界就让人敬服。章隽叹口气："水儿这就要忙了，会忙一辈子的。"她再度叹息一声，"那就忙吧，忙着最好。人哪，哪怕处境再绝望，只要有事可忙，就不会太痛苦。而且，真希望他们能忙出一个结果。"

北京的另一家高级公寓里，贺老和孙子一块儿看着这则消息，洋洋看得很认真，目光中异彩闪烁。看完后他激动地说：

"他们已经开始干了！这么快！爷爷，你说过让我去他们那儿的，什么时候去？"

"洋洋你太性急了吧，你现在去能干什么？只会给人家添乱。等你大学毕业后吧。"

"也好。我努把力，争取跳它几级。"

洋洋回他的书房看书去了，从乐之友那儿回来后他一直在自学天体物理学、宇宙学等专业，学得非常刻苦。这孩子过去就懂事，学习有韧性，屁股能坐得住。现在已经有了明确的人生目标，这个目标让他更成熟了。

客厅中电话响了，是一个国际长途，但说的是流利的普通话：

"贺老师你好，我是阿比卡尔。"

"你好，总统阁下，现在该称秘书长阁下了吧，我正想打电话向你道喜呢。"贺国基笑着说。艾哈迈德·阿比卡尔是个黑头发厚嘴唇的索马里黑人，年轻时在北大留过学，留学期间是个积极的社会活动分子，曾出面邀请34岁的贺国基去学院做讲座，诸如"政治博弈""权力与制约""中国历代统治术""政治谋略中的正与奇"等。出乎贺的预料，这些讲座大受欢迎，以至于贺国基一时成了媒体明星，甚至其后他在政坛的快速升迁与此也不无关系。两人自此认识了，以后阿比卡尔对贺国基一直以老师相称。阿比卡尔回到索马里后迅速崛起，成为耀眼的政治明星，担任了两届总统，是公认的铁腕人物。也可能是一个比较小的穷国更便于管理吧，他把"开明威权"的优势在索马里演绎得淋漓尽致，这个在战乱、部族冲突和海盗肆虐下呻吟多年的失败国家迅速走上正轨，成为那几年世界上发展速度最快的国家，而且有效避免了常见的"发展病"，如贪污、贫富悬殊、裙带关系等。更难得的是，这位铁腕人物并不恋栈，两届总统任满之后很潇洒地走了，没有埋下什么可以让他"重回大位"的政治操作。

不过也有人说，他的"不恋栈"是因为他已经盯上了另一个大位。他卸任之后正值联合国秘书长换届，按照不成文的规矩，这一届应该是由非洲人出任。由于其出色的政绩，48岁的阿比卡尔是最有力的竞争者。但这只是"水面之上"的形势，实际上，因为某些比较微妙的原因，他的胜面并不大：有些大国是忌惮他的执政风格过于强势，担心他为联合国带来不可控制的因素；有的国家则是因为更深刻的原因——他的"威权政治"不符合西方的普世价值。据贺国基在各国政界老友那儿听到的"悄悄话"，阿比卡尔几乎肯定会出局。但恰在这时，楚马发现公布了。联合国内迅速形成了一个共识——灾变临头，应该推举一个雷厉风行的新秘书长。之后阿比卡尔顺利当选。

"道什么喜啊，该致哀才对，我是被绑上火刑柱了，推我上火刑柱的也包括老师你和楚马二位。"阿比卡尔笑着说，"贺老师，你看到乐之友一会两院成立的消息了吗？"

"刚刚看到。"

"他们的行动真快。其中的姬人锐还是我的低届同学呢。"

"没错，他也是北大的，应该比你低……十届吧。"

"贺老师，关于这场灾变，我知道你在中国主持和参加过两次重要会议。我去联合国上任之前，想从你这儿得到一句忠告。贺老师见识过人，我一向很钦佩。"

贺国基沉思片刻，凝重地说："你太客气了，恐怕我给不出什么有价值的忠告。这个局势是人类从未经历过的，往日的老经验都失效啦。"

对方笑了："你这番话就是最好的忠告——非常之时，应对以非常之策。谢谢啦，再见。以后我还会随时向你请教。"

对方挂了电话。贺国基料定，这位铁腕人物上任后一定会强力推进救世行动。他沉思了一会儿，然后要通一个电话。电话中他言简意赅地介绍了有关乐之友的消息，以及他所知道的有关乐之友的背景。最后说：

"据我的估计，恐怕这个民间团体能鼓捣出大名堂。我提一个很冒昧的建议：政府最好能派去一个联络员，正式的，驻外大使级别的，并给予一定资金支持。"他歉然说，"这样做是没有先例的，所以我真的冒昧了。"

那边回答："好的，我们合计一下，谢谢贺老的责任心。"

康不名刚看完对乐之友的电视直播，有人敲门。是同一家属院的两个退休老太太，一个是楼下的陈素芳，另一个住得远，不太熟，名字好像叫刘什么琴，是基督徒，常常热心地劝住户们"信主"。两个客人一进门就看见客厅堆着的大小旅行包，问："老康要出差？"康不名说："是牛牛要走，跟着他妈到天津的外婆家住几天，晚饭后我送他们上飞机。"陈素芳逗牛牛：

"早该走了！哪能老赖在奶奶家。这次走别就别回来了！"

四岁的牛牛大声说："才不！这儿是我家，外婆家是旅馆！"

全屋人都笑了，康不名笑着说："这是牛牛外婆说过的埋怨话，谁知让他记住了。我家这个孙子可是抱出感情了，乍一离开还真舍不得。"

陈素芳说："你家有事，我们不耽误，就问一句话。康工，你是不是到北京开过一次'天塌'的会？"

"对，开过。"

"天真的要塌？记得以前闹腾什么2012世界末日，凤琴每天找我说道，蛊惑得我差点都信了。后来多亏请教了你，你说那纯粹胡说八道，事实证明还是你说得对。凤琴最近又说世界末日，我说咱们去问问康工，我就信服你这样的学问人。"

凤琴脸上有点挂不住。当年她确实非常焦灼地到处宣传：世界末日真的要到了，只有主才能拯救你的灵魂，这样的宣传一直进行到那年的12月21日晚，即传说的世界末日。第二天好些人笑着问她，末日咋没来？弄得她很尴尬。康不名忙打圆场：

"我哪说过她是胡说八道，我只是说，用玛雅历预言世界末日不大靠谱。"

"那这回呢？八成还是瞎闹腾。说啥子只要太阳变蓝天就会塌，这几个星期我一直在注意看，太阳根本没有变蓝。"

康不名犹豫片刻，不知道对两位家庭妇女该把话说到哪个程度。俩客人巴巴地盯着他，尤其是那位叫凤琴的，似乎在等待最后的宣判。最后康不名斟酌着说："现在就说天塌地陷、世界末日什么的肯定太早，但这回确实有大灾难了，太平日子怕是要到头了，你们得有点心理准备。"

这话让陈素芳很沮丧，那个叫凤琴的则有明显的胜利感。两人没有多停，告辞走了,听见她们下楼时还在争论。康不名一家匆匆吃过饭,送牛牛母子去机场。取了票,把行李办了托运,两人要进站了。老两口说:

"牛牛,来,给爷爷奶奶再抱抱。"

牛牛在奶奶家长到四岁,从来没离开过,这次要离开几个月,爷爷奶奶打心眼里舍不得。特别是康不名,常常自称是"阉公鸡",对孩子特别亲。牛牛曾自豪地宣称:"爷爷只要在家,我再淘,妈妈也不敢打我。"这会儿牛牛高高兴兴地跑过来,同奶奶拥抱亲吻,再同爷爷拥抱。但小东西不知道怎么想的,忽然抱紧爷爷的脖子,深深埋下头,很久很久不说话,也不松手。几个大人的眼眶都湿润了。

回途中康不名比较沉默。老伴知道他是动了感情,也陪他沉默着。刚才牛牛的举动触到了康不名心中最柔软的地方,一时五味俱全!他和老伴已经年过花甲,把生死都看淡了,那个"天塌"的噩耗并未引起太大的感情激荡。但在刚才,四岁孙子的一抱在他内心中激起了汹涌波涛。这样嫩生生的孩子有权好好地活下去,一代一代地活下去,他们不该遭受灾变恶魔的戕害!他在片刻之间做出了决定,对老伴说:

"我决定了,到乐之友那儿去。这两次开会我有一个印象:我这样的老家伙也多少有点用处,那儿都是专业精湛的科学家,但太专太精,需要有一个万金油式的人当黏合剂。老伴,家里这一摊子就交给你啦。"

老伴想想,没有劝阻:"行啊,想去你就去,为孩子们尽尽心吧。到那以后注意身体,别玩命,毕竟是60多岁的老家伙啦。"

在杞县的县府家属院内,四岁的昌昌感冒高烧,这会儿正在哭闹。苗杏对他又是恨,又是心疼。这个小祸胎今天在幼儿园又和人打架,园长训他,他竟然把园长的手给咬破了。园长一怒之下罚他在院里站了半天,结果受凉感冒。昌昌一向淘得出格,说起来也怪当爸的。虽然夫妻俩一向为人低调,但姬人锐唯独对儿子十分宽纵,他说不要太约束孩子的天性,调皮孩子长大才有出息。这下可有出息了,把园长都咬伤了。

姬人锐临走时曾让苗杏请一个家庭保姆,但苗杏考虑丈夫此去前途未卜,也许很长时间全家得靠她一人的工资生活。这些年姬人锐和她洁身自好，没有多少积蓄，她得省着点儿花，所以就没有请保姆。她正在哄昌昌吃药，电话响了。她抱着昌昌拿起座机。对方说：

"是我，老鲁。"那边听见了电话里的哭声，"咋了？我听见昌昌在哭。"

"发烧，我正在喂药。"

"那我和你嫂子去帮忙，这会儿就过去。"他在电话外大声喊了几句，回头对苗杳说："你赶紧打开电视看中央十台！人锐在那儿正主持什么乐之友一会两院的挂牌仪式。"

苗杳赶快打开电视。昌昌看见屏幕上的爸爸，不哭了，偎在妈妈怀里，两眼一眨不眨地盯着屏幕。老鲁夫妻两个很快赶来，鲁妻照看着昌昌，那两人仔细把直播看完。老鲁困惑地说：

"原来人锐真的辞官入江湖了？他留下辞职信离开后，县里头头们没一个相信他是辞职，都猜他是另有秘密任命。但后来问过上级，上边不知道，而且对他的不辞而别相当生气。"他苦笑道，"我说过人锐不是凡人，早晚要成龙的，没想到他去深山做了一条野龙。"

"野龙"这个新鲜词儿把几个人都逗笑了，不过笑过之后是苦涩，因为这个词儿意味着——姬人锐确实主动跳下了动力强劲的官家大船，从此将在人生的波涛中自生自灭。老鲁悻悻地问：

"苗杳你没劝他？"

苗杳叹道："当然劝了，但其实也没怎么劝。我知道他的脾性，劝不转。嫁鸡随鸡吧。"

"你该劝一下，这下子中国少了一位姓姬的副总理，太可惜了。那个什么基金会……"他轻蔑地摇摇头，没有再说下去。怀中的昌昌突然大声说：

"我爸没被抓！"

三个大人很吃惊，忙问他为啥说这话，昌昌却闭上嘴，执拗地不回答。不过这个谜不难破解，猜也猜出个八九不离十：一定是昌昌和人打架，素来不喜欢他的园长过来批评时说了些过头话，比如，"你当你爸还是县长啊？"或者："如今哪有辞官不做的，肯定是贪污受贿，被纪委抓走了！"昌昌这个惹事精哪受得了这些话，一怒之下就把园长的手给咬破了。对，肯定是这样，昌昌平时虽然淘，也不至于像今天这样出格，肯定是受了强刺激。老鲁沉着脸说：

"苗杳你放心，我明天去见那个园长。对孩子竟然说这样的混账话！"

苗杳苦笑道："算了，息事宁人吧，也怪昌昌太淘。"她想了想，"去还是要去的，你去不合适，明天我去一趟吧。"

之后他们中断了这个话题，开始商量昌昌要不要去医院打点滴。

凯迪拉克顺着纽约长岛的半岛公路一直前行，前边就是著名的刚尼逊天体海滩了。亚历克斯没把车开往停车场，而是拐入一处无路的荒滩。凯迪拉克缓缓开着，一直开到台地的边缘才停下来。从这里向下看，海滩景色一览无余，海面上漂浮着几艘白色的帆船，蔚蓝色的海水轻柔地拍击着海岸，激起一线白色的水花，一群灰色的海鸥扑打着翅膀在浪花处觅食。台地下边是沙滩，白色细沙无边无际，沙滩上有一大片区域躺满了裸体的人群，但距离过远，看不清楚。再向前远眺，是高楼如林的纽约市景。亚历克斯说：

"咱们的营地就扎在这儿吧，怎么样？"他笑着说，"我觉得，观察尘世最好隔着一段距离，那样才会有上帝的目光。"

三个伙伴没有异议。他们下了车，把野餐毯子铺在地上，摆好食品、刀叉、酒杯和法国葡萄酒。亚历克斯·汤利是年轻的天体物理学家，他今天邀约的三位朋友也都是年轻科学家，是各个专业领域的佼佼者：分子生物学家乔治·雅各比，数学家詹姆斯·格莱克，理论物理学家玛格丽特·坎尼普，后者也是亚历克斯的女友。四个人在地毯上安顿好后，亚历克斯从旅行背囊中掏出一个装潢考究的方形酒瓶，钴蓝色的瓶身中荡漾着深红色的酒液，透着高贵的皇家气质。亚历克斯小心地打开瓶塞，为各人斟上酒：

"这是一瓶百龄坛牌苏格兰威士忌，20年前的30龄特酿，所以它有50年的历史了，在我祖父的庄园酒库中也算是极品。我一直没舍得喝它。今天就用它来纪念我的祖父吧。他不久前去世了。"

四人举杯，祝老人安息，然后呷着酒，细细品味着。乔治说：

"亚历克斯，这瓶威士忌确实是极品！余味中带着橡木和金雀花的绵长芳香。向你的祖父致敬，他生前一定非常会享受生活。"他笑着说，"愿他在天堂中也能喝到这样的好酒。"

"没错，他是典型的老派美国人，把各种生活细节雕琢得非常精致。只是——"他叹息一声，"也许我们已经习惯的享乐主义社会马上就要坍塌了。"他把一具蔡斯双筒望远镜交给伙伴，"来，一边喝酒一边欣赏吧。"

镜野拉近了那片白花花的裸体，有如一堆白色的天蚕，其中也夹着一些黑人和黄种人，这是在网上组织起来的一场万人性派对。自从楚-马-格林发现公布之后，各西方国家中的集体露天性派对已经不是稀罕事。有人说动物种群濒临灭亡时性欲会特别旺盛，这符合进化论，因为濒死物种是以"强化生殖"做最后的抗争。这也许是这些性狂欢的深层生物学原因。对类似的露天性派对，各国警方基本装聋作哑，因为社会上积聚着越来越浓的绝望、愤懑、狂躁和戾气，如果这些负面情绪能在性集会上多少得到释放，又何必干涉呢。今天的集体露天性派对更特别一些，它是专为同性恋者组织的，所以此刻沙滩上进行的大多是同性之间的性游戏，以男"同志"居多，女性也不少。沙滩上气氛相当平静，甚至算得上静谧祥和，性游戏都是一对一的，没有难以入目的群交。不过他们就像舞会上交换舞伴一样安静有序地交换着性伙伴，也偶尔会转换为异性的交媾。悬崖上的四个人品着酒，轮流使用望远镜，静静地观看着。

"世界末日的景象。"理论物理学家玛格丽特先开了口，"就像古巴比伦，双性神阿芙洛蒂忒的神庙中，圣妓借着神的名义公开淫乱。或者像古罗马，男女混杂的阿格里帕大浴场中，贵族们在昏暗的灯光下公然行淫。不知道历史该如何记载我们这个颓废的时代。"

数学家詹姆斯苍凉地说："只要有历史记载，那就不是世界末日。怕只怕连后人的评判也没有了。"

生物学家乔治说："我对同性恋毫无不敬，但我认为它只是富裕时代的奢侈，是富裕时代人类过度繁衍时冥冥中设立的自限。一旦它，"他指指天上，大家知道他是指那场空间暴缩，"越来越近，人类得为生存和繁衍而挣扎时，这种现象自然就会消失的。眼下这一幕只是油灯熄灭前的回光返照,所以不必看得太重。"

亚历克斯点点头,"你说得对。你说同性恋只是富裕时代的奢侈,其实西方社会的'个人至上'同样是富裕时代的奢侈。如果社会陷入绝境,人类肯定会重拾集体主义,靠它来凝聚群体,拼死杀出一条活路。"他顿了顿,"在东方的中国,已经有人开始这么做了。"

大家知道他指的是什么——不久前中国一个偏僻山区成立的乐之友组织。大家也知道,恐怕这正是亚历克斯组织这次野餐的真正目的,他拉大家来这儿聚会,并非只是为了观赏一场肉欲表演。众人沉默一会儿,玛格丽特叹道:

"那是一群可敬的人,只是我看不到任何成功的希望。我觉得那更像是北美旅鼠成群扑向大海,是一次狂热的死亡大行军。"

"至少到眼下为止,我同样看不到逃脱的希望。"亚历克斯说,"但在宇宙坍塌之前,为什么不让咱们的智慧再绽放一次?像咱们几位的脑瓜,那是上帝对少数人的特别恩赐,如果不让它们燃烧净尽就埋到宇宙的废墟中,未免可惜。"

大家默然。正如亚历克斯一样,其他三位对自己的天才有同样的自负。亚历克斯说:

"尽人事而听天命吧,谁知道呢,尽管眼前看不到希望,但正如麦哲伦的探险,他在出发之前并不知道大西洋和太平洋之间是否有海峡沟通。我们没准儿也能侥幸找到一条麦哲伦海峡,把人类从灾难中拯救出来,包括把这伙人从堕落中拯救出来。"他用手指划过海滩,"你们说呢?"

乔治端起望远镜又看了一会儿,传给其他人。另外两人也默默地看了一会儿。詹姆斯说:

"比比眼下这些人干的事,我宁可去参加旅鼠的死亡大行军。不过亚历克斯,联合国安理会也开始行动了,他们正在诚聘各国科学家以组建一个行动委员会,简称 SCAC,直属安理会领导。新秘书长阿比卡尔看来是个雷厉风行的铁腕人物。"

"我知道。那也是一个很有诱惑力的选择,但那儿政治家太多,聪明人太多，政治沙龙的传统也太强。我宁可押一个冷注，把希望押到另一些没有名声但崇尚实干的人身上。毕竟，那群缺乏个性的蚂蚁建造了世界上最多的高速公路、高速铁路、三峡大坝、越海大桥、南水北调，如此等等。坦率地说，在和平时期我总觉得他们是疯了，集体性的疯狂，他们工作的狂热就像是在担心：如果今晚不把活儿干完，明天天就要塌下来——但现在正好天要塌了。"

乔治思考片刻。"好的，我随你去。"

"我也去。"

"我也去吧，哪怕最终证明这只是一次无效燃烧。"玛格丽特笑着说。

亚历克斯举起酒杯："那好，品完这瓶50年的陈酒，同这个享乐主义时代告个别，大家就回去准备出发吧。咱们得尽量赶紧一点儿，乐之友科学院有九个执委的名额，目前只落实四名，咱们去抓它三四个，因为——我不大放心让别人来执掌航船。"

詹姆斯笑着说："如果是这样，那咱们就要来点小谋略——各人单独行动，把行程错开。到那儿以后，暂且不要透露我们互相认识。"

其他三人都理解了他的意思，最后商定分为三拨，亚历克斯和玛格丽特先走。他们喝完这瓶威士忌，收拾了杂物，向远处沙滩上那片蠕动的天蚕投去最后一瞥，然后乘车离去。

第四章　柳暗花明

> 灾变来临之后，当人们像蚁穴被毁的蚂蚁般仓皇时，没人认识到其中最关键的一点：从技术上说，人类现在处于一个急剧收缩的空间中，而不是像过去那样处于一个温和膨胀的宇宙内。这两种空间有本质的不同，而这种不同将开启科技的新时代。
>
> 最先隐约感觉到这一点的是一位十二岁的孩子洋洋。当然，最后还是由楚天乐及其团队把一个孩童的灵智闪光充实成了真正的理论。
>
> ——鱼乐水《百年拾贝》

一

乐之友基金会成立后的前两年，除了普通民众的小额捐款外，并未收到大笔捐赠。那时，联合国组织的救世行动风生水起，吸引了社会的目光，无形中减少了对一个位于偏僻山区民间组织的注目。

姬人锐曾说，"政府"这台超级机器太大，无法立即加速。他的估计不完全正确。那年，来自索马里的阿比卡尔就任联合国秘书长。这位曾当过两任总统的强势人物立即强力推进了联合国的改革，很快把一个只擅空谈的政治沙龙改造成高效的前敌指挥部。他先是成立了SCAC，即直属安理会的行动委员会，统一指挥人类应对灾变的行动；又促进了联合国会费的改革，各国所交费用大幅增加为各国GDP的百分之一，总数约为一万亿美元。这项改革相对顺利地获得了通过，因为这并非用于联合国这个官僚机构的开支，而是大部划归SCAC使用，其实又会通过各个项目回注到各国的经济血管中。

SCAC执委会由五个常任理事国的五名现役上将组成，他们轮流担任首席执委，每年一轮。本届执委会包括美国的马丁·海利、中国的常林安、俄罗斯的尼古拉·科罗来采夫、英国的沃克·布朗和法国的罗兰·米佐。他们以军队的效率领导着 SCAC 的工作，延聘了大量科学家，主要组织了三项工程。

01 工程：偏重于理论探索，即研究这场灾变的深层机理、发展预测及避祸措施。可惜它的进度不理想，在两年紧张的研究后，只是验证了楚-马-格林发现的正确。不过，虽然它只是对楚马工作的重复，也是很有意义的——它向世人宣告：灾变时代并非民间科学家的妄言，而是实实在在的前景。

02 工程：任务是协调和推进世界各国的冷聚变研究，因为，为了建造准光速级的宇宙飞船，在可以预见的技术突破中唯有冷聚变比较现实。专家组估计，在资金充裕的条件下，冷聚变应该在 50 年内达到工程应用阶段。至于有了核聚变飞船后，是否就能逃出那片"湍急的瀑布"，那是下一个研究课题。该项工程进展神速。

03 工程：任务是改善或延缓因日地距离缩短而导致的生态恶化。已经做出的决策是准备实施"拉格朗日点遮阳篷计划"，它将在太阳和地球之间设置遮阳篷，将多余的阳光反射回太空。遮阳篷设在距地球 150 万千米的日地引力系统第一拉格朗日点，那里是引力稳定区域，遮阳篷只需微量动力即可进行姿态微调，能长期保持在正确的位置。再加上地球的自转，遮阳篷的消光效应将均匀施加到地球的中低纬度。这样，在保持地球总日照不增加的同时，还可以使地球从赤道到南北极的温度相对均匀一些。以后，随着日地距离的继续缩短和日照的继续增加，遮阳篷可进行一系列后续发射。这项计划没有太大的技术难度，不过目前只打算进行到准备阶段。因为据测量和计算，眼下日照的增加不及万分之一。03 工程小组的前期工作是做好一切技术准备和工程准备，一旦达到日照增加千分之五这个门槛，就要开始遮阳篷的系列发射。该项工程的进展也十分顺利。

SCAC 干得相当不错，也许唯一的不足是他们对宣传工作重视不够——不，这样说不对。他们非常重视宣传，重视对民众的互动，但他们秉持军人和科学家的严谨，没有给民众以虚假的希望。他们说，人类是否能逃脱这个灾变，必须等把灾变的深层机理弄清才能下断言。而要做到这一点，估计要花半个世纪的时间。他们还说，根据最新研究，核聚变可变比冲磁等离子体火箭最高速度可提高到光速的1.5%，这个速度也许能冲过那片"湍急的瀑布"，但目前还不能给出确切的定论。

这些说帖都完全正确，但民众等不及了。现在他们知道灾难是确定的，纵然是在几百年之后，但能否逃出去却是不确定的。换句话说，他们被判了死刑，但能否获特赦要等到半个世纪后才能知道。民众中的绝大多数不具备这样稳定的心理状态。绝望、狂躁和戾气又开始在水面之下积聚。

忽然，乐之友那里传来了好消息。

两年时间里，"乐之友"们一直是一小撮人，甚至凑不够一会两院各执委会的原定人数。比较起来，乐之友科学院执委会是最整齐的，包括：

楚天乐、天文学家詹翔、危机处理专家吴正、古生物学家王清音女士、气候学家朱天问、天体物理学家亚历克斯·汤利、分子生物学家乔治·雅各比、数学家詹姆斯·格莱克和科幻作家康不名。应姬人锐本人的请求，他作为科学院执委会的列席人员。亚历克斯一伙儿来中国前，曾实施了一个小小的谋略：分成三批前来并佯作互不认识，以便能从九个执委名额中尽量多抓几个。但后来发现这个谋略白用了，这边对他们是否是"一伙儿"丝毫不在意。

乐之友基金会执委会有鱼乐水、马士奇、葛其宏、心理学家董月霞女士。马士奇说他只是挂名的，实际他仍把大部分时间花在天文观测上。

乐之友工程院执委会则在很长时间内只有姬人锐唱独角戏。他对此并不着急，他说工程院一旦真正开始行动，有才干的组织者就会自然而然涌现出来。现在他的主要工作是鞭抽乐之友科学院，催逼他们尽快筛选出一两个可以立即实施的计划。"先走起来再找路！""你们只管前进，不要管身后的塌陷！"这是他挂在嘴边的两个口号。科学院的诸位给他起了一个很尊贵的绰号：上帝之鞭。

这天贺老来山中做客。当然，他此来不是单纯的做客，乐之友一会两院挂牌成立后，贺老曾给最高层提过建议，说他估计这个民间组织能干出大名堂，政府最好派一个大使级别的联络员，并给予资金支持。最高层认真地考虑了他的建议，但此后的两年中，"乐之友"们并没有鼓捣出太大的名堂，政府也就没有派联络员。但为了对贺老有所交代，政府请贺老出面再来考察一次。这其实是一种很有礼貌的拒绝：如果考察结果不满意，那就请贺老主动撤回原来的建议吧。

贺老下榻在老界岭迎宾馆，也就是今天的乐之友总部。总部所有在家人员都来同贺老见面，实际所有人加起来也坐不满一个会议室。他们先寒暄了一会儿，楚天乐、马士奇和鱼乐水问了洋洋的情况，笑问这次他为啥没闹着要来。贺老说他当然闹啦，但他要上学，来不了。他们闲聊时都是用英语，这在乐之友里是通用语言，以便照顾几个不懂汉语的外国人。这时姬人锐脚步匆匆地进了会议室。吴正笑道：

"哎呀，上帝之鞭又来了！"他笑着对贺老说，"贺老，这是一根每天在我们头顶呼啸作响的鞭子。"

姬人锐同贺老握过手，回头不客气地说："别以为贺老在，我就不敢鞭抽你们了。我一会儿就开始。"

亚历克斯不耐烦地说："你不必鞭抽了，没用的。我们只打算种植生长期为20年的速生杨，并没打算种植生长期5000年的美洲红杉，但你要我们一个晚上拿出成果，那只能是中国豆芽菜。你的要求是不现实的。"

姬人锐痛心疾首："先生们女士们，同志们朋友们，兄弟们姐妹们，你们什么时候才能抛掉科学家的学究气？"

亚历克斯冷冷地说："我们身上没多少学究气，但如果一点儿没有，也就没有什么科学家了。"

姬人锐也不客气："那好，今天当着贺老的面，我再给诸位睿智的科学家们上上课吧。第一，联合国安理会和 SCAC 的工作卓有成效——我很佩服我的高届同学阿比卡尔，他才是一根呼啸的上帝之鞭，甚至让联合国这辆百年老马车都能快速奔驰。但他们所实施的为期长远的计划离民众太远，而民众已经濒临精神崩溃的边缘，这时最需要的不是半个世纪后才有可能兑现的希望,而是当时就能服用的安慰剂,哪怕它只是普通的阿司匹林。要知道,在医学上使用安慰剂并非骗术,而是严肃的、有效的医学措施!关于民众情绪,我想贺老的感觉比你们更敏锐,你们可以咨询他。"

贺老没说话,只是轻轻点头,这个话题让他面有忧色。

"第二,乐之友必须立即干出点动静,才能吸引人才和资金,否则我们就会像泡沫一样很快被太阳晒干。"他转向贺老,"这个考虑是否太自私?但乐之友的生存是为了一个崇高的目标,所以我敢在贺老面前大声说出这句自私的话。"

贺老笑笑,未置可否。

"第三,我和诸位一样清楚,立足于眼前的科学水平,暂时找不到可以逃脱火变的办法。但我们可以人致定个方向,先走起来再找路!几万年前,印第安人的祖先通过白令陆桥往东走时,他们并不知道冰天雪地之后有一个丰饶的北美大陆;波利尼西亚人的祖先从马来半岛驾着小船向东行驶时,同样不知道浩瀚凶险的太平洋洋面之后有没有可以安身的岛屿。如果这些移民是由谨慎持重的科学家所领导,这两次人类大迁徙能够实现吗?所以,推动人类发展的最重要因素,并非你们看重的科学态度,而是冒险精神!人类祖先能干的,咱们为什么不能干?何况现在人类已经被置于死地,冒险一点也是可以原谅的。其实就连生命本身,同样是'先走起来再找路',所谓的'进化'就本质而言只是一种试错法,试错过程中很多生物走上了断头路,但仍有万千物种走到了今天。"

他的雄辩和激情感动了听众,很多人轻轻点头。楚天乐笑着说:

"姬大哥,这些道理我们都懂,也正往这方面努力,只是还没来得及筛选出一个合适的行动方案。"

"我已经等不及了,所以我就越俎代庖了。"姬人锐笑着说。

这下子所有人都来了精神,连贺老和亚历克斯也侧耳倾听。鱼乐水笑着催他:"讲吧,别卖关子了。"

"我的计划是……不行,我得先把话头扯远一点。众所周知,人类走出蒙昧的重要标志之一是有了丧葬习俗。实际从唯物主义者的观点来看,这是最无意义的行为。人的组成本来就是普通物质，死后仍回归原来的状态，如此而已，何必穷折腾？但所有人还是想有一个土馒头和一个墓碑。不妨想象一下，人类史上一共出现过多少墓碑？现在保留下来的能有多少？几千年后又能保存多少？今人毁了前人的墓碑建造自己的墓碑，后人再毁掉今人的建后人的。但这并不妨碍人们对于坟墓和墓碑的心理需求——即使在今天灾变时代。"他笑着宣布，"这就是我的计划：在能够为活人建造逃生飞船之前，为人类所有成员建一个墓碑，把它送出灾变区域。"

众人默默地咀嚼着这个名字，不少人轻轻摇头。康不名笑着说："你是说——《宇宙墓碑》？"

"对，宇宙墓碑。"

康不名笑笑，没有多说什么——显然在座的人，包括建议的提出者，都没看过《宇宙墓碑》这部科幻小说。姬人锐进一步说服：

"墓碑是数字化的，可以用极小的花费实现所有人的愿望，正如我刚才说的，'留名身后'是人类潜意识中最强韧的欲望之一，即使没有后人来读这个墓碑也罢。我想这个行动将能有效调动民众的热情，吸引民众的目光，宣泄民众的负面情绪。另外，装载宇宙墓碑的飞船是结构简单的不载人飞船，可以使用现有的化学驱动，因此可以在十年之内就变成现实。"亚历克斯摇摇头，准备说话，姬人锐抢先截断，"当然，使用落后的化学驱动，即使充分利用星体进行重力加速，也不可能逃出灾变区域，它将像留在地球的我们一样，最后坠入暴缩的深渊。但我并不要求它真的能逃出去，而只需要，"他加重语气，"让民众相信它能逃出去。"

众人默然。马士奇咳嗽一声，笑着说："小姬，我不反对善意地开出阿司匹林。但如果民众知道真实结果，也许负面情绪会有更强烈的反弹。"

"这正是我今天来的目的，否则我就抛开你们，自己开始这个宇宙墓碑计划了。我拜托诸位，一定要编造一个足以让民众相信的理由。我想以你们的才智和学识，这并非多么难办的事，只是你们的才智一向只会沿着固定的河床奔流，需要我来帮你们扒一个口子。小楚，亚历克斯，康不名，"他特意点了三个人的名字，"先把别的研究放一放，在十天之内，一定要帮我编出一个完美的理论，让载有宇宙墓碑的飞船从理论上可以安全逃离灾变区域！"

被点名的三个人互相看看，楚天乐率先点头："好的，我答应你。"康不名也点了头，笑着说："你个大骗子，不过我答应帮你圆这个弥天大谎。"只有亚历克斯比较勉强："我试试吧。"

"谢谢啦！"姬人锐转向贺老，"贺老这次能否多住几天？至少住十天吧，看看小楚他们三人会弄出一个什么结果。"

贺老爽快地答应了："那我就不客气，要在这儿多叨扰几天了。我眼下已经真正退休，时间多的是。"他对马、楚、鱼三人说，"我还想到玉皇顶看看你们的家呢，也要看看马先生的小女儿柳叶，她应该快两岁了吧。"

"那我们再高兴不过了，我们随时恭候。小柳叶更乐意家里来客人。对，她快两岁了。"马士奇说。

下午马士奇就回山了，仍旧去观测天文。尽管各国天文台都在盯着近地天体蓝移值的变化，以他们的设备和专业造诣肯定干得更好，但马士奇一直没放松自己的责任。晚饭前楚天乐对妻子说：

"那位上帝之鞭给我们三个人下了军令，我想回山里几天，静下心来好好编那个谎话。"

"好的，我让小朱把直升机开过来。"

"我想让你也陪我回去，好吗？"

鱼乐水明天还有别的事要干，不过她立即答应了："好的。"

直升机迎着夕阳落在玉皇顶的山顶，小朱依惯例要来背小楚，后者笑着拒绝了："我们俩想在山顶多坐一会儿，你先返回吧。"直升机开走了，天乐不好意思地说："乐水，你背我回去好吗？我想再让你背一次。"

鱼乐水有点奇怪。自从她背过一次之后，天乐体贴她，从不让她再背，今天是怎么啦？但她爽快地答应了，蹲下身子，让丈夫俯到背上。天乐说，"先不回家，到火葬台那儿吧。"

鱼乐水心中泛起嘀咕，心想丈夫今天有点儿反常，而且——尽管全家人都很达观，但火葬台的名字终究有点儿不祥。背上的楚天乐猜到她的心思，笑了：

"乐水你别瞎想，是这样的：今天姬大哥的要求忽然激起我一点儿回忆。记得上次你背我时，我脑中滑过一个很重要的想法，但它马上滑走了，没能抓住它。此后我也尽量回忆过，但没有成功。今天特地让你背上我重走这段山路，是看能不能触景生情，把它拾起来。所以——只好辛苦你了。"

鱼乐水放心了，笑着说，那你就伏我背上好好想吧，我不辛苦，只要你能抓回那个灵感，我背个十趟八趟也没事的。走了一会儿，背上的天乐问：

"上次你背上我时，说过一句话，你还记得不？"

鱼乐水想了想，"我好像是说：你的重量很轻，我背上你就像孙猴子背上红孩儿，一点儿都不费力。"

天乐轻声说："好像就是这句话勾起我灵光一闪，但究竟是什么呢？"

此后他就陷入沉思。鱼乐水没有打扰他，小心地走着山路。路上歇了一气，到了火葬台。天乐让妻子放下他，他盘膝坐在悬崖边，面向深谷，进入禅定状态。鱼乐水在他身后找地方把自己安顿好，默默地看着他。时间悄悄逝去，太阳已经沉入山后，鱼乐水想催他回家，因为从这儿到家是没路的，天黑就不好走了，他们还没吃晚饭呢。但看看丈夫的侧影，他显然已彻底进入"禅定"状态，目光炽热，眉头微蹙，嘴唇轻轻抖动着。鱼乐水仔细听听，他在说："错了？错了？"

是什么错了？鱼乐水猜想，此刻在丈夫的大脑中，某个重要的灵感正震荡着成形，或者会在倏忽间消散，这会儿绝对不能打扰他。那么就在这儿过夜吧。她想回家拿点食物和饮水，再拿一条毛毯，但丈夫的神态太痴迷，打坐的地方离悬崖又太近，她不放心离开。最后她做出了选择，丈夫的灵感是最重要的，今晚就这么饥寒交迫地度过吧。她轻轻走远，用手机向婆母作了交代，以免她担心，因为婆母肯定已经听到直升机降落的声音。然后关了手机，脚步轻悄地返回。她依在丈夫身边，环抱着丈夫的身子，为他驱赶凉气，也免得丈夫在痴迷中无意作出什么危险动作。她还心思周密地悄悄掏出丈夫的手机，关了机，免得他在思维的高潮中受干扰。丈夫没有在意她的动作，完全沉迷于狂热的思索。他的身体一动不动，但分明能感觉到他身上有无形的强劲张力，那是思维的燃烧所造成的。在越来越浓的暮色中，他的双眼像狼眼一样熠熠闪亮。

下边有动静，是婆母，正轻手轻脚地向上爬。鱼乐水急忙迎上去，接过婆母送来的食物、饮水和毛毯。两人轻声说了几句，婆母轻手轻脚地离开了，鱼乐水返回丈夫身边，把食物和饮水先放一边，拿毛毯裹住他的身体，然后环抱着他坐下。深度入定的丈夫对这一切都没有反应。

一轮满月升起来了，月冷如水，山风也变得冷冽。满天繁星好像在窃窃私语。鱼乐水的眼睛渐渐迷离，思维在恍惚中随意滑行。她想起七岁的小天乐坐在行李包上吹着泡泡，一边严肃地说："我想不通，泡泡本该破的，可是它没破……"那时他就在以孩子的敏感心灵探究着宇宙的奥秘。她想起，天乐、生物学家干清音、天体物理学家亚历克斯都说过，宇宙的历史其实就是一部灾变史，宇宙的诞生本身就是一场最大的灾变，然后是星云塌陷、星系互相吞没、星体碰撞、新星和超新星爆发。我们体内的氧、碳、磷、铁等重元素都是新星和超新星爆发时抛入宇宙的，所以生命就其物理本原来说恰恰是诞生于灾变……天乐说他不认可宇宙间有一个爱玩气球的上帝，可是，这个局部暴缩究竟是怎么产生的？丈夫刚才喃喃地说他错了，错了，是什么错了？……

她不知不觉睡着了，可能睡了很久，直到怀中的那具身体忽然"活"过来，她也被乍然惊醒。黑暗中看到丈夫明亮的双眸，他的神情显然放松了，轻松地微笑着，身体的张力明显已经释放。鱼乐水揉揉眼，让自己清醒一下，觉得屁股酸疼，胳臂酸麻。她活动活动手脚，问丈夫：

"抓回来没有，你那个滑走的灵感？"

"抓回来了。"天乐喜悦地说。

"好啊，今天咱们没有白辛苦。你吃点东西吧，是妈送来的，送来很久了，我一直没敢打扰你。你吃吧，我刚才已经吃过了。"

天乐接过已经放冷的食物和饮水，机械地往嘴里送，一边重复着："我把滑走的灵感抓回来了，而且把它彻底想通了。乐水，我想，"他谨慎地说，"也许我手边已经有了一片阿司匹林，它甚至于不仅是安慰剂，而是有实际疗效的。"

"你是说——已经有了真正的逃生之路?"鱼乐水惊喜莫名。

天乐摇摇头:"这样说还太早,只能说黑暗的隧道里已经透出一丝光明。这会儿几点了?"

鱼乐水看看手机,"凌晨两点。"

天乐看看崖下的一片漆黑,笑着说,"今晚反正回不去了,我就把自己的收获讲给你听吧。"他把吃剩下的食物推到一边。

"好的好的,我已经等不及啦!噢,等一下。"鱼乐水找到一处合适的石座,自己先坐好,把天乐瘦削的身体再度揽到怀里,用毛毯将两人裹好。"现在你讲吧。"

天乐把身体完全放松,舒服地倚在妻子身上,眼睛望着星空,语调舒缓地开始了讲述。

天乐说,"你当时背上我,说孙猴子背红孩儿的时候,我曾被勾出一点联想:在《西游记》故事中,妖魔红孩儿曾乔装成被捆吊在树上的幼儿,以便哄骗炸耳朵的唐僧,悟空为免麻烦,曾使用了缩地法,跳过红孩儿被捆吊的那棵树。就是缩地法这三个字在我思维中激出了火花,缩地法正是神话版的空间收缩。但缩地法中其实有难以克服的矛盾,孙猴子如果懂得一点物理学,站在技术角度想一想,就会发现他的法术不好实现。"

"关键是如何实现缩地。有两种方法。第一种方法,在前面要走的路程中干脆挖去十里八里地,孙猴子很可能就是这样干的,否则他无法跳过红孩儿吊着的那棵树。但这样做的话,十里之外的对岸世界就会在瞬间与河岸这边接合,因而具有极大的速度,会产生猛烈的碰撞。第二种方法,让前面一百里地均匀收缩10%,这样也能减去十里行程,而且过程平稳,没有碰撞,但这样做的话孙猴子就躲不开红孩儿——那个同比例变瘦了10%的红孩儿。"

这只是一个小小的智力游戏,想过也就完了,但后来他总觉得自己忽略了某种东西,一件对眼前局势很重要的东西。是什么呢?他刚才想了半夜,终于把它抓住了。这个智力游戏实际是他潜意识中某种思考的曲折反映——

灾变区域内星体趋向太阳的运动，并非因为空间被挖去一块，而是因为空间发生了整体收缩！

鱼乐水迷惑地问："你说'错了，错了'，指的就是它？但你并没错啊，我记得你一直在说'局域空间的整体收缩'。"

天乐苦笑："但我后来的推论出了一个非常愚蠢的错误。令这一代科学家汗颜的是，两年来没有一个科学家发现我的错误。不过这也不奇怪，科学史上不乏先例的，比如，20世纪最伟大的数学家之一冯诺依曼曾用数学证明推翻了德布罗意的导波理论。那时，冯诺依曼华丽的天才倾倒了每一个人，没人对他的结论产生怀疑，连同样才华过人的德布罗意也承认了失败。但其实冯的证明中犯了一个愚蠢的错误，直到几十年后才被玻姆和贝尔发现。贝尔——就是名垂千古的贝尔不等式的发现者——毫不客气地说，冯诺依曼的证明不仅是错误的，而且是愚蠢的！真不知道自它公布以来是否有一位专家甚至大学生真正研究过它。想想冯诺依曼那样的伟人都会偶尔犯蠢，我多少好过一些。"

鱼乐水笑着说，"不必自责了。你知道一句谚语吗？鹰有时比鸡飞得还低，但鸡永远飞不了鹰那么高。你的愚蠢是鹰的愚蠢，可以原谅。说你的错误吧。"

"好的，我讲。我在老界岭会议上说过，飞船冲不过速度更快的逆向急流。"

"对，你是这样说的。"

"就是这个结论错了，而且错得非常愚蠢！"

"为什么？我觉得那个图景很直观，也符合逻辑。至少，"她半开玩笑地说，"我在不少科幻小说中看到过关于空间急速塌陷的逼真描写。"

"不，那个塌陷速度只是空间收缩所造成的目视速度，是虚假的，并非真正的速度！不妨回头看看咱们原先那个整体温和膨胀的宇宙：一百亿光年外的星系能达到近乎光速的红移速度，但那是虚假的速度，是百亿光年空间距离上膨胀的累加。虽然宇宙只是温和膨胀，但百亿光年膨胀的累加就能造成那个惊人的目视速度！不过，如果人类飞船能够飞到那儿，会发现那儿风平浪静；恰如百亿光年外的飞船如果来到我们这儿，也会看到同样的风平浪静。所以在灾变区域的边缘根本不存在什么逆向湍流，人类的逃亡飞船将从容驶出灾变区域。"

"真的？"鱼乐水非常兴奋。在两年的绝望中，人类忽然有了希望，可以逃生了！她用力拥抱怀中的丈夫，"天乐我太高兴了。不必给民众服用阿司匹林了。我想，连宇宙墓碑计划也可以放弃，直接改为移民飞船，行不行？"

天乐缓缓摇头。"恐怕还不行。"

"为什么？"

"我们刚刚撬开了地狱的第一道门，下边还有一道呢——灾变区域的扩大。它肯定要向外波及，问题是以多大的强度和速度来波及。这个问题我还没有想透。这会儿我太累了，想睡了，等我考虑成熟后再说吧。"

鱼乐水看看他，柔声说："好的，你还靠在我身上，睡吧。"

楚天乐倚在妻子的肩头，很快睡着了。前半夜他的思维燃烧得过于猛烈，这会儿睡得非常深。鱼乐水睡不着，丈夫的发现让她亢奋。虽然前面还有地狱的第二道门，也许有第三道，第四道……但不管怎样，能闯过第一道就是一个大胜利，也为今后的继续闯关提供了勇气。她深情地看着身旁的天乐，这具瘦骨嶙峋的劣质身体中有一个宝贵的大脑，值得他的亲人和世人珍惜。忽然怀中的天乐低声说：

"乐水。"

鱼乐水低下头看看，丈夫说话时没有睁眼。那么他在说梦话？她低声说："天乐，你想说什么？"

天乐仍旧没有睁眼，口中喃喃道："乐水我很抱歉，不能在性生活上满足你。你不要苦自己，找一个好男人陪你。"

鱼乐水一愣，听听他的鼻息，显然仍在沉睡。那么，他是把这句一直想说又无法出口的话在梦中说出来了。鱼乐水感动地叹息一声，低头吻吻丈夫，把他搂得更紧一点。

天色渐渐放亮，往下看，已经能隐约看见家里的房屋轮廓。往上看，天文台的圆顶因为衬着熹微的晨光，所以看得更清晰。干爹还在里面观测吧，不知道昨晚他有无新的收获？天乐仍在熟睡，鱼乐水静静地搂着他，心中满溢着疼爱和怜惜。等朝阳在山坳射出第一道霞光，她听到清脆的喊声：

"天乐哥哥！乐水姐姐！你们醒了吗？"

往下看，天乐妈正抱着柳叶向这边招手。怀中的天乐睁开眼睛，鱼乐水低声说：

"醒啦？那咱们回去吧，妈在喊咱们吃饭呢。"

姬人锐给三人限定的十天期限，楚天乐只用了一天就提前交卷了。上午他又把思路捋了一遍，与干爹进行了讨论，干爹表示完全赞同。下午他召集大家在总部碰面，对他的想法来一个会诊，贺老也参加了。康不名钦佩地说："这么快！我的方案还没有一点眉目呢。"亚历克斯则怀疑地皱着眉头。会议开始，天乐用几句话讲出了自己的新结论，全场气氛突然为之一振！亚历克斯恼怒地失口喊道：

"真他妈蠢透了！"他看看大家，解释说，"我不是骂楚和马，是骂自己。他们作为某种理论的提出者，容易受限于固定思路而犯错，这是正常的，最蠢的是我们这些旁观者。是的，楚的更正没错，因为灾变区域整体均匀收缩，所以几十光年外那些可怕的蓝移速度都是目视速度而非真正的速度，灾变区域边缘根本不存在湍急的逆向急流。"

听众中泛起兴奋的骚动。贺老也听明白了，不快地说："这个错误犯得也忒大了点儿。这是不是意味着，你们原先说的人类根本无法逃出灾变区域，这个观点完全错了？这可影响到人类社会的根本决策。"

亚历克斯赧然点头："是的，原来的观点错了，至少要大大修正。当然人类也不是高枕无忧了。虽然灾区边缘没有了逆向湍流，但灾变肯定不会在半径35光年处突然中断，一定会向外波及，我认为，它是以引力波的形式，以光速向外传播。"

这番话让鱼乐水很沮丧："以光速传播？那不是说人类根本无望逃生了？再先进的飞船也快不过光速啊。"

"不是的。收缩波以光速传播，但收缩的强度应该与距离平方成反比，很快会衰减为零。所以，逃生飞船用不着和波速竞赛，只用驶到安全地带就行了。"

"噢，是这样啊。"

大家都发表了看法。今天的新进展为大家燃起了希望之火，会场气氛十分亢奋，连贺老也深受感染。马士奇也发了言，赞同天乐的新观点，也赞同亚历克斯关于灾变区域将以光速向外涉及的预言，不过指出，到目前为止，35光年之外的恒星如北河三、大角星等还观察不到蓝移增量。当然也可能它们已经塌陷，只是其光谱变化还没传到地球。姬人锐一直认真听着，对弄不懂的技术细节反复询问。最后他站起来说：

"非常感谢天乐用一天时间就交了答卷。你那个脑袋瓜里烧的是什么燃料？我想它比核聚变还要厉害。研究研究，干脆用它来驱动飞船得了。"

楚天乐调侃他："那要感谢你的上帝之鞭啊。以后你不用抽我们，干脆直接抽飞船的屁股就行，飞船一看到你挥起鞭子，立马达到光速。"

"是吗？抽飞船我做不到，但我会更加劲地抽你们。天乐，你让人类逃生的希望大大增加了，而且并非是安慰剂！我很振奋。但活人的逃生飞船毕竟是遥远的事，我还得先考虑我的近期计划，即宇宙墓碑计划。我想，天乐和亚历克斯刚才阐述的观点已经足以说服民众了。所以，"他笑着说，"你们继续往前走吧，我要离开这儿，着手干我的事了。"

分子生物学家乔治·雅各比拦住他："且慢。上帝之鞭先生，你的宇宙墓碑计划对我很有启发，不过有了楚天乐的新结论，我想它过于保守了，我们还能再往前大跨一步——你别担心，大跨一步后仍是一个可以立即实施的计划。请你稍等几天，我把思路捋清后咱们再开一次会。"

"好！我非常高兴你的提议！你需要几天？"

"也给我十天吧。"

姬人锐很不满，"哪里需要十天。比比小楚的工作效率，你提这个要求不脸红吗？我只给三天，要赶在贺老走前让他看到结果。"他已经敏锐地猜到，贺老此行如此从容，也许是负有政府最高层交付的使命，是专程来这儿考察的。那么，最好能赶在贺老走前，给他端出一个分量足够的成果。

乔治想了想，无奈地点点头："好吧，三天就三天。上帝之鞭先生，我真不该主动揽下这个任务的。"

第二天贺老乘直升机去马家。马家全家人都立在路口迎接，包括两岁的柳叶。命运毕竟是仁慈的，对任冬梅此前的苦难给出了相当的补偿。柳叶生下后，虽然当妈的作为高龄产妇奶水不足，但柳叶饭量大，不挑食，长得异常健壮。小屁股紧绷绷，皮肤又黑又红，两年来从来没生过病。除了闹瞌睡时有点儿磨人，其他时间尽听见她咯咯的笑声，为这儿增添了多少乐趣。这会儿她被妈妈抱着，用力向贺老挥手：

"贺爷爷好！"

贺老在小朱搀扶下走过来，先把柳叶抱到怀里："柳叶，按说你该叫伯伯的，不过随你吧，你愿怎么叫就怎么叫。这是爷爷给你的礼物，一包巧克力，一只绒毛熊。"

"谢谢贺爷爷。呀，这么多巧克力。天乐哥哥也爱吃，乐水姐姐也爱吃。"

贺老回头看看小鱼："怎么叫姐姐？该喊嫂嫂。"

鱼乐水笑着说："纠正不过来，小东西蛮有主见的，可能她觉得喊姐姐更亲吧。"

马士奇说："贺老，我一直盼着当面感谢你，你为我们配的直升机可是起了大作用。"

贺老挥挥手——那事不值一提。他环顾四周，说："应该在房屋附近平出一个停机坪，这样你们来往就更方便了，这事我随后安排。"

"不不，这事不用你费心，我们自己安排就行。请进屋吧。"

"我先在附近转一转吧，看看小鱼那篇文章里写的地点。你们几位行走不便，让小鱼一个人陪我就行。"

鱼乐水陪他转了两个多小时，参观了天文台，看了那些串珠式小石潭中的柳叶鱼，也看了为天乐准备的火葬台。贺老在火葬台边同样动了感情，久久立在柴垛边，抚摸着干透的松木，也凝视着对面石壁上横生的杂树。鱼乐水默默立在他身后，没有打扰他。过一会儿，贺老回头问：

"小楚的身体最近怎么样？"

"不好。虽然我们尽可能地尝试了不同治疗方法，但病情仍在发展。在会上你可能觉得他精神不错，那是硬撑的，我总觉得他的生命力是在超常燃烧，所以……"她苦楚地叹息一声，没有说下去。

"孩子，请你好好照顾他，尽量延长他的人生。他的生命和大脑都太宝贵了，这种印象在今天的会议之后特别强烈。他曾率先发现了人类前行路上的灾难，今天又率先在暗洞中发现了亮光。所以，一定要好好照顾他。有什么需要我出力的，尽管开口。"

"谢谢贺伯伯——不对呀，按刚才柳叶的称呼，我也该喊贺爷爷啊。乱辈分了。"鱼乐水笑道。

贺老很欣慰。小鱼的心理素质不错，谈着这样沉重的话题还有心开玩笑。他问："你们结婚两年了，没有怀孕吧。"他听马士奇透露过，小楚的病躯不能进行性生活。那么，小鱼真受苦了。"用不用采取某种医学措施？"

鱼乐水摇摇头："我和天乐商量过，但他不同意试管授精。知道为什么吗？你肯定想不到。他认为自己的DNA中有可恶的致病基因，想就此斩断，不让它流传下去。"

贺老吃了一惊。所有生物天生具有两种最强烈的欲望：活着和繁衍后代。像小楚这样，纯粹用理性的力量来对抗天生的欲望，决绝地自我斩断血脉，需要何等的勇气。他心中黯然，一时不知道该如何安慰小鱼。鱼乐水笑了：

"贺伯伯你别在意，我和天乐已经商量好，如果我们想要小孩，我就去另外找一个健康男人，接受一粒优良种子。眼下我还年轻，这事儿不着急。"

贺老不再说下去，疼爱地把她搂到怀中："你是个好姑娘，也是一个最勇敢的女人。"

等他们回去，午饭已经准备好。驾驶员小朱来的次数多，柳叶早和他混熟了，腻在他怀中不下来，便由小朱抱着她吃了午饭。饭后贺老和全家唠了一会儿家常，问了柳叶将来的教育如何打算。任冬梅说：

"贺老我得感谢你。生柳叶时有点难，最后是剖腹产，你给俺们配的直升机可是派了大用场，没准是救了我的命。"

"那是国家配给你们的，我只是帮着办了手续。"

"贺老身体好啊，我看你是鹤发童颜。"

"还行。人说老来三宝，老伴、儿孙和好身板儿，我这几样都占了。"他忽然想起面前的两位病人，为了不刺激他们，忙把话头转过来，"我身板儿再好也比不上你们母女俩，特别是小柳叶，简直像——别怪我说话粗鲁——野地里的一蓬'老驴拽'！"

老驴拽是北方的一种野草，长势极旺，能长成合抱粗的一蓬，扎根很深，"吃草的老驴拽不动"。马士奇放声大笑，说："哪里会嫌你粗鲁？柳叶天生就是山里的野娃儿，每天急着往野地里跑，一朵小花、一滴露珠都能盯半天。"

那边柳叶听到是在谈论她，黑眼珠滴溜溜地看着这边，听见她小声对小朱说："小朱叔叔，我不喜欢老驴拽，这个名字多难听。"逗得大人们哈哈大笑。马士奇对贺老说，你看山里空气多好，也幽静，干脆我在旁边再盖一幢房子，你住这里养老得了。贺老含蓄地说：

"那敢情好。没准我真的会来这里住几年啊。"

此时他已经决定，回京后继续提那个建议，而且他想自荐为第一任联络员。

姬人锐的鞭子很管用，乔治按时交卷，三天以后在总部召开了专业会议。这次姬人锐任主持，并首次对会场做了必要的布置。过去乐之友们没一个人在意这些场面上的规矩，但姬人锐说，最低程度的程式还是必要的，那就像宗教中的仪式，可以营造肃穆的气氛。投影屏幕上打着：

应对灾变前期行动计划讨论会，主讲：乔治·雅各比。

贺老也参加了，被姬人锐安排在主席位的旁边，其他"乐之友"成员悉数参加。姬人锐简单地说：

"乔治，开始吧。"

乔治已经做了充分准备，清清喉咙，开始了他的论述：

"先要感谢楚。他拍打着病残的翅膀,为这片灾难之地衔来了希望的橄榄枝。我想,一场无比壮阔的人类大逃亡,或者说星际大移民,可以拉开帷幕了。我们站在此时此地,已经能看到不久就会发生的扑向星空深处的文明大潮。当然,它要真正实现,还有很多具体的事要干,像核聚变技术的突破,巨型飞船的设计制造,十万年级别的飞船生态系统的研究,飞船上小型封闭社会的心理稳定和自我修复能力的研究,第一批船员的甄选和社会的维稳,如此等等。打紧了说,也是数百年之后的事。但在此前,姬先生念兹在兹的应急计划完全可以提前进行。当然,有了楚的理论突破,应急计划就不仅仅是安慰剂了,它应该尽量兼顾实效。姬先生提议的宇宙墓碑计划过于消极,建议淘汰——姬先生你别失望,下边我会详细分析。"

姬人锐催他:"我丝毫不失望,我巴不得你能提出更好的计划,快说吧。"

"先做一个假设吧,如果一幢百年庄园失火,屋内有宝贵的文物和一个刚呱呱坠地的婴儿,你该先抢救哪一个?当然是婴儿,活人比死的信息更重要。这也正是我们眼下要首先做的事——先救出人类及至所有生物的活信息。"他笑着说,"我想先把话头拉远点,请大家耐心听下去。宇宙的诞生无非是一个自组织过程,是自组织和熵增的互相角力。宇宙的一切都来源于自组织,像夸克、重子、星云、恒星、岩石圈、大气层、矿藏、间歇泉,如此等等。生物,包括人类,包括人类最为自傲的智力,归根结底也来源于自组织。不同的是,非生物的自组织不需要特殊模板,像三个夸克自然结合成一个重子,一个质子和一个电子自然结合成一个氢原子,水汽凝结变成六角形的雪花,食盐和石膏结晶成方形和六角形的晶体,如此等等。从缔合形态来说,上述结构都是自然界中最容易实现的低能态,所以,无论是在地球还是在十亿光年之外的什么星系,在相同的物理条件下都会出现相同的结构。但生物的自组织与上述的自组织不同,它需要特殊的模板,这种模板产生于亿万年中难得的机缘。所以,所有星球的生命都是独特的,换句话说,地球生物的 DNA 不可能在外星球的生物进化中复现,外星人可能有更高的文明,但绝不会有同样的 DNA。因此,如果能把地球的生物 DNA 送出灾变区域并保存下来,将是最有价值的工作。这才是上帝的核心机密,是宇宙中最可贵的财富,是最高等级的信息。"

姬人锐不客气地催他："扯远了扯远了。没人反对做这件事，所以没必要在必要性上做文章，你就说怎么做吧。"

"首先要尽量收集地球所有生物的 DNA，当然首先是人类的 DNA。同时建一只大型飞船，现在只能是化学驱动吧。然后把这些生物细胞冷冻后用飞船送入太空，直到送出灾变区域。好在太空是一个不需要消耗能源的无限大的冰箱，不管是在 50 万年漫长的行程中，还是到了安全区域后，这些细胞都能保持在冷冻状态。这样它们就能近乎永久地保存，直到——被某个文明发现。那时人类就能在外星人的手中复生。"他说，"当然，DNA 标本被外星人发现的概率很小，但至少不为零吧。我想这应该比建宇宙墓碑更有用，宇宙墓碑被发现的概率也同样低。"

"能够保存地球生物的 DNA 当然有用，对此没人会怀疑。不过……"姬人锐迷惑地看着他，"你说完了？"

"总体的脉络就是这些，以下是具体的技术设想。"

"先别说细节。你难道没有一个后续计划，比如如何让逃生飞船自动寻找到一个合适的星球，让这些 DNA 在那儿繁衍？"

"那当然好，可惜的是，以可以预见的人类科技还做不到。如果单是把微生物等低等生物和植物的种子撒播到一个环境合适的星球，它们的确有可能迅速进化，顽强地存活下去。如果是想让人类繁衍——太难。制造一些人造子宫来孵育人类受精卵？我们无法保证它们在 50 万年后还能正常工作。即使人类婴儿能出生，又如何生存下去？再制造一些机器奶妈？然后是机器保育员？那将是一个复杂的系统工程。关键是时间太漫长，现有科技无法让 50 万年后的一个复杂系统保持在可控状态。但如果只让低等生命存活，那就无法实现你的主要目标——打动普通百姓的心。"

姬人锐不客气地说："那你说的仍然只是死信息，不是活的生命。"他摇摇头，"我的书呆子哥们儿，你想靠这个计划来唤起普通人的热情？门儿都没有。它还不如宇宙墓碑计划更直观呢。不行，必须是向灾变区域之外送出可以活下去的生命。"

乔治苦笑："上帝之鞭先生，我何尝不愿意。只是，眼下这是不可能的。"

"我们面临的这次灾变从理论上也是不可能的，一块空间不会无缘无故地塌缩——但它还是发生了。所以，收起'不可能'那三个字，而且以后也轻易别说。你要榨出大脑中的最后一滴潜力，设计出一个能送出'活生命'的新计划，至少得理论上可行。"

乔治勉强地说："那我试试吧。"

"不是试试，是一定要做到！谁让你轻易否决了我的宇宙墓碑计划？"他调侃着，"所以我就赖上你啦！至于时间——我知道这下一步很难，那就给你十天吧。"

乔治苦笑着："你可真慷慨啊。"

姬人锐向贺老侧过身："贺老，很想让你走前见到比较确定的结果。你能在这儿再待十天吗？"

贺老笑道："我一个退休老头儿有什么可忙的？我巴不得在这儿多玩几天呢。"

"其他人还有什么要说的吗？"

大家都同意姬人锐的意见，认为乔治的计划还不完全，应该有后续的方案。楚天乐没有发言，一直似有所思地看着乔治。散会后。楚天乐唤住乔治，低声说了几句。他说得很简略，很慢，乔治不需鱼乐水翻译就听懂了。听后一愣，然后是缓缓地摇头，委婉地说：

"楚，你的想法——未免太科幻了吧。"

楚天乐笑着又低声说了几句，乔治勉强地说："好的，回去后我会认真考虑。"但大家都能看出，这句话只是礼貌用语。

姬人锐没有想到，仅仅五天后乔治就要求开会。姬人锐大为兴奋，立即召集了第二次讨论会。乔治今天非常兴奋，动情地说：

"在上次会议时，楚天乐当场就给我提了一条思路。坦率说吧，我听后的第一个反应是：这是一个外行所提的很迂阔的主意，根本不可能实现。这么臭的主意竟然出自这位天才之口，甚至让我替他难为情。也许你们注意到了我当时的表情。"

姬人锐说:"我注意到了,但你少说这些淡话,说主要的吧。"

"但我仔细考虑后,觉得这个很臭的主意竟然是可行的!"

姬人锐拍拍左边楚天乐的肩膀,再拍拍右边乔治的肩膀,击节称赞:"好!这才是乐之友们应有的才气、胆略和工作节奏。接着说!"

"先说说这个计划的前期工作。那就是开发出这样的飞船,它在逃出灾变区域后能自动寻找条件适宜的星球,并以自动驾驶方式进入该星球的轨道。这属于一个简单系统,以现有或可预见的科技水平,有把握让它在50万年后还保持在可控状态,只需开发出与之配套的、能使用50万年之久的同位素能源就行。我咨询过亚历克斯,他向我保证,这种能源能做到。然后,飞船向该星球投下微生物等低等生物和植物的种子,使其在新家园中进化繁衍。由于撒播了成熟的生物模板——上次我说过,这是宇宙中最优质的信息,使用它可以万倍地加速自然进程——这个'地球化过程'可望在数万年内实现。然后就轮上小楚对我说的那个设想了。人类该闪亮登场了。"

"快往下说,我已经急不可耐啦!"

"小楚的灵感来自一种动物——澳洲的鸭嘴兽。它是哺乳动物,但与一般哺乳动物不同,其生育方式是卵生。以这个事实来一个逆向思考,那就是说,"他有意略做停顿,才说出以下这个惊人的结论。"同为哺乳动物的人类的身体结构,与卵生方式并无不可跨越的鸿沟。"

与会人员个个才思敏捷,已经大致猜到了这个计划的主要脉络,不由心中一震——这个设想确实太大胆了,简直是异想天开。只有贺老没有反应过来,这时迷惑地看看小楚,再看看乔治。乔治继续说:

"我们可以对人类基因稍做变动,即用鸭嘴兽的'卵生驱动程序'置换人类的'胎生驱动程序'。当然,第一代的'人蛋'是用仿生技术制造,人类受精卵置于其中。人蛋,这是一个全新的名词,请大家从今天起就牢牢地记住它。蛋内仍是普通的蛋清和一个超大的蛋黄,但要设法使其在经历了速冻、长期冷冻、自然解冻过程之后仍保持生物活性。当冷冻的人蛋自然解冻并且环境温度达到孵化温度后,那个驱动程序就自动启动,以后就属于生物孵育的自然进程了。这种人蛋要足够大,至少要五千克重吧,以便保证人类胎儿在出生时足够强壮,可以直接进食——当然啦,其前提是该星球的'地球化进程'已经完成,能提供人类可食用的食物。至于这些蒙昧的幼儿如何生存下去——当然很难,但至少说,鸭嘴兽的祖先已经成功过一次了。"

他略做停顿,让大家消化他说的内容。稍停他说:"这个计划看似异想天开,其实可行性颇高,它的最大优势是用上帝的程序来代替人类设计的程序。我说过,人类科技还无法让一个复杂系统在50万年后仍保持在可控状态,但上帝能办到,因为地球所有生物的发育程序都经过了数亿年最严格的检验和最有效的优化。当然,楚不是生物学家,考虑不到这项技术的具体困难。其实鸭嘴兽同人类的DNA相距甚远,比如它们是雌雄各有五对共十对性染色体,而人类只有两对。还有,鸭嘴兽的卵生方式并不能完全脱离子宫,实际它的卵要在子宫内停留28天,在体外孵育仅10天。所以,想把鸭嘴兽的卵生驱动程序移植到人类DNA相当困难。但没关系,这对我而言都是可以克服的困难。可贵的是楚首先提出的大思路,那就是:对上帝原有的程序做小修小补,来代替从零开发的人为的技术程序,这样可以事半功倍。"

会议室内一片静默,大家都在认真思索这个计划。稍停乔治说:

"这个计划看似有一个难点,就是保证人蛋在经历漫长的冷冻并自然解冻后仍保持生物活性。其实这不是太困难的事,因为在超低温冷冻中时间是停滞的,50万年与50年并没大的区别。概括起来可以这样说吧,这个计划只有实施中的困难,不需要在技术上出现革命性的突破。而且,"他笑着转向姬人锐,"它完全符合姬先生一直大声疾呼的标准——能最大限度地激起民众的热情。谁不想让自己的后代延续千秋呢,想想千百个光屁股小人儿在异乡土地上破壳而出,这个场面多么动人!它的效果无疑要优于宇宙墓碑计划。"

姬人锐笑着点头,"没说的,这是个好方案,我已经被这个场景打动了。我非常满意。"

"我想把它命名为神鹰蛋计划。"

姬人锐笑问:"怎么扯到神鹰了?"

"这种人蛋个头很大,而且我打算用更大的蛋状降落舱送它们到地面。

《一千零一夜》的神话中有关于神鹰巨蛋的故事。"乔治笑着说。

"好的，不错。这个名字足够响亮。关于这个计划的生物伦理层面，"姬人锐看看大家，"大家有什么可说的？我是说，会不会有强烈的反对，说这是对人类的异化。"

会场上人们不约而同把目光转向贺老，也许认为在这个问题上，这位老派人物的意见最具代表性吧。贺老略为沉吟，问：

"这些新人类如果活下来，会一直采用卵生方式吗？"

乔治敏锐地猜出话中之意——贺老不喜欢这样的前景。但他坦率地说："没错。也许新人类在进化中会逐渐抛弃落后的卵生方式，回归胎生，但至少在当前阶段，他们将遵循基因中的卵生程序。"

贺老确实不喜欢这样的前景，但他想了一会儿，谨慎地说："依我看来，不会有太强烈的反对意见吧。毕竟这是非常时刻，而且人类很多民族都有卵生的神话，像西藏神话就说人类先祖是卵生，商朝说其先祖是吞鸟卵而孕。其实汉族的盘古神话也是一个卵生的神话，只不过它不是说人类，而是说整个宇宙都是在卵中诞生。可以说，'卵生'暗通着人类潜意识的感情地下湖。所以，我想不会有强烈的反对。"

"既然贺老同意，我就放心了。大家还有什么意见？"

王清音女士问："是否可以配置机器人守护者，向未来的人类传授人类文明？"

乔治看看数学家詹姆斯·格莱克，"当然可以，这正是我们的选择项之一。但要做到这一点，神鹰蛋计划的难度就要大大增加。而且，詹姆斯和我都认为，那又是一个复杂度过高的系统，很难保证它在50万年后仍处于可控状态。"

王清音苦笑着说："那也意味着：在新星球上用人类DNA繁衍出来的并不是人类。我倒不是指他们的卵生方式，而是说他们与人类文明没有一丝传承关系。他们不会说英语不会写汉字，不知道太阳系第三星是他们的祖庭，甚至没有人类的喜怒哀乐。"想了想，她补充道，"如果他们迅速强大，并且那时地球还存在，也许他们还会送回来一场血腥的入侵。"

乔治平静地说:"这很奇怪吗?这不正是人类走过的路吗?你看,人类起源于东非,但人类今天的主流早就抛弃了东非古文化,不会说东非语言,在很长时间内不知道自己是那些'野蛮黑人'的后代,甚至忘恩负义地对祖先反噬,发动血腥的劫奴战争。"王清音还有其他人不由凛然。没错,这都是最确凿的历史事实,人人都知道。只是,人们常常只能看清历史的细节而看不见历史的整体脉络,也常常让感情淹没了理性。乔治继续说,"但尽管如此,人类仍把这样的进化之路称之为进步,而不是反动,不是堕落。现在,咱们为什么对新一轮'进步'吹毛求疵呢。"

这样的结论比较冷酷,从心理上难以被人接受。会场陷入沉默。过一会儿,乔治说:

"而且,王女士所建议的由机器人来向这些蒙昧人传播人类文明,即使能实现,恐怕同样不会是我们这个人类吧,那只会是某个机器人上帝的驯服子民。所以——宁可让他们靠自己的努力来冲出蒙昧。生物的生存从来不是玫瑰色的,其中掺杂着很多残忍,但'活着'就是天然正确的。"

姬人锐说:"乔治说得对!人类进化史绝不是伊甸园的田园牧歌,它充斥着丑恶、血腥、忘恩负义和恶有善报。但这就是生命史,我们不必多愁善感,只管硬着心肠往前走就是。"他侧身对贺老说,"贺老,这个计划就算是定了,乐之友工程院要正式开步走了。相信在一两年之内,神鹰蛋计划将赢得数亿人的关注。"

贺老提醒一点:"小楚的新假说如果能确认,请尽快向 SCAC 通报。我相信这会促使他们向前大跨一步。"

"那个自然,我们巴不得能与 SCAC 精诚合作。都是为了一个目标嘛,贺老你说对不?"

二

楚天乐的新假说向 SCAC 通报后,那儿的科学家们欢天喜地地接受了,因为楚的假说既直观又符合逻辑。现在,用新假说重新解释观测事实,两者契合得更为顺当。虽然灾变区域在以光速向外波及,但只要不存在那个塌陷速度高达百分之一光速的逆向湍流，人类的逃亡就有希望。乔治的"神鹰蛋"计划向民众公布后激起了更大的反响，它让民众在长达三年的绝望煎熬中第一次看到了希望的微光。凭借这两点，乐之友迅速走到了世界舞台的中央。

两个月后，贺老来电话通报了两件事。第一，中国政府已经决定向这儿派一个大使级别的正式联络员，他将是第一任。当然，为了政治上的考虑，不方便命名为"中华人民共和国驻乐之友联络处"，它将简单地称作"贺国基办事处"，他离任后这个名字也不变。他来上任时将带来一笔数额可观的资金，至于这样的资金支持是否会成为常态，以后再定。第二，联合国SCAC五执委之一、今年的SCAC年度主席马丁·海利上将将来乐之友总部访问，这是他对中国进行工作访问时主动提出的。

第二天，贺老陪海利上将轻车简从来到乐之友总部。姬人锐和鱼乐水在门口迎接。海利与贺老一样也是位瘦老头，满头银发，身板儿硬朗。他穿着便服，貌不惊人，但他也和贺老一样，身上有一种无形的东西，让你一定会多看两眼。主客握手寒暄后，贺老让司机从车中取出一个精致的铜牌，上面写着"贺国基办事处"。他把铜牌交给姬人锐：

"小姬，我的办公室腾好没有？"姬人锐说已经腾好了，"把这个铜牌挂上，就算是开过揭牌典礼了。"

姬人锐原想说已经筹备好了隆重的典礼，但他想了想，痛快地说："好！恭敬不如从命。对贺老我们不搞那些花架子。"

"海利将军的访问如何安排？"

"由小鱼带他去山里参观一下，然后回到这儿，旁听一次乐之友们的讨论，这次的主题是讨论神鹰蛋计划的细节。其他行程听客人的意见。"

贺老与海利商量一下，"好，客人没意见，就这样吧。"

鱼乐水先陪海利将军上了直升机，领他参观了宝天曼，看了串珠式石潭中的柳叶鱼，看了楚马的天文台，看了为楚天乐准备的火葬柴垛。这些已经是外来客人必然要看的景点，可见鱼乐水当年那篇访谈的影响。在火葬台，马丁·海利用手抚摸着井字形柴垛的松木，目光中跳动着怆然和感动。他对主人说：

"鱼，告诉你一个好消息。美国一个研究小组刚刚在这种绝症上有了突破，他们是使用一种基因疗法，目前还做不到治愈，但能阻断病情的发展。我已经做了安排，该小组的两位医生稍后就来这里，为楚进行治疗，费用由SCAC负担。"他补充道，"顺便说一点，研究小组的主持人正巧是一位华裔。"

鱼乐水惊喜莫名："是吗？那太好了，太好了！是不是密苏里大学一位姓段的华裔？我们一直关注着他的研究，但还不知道他取得了突破。"

"对，姓段，段同声先生。突破是刚刚做出的。"

"海利先生，不，我应该喊马丁伯伯，我真不知道该如何感谢你。"

海利笑着说："你的惊喜就是对我的最好感谢。再说，我们首先要感谢楚、马和你。在应对这场灾变的努力中，你们已经做出了超出常人的贡献。"

他们又参观了一家人的山居。鱼乐水首先向婆母报了喜，婆母自然是乐得不知高低。鱼乐水多少有点儿担心，怕天乐妈会重演"对恩人磕头"那一幕，那就太尴尬了，所以做好了迅速干涉的准备。但这十几年来天乐妈的心态气度毕竟大不一样了，她虽然感激涕零，但压根儿没想到磕头谢恩，鱼乐水这才放下心，自嘲地想，倒是自己落后于时代了。

小柳叶一点儿不认生，这会儿已经坐到"外国爷爷"的膝盖上了。天乐妈一心想留客人吃过午饭再走，但海利先生时间有限，只好同这家人匆匆告别。回到乐之友总部，那边正在讨论神鹰蛋计划，吴正和葛其宏刚刚提出，这次生命播种最好事先把凶恶的病原体和可恶的寄生虫剔除，以便给未来的新人类留出一个"干净的世界"。海利和小鱼入座时，乔治正在发言：

"这样做是不妥当的，我们不是上帝，无权决定哪种生物活下去，哪种生物应该灭绝。"

葛其宏笑嘻嘻地反驳："但我们已经在代替上帝播种生命啦。"

众人都笑了。乔治有点儿尴尬，解嘲地说："对，是我错啦，我竟然忘了自己尊贵的新身份。不过，不管我们是不是上帝，我的意见本身并不错。生物圈是一个无比复杂的网络，各种生物互相影响，没有哪种是绝对的'有益生物'，哪种是绝对的'有害生物'。保险的办法是尽量保持原状，理由很明显，因为这样的进化过程至少已经成功过一次了。当然，在全新的环境中完全遵循地球的进化之路是不现实的，我们只能尽力而为。但不管怎样，'尽量保持原状'的大方向肯定比'刻意纯洁'的大方向要安全，也更容易实现。"

马士奇说："我赞成乔治的观点。在这点上适用一句中国古人的话：难得糊涂。"

王清音也说："对，所谓让未来人类远离病毒的想法，只是一个虽然美好但实现不了的梦。"

会上进行了热烈的讨论，也迅速形成了结论：不去刻意剔除任何"有害生物"。讨论进行时，鱼乐水到丈夫身边，低声通报了关于疾病治疗的喜讯。楚天乐立即回头盯着海利将军，欣喜的火花在日光中闪亮。

讨论结束后，姬人锐请贺老和海利将军发言。贺老摆摆手："我已经是政府派驻乐之友总部的联络员，以后在一块儿搅饭勺的时间多的是。请远来的贵客发言吧。"

马丁·海利没有推辞，很动情地致了辞："我很惭愧。SCAC 掌握的资源不知道比这里多出多少倍，但至少在两件事上让你们抢了先。首先是楚先生否定了未来人类逃亡路上的逆向湍流，为以后全人类的努力奠定了希望。接着是姬先生用'上帝之鞭'催逼出来的神鹰蛋计划，仅仅宣布两个月时间就吸引了全世界民众的注意，激起了空前的热情。今天来这里的参观，让我再次验证了一个真理：私人机构要比官方机构更有效率，哪怕后者是在军人的领导下。"他开玩笑地说。

亚历克斯也笑着说："没错，你说的确实是真理，两三年前我们就认识到了，所以就主动投奔这儿了。"

"坦白地说，我来这儿之前有一点儿野心：想把乐之友们收编到 SCAC 中。但我来参观后，并在贺老的劝说下，想法有了改变。还是让这朵璀璨的野花在旷野中生长吧。也许收编之后会无形中扼杀了它的活力，那我就万死难辞其咎了。但我们今后要大力推动 SCAC 与乐之友们的合作。诸位需要我做什么，尽可坦诚直言。"

姬人锐立即向基金会副会长葛其宏示意，葛其宏很机敏，马上笑着说：

"当然首先是资金支持啦。乐之友的活动是靠民间捐赠，但神鹰蛋计划真正进入实施阶段后费用是以千亿计的。如果SCAC能拨付一定的经费，使我们有一股流量不大但比较恒定的泉水，对我们的工作会非常有利的。我们感激不尽。"

姬人锐正色道："乐之友的资金基本面要靠民间捐赠，这点儿不会含糊，我们要永远坚持。当然，如果SCAC能资助一部分，像葛副会长说的'流量不大但比较恒定的泉水'，我们也竭诚欢迎。"

"据我所知，贵国政府已经答应提供一口恒定泉水了。"

姬人锐看贺老一眼。实际情况是：中国政府提供了第一笔资金，但是否就是"恒定泉水"还不一定。不过他对海利撒了点小谎："没错，但我们更愿意有两口泉水，来一个双保险。"他转为玩笑口吻，"你们要给就快点，晚了就用不上了。看眼下的形势，给乐之友的捐赠肯定会如潮而来。"

"好的，回去后我就在执委会尽快敲定此事，以免像姬先生说的赶不上潮流。"他笑着说。

海利将军吃了简单的工作午餐就走了，姬人锐和楚氏夫妇去送行。楚天乐与海利握手，简单地说：

"衷心感谢，你在繁重的工作中还牵挂着我的病情。"

"不客气，是我该做的。医生很快就要到了。"他把一张支票交给鱼乐水，"鱼，这是我个人对乐之友的捐赠。至于SCAC的拨款，如果能在执委会通过，我会让办事人员尽快转来。楚，你要保重身体，你的健康不仅是你个人的事，也是世界的，是全人类的。"

三人同海利将军告别，目送汽车消失在盘山公路上。

姬人锐立即组织施工，在紧邻马家的墁顶修了一座停机坪，坪的中央是一个大大的红十字。从停机坪到马家也修了路。同时开工的还有一幢三居室的简易住室，这是为贺老盖的。五天后，从SCAC拨付的两亿美元汇到了基金会的账上。

一个星期之后，来自美国密苏里大学的段同声医生和他的助手莫德尔·拉尔松抵达这里，对楚天乐进行了仔细的检查，制订了针对他的治疗计划。段是位华裔，30年前从中国内地去美国留学，一直从事这种绝症的研究，最近刚刚有所突破。他是使用腺相关病毒AAV当载体，将正常的外源基因——抗肌萎缩蛋白基因送到病人的细胞核中。这种病毒比较安全，不会引发其他疾病，因为基因治疗技术的发展过程中曾出现过很多意外和灾难，比如曾造成病人免疫系统的大崩溃。不过，这种病毒太小，无法运载大分子量的抗肌萎缩蛋白基因。正是在这个难题上段医生做出了独特的创造：他将目标蛋白基因一切为二，用两颗病毒来运载，等送达病人细胞核后再按正确顺序自动组装。这种"两人抬一木"的方法是新治疗法取得成功的关键。

"此前我们已经进行了多年的动物实验，可以确保这种方法是安全的。所以请二位放心。"头发雪白的段医生亲切地对楚氏夫妇说着。他的母语已经丢生了30多年，说起来不大利索，音节缓慢，但来中国后他坚持用汉语说话。"至于疗效，我不愿把话说得太满，毕竟我们刚刚转入临床治疗阶段。但至少说，这种方法肯定能延缓病情的发展。"

楚天乐笑着说："我放心，中国有句老话：死马权当活马医。我基本是一匹死马了，所以这一百八十斤就交给你们了。"他叹息一声，"坦率说，多年来我早就对死亡麻木了，但你们二位的到来勾起了我活下去的贪欲。我真盼着多活几年，我要干的事还多着呢。"

这种对生命的贪恋他一向深埋心底，这是唯一表现于言辞的一次。鱼乐水握着他的手，柔声说："两位医生一定会把你治好的。别忘了，你说过要活一百年，然后写一本回忆录《百年拾贝》。"

"好啊，我们会全力帮助你完成这个心愿。"段医生说。

他们检查完，安排楚天乐一个月后去北京协和医院做手术，向心脏肌和骨骼肌细胞中注射载体病毒，那里手术条件好。手术十个月后进行复查，以确定外源基因是否已在病人体内成活。两位医生走了，他们已经把希望播到这个家里。

乐之友们真正的麦忙天开始了，神鹰蛋计划分解成多个次级项目，转变为具体详尽的工作计划，然后全面铺开，包括飞船的设计和制造、人蛋的设计制造和冷冻及解冻技术、卵生驱动程序的改编和移植技术、生物 DNA 的收集和分类、人类 DNA 的选择性搜集等等。整个行动的总预算是以千亿元计算的，但基金会的户头眼下只有不足 30 亿，不过姬人锐丝毫不为此担心。他说只要把摊子铺开，把他们已经干的事推到聚光灯下，民众的捐赠自会汹涌而来。乐之友总部到处响着"上帝之鞭"的啸声，而且姬人锐首先鞭抽的是他自己。苗杳在电话中听到丈夫声音嘶哑，心疼地说：

"人锐，干脆我把这边的工作放弃，赶过去专职照顾你吧。我知道你那边已经走上轨道，乐之友的名声已经深入到民众中了。昨天老鲁还在笑，说他没想到，你当野龙也能弄出这么大一片云彩。"

姬人锐立即同意："可以，你来吧，乐之友已经给我发工资了。昌昌怎么办，是交给他爷奶还是你带来？"

"带去。就你们爷儿俩，我能照顾过来。还有一件事，现在说可能太早了，我还是说了吧。"苗杳笑着说，"那些神鹰蛋上天时，记着给昌昌留一个位置，咱俩倒无所谓。"

"现在说这件事确实太早了，不过我会上心的。好，挂了。走前替我好好谢谢老鲁，这两年他费心了。"

给贺老盖的那幢房子以极快速度竣工，现在贺老逢工作日住在总部，大礼拜则住在山中。住在山中时自然是在马家吃饭，饭桌上有贺老、马氏夫妇、楚氏夫妇和小柳叶，热热闹闹一大家。大家都说天乐妈太辛苦，因为别人都忙于工作，家务上帮不上忙，劝天乐妈找个附近的山民做帮手。天乐妈说根本用不着，因为小柳叶特别乖，不添乱，所以做这六个人的饭菜一点儿不难。再加上现在交通方便，家人乘直升机回来前常常去超市买来熟食和加工菜，大大减少了她的工作量，所以大家也没勉强她找帮手。

马上到了暑假，家中又添了一个小客人——贺老的孙子贺梓舟。这一段楚天乐因为手术后需长期服药，身体比较虚弱，在家的时候比较多。本来以他的工作性质，在家工作并不影响效率。洋洋来了之后每天黏着"天乐哥哥"，工作日里贺老不住在山中，洋洋就干脆住在马家。楚天乐发现，自从上次见面后，两三年来这小家伙确实读了不少书，天体物理学的知识大见长进，可以说他现在顶替了自己在十几岁时的角色,"脑袋随便拨棱一下就是一个问题",然后拿层出不穷的问题来烦老师。贺老严令他不许过于缠天乐哥哥,以免影响楚天乐"宝贵的思考"。天乐笑着说:不妨事不妨事,回答孩子们的问题常常能激发灵感呢。

这天晚上天气很好,马士奇照例去天文台,小柳叶和"洋洋哥哥"疯闹了很久,困了,上床睡觉了。贺马两家的辈分错乱是历史造成的,大家都懒得纠正。洋洋拉着天乐哥哥来到院外的停机坪,两人躺在十字降落标识的中心,仰面看着星空。洋洋高兴地说:

"天乐哥哥,你看我们躺在丨字中心,无边的星空从四面拥抱着我们,我有个特棒的感觉,就像我们正处在宇宙的中心,我们躺的地方就是上帝的御榻!"

"是吗?这个感觉很棒,不过,如果以科学的语言来叙述,宇宙是没有中心的。人类曾长期认为自己处于宇宙中心,那只是一种自恋症。洋洋你知道吗?我们已经对这次宇宙局域塌陷给出了解释,但你马伯伯对这个假说一直心存疑虑,原因就是为这个'中心'。他认为,塌陷恰恰在人类区域出现,这总像是'人类中心说'的变相复活。"他在夜色中摇摇头,"他的疑虑不是没有道理,可惜我还不能解释。"

"天乐哥哥,这件事我一直想不通。宇宙既然从空间和时间上说都有限,是从一次大爆炸开始的,那它怎么可能没有中心呢?比如,对膨胀宇宙最经典的比喻是说它像一个嵌着很多松子的大蛋糕,当它膨大时松子会互相退行,越离越远。这个比喻很形象,不过——膨大的蛋糕可是有中心的!"

楚天乐点点头:"你说得对,这个经典比喻其实不合适。爱因斯坦早就说过宇宙是个超圆体,但人类的脑袋瓜儿是为三维世界进化的,无法想象更高维的世界。我们只能降低维度来想象出一个画面,然后用推理能力来把它升高一维。现在,咱们假设宇宙是个二维气球,表面上粘着沙粒。当气球膨胀时,其上的沙粒会互相退行,相距越远的两个沙粒,其相对退行速度越大。你看,这个宇宙有限但没有边界。它也有膨胀中心,但中心在三维度。所以二维宇宙内的观察者会发现本宇宙处处平权,没有特别的中心。好了,现在咱们可以拿推理来描述三维宇宙的图景了：三维超圆体也是有限无界，宇宙内处处平权，没有特别的中心。它的膨胀中心位于四维度。注意，这个多出来的一维并不是常说的时间维，而是空间维。"

"空间维？它在哪里？"

"不知道，到目前为止还没人说得清。还是那句话，我们的三维脑瓜儿很难直观想象超三维的玩意儿。也许它就蜷缩在空间的深处，存在于真空的深层结构。洋洋，这个问题交给你啦，你长大后把这个鞑子杀了。"他拍拍洋洋的小脑瓜，"知道这个典故不？来自民族英雄岳飞的故事。岳飞的儿子岳云从小有远大志向，曾对爸爸说：'爸爸你不要把鞑子杀完了，留两个给孩儿杀。'"

洋洋这代人对这些典故没有概念，也就没接这个茬。他目光中星光闪烁，"脑袋拨棱一下"又冒出一个新问题："天乐哥哥，我有一个新问题……"

天乐笑着截断他："慢着慢着，你前天问的问题我还没回答呢，饭要一口一口吃嘛。"

前天洋洋问：虽然已经排除了逆向湍流的存在，飞船肯定不会变成负速度了。但在暴烈收缩的空间里行船，船速会不会降低？降低多少？他还说，他最想不通的是下面这件事，科学家们说，在膨胀或收缩的空间中，光速是这样的表现：

——假设在年膨胀率（收缩率）为 10% 的空间中有 A、B 两星体，一束光从 A 出发时，A、B 相距一光年，那么尽管空间在膨胀（收缩），这束光仍将在一年后到达 B；

——但在这一年中，AB 之距已经膨胀成 1.1 光年（收缩成 0.9 光年），从直观上说，就相当于光在一年中走了 1.1 光年（0.9 光年）的距离，光速看起来增（减）了 10%；

——不过等膨胀空间被确定下来后，此时光再从 A 到 B，就要按 AB 的实际距离，花上 1.1 年（0.9 年）的时间了。

洋洋当时曾疑惑地问："天乐哥哥，我觉得上帝定的这个规则很不讲理。为什么空间正在胀缩时光就会变快变慢，停止胀缩时又恢复原状呢，逻辑上没法子解释啊。"

楚天乐当时没回答，说："这不是一两句话能说清的，我得把思路理清再回答你。"这会儿他笑着说："这正是我十几年前问过我干爹的怪问题，当年我干爹没能回答，我直到十年后才大致想通。你别说，要想把这个问题彻底撕掰清还真不容易，得引入几个全新的概念。"

"什么概念？"

楚天乐慢悠悠地叙述了这几个新概念：

一、把不膨胀的空间定义为标准真空，或称零真空，"正在"膨胀的空间定义为疏真空，"正在"收缩的空间定义为密真空。

二、光在零真空中的速度定义为内禀光速，内禀光速在疏密真空中其实也是不变的，那个"看起来"变化了的光速定义为实效光速。

"标准真空和疏密真空？内禀光速和实效光速？"洋洋努力咀嚼着这些全新概念。

天乐拍拍洋洋的脑袋："你别急，我下边给你细讲。"

他说：要想弄懂疏密真空中光速的变化，就必须接受"空间不连续"的概念。这倒不难，因为科学界已经公认空间不连续，其最小尺度就是普朗克长度，10^{-35} 米。所以空间从实质上说并非连续光滑的混凝土桥面，而是由一个个不连续石磴组成的漫水桥。光线"跨过"每一个石磴所需要的时间是一样的，即普朗克时间 10^{-43} 秒。当空间正在胀缩时，石磴的数目不变，只是暂时不变，光跨越每一格石磴的时间也不变，即使石磴的间距略有变化，所以光线走完这个距离的总时间保持不变，也就是说内禀光速不变。但在空间胀缩时，其实石磴间距有微小的动态变化。把改变的石磴间距乘上不变的石磴数量，意味着实效光速在增大或缩小，其增减的量值正比于空间的胀缩率，也就是说实效光速变了。

但你肯定会产生一个疑问：既然如此，为什么胀缩既成后，光线就要按新的距离来花费时间了？是这样的。不连续空间的"最小单元"是基于普朗克长度，这是空间最"自然"的稳定态。当石磴间距随空间胀缩而增减时，只能是一个量子态的瞬间偏移，随即回复自然状态，即恢复到原来的普朗克长度。但这也意味着原有的石磴会随着空间胀缩而自动创生或寂灭！比如说，当一光年的距离膨胀为 1.1 光年（收缩为 0.9 光年）时，石磴的数量也相应变为 1.1 倍（0.9 倍）。这时，光线要走过这些石磴，当然要花 1.1 年（0.9 年）的时间了。这个理论类似于英国天文学家霍伊尔的"稳恒态宇宙理论"，不过霍伊尔说的是宇宙中物质会自动创生，而我说的是空间的最小单元会自动创生或寂灭。霍伊尔的理论已经被证明是错的，但把它用到空间的创生也许是对的。当然，关于内禀光速和实效光速两个概念的建立，关于它们的数值计算，要牵涉到很多高深的知识，我今天说的只是粗浅的、直观的表述。

楚天乐又补充道：上面说的概念是针对无质量的光，实际可扩展到有质量的实体。飞船在疏密真空中同样有内禀船速和实效船速。内禀船速不变，但实效船速与空间的胀缩率成正比。

"这么说，在收缩空间里行船，实效船速还是要降低？"

"对，但降低幅度并非与星体蓝移速度直接相关，而是取决于该空间的收缩率。按目前我们测算的空间收缩率及收缩加速值进行推算，3500 年后船速也只是降低万分之几，而且它与空间的收缩是同步的，所以不影响到既定恒星的旅行时间，不影响人类的逃亡。"

"噢，这我就放心了。不过这些解释太艰深，我先把它装到肚子里，回家再反刍一遍。可是……"他央求道，"天乐哥哥，我这真的是最后一个问题了，问过咱们就回家睡觉。我得赶着把问题在今晚问完，马伯伯说从明天起带我去天文台值夜。"

"行啊，你尽管问，我不烦。当年我就是这样缠你马伯伯的，你马伯伯从没烦过。"

"我的问题是——真空中有没有能量？我在科普书中看过很多不同的观点，有的说真空有零点能；有的说真空只能有量子态的能量起伏，但宏观表现为零能量；还有一个科学家，好像叫德卢西亚吧，他猜测所谓真空实际是伪真空，蕴含极大能量，能量密度高达每立方厘米 10^{87} 焦耳级。还说，伪真空是一种长寿命的亚稳态，虽然它自宇宙诞生后已存在 137 亿年，但这种安全感是虚假的，一旦出现一个哪怕是只有夸克大小的真真空泡，就会在一微秒内湮灭成时空奇点。奇点将以光速扫过整个宇宙，死光所经之处一切都会彻底毁灭。啊呀，这可太吓人了！对，还有一件与它有关的逸事：当年欧洲粒子对撞机进行第一次对撞前，俄国著名宇宙学家泽利多维奇曾进行了一周的疯狂计算，想事先确认会不会出现上面的宇宙毁灭。不知道他的计算结果是啥，反正世界上粒子对撞这么多次了，一直平安无事。"

"洋洋，我得向你道歉了，这个问题我真的回答不上来。一般认为，真空应该是零能态的，但能够产生随机的能量起伏。这个起伏的幅值与起伏的延续时间呈逆相关，时间越短则可实现的起伏越大，但能量之和是零。我不大认可德卢西亚的观点，说真空蕴含极大能量，可能随时转化为毁灭。你想嘛，真空既然能存在一百多亿年，就证明是足够安全的。"

洋洋依然不依不饶："你说标准真空是零能态，可现在咱们这片空间已经开始收缩了呀，已经变成密真空了呀。密真空会不会有能量？你想嘛，咱们周围的大气本来是没能量的，用打气筒把它压缩，它就有能量了，能对外做功了。"

楚天乐想了想，坦率承认，"我对这个问题没有思考过，我确实拿不准。既然今天你提出来了，我得好好想想，等你下个假期来时，看我能不能给出一个有分量的回答。"

"行，记住欠我这笔账，寒假我来找你要。"洋洋笑着说，"我倒希望密真空有能量。宇宙飞船不是最头疼自带燃料吗？因为大部分能量都花到对燃料自身的加速上了，如果真空有能量，飞船就能空船出发，啥时候想加速了，随便从船下舀一瓢真空能，就能烧它几个月。你说说，那该多惬意！"

天乐放声大笑，不由想起自己在 11 岁时也曾缠着干爹问个不休，那时问得最多的也是有关真空的问题，现在有人接班了。"行啊，有你的，提出了一个很有趣的假设。洋洋，这件事交给你了。你长大后得把真空能飞船鼓捣出来，那时人类在太空中就彻底自由啦。"

三

暑假结束，贺梓舟离开时依依不舍，柳叶更是舍不得洋洋哥离开，大哭了一场。乐之友推行的"神鹰蛋计划"或曰"生命播种计划"在民众中获得了广泛的认可，特别是那些对传宗接代看得比较重的东方国家和中亚北非的阿拉伯国家,如中国、印度、巴基斯坦、伊朗、埃及、印尼、沙特等。民众的捐款如山石缝中的涓涓之水,不停息地汇向乐之友基金会。现在基金会的户头上已经超过80亿人民币了。

不久,姬人锐接到一个电话。对方确认了他的名字,然后说:"我们褚总要亲自和你讲话。"

电话中换了一个公鸭嗓:"是姬先生吗,我是褚贵福。"姬人锐迅速从记忆中调出这个名字,好像是一位房产集团的老总,而且这个名字肯定和某些负面新闻有关,但具体内容记不清了。"我准备向你们的基金会捐一笔巨款。"

"谢谢褚先生。我这就把电话转给基金会的鱼会长或葛副会长,请你……"

"不,我就找你。我这人不爱和哼哼唧唧的念书人打交道,我觉得你应该是个办事爽快的人。"

这么说,他事前已经对乐之友的领导层做过调查。姬人锐没有犹豫:"好的,我可以代他们来处理。请问……"

"明天上午十点,你到我下面说的这个地方吧,那儿离你们总部不远。"他说了详细的地址。"你可以带上基金会的两三个人,我也要带齐我的家人,介绍你们认识。"他挂上电话。

他在决定见面的时间和地点时没想到同这边商量,可见平时颐指气使惯了。姬人锐摇摇头,并没因心中的不快而怠慢这件事。他迅速通知了鱼乐水和葛其宏,又让葛其宏通过网络和新闻界的朋友,尽快摸清这位褚总的背景。晚上,葛其宏把二十页资料打印出来交给姬人锐。这位褚贵福确实是一位知名房地产集团的老总,今年刚刚过了六十大寿。这人很有些传奇色彩,他出身草莽,没什么文化,原来应该算是黑道上的,至少也算半黑半白,因为他最初出道时就是为房产商们摆平搬迁中的钉子户。这人胆大心细,讲义气,有眼光,后来自己办了一个房产开发公司,黑道白道都吃得开,事业蒸蒸日上,30年间身家达到200亿。有人为他算账,说他平均每天赚180万,比到银行金库里去数百元钞都来得快。关于褚的传说非常多,大多比较负面。下面两则比较有代表性。

一是他效法宋太祖的"杯酒释兵权",曾演过一出"杯酒洗黑手"。他45

岁那年，钱已经赚得不少了，决定弃黑道入白道。在此之前，他干了不少半黑半白的事，据说还牵涉到人命。那天，他设宴款待了从前的道上密友，席上给每人一个密封在红包里的银行卡，然后坦言说，"以我现在的身家，不想再干刀头舔血的勾当，决定金盆洗手了。至于兄弟们今后想怎么干，听凭各位。今天我送大家一份薄礼，说白了是买个平安。哪位兄弟今后万一失了风，进了局子，记着莫攀扯我。"他笑着说，"咱弟兄们有话摊到桌面上，要是哪位不仗义，逼得我老褚回头走黑道，你也别怪我手辣心黑。哪位讲义气，揣着秘密去做了鬼，他的家小我包了。"酒席上的几位弟兄收了红包，都拍着胸脯做了许诺，宾主尽欢而散。此后有一位弟兄果然犯事了，办案时一件人命案子牵涉到了褚贵福。公安严逼紧问，但那位弟兄咬紧牙关不吐一字。后来那人被判了死缓，其家人一直由褚贵福照料。

二是他异常看重子嗣，把"不孝有三，无后为大"挂在嘴上。他年轻时没钱，又处于计划生育时代，所以只有一个儿子。对此他深以为憾。等他有了钱，就连着娶了几房小老婆，每人一套别墅，同样的政策交底：生一个儿子奖1000万，生一个女儿800万。儿媳生孙辈实行同样政策。有道是：政策对了头，石头上也长藕。如今他儿孙一大群，光是正式在册的就有二十人。

看完资料，鱼乐水对这位捐款人有些摇头。姬人锐笑着说："小鱼，看人要看发展嘛。你看，他年轻时走黑道，大一点半黑半白，45岁时拿钱买来走白道的权利，60岁时捐款做善事，总的说是健康向上嘛。"

第二天，姬人锐带上小鱼和乔治·雅各比，驱车来到褚贵福说的地方。地点是在中原农村，离高速路的出口不远。半封闭式的院落，大门上写着：褚氏民俗博物馆。院内有一座中式小楼，飞檐斗拱，青砖青瓦。院内堆满了石碾、碌碡、钉耙、风箱、耧、搓板等早已淘汰的农具和生活用具。停车场停有七八辆豪车，都是风尘仆仆的样子，看样子是从外地赶来的。

褚贵福在小楼下面迎接他们。他个子矮胖，花白短发，穿着中式衣裤，最显眼的特征是脸上一道斜向的狰恶刀疤，据资料说这是他年轻时打架落下的，而他步入上层社会后一直没有做美容手术，说是要以此来记住年轻时的教训。但也有一种说法，说他留下刀疤是为了向竞争者表示一种无言的威慑。小楼的大厅里好像有不少人，几个小孩趴在窗户上向外张望。褚贵福同三位客人握手，说：

"来，先带你们参观一下我的民俗博物馆。"

他领三人在院中浏览一番。这个半封闭院子占地极广，有百十亩。褚介绍说博物馆分两部分，前院是死的民俗，即那些旧式的工器具；后院是活的民俗，实际就是菜地和庄稼地，有几个农民正在耕作。这儿没有机器，全部使用手工工具或畜力，绝对的绿色农业，不用农药、化肥和生长素，连柴油都不沾边。褚说我的商界朋友来这儿参观过之后，都从这儿提前一年预订蔬菜和粮食，由快递公司送货，价格是市价的十倍以上。价格虽贵也抵不上开支，要想养住这个博物馆每年都贴不少。类似的博物馆在全国各地有十二三家。

鱼乐水和乔治对死民俗和活民俗都很感兴趣，问这问那，还从农夫手中要过农具亲自干一会儿。姬人锐则对褚的精明暗暗佩服。这个博物馆实际是低成本的圈地，是一种实物存款。这儿离高速路近，交通方便，一旦开发利用，光是这处地价就会过亿。

他们回到那幢中式小楼。进门是错层式的大厅，高大气派，天花板上吊着枝形水晶灯，二楼的回廊是漂亮的实木栏杆。大厅里此刻挤满了人，多是女人和小孩。褚贵福笑着说：

"来，我为三位介绍一下。这都是我的家人，五个老婆，十六个儿女，四个孙辈。他们平时都是单独居住，相互之间基本不照面的，今天是托了三位的福才第一次聚齐。一会儿，等你们离开以后吧，我得借机会照个全家福。"

姬人锐看看那伙人，几位妻子年龄相差很大，"正妻"的老相已彰，从外貌上说比褚还老。四个妾则一个比一个年轻，一个比一个漂亮。有四十多岁的，三十多岁的，最小的那位看来只有二十多岁，但身边也有了三个儿女，其中一对显然是双胞胎。正妻穿得珠光宝气，但富贵是浮在穷相之上的，就如水油不相融；而其他妻子和儿女的富贵之气则是与生俱来的，是从血脉中开出的富贵之花。他们分成五六个小团，互相之间非常陌生的样子，甚至带着暗暗的敌意，看来褚的话是实话，平时这群妻妾是不照面的。但他为什么今天要把大小老婆都聚在这里？乔治不懂汉语，鱼乐水为他翻译了主人的自我介绍，乔治立刻沉下脸，目中闪出怒气。鱼乐水同样脸色不豫，虽然从资料上已经知道了这些情况，但没想到褚贵福会公然把大小老婆聚到这儿，从而把客人置于不尴不尬的地位。如果你同这些人笑脸寒暄，那就等于认可了这种一夫多妻的合法性。如果不理不睬，那也未免过于格涩。乔治冷冷地问：

"这里是中国皇帝的后宫吗？"

褚贵福不懂英语，但从乔治的脸色也看出这不是好话，他冷冷地问姬人锐："这个白鬼子在放啥屁？"

姬人锐机敏地打着圆场："这位乔治是天主教徒，天主教义对离婚和重婚非常严厉。所以，他有些不满是正常的，你不必看得太重。"

褚贵福哼了一声："那你告诉这个白鬼子，其实一夫多妻才是顺天行事。动物中很多是一夫多妻，绝没有一妻多夫。为啥？公的只要有那么一根玩意儿，就能在几十个肚子里播种，所以对老天爷来说，这种设计最节约。母的即使有再多丈夫，也只能接过一颗种，其余的都浪费了。"这些话是当着他的妻妾尤其是未成年儿女们说的，实在有些过分，但他的气好像还没撒尽，又补充一句，"倒是西方那些已经变成时髦的同性恋我最厌恶，那才是逆天行事，是一种断子绝孙的风气。"

乔治听不懂，此时正看着鱼乐水，等她翻译。姬人锐发现小鱼的眼睛中已经冒出怒火，好像要发作，立即机敏地用英语截断："今天不是来这儿讨论伦理的。而且，"他苦笑着低声对小鱼说，"小鱼，坦率地说，这些话尽管粗鄙，但在人类面临灾变的非常时刻，它确实有合理的内核。"

姬的这句话让小鱼一震！她回头看看姬人锐，不由想起乐之友在讨论神鹰蛋计划时，在长时间争论之后确定了受精卵中两性的最佳比例：一男五女。这是在"最高生育效率"和"基因多样性"之间取的一个平衡，否则女性的比例还要大。但这个由冷静理性定出的比例恰与这个一夫多妻的家庭的比例一样！当然，飞船中不得不采用的性别比例和现实中的一夫多妻不属一个层面，可是——为什么不是一个层面？从本质上其实并无区别啊。她沉默了。

褚贵福虽然听不懂他们的英语对话，但看出鱼乐水变哑了，不免得意。他大度地说："好了，这个话题打住吧。走，咱们上楼吃饭，大厅里太吵。"

四人上到二楼，大厅里开始拉桌子摆菜，很快各就各位，按六个小家分坐成六桌。二楼先上齐了菜，女侍把门轻轻关上，退了出去。主人敬了一巡酒，说：

"诸位都忙，我言归正传吧。捐赠前我想问问神鹰蛋计划的细节。我要听实的，不要听宣传语言。"

"你放心，我们一定如实相告。"姬人锐笑着说。

"那我就要问了。第一艘飞船什么时候能够启程？"

"最迟不超过20年，有可能提前。"

"它飞出塌陷区域得多长时间？"

"第一艘飞船是化学驱动，最高速度不会超过30千米每秒。考虑到利用星体加速的因素，它驶出60光年的灾变区域得50万年。再加上此后寻找合适行星的时间，应该在60万年内找到落脚之地。"

"人类种子存活下来的概率有多大？你们得实话实说，别来虚的，直接说有几成吧。"

姬人锐坦率地说："人类种子要想成功繁衍，不仅要熬过50万年的航程，还要熬过数万年的前期生物繁衍，然后那些人蛋才空投到地面。谁敢为几十万年之后的事绝对打保票？我只能说，这中间牵涉到的所有技术都是成熟的，是可控制的。所以从理论上讲，人类种子存活下去是比较有把握的。"他沉吟片刻，"应该有五六成胜算吧。"

褚贵福想了想，断然说："这无非是一场赌，而且赢面也不算太小。行！我决定捐了。再问一个细节，你们的宣传资料中说，人类DNA的播种将以受精卵的形式进行。那么小孩呢？小孩的DNA能不能用这种方法来保存？"

"让乔治来回答这个问题吧，他是神鹰蛋计划的首席科学家。"

乔治对此人印象很坏，尽管姬人锐频频向他使眼色，他的态度仍然很冷淡。他冷冷地解释说："没问题，以现在生物科技的水平，随便取一个男人女人的体细胞，婴儿的也行，都能让它们转变成精子卵子。当然这是有悖生物伦理的，但在这样的灾变时刻……"他摇摇头，没把话说完。

"是吗？你们这些大脑袋科学家真能鼓捣，我想天上的老天爷啦，耶和华啦，现在都会怵你们，撞见你们得躲着走。最后一个问题：神鹰蛋计划得砸多少钱？我知道现在只能是估计，尽量估准一点吧。"

"总预算上千亿。如果单说第一艘化学驱动飞船及船上相关投入，应在200亿元以下。"

褚贵福断然说："那好！这200亿我包了。"这句话让三个客人都大吃一惊！他们没料到这个土老财模样的人竟是位一掷百亿的豪客。褚贵福苦笑道，"我基本是裸捐了，捐完后铁定得一跤跌回当年，吃糠咽菜过苦日子。那也没事，我自信能吃得住这二茬苦。"褚贵福扫视三人，"你们是不是不大信服我能裸捐？尽管放心，我褚贵福说到做到。人生第一大事就是活着，连活着也不能保证的话，要钱还有啥球用！从现在起，我的唯一目标就是要保住褚家血脉，再难再贵我也不含糊。"

姬人锐说："我们信得过。"

褚贵福盯着姬的眼睛："姬先生，你可以想见的，我这么大方，肯定是有所求的。我有两个条件。"

姬人锐看看两个同伴，平和地说："基金会接受捐款从不容许有附加条件。不过，你不妨说说看。"

"第一个条件，我的所有家人，包括我们老两口儿，包括最小的两岁大的孙子，包括飞船上天前我可能新添的儿辈和孙辈，都得拿到第一艘飞船的船票，也就是说，我们都得被选作种子。我今天把他们全集合在这儿，就是为了当面敲定这件事，让他们都吃上定心丸。"

鱼乐水低声为乔治翻译了，乔治登时大怒！没等姬人锐和鱼乐水表态，他抢先说："褚先生还是留着你的200亿买墓地吧，基金会从不接受附加条件。再说，"他刻薄地说，"我很担心，人类种子库中你家人占了这么多的位置，会大大降低未来人类的平均道德水准。"

不等鱼乐水把这段话译成汉语，姬人锐抢先用英语说："乔治不要意气用事！"乔治想反驳，姬人锐厉声说，"这事回去再商量！乔治你听着，在几十万年后的蛮荒星球上没有什么道德，只有生存！而对于生存来说，也许这位褚先生的强悍基因是最优秀的！而且他能用全部家财来换取血统的延续，这种大私其实是大公，一般人达不到这个境界！请你认真想想我的话。"

这段话虽然是针对乔治·雅各比的，实际也是说给小鱼的。两人受到深深的震动——既因为姬人锐少有的严厉态度，更因为他话中所蕴含的冷酷的力量。两人沉思着，不再说话。姬人锐回头，对褚贵福堆出笑容，改用汉语说："老褚，你可能已经看出，我们几个对你提的条件有分歧。这个问题你不必担心，由我来化解吧。我刚才说过，基金会接受捐赠时不接受附加条件，但像你这样无比慷慨的裸捐，也许我们会通过另外的方式予以回报。"褚贵福满意地点点头。"现在说说你的第二个条件。"

"第一艘飞船实际是我独资建造的，我想，除了我所有家人持有船票外，其他名额拿出10%给我，由我来定。"

小鱼的脸色再度沉下来。她为乔治翻译了，乔治的眼中重新燃起怒火。这回姬人锐没有犹豫，斩钉截铁地说："老褚啊，这是不可能的，逃生飞船是公益事业，不能由黄牛党来倒卖船票。褚先生，你家人的船票我可以用某种办法予以保证，以表示我们的感激之情，公众从心理上也可以接受，但那已经是最大限度了。其他名额绝不可能交由你来定。"他恢复了笑容，"咱们今天就像一场生意上的谈判，不妨各退一步，我保证你第一条，你放弃第二条，如何？否则我对这一笔捐款只好忍痛割爱了。老褚，咱们都回去，静下心来想想，下次再谈。"

褚贵福非常失望，他之所以要独资建造这个飞船，就是想在裸捐之后能回收百十亿的，甚至把投入全部捞回也说不定，现在这个打算提前泡汤了。但他不愧是商界枭雄，略为沉吟，果断地说："好！姬老弟是个痛快人，我也回你个痛快。我可以当场做出决定：放弃第二个条件。至于第一个条件，"他冷冷地看看乔治和小鱼，"看来你一个人也定不了，你们回去商量吧。我给三天时间。"

姬人锐有意和缓空气，岔开了话头："你这样裸捐，你的家人，尤其是几位年轻的情人，能够同意吗？恐怕并非所有家人都能达到你的境界，愿意放弃今生的享受来换取血脉的延续。"

褚贵福干脆地说:"她们不敢不听我的,谁惹恼我了,一分钱也不给她分。不孝有三,无后为大。能让褚家血脉从大塌陷中逃出去,比啥都重要,60万年后的后代会感激我的。"他唤仆人送来水果盘,然后起身送客。

回程中乔治和鱼乐水都带着怒气,姬人锐则心平气和地解释着。他说,他倾向答应褚的第一个条件并非完全是出于功利,并非是舍不得这宝贵的第一笔巨款,而更多是出于其他考虑。地球上70亿人,人人都有权在飞船上分到一个位置,当然这是不可能做到的,那么最终选谁其实无所谓。而且,这位褚先生的基因确实适于丛林生活。不妨做个假设:"如果这会儿把咱们几位和褚贵福一块儿扔到某一个生命禁区,试问最终能爬出禁区的最有可能是谁?一定是这位脸上有刀疤的老家伙!这样的强悍基因,为什么不能去做人类的种子?乔治和小鱼,你们的道德感非常坚硬,我很敬佩。但凡事不可过头,过度的道德就是迂腐,尤其是人类面临灾变的非常时刻。"

他还说,读史读到郑和下西洋和麦哲伦环球航行时,他常常颇有感触。以郑和舰队的装备水平、组织水平和后援力量来讲都远远强于麦哲伦船队,但为什么是后者取得了划时代的成功?恰恰因为郑和舰队是道德的、政治的、文明的,是为了替大明宣扬国威或者找到逃亡皇帝的下落。而麦哲伦船队从上到下都跃动着贪婪凶残,跃动着人类的原始本性。不管是麦哲伦本人还是他的船员,最关心的是发现新殖民地的利益,是如何与西班牙王室分成。而这样的原始本性,与在文明社会中泡酥了的人性相比,显然更有生命力。所以,郑和船队从起点上就输了。

在回到老界岭迎宾馆前,两位虽然仍不甘心,但已经被他说服。鱼乐水沉闷地说:

"姬大哥我有点儿怕你。"

"为什么?"姬人锐笑问。

"你能把我最不能接受的观念,阐述得我不得不接受。我担心也许有一天,你能说服我接受像'吃人肉'这样的恶行。"

她这样说，是想到了两年前葛其宏总编对姬的犀利评价。姬人锐迅速扭头看鱼乐水一眼，没有接这个话头。他在心中苦笑："小鱼啊小鱼，你以为这样的前景很遥远吗？——当人类的种子在蛮荒星球上孵化出来、挣扎求生时，他们会不会重演人类早期同类相食的恶行？会的。谁如果顾忌这种前景而不去撒播人类种子，那才是真正的冬烘。"作为人类逃亡计划的领导者，小鱼的心灵过于纯洁和脆弱。今后他得想办法一步步把它弄脏，把它淬硬。

——不过，那就不是这个有极强亲和力、笑容明朗、水晶般透明的小鱼了。姬人锐叹息一声，那么，还是让她保持本来面目吧。

回到总部，姬人锐努力说服了大家。基金会不能接受附加条件的捐赠，这条规矩绝不能变，但可以用口头约定的方式答应为褚贵福做这件事。当晚，姬人锐在电话中对褚贵福说了这边的决定，那边稍顿一下，干脆地说：

"好！我相信你们的口头承诺。"他苦笑一声，"200亿的巨款换来一句口头承诺，这样的气魄，世上再没第二人吧。"他随即开始做事务性的安排，"为了凑齐这200亿，我得变卖所有不动产，所以款项将分批打去，争取在十年……不，八年之内打完。你们也可提前来提取褚家人的细胞，尤其是我们老两口，不定哪天我们就爬烟囱啦。"

"好的，你尽管放心。"他笑着说，"褚先生，你可以说是天下最自私的人，但我对你有发自内心的敬佩之情。"

"好说，姬先生我也佩服你。你干事不要虚名，不绕圈子，一锥子扎出血。你的年龄是三十几岁，眼光是一千岁。我佩服你，那句话怎么说来着，猩猩爱猩猩？"

"你是说惺惺相惜吧。"

"对，猩猩相惜。这次我直接找你打交道看来是做对了，你也得佩服我老眼如刀，认人认到骨头缝里。真可惜，褚氏集团马上要烟消云散，否则我会把你挖来当总经理。"

"姬先生，我是北京青年报社会部的何冰茹。我想就神鹰蛋计划，或者说人类基因播种飞船，对你来一次深度采访。"

"好的何小姐，我非常欢迎。"

"首先谢谢姬先生，把首次采访的荣誉给了我们报社。"

"不用谢。贵社原总编葛其宏先生是乐之友基金会副会长，为这艘飞船做出了很大贡献。我这算是投桃报李吧。"

"谢谢。既然有这层关系，如果采访中有些问题比较尖锐，我想姬先生一定会原谅。"

"不必客气。如果我的回答过于坦率，也事先请何小姐原谅。"

"听说飞船已经命名为褚氏号飞船？"

"对。它是褚贵福先生独力资助的，为了表示我们的感激之情，我们主动提出以褚氏号命名。"

"听说褚氏号的航向是正对大角星飞去，为什么选中了它？"

"没有特别的原因。褚氏号如果想在有限的航程中碰到一个合适的行星，只能靠命运的垂青。所以说，它只要是往外飞，那个方向都行。大角星是北天第一亮星，于是我们就选中了它。"

"我要回到褚氏号的名字上。作为全人类的第一艘基因播种飞船，这个命名是否合适？我想姬先生也知道，有关褚先生有不少负面新闻……"

"我不愿为某人做出终身的道德判定，我只愿对某件事做出道德判定。一个富翁倾其家财进行裸捐，使人类基因播种计划得以迅速进入实施阶段，这种高风亮节值得所有人钦佩。在大节已彰的情况下，我不会对他早年一些负面新闻呶呶不休。"

"好的，那我们换一个话题。这艘飞船除了装载低等生物的 DNA 外，将载有多少人的 DNA？"

"飞船上有 500 个巨大的蛋形降落舱。每个巨蛋舱的大小相当于一幢四层楼，其中封装有一万枚人蛋。因为是受精卵，你可以说它相当于两万人的基因。所以飞船总计装载一千万人的基因。"

"一千万人的基因，只是 70 亿人的七百分之一。"

"对。其实每个巨蛋中封装的人蛋可以更多，但我们要考虑到他们未来要面对的自然环境。那肯定是非常严酷的，即使在理想状态下，某个生态区域最多也只能养活一个千人数量级的小族群。这正是人类史上几次大迁徙中原始族群的数量。如果让未来的某个族群一次繁殖过多，很可能会造成，"他顿了一下，"同类相食。何小姐，不要为这句话而花容失色，对熟悉人类史的人来说，这是常识而已。"

"我了解人类史，不会花容失色。而且要感谢你们的人道主义安排。其实，让他们尽可能多繁殖一些，然后优胜劣汰，才更符合冷酷的进化论。好了，我是开玩笑，往下说吧。这一千万人如何在70亿地球人中选择？"

"完全用电脑随机选择。我们原打算选取体格最强壮的，或智力最优异的，但后来认识到，我们认定的强壮优异不一定就适应未来的自然环境。中国不是有句古话嘛，病恹恹活过翘尖尖。也许某种基因异常恰恰能适应未来的某种特殊环境呢，就像非洲黑人的镰状红细胞基因缺陷正好能抵抗疟疾。既然我们无力做出正确的选择，干脆把选择权交还到上帝手中。"

"但据说褚氏家族的所有人都包括在内？包括他的正妻嫡子，也包括他的几房小妾和庶子，还要包括飞船上天前新出生的儿辈孙辈。随机选择恐怕选不出这样的结果。据我所知，所有基金会的基本律条，就是不接受有条件的捐赠，那样做就不是公益基金会而是商业运作了。"

……

"姬先生，我事先说过，如果我的问题比较尖锐，还请你原谅，因为公众有权利知道真相。"

"没关系，我可以据实回答。我还要感谢你这么一逼，我可以提前把真相公布于众了。你说得不错，基金会决不接受有条件的捐赠，褚先生在慷慨裸捐时也并没有提任何条件。是基金会为了答谢他的慷慨，除把飞船命名为褚氏号外，还决定作为特例，把褚氏家族所有成员的基因装入第一艘飞船。除褚家之外，没有任何人享受这种特权，包括为这项事业做出巨大贡献的楚天乐、鱼乐水、乔治·雅各比、马士奇，还有我本人。马先生的小女儿柳叶，乔治的小女儿安妮，我的小儿子昌昌，他们的基因要想上船，也得像民众一样接受电脑的随机挑选，接受命运的垂恩。我们难道不盼着让自己的血脉逃出灾难？但我们决不会利用手中的特权。当我们的诺亚方舟沉没时，至少得有一小队无私无畏的绅士，从容地拉完最后一首乐曲。但我们不能要求每个捐赠人都有这样的气度，都是无私的圣徒。我谨在此宣布，对于此后的大笔捐赠者，我们仍将以感恩的心情优先解决他们后代的船票。这表面上是向金钱投靠，但在这样的非常时刻，这样做其实符合最高的族群利益，因而也就符合最高的族群道德。当然这样做有悖于基金会的宗旨，但是没关系，如果社会不能谅解，那我们把基金会改为股份公司得了，把捐赠改为购买股权，把船票作为分红。不过，在人类文明面临灭顶之灾的非常时刻，如果仅仅以一个名字来判定我们的卓绝努力是否合法，那就退到宋朝理学家的水平了，那时有所谓'饿死事极小，失节事极大'的道德桎梏。你愿意这样吗？何小姐，我也说过，如果我的回答过于坦率，请你原谅。"

"啊呀呀，姬先生真是口舌如刀啊，窘得我有点儿—— 你刚才说的那个词儿——花容失色了。那我只好祝福褚氏家族作为人类代表，在外星球上开枝散叶，绵远悠长，为人类争光了。谢谢姬先生，我的采访完了。"

"谢谢你的采访。再见。"

关上直播设备，姬人锐再次同何小姐握手，这次是真正的握手。本次采访是姬人锐策划的，事先经过排练。那件事——褚氏家族所有人都有了飞船的船票——反正是瞒不住的，不如干脆提前捅出去，等于是提前释放了高压锅的高压蒸汽。这件事公开后，也算是给褚贵福吃了定心丸，免得他对口头承诺存着担心。更重要的一点，是对今后的大笔捐赠者做了许诺，这样会有更多的人来捐款。毕竟——正如他在访谈中说的，不能要求每个富翁都是大公无私的圣徒。至于采访中的唇枪舌剑只是为了提高观众的兴趣，也使他们更容易相信。当然，肯定有人会看出这是一场作秀，那也无妨，因为作秀中所展示的道理是有说服力的，有其内在的力量。"乐之友"们的所作所为也许不符合"文明社会准则"，但确实符合灾变时代的最高族群道德。

他谢过何小姐，走到一边，拥抱妻子苗杳。他昨天已经和妻子谈透，今天特意安排她来观看采访。几个月前苗杳曾要他保证昌昌上飞船，他当时也含糊答应过，现在只能食言了。苗杳心中非常失落，但马先生家的榜样在那摆着,在这个非常时期里,楚马二人所做的贡献没人比得上,他家的小柳叶同样没有优先得到船票。比比他们,自己只有认命了。

楚天乐也操纵着电动轮椅过来,安慰苗杳。段医生的基因治疗法已经有了疗效,天乐的病情明显不再发展了。但治疗毕竟太晚,此生唯有同轮椅为伴。轮椅上还配备了人工同步语音器,可以把他模糊的语音转换成清晰的句子。他努力对苗杳堆出一个微笑——他的面肌已经不大听使唤——说:

"嫂子别难过。在褚贵福慷慨裸捐之后,大笔捐款一笔接一笔。基金会财力雄厚,已经开始了核动力飞船的研制。这种飞船要比化学动力飞船大得多,完全能包括地球上所有人的基因。而且它的速度远远高于第一艘飞船,说不定它会晚走早到呢。"

苗杳笑着说:"好,谢谢你的安慰。"她在后两字上加了重音。

楚天乐笑着说:"嫂子,我说的可不仅仅是安慰!你大致做个估算就知道了。第一艘飞船飞出60光年的灾变区域大约是50万年,如果核聚变飞船能达到百分之一光速,旅行时间就降低到6000年,那么,即使后者在49.4万年后才出发,也能先抵达目的地。而且,第二艘飞船的上天绝对等不了这么长时间的,49万年!那时的人类已经进化成奥林匹斯山上的诸神了。"

"真的?那样褚贵福会不会……"

"当然有一个前提,就是核聚变飞船启航前,地球没有毁灭。另外我们许诺过,第一艘船上装载的基因都留有备份,同样会包括在第二艘飞船上。所以,褚先生等于是用200亿买了个双保险。他觉得值。"

"好啦,你不用安慰我了。我相信第二艘飞船很快就会上天的,绝不会等49万年。去送何小姐走吧,他们几个在等着你呢。"

第五章　送子远行

楚－马－格林发现所揭示的灾变，把人类置于几乎完全绝望的境地。绝望激起人类凶猛的斗志，使人类的智慧之花绚烂怒放。在那个时代，多少个像天乐这样的天才进行了卓绝的思考，提出一个个异想天开的人类逃亡之路。那是天才飞扬的时代，是人性神化的时代。科学技术高歌猛进，自由王国指日可待……但站在更高的层面俯瞰，这些努力又是盲目的，无意识的，是黑暗中的摸索。没人知道哪条路通向胜利。绚烂的智慧之花可能结不出果实，或者，也许会在遥远的时空结出果实但我们无从得知。

就像那个时代最先推行的神鹰蛋计划。

有时不免想起一个顽童的游戏：用萘球在地上画一个圈，圈住蚂蚁。蚂蚁害怕萘的气味，在圈内仓皇奔波，但无法找到生路。僵局常常是这样被打破的：一只蚂蚁在彻底的绝望中，横下心冲过那条邪恶的白线。它成功了，但成功和智力无关，而是依赖于盲目的勇气。

——鱼乐水《百年拾贝》

一

乔治·雅各比及手下团队很快完成了"卵生人"的研制——"研制"这个词用于生命显然不合适，但人类语言中还没有合适的专用词。用"创造""创生"显然也不妥，它们太空泛，不太适用于类似的目标精确的"生物改制"。一句话，人类的语言已经落后于技术了。乔治是一个不世出的天才，他的团队用短短八年时间实现了基因技术的大跨越，这通常需要数百年的时间才能实现。这个跨越太快了，以至于乔治曾对好友说：

"亚历克斯，这八年的进展如有神助，我总有点惴惴不安，觉得'过于顺利'了。"

亚历克斯笑着说，"一定是面临的绝境激发了你肾上腺素的超量分泌。乔治，这不是开玩笑，我自己也觉得脑瓜儿比过去远为敏捷，某个课题正处于一团乱麻的时候，过去需要数年时间才能理出头绪，现在呢，我常常一眼就能找出其中正确的线头。"

"对，就是这个感觉！也许，的确是肾上腺素促成了智慧之火的超量燃烧。"

多少年后他们才知道，他们的猜测并非真相。

既然神鹰蛋计划不是纯粹的"阿司匹林"，卵生人的孵化当然要做严格的实验验证，对"新产品研制"来说这是标准程序。不过实验是在严格的保密状态下进行的。绝对保密的死命令首先是姬人锐提出的，乔治等人当时还不能理解，后来才理解了——在深重的灾难面前，不得不采用新的生育方式以使人类血脉在蛮荒星球上繁衍，对此公众可以理解，心理上可以承受。但是，如果这些生下来就不吃奶的强悍的卵生崽子出现在地球，出现在镁光灯下，那肯定会超出公众的心理承受极限，惹出不必要的麻烦。另外，这个实验也有其内禀的残忍，因为对卵生幼儿不会实施任何人工救助，他们将完全依靠自身的力量，或者活下来，或者死亡。这种情况如果捅到媒体，又会激起人类中另一部分的强烈反对。所以，实验如果披露，会让乐之友受到左右两边的夹击。

于是他们对实验严格保密，甚至在乐之友内部也尽量缩小知情人的范围。好在一般民众并不了解"新产品研制"有这个标准程序，没人来追问有关先期试验的事。

实验场地的选择让乔治费了很多心思。场地必须与外界绝对封闭，但又不能过于荒凉严酷。卵生人孵化后相当于两岁的幼儿，虽然体能强大，出生即能走路——乔治参考了草食性哺乳动物的基因，它们大都具有这个本能，以便从食肉动物的利爪下逃命——但也不可能承受过于严酷的环境。所以对卵生人耐受环境的定位是：气候温和、食物饮水基本充足，没有天敌。蛮荒星球在"充分地球化"后应该能达到这样的条件。

逃出母宇宙

最后他选择了离此不远的、位于丹江水库里的一个荒岛。丹江水库是亚洲蓄水量最大的人工湖，水面宽阔。这个世纪初，政府为了保证南水北调水源地的水质，进行了大规模的移民外迁，使这里基本成了无人区。乔治选择的这个荒岛更是阒无人迹。荒岛是石质杂以土质，土壤是尚未完全风化的白色黏土，长着茂密的茅草。乔治购下这个荒岛，实行封锁，然后以飞播方式投下了超量的生物种子，包括微生物、昆虫、野菜、野化过的农作物等。两年之后，荒岛的植被有了很大变化。

傍晚时分，一只小快艇从烟波浩渺的湖面上驶来，泊在荒岛边。四个客人离船上岸，有褚贵福、鱼乐水、姬人锐和贺国基办事处现任主任林秉章。现在离褚贵福捐款那年已经八年了，老褚68岁，头发差不多全白了，其他人变化不大。快艇随即开走了，在水面上留下一道长长的白浪。由这道浪头转化成的拍岸浪由近及远，哗哗地拍击着湖岸。淡绿色的湖水极为清澈，白色的水鸟拖着长腿在晚霞中飞翔。

四人立在岸边，等地下实验室开门。为了保密，此处的规矩是等快艇远离之后才开门。四人随意闲聊着，欣赏着水天一色的风光。姬人锐多次来过这儿，比较熟悉，指着前边一道石坎说：

"门就在那儿，但伪装得很好，外边根本发现不了。"

放眼望去，小岛保持着荒凉的原貌，几乎没有人工痕迹。半人深的茅草在秋风中抖动着，荒岛没有沙滩，水边是拍岸浪冲刷过的白色硬土，坡度平缓处堆着一些类似细沙的东西，但仔细看并不是细沙，而是贝壳的碎屑、黏土颗粒之类。浅水中偶然可见活的贝类，也有小鱼倏然往来。但岛上景色比起姬人锐上次所见也有不小变化：青白色的茅草中嵌着很多深绿色的斑块，多是生命力强悍的野菜或野化过的农作物，如苋菜、灰灰菜、马齿苋、扫帚苗等。低矮的黄豆与茅草纠缠在一起，豆荚已经由青转黄。也有低矮细小的燕麦、高粱和粟子，大都已经结实。草丛中，众多的蚂蚱在草尖上飞行，在疏草处蹦跶，密度相当大。大家知道，这些都是数次飞播的结果，是为新人类准备的食物。

视野中也能看到几根细长的石柱，与周围景色相比有些突兀，晚霞为它涂上半边红色，石柱顶上的摄像头在微微转动。这种石柱共有 25 处，是荒岛地面上唯一的人造物。

门开了，乔治在门边向他们招手，四人快步进门，门随即关闭。地下室不算太宽敞，二百多平米的样子，室内只有乔治和一位女助手。此刻女助手正伏在一个巨型屏幕前，屏幕分割成 25 个画面，展示着全岛的景象。画面大都是荒岛原貌，只有五个画面上各有两枚白色的"人蛋"，有的位于岗坡，有的位于水边。乔治做一个示意，女助手把某个分割屏幕切换成整体画面，再放大成近景。镜头中两枚人蛋平卧在水边缓坡上，外边包着一层透明的柔性物质，透过外壳能看到黑色的蛋壳。乔治说：

"现在显示的是 1：1 的画面，所以你们看到的是真实大小的人蛋。去掉蛋外的轻云材料覆层，实际大小和成人头颅差不多。"他用的是汉语。这位生物学领域的天才也是个语言天才，这些年他的汉语已经说得倍儿溜了，语调中还带点儿老北京的油子味儿。

"是黑色的？"林秉章笑着问，"我总认为蛋壳都是白色的，或是有斑点的。"

"它靠阳光孵化，使用黑色蛋壳容易吸热。你们来得正好，这两枚马上就要破壳了。它们已经孵化了一年半。你们知道，为了让他们破壳而出时足够强壮，我在设计时有意把孵化时间大大拉长。所以它们不该被称作胎儿，我杜撰了一个名称，叫胎幼儿吧。"

"听说你设定的孵化温度是 37.8 度，和鸡的孵化温度一样。但它依靠阳光孵化，白天可以达到这个温度，晚上呢？"林秉章问。

"那层透明的轻云覆层可以让阳光透进去，但阻止热量向外散发，保暖性能绝佳，而且在温度超过 38 摄氏度时覆层变得不透光，这样可维持一个恒定的孵化温度。"乔治笑着说，"有关技术细节一时说不完，等闲了再告诉你们。反正好多方法都是从鸭嘴兽、鳄鱼、乌龟、黑熊那儿剽窃的生物专利，再加上一些人类技术，来了个集大成。"

褚贵福摇摇头："但没哪种动物的卵需要孵化一年半。你咋保证这些人蛋冬天不结冰？"

乔治赞赏地看看他："你倒是问到了关键处。冬天阳光太弱，即使有轻云覆层也无法保持那个温度。但人蛋真正的孵化期其实只有 28 天，比鸟类稍长，是在夏天进行的。其后的孵化过程，实际是一个温血动物窝在蛋壳内冬眠，依靠壳里的蛋黄蛋白来长身体和保持体温。"

"噢，是这样啊，你们这些大脑袋科学家真是厉害。"

鱼乐水突然说："看，这枚人蛋在动！"

乔治说："这两个月来经常动，我们称之为胎幼儿的梦游。它马上就要破壳了，各位先生女士，我这会儿反倒临事而惧了。尽管我的设计非常严格而谨慎，尽管它们确实已经如我设计的程序进行着正常的孵化，尽管 X 光摄像已经显示壳内是正常的人体，但我还是心里没底。比如他出生后是否不会两足行走而只能爬行？要知道他们不会有人人来教走路，而动物基因中四足爬行的程序更为强大。甚至他们出生后会不会喝水？我都不敢保证。"

褚贵福不客气地说："是个活物都知道渴了喝水，要不干脆让它死球算了。"

乔治苦笑着说："对，老褚你说得对，每种生灵都具有这种本能。但在生物学家眼里，所有'本能'终归是用技术途径来保证的，它应该是隐藏在 DNA 中的一套严密程序，包括对体液内缺水状态——渴的不间断监控，包括对水的物理性质的辨认，包括'渴'与喝水动作之间的联动，等等。这样的生物程序肯定是存在的，只是现代科学还没有过细地破译。生命是大自然妙手偶得的至宝，又经过四十亿年的锤炼，科学还远未探知它的全部秘密。我是一个胆大妄为的家伙，肆无忌惮地篡改了上帝的原设计，可是在我的改制过程中是否无意毁掉了原有的'喝水程序'，真的是一个未知数。"

姬人锐笑着说："乔治是故意危言耸听，典型的考前紧张综合征。"

鱼乐水能体会到乔治的心理脉络。从本质上说，他的话与少年楚天乐痴迷于"大肥皂泡应该破的，但它为什么会变成小泡泡"是一致的。这些傻问题实际反映了天才们更深层次的思考，普通人不太容易理解。她笑着劝慰："不必过于担心，一切都会顺利的。"

"谢谢啦。不过小鱼我得事先提醒你，对这些幼儿是不允许救助的，你在观察实验时必须硬起心肠。"乔治说。

鱼乐水苦涩地说:"我知道这条规则,我会遵守的。"她知道乔治项目组拟的标准是:在完全不施加人工救助的前提下,卵生儿如果有不低于10%的成活率,这项技术就算成功,就可以开始后续工作了。10%,也就是说,单只这一批次十枚人蛋的实验中,就可能有九个孩子死去。这太残酷了,她真的不敢保证自己能冷漠地旁观下去。

褚贵福问:"在地球试验中活下来的这些娃儿们,准备咋办?"

乔治不由摇头:"老褚你真是外表憨心里精啊,问的都是刁钻问题。这些活下来的卵生人的确不好处理。不想让他们进入正常的人类社会,原因嘛姬人锐说过;当然也不能把他们掐死。好在,有了能使用50万年的能源后,也就能制造50万年工作寿命的人体冷冻装置了——太空中冷冻是不耗能的,但如果想让冷冻者复苏就不能单靠阳光来完成,因而需要超长寿命的能源。我们准备在褚氏号飞船上配置少量的有能源的冷冻装置,把地面实验中的幸存幼儿置入其中。等到了新星球,在新人类诞生时刻,能有几个大哥哥大姐姐掺杂其中,应该更利于他们的生存。当然,这种冷冻及唤醒的程序纯粹是人工程序,比不上上帝的程序,可靠性比较低,所以,冷冻人能否顺利复苏恐怕要靠诸神的护佑了——如果地球诸神的法力能延伸到几十光年外的话。"

褚贵福很感兴趣:"噢,原来除了人蛋之外,你们还要送去几个冷冻人?这么大的变动你们早该告诉我,别忘了,这艘飞船叫'褚氏号'!"

在这些年的交往中,乔治已经有点喜欢这个粗俗家伙了,不过仍不免遇上机会便刺他两句。"没错,这艘船的名字是褚氏号,但从法律上说,你既不是船主也不是船长,我没必要事事向你汇报吧。"

褚贵福没理会这句带刺的话,沉吟片刻,忽然问,"成活率是多少?我是说,冷冻人经过50万年后,有多少人能醒过来,活下来。"

"我刚才说过,如果人类诸神的法力能延伸……"

"扯淡!别给我扯啥鸡巴法力,我要的是科学家的估计。"

他的态度很认真,乔治也收起笑谑,认真想了想:"应该有40%吧……不,我力争达到50%。"

褚贵福喃喃地重复着:"50%。"然后他沉默着,不再问了。

女助手突然说:"开始破壳了!是那个男孩!"

画面上,两枚人蛋中的一枚在剧烈晃动。切换成 X 光摄像,看见卵壳里的小家伙醒了,但没有睁眼,慵懒地打着哈欠,伸展开的身体用力顶着蛋壳——恰如盘古醒来后顶着天地之卵。蛋壳发出喀嚓嚓的声音,被顶出了裂缝,裂缝在扩大。但小家伙却遇到了盘古没有遇到的新问题:外面的轻云覆层虽然强度很低,但因其网状结构而具有弹性,里面用力顶时裂缝张开,停顿时裂缝回拢,这样的过程僵持了很久,小家伙开始变得焦躁,地下室里的人们也为他着急。乔治突然拿起一把剪刀,打开门冲出去。他旋即出现在画面上,用剪刀在轻云覆层上剪出一个井字形的出口,又快步跑到另一枚人蛋前做了同样的事,然后从屏幕上消失。屏幕前的林乘章不解地问:

"乔治不是说不允许人工救助吗?"

鱼乐水解释:"那是两个层面的事。对卵生儿在自然状态下的求生不能实行救助,以便验证他们在新星球的环境中能否活下来;但轻云造成的麻烦属于可以更改的技术错误。实验本来就是为了发现缺陷,做到技术上的尽善尽美,以便尽量增大他们在 50 万年后的生存机会。"

"噢,是这样。"

乔治匆匆回到地下室,对助手说:"记着,以后的轻云覆层都要留一个井字形开口。"助手点点头。画面上,那个小崽子终于顶破了蛋壳,把脑袋露出来。他的眼睛睁开了,迷茫地向外边世界投去第一瞥。小脑袋转动着,茫然地转到摄像头这个方向,于是新旧人类有了第一次对视。这是超越时空的对视,是被创造者和创造者的对视,他明亮的目光让地下室的几个有如遭雷殛的感觉。这个当儿,地下室里的所有人——除了褚贵福,他一直在独自发呆——心中都鼓荡着黄钟大吕的天籁之声。特别是鱼乐水最为动情,她热泪盈眶,心中洋溢着浓浓的母爱。

煞风景的是,那个卵生崽子实际看不到这边的人,他茫然的目光随即滑向别的方向。他可能被壳外的世界吓着了,又缩回蛋壳内。不过没多久,小脑袋又试探着露出来,然后是胳膊,肩膀,最后是半个身体。残破的一半蛋壳倾倒了。小崽子从缺口掉出来，跌落在地上。

小崽子哇哇大哭。哭声并不特别伤悲，倒像是不得不完成的仪式。屋内人的眼睛都湿润了，他们想象着在50万年后的某个星球，将有这样的哭声在蛮荒之地回荡。鱼乐水带泪笑了：

"没错，尽管是卵生，但他确实是咱们人类的崽子。你听那哭声！"

刚出壳的小崽子已经有了近两岁的身体，哭时露出两排细小的白牙。他哭一小会儿就自动停止了，开始试探着想站起来，两腿不听使唤，绊来倒去的，但仅仅用了几分钟时间就能站稳了，并开始跌跌撞撞地行走。鱼乐水笑道：

"乔治你看，他不是爬行动物，你刚才是瞎操心。"她轻声叹息，"可他也不完全是人，他不需要爹妈教走路。"

乔治没说话，注意力全都聚焦在屏幕上。那个小崽子显然又饿又渴，他看到了水面，摇摇晃晃走到岸边，迷惑地端详着。他看了很久，以至于乔治真的怀疑那个"渴了喝水"的上帝程序被毁坏了。但小崽子终于趴下身子，伏在水面上，像小狗一样吧唧吧唧地大喝一通。地下室的几个人长舒一口气。

放大的画面上显示出水边有蚌在爬行。小崽子迷惑地盯着它，盯了很久，还伸出小手拨弄它。受惊的蚌紧闭蚌壳不再动弹。不过小崽子最终没认出这是食物，离开水边走了。然后他的注意力被另一枚人蛋所吸引，因为后者此刻正在剧烈晃动。小崽子有点儿害怕，远远地观望着。人蛋此时不晃动了，他克服了惧意，走近人蛋，摸了摸，闻了闻，伸出舌头舔舔，歪着脑袋发呆。没人知道这会儿他想的是什么，反正他开始用牙齿撕咬人蛋的轻云覆层——鱼乐水忽然下意识地抓紧身旁姬人锐的胳臂。姬人锐瞥她一眼，敏锐地猜出她此时的心思：她是在担心，卵生崽子是否想以这枚人蛋为出生后第一顿美餐，她担心卵生人类也秉承了创造者在蒙昧时代同类相食的习性。这些年的相处中，姬人锐对她知之甚深，能从身体语言看出她内心的想法。这个女人的心灵是透明的，满盛着仁爱、善良、同情心这类圣洁之物，对邪恶有天然的抗拒。但是——生存的本质却是黑色的。

姬人锐低声安慰小鱼："别担心，应该不会。"

这句话说得没头没脑，但鱼乐水听懂了。她发现自己在紧抓着姬的胳膊，自嘲地笑笑，松了手。那边，卵生人囡囡——乔治说过第二个胎儿是女性——终于顶破了蛋壳，从轻云覆层的缺口中把小脑袋伸出来，也对世界送去茫然的第一瞥。她随即发现了同类，两人面对面地盯视着，盯了很久。

这是亚当与夏娃的对视，发生在一个人造的伊甸园中。地下室里的"诸神"都屏住气息观看着。

卵生人囡囡从蛋壳中挣出身体，滚落地面，也哇哇哭了一阵，然后跌跌撞撞地学会了站立。另一个家伙呆呆地在旁边看着，没有反应。这不奇怪，虽然他们的身体已经是两岁幼儿，但实际是刚出生，不会有除了本能之外的任何清晰意识。过一会儿，他撇下囡囡，摇摇晃晃走了。囡囡也许是依照群居性动物的本能，哇哇哭着追上去。两个身影消失在镜野之外。

对地下室里的观察者来说，尤其是对鱼乐水来说，这是非常完满的进展。几个人互击手掌，互相拥抱，然后迫不及待地重新回到屏幕前，等待着那俩崽崽从另一个镜头里出现。褚贵福拍拍乔治的肩膀：

"喂，乔治我有个新想法。褚氏号飞船上新增了人体冷冻装置，肯定开支要大大增加。我打算把我最后一处别墅卖掉，大概能卖十亿吧，这些钱也给你。"

乔治回头狐疑地看着他，讽刺地说："我可以想见，你这样慷慨，肯定是有所求吧。"这是重复第一次见面时褚贵福本人说过的话。"说吧，你那个和别人不一样的脑袋里又冒出什么鬼主意。"

褚贵福不以为忤，笑嘻嘻地说："看看，跟我老褚相处时间长了，把你也变成了痛快人。"他在乔治耳边低语几声。乔治显然极端震惊，呆呆地盯着白发苍苍的褚，盯了很久。这时女助手说：

"出来了！在四号区！"

四号区的画面上出现了小崽子的身影，然后囡囡也跟着过来。乔治急忙回身观看，一边对褚说："那事回头再说！"但他观看一会儿，忍不住又回头说一句：

"你把最后一栋别墅也卖掉，你和家人住哪儿？"

褚贵福干脆地说："这你不用操心，老褚我找个狗窝也能活下去。"

乔治摇摇头，不再说话，把注意力转向屏幕，那边，两个卵生人崽因在本能的驱使下已经开始寻找食物。其他人这会儿都无暇旁骛，没注意二人的对话。只有姬人锐刚才半听半猜地知道了褚的新打算，和乔治一样震惊，他在紧张地观看屏幕时仍不时把目光转向褚，而褚贵福也心照不宣地笑着对他点头。

二

褚氏号星际飞船进展神速，超过人们的预计。神鹰蛋计划提出 12 年后，巨大的星际飞船在同步轨道上组装成功。随后赤兔号货运飞船数次升空，运去了 501 个巨蛋舱——比原计划的 500 个多了一个——和星际飞船的燃料。第二年阴历二月初二，中国传说中龙抬头的日子，赤兔号货运飞船最后一次升空，为褚氏号进行最后一次燃料加注。褚氏号将随即启航，载着地球二百万种生物的基因，包括人类基因，开始这趟为期数十万年的漫长旅程。

赤兔号最后一次送货时将搭载一批人类代表，在同步轨道上为褚氏号送行。由于舱位有限，送行者不能超过八名。所以，这段时间内，对于送行代表的甄选是姬人锐最头疼的事，他曾笑言：其难度不亚于当年做出"启动神鹰蛋计划"的决定。

第一位代表当然是褚贵福，这艘飞船是他独资建造的，又以他的姓氏命名。这其中有一点圈外人不知道的小花絮：其实当年褚的本意并非裸捐，他虽然捐出了 200 亿，但他原指望能换回 100 万张船票，怎么也能卖个百十亿的，甚至更多。这点土财主式的小算盘令人啼笑皆非，也表明这位暴发户的思想境界不怎么成熟。但当姬人锐断然拒绝了他的第二个条件后，他仍然决定裸捐 200 亿，这种气魄就非一般人所能企及了。这 200 亿的裸捐确实弄得他倾家荡产，让他"一跤跌回 40 年前"，只留下一套庄园供全家人住。后来就连这套庄园也变卖了，用于一个追加的秘密计划。

第二位代表是主持神鹰蛋计划的宇航专家张明先，他为这个计划的顺利实施立下了汗马功劳。当年在老界岭会议上，张明先显得僵化死板，给大家留下的印象颇为不佳。但这位生性拘谨的技术专家在他擅长的领域中却是如鱼得水，可以说，他把化学动力火箭的最后一滴潜力都榨出来了。再加上该飞船不需考虑平安降落，不需要考虑回程，所以飞船初始质量和最终质量的比值达到了惊人的 50，因而使飞船最高速度提高到接近 40 千米每秒。从工程实施的进度上说，他也榨出了最后一滴油，褚氏号飞船从设计到制造到组装仅仅用了 12 年时间。内行都清楚，在一项已经发展得炉火纯青的技术中又能榨出这么多的油，张明先的功勋只能用伟大来概括。但即使如此，也只不过把褚氏号飞船原计划 60 万年的行程缩短到 45 万年——仍然漫长得可怕。

在上帝的国度里，人类的努力实在太渺小了。

第三位代表是生物学家乔治·雅各比，也是这个项目的大功臣。他负责新家园生态系统的设计，包括人蛋的设计制造，包括收集生物 DNA。按科学界最新的估计，地球上共有近八百万种生物。当然这么多的物种基因不可能也没必要收集完全的，乔治收集了二百万种生命力最强悍的，以微生物和低等生物为主，能够确保在新星球上建造一个完整的生态圈。他还主持了十次卵生人的孵化实验，使这项技术炉火纯青。实验是在极端秘密状态下进行的，外人均不知晓。

上述三位代表被首先选定还有一个秘密原因，姬人锐没打算对其永远保密，在飞船启航后就会公布。

第四位代表是一位不速之客——在飞船预定启航日期的半年前，罗马教会给乐之友基金会发来一封措辞委婉的函件，询问可否给教宗本笃十七世留出一个座位，因为"宗教代表不能在这样的历史时刻缺席"。这份函件让乐之友们吃了一惊。虽然近半个世纪来梵蒂冈教廷越来越开明，他们与时俱进，接纳了不少科学思想比如宇宙大爆炸理论；但另一方面，教廷也一向非常谨慎地与那些"过于展示技术力量"的场合保持着距离。原因嘛其实很简单——当人类飞船轰鸣着冲向太空时，飞船导航图中不会标有伊甸园的方位。科学技术展示肌肉时无可避免地会冲击对上帝的信仰，何况这次飞船发射还是在一个无神论的国度。

所以，教廷这次的主动多少有点儿出乎意料。姬人锐没有犹豫，立即回了一封热情洋溢的信，诚邀教宗作为"人类代表之一"参加这次盛会，只要教宗的身体能够适应太空航行。只是，很可惜只能给教宗留下一个船位，不能带随行人员。教廷对此表示完全理解。此后是数月的忙碌，65岁的教宗顺利通过了身体检查和太空速成训练，这个代表名额也就确定是他了。

第五位代表是楚天乐，他作为代表是毫无争议的，问题也在于他的身体。经过谨慎的检查和太空训练，最后结果令人欣慰。虽然他病残体弱，但奇怪的是他对于超重和失重反而没有一般人敏感，也就是说他对太空飞行有更强的承受能力。这个代表名额也就定下了。第六位也随之确定——鱼乐水。她不仅是乐之友基金会的代表，还要兼任教宗和楚天乐的保健医生，兼任教宗的翻译，兼任舱内摄影记者，舱外的摄影则由附近的一颗同步卫星承担。

第七位是中国政府代表，现任贺国基办事处主任林秉章。第八位是联合国代表，SCAC秘书长阿比卡尔。阿比卡尔在联合国秘书长位上干了两届，有力地促进了全世界的救世行动。他发现SCAC"首席执委轮流坐庄"的组织形式太低效，不能满足形势的需要，便促成SCAC在五位军人执委之下设了一个文职的常任秘书长，不受任期限制——事后有人说，这些规定纯粹是为他自己量身定制的，当他从联合国秘书长职位上退下后，便屈尊转任了SCAC秘书长，一点不在乎职位上的"由大做小"。他在这个低级职位上仍然非常强势，人们说，在灾变当头的特殊形势下，这个"小秘书长"的作用其实并不弱于"大秘书长"。

现在，八位代表中的六位国内代表都已在北京机场聚齐，从那儿乘机去海南岛的文昌发射中心。

进了机场贵宾室，在迎候的人群中，他们首先看到一副轮椅，上面坐着一位形销骨立的老人，推轮椅的是已经23岁的贺梓舟。鱼乐水急忙推着天乐的轮椅加快了脚步，两副轮椅面对面停下，天乐欠起身，紧紧握住老人的手：

"贺老，有几年没见了，你九十岁大寿我也没能去。今天你不该抱病来。"

老人虽然体弱，精神还不错，目光明亮如昔。他笑着说："我怎么能放过这个机会？说实话，当年神鹰蛋计划启动时，我根本没料到我能活着看到飞船上天，所以，你想我会放过今天的机会吗？可惜身体不争气，要不小林你那个船位应该是我的。"他笑着对林秉章说。

两边的人互相见面,匆匆交谈了几句。贺老对时事仍保持着关注,知道楚天乐 14 年前提出的"局域空间收缩"假说继续得到观察支持,蓝移中心环带区和蓝移边界都向外迁移了十几光年,离地球最近的几颗恒星的蓝移在加大,与理论值符合得很好;也知道联合国 SCAC 麾下的 02 工程已经有了突破,在实验室实现了冷聚变,十年之内就可以进入工程应用。还知道天乐进行新法治疗后,病情已经稳定,其实楚天乐能活到 36 岁这件事本身,已经是一个大的胜利了,只可惜楚氏夫妇至今没有孩子。贺老问:

"下一艘播种飞船什么时候能上路?当然它肯定是核聚变驱动了。"

"对,是核聚变驱动。最高船速应该达到光速的百分之一点五。飞船上天肯定在 15 年之内,力争在十年之内。"

"那我还要努力多活几年。小鱼,小楚,下艘飞船启航时我不满足光在这儿送行了,我也要到同步轨道上,顺便在那儿过百岁生日。你们得预先在赤兔号上为我留一个船位。"

天乐笑道:"一言为定。"他问推轮椅的贺梓舟,"洋洋,博士读完了吧。"

"马上完。完了就去你那儿报到。"

"欢迎。洋洋你还记得不,你十几年前提的那些问题,还有你立下的壮志?这些年来,关于你说过的'密真空的能量'我逐渐有了一点儿想法,等你来之后咱俩好好谈谈这件事。实话说吧,这件事就是在等你,你一来就要开始研究。"

"太好了!正好我也有了一些想法,是和昌昌在一块儿讨论的。"姬人锐的儿子姬继昌与他同校,比他低两届。

迎候的人太多,无暇多谈,他们匆匆与贺老告别,再往里走。前边是乘另一个航班刚刚赶来的褚贵福。楚天乐近期未见他,乍一见面不免感慨,这位在财力上"一跤跌回 40 年前"的财界大鳄,看来在穿着风度上也"一跤跌回 40 年前"了。他的穿戴都很低档,中式对襟上衣,中式长裤,圆口布鞋,光着头,项间和手指上的粗大金饰全都消失了。皮肤黝黑粗糙,皱纹深镂,打眼一看,完全是建筑队里的苦力。天乐和妻子对视,不由对褚贵福生出敬意,觉得他脸上那道刀疤也不那么狞恶了。这两年姬人锐多次带着敬意谈起他,说褚贵福虽已倾家荡产,但也不会穷得维持不了个人的享受。关键是褚在心境上已经"自我放逐",把自己重新定位于"穷人",也以穷人的生活水平来磨砺心志。这么着他就能心无旁骛,粪土钱财,咬死他的人生目标不松口。而他晚年只有这么一个简单的人生目标:

留住褚家的血脉,把它们送到灾变区域之外。

那次观看孵化实验后,他果然践诺,拍卖了最后一幢房产,以资助一项追加的秘密计划。用他的话说,老伴儿已经上天堂,他自己马上也要上天堂,地上没必要再留一个窝了。姬人锐曾感慨地说,这位世上最自私的粗俗家伙实在是一个英雄,一个殉道者。

今天来为他送行的亲人只有寥寥几个:他的大儿子、儿媳和两岁的孙子。这也是他最小的孙子。孙子显然很恋他,抱住他的脖子不丢手,用嫩脸蛋贴在他皱纹纵横的老脸上。楚氏夫妇走过去与他握手,鱼乐水笑问:

"褚先生你好。你那一大家子呢?今天怎么没来送你。我还记得咱们第一次见面时,你左妻右妾前呼后拥的威风样儿。"

褚贵福很直率:"你是指我那四个小老婆吧。娘的,从我裸捐之后,她们都吃不了苦,每天愁眉苦脸的,难得见到一丝笑模样。我烦了,让她们带着儿女全他妈滚蛋,想嫁谁嫁谁。反正我对得起她们了,给每人都买了那么贵的船票——十亿元一张!"

这些年来,乔治其实已经对这个粗俗家伙心怀敬意了,他用倍儿溜的中国话打趣:"非常可惜,她们再嫁之后,你的那些儿女们是不是不再姓褚了?"

褚贵福咧嘴笑道:"不姓褚也是我的种,我这人只在乎实打实的东西,不务虚名。"

众人大笑。

要登机了。褚的家人在登机口与他话别,小孙子脆生生地喊着:爷爷再见!据说褚把那个秘密计划连家人也瞒着,所以儿孙们并不知道此次生离即为死别。褚贵福笑着与他们挥别,转身进了舷梯。这位72岁的老人身体很好,走路咚咚响,脸上也没显出什么离愁别绪。人群中知道那项秘密计划的人，像张明先、乔治、楚氏夫妇，都不由在他身后暗暗交换眼色，目光中盈着钦敬。

当然褚的离愁别绪还是有的，在飞往三亚机场的两个小时中，褚贵福不像平时那样健谈，也没讲他最拿手的荤笑话，而是静静坐在一等舱里，两眼炯炯地盯着窗外。楚天乐等也有意不去打扰他。

到了三亚机场，再乘车赶往文昌，其他两位代表和姬人锐已经在文昌发射中心等候。一行人很远就看见了高耸的赤兔号货运飞船，旁边是高大的航天器总装测试厂房和加注与整流罩装配厂房，像是三座拔地而起的天柱。上千名记者早早就迎候在路边，相机和摄像机如同密密的丛林。车队在人海中缓缓前行，到了贵宾室，鱼乐水用轮椅把丈夫推下汽车。姬人锐在门口迎候，他身边是一位穿白色带兜帽短斗篷、带白色无边便帽的老人，这身纯白的穿戴在人群中非常显眼。鱼乐水低声对丈夫说：

"教宗！咱们快点迎过去，向他致意。"

楚天乐也早就看见了，轮椅未到前，他已经在轮椅上欠起身。但教宗本笃十七世急步赶来，把楚天乐的身体按回轮椅，接着——教宗半跪下身体，以便在同一高度同楚说话。早就蜂拥而来的记者当然不会放过这个珍贵的镜头，纷纷拍照。这将是放在报纸头版的照片，标题肯定是耸人听闻的，比如："罗马教宗第二次向科学下跪。"上次是约翰·保罗二世，他用同样的姿势同霍金交谈过。

可惜记者们被警卫隔得比较远，听不见二人的谈话，否则他们也许会拟出更为耸人的标题。

教宗本笃十七世微笑着说："很荣幸见到我神交多年的朋友，鱼女士和楚先生。"

"教宗阁下，我和妻子也很荣幸。"楚天乐恳切地说，"衷心感谢阁下亲自赶赴同步轨道为褚氏号送行。"

"我应该来的，我要来感谢你们。你们是在代主行事，在主的遥远国度里创造生命。你们正在书写新的创世记。"

楚天乐稍一愣，这句话的宗教意味太重，与他平时习惯的理性思维一时不能衔接。褚氏号飞船并非创造生命，只是向蛮荒星球散播"现有的生命"；而且几十光年外的"遥远国度"似乎不好纳入耶和华的管辖，须知他老人家可没有宇宙飞船做代步工具。鱼乐水深知丈夫的率性天真，悄悄触触他的脊背，侧旁的姬人锐也忙对楚天乐使眼色。楚天乐对两人微微一笑。他俩今天是多虑了，即使没有两人的提醒，楚天乐也不会在这种场合失礼的。他顺着教宗的话意，恭敬地说：

"谢谢你的高度评价。我们尽量做得让主满意，也希望他保佑我们成功。"

以他的脾性，能说出如此得体的外交语言，很不容易。鱼和姬放心了，相视一笑。但三个人都没预料到教宗的反应，教宗摇摇头，坦率地说：

"主不会干涉尘世。你们一定会成功的，但成功只依赖科学，依赖诸位的天才和努力。不过，你们确实是在书写新的创世记。主一定欣喜莫名，他将永存于你们的伟业中。"

这番话让楚天乐吃了一惊，也暗生敬意，觉得两人的心灵一下子拉近了。他想起资料中对本笃十七世的介绍，说他在登基前长期担任宗座圣经委员会主席和国际神学委员会主席，但从不热心神学问题的讨论。他曾一再申明，对圣经的研究和信仰贵在"体悟大义"，但要承认圣经的"寓言性质"。对于一个教宗而言，这样的见解是极为深刻和勇敢的。楚天乐想，他能够说出主不干涉尘世、承认圣经的寓言性质，如此开明的宗教信仰和无神论信仰能有多大区别呢？应该说本质上并无区别。甚至可以说，教宗对神鹰蛋计划的评价虽然带着宗教意味，实际比科学界更为深刻。科学家们终日沉浸在具体事务中，心目中只把它看作一个"伟大的工程"，没有意识到它的意义早就超越了工程的层面。他们确实是在代替上帝创造一个新世界，如果幸而成功，在几十光年外的蛮荒星球上培育出了新的人类，那么对于后者的心智来说，神鹰蛋计划只能被理解为神力和神为。

现在他理解了教宗为什么会主动前来送行。

教宗左右看看，问："马先生没来吗？"

"没有。他最近身体不好，我婆母和妹妹也都没来，留在山中陪他。"鱼乐水说。

逃出母宇宙

"很遗憾没能与这位哲人见面。"他面向鱼乐水,"我看过你十四年前那篇报道。我至今还清楚记得文中马先生对于'活着'的论述,这段论述十分精辟,应该用金字镌刻在高加索山的山顶上。"

"谢谢!"鱼乐水快活地说,"我会把阁下的话转达给公公。他一定会非常高兴。"

这个场合无暇多谈,教宗站起身,掸掸膝盖处的尘土,同二人告别。后边的联合国代表阿比卡尔迎上来同众人握手,笑着说:

"首先要祝贺你们的成功。尤其是你,姬人锐先生,我的低届同学,你把褚氏号飞船在技术上的成功拓展为更为成功的公关行动,有效疏导了社会情绪。"他直视着楚天乐,坦率地说,"但我更希望早日实施真正的人类逃亡。"

楚天乐看看妻子和姬人锐,三人都默然点头,手卜加大了同阿比卡尔相握的力量。他们都理解这句话的分量。虽然神鹰蛋行动已经不是纯粹的"阿司匹林",但严格说来仍是安慰作用大于实际效用,没人敢为45万年后的事打保票,所以,能否把地球生命尤其是人类血脉播撒到某个星球,在很大程度上仍是有赖神佑的事。即使此后核聚变飞船能够上天,作为人类整体的逃生仍没有太大把握,因为灾变区域一直在以光速扩大,而且很不幸的是,到目前为止并没有强度显著减弱的迹象!这与乐之友们原先的估计不符。那么,在这种情形下,即使飞船达到光速的百分之一点五,也将无法逃出灾变区域。楚天乐轻叹一声,低声说:

"阿比卡尔先生,你也知道,真正的人类逃亡只能期待科学上的重大突破,包括彻底认清灾变的本质,或者实现飞船技术的革命性跨越。可是,科学的突破必须有一个孕育过程,不能完全依靠注射催产素。"

"但局势逼着我们必须催产!用全人类的财力、物力和智力,催逼着这个胎儿早日出生,等不及就采用剖腹产。否则……"他摇摇头,没把话说完。"楚,我把实现突破的希望更多地寄予乐之友们,我觉得,在你们这片野生混交林中,最有可能结出智慧的果实。所以,"他微责道,"像今天这样的作秀场合,有我和姬人锐这样的闲人来参加就行了,你不该来。我知道,对于你这样的超级天才,保持一种沉静心态对于灵感的迸发是多么重要。"

楚天乐心中一震，不由对这位黑人政治家刮目相看。他说得完全对，灵感的迸发需要全身心的投入，而这类社会活动肯定会干扰他的思考。他想起在火葬台与鱼乐水度过的那个夜晚，那时他的每个毛孔都与大自然相通，能感知宇宙的律动，正是在那种沉静心态中他才完成了那次突破。他对姬人锐笑着摇头，无奈地说：

"看，又一根上帝之鞭。"但他对阿比卡尔的责备实际很感激，甚至有些赧然，"好吧，阿比卡尔先生，我一定记住你的话。也希望继续保持乐之友和SCAC卓有成效的合作。"

阿比卡尔笑着看看姬人锐："这是自然。"

这些年，尤其是阿比卡尔任SCAC的秘书长之后，两家的合作确实非常密切。在这中间，姬人锐和阿比卡尔的私人关系起了很大作用。这两位不同届的北大同学性格相近，目标相同，十几年的交往中已经到了肝胆相照的程度。阿比卡尔异常看重同乐之友的合作，理由是明显的——当他以一个"小秘书长"的身份想在联合国推动某件事情时，上面的婆婆太多，阻力太大。但如果能以乐之友的实力，把这件事先行做起来，其后再转为SCAC的行动，那推行起来就事半功倍了。同样，乐之友也异常看重同阿比卡尔的合作，毕竟一个民间组织的力量是有限的，如果能"四两拨千斤"，以乐之友的先行来推动世界性的实行，那同样是最好的结果。

姬人锐催他们："你们该去穿太空服了。我也该去面对摄像镜头了。今天的现场直播肯定有70亿观众，天哪，说不定我会怯场的。"他笑着，回头对褚贵福说，"至于那条消息将在褚氏号启航后公布。老褚，我的老朋友，咱俩提前道别吧。"

两人紧紧拥别，拥抱持续了很长时间。不了解内情的教宗和阿比卡尔多少有点奇怪——两人的告别似乎太郑重了吧，作为送行者，褚要进行的仅仅是一次为期两天的短途飞行嘛。

姬人锐的讲话随着电波传到地球每个角落：

逃出母宇宙

赤兔号货运飞船最后一次的升空马上就要开始。此次货船上载着八名代表，他们将到达同步轨道，代表全人类为褚氏号星际飞船送行。本次全球范围内的电视直播将延续到褚氏号启航、赤兔号货运飞船返回地球时结束。

正如民众早就知道的，褚氏号飞船上搭载着地球上二百万种生物的基因，包括五百万颗人类受精卵，它们代表着一千万人的基因。估计飞船将在45万年后逃离灾变区域，然后把生命种子投到某个合适的星球上。至于生命的繁衍，尤其是人类的繁衍，将是一个为期数十万年的漫长里程。

尽管时间漫长，但我们确信这次生命播种计划最终会成功的，既然全人类向这个行动注入了那么多的心血和智慧，注入了那么深重的感情和祈盼，相信我们的祝愿一定能上达天听。人类的诸神都会护佑它的，无论是耶和华、安拉、佛祖、梵天、奥丁、宙斯、朱庇诺还是玉皇大天尊。在现代科技所能达到的视野里，地球生命是宇宙中唯一的奇葩。它诞生于原始地球的毒瘴中，经历了火山大爆发、陆沉、冰川期、陨石撞击等种种弥天灾难，艰难地延续到今天。它也一定能逃过这一次天文灾变！

亿万观众热泪盈眶。

赤兔号货运飞船在烈焰中升空。它先以8千米每秒的速度进入距地球200千米的圆轨道，进轨后进行了一个小时的无动力飞行。然后飞船再次点火，以每秒近11千米每秒的速度进入一个椭圆轨道。当它借这个初速爬升到椭圆的顶点时，飞船速度降到约为1.6千米每秒。然后它第三次点火，以3.1千米每秒的速度进入同步圆轨道。由于文昌发射中心不在赤道上，所以还进行了一些姿态调整，最终进入赤道上空的同步轨道。这是它已经谙熟的程序了。

现在，在赤道上空的同步轨道上，赤兔号缓缓追上了褚氏号。

客舱的八人中，只有张明先是有过太空经历的，旅程中由他充当安全监督和解说员。他兴奋地说：

"现在请解开安全带，到舷窗上欣赏褚氏号的雄姿吧。我们马上就要与它对接。在燃料加注的时段内，我将带你们进入褚氏号，来一个走马观花式的参观。不过那时反而看不到褚氏号的全貌了。"

大家解开座位上的安全带，飘飞到舷窗前向外观看。赤兔号此时在褚氏号之下，速度略快于同步速度，所以相对于下方静止的地面和上方静止的褚氏号，它好像在缓慢地爬行。褚氏号之外则是整体旋转的天幕，太阳及群星相对于观察者都在逆向旋转，就像上帝手中的超级万花筒。此时正是拂晓，地球上阳光所到之处形成了一个明亮的蓝色月牙，但比真正的月牙大多了。月牙中能看到金光闪烁的太平洋，也能看到中国雄鸡位于最东方的腹部。明暗交界线平稳地向西推进，月牙也逐渐丰满，很快把整个东亚沐浴在晨光里。

张明先让大家向头顶看，大家都惊喜地咦了一声。这会儿褚氏号就在赤兔号头顶很近的地方，显得极为巨大，气势迫人。几位乘客在发射场时曾领略了赤兔号的雄伟，但如果赤兔号是一头巨兽，褚氏号就是一座大山。衬着暗黑的天幕，褚氏号反射着阳光，显得璀璨夺目。张明先讲解说，褚氏号的表面是反光率极高的镜面，因为它携带的基因资源需要保存在低温中，平时太空的严寒能保证褚氏号的低温，但在旅程中肯定有接近恒星的时候，这时就要靠外表面的反射来防止温度升高。飞船的整体造型很奇特，张明先介绍说，它也算是"捆绑式"飞船，但捆绑方式与惯常方式正好相反——驱动装置位于中心，而货舱却捆在四周。船身后端中央伸出尾喷管，尾喷管非常细，与飞船的巨大不成比例。这是因为褚氏号启航时不需克服地球重力，同步轨道处地球重力已经很小，而在无重力无摩擦的漫长旅程中，它只需要极小的功率作持续推进就可以了。在这趟为期45万年的航程中，加速快慢的因素完全无须考虑，那个40千米每秒的最高速度终归能达到的。飞船对接口在船体前部，是敞开型的，没有气密门，其后是指令舱。

赤兔号逐渐超越了褚氏号，后者的尺度略微变小但光度反而更强。因为此时的角度更利于阳光的反射，所以它变成一颗通体透明的璀璨的巨型钻石，衬着广袤的天幕和闪耀着蓝色波光的地球，构成了无比壮丽的太空美景，美得就像一则神话。它使观者沉醉和震撼，心中激起强烈的宗教情绪。舱中一时陷入静默。

鱼乐水开始了摄影记者的职责，拍摄着窗外的景物，也拍摄着舱内的人物。这些画面同步传送到地面。她笑着说：

"电视直播的主持人要求八位人类代表每人讲一句话。请吧，从褚先生开始。"

一直沉默着的褚贵福笑着说："看了这艘飞船，我的钱没白花！"他随即补充一句，"我这辈子没白过！"

"请教宗讲。"

教宗动情地说："我很幸运，在有生之年体悟了上帝俯瞰尘世的目光。"

其他人都依次讲了一句。阿比卡尔叹道："多美的太空，它不该塌陷。"楚天乐说："愿我们能用沉静的心灵感知宇宙的律动。"中国政府代表林秉章："太空中能看到长城，但看不到国界。"张明先笑着说："老褚刚才把我想说的话抢先说了，那我就换一句吧。褚氏号的诞生同时也是化学飞船的葬礼。我呼唤明天的飞船。"乔治则是一句简短的呼喊："生命万岁！"

鱼乐水笑着说："我是否也需要说一句？那我就来一句比乔治还要短的：活着！"

稍稍的延迟后，地面上传来姬人锐的声音："谢谢八位人类代表的隽语。现在，赤兔号开始同褚氏号对接。"

赤兔号的姿态调整喷管开始喷火，舷窗外的太空背景缓缓地旋转。赤兔号在太空中划了一个半圆，跃升到褚氏号飞船的正前方，尾前头后。尾喷管朝着前方喷射，减慢了船体的速度，直到与褚氏号精确地同步。然后，一次轻柔的撞击，接合完成了。机组人员开始连接燃料管线，准备加注燃料。张明先为各人仔细检查了太空服，戴上头盔，打开太空服内无线通话器。由于褚氏号飞船只运送冷冻状态下的生物细胞的特殊性，所以飞船内部并非密封和室温环境，参观者只能依靠太空服内的生命保障系统。

赤兔号飞船的双层密封门打开了，张明先引导大家进入褚氏号，实际是进入了开放的太空环境。褚氏号总体来说是一个大的圆柱形框架，框架内侧固定着十个扇形横截面的燃料舱，拼拢成巨大的圆柱。燃料舱外圈捆绑着十个巨型货舱，横截面同样为扇形，500个巨蛋舱分装其中。最外层覆以鳞甲状的反射镜面，总数有一万多个，这些鳞甲是空心的，中空部分封装着低等生物的DNA。

褚氏号中心是一条圆形的甬道，是由十个燃料舱的内侧围出来的。甬道壁上有一根纵贯全舱的圆管拉手，人们拉着它向前飘行。甬道并非是密封的，透过燃料舱的间隙可以窥见暗黑的宇宙天幕，看见天幕上缀的疏星和蓝色的地球月牙，它们仍在逆向旋转着。让大家惊奇的是飞船用材的纤细轻薄，即使它们是性能优异的钛合金或碳纤维材料也过于纤细了，相比于飞船体积的巨大，看起来就像是一个麦秸秆编织的框架，框架上固定着易拉罐那样轻薄的船舱。张明先看出了大家的惊异，笑着说：

"为了尽量增大飞船的推重比，我们对飞船进行了最为严格的减重。不过大家不必担心，与赤兔号不同，褚氏号是在无重力条件下启航和加速的，而且加速度很小，因而受力很小。途中只有在借星体重力进行加速阶段有很大的加速度，可达数千个g。但重力加速时飞船处于自由落体状态，不会产生内应力。由于这几个原因，褚氏号在整个航程中的受力状况远远优于地面，所以这样纤细轻薄的结构足以胜任。"

林秉章说："但它难以承受陨石撞击吧。"

"太空中撞上陨石的概率很小。你们知道吗？太空从宇观上说呈网状，有很大的空洞。我们选择的路线就是穿越空洞，这样受陨石撞击的可能性更小。"

"但这是为时几十万年的航程啊，再小的概率乘以这么漫长的时间也会变成真实。"

张明先点点头。"你说得完全对。但如果把飞船设计得足以承受陨石撞击，则飞船的总重就要增加几个数量级，那是完全不现实的。我们只好干脆采用不设防的设计，用分散型结构来尽量减少损失。我刚才说过，飞船的舱室不需密封，即使被击出一个破洞也不会造成灾难，而且500个巨蛋舱是互相独立的，只有被直接击中的才会损坏。这样就能保证在45万年的航程之后，大部分人蛋是安全的。"他轻叹一声，"当然，这属于本质不安全的设计，有其内在的残酷性，但以化学飞船的技术水平我们只能这样做。如果是核聚变飞船，就可以采用很多保护措施了。"

阿比卡尔问："为什么不把货舱放到内层？至少可以靠燃料舱来进行一定的保护。"

张明先看看他。"不，击中燃料舱的损失更大——不，不是怕爆炸，燃料与氧化剂是分开储存的，即使被陨石击中也不会爆炸，但即使一个货舱燃料的流失，飞船也承受不起。"

众人默然，现在他们才真正理解了张所说的"内在的残酷性"。他实际是说，飞船的设计宗旨是把"乘客"——封装生物细胞的鳞甲和封装人蛋的巨蛋舱当成两层"人体盾牌"来保护燃料舱，这与一般飞船的设计宗旨截然相反，但它在这个特例中又是完全合理的。

八人拉着圆形拉手继续往前飘飞。楚天乐已经在轮椅上坐了十年，这时也像大伙一样儿进入了自由状态，轻松自在地飘飞着。这让他感受到心灵和肉体的双重轻松，莫名的喜悦从心田中渗出。这一段短暂的经历对他来说简直是刻骨铭心，甚至影响到他后半生的人生决策。

鱼乐水一直在旁边照顾他，也照顾着年迈的教宗。他们已经飘飞了两三百米，前边还有同样的距离，由此可见飞船的庞大。教宗突然想起来，问：

"张先生，你说飞船受力轻微，但在降落时呢？等它找到某个条件适宜的星球——这颗行星很可能有地球那样的重力，甚至更大。如此脆弱的巨型飞船怎样才能安全降落？"

"不，它根本不需要'安全降落'。"张明先说。

"不需降落？"

"对。飞船进入重力场后，最外层的封装着低等生物DNA的中空鳞片首先因重力而脱落，下坠过程中，它的外壳会因大气摩擦而升温，温度超过500度时，外壳上的小孔将喷出一种我们称之为'轻云'的物质，喷出后迅速固化，变成一个巨大的泡泡，把鳞片包在里面。这个大泡泡会把下落速度和温度控制在安全范围内。鳞片是脆性的，撞上地面时将破碎，把夹层内的低等生物种子撒播到地面上，然后生命过程就开始了。我说过，由于撒播的是成熟的生物模板，估计在数万年内就能完成新星球的'地球化过程'。"

"然后？"

"这数万年中，褚氏号一直绕新星球旋转，空气阻力将使它的轨道越来越低，所受重力越来越强。到一定程度后，脆弱的飞船结构将解体，500个巨蛋舱将分散降落，降落过程中仍采用轻云物质来保护。到达地面后，同样由脆性材料制造的巨蛋舱将破裂，每个舱中封装的一万枚人蛋将滚落地面，随后在合适的阳光下自动孵化。"

"噢，是这样，真是别出心裁的设计。"教宗说。

张明先苦笑着："都是被逼出来的，是为了在化学驱动飞船的能力中尽量多榨几滴油。用中国话说，这是穷人的穷办法。"

他们接近了球形的指令舱，这儿明显与其他部分不同。指令舱很小，完全密封，外壁上包着厚厚的金属铠甲。人行甬道从指令舱的外边绕过去，通向飞船尾部。张明先打开指令舱的密封门，里面几乎没有空间，挤满了形状怪异的仪器设备。但与普通指令舱截然不同的是，这儿没有一个仪表，没有一个指示灯。褚氏号没有人类驾驶员，所以飞船的协调控制不需要对外的显示，都隐藏在电缆和集成电路中，表现为电子的流动。这样的构造使它更像是一个放大的人类大脑，而不是普通的指令舱。张明先说：

"这儿是飞船的大脑，所以唯有它被赋予严密的保护。它依靠同位素电池工作，可持续工作50万年。飞船飞出灾变区域后，它将自动检测外部环境，选择合适的行星，进而选择温度适合孵化的星球纬度，引导飞船飞向那儿。当飞船在重力场中解体后，它的使命也就完成了，但它仍将存在。它脱离了原飞船框架后，将靠自身动力逐渐把轨道拉高，最终变成新星球的卫星。它将永远旋转下去，俯瞰着该星球上新人类的命运。"

"就像上帝的一只眼睛。"教宗平静地说。

几个人互相看看，笑着点头。没错，教宗的这句话十分点睛，这个指令舱的保存并无实质意义，因为它不可能与蒙昧的新人类有任何互动。在褚氏号飞船极其严厉的减重设计中，凡是实用价值不高的功能一律毫不留情地砍掉，唯有"指令舱永久保存"这个功能是基于心理上的原因——为的是：当那些人类子孙们在蒙昧的心智和严酷的环境中挣扎时，天上能有一个"智慧之物"默默陪着他们。

经过指令舱又行了百十米，甬道到头了，透过飞船后部框架的间隙可以看到细长的尾喷管。这个细长得像蟋蟀尾须的尾喷管将推动如此庞大的飞船进行加速，看起来似乎不可思议。张明先让大家在这儿参观一会儿，领大伙儿折回头，拐到甬道的一条岔路。走了没多远，打开一道门，进入一个庞大的扇圆柱形货舱，这是十个货舱之中的一个。入眼是林立的巨蛋形降落舱，竖立放置着，长轴的长度有四层楼高，短轴中部的直径大约六米。大家仰视着这些气势雄伟的巨蛋形降落舱，心中滋生出敬畏之情。走近看，巨蛋舱的外壳是陶瓷类的材料，坚硬光滑，上面有无数细孔，这就是张明儿所说的"轻云"将要喷出的孔口。八人默然仰观，心中想象着其后的过程：这些巨蛋舱度过了漫长的航程……随飞船进入某行星轨道……降落舱脱离飞船向地面俯冲，高温气流烧灼着外壳，然后轻云喷出，把巨蛋舱包成更为巨大的泡泡……巨蛋舱在地面上撞碎，一万枚人蛋缓缓滚落出来，沐浴着阳光……第一个小人儿顶破蛋壳爬出来，用迷茫的目光看着天和地。他要哇哇地哭一阵，但当哭声唤不来食物和爱抚时，他一定会凭本能开始寻找食物……

男人们沉默着，鱼乐水的眼睛红了。

张明先咳一声："很遗憾，所有巨蛋形降落舱都是密封的，无法打开让你们看看里面的人蛋。不过这儿有一个小一号的巨蛋舱，是依靠褚先生最后捐赠的十亿元追加建造的，在它里面也有数千枚人蛋。我领你们看看。"

他领大家来到那枚小一号的巨蛋舱前，其大小大约是其他巨蛋舱的一半。它水平放置，中部有一个尚未关闭的舱门，张明先领大家进去。里面密密麻麻垒放着人蛋，大小有鸵鸟蛋的数倍，由柔软的材料隔离固定。这些蛋处于深度冷冻，不过参观者都穿着太空服，感觉不到寒冷，从蛋的外观上也看不到霜结冰冻的迹象。鱼乐水轻轻触触身边的丈夫：

"天乐，知道我这会儿想到了什么吗？我想起在西峡恐龙博物馆见过的、处于原始状态的一窝窝的恐龙蛋。"

楚天乐回头看看妻子，笑着说："但愿这些人蛋比它们幸运。我想一定会的，既然我们做出了如此卓绝的努力。"

张明先领他们来到舱室后部，这儿并排平卧着14个装置，外形也呈蛋状，只是比其他人蛋大几号。外壳的材质不同，是金属的。自打这些金属装置进入视野，褚、张、乔治、楚、鱼、林这六人的目光就盯在装置上，神态变得凝重肃穆，连不知内情的教宗和阿比卡尔都感觉到了气氛的异常，疑问地看着他们。张明先轻咳一声，声音苍凉地对二人介绍：

"这是14台人体冷冻装置。追加建造这个小型巨蛋舱的主要目的就是为了装载它们。此刻在地面上，姬人锐先生正在向公众公布有关它的消息，我也告诉二位吧。"他顿了一下，"这里装载了13个卵生人幼儿。"

"幼儿？"教宗震惊地问。因为依此前的宣传，飞船内装载的都是人蛋，它们将经过45万年的冷冻，降落到某星球后才开始孵化。现在怎么突然冒出了13个幼儿？

张明先解释道，"为了卵生技术的可靠，必须事先在地球模拟环境中做孵化实验。我们做了十次，这13个幼儿就是孵化实验中的成活者。但由于可以想见的原因，这些实验对外绝对保密。他们将在冷冻状态下进行这次航行，也用'轻云保护'的办法降落到目标星球。然后该装置将自动对他们解冻，唤醒他们。这样，此后孵化的卵生人将有13位哥哥和姐姐带领了。"

教皇和阿比卡尔从震惊中平静下来。教宗喃喃地说："愿上帝保佑他们。也愿他们尽到兄姊的责任。"

阿比卡尔甚至开了句玩笑："一定会的。我相信，'13'在新星球上一定是个吉利数字。"

但更大的震惊还在后边。张明先说："我要透露的秘密还没说完呢。这些装置同时也将是褚先生，"他指指褚贵福，"今后数十万年的安身之所。他将随飞船出发，不再返回地球了。他自愿随这些人类后裔前往宇宙深处，并在余生中守护它们。当然，"他的苍凉转为悲凉，"前提是年迈的褚先生能在那片蛮荒之地生存下来。"

刚刚平静下来的教宗和阿比卡尔再次被震惊之潮淹没，愕然盯着褚贵福，良久说不出一句话。不需要多少想象力就能为褚的未来描绘出一幅图景：地老天荒，孤身一人，全然陌生的环境，心灵上的孤独要更甚于肉体上的磨难，因为他的"根"永远被切断了。此刻褚贵福看起来神态平静，但平静是假的，心中一定是波涛汹涌。教宗热泪盈眶，飘飞过去，隔着太空服与褚紧紧拥抱。他的声音沙哑，透出内心的激动：

"褚，你是一位勇者和仁者，有大慈悲的胸怀。我无法表述心中的钦敬。"他轻叹道，"我一向主张圣经的寓言性质，但你却把寓言性质的圣经真实化了。"

这番话的深重意蕴让其他人都感到震撼，教宗几乎是说：这位自愿前往蛮荒星球守护卵生人类的褚贵福就是肉身的上帝，是行上帝之事。教宗对褚贵福用了如此高级的褒词，其他人听起来有点儿滑稽，因为，尽管近年来他们对褚的印象已经大为改观，但毕竟他们也了解褚劣迹斑斑的前半生。不过——也许教宗的评价才是最准确的，也许一个远观者才能识别伟人，因为距离可以隐去次要的瑕疵。鱼乐水笑着为褚翻译了教宗的话，褚咧嘴笑了：

"扯淡，甭给我抹粉了。你告诉教宗，我没那样崇高，说白了，我是花十个亿买了一处别致的墓地，提前为自己举办了太空葬。要是能在新星球上醒过来，多活几年，算是我赚的，醒不过来我也不遗憾。我这一辈子，该受的苦受够了，该享的福享尽了；钱赚足了，也被我折腾光了；风流过了，血脉也留足了——不光留在地上，还送到了天上。你说这世上我还有啥放不下的？不如拿我剩下这几年寿命当赌注，到天上闯荡一番。"

鱼乐水照实为几个外国人翻译了他的话。大伙儿都笑了，抛掉了刚才的伤感，依次同褚拥别。褚贵福说：

"对了，有点儿情况得向你们说明，免得有人把我想得太坏。我去新星球可不是要照料自家儿孙——想这样干也做不到啊，我根本不知道有褚家基因的人蛋是哪些。乔治说反正肯定和我不在一个舱里，以后在新星球上相遇的机会不大，就是遇上了我也不能单凭外貌就断定谁是褚家的种。娘的，这个鬼乔治事先就斩断了我的私心，我只好干脆学高尚一点，当一个大公无私的好干爹了，我会对500万个人蛋崽子一视同仁。"

众人都笑了。

"说到这儿我还得透露一个秘密，这个秘密此前只有我、姬人锐、乔治和张明先四个人知道，连楚天乐和鱼乐水也不知情。"他看看楚鱼二人，两人多少有点儿吃惊，笑着听他往下说。"这个秘密就是：我这个舱里的人蛋的基因，"他指指周围的人蛋，"不是电脑随机挑选的，而全部是我指定的。不过我可没倒卖船票，我指定的都是对神鹰蛋计划贡献最大的人，包括所有乐之友和他们的后代。"楚天乐和鱼乐水大为吃惊，把目光转向姬人锐，但褚贵福事先截住他俩的质询，"小楚小鱼，听我把话说完。这事不怪人锐老弟，是老褚我逼他做的。当年姬老弟在接受记者采访时说，所有乐之友成员都不搞特殊，不会为自己的后代索要船票，这样的决定十分高尚——可是公平吗？按我老褚的规则它就不公平，很不公平，出力大的人理当得到相应的回报。小楚小鱼，不管你们对这件事儿怎么看，反正木已成舟，咱们就甭多说了。"

楚天乐暗暗摇头，他确实不知道这件事，但也不信这么大的行动只有四个人知情。在执行环节肯定有人知道，至少是看出端倪，但他们都把秘密悄悄盖住了。原因很简单，他和姬人锐曾倡导对全体民众的公平，但褚的做法却是另一种公平，对有功之人的公平。所以这种做法在"有功之人"这儿容易得到共鸣。楚天乐不愿对民众食言，但在此时此刻多说也没用，不能把这些人蛋扔出去。于是他看看妻子，爽快地说：

"好的，不说它了。褚大叔，这些人就托付给你了。"

"没说的，我说过我要当一个好干爹。小楚啊，我把秘密全抖搂出来吧——这里面也有你和鱼乐水的血脉，你甭问我是咋办到的。"他得意地说，"小楚，听说你坚决不留后代，为的是不让坏基因流传，别怪大叔我说话直，你这种想法实在是走火入魔，糊涂油蒙了心。依我说，只要能生出你这样的天才脑瓜，就是伴着绝症也值啊。你给大伙儿做了多少事我就不说了，我想，在新星球上，也需要你这样的天才脑瓜给众人指路哩。"

鱼乐水知道褚是咋弄到两人的基因——在自己的帮助下。不过那时褚贵福只说要帮楚天乐留下后代，并未说是送往太空，他当时就是用"天才大于绝症"这个道理来劝说的，而且把自己说服了。她也觉得丈夫的决定是走火入魔，她想，丈夫这个过于理性的、与本能截然相悖的决定，其实不如遵循本能更为合理。楚天乐看看妻子，爽快地重复：

"不说它了，木已成舟的事就不说它了。褚大叔，祝你好运！"

时间很紧，不容大伙儿从容话别。张明先已经调好了速冻装置，褚贵福与大伙儿挥别，走进去，关上透明的门。他在里面取下太空服的头盔，躺下去，平静地笑着，再次向大家挥手，说：

"我准备好了，开始吧。"

张明先没有立即按下启动钮，而是走过去，面对褚贵福庄重地鞠躬致敬。其他六人重复了他的动作，包括教宗，教宗还对他施了福。里面的褚贵福一改平素的谐谑流气，双手握拳，郑重地一一回礼。最后张明先庄容说：

"我要启动了。褚先生，永别了。"

"永别了！"

他按下按钮，看不见的酷寒瞬间充盈了装置的内腔，褚的笑容迅速冻结，在那张皱纹深镌、带刀疤的脸上冻结成永恒。

至少是45万年的永恒。

来时的八人变成了七人。他们返回赤兔号，关闭密封门。赤兔号脱离接合态，缓缓退回，然后是一个反向的太空鱼跃，重新定位在褚氏号下面的轨道。附近的一颗同步卫星把褚氏号的画面同步送往地面，赤兔号上也接收了这些画面。现在，七人凝视着屏幕，屏幕上展示的是一个超长的无声镜头。暗黑的天幕上，褚氏号安静地待着。褚氏号舱内的速冻装置里，褚贵福和13个幼儿安静地睡着。地面上，一块块实时直播的巨型屏幕下，人群静悄悄地向上凝视着。终于传来了姬人锐的声音：

"一个伟大的历史时刻来临了。褚氏号飞船携带着地球的生命信息包括人类的生命信息，包括一个勇敢的守护者和他羽翼下的13个幼儿，即将开始这趟为期45万年的漫漫征程。70亿双眼睛在看着他们，70亿颗心在为他们跳动。现在我宣布：褚氏号启航。"

褚氏号细如尾须的尾喷管端部喷出蓝色的火焰。衬着广袤的天幕和庞大的褚氏号飞船，这团火焰太小了，太微弱了，就像是萤火虫在推动一架飞机。

但褚氏号还是缓慢地得到了速度,缓缓离开,逐渐远去,最后消失在暗黑的天幕上。

地面上传来数十亿人的欢呼,不过欢呼中渗着苍凉。

褚氏号的加速度只有微不足道的 $0.001m/s^2$,但正如一句中国俗语:不怕慢只怕站,褚氏号用这蜗牛一样的加速度,在半年时间里逼近了第三宇宙速度。然后它暂时停止加速,以这个速度向木星飞去。近两年后,它飞抵七亿千米外的木星,在强大的木星重力场中把速度增加到 20 千米每秒,航线也来了个陡急的转弯。然后它启动本身的驱动装置,在加速状态下向外太空飞去。它在转弯之后的航程中有一段离地球比较近,大口径的天文望远镜可以在暗黑的天幕上看到褚氏号尾喷管微弱的闪光。那一段时间,地球上所有电视台都在播放有关它的画面。但这朵闪光太微弱了,很快消失不见。

褚氏号上没有配备大功率的通信装置,这是为了把每一滴能量都用于飞船的加速。其实更重要的原因是:人类无法控制几十光年外和几十万年后的褚氏号飞船,母子之间的关系早晚要断的,既然如此,那么早断几天也无所谓。三年之后,已经接收不到褚氏号的无线电信号了。飞船彻底脱离了地球的羁绊,由不可知的命运来引导其后的航程。民众除了祈祷褚氏号好运之外,开始把目光盯上第二艘飞船,那将是一艘核聚变动力飞船。

那时民众还不知道,乐之友科学院诸位天才的目光已经越过了它,盯上了一种全新的驱动方式,这种驱动方式是基于一个全新的理论体系。

第六章　真空之洞

众所周知，有一个"温水煮青蛙"的理论：青蛙在缓慢加热的锅里会被煮死，但如果扔到沸水里它会做出强烈的应激反应，有可能以舍命一跳而蹦出锅外。非常庆幸的是：人类面临的"局域宇宙塌缩"就是一锅沸水，它促使人类作出了最强烈的应激反应。其结果是：人类发现了真空之洞，从而一步跨进了"光速纪元"，而曾被寄予厚望的"可变比冲磁等离子体火箭"尚未出现就被淘汰了。

——鱼乐水《百年拾贝》

一

褚氏号飞船上天后，那个荒岛试验场就封存了。卵生人技术是一朵技术的奇葩，但它从根子上说是一种"穷人的技术"，是为落后的化学驱动飞船配套的。现在，SCAC的核聚变技术已经实现突破，第二艘飞船肯定将是核动力飞船了，即老界岭会议上康不名所说的"可变比冲磁等离子体火箭"。它的最高船速将达到光速的百分之一到一点五，这样，飞船逃出灾变区域的时间大大缩短，大约为5000年这个数量级。在这样的时间段里，已经可以采用那种比较传统比较可靠的方式，即由活人来控制飞船，船员轮流冬眠加上在飞船中繁衍后代以度过5000年的航程。飞船估计能装载一千名乘客，但能够携带所有地球人的DNA，这种方式当然更容易为人类所接受，因为这才是真正的人类逃亡，是把真正的人类统绪和人类文明扩延到太空。而且在到达目的地后，可以依靠人类的智慧来应对不可预测的环境，不需把希望寄托在所谓"上帝的技术"上。

所以，卵生人技术这朵奇葩其实是一株昙花，一次怒放之后便立即凋零。

现在只有乔治·雅各比仍住在这个荒岛，他说想静下心来，把这项技术好好整理一下，打磨一下，然后——"封存起来，留给有考古癖的后人。"他苍凉地说。

一辆中型快艇在浩淼的水面上疾驶，在船后留下三角形的尾波。船上坐着近20名乘客，肤色各异，大都穿着随意。此刻乘客都饶有兴致地观看着辽阔的湖面风光，看着空中拖着长腿飞行的水鸟。乐之友基金会副会长葛其宏坐在船尾，笑嘻嘻地对船长说：

"甭开得太快，今天要特别注意安全。知道不？这18个人中有天体物理学家、宇宙学家、量子力学专家、相对论专家，是物理学各个领域的顶尖人物。要是一翻船，得，物理学得倒退100年。"

船长啐他一口："呸呸，你真是个乌鸦嘴。我说葛会长，你好歹是个当官的，也得学点当官的范儿。"

葛其宏仍然笑嘻嘻的："那还用学？想当年我当报社总编时就很有当官的范儿啊。不过，这十几年跟着乐之友们学坏啦，这里的人都爱胡说八道，也从不忌讳把'死'字挂到嘴边。"

前面一位乘客听见了他们的谈话，回头用不流利的中文说："葛先生说得夸张了，倒退不了100年的。"他认真想了想，"大概能倒退20年吧。"

葛其宏没想到这些外国客人还有懂中文的，伸伸舌头不再胡说了。他掏出电子记事本看看客人的资料，认出那人是英国著名天体物理学家罗格。这家伙刚才纠正了葛其宏的"夸张"，但他说物理学得倒退20年这个相对平实的估计反倒让葛其宏看到了他真正的自负。罗格的同座是一位身材高大的"白"人，有明显的白化病症状，皮肤在雪白中透出粉红，浅蓝色眼珠，头发和汗毛是极淡的金色。这会儿他疑问地看看罗格，显然是问他与中国人在说什么。罗格解释了，那人微微一笑，简短地说：

"减五年。我水性好。"

葛其宏低声给船长翻译了，船长愣了片刻才明白他的意思，不由吐吐舌头。这些大鼻子，一个比一个狂！罗格知道他俩打的什么哑谜，笑着解释，"是不是笑他吹牛？不过，这位泡利先生确实不简单，著名量子物理学家，科学界公认的聪明脑瓜，在门萨协会里也是顶级成员。"

船长悄悄问什么是门萨协会，葛告诉他，是西方的高智商者的协会，用句大白话就是"超级天才俱乐部"。船长敬服地看看那俩人，悄悄触触葛的胳膊，低声问：

"他们来这儿干啥？"

葛其宏也低声说："是楚天乐和贺梓舟邀请的，说要进行一次重要的投票。至于投票表决的具体内容嘛——"他有意卖关子，"对不起你了，它正好保密到我这一级。"

荒岛到了。船长系好缆绳，帮扶着客人上到岸上。马先生立在码头迎接客人，他已经77岁，脸上满布老人斑，身体状态不好，枯干瘦削，皮肤松弛。66岁的天乐妈和17岁的柳叶在旁边照顾着他，乔治也在身边。柳叶已经出落成一个大姑娘了，皮肤微黑，眸子清澈，一头浓密的黑发尤其惹眼。马先生对客人道歉：

"很抱歉，楚天乐夫妇、姬院长和贺梓舟都不能来迎接你们，因为贺老，即贺国基办事处的第一任主任，昨天去世了，他们赶去参加葬礼。不过他们已经返回了，航班马上就抵达南阳机场，然后坐直升机赶来，最多一个小时吧。"客人都下船了，在他周围聚齐。快艇返回，葛其宏也跟船走了。马士奇说，"他们回来前，先请乔治领大家在岛上参观一下吧。这儿可以说是卵生人的伊甸园，很有历史意义的。"

乔治平淡地说："其实，说它是卵生人的墓地更为贴切。"

他领着18位物理学家参观，首先观看了那两个最先孵化的蛋壳。裂开的蛋壳仍保持着原来状态，随便斜躺在地上，上面加了透明的半球形玻璃罩。罩内的沙面上还能看到一些凌乱的小脚印，脚印很清晰，但只到罩壁处就中断了，外面的脚印已经被三年的风雨抹去。乔治介绍说，这个荒岛上一共进行了十次孵化，共投入了一百枚人蛋，最终成活了13人。可惜留下脚印的只有此处，因为其他11枚孵化成功的蛋都位于草坡。物理学家们默默地瞻仰着，看了很久，这些破碎的蛋壳，尤其是这些半途中断的小脚印，激起了众人的澎湃心潮。

这些脚印能不能出现在某个星球上？谁都不敢打保票。

再往前走，同样的半球形透明罩罩着其他残破的蛋壳，有少数人蛋还是完整的，没有孵化。乔治苍凉地说：

"你们知道，褚氏号启航三年，飞船的信号已经收不到了，船上的13名卵生人幼儿，连同500万个人类受精卵，连同自愿去看护他们的褚贵福老人，究竟是死是活，只能托付给不可知的命运。"他叹息一声，"如果事先想到褚氏号离开后我会无事可干，我一定去顶替褚先生那个角色。"稍停他补充道，"褚先生是一位伟人。想起与他初次见面时我曾有过不敬之语，真是惭愧无地。"

罗格拍拍他的肩膀，笑着安慰："雅各比先生，你同样是一位伟人。告诉你吧，我作为物理学家很嫉妒生物学家的，我觉得你们离上帝更近。知道你做出的是什么样的功绩？你实际上重复了上帝的工作，而且出手不凡，比他多创造了11个成品——不，11个半，因为夏娃是用亚当的肋骨造的，只能算半个。你是功勋更为彪炳的耶和华二世。有了如此煌煌功绩，你还有什么不满足的？"

大伙都笑了，争着和这位"耶和华二世"在蛋壳旁合影留念。只有泡利没有参与合影，独自在水边漫步，欣赏着水天一色的风景，神情颇为迷醉。那边，柳叶高兴地喊："看，直升机，天乐哥他们回来了！"

一架直升机已经跃过地平线。乔治说："咱们都到地下室等他们吧。大家得抓紧时间，投票之后，贺梓舟要立即赶往美国费米国家实验室去，那边已经做好了实验的准备——当然，我是说如果投票通过的话。"

大家聚到地下室。这儿不是会议厅，没有足够的椅子，地上摆了25个草蒲团，是天乐妈和柳叶用岛上的荒草临时扎成的，围成一个圆形。马先生招呼众人入座，送上茶水，茶水就放在地板上。门外响起直升机的旋翼声，不久，鱼乐水用轮椅推着楚天乐，后边是姬人锐、亚历克斯、贺梓舟和康不名，一行人匆匆进来。柳叶候在地下室门口，先迎上去同贺梓舟来了一个熊抱：

"洋洋哥，不要太难过啊，我妈说，贺爷爷的去世应该算是喜丧。"

贺梓舟平静地拍拍她的后背，"我不难过。我爷爷临走前一直很清醒，很平静。他还笑着托我转告诸位，说很抱歉他食言了，不能赶到同步轨道为下一艘飞船送行了。不过他说,他会在更高的地方——天堂上——为远航者送行。"

大家都笑着同他拥抱,然后重新入座。天乐妈和柳叶去厨房了,她俩要准备20多人的午饭呢。这边随即开始了会议,由姬人锐任会议主持。楚天乐先来一个简短的致辞,他的同步语音器相当不错,听起来与真人说话无异:

"这次会议由贺梓舟作主讲,这个'密真空能量'的理论就是由小贺最先提出的。洋洋你讲吧。"

贺梓舟立在屏幕前,先解释了几句:"楚先生的话完全是谦虚。我在十几年前确实说过:压缩的空间可能有蓄积的能量,但只是小孩子的信口胡说。真正的理论基础是由楚先生和亚历克斯建立的,当然我也多少做了一些工作。"乐之友们一向对"发明权"很淡漠,所以他对此只是一笔带过,以下开始正文:

"理论原文已经提前传给大家了,我想,大家对楚先生提出的'三态真空'即标准真空、疏真空和密真空的概念都已经清楚了。我这儿先回顾一些背景资料。1972年,人类第一次粒子对撞实验之前,苏联著名宇宙学家泽利多维奇曾进行了一周疯狂的计算,以确定这样的高能对撞会不会激发空间的塌陷。后来实验进行了,一切平安,人们也就淡忘了泽利多维奇曾经有过的担忧,甚至把它看成杞人忧天式的荒诞。但人们忘了,'一切平安'有一个隐含的前提,那就是:我们当时所处的宇宙是一个温和膨胀的宇宙,即轻度的疏真空,由于膨胀速率很小,可把它看作标准真空。多年来粒子对撞的事实证明,在标准真空中做粒子对撞是安全的,但在'正在暴缩'的密真空中呢?我们三年来的研究给出了这样的结果:当空间收缩时,在空间的深层结构中会逐渐蓄积能量,它的绝对值很小,但足以破坏空间深层结构的稳定。当收缩量增加到某个临界值时,粒子对撞产生的高能态会激发出局部空间的湮灭,从而造成真空的空洞,或者说二阶真空。"他停顿下来,扫视着众人,"请大家注意,我说的是空间或真空的湮灭,而不是物质的湮灭。空间湮灭是一个全新的概念,但它其实只是爱因斯坦质能方式的扩延。因为,只要承认真空有深层结构,那么它也是物质的,因而也具有经典物质所具有的属性。大家对这段内容有异议吗?"

与会者轻轻摇头，示意他继续。

"好，我接着说。正像物质湮灭一样，空间的湮灭也将转化为能量。精确计算表明，其释放的能量将略略大于激发能量，也就是说，密真空的受激湮灭从总体上说是一个对外释放能量的过程。无疑这是一个天大的喜讯啊，因为，"他在此前的演讲中一直很严肃，这时绽出孩子般的嬉笑，"正像我在少年时代曾经说过的，星际飞船将航行在能量之海上，随便在船下舀一瓢就够烧一个月啦。当然这句孩子话太夸张，实际上真空湮灭所释放的能量非常微小。但大家知道，在真空中行驶的飞船，如果不需要对燃料本身加速，那么即使像恒星光压这样微小的力量，只要持之以恒，也能让飞船逼近光速。而真空湮灭所产生的光压效应要大于恒星光压，因为它永远紧贴在飞船的船尾！可以说，如果这个理论是正确的，那么光速飞船，这个人类梦寐以求但又从不敢奢求的上帝的礼物，突然就要进入人类的年度计划了！而我们曾寄予厚望的'可变比冲磁等离子体火箭'，已经可以淘汰了！"

他略做停顿，平息了自己的激动，目光灼灼地扫视着同样激情的与会者。然后继续说下去：

"综上所述，想对'超临界密真空能够受激湮灭'这个假说做出验证是很容易的——只需来一次常规的粒子对撞试验。这儿我要做一点解释。我们所处的局域宇宙由温和膨胀转为急剧收缩已经四十多年，这四十多年中欧洲和美国共进行过三次粒子对撞试验，没有发现异常。不过，这三次都是在前十年做的，那时空间的收缩还没有达到'三态真空理论'所预言的临界值。其后三十多年中，由于全世界所有财力集中于人类逃亡计划，粒子对撞试验被全部叫停。现在，据我们的计算，空间收缩已经达到可以激发的临界值。乐之友基金会也向美国费米国家实验室提供了资金，那边做好了重启试验的所有准备，只用按下电钮即可。但是……有一个幽灵一直游荡在物理学界的上空，它是半个世纪前就提出的一个假说：如果激发出微空间的湮灭，哪怕它是一个比针尖还小的二阶真空，它也会像死神的扫帚一样，以光速扫过整个宇宙，使整个宇宙依次塌陷！这是何等可怕的前景啊。会不会这样呢？据楚先生、亚历克斯和我的计算，不会。但对于这样全新的理论，没有谁敢百分之百地保证。这是一个两难的处境——我们需要做一次实验来验证新理论的正确性，但又怕它激起不可逆的宇宙毁灭；但不做这个试验，我们又无法知道会不会激发出二阶真空，更无法知道它是否会造成宇宙毁灭。实在是两难啊。所以，今天邀请18名世界一流的物理学家，加上乐之友中的楚先生、亚历克斯、马先生、姬先生、康先生和我，是想进行一场坦率的讨论。然后投票表决是否进行这场试验。"

会场气氛变得非常凝重。姬人锐想缓和一下气氛，笑着说："做一个声明，我是个物理学的外行，今天主持会议但不参加投票，所以投票人数一共23人，是奇数。"

来自加拿大的雷克斯平静地问："投票结果是有约束力的，对吧？"

楚天乐严肃地表态："当然。如果投票结果是否定的，我们将中止试验。如果我们此后经过研究仍然认为应该进行试验，那时将召开第二次第三次类似的投票，其后的投票仍有约束力。"

来自日本的中村智雄说："我认真看了你们寄去的理论全文，觉得它是自洽的，只是，宇宙收缩时所蓄积的能量从何而来？或者换句话说，是什么造成宇宙收缩？关于这点，你们的理论没有给出解释。"

亚历克斯直率地说："你说得非常对，这点确实是该理论的阿喀琉斯之踵。但我不赞成今天把注意力放在这点上。因为，不管动因是什么，反正局域收缩是已经存在的事实。所以，收缩的动因大可放到日后再从容研究，眼下更迫切的问题是：能不能利用这个正收缩的宇宙来实现光速逃亡。"

罗格立即表示同意："亚历克斯说得对。依人类眼下的处境，学究式的研究大可往后放一放。"

中村智雄并不以两人的直率反对而不快，他认真想了片刻，平静地说："你们的意见是对的，我收回刚才的疑义。"

罗格说："我说说自己的意见吧。我认真研究了密真空能理论，觉得粒子对撞造成宇宙灾变的概率不大。当然，如果是在平常，即使只有十万分之一的灾变可能，我也不会同意启动试验，因为我们只拥有一个宇宙！这才是真正的、不可复制的诺亚方舟！但在眼前这个灾难时代，我想适当的冒险还是值得的。毕竟，正如姬先生过去说过的，人类几次在地理上的大扩张都是靠的冒险精神，而不是谨慎的科学态度。"他停了停，笑着说，"我有个建议，一会儿投票时不要采用非'是'即'否'的断然选择。比如我的态度就是：百分之九十赞成启动试验，百分之十反对。"

姬人锐立即表态："这个意见不错，更能准确反映投票人的意见。那就定下吧：一会儿投票时，每张票为 100 分。可以是 100 分赞成，或 100 分反对，或 70 分赞成 30 分反对。弃权票为 50 比 50。"

来自香港的陈光地激烈地说："不可思议！既然你认为有可能造成这片宇宙的毁灭，你还能百分之九十地赞成干下去！？这可不是玩电子游戏，死机后只需重启一次就行。我百分之二百地反对。"

他的言辞过于激烈，姬人锐机敏地用玩笑化解："呀，那可不行。你只有权投一张全额反对票，不能来个百分之二百。否则我一会儿统计票数时，就要去掉一个最高分。"

虽然是在这样沉重的时刻，这句玩笑还是把大家逗笑了。以后的发言都比较平和，包括陈光地也控制了情绪。南非的瓦尔杜拉平和地表示了反对意见：

"姬先生那个关于地理大发现的例子恐怕不妥当，和今天的局势没有可比性。没错，人类史上几次地理大发现都是缘于冒险精神而不是科学家的谨慎；但大家不要忘记，每一次成功之前都可能有一千次失败。如今人们只记住了成功和胜利者，却淡忘了更多的失败，忘却了探险中死去的人。好在那只是小群体的死亡，人类从总体的角度说能够承受这样的损失。但是，如果今天的试验转化为灾难，那可是整个人类、整个宇宙的灭亡！"他摇摇头，苦重地说，"面对这样的前景，至少我本人绝对不敢按下那个按钮。"

他的担心非常合理，剖析也极具说服力，不少人同意他的观点，此后的发言以反对意见居多。雷克斯支持进行试验：

"瓦尔杜拉的剖析很有说服力，但其基点是建立在'真空湮灭可能导致宇宙毁灭'这个假说上。我对半个世纪前的这个假说曾做过认真研究，坦率地说，它算不上假说，只能说是猜想，没有坚实的理论基础。我不赞成因为一个草率的猜想而束缚科学的手足。"

来自西班牙的塞卡德斯说："我也同意雷克斯的观点。当然，楚等提出的'三态真空理论'目前也只是假说或猜想，但我们可以从这个角度来考虑问题——如果它是对的，也就是说，它预言的真空湮灭能够实现，那么也要相信它预言的安全性；如果它是错的，它预言的真空湮灭无法实现，那更不必考虑其安全性了。"

白发苍苍的康不名一直默不作声，这时举手要求发言。他说："我想做一个假设：假如楚先生因病在此前去世，因而使得三态真空理论的建立推迟了10年？再假设科学界在没有三态真空理论因而无法作出预警的情况下，刚刚启动了一次粒子对撞试验？"

瓦尔杜拉平和地反驳："那只是假设。把讨论建基在纯粹的假设上没有意义。"

"不，恰恰相反。我的两个假设在现实中都是很容易实现的，属于大概率事件。大自然有这么一条隐伏的规律：越是威力强大的灾难，其被激发的门槛也就越高。为什么会如此？没什么道理，它只是不言而喻的事实，否则我们的宇宙早就灭亡了！何况是宇宙毁灭这样的顶级灾难，其被激发的阈值一定极高，上帝不会把赌注押到——比如某个渺小星球的某一个个体的健康上，哪怕他是一个超级天才。所以，我们可能太狂妄了，想以一次内禀不确定的讨论来改变宇宙的进程。这是十分可笑的。"

姬人锐问："你的意见是……"

"尽管做试验吧。如果它真的会激发宇宙的毁灭——那它反正是逃不了的。即使我们不做，你也无法保证宇宙内所有文明都不去做，但是，哪怕只有一个文明做了，哪怕它是在一亿光年之外，我们也得玉石俱焚。甚至两束高能宇宙射线的偶然相撞也会激出同样的结果。我们这样的讨论，就像一只蚁王在召开御前会议，严肃讨论如何改变太阳的轨道。"

姬人锐同康不名是忘年交，虽然年龄相差25岁，但因为生日正好相同，一向相互戏称"同庚"。既是同庚便可以随便开玩笑了，所以两人一见面就要打嘴仗。这会儿姬笑骂道："你这个玩世不恭的老家伙，今天真不该让你参加会议，白费了一个投票权。"他沉吟片刻，"不过，以我这个外行人看来，这位老先生是对的。有一句话：人类一思考，上帝就发笑，它和老康的观点本质是一致的。"

肤色雪白的泡利一向惜言如金，简短地说："我赞成康。量子世界中没有绝对的不可能，只是概率大小而已。如果宇宙中根本不会出现二阶真空泡，那另当别论；但如果能够人工激发，那么它肯定能自发产生。"他耸耸肩，"但140亿年了，宇宙并未毁灭。"

楚天乐扭头看看康不名和泡利，悄悄向他们点头。贺梓舟也开玩笑："谢谢你啊康叔叔，还有泡利先生，你们让我在按下启动按钮时减少了负罪感。"

众人讨论到中午，每人都充分发表了自己的意见。姬人锐说："讨论进行得差不多了，我想可以投票了。"

鱼乐水和乔治旁听一会儿，离开会场到厨房去了，今天是物理学家的专场表演，两人不参加投票，不如去给天乐妈帮厨。天乐妈正忙得不可开交，因为做帮手的柳叶静不下心干活，隔一会儿就跑到门口听一阵儿。看见鱼乐水进来，柳叶立即大惊小怪地说：

"喂，嫂嫂，洋洋哥变了，我都不认得了！你看他刚才发言时的范儿，绝对是大腕级别的！可平时在我眼里，他就是一个比我没大几岁的小屁孩儿。"

这句孩子气的话让鱼乐水忽有触动——想起当年在老界岭会议上听楚天乐发言时，自己心中也是同样的感觉。细想这也不奇怪，一个人的心态是和责任呈正相关的，如果被放在执掌人类命运的位置上，他想不迅速成熟都不行。自己何尝不如此？当年的活泼率性少多了，增加了平实稳重——并不是她想这样，而是环境逼着她这样。何况洋洋已经26岁了，比当年的天乐还大四岁呢。她笑着逗柳叶：

"是不是看上他了，想把哥哥变成恋人？——别不好意思，你嫂嫂当年也是在一次类似的会议上，对你天乐哥一见钟情的，而且后来是我主动发起进攻。"

柳叶笑嘻嘻地说："多谢嫂嫂无私地传授经验，不过眼下还是让他当哥吧。就是想变位，也得想办法让他来追我，免得以后不好管教。"

鱼乐水笑了，夸她"目光远大、老谋深算"。天乐妈虽然忙着准备饭菜，实际也一直竖着耳朵听着外边的讨论。她小声问鱼乐水：

"水儿，要是天乐的啥子理论没错，真的就能造出光速飞船了？"

"没错。严格说是近光速飞船，能达到光速的百分之九十几。根据相对论，任何有质量物体不可能达到光速，因为越接近光速它就会变得越重，若能达到光速，质量为无限大，这是不可能实现的。"

"那人们就能逃出去了？"

"没错。如果是近光速飞船，肯定可以逃出去。"

"水儿，我怎么有点儿不相信，这样的美梦一下子就变成真的了？"

旁边的乔治插话："我也一样啊，就像被埋在矿井里很久的人，乍一见到耀眼的阳光，眼睛都被照花了。但纵观历史，技术上的突破都是这样突兀。莱特兄弟的飞机上天前，民众都不相信用木头做的翅膀能上人；克隆人技术诞生之前，民众不相信用一颗细胞鼓捣鼓捣就能变成一个活生生的婴儿。还有我研究成的卵生人技术，对民众来说同样也是不可思议。所以，伯母你尽管相信吧。"

天乐妈下意识地停下手中的活，仰着脸默思一会儿，憧憬地说："马先生和我肯定是赶不上了，水儿、天乐你们说不定就能赶上，柳叶更不用说了。这就好了，只要你们能逃出去，我和你爹就是掉到啥子黑洞里也是高兴的。"

鱼乐水有些黯然，天乐妈说得没错，两个老人恐怕是赶不上这班车了。看看柳叶，她的眼眶红了。鱼乐水强颜笑着，安慰婆母："妈，让天乐他们加快点儿，你和爸努力多活几年，还有可能赶上坐光速飞船！"

天乐妈笑笑，没有说话，埋下头干活。这时外边响起一片喧闹。鱼乐水、柳叶和乔治忙跑出去看，原来投票已经结束，投票结果显示在屏幕上，比分相当悬殊：1700比600，同意进行实验。从这个比分看，刚才讨论时的反对者肯定有人改投了赞成票。但三位新理论的创建者并没有喜形于色的样子，马上就要赶赴美国的贺梓舟这时正与楚天乐和亚历克斯拥抱，三人的神态都颇为苍凉。鱼乐水知道是怎么一回事。这件关乎宇宙存亡的大事也关乎渺小的个人生死，因为——没人敢断言实验中会发生什么事情。按照三人建立的三态真空理论，粒子对撞只会激发微空间的湮灭，但这个"微空间"到底有多大？也许它有费米国家实验场那么大，正好把现场的人全捂进去。关于谁去美国指导和观察这次实验，三人曾争了很久，贺梓舟坚决地请缨，理由是应该让最重要的指挥官远离战场，远离敌人的炮火，最终那两人同意了。所以，此刻他们的告别实际含着诀别的成分。其实还有一个同样坚决的请缨者姬继昌，他说按他的性格，最合适担任赤膊上马、冲锋陷阵的先锋。不过，他来到乐之友科学院的时间比较短，学识修为上还显稚嫩，楚天乐等人没有同意。

贺梓舟在那边告别完，来厨房同这几人告别。天乐妈让他吃完饭再走，他说来不及了，飞机上再吃午饭。柳叶又像刚才那样来了一次熊抱，然后踮着脚吻他一下，在他耳边轻声说了一句。贺梓舟明显一愣，笑了，亲昵地拍拍她的后背。

贺梓舟匆匆出门，登上直升机。等直升机消失在蓝天深处，鱼乐水笑着问小姑子，刚才她在洋洋哥耳边说了什么。柳叶爽快地说：

"我说洋洋哥你可得活着回来，这边有人在等着你哪。"

鱼乐水逗她："你不是说要设法让他追你吗？怎么等不及啦？"

"凡事有轻有重嘛。万一……我得让他生前听到我这句话。"她赶忙补充，"不过，他一定会平安回来的，你说对不对？"

"当然，肯定会平安回来的。"

与会人员吃过工作餐，都走出地下室，在岛上浏览。姬人锐让他们稍等，接他们的渡船马上就到。岛上非常安静，只能听见拍岸浪的哗哗声。水质清冽，坦露出白色的湖底和柔嫩的水草。不少人脱了鞋袜，下水去玩儿。泡利走向姬人锐，很干脆地说：

"姬，我想加入乐之友。"

姬人锐当然高兴，他十分清楚泡利在世界科学界的名声："那太好了，欢迎欢迎。"他略为考虑，"今年年底乐之友科学院执委会将改选，我想泡利先生应该有资格获得……"

泡利摇摇食指打断了他的话。"不感兴趣。"他微微一笑，向岛上画了一个圈，"但我要住这儿。"

姬人锐稍顿,看看旁边的乔治,立即说:"没问题,随后我来安排。"

泡利点点头,表示感谢,然后又独自到水边漫步。渡船来了,众人都上了船,罗格喊远处的泡利上船,那边向他摆摆手。罗格回过头,用目光向姬人锐询问。姬笑着说:

"泡利先生刚才说要加入乐之友科学院,而且要住在这个岛上,我答应随后为他作出安排,但没想到他这样性急。行啊,这样也行,咱们先走吧,我马上派人来,为他做一些生活上的安排。"

渡船离了岸,回头望去,泡利已经脱光衣服下水了,正在渡船的尾波中嬉戏。他全身皮肤雪白,活脱是一位浪里白条。罗格摇摇头,笑着说:

"这家伙一向是离群索居的,好了,这次有了一个满意的居所。"身后,碧水中的那个白色人影渐渐变小,然后荒岛也被水面挡住了。

二

费米国家加速器实验室的联络人阿伦·戴奇在直升机前排位上扭回头,说:

"贺先生,前边就是疏散区了。"

这儿是美国伊利诺伊州芝加哥市以西 30 英里处的韦斯顿。贺梓舟向下观看,下边的乡村和城镇是一幅完全的静物画,没有正行驶的汽车,没有行人,没有漫步的牲畜,只有树梢在微风中摇动。它太静了,静得像一个超级坟墓。所以虽然是晴天朗日,这儿却弥漫着死亡的阴森。戴奇说:

"按照乐之友科学院的要求,疏散区的范围为直径 100 千米。不知道这样的范围是否足够安全。"

贺梓舟坦率地说:"按我们的三态真空理论来计算,足够了。但实际怎样——我不敢保证。我们正是为此才召开了昨天的投票。"

戴奇很好奇:"投票结果能否透露?当然肯定是通过了,但我想知道具体票数。"他笑着说,"如果不保密的话。"

"没什么保密的,投票结果是 1700∶600。"

戴奇和驾驶员互相看一眼。"比分相当悬殊嘛,有这个比分,我们马上觉得安全了。"他开着玩笑。"还有一点能否透露？我想知道你们为什么选中了这儿，而不是设备更先进的欧洲核子中心。是不是因为美国人更勇敢？顺便说一句，为了保证加速器的正常运转，这里有25个人留下来了，他们都知道面临的危险，这是25名神风队员。"他加了一句，"加上咱们三人是28个。"

如果三态真空理论正确的话，此次试验将造成加速器的严重损坏，对这一点，乐之友们从一开始就明白告知对方。所以，贺梓舟非常感激美方人员答应做此事，而且答应得毫不犹豫。当然，乐之友们选择这儿而不是欧洲核子中心，不是看中美国牛仔的勇敢，而是因为这儿的设备比较老旧，它原本就打算关闭和改造升级的，毁掉它的损失稍小一些。但他用玩笑来回答：

"当然！我对美国牛仔的勇气一向是敬佩有加。"

前边就是费米加速器了。从直升机上俯瞰，农田中嵌着两个完美的圆形，一大一小，拼成一个巨大的"8"。"8"的中腰另有一些小的凸起物。这个巨大的8字带着强烈的神秘感，就像人类与天神或外星人联系的暗号。当然，在科学家眼里，它的功能一点儿不神秘，按照工作程序来说是这样的：

加速器工作程序首先开始于8字中腰的预注入器。从离子源中引出的负氢离子束流从这儿开始加速，达到750keV（千电子伏特）的能量；

然后引入到150米长的直线加速器，它也位于8字中腰，加速到400MeV（百万电子伏特），此时粒子速度约为光速的70%；

负氢离子束流经过中能输运段进入增强器，后者是8字中腰的一个小圆。进入增强器的离子要穿过碳箔，以便从氢离子中去掉电子，变成带正电的质子束流。质子要在增强器的环形轨道中运行20000次。加速到8GeV（十亿电子伏特）的能量。

然后将质子束流引出，进入到主注入器。这就是"8"字主体，是上部那个稍小的圆。主注入器的功能比较复杂，总的说就是产生150GeV的质子和反质子。

然后就轮到8字下部的大圆，即万亿电子伏特加速器（Tevatron）。它接受前面来的高能正反质子，并将二者加速到1TeV（万亿电子伏特）以上。质子与反质子按相反的方向在圆形真空隧道里运转，速度仅仅比光速慢320千米每秒。然后它们在隧道中的 CDF 探测器和 D0 探测器的中心对撞，爆发式地产生新粒子。

CDF 与 D0 是两个大如三层楼房的探测器，各有许多探测分系统，用来识别和分析对撞后所产生的不同粒子。今天的粒子对撞仍将在这儿发生，但完全用不上各种识别系统。因为对新理论的验证非常直观：如果轰然一声，CDF 和 D0 炸飞了，那就是理论正确。如果它们一直安然无恙，那就是理论失败。

正常试验时，在两个探测器中心，粒子每秒对撞 200 多万次，但今天——如果成功激发出二阶真空的话——只会有一次。然后费米加速器就报废了，至少是两个探测器会彻底报废。

直升机平稳地悬停在 CDF 上方大约 500 米的高度。下边，加速器已经完成了预热，25 名留下来的工作人员已经进入临战状态。但在直升机上看不到这些，看到的只是一个静静的 8 字。戴奇让贺梓舟系好安全绳，拉开机舱门，又递过来一架高倍望远镜，问道：

"贺先生，是否现在就开始？"

"开始吧。先从 1TeV 开始，然后按每 10 秒增加 0.001 个 TeV，逐步提高，中间不需向我请示，直到……"

他要说的是"直到加速器能达到的粒子最高能量"，但戴奇把结论抢先说出来了："直到轰的一声。"他用手画了一个圆，把地上的设备和直升机都包括其中。贺梓舟笑了：

"对，你的说法更形象。但你画的圈大了一些，应该不包括咱们三个。"他的目光射向远处，凝重地说："我绝对相信湮灭应是局域的，不会扩展到整个……"

他没把"宇宙"两个字说出来。阿伦·戴奇深深地凝视着他，连驾驶员也扭头迅速扫他一眼。良久，戴奇轻咳一声，说：

"好的，我同样相信。我这就通知他们，开始试验了。"

贺梓舟轻声说出重如千钧的三个字："开始吧。"

直升机悬停着，机上三人凝视着下面。按照事先的计算，密真空湮灭很可能发生在 1.3~1.4TeV 的能量区间内，也就是说，试验开始 60 分钟以内就能见分晓。这 60 分钟肯定是有史以来最漫长的 60 分钟。机下景物安静如昔，但亿万粒子魔怪正在四英里长的真空隧道中悄悄地疾驰。1000 个强大的环形超导磁铁相继为它们加速，使它们越跑越快。超导磁铁是在摄氏零下 232 度下工作，在这个低温下电路内没有电阻，电子洪流排山倒海地涌来，为超导磁铁提供强大的电力，从而为那些粒子魔怪们赋予神力。从 1972 年 3 月，费米加速器产生第一个 200GeV 的粒子束流以来，几十年来它已经进行了无数次安全的试验。但今天的粒子魔怪们不知道，它们所在的空间已经不是原来那种温和膨胀的空间，而是达到临界状态的密真空。现在，粒子魔怪的叩门声应该能在空间深处得到回应。然后——

然后是什么？谁也说不清。在地球的实验室里，物质粒子的创生和湮灭已经进行过无数次，但空间的湮灭是人类的第一次——不，宇宙的第一次。因为据人类所知，除了创生瞬间有过极短暂的暴胀，有 137 亿年寿命的宇宙一向是温和膨胀的，眼下这片局域空间是第一次变为"剧烈收缩"且达到了理论预言的临界状态。所以，空间湮灭的场景如何，没人能预言，也许连"轰的一声"也没有……

果然没有"轰的一声"。机翼下边有柔和的白光安静地一闪而过，贺梓舟感到身体内唰地漾过去一波抖动，这种抖动非常奇特，不是普通的震动，倒像是身体突然膨胀然后复原——不，这样说也不准确，身体的膨胀不像是在三维空间中发生的，而更像发生在粒子内部，是三维粒子在第四维上的胀缩。他的大脑也好像闪过一道白光，正常的思维被短暂地中断，白光闪过之后，神智随即恢复清明。他立即向机下看去，立马惊呆了。机上其他两人同样目瞪口呆。

下方，探测器凭空消失了，在原来是两个探测器的地方，突兀地出现了一个巨大的半球体，大约七层楼高，外表面的颜色非常杂乱，像一幅疯狂的抽象画。半球体中间有一道缺口，缺口走向大致与地面垂直，就像天文台半球形屋顶上的槽形观察窗，不过缺口的周边参差不齐，犬牙交错。这个巨大球体的壁很薄，给人以惊心动魄的感觉，似乎用手指一戳它就会哗然溃散。

透过缺口把目光探向里面，能看到内球壁并非半球，而是呈非常完美的球形，不过下半球陷在地面之下，外面看不到。球体整体而言超过 14 层楼高，球直径超过 40 米。内壁的颜色也同样杂乱，但壁面非常光滑，像镜子般反射着周围的景物。

　　这两个半球体无疑就是原来的探测器和真空管道，但它是如何"不声不响"就完成了这个转变？这么大的变化应该伴随着地动山摇和雷霆之声，但三位凝神细看的观察者却没有丝毫察觉。贺梓舟定定神，对惊呆的驾驶员说：

　　"能从缺口中飞进去吗？"

　　驾驶员回过神，目测了缺口的宽度，说："没问题。"

　　"那咱们飞进去看看，千万小心。"

　　直升机小心地飞越锯齿状的缺口，停留在球体之中，现在他们更强烈地感受到了球体的巨大。往上看，两瓣球体的缺口中是锯齿形的蓝天，阳光透进来，照亮了内球壁；往下看，锯齿形的缺口之外是褐色的土壤和岩石，但低于地面后缺口就没有了，下半球是一个整体。给人的印象是，这本来是一个完美的宇宙之卵，但上半部由于材料不足，这才遗憾地留下了缺口。对着半球形镜面看，无论哪个方向都能看到直升机的映像，或正立或倒立，或放大或缩小。上述景象在球形镜面上互相反射，一层一层地延伸，似乎一直延伸到时空深处。直升机的轰鸣声在球体内壁多次反射，形成了特殊的混响。

　　驾驶员把直升机悬停在球体中心，机体在球面上的映像都缩小成了点状。机身缓缓旋转，点状映像被拉成了水平的条带，从镜面上湍急地流过。三人震惊地欣赏着四周奇崛的景象，都被深深迷醉。但直升机位于球心时，轰鸣声从整个球面反射，集中到这儿，使噪音的分贝百倍地增加，令人难以忍受。贺梓舟此刻最强烈的意识是——后怕。他们的三态真空理论完全没有预料到这个大空心球，由此做一个逻辑外推，则该理论对于"真空湮灭将限制在局域范围内"的预言同样是不可靠的。他们虽然预言对了，但只是侥幸的巧合。当然，昨天会议上的反对意见也没说到点子上，他们同样没预料到这样的结果。说起来只有康伯伯所说的那条"隐伏的宇宙规律"是正确的——越是威力强大的灾难，其被激发的门槛也就越高，所以宇宙是"天然安全"的。

人类一思考，上帝就发笑。昨天，23名一流科学家在认真思考时，上帝也许捂着嘴笑痛了肚子。

在如雷的轰鸣声中，戴奇高声问："贺先生，你事前——估计到了——眼前的景象吗？"

贺梓舟坦率地喊："没——有。我们只估计到——湮灭的——会是局域空间，但压根儿——没料到——这样的景象。"

噪音太大，贺梓舟示意驾驶员飞离中心，声音显著降低了。戴奇回头说："贺，你们的理论胜利了——空间确实被激发出湮灭而且限制在局域内；但你的理论也有错误——你们说只会有微量能量的释放，但看眼前这景象，会是微量能量吗？试想，得有多大的力量才能完成这样的物质搬运；得有多高的瞬间温度，才能把物质烧融成这样的镜面？"

戴奇的这个疑问很有力，不过，贺梓舟敏捷地从新现象中梳理出了一个解释，摇摇头说："不，这个球形镜面应该与温度和能量无关，只是空间'退潮'后的自然堆积。你可以想象一下，如果……"他努力整理着思路，也斟酌着用词，"如果一个湖面上飘满了乒乓球……不，这个比喻不准确，更准确的比喻是，如果湖水中有很多弱磁性的空心铁球，它们的比重与水一样，因而可以停留在任意水深。由于弱磁性的吸引，小球会逐渐地互相连接起来，形成某种随机的三维构造。这个构造从表面上看只与磁力有关，但实际上它也受重力和浮力的双重作用，只是二者互相抵消，对外没有表现。现在，假设湖水瞬间消失，浮力同时消失，那么铁球将全部沉落湖底，铁球的集合将由原来的三维形状变为二维，其形状与湖底自然拟合。对，应该就是这样的机理。戴奇先生，"他指指四周，"这个球形内壁就是空间湮灭后的湖底，它只是'落潮'后的自然沉落和自然拟合，不存在高能和高温。因为自然界中万物的形状，除了与电磁力、强力、弱力和引力有关外，也依靠着空间深层结构的支撑，只是过去我们没有意识到而已。但在这儿，在空间湮灭的那个瞬间——应该是普朗克时间的数量级——这种无形的支撑作用突然消失了。"

戴奇想了想，点点头："我想你是对的。因为这儿感受不到一点热量的残余，它应该是一次'冷变形'。但你说空间湮灭的过程是普朗克时间？恐怕不会，否则这些物质在那个时间里，从原来的位置飞到现在的位置，其速度要远远超过光速。"

贺梓舟笑了："错了！这是空间本身的消失而不是物质在空间里的移动，它是不需要时间的。"

戴奇也是头脑敏捷的人，立时醒悟了，但也受到更大的震撼。因为就在这一刻，牛顿和爱因斯坦的时空，也即所有物理学家的终生信仰，已经被粉碎了。他环视着四周，目光显得颇为迷茫。这时，锯齿形空隙的中部靠下的部位，即在原来的地面高度，出现了一些人影，从缺口中把脑袋探向空心球内。是戴奇说的那些值班人员出来了，都来观看这番大自然的鬼斧神工。人越聚越多，人群中不断爆出惊呼声，他们显然想进到球的里面，但无法进来，因为从那个部位探身往下看，下面是光滑如镜的深达七层楼的球形凹洞。有人在焦急地向直升机招手，想让直升机载他们进洞。此时，一个胆大包天的家伙想出了办法，他从缺口处向内球面斜向用力一跳，在光滑的内球面上画了一条变形的圆锥曲线，滑向洞底。但这个莽撞的家伙错估了球壁的光滑程度——它几乎没有摩擦力！所以他不是滑滑梯，而相当于从空中坠落，落到洞底时他的速度风驰电掣，有如赛车，荡过洞底后又飞快地顺洞壁上升，沿着另一条变形的圆锥曲线上升。一直升到地面高度即他跳入时的高度时，速度降为零。此后他下去再上来，上来再下去，形成了无衰减的振荡，就像杂技演员玩飞车走壁。他吓得脸色惨白，对着缺口处高喊：

"我停不下来！停不下来！快想法抓住我！"

缺口处的看客们都是些没有同情心的家伙，知道眼下的场面虽然惊心动魄，但实际有惊无险，所以没人帮他的忙，反倒爆出一阵又一阵的喝彩和哄笑声。那家伙也很快走出了最初的惊慌，干脆放松心情，好整以暇地享受这样的无绳蹦极，落到最低点时他尖声喊叫，升到最高点时炫耀地向人们摆手。他在下半球荡来荡去时，对面镜面上有巨人般的映像飞速流动，就像放映穹幕式电影。地面上的人看得眼馋，也想如法炮制，但他们聪明地意识到了危险：一个人在里面飞车走壁是安全的，人多了就容易相撞。如果相撞发生在曲线的高点没有问题，那时双方的速度都接近零；但如果相撞发生在底部，两颗脑袋肯定保不住。

最终有人扔下一根绳子，把那家伙拉上来。然后地面上的人排好队，一个一个轮流跳下来，享受短时间的刺激，然后在地面的催促声中恋恋不舍地离开。

戴奇在这当儿接了一个电话，他表情怆然，对贺说："25个值班人员中有四个失踪了，就是在探测器值班的那四位。"

那么，他们已在这次空间湮灭中以身殉职，尸骨无存——其实应该说是尸骨永存，组成他们身体的粒子此刻都混在这个球壁中，而这个球壁必将永远保存。它是人类科学发展的一个重要里程碑。机上三人沉默了，向死者致哀。地面上那群人不知道是否已经知道这个噩耗，想来已经知道了吧，但这并不影响他们的亢奋，欢呼声此起彼伏。这会儿他们又玩出了新花样，七八个人臂膊相挽，结成一条人链，沿着那个巨大的球形滑梯滑下去，激起更亢奋的欢呼。

驾驶员忽然扭回头，指着洞壁某处惊叫："你们看！"

贺梓舟顺着他的指向看去，看到了惊人的画面：那儿显然是一个人，或者说一个人被平面化了，放大了数倍，贴在光滑的球壁上，其边缘比较模糊，与其他物质混在一起。无疑这就是四个失踪者中的一个。机上三人在整个球壁上寻找，没有发现另外三人的遗体。仔细看，球内壁的表层是透明的，只有几毫米厚，其后逐渐过渡为不透明，形成镜子的反射层。这个人体正好位于透明层与反射层的交界处，所以能被外面看到。另外三人应该是位于球壁的不透明里层，所以外面看不到；或者是处于透明层，身体被完全透明化了，也看不到。贺梓舟让驾驶员把机头对准那个平面人像，三人长时间默哀。

他们结束默哀，欣赏着下面那些人的狂欢。随后贺梓舟说："不能把时间浪费在狂欢上。召集专家会议吧。还有，别忘了通知州县政府，疏散的民众可以回家了。"

专家会议也是预先做过安排的，所以下午四点人员就到齐了。与会者都是粒子加速器专家，其中还有两位八九十岁的老者，是当年建造费米粒子加速器的参与者。到会人员事先都看了现场，进入会议室时个个喜气洋洋，与在门口迎候的戴奇和贺梓舟用力握手，紧紧拥抱。虽然费米加速器被毁令人心疼，四人的牺牲令人悲伤，但由此带来的科技进步更令他们振奋。会议开始，先对四位死者默哀，然后由贺梓舟主讲。他兴奋地说：

"第一步已经顺利地迈出去，下面要开始第二步了。大家已经看到，在地面上做空间激发试验只能是一次性的，它会造成加速器真空管道不可逆的破坏，除非把真空管道大大地扩大，使其能包容整个湮灭区域，这样的改造比较昂贵，也没必要，因为封闭式试验无法验证真空湮灭能否形成推力。我们不如干脆到太空中去做，因为在三个重要方面，太空的工作条件远远优于地面：第一，不需笨重的真空管道来保持真空，只需有加速磁环就行，高速粒子可以直接在太空中沿磁力轨道自由奔跑。第二，不要烦琐的低温生成系统，超导磁环可以直接在太空温度下工作。第三，没有重力，所有零件可以造得更轻巧，而且不需对粒子的运动加以重力校正——当然，如果将来加速器是安在匀加速的飞船上，粒子的运动轨迹还要考虑加速度校正，但这是以后的事，眼下还无须考虑。所以我认为，下一个急迫的任务，是把地面上的高能粒子加速器搬到天上，建造一艘比较简易的原理实验飞船。从原理层面看这不算太困难的任务，唯一的困难是飞船的尺度应该比较大，要能装下费米加速器。当然加速器原来的形状肯定也要改变，要把那个'8'字叠合起来，以节约空间。请大家考虑一下，完成我上面说的工作量需要多少时间？"他笑着说，"乐之友们已经在上帝之鞭的抽打下工作惯了。依乐之友们的工作节奏，我想这应该在半年之内完成。噢，对了，飞船开发的总负责人是亚历克斯，他正在往美国赶，很快就到。"

会议室内静默片刻，一个中年男子站起来，络腮胡子里藏着笑意："依我看来，你第一个最急迫的任务，是向我们描述一下'空间湮灭式飞船'的驱动原理，这是往下讨论的基础。"

贺梓舟一愣，赧然说："呀，是我的疏忽。难怪一句中国俗语说：嘴上无毛，办事不牢。我还以为你们都了解呢。现在我……"

大胡子打断他的话，"我们确实有自己的理解，但它是不是同你的想法吻合?这样吧,由我来讲讲驱动原理,你做裁判。"

贺梓舟很高兴:"好!请讲。"

"飞船的驱动原理和结构大致是这样的:粒子加速器在飞船上是'露天安装',粒子在真空中被1000个磁环加速后,在飞船后方相撞,激发出局域空间的湮灭,并转化为微量的能量,也就是转化为光。在飞船后安装一个抛物面形状的反射器,把球状光源的散射光反射并转化为平行光束,也就把光压转化为驱动力。据理论计算,每个光脉冲的持续时间很短,为千万分之一秒,但粒子撞击可达每秒千万次,这就使断续的光脉冲累积为连续的驱动。"

"对。"

"当然,湮灭产生的真空泡应该离反射器足够远,不至于损坏它。"

"对。"

"这种光能还能收集一部分,用作飞船船内装置包括粒子加速器的能源。如果能量不足,也可用聚变能源作为补充。"

"完全正确。"

"我上边说的原理比较简单,以下的原理就比较绕了,我不知道理解得是否正确。"

"请大胆讲,我相信你的理解是正确的。"贺梓舟笑着说。

"局域空间湮灭后有如形成'海洋肚脐',周围的弹性空间瞬间会向肚脐眼流泻而变成疏空间。但根据楚先生的'空间单元稳恒态增生理论',疏真空会在普朗克时间内恢复成标准真空,继而在周围密真空的压力下还原成密真空,从而为下一次的激发做好准备。空间的这个弹性变形会在飞船上产生潮汐力。但这种力很小,不足以克服电磁力,所以飞船只会有短暂轻微的弹性形变而不会损坏。从试验现场看,凡在湮灭空间范围之外的设备都保持完好,这就是有力的证明。"

"非常正确,请继续讲。"

"以下就是驱动原理中最绕的地方了,我真的不敢说我的理解是正确的,但我还是斗胆讲下去吧。局域空间湮灭时,空间单元向'真空肚脐'的流泻虽不至于损坏飞船,但其合成结果将表现为对飞船向后的拖曳作用。"他双目炯炯地盯着贺,"当你们计算光脉冲的向前驱动力时,不知道是否已经考虑到这种反向的拖曳作用?"

贺梓舟真心地称赞:"这位大胡子先生太厉害了——请问尊姓大名?"

"我叫约翰·巴罗,专业是理论物理。"

"巴罗先生,你的理解完全正确,你已经刨到三态真空理论的最核心部位了。所以嘛,"他开玩笑地说,"我刚才没有讲驱动原理并非疏忽,而是因为我早知道,在座诸位个个都是行家里手。"他接着讲,"这个拖曳作用我们考虑到了。由于空间增生的时间是普朗克时间,即疏空间在 10^{-43} 秒时间中即恢复正常,所以拖曳力的作用时间也不会超过这个级别。它与 10^{-8} 秒级别的光脉冲相比,只是前者的 10^{35} 分之 1,实在微不足道。所以,做工程计算时完全可以忽略它。"

巴罗点点头,"噢,是这样。我没有问题了。"他在坐下前补充一句,"很高兴我对三态真空理论的理解基本正确。"

贺梓舟笑着说:"还可以套用一句中国俗语:英雄所见略同。"

与会人员开始讨论。贺梓舟的手机响了,他听完后说,"抱歉,我要离开一会儿。亚历克斯来了,直升机马上降落到现场。他想让我带他参观一下,然后一块儿回到会议室。"他笑着说,"大家继续讨论吧,希望我们回来时你们已经有了明确的结论。"

他匆匆赶往那个空心球体。一架直升机正好在附近降落,亚历克斯和姬继昌跳下来,兴奋地与他拥抱。第三个下来的是——柳叶。贺梓舟要拥抱她,但柳叶挣脱了,两只小拳头用力擂他,生气地骂他:"混账,这么长时间了,为什么一直不给我报个平安!"她是真生气,满面怒容,眼中还挂着泪。贺梓舟只能认错,说:"疏忽了,疏忽了,只顾高兴,只顾往前赶工作,把顶级重要的柳叶小妹给忘了。"不过,在这样的欢乐时刻,柳叶的怒气不可能维持太久的,她很快转怒为笑,扑过来同洋洋哥拥抱。

他们重新登机,通过缺口飞到球体中,避开球心悬停着,怀着敬畏之情,尽情欣赏着大自然的鬼斧神工。也怀着悲怆和悲壮,瞻仰那具嵌在洞壁上的平面化人体。夕阳已经半落,此时恰好嵌在球体的缺口中,在镜面上映

出万千个夕阳,万千架直升机,万千个人像,构成了一个梦幻般的金色世界,一个超级万花筒。柳叶双眸中水光潋滟,喃喃地说:

"太美了,太惊人了,太不可思议了。洋洋哥,我们就像是进入了上帝的瞳孔,正在观看一个神化的世界。"

相比她的迷醉,姬继昌则更多是敬畏,他以近乎眩晕的目光看着眼前的奇景,也以崇敬的目光看前排的贺梓舟,喃喃地说:"洋洋哥,你太幸运啦,竟然第一个目睹了这种奇迹……一个新时代是从你开始的!我真遗憾,当时没把这桩差事争过来!"

亚历克斯笑着对柳叶说:"很遗憾你天乐哥哥没来。听说他从小就痴迷于吹泡泡,你看,这儿是一个多么奇特的大泡泡!"

贺梓舟说:"这个'泡泡'可不会破!刚才已经有人做过初步检测,组成泡泡壁透明层的是一种全新材料。它具有钻石的硬度、透明度和碳纤维的强度。而且它与原来材料的品种无关,而是直接取决于质子、中子和电子的重新排列,是一种特殊的简并态物质。"

他富有深意地看着亚历克斯,后者敏锐地反应:"你是说,它可以用来发展成一种全新的加工方法?"

"对!全新的方法,非常节能,取材广泛,成本低廉,特别适用于建造薄壁空心件,比如——太空船。"

两人欣喜莫名。这个收获是三态真空理论没有预言过的。看来姬人锐的主张是对的:先出发再找路。他们对密真空的探索恰恰类似于麦哲伦的探险,以一个半盲目的计划开始,无意中撞上了一条通往新大陆的海峡,海峡之后是物华天宝之地,有着无数预想不到的新机遇。

临离开时,亚历克斯对洞壁中的人像喃喃地说:"安息吧。你们可以瞑目的,人类的光速纪元已经开始了。"

直升机开始向外飞,但姬继昌这个调皮鬼不愿意让这个"历史时刻"就这么平淡地结束。他刚才听贺梓舟介绍了美国牛仔们的"飞车走壁",很是艳羡,当直升机快飞出缺口时,他忽然拉开机舱门,对驾驶员笑着喊:

"稳着点开,我要跳下去啦!"

在柳叶的惊呼声中,他真的一跃而下,跳下时脑袋冲前,双臂前伸,就像游泳者的入水。机上几人震惊地探起身,急急地朝下看,随之放心了。这个胆大包天的家伙其实一点儿也不莽撞,跳下直升机时已经拿准了角度,基本是沿球壁切线方向跳下的,而且两手先触壁,起了缓冲作用,所以平滑地滑了下去。他起跳时的高度要比刚才的美国牛仔们更高一些,所以滑到底部的速度更快,时速达到了 80 千米。然后他荡上来,最高点超过地面三四米,与直升机平齐。他非常享受这样的飞车走壁、无绳蹦极,兴高采烈地呼喊着,在球体里荡个不停,巨人般的映像在对面球壁上飞速流淌。

机上人放心了,笑着观赏。柳叶非常眼红,很想如法炮制,但最终还是缺乏足够的勇气。贺梓舟喊:

"昌昌,别玩了,会场里的人还在等着呢。"

如何把这家伙拉上来犯了难。直升机上配有绳索,但为了安全,直升机不能太靠近球壁。可是如果停在球心附近垂下绳索,则姬继昌只有在处于低点时才能与直升机垂直对应,这时他的水平速度太高,无法抓住绳索,即使拉住,这样大的水平速度也威胁直升机的安全。他们决定先飞出球体,让直升机降落,然后用人手把绳索从缺口处垂下。但没等他们实施,姬继昌自己解决了这个问题。他在荡上荡下时用手推着球壁来转向,虽然壁面摩擦力很小,但摆动方向还是有了轻微的、肉眼可见的改变,摆动轨迹慢慢向缺口方向靠近。片刻之后他忽然若有所悟,停止用手推,但摆动轨迹仍缓缓向缺口靠近。他在喊着什么,被直升机轰鸣声的混响声淹没了。当他升到最高处时,他用手大幅度地顺时针画圈,向这边示意什么。贺梓舟忽然明白了他的哑谜:

"傅科摆!"

由于球壁的零摩擦力,他此时的上下运动实际构成了一个无绳的傅科摆,由地球自旋形成的科里奥利力使摆动平面沿顺时针缓慢旋转。贺梓舟向他点头,也用手大幅度地顺时针画圈,那边知道他明白了,两人远远地相对大笑。

姬继昌刚才跳入方位恰巧是在缺口的左边,所以这个傅科摆只需转动很小角度就能与缺口对正。直升机开出球体降落,耐心地等着。半个小时后,姬继昌从缺口处一飞而上,姿态潇洒曼妙;然后重重地摔在地上,潇洒变成了狼狈。虽然摔了个脆生生的屁股蹲,但总的说安全无恙,机上人都放了心。他一骨碌爬起,高兴地向这边跑来,直升机载上他,向会场方向飞去。柳叶笑着说:

"昌昌哥你看,那儿有你一个女粉丝呢。"

球体另一边缺口附近果然有一个金发姑娘,十六七岁,此刻正狂热地挥动双手,向远去的直升机致意,显然她刚才一直在观看。柳叶笑着调侃:

"昌昌哥,用不用让直升机停一下,你去要个电话?"

姬继昌自嘲:"可惜最后那个屁股蹲毁了我的形象,我就不去丢人现眼啦。"他把上半身探出舱门外,用力向那个姑娘招手。姑娘的身影迅速变小,随后巨大的球体也隐于苍茫暮色之中。

三

近光速星际飞船的建造紧锣密鼓地开始了。亚历克斯负责原理实验飞船的设计制造,按他的话说,他是挑了一件容易干的活儿,把最硬的骨头——实用型的星际飞船——留给年轻的贺梓舟了。

确实,如果飞船无限逼近光速以致相对论的时间效应显著显现后,飞船设计就将面对全新的态势。首先,过去人们头疼的一些问题,比如十万年级别的飞船维生系统和乘员冬眠系统等,这时已迎刃而解,因为飞船一旦达到近光速,船内的固有时间的流逝速率就接近零。船员可在有生之年周游宇宙,再返回地球,至于想逃离几十光年的灾变区域更不在话下,即使考虑加速段所消耗的时间,也最多只需十几年飞船时间就能实现。曾有专家说,对于星际飞船来说,仅只飞船密封门密封性不好带来的氧气泄漏问题就极难解决,因为在漫长的时间内,再微小的泄漏也会造成氧气的巨量损耗,飞船又无法停下来补充,因为飞船制动和再次启航要消耗太多的能量。但对于近光速飞船来说,泄漏已经不是问题了。

难点有两个。第一个难点是防辐射,因为对于近光速飞船来说,太空中静止的游离粒子也将转化为致命辐射。不过这个问题相对容易解决一些,因为,对一艘燃料无限的飞船来说,可以设置足够的辐射屏蔽。第二个难点是飞船操控系统的反应速度。航行途中无法避免一些应急的调整，比如飞船偏离预定航线啦，遭遇较大的陨石啦，等等。这些意外情况不会很多，普通飞船一般也能做出反应。但对近光速飞船来说，船速极高而船上固有时间的流逝速率近乎为零！于是就形成这样的态势：在近光速飞船内部，人们及机器和电脑以正常速度生活着，工作着；但假如船外一个静止的观察员能看到飞船内部，那他会焦急地发现，飞船内的电脑屏幕得花 100 年才能蹦出"警告"这两个字，而驾驶员得花 10000 年才能辨认出它。也就是说，光速飞船根本无法对"正常宇宙"做出迅速的反应，由电脑自动控制同样不行——电脑的运行也变慢了。

这个看似简单的问题实际是完全无解的——你不可能在飞船的时间系统中为驾驶员和飞船内电脑保留一个特殊的、时间以正常速率流逝的空间，这是绝对不可能的，除非相对论被彻底推翻。而且，一旦有了光速飞船，人类当然不会仅仅满足于逃亡，肯定会把目光投向更远的宇宙，那么，飞船可能撞上的不仅是小型陨石，总有一天它会正对着一颗恒星撞过去。对于一艘无法做出及时反应的飞船来说，这当然意味着毁灭。

当然，方法是有的——限制飞船的速度。比如，把船速限制在半光速之内，在此速度下的时间流逝速率是正常速率的 0.861。以这样的速率，驾驶员还能做出足够快的反应。但是——这可能吗？在能达到梦寐以求的光速飞行时人类却主动自残？而且，限制了船速，意味着同时放弃因时间延迟而带来的种种好处，比如船员寿命的延长，甚至连密封门密封性不好带来的氧气泄漏问题也得重新面对。

这是一个两难问题。它不是小改小革小打小闹就能解决的，要想解决必须突破现在的理论框架。所以，"这个有可能要耗费一生的难题，就分给年轻的贺梓舟了。"亚历克斯笑着说，但语气非常认真。

原理实验飞船的图纸在三个月内就完成了。大家为这艘图面上的飞船预先定了名字"金鱼号"，因为它的外形酷似金鱼。前边是球形的船舱，直径约为两千米，这是金鱼的身体。后边是酷似金鱼尾巴的凹抛物形反射镜面，它负责把空间受激湮灭所产生的光能转化为驱动力。球形船舱的外表面上，沿着纵向，也就是通过前端部和尾部的球体圆周上，围着两圈密密的"项链"，它们分别是主注入器和万亿电子伏特加速器，是把费米加速器那个"8"字折叠在一起了。项链上的珠子就是暴露在真空中的超导磁铁环，是约束粒子沿圆形轨道行进并为它们加速的。其中万亿电子伏特加速器的末段行程穿越金鱼尾巴，进入凹抛物形反射镜面的内部，在其焦点处交会，近光速的质子和反质子就将在这里对撞。当然，为了保护飞船不受损坏，对撞点距反射面的距离要大于湮灭空间的球半径。

反射镜面的垂直投影面直径约为1000米，面积79万平方米，能产生3800牛的光压驱动力。飞船的设计自重为1600吨，那么光压将产生$0.0002g$的加速度。对于光压驱动来说，这已经是非常难得的成就了。

球形舱的前部是水平状的驾驶员观察窗，它是飞船的眼睛，但从外形上看更像金鱼的嘴巴。可是金鱼怎么能缺了一双眼睛？于是童心盎然的亚历克斯小小地违犯了他"设计力求简洁实用"的原则，在鱼头上画了两只大大的眼睛。他笑言，这样的外形美是唯有原理实验飞船才能享受到的奢侈，因为在实用型的飞船中，船身要绕中轴线旋转以产生模拟重力，加速器和反射镜面也一同旋转，这不影响粒子的对撞。而且船首要额外配置尺寸很厚的重水屏蔽层，不可能再保持金鱼的外形了。

在飞船的首尾处还配备了16个可变矢量喷口，用于飞船姿态调整。它们的动力方式是普通的等离子驱动。姿态调整装置最重要的作用是：一旦飞船快要到达目的地，就靠它们把飞船来个180度的转弯，变成尾前头后，把飞船的驱动变为制动。

在上帝之鞭的无情鞭抽下，设计和制造是穿插进行的。总体设计完成后，一些能够确定的、制造工期较长的零部件被先期设计出来，并立即投入生产。其他零部件随后陆续完成设计和投入制造。这样做难免出现一些错误，造成一些返工，但——在战时，时间比成本更重要。

那种全新的加工方法，即"内爆成型法"，赶不上在第一艘实验飞船上使用了，但有可能用到第二艘。到那时，飞船的制造成本将大幅度降低，而飞船的强度会大大提高，两者的改善甚至能达到两个数量级。

全世界有相应工艺水平的工厂都投入了这艘飞船的制造，并把它们列在工厂计划的首项。十个月后，飞船零部件开始被送入太空同步轨道，定位于哈马黑拉发射场的上空，在这里进行组装。那段时间，中、美、俄、欧的长征火箭、土星火箭、质子火箭和阿丽亚娜火箭频繁升空，几乎每周就有一次，太空中绚烂的火箭尾焰已经是地球上常见的风景。一年后，飞船组装成功，顺利通过总体调试，然后——就要开始最重要的、成败未卜的点火实验了。

亚历克斯去同步轨道前，特意回到山中看望了马老和楚天乐。78岁的马老已经接近生命的尾声，身体没有什么具体的毛病，只是因衰老而引起的机能全面衰退。他极度羸瘦，皮肤枯黄松弛，只有思维还保持着清晰，目光也很明亮，一双眸子中的火焰似乎是以他的身体为燃料。67岁的天乐妈用轮椅推着他，他在轮椅上欠起身子，同亚历克斯握手，祝贺他成功走出了第一步，并预祝这次点火实验顺利。亚历克斯苦笑道：

"中国有一句非常好的成语：临事而惧。我现在就是临事而惧，和乔治当年一样。这艘未来的光速飞船上承载着太多的希望，全世界都在为它努力，单是为它捐献糖果钱的少年儿童就超过十亿！但它究竟能否成功，我心里确实没把握。毕竟，地面实验只进行了一次，实际只是半次。因为它只证实了局域空间确实能受激湮灭并转化为光能，但能否用于空间推进，仍是大大的未知。如果不幸失败，我恐怕无颜再回地球了。"

衰弱的马老只是笑，慢声细语地安慰他："你这不过是考前紧张综合征，不必这样嘛，至少局域空间的受激湮灭是已经验证过的，有了这个全新的突破，咱们总能鼓捣出啥东西来。"他开了一个玩笑，"我相信，即使这次失败，你也会厚着脸皮回来的，后边的工作还等着你哪。"

亚历克斯也笑了："好，我答应你，一定厚着脸皮回来。"他问天乐妈，"楚天乐呢，不是说他在山中隐居吗？我这段太忙，有一段时间没同他联系了。"

天乐妈看看丈夫，笑着说："他嫌这里还不够安静，躲到那个孵化人蛋的荒岛上了，和泡利在一块儿，不让别的人陪他，只让服务人员每星期给他们送去熟食。"

亚历克斯敏锐地发现，天乐妈的微笑中似乎藏着担心，这让他心中有不祥之兆。毕竟，金鱼号的试飞是一次极为重大的实验，作为"三态真空理论"三人小组的首席提琴手，楚在实验前一直不露面，这肯定是不正常的。亚历克斯不愿透露自己的担心，从而加重一个母亲的心理负担，便笑着说：

"依我对楚的了解，这样的离世独居常常意味着他在理论上又要有重大突破了。咱们不妨耐心等下去。好，我要走了。"

他告别二老，乘直升机来到乐之友总部，乐之友的所有人员都出来为他送行。他同大家拥别后，把姬人锐和鱼乐水叫到一边，简单地问一句：

"楚一直在人蛋岛上隐居？"

两人敏锐听出了他没有说出来的意思，鱼乐水笑着说："嗯，连我也不让陪。不过你别担心，我打算明天就去那儿。"

"他和泡利在一块儿？"

"对，泡利一直住在那儿。"

泡利的隐居生活过得非常投入，遵照他的吩咐，连送给养的小朱也只是把给养卸到停机点，即刻返回，并不与他见面。不过小朱说经常在空中见到他，那是个天体主义者，经常光着屁股游泳，或者在草地上日光浴。准确地说是"夕阳浴"，总是在夕阳将沉时进行，可能他的雪白皮肤无法耐受强日晒。有时他也到乐之友总部开会，但即使开会时他也显得落落寡合，沉默寡言，而且——显然急着开完会，返回他那个世外小巢去。

不过，尽管他与楚天乐交往不多，两人都相互敬重。楚天乐多次说，泡利的渊博学识尤其是数学素养，还有他的过人见识和惊人直觉，是自己非常佩服的。由于少年失学，至少在第一条上他无法和泡利比肩，如果泡利是麦克斯韦，楚天乐就只能做法拉第。

亚历克斯想，世上最聪明的两个脑瓜凑到一起，恐怕不单是为了隐居吧。不过他没有往下说。"好的。那我走了。"

"走吧。再次祝实验成功。"

亚历克斯走后，姬和鱼两人互相看看。十几年的相处，两人已经相知甚深，能看出对方心田深处的东西。姬人锐问：

"你有点担心他？"

鱼乐水点点头："嗯，天乐最近的精神状态不好，似乎恢复了少年时的自闭。我不知道是什么原因，也许是……"

她没把话说完，姬人锐已经理解了，沉重地点点头："我的感觉也不好。我总有一个感觉，也许是他再次发现了一个灾难，一个更大的灾难。"

鱼乐水反倒予以否认，笑着说："危言耸听吧。这个灾难已经顶天了，哪还有更大的灾难！"

"那就是他发现了三态真空理论的死穴，已经预先断定金鱼号的试飞不会成功。"

鱼乐水想了想，觉得这种可能性虽不能排除，但也不大，否则，他会果断要求金鱼号暂停实验的。她沉默片刻，自嘲地说：

"人锐你说，有一个天才丈夫是不是一种苦难？做妻子的不能把握丈夫的心理脉搏，我觉得很跌份儿。"

姬人锐笑了："不要自怨自艾了，你这个妻子已经当得很不错啦。"

他们闲聊了几句。鱼乐水说，她明天就去人蛋岛，一是安抚丈夫，再者是告诉他：她已经决定要一个孩子，用天乐的精子做人工授精，哪怕它带有致病基因。褚大叔说得对，如果这个致病基因伴随着天才，那它就是值得保留的。她已经43岁，再不生育就太晚了。

说到褚贵福，两人都有些黯然。不知道褚氏号飞船现在在哪儿？飞行顺利不？那个处于冬眠状态的生命力强悍的家伙，还有13个冬眠的幼儿，将来能否顺利复苏？但现在想这些也是白想，两人很默契地不谈论它。姬人锐点点头：

"对，尽快生育吧，这正是我和苗杳一直劝你的，听说老康也劝了你好几次。"

"对，没错，康伯伯劝得最热心，甚至上升到哲学高度，说拒绝生育是反自然的、自私的行为。我要再不做出这个决定，都不敢见他啦。"

"没错，我这个老同庚是个热肠子人。"

两人告辞，鱼乐水乘直升机回家了。

第七章　以尾作头

在那个亢奋的年代里，人类以百倍的狂热探索着生路，前进中难免伴有错误和疏失。金鱼号的"以尾作头"就是其中最戏剧性的一幕——好在它不是以悲剧结尾。

——鱼乐水《百年拾贝》

一

亚历克斯说得对，他的实验飞船承载了太多的希望，太多的目光。全球新闻界为此专门发射了一艘小型的新闻飞船，定位于金鱼号的上方。新闻飞船施放了五个摄像卫星，可以由母船遥控进行位置和姿态调整，这样，金鱼号的上下左右前后都将有一双眼睛——并间接有 70 亿双眼睛——在紧紧盯着它。此外，在金鱼号的舱内也配置了足够的摄像镜头，用以拍摄人物的近景。

金鱼号此刻位于距地球表面 36000 千米的同步轨道，以 3.1 千米每秒的同步速度旋转着。相对于同步旋转的地球表面来说它是静止的，静止于赤道哈马黑拉岛航天场的上空。地面上和同步卫星上一共有四台激光测速仪在对着它。当飞船点火之后，如果它的速度逐渐增加，从而高度逐渐增加，那就意味着实验成功。此刻这儿处于黎明时分，太阳还未在地球后露面，但已经把柔和的光芒洒到这片空域，弧形的地球镶着明亮的金边。从飞船下方的摄像镜头看，金鱼号的背景是暗蓝色的宇宙天幕，亿万颗小星星嵌在天幕上，安静地缓缓旋转着。金鱼号即将遨游于暗蓝色的天幕，就如鲸鱼遨游于蔚蓝色的大洋。

亚历克斯和助手姬继昌此刻已经进入金鱼号，机上还有四位轮机舱工作人员——轮机舱只是习惯叫法，指飞船上已经小型化的聚变反应装置。这次

实验仍有不小的风险,所以亚历克斯尽量减少上飞船的人员。对于谁来上船操作,贺梓舟曾经和他争过,但亚历克斯用一句话回绝了:

"我是项目第一负责人,也得让我表现一回舍生就死的勇气吧。"

金鱼号作为原理实验飞船,结构尽量从简,很多设备将在后期才安装,所以除了轮机舱,巨大的球形舱室内空落落的,只有一个操纵台孤零零地立在船舱的前部。在同步直播的镜头中,两人进入船舱,关闭舱门,脱下太空服,启动控制台的保险锁,做好点火的准备工作。此次全球同步直播是由中国著名男主播叶知秋和美国著名女主播朱迪·特纳做主持,主持词都用英语、汉语和西班牙语各说一遍。此时是叶知秋富有磁性的男中音在解说:

"……飞船上的万亿电子伏特加速器已经启动,大约十分钟后,就会有第一对质子和反质子在飞船后部的鱼尾中心相撞,把空间转化为千万分之一秒的光脉冲。而每秒千万次的对撞将制造出连绵不断的强光,推动飞船前进。此时我受亚历克斯先生的委托向大家呼吁,请你们以平和的心态看待这次实验。根据理论计算,飞船所得到的驱动力很微小,因为它只是光压驱动而不是工质喷射驱动,也许长达数周的加速才能得出明显的效果,甚至有可能彻底失败。当然,任何失败都不会阻挡人类的步伐,只是略微迟缓它。在这里,我们衷心预祝实验成功,万一实验结果不如我们的期望,我们也会以平常心来看它。"

朱迪立即说:"但我们相信它会成功!"

"飞船马上就要点火了,现在开始一分钟倒计时。"

远在中国三亚的指挥大厅里,实验总指挥贺梓舟下达了一分钟倒计时的命令,随着电脑均匀的计数声,上百名工作人员盯着眼前的屏幕,而地球70亿人的眼睛通过各个屏幕、通过飞船周围的摄像镜头,紧紧地盯着悬在太空中的金鱼号。"……5,4,3,2,1,点火!"

飞船尾部霎时出现柔和的白光。它由千万分之一秒的光脉冲组成,但频率高达每秒千万次,所以肉眼看去是连绵不断的。光芒在船尾的凹抛物形反射面上反射,形成一条水平向后的强光光柱。在全世界不计其数的电视屏幕前,70亿观众爆出第一波喝彩声,因为他们都已经是内行了,知道飞船后的光芒只要能连续存在，就相当于胜券已经在握。

"看！飞船动了！"叶知秋和朱迪同时高喊，这声激情的宣告随电波飞向全世界。没错，飞船已经明显动了。"飞船动了，请参照背景！"图景切换到飞船下方摄像头所拍摄的天幕上。明显可以看出，飞船相对于旋转的天幕增加了一个滑动的速度。70亿观众爆出了天崩地裂般的喝彩声，看来，亚历克斯委托叶知秋所做的宣告实在是太谨慎了！他说什么"可能数周的加速才能得出明显的效果"，实际呢，仅仅十秒钟后，飞船的加速已经很明显了！

在金鱼号内部，当船体产生第一波柔和的抖动时，亚历克斯也像普通民众那样惊喜。他们感受到向后倾倒的倾向，非常轻微，似有若无，因为光压造成的加速度太小了。他观看了加速度计，上面显示了此刻的加速度：$0.0002g$，符合此时的激发强度。但他很快发现了异常：以地面为参照物，飞船明显是在运动——不是向前，而是向后！恰恰与加速度方向相反！这当然只是错觉，飞船不可能在船尾驱动的情况下还向后运动，飞船上可没有汽车和轮船上的倒挡！他再次看看加速度计，仍是正值。他在内部通话器问地面上负责监测的助手：

"立即报告飞船参数！它是否在后退！？"

"是的！飞船在明显后退！截至此刻，速度已经下降了0.4%。"此刻的飞船速度仍是向前的，但它只要低于额定的同步速度，相对地面来说就表现为后退。

姬继昌急迫地插问："船首的姿态调整喷口是否有异常？"造成负加速度的唯一可能，是船首的姿态调整喷口意外点火并向前喷射。

"没有。它们没有意外启动。"地面助手报告。

亚历克斯咒骂一声，真他妈见鬼了！他略做思考，向地面指挥所报告："总指挥，我将加大空间激发的强度，请注意观察运动参数。"

贺梓舟说："好的，如有异常我会立即通知。"

亚历克斯逐渐加大了粒子对撞器的功率，直到最大值，飞船尾部的光度显著加强，光柱的长度在暗蓝色的天幕上拖得更长，以更大的力量推动飞船向前加速。加速度计的显示值增大了十倍，金鱼号上的两人已经能明显感受到向后倾倒的惯性。但结果仍是那样的匪夷所思。地面上的观测者紧张地报告着：

"……飞船减速趋势加重！船速已经下降1.6%。注意，由于船速的下降，飞船的高度已经开始降低。建议船长立即停止实验！"

飞船降低船速后的状态是不稳定的，会沿着长螺旋线逐渐坠向地面，并且下坠趋势会随着高度降低而加剧。亚历克斯停止了激发，在70亿双目光中，飞船后的白光突然熄灭。此时飞船的位置已经向后滑过哈马黑拉岛，位于岛的西方，高度也略有降低。随后飞船的船首和船尾突然亮起了蓝色的光芒，这是姿态调整喷口在工作。在16个喷口的驱动下，飞船慢慢提高速度，向前爬行并向上爬升，恢复到原始状态，相对于自转的地球表面静静地悬在那里。

整个地球安静下来，70亿观众紧张地盯着屏幕上静止不动的飞船，盯着背景上缓缓旋转的天幕。飞船上的亚历克斯和地面的贺梓舟在内部通话器里紧张地商量着对策。指挥所工作人员认真检查了所有观测数据，一切正常。但——就像有一只看不见的手在飞船上加了一个负号，把本应向前的运动变成了后退。就在这时，地面指挥所收到一个简短的电话，电话来自那个荒废的"人蛋岛"：

"贺总指挥，建议干脆让飞船试试倒飞。"

贺梓舟立即回答："好的，谢谢你。"

这个应变措施显然是应该采取的而且是唯一该做的，但——关键是事态太不可思议，向前的驱动力竟然拉着飞船向后退！在思维的惯性下，贺梓舟和亚历克斯没能立即做出新决定，现在楚天乐的话帮助他们走出犹豫。

亚历克斯和姬继昌立即开始姿态调整。金鱼号的船首和船尾冒出了蓝色的焰流，它们都垂直于船的纵轴，但前后的焰流是反向的。于是，金鱼号以船的重心为对称轴，在太空中开始缓慢地转身。等它转过180度，重新在水平位置上稳定下来。亚历克斯说：

"倒飞状态下飞船无法观察前方，请地面观测站注意观察。"

"好的。"

"现在我请求点火。"

"同意点火。祝你成功。"

飞船再次点火。于是，在地球不计其数的电视屏幕中展示出这样怪异的画面：金鱼号头部向后，尾部朝前。一束强光向前射去，它本来应是驱动飞船前进的力量，画面上应表现为飞船的尾焰，现在却变成了火车行进时的前射灯光。灯光照亮了前行的路，但前行之路对驾驶员来说又是全盲的——飞船上可没有倒视镜。飞船抗拒着反向的光压，一路前行，逐渐离开了哈马黑拉岛的上空，向着太阳的方向飞去。从画面看，飞船的加速相当快，因为它很快就远离了新闻飞船的全力追赶，消失在阳光的光幕中，现在只有金鱼号舱内的摄像镜头还能送出直播图像。船长和他的助手已经完全走出了迷茫，此刻喜气洋洋，互击手掌以示庆贺。

地面指挥所内也是一片欢腾，人们轻松地笑着，离开工作位置互相拥抱，只有年轻的贺梓舟总指挥此时坐在椅子上，一动不动。作为指挥，他曾对实验中可能出现的种种意外做了周密的预案，但事态的发展竟然完全超出预计，好在它是以喜剧而不是以悲剧结尾。至于金鱼号为什么会如此，这会儿他心中已经多少有数了——其实在美国那次会议上，巴罗的发言中已经暗含了这种可能。普通民众此刻全都陷在五里雾中，不知道金鱼号怎么突然尾巴冲前地游起来，而且还游得相当快！这条金鱼真邪门，真古怪，可不应着中国一句俗语：牵着不走，打着倒退。但不管怎样，只要能游就行，最多不过是在飞船上安几个大大的倒视镜，而船长得习惯倒退着开船。他们也开始欢腾起来，喜悦中夹着笑谑。

一个小时后，飞船内的亚历克斯对指挥所说：

"按目前的盈余速度（船速减去理论上的同步速度），金鱼号如果想绕地球一周并重新定位于哈马黑拉岛上空，大概需要一周时间，等不及了。我想立即召开一次远程虚拟会议，就某些理论和技术问题尽快得出结论。据我看，金鱼号进行后续实验之前，结构必须来一个大的改动，因为——连它的工作原理都完全变了！请乐之友科学院尽快做好会议准备，注意与会人员应包括美国费米国家加速器实验室的巴罗先生，还有，两位人蛋岛上的隐居者当然也必须与会，在这个关键时刻，我们需要他们两位的睿智。很抱歉，打扰楚的闭关清修和泡利的天体享受了。"

乐之友们的工作节奏一向快如"鞭下的惊马"，一个小时后，远程虚拟会议开始了。与会者有四十多人，楚天乐、泡利、鱼乐水、衰弱的马士奇、姬人锐等全都在场。泡利仍是懒懒散散的样子，坐在窗边，目光盯着屋外。楚天乐的到场吸引了很多熟人的目光，因为不少人知道他已经有几个月闭门不出，连妻子也不见。大家对此都有私下的猜测。不过，楚天乐此时的表情似乎很正常，鱼乐水也不时侧过身同他低语几句。有不少人是以激光全息图像与会，包括飞船上的亚历克斯和姬继昌、美国的大胡子巴罗和身在三亚的贺梓舟等。虽然只是全息图像，与会人员也能感受到亚历克斯、贺梓舟和姬继昌的洋洋喜气。

主持人姬人锐宣布会议开始，亚历克斯说：

"首先我要向巴罗致敬。楚、贺和我倒是早就作出了如下预言：局域空间湮灭所形成的对飞船的驱动作用有两种，而且两者是相反的。一是光脉冲向前的驱动力；二是由于周围空间向空间之穴的流泻而表现为对飞船的拖曳力。据我们当时的想法，后者可以忽略。美国的巴罗先生独立地发现了第二种拖曳作用，并在那次美国会议上表示质疑，可惜，可能是我们的小贺过于能言善辩，轻易把巴罗先生说服了，否则金鱼号的实验就不会有今天的大乌龙。"

虚拟的亚历克斯笑着指指虚拟图像中的贺梓舟和巴罗，小贺难为情地笑了，巴罗自嘲地呻吟着：

"莫要戳我的痛处啊，我轻易放弃了一个在科学史上留名的机会。"

亚历克斯继续说："金鱼号此刻的退行是宇宙中从未有过的运动模式，我甚至怀疑以人类现有的语言能否把它剖析清楚，我试着来解释吧。飞船的行进其实与力完全无关，而且实际上，它与其'本域空间'之间根本没有相对运动。这句话很绕嘴是不是？我试着用比喻来说清它。甚至做比喻也很难啊，此刻我唯一能想到的、比较接近的比喻，是科学界曾经讨论过的一种特殊运输方式：饱和蒸汽管道。"

他简略介绍了这种管道的基本知识:"汽车在真空管道中行驶能消除风阻,从而以比较低的能耗实现超音速行驶,但建造巨大的真空管道造价过于高昂。解决办法是用饱和蒸汽来取代真空,这种蒸汽超过凝结临界点但仍保持气态,当车辆在管道中向前行驶时,前方的蒸汽受压后立即液化,这相当于我们的空间湮灭,于是车辆就在无风阻的情况下前进。车辆驶过后蒸汽会变得稀薄,液化的蒸汽因而迅速汽化,使管道蒸汽恢复原状。"

亚历克斯竖起食指,"请注意,在这样的运动方式中,车辆相对于身后的蒸汽,或者说相对于其身后的'空间',是不动的,这片空间我们称之为'本域空间';但相对于之外的空间比如管道壁,是运动的,我们称之为'非本域空间'。我们的金鱼号之所以能够退行,就是因为在鱼尾处的局域空间不断被消除,于是形成了一条连绵的空洞,向空洞中不断流泻的空间就带着飞船一同行进。所以,我要再次重复一遍:这根本不是物体相对于空间的运动,也与力完全无关,而是'本域空间'相对于静止空间的运动,飞船只不过是被本域空间裹挟而去。"他笑着说,"过去,科幻小说经常描写'虫洞',说虫洞可以连接翘曲空间,那始终只是幻想。但今天我们实现了真正的虫洞,它是在平直空间里人工挖出来的!只不过它是随挖随陷,飞船过去后虫洞也就消弥无形了。"他问大家,"正如巴罗上次在会上指出的,这个道理太绕,我不知道说清了没有?"

楚天乐笑着说:"我也找到了一个比喻。当年我曾举过孙悟空缩地法的例子,还说缩地有两种办法,一是在前边的路上挖去一大块,一是让前边的路均匀地收缩。大家还都记得吧。"

众人笑着点头。一个人说:"记得。当时你就是从'空间均匀收缩'这点出发,论证出局域收缩宇宙的边缘没有逆向湍流。"

"但现在用上第一种方法了。金鱼号的飞行就是靠着在前方空间挖洞,不是挖去一大块,而是一下一下连续地挖。这样一来,后边的空间就一直向前滑移,在这片空间里静止的飞船也就被裹挟着往前走了。这也是一种缩地法。"

众人点头,说听明白了,连其中一些属于"文科"的与会者,如危机处理专家吴正、古生物学家王清音女士、人类学家冀如海、心理学家董月霞女士，包括主持会议的姬人锐，都敏锐地理解了这些很绕的理论。这让亚历克斯有点意外，也很高兴：

"大家都明白，那我就往下说了。虽然飞船所受的拖曳作用时间很短，只是普朗克时间的级别——当时贺梓舟就是以这个道理说服巴罗的——但它并非是由力引起的位移，而是'纯几何'的位移，两种位移完全不同！由力引起的位移，其大小与力的作用时间有关；而纯几何位移是瞬时的，完全与力和时间无关，所以飞船最终表现为后退。后退不算问题，我们只需——就像现在这样——把金鱼号倒过来就成。"他苦笑一声，"问题是，我们精心制造的抛物形反射镜面，此刻竟然成了前进的阻力！当飞船随本域空间向前运动时，光压驱动力同时使它在本域空间匀加速地后退，否则飞船前进得会更快一点。"

与会者不约而同地看看大屏幕上的飞船，此刻它是在地球的背阳面，天幕暗淡，飞船的鱼形尾巴聚焦出一道强烈的光柱，劈开了很远的黑暗，也映出了黑色天幕上金鱼号的轮廓。这道强光本来应是飞船的尾焰，那样才合乎人们的观念。人们不由轻轻摇头。

"这个问题怎么解决？飞船该如何修改设计？"亚历克斯的神色变得凝重："不容易，因为先要解决理论层面的东西。所以我邀请大家开这个会，也特地把楚天乐这尊主神请出山，就是想尽早理出一个清晰的脉络。"

楚天乐平静地说："少扯淡，什么主神不主神的。先请你把自己的想法说出来，大家讨论。"

"好，我觉得最主要的是两点：一、这种运动是否有光速限制？二、如果能接近或达到甚至超过光速，飞船上有没有相对论效应？"

会场霎时变得非常安静，所有与会者都体会到了这两个问题的分量。它实际是在问：对于金鱼号这样以"纯位移"方式进行的空间航行，相对论是否已经不再适用？楚天乐微笑着，简单地问：

"你的看法？"

"我觉得金鱼号这种运动不应受光速限制，它所受的限制只是技术层面的。"

楚天乐点点头说:"你讲详细点。"

亚历克斯目光炯炯地说:"可以做个类比。在原先那个温和膨胀的宇宙中其实就有'超光速'的天体,因为相对地球来说,极远天体的红移速度已经超过光速。但这只是假象,该天体相对其'本域空间'是静止的,相对远空间的超光速是因空间膨胀造成的。同样,金鱼号相对非本域空间也能达到和超过光速!这并不违反相对论,因为它相对于'本域空间'是静止的。最后的结论有点类似于悖论:相对本域空间来说是静止的金鱼号,却能以光速甚至超光速逃离灾变区域。"

楚天乐点头:"对。换个说法就是:在超临界密真空存在的前提下,我们可以从空间中挖一条虫洞逃离。"

"把刚才那个类比继续下去,那些红移速度超过光速的极远天体,由于对本域空间是静止的,当然就没有相对论效应。所以,金鱼号即使以光速或超光速飞行——注意这个速度是相对非本域空间的——同样不会有任何相对论效应。没有时间速率的放慢、质量的增加、长度的缩短等。刚才飞船启动时,我们只感受到由光压产生的向后加速度,就是一个有力的证明。"

楚天乐再次点头:"我想你是对的。"

"这么着,宇航员甭想比地球人活得长久了,这是个很大的遗憾。当然也有对航行有利的因素,比如,因为没有相对论效应,飞船时间的流逝速率保持正常值,不必担心应急反应的速度了。还有,质量不会随速度而增加,所以飞船即使接近光速,其加速度也不受影响。"

楚天乐立即说:"错了!又回到相对论的老框框中去了,你这会儿是穿新鞋走老路。这是纯几何的位移,它虽然对非本域空间表现为速度,但根本不存在加速度和加速阶段。"

亚历克斯猛然省悟,赧然说:"是的是的,我错了。它根本没有加速过程,也不必担心宇航员的加速超载。"

"是的。没有加速过程,也不需要减速过程。飞船如果想停下,停止激发就行。因此飞船设计者再不必为那件老大难问题发愁了——过去,所有飞船抵达目标前都必须减速,但减速必须消耗巨量燃料,与加速段的消耗完全等量。不过,新飞船也有不利之处——不能在无动力时保持速度惯性,飞船必须持续激发才行,只要激发一停止,飞船就会在瞬间转为静止。"楚天乐笑着看大家,"你们说是不是?"

会场非常安静。两人为大家描绘了一个全新的图景,要接受它就得彻底颠覆旧的物理学体系。楚天乐示意亚历克斯暂停,以便大家有一个时间来消化它。在这个空当儿,他把虚拟的亚历克斯唤到身边,悄声商量着,亚历克斯不停地点头。

会场静止了30分钟,然后与会者此起彼伏地向主讲者示意:他们已经消化了,可以继续了。亚历克斯和楚天乐又商量了几分钟,然后亚历克斯说:

"对理论层面的这两点假说,大家有无异议?"众人摇头。"那好,我们开始技术层面的讨论。从技术层面看有两大难点,我一个个说。"

"第一,金鱼号粒子对撞所激发的二阶真空是一个直径300米的球体,连续激发就形成一条直径300米的虫洞。虫洞内的空间是飞船的'本域空间',在这里的运动是纯几何的、瞬时的。但在虫洞之外,一切仍受相对论和牛顿定律的约束。所以,飞船的大小必须限制在虫洞之内,否则'洞外部分'就会阻碍飞船的移动。但它不是牛顿力学中的阻力,我们姑且称它为'阻抗'吧。"他指指屏幕上的金鱼号,"金鱼号的尺度显然太大,现在因为速度很低,阻抗还不明显,但在高速运动期间就不行了。这个问题有两种解决办法:一是飞船瘦身,但它会使环形加速器的曲率增加;二是设法加大虫洞直径,比如采用多点同步激发。两种方法恐怕要配合使用。"

与会者认真地听着。

"第二,飞船如何达到和超过光速——当然是相对于非本域空间。它取决于三点:第一点,二阶真空球的半径,因为每次激发后飞船前移距离应等于它;第二点,它被激发的频率,即粒子对撞的频率,以目前的技术水平可提高到每秒亿次,这个频率足够用了;第三点,空间受激湮灭的前提是它必须是超临界密真空。我们创立的三态真空理论已经阐述了相关过程——一个呈球形的空间湮灭后，周围空间的急剧流泻使自身变成疏真空；然后由于空间单元稳恒态增生机理，它会在普朗克时间复原成标准真空；然后在周围超临界密真空的压力下复原成超临界密真空。前两个过程为时极短，可以不考虑。第三点将限制飞船的激发频率。初步计算表明，达到近光速是没有问题的，有可能超过光速。"他想了想又补充道，"但也有可能超不过，也许那个光速限制的魔咒还会通过某种机理继续保持法力。"

楚天乐点点头："你说得对，这种可能也存在，也许我们所认为的技术限制实际仍然是原理限制。但先往前走吧，让实践来最后证明。"

会场静了一会儿，大胡子巴罗起身问亚历克斯："就这两点了？"

"眼下楚天乐和我想到的就这两点了。"

"那我就冒昧了，给你添一个难点吧。"

亚历克斯看看楚天乐，饶有兴趣地说："谢谢！我要赶在你的'刁难'之前抢先把感谢说出来。现在请讲吧。"

"刚才，就是飞船改为尾巴朝前飞行之后，你们能否看到航线前方的景象？"

"当然不能。按照原设计鱼尾是朝后的，现在改为朝前，它把向前的视线全遮住了。我们现在扮演的是一位'背向跑'选手，不得不靠地面观测站来指引方向。不过，如果开个观察窗应该能看到吧——既然我们有如此明亮的一个手电筒。"亚历克斯开玩笑地说。

巴罗冷静地说："恐怕不止是因为鱼尾的遮挡。我们已经知道，飞船的前进是因为前面空间的连续湮灭，那么，对面射来的光线能通过湮灭的空间吗？"

众人愕然！没错，这是个全新的问题，没人知道答案，但从逻辑上说确实值得怀疑。楚天乐明显受到震动，立即面向巴罗点头，表示激赏。巴罗向他回以微笑，继续阐述：

"恐怕不能。一个湮灭后急速复原的空间肯定会干扰光线的正常传播，就像水中湍流会影响游泳者的视线。"巴罗继续说，"那么，能否在飞船侧部远远装几个前视镜，使其越过湮灭空间向前看？形象地说，它们就像几个反向的汽车倒视镜。也不行。因为刚才你已经说过，飞船的实体部分绝不能超出虫洞的范围。那也就是说，任何观察装置的视线都无法超越湮灭空间。"

众人对这个结论都感到震惊，但略做思考，很多人点头。楚天乐也再次对巴罗点头，激赏之情溢于言表。窗边坐着的泡利招招手，旁边人把无线话筒递给他，这个一向惜言如金的家伙只说了几个字：

"巴罗很对，但不全面。侧向的后向的视线呢？"

众人再次被震动，认真思索着。巴罗略做考虑说："泡利说得完全对！我刚才考虑得还不全面。这样的虫洞飞行，连侧向和后向的观察也是不可能的。"他详细解释道，"亚历克斯刚才说过，飞船与本域空间相对静止，这片本域空间是柱形的，更准确地说是喇叭形的。它拖在飞船之后，长度不会太长，估计有十个船身的长度，因为非本域空间很快就会侵蚀它。所有边界都应该有湍流，光线无法通过。"

泡利摇摇头："不是湍流，而是界面。"

巴罗思考一会儿，恍然道："对，应该是界面。"他埋怨着，"泡利你这个惜言如金的家伙，你难道不能多说几个字直接把问题说清吗？"

与会者都笑了，把目光聚集在泡利身上，那家伙若无其事，把目光又转向窗外。巴罗继续说："对，这应是本质原因：本域和非本域空间是不同相的，必然会形成界面，不仅光线，任何信息都无法通过，所以船内看不到外边，外边也看不到飞船。用一个形象的比喻，这一片喇叭形空间就像一条既不发光也不反光而且没有视力的混沌鱼，悄悄游过黑暗的太空深海。所以，"他怜悯地看着亚历克斯，"我的船长，如果使用这种空间驱动方式，你只能闭着眼赶路了。你永远不会知道前方有没有一颗挡道的恒星、一颗在太空中游荡的陨石或是盼着与你相会的外星人的星际飞船。甚至与外界的通信也不可能，无线电波甚至中微子波都无法通过相空间的屏障。"

亚历克斯迟疑地说："不会吧，如果你的说法是对的，那么此刻，金鱼号在靠空间驱动方式行进时，地球的观察者就不能看到金鱼号了，金鱼号内部的人也看不到地球。这与事实不符。"

没等巴罗回答，楚天乐接口说："不，那是因为金鱼号的激发频率比较低，尚未形成连续激发。激发空隙中金鱼号是可见的，连续的画面就造成连续视野，正如电影的放映。我认为巴罗的分析是对的，这种虫洞飞船如果形成连续激发，就将被无形的虫茧所包围，只能盲飞。"

众人默然。没想到这种全新飞船会在这个问题上卡壳。而且它必须解决，飞船绝不能蒙着眼赶路，即使在熟悉的区域内飞行，你也得随时观察前边有没有危险，比如一颗游荡的陨石。会场静默了很久，楚天乐说：

"我有一个设想，大家看可行与否。"他的声音不高，但众人马上静下来，目光集中在他身上。"我忽然想到了一项已经弃置多年的古老技术。在螺旋桨战斗机时代，曾为机枪子弹如何越过螺旋桨向前方射击而犯愁，后来工程师们发明了同步装置，使机枪子弹恰好从螺旋桨旋转的空隙中射出。"楚天乐微微一笑，"当然，我们的飞船没有螺旋桨，只有包裹船身的茧壳。但我们可以借鉴那个思路，只用把横向的时间片断改为纵向的片断就行。具体方案是这样的——但首先我得强调一下这种技术方案的两个前提，一个前提是：新型飞船的运动是纯位移，可以瞬时移动瞬时停止，不存在加速和减速阶段。第二个前提是：相空间界面的消失只需极短的普朗克时间。有了这两个前提，我们可以有意放弃连续激发，而改为断续的跳跃，比如：每前进30微秒，停止10微秒。在这10微秒内，通过已经恢复正常的空间向外观察，然后把得到的图像作为下一个行进时段的依据。只要超过每秒25帧，便会在人眼中展现为连续的视野。当然，这肯定要影响飞船的速度。我们可以在技术上精打细算，把观察所需要的10微秒努力降低。"他指指天上的金鱼号所在的方向，"这会儿的金鱼号实际就是这样被看见的。"

会议默然片刻后突然一片哗然。没错！这是个完全可行的方案，既简单又巧妙。但如此简单巧妙的方法又是极难想到的，发现者必须完全跳出牛顿力学和相对论的框框，抛掉"惯性"的概念。那可是个过于强大的框框，几乎成了每个科学信徒的大脑中的固化程序。在座的个个都是一流的智商，假以时日，相信有很多人都能做出这个发现，但楚天乐，这个靠轮椅行动的残疾人，在思维上总是比别人快那么一步。巴罗非常兴奋，也非常敬佩，以虚拟图像走过来同楚天乐拥抱：

"非常佩服你，你干脆利落地解决了这个难题。"

楚天乐握着那只虚像的手，笑着说："那先得感谢你首先想到了这个难题。"

"那不算什么。俗话说得好，一个傻子提的问题，一百个聪明人都不能回答。"

"我的天！你是一个傻子？像你这样的傻子越多越好。不过，先不要祝贺吧，想想这种方案有没有什么硬伤。"

会议进行了深入的讨论，没有发现硬伤。这个方案的关键是飞船的"行进时间"与"静止观察时间"的比值，但即使以最保守的估计，飞船速度也能接近光速。贺梓舟突然说：

"噢，对了，飞船的防辐射功能也可取消了。既然飞船被茧壳所包围，就不用担心太空辐射的紫移。因为航向正面的辐射被湮灭空间完全隔断了。还有，我们曾考虑过在加减速阶段要对粒子的轨迹予以校正，现在也用不上了。"

泡利和巴罗受到启发，同时伸手要无线话筒，然后又开始互相谦让。巴罗笑着说：

"泡利你先说吧，知道你的发言最简短。"

泡利不再谦让，说了三个字："反重力。"

巴罗笑了："对，这正是我要说的！这种飞船恐怕还有一个功能，是所有科学家翘首期待的，那就是反重力。因为，既然有相空间的屏障，非本域空间的引力同样无法作用到飞船上，这类似于飞船有了反重力装置。"

与会众人点头，会场气氛十分亢奋。新的飞船行进方式开辟了全新的视野，全新的领域，在它没有转化为实际航行前，已经让与会者尝到了智力体操的愉悦。主持人姬人锐说：

"我想理论层面的问题已经差不多了，可以进行下一个议题了——对金鱼号如何改造。"

会议不久做出了结论。金鱼号在绕地球一周后重新定位于哈马黑拉岛上空，进行改造。飞船上的粒子加速器改为多点同步对撞，把虫洞的直径扩大到800米。粒子对撞器的圆形轨道缩小，保证把飞船的实体直径限制在虫洞范围内。飞船前方，即原来的内抛物形鱼尾改为凸面鱼头，它只起收集光能的作用。船首原留有防辐射重水舱的位置，现在取消。飞船的凸面鱼头上设置观察窗,向驾驶员提供前方视野,实际是断续视野。

以上改动工作量很大,但金鱼号的结构本来就是积木式的,虽然改造上有很多困难,但肯定能够实现。金鱼号将从原理实验飞船升级为工业性实验飞船,加装相应设备,然后将离开地球在太阳系内航行,以考验它能达到多大的速度。估计这次航行需耗时数月,船员需要百名,飞船的改造即以上述估计为准。贺梓舟的工作暂停,协助亚历克斯进行金鱼号的改造。

尽管第一次实验弄出了"以头作尾"的大乌龙,但歪打正着,人类逃亡飞船又踏踏实实向前迈了一步,而且是历史性的跨越,至少从理论上打破了光速的限制。这就像是姬人锐曾举过的例子,印第安人祖先的原意是在冰面上追踪猎物,没想到会误打误撞地得到一个大陆。会场气氛很好,兴奋代替了震惊和迷茫。鱼乐水同样亢奋,她一向自嘲为"文科脑袋",难以跟上那些"理科脑袋"的思维速度。但今天她觉得头脑分外敏锐,会议中玄妙的技术性讨论她全都理解了,甚至能以记者的想象力,把它转化为直观的图像。

明天的金鱼号将在广袤的太空中飞速地无动力"滑行",对外界是不可见的,如一条隐形的混沌鱼悄悄游过大海。如果观察者有一双能看清时空深层结构的慧眼,他会看到这样的奇异景象:飞船前方的粒子对撞激发出巨大的真空之穴,伴着柔和的白光,周围空间向空洞中狂泻。流泻的空间裹挟着飞船向前。真空之穴不断被激发,在空间中挖出一条连绵不绝的虫洞。飞船紧随着真空之穴,因它的向前推进而前进。飞船过后,虫洞很快消失,恢复为平直空间。

这个图像颠覆了所有理论的预言,但它又是逻辑自洽的,令人信服的。参加会议的科幻作家康不名呻吟着:

"天哪,我作为科幻作家感到羞愧。你们的发现超越了科幻作家们最大胆的幻想。"

鱼乐水的兴奋还有另一个原因:丈夫此刻已经完全走出了自闭状态。他天生是智力大海上的弄潮儿,越是高强度的智力搏击越能激活他的竞技状态。在这样的气氛下,鱼乐水觉得不妨问丈夫一个比较敏感的问题。她触触丈夫,轻声问:

"天乐，你前段情绪不好，有人说，你可能事先已经估计到三态真空理论有死穴，金鱼号不会成功。是不是这样？"

天乐看看她，平静地说："不，我没有料到。"

"那你……"鱼乐水机敏地住口了，她从丈夫眼睛深处看到一种"黑色"。这两潭黑色深湖看起来很平静，但鱼乐水对丈夫了解太深了，表面的平静骗不了她。她知道此刻不宜于谈这个话题，就很自然地把话头引开了。

二

让鱼乐水高兴的是，会议结束后丈夫没提出回"人蛋岛"的话头，他向泡利辞别，全家人准备乘直升机回到深山的家中。鱼乐水让柳叶约上贺梓舟，柳叶高兴地答应了，蹦蹦跳跳地去找洋洋哥。但一会儿她一个人回来了，简单地说了一句："洋洋哥这会儿有事，来不了。"

到了家中，把两个残疾人安置妥当。马士奇说："水儿，乐儿，以后这样的会议我就不参加了。这次我深切感受到，我的智力已经衰退了，去了也是个摆设。"

他说话时很平静，但平静深处是深深的怆然。天乐夫妇也很难受。但干爹说的是实情，此次会议上他没有提出任何意见，只是做一个被动的聆听者。干爹一向是头脑敏锐的智者，但人都会老的，伴随着肉体的衰老，智慧之火也会越来越弱，这种结局无可逃避。而且对于他这样早就参透人生的老人，也不需要虚言安慰。两人爽快地答应了。

柳叶回家后就风风火火地准备做饭，说："今天妈和嫂子都不许插手，让你们领略一下我的厨艺。"鱼乐水敏锐地看出，她是以亢奋来掩盖情绪上的异常，看看婆母的眼光，显然也看出来了。鱼乐水知道柳叶的情绪异常肯定与贺梓舟有关，便避开柳叶，独自来到院内，想打个电话问问贺梓舟。刚到院里，贺梓舟的电话打来了：

"水姐，柳叶的情绪怎么样？"

鱼乐水没有正面回答："怎么，你拒绝了她的邀请？"

贺的声音有点难为情："我知道她心里会不好受，但我不想让她的误解继续下去。"

"你是说……"

"水姐,你知道,这些年来我和小柳叶太熟了,她在我眼中是个可爱幼稚的小宝贝,是个长着白色翅膀的小天使,是山中一朵带露水的花苞。我已经习惯了这样的形象,无法让它转换。特别是……水姐我把话说透吧,只要想象着在我和柳叶的关系中加上性的因素,我就会觉得自己十恶不赦,该杀该剐。"

鱼乐水被逗笑了。洋洋的这种心态有点匪夷所思,但其实也不算意外。她曾看过一项心理学调查:以色列的少年男女都要在公社里过一段集体生活,在集体生活中相互熟悉的男女反倒不容易建立恋情,这与中国所说的"青梅竹马"现象正好相反。这其实缘于人类一种古老的本能,可以自动防止近亲结婚。想起自己曾撺掇柳叶向洋洋哥进攻,觉得当时有点儿孟浪。她开玩笑地问:

"你是否已经有了心上人?"

"那倒没有。你想想啊,有姬伯伯的鞭子每天抽着,我哪有闲心和闲暇!"

"你不必担心。柳叶没有什么异常,就是有,我也会安慰的。这样吧,我替你把话对她说透,以后你该回来还照常回来。"

"水姐,多谢了。"

她到厨房帮柳叶干活,抽空儿把话说透了,柳叶一声儿不吭,但情绪中显然有强烈的沮丧和恚怒。鱼乐水笑着说:

"洋洋的心思虽然有点儿怪,也是可以理解的,因为他已经当惯哥哥这个角色了。其实我有一个好办法。"柳叶没有说话,但显然竖起了耳朵。"很简单的一个办法,但也许很有效——三年内不要见他,然后让他突然见到一个已经陌生化的成熟女士。"

这句话让柳叶陡然一震!她仍是一声不吭,但显然陷入沉思,不久她的情绪就恢复了正常,开始有说有笑了。鱼乐水带着戏谑地想,看来这位18岁的年轻姑娘已经下定决心,要用三年时间攻下这座要塞了。

一家人吃晚饭时,马士奇笑着问妻子:"你也跟着开了一天会,会上说的什么你听明白没有?"

天乐妈一向自称是榆木脑袋,向来躲在家常生活的蜗牛壳内,从不尝试着用触角去碰壳外的理性世界。但这次她的回答出人意料:

"听懂个八八九吧。"

"真的?那你给讲讲,新的虫洞航行是咋回事。"

天乐妈真的讲起来,令人大跌眼镜的是,她确实听明白了!虽然她说的不是绝对正确,但基本脉络是对的,连巴罗都说很绕的航行原理,她也都说对了。她讲完了,忐忑地问大家:

"我说的照路数不?"众人齐口称赞,说她讲得很对,夸她太聪明了。天乐妈兴奋中吹了一句牛:"就是嘛,我自己也觉得我越老越聪明了。"

鱼乐水迅速看公公一眼,她是怕这句话无意中引起公公的伤心。她发现丈夫也迅速看干爹一眼,那时她还不知道,丈夫这个反应是因为另外的心思,另外一个灵感。

晚上上了床,把赢瘦的丈夫拥在怀里,鱼乐水平静地说:"天乐,咱俩为要不要孩子已经讨论了这么多年,现在我下决心了:今年就怀孕,用你的精子进行体外授精。道理我就不再重复了,还是褚大叔那句话,既然这种基因能产生你这样的天才,那么即使它带有致病因子也值得保留。"

今天丈夫没有反对。"既然你决心已定,我就不阻拦了,最好生一个女儿,女儿不会遗传这种病。"

"不,我不想刻意选择,听凭天意吧。"

"……也好。"

两人静静地躺了一会儿。鱼乐水想起丈夫前段的自闭,想起姬人锐对自闭原因的分析。现在,丈夫已经明确排除了第二个原因——预判金鱼号第一次试验不会成功,那么会是第一个原因——他发现了更大的灾难?鱼乐水不大相信这一点,但不想在这个时刻谈论它,就提起另一个话题:

"天乐,晚饭中妈讲了新虫洞原理后,我看对你似乎有很强的触动。"

天乐的目光透过黑暗看着远处:"是的。以妈的智力和知识层次,她本来不会理解得这样透彻。"

鱼乐水听出了他的话外之音,"你是说……"

"我有一个强烈的感觉,这个感觉已经很长时间了,今天听妈的话后格外强烈——近十几年来,人们的智商似乎普遍有大幅度的提高,包括高智商的科学家,也包括普通民众。你难道没有这样的感觉?"

"嗯,我自己早有感觉。不过我一直认为,可能是跟你们这些大脑袋科学家相处得久了,潜移默化,把我也熏聪明了。"

天乐摇摇头:"不会这么简单。我自己就有强烈的感觉,与过去相比,现在的大脑远为管用。还有,乔治早就对我说过,他在极短时间研究成功人蛋繁衍技术,自己都觉得不可思议,简直有如天助。也许……先不急着猜测吧,我想从明天起,就组织一项大规模的智商调查,以便得出一个客观的效果。"

鱼乐水替他把结论先说出来:"你是说,密真空加快了人类大脑的思维速度?"

天乐未置可否。

"而且随着真空的继续收缩,人类的智商还将大幅提高?"

"先不忙做结论,调查后再说吧。"

两人静默了一会儿。鱼乐水按捺不住内心深处的欣喜:"以我的直觉,这个结论肯定是对的,因为我在不知不觉间,已经学会了你们的理性思维。特别是,我已经尝到了智力搏击的快乐!要知道,我在上学时虽然理科成绩也说得过去,但其实从感情上说对理性思维是排斥的,从没有享受过理性思维的愉悦。现在我似乎变了。"她笑着加了一句,"我觉得离我的丈夫更近了。"

楚天乐喜悦地拍拍她的背。"我也很高兴。"

鱼乐水遐思地说:"如果智商的提高造就一千万个爱因斯坦、波尔、杨振宁和楚天乐,这世界会是什么样子!上帝毕竟是仁慈的,他给人类带来了灭顶的灾变,但也附带着送了一份最宝贵的礼物。"

"嗯,你说得不错。"

鱼乐水敏锐地发现丈夫这会儿心不在焉,否则以他平素的谦虚恬淡,不会默认把他与三位科学巨匠并列的。他显然有很重的心事。虽然他们是在谈论一件喜事,但并没冲淡丈夫心中的阴影。他们没就这个话题往下说,一直到多年后,鱼乐水才知道了在这个晚上丈夫心中想的是什么。

第八章　太空冲浪

> 那个时代奇迹频现，简直令人眼花缭乱。就在弄出"以尾作头"的大乌龙之后不久，人类就实现了壮丽的太空冲浪——但它也伴随一路毁灭。
>
> ——鱼乐水《百年拾贝》

一

姬人锐迅速组织了楚天乐所倡议的大规模智商调查。楚提出倡议第三天，50个人坐在乐之友总部的会议室里，他们都是世界上最有名的心理学家、韦氏智商测定专业工作者、脑生理学家。其中只有一位是量子物理学家，就是在人蛋岛上隐居的泡利，楚天乐把他拉来了。楚天乐直接进入正题：

"欢迎诸位。乐之友科学院想委托诸位搞一次大规模的智商调查。我本人从未做过智商测定，对它是绝对的外行，所以我想先向诸位老师讲一讲心中的两个疑问，它与此次调查的目标直接有关。"

英国著名心理学家普鲁特兹笑着说："请讲。我很高兴有一个超级天才做我的学生。"

"那我就讲了。第一，韦氏智商测的是人群的离差智商而不是绝对智商，换句话说，无论对成人组、儿童组和幼儿组，IQ在90～109的人都占样本总数的50%。这样可排除一些不定因素，使测值具可比性。我说的对吧。"

"对。"

"为了准确，此次智商调查仍希望采用离差智商，但所采用的样本平均值并非今天的，而是50年前的。这可以做到吗？"

普鲁特兹敏锐地说："50年前，也就是空间还未收缩的时刻。你是想测量空间收缩对人类智商的影响？"

"对。"

普鲁特兹与周围几个熟人低声商量一会儿，说："那要使用 50 年前智商测定的原始分，而不是最终换算出来的 IQ 值。那时没做过如此大规模的智商调查。但我们可以把零散的数据收集整理，还是能做到的。"

"谢谢。我的第二个疑问是：我知道韦氏智商测定已经程序化，用严格的程序来保证测值的客观性，我希望此次调查延续这样的客观性。但——坦率地说，我又怕你们陷于精致繁复的程序中，陷进数字迷宫中，反而模糊了清晰直观的结果。因为我想要的是一个非常直观的答案——空间收缩究竟对人类智力有没有提升作用，如果有，大致提升了百分之几。"

普鲁特兹笑着摇头："你这不是疑问，而是对我们的苛刻要求。不过——既苛刻又简单。实际上，如果你要一个大致的直观的答案，我这会儿心中就有。因为这些年来，我已经注意到很多直观的证据，比如市面上智力玩具的销量近 20 年来翻了十倍。又比如说，国际象棋领域的人机大赛，人类再次与电脑平分秋色。等等。"他伏下头在一张纸片迅速写了几个字，折成燕形，走过来交给楚天乐。"打个赌吧。这是我的答案，等调查结束后请你再打开，看看两者是否吻合。如果两者相差 5% 以内算我赢，否则我输。"

天乐笑着把纸燕装入上衣口袋，问："赌什么？"

"如果我输了，就永远不再看《花花公子》杂志。"

"这倒是个别致的赌注。好的，我同意。如果我输了呢？事先说明，我可从来没看过《花花公子》。"

"如果你输了，那你就要——听着，按我定的标准活下去，至少活到 100 岁。"他又加了一句，"你活着不是为自己，而是为众人。"

楚天乐一时默然。普鲁特兹的话让他很动情，不过他还是以玩笑口吻来回答，"多谢。只是，这个赌注我怕是不能兑现啦。能活到现在，我已经是超常发挥了，是托段医生的福。我只能答应你，尽我的能力多活几年吧。"

屋里气氛比较凝重，稍停普鲁特兹笑了，拂去这片凝重。"好的，那我就马虎一点，把这也算做你的履约吧。"

泡利忽然也在纸片上写几个字，折成燕形，交给楚天乐，简短地说："我也参加。同样的赌注。"

楚天乐笑着也把它装入口袋。普鲁特兹说:"哈哈,这一下咱们的赌局更有看头啦。泡利先生一向直觉惊人,百赌百赢,在科学界声闻遐迩。"他恢复严肃的口吻,"现在,我来讲两个技术性的问题。第一,过去的智商测定是横向的,是测某个个体相对于他所属人群的离差智商。而你要求的智商测定是纵向的,是测今天的人群相对于50年前人群的智商变化。这其实是个全新的工作,但我们努力把它做好。"

"很好。"

"第二点比较难。众所周知的一个寓言:突然扔到沸水中的青蛙能够逃命,因为突然的强刺激加速了肾上腺素的释放。人类在19年前就是突然被扔到沸水里,从而使各个领域超常发展。如果测量出人类智商值大幅升高,那么,除了本底智力的提高外,应该也有肾上腺素的作用。但两者是无法分离的。我刚才给你的那个百分比,就包括了两方面因素。"

楚天乐稍顿,"再难也要分离。我想知道的是空间压缩对人类智商的确切影响,不能包含肾上腺素的因素。"

"既然是这样,那我冒昧提一个建议,为什么不把动物智商调查包括在内?动物,尤其是几种猩猩,都有可观的智商,并且得到了充分的研究,有足够的对比资料。最有利的条件是——它们的智商不足以感觉到那锅沸水的存在,完全可以排除肾上腺素的因素,调查结果会更为客观,这对人类智商调查能起到有力的借鉴。"他补充道,"当然了,这样做有一个隐含的前提,那就是人和猩猩的大脑没有本质区别,凡是能促进人类智力的因素同样会影响到猩猩。"

楚天乐立即笑着说:"这个前提毫无问题。我想在座诸位也不会秉持人类沙文主义。"

"好的,那我通报一点信息吧,这正是我刚才提出这个建议的基础。我一个朋友在塞内加尔研究黑猩猩,已经20年了。他最近对我说,近几年那儿出现了非常非常有趣的事。"

究竟是什么内容他没有往下细谈,但楚天乐完全理解了这个消息的分量。

"你的意见很好，那就在例行的成人组、儿童组和幼儿组之外，再加一个动物组。普鲁特兹先生，这项调查就全权委托给你了，所需人力和费用你只用提出清单，直接找姬院长就行。现在联合国的 SCAC 与我们建立了全面合作关系。所以，无论是乐之友的资源，还是 SCAC 的资源，你都可以任意调用。"

普鲁特兹看看姬人锐，笑道，"我经常听到一种说法，说 SCAC 已经被乐之友吞并了。"

姬人锐立即回应："扯淡，完全是扯淡。没有什么吞并，只有全面合作。我们之间的合作确实卓有成效，而且很愉快，尤其是在阿比卡尔当了那个'小秘书长'之后。"

"但客观地说，乐之友已经是世界政治的实际中心。有一个普遍的说法：乐之友的执委会再加半个 SCAC 是世界的真正领导，被称为'科学执政'，而联合国安理会或联合国大会只是两枚橡皮图章。"

楚天乐笑着说："乐之友们之所以能干出一点事，就是因为能轻装前进，所以你千万不要把这么大的战车绑在我们身上，那是害我们。"他转回刚才的话题，"普鲁特兹，此后我就不再过问智商调查这件事，直到你给我拿出结果。什么时候可以？"

普鲁特兹看看姬人锐："我本来想说一年的，但我虽然远在异乡，也已经听熟了上帝之鞭的凶名。所以——六个月之后吧。"

姬人锐面无表情。"三个月。"

"只给三个月？"普鲁特兹看看楚天乐。楚笑着和姬说了几句，为客人求情。姬人锐又迸出来三个字：

"100 天。"

普鲁特兹苦笑："上帝之鞭先生，你真慷慨啊。好，100 天就 100 天。那么，我们一分钟也不敢耽误了，从现在起就开始进入角色。我要先定下项目组成员。"他略略考虑，点了场内六个人名。"我们七人留下来，开始商量具体计划。其他人请便吧，想留下旁听也行。"

这六人中不包括量子物理学家泡利。他看着楚天乐："说吧，我的活儿。"

楚天乐说："你的工作是单独的，也许更为重要，所以把它交给一颗最聪明的脑瓜。咱们已经知道,真空的深层结构相当于空间的第四维。如果空间收缩确实影响智力,那么它是通过什么样的途径?这是一个全新的课题,希望你能把它搞清楚。"

泡利看看姬人锐。"我干。至于时间……"他看看姬人锐。

楚天乐笑了:"我们的上帝之鞭哪能不通情理呢,他知道这项任务100天交不了卷的。你俩随后再定吧。"

但泡利的回答出乎他们的意料:"我也100天。"

楚天乐惊异地盯着这个寡言少语的家伙,对方的目光平静而自信。楚天乐想,泡利既然这么有把握,说明他对此早就开始了研究。他欣喜地说:"那当然更好啦,看来我没有选错人。咱们走吧,不要影响普鲁特兹小组的工作。"

二

两天后,普鲁特兹带领心理学家董月霞和脑生理学家斯特利,来到非洲塞内加尔的密林。泡利也来了,他是列席参加,"想在脑中装一些直观的画面"。同来的还有乐之友基金会副会长葛其宏,他最近比较闲暇,"想和黑猩猩比比智商"。

普鲁特兹此行是来找一个老朋友弗朗辛·布鲁瓦,他已经与黑猩猩共同生活了20年。一位黑人向导姆拉戈带他们进入密林,布鲁瓦不使用手机,姆拉戈就是他的交通员。由于他居无定所,随黑猩猩群迁徙,所以姆拉戈也不敢保证什么时候能见到他。不过这次很顺利,进入密林第二天,向导就发现了那个黑猩猩族群。他让客人在原地稍等,一个人悄悄向前潜行。不久,他带着布鲁瓦匆匆返回。那是个健壮的白人中年男子,褐色头发,蓝眼睛,胡须和头发乱蓬蓬的,古铜色的皮肤,全身赤裸,只在腰部围着草叶裙。他同老朋友普鲁特兹拥抱,又同其他客人拥抱。普鲁特兹向他讲了此行的目的,布鲁瓦说:

"住在这片与世隔绝的密林中,我差不多已经忘了空间暴缩这档子事,所以,是不是空间收缩引起它们的智商爆炸,我还从没有考虑过。但这些猩猩在近几年中确实有显著的智力提升,这点毫无疑问,我早就在为此欢欣鼓舞了。眼下我就能带你们看一些有趣的画面,看完后咱们再讨论。跟我来吧。"

他领着大家悄悄前行。虽然他本人早就是黑猩猩族群的一分子了,但今天陌生人太多,他怕惊扰了黑猩猩。到一个地方他让大家停下,前边二十米开外有一小片林中空地,二十几只黑猩猩聚在那里,围成一个圆圈在干着什么。它们发现了这边的陌生来客,但可能知道这是布鲁瓦带来的,没有表现出受到惊扰的迹象。布鲁瓦小声说:

"我刚才离开这儿之前,它们刚刚捕获了三只倭丛猴,这会儿正准备分食。看见了吗?有几只黑猩猩手中拿着修整过的尖头硬树枝,那是它们用来捕猎的矛。它们会使用武器倒不稀罕,动物学家在四十年前就已经知道了。不过——你们往下看吧。"他笑着扫视大家,"不必为随后的画面震惊,我和姆拉戈早就习以为常了。"

他不再说话,几个人静静地观察着。那边的黑猩猩原来是在准备篝火,它们把一些树枝聚拢,叠架成空心的柴堆,这些事它们干得相当熟练。众猩猩干活时,一只体型健硕的雄猩猩站在一侧冷静地看着。布鲁瓦说:

"那是它们的首领,我给它起的名字叫阿兹。"

等柴堆架好,众猩猩把目光都转向阿兹,阿兹威严地走过来,举起左手。普鲁特兹在布鲁瓦的示意下举起望远镜,把镜头对准阿兹的手。原来它的左手中握着一只银白色的打火机!布鲁瓦说:

"看清了吗?是只打火机,从我这儿偷的。你们知道,我一直同它们一块儿生活,尽量和它们吃一样的食物。但我的胃毕竟和黑猩猩的胃不同,有时候我也会悄悄避开它们,用简易炉子煮一些熟食,调剂一下肠胃。我做得很小心,相信从未让它们发现。但——我怀疑它们用秘密盯梢的办法发现了我的秘密。五年前我丢了一只打火机,随后发现打火机被阿兹弄走了,后来它就学会了像我一样生火,在火上烤肉吃。再后来阿兹就把老首领赶下台,自己成了族群的首领。"

那边打火用了很长时间,普鲁特兹用望远镜观察一会儿,回头说:"阿兹

的动作非常庄重,像是在举行宗教仪式。"布鲁瓦笑着摇摇头:

"不,没有什么宗教意味。黑猩猩的大拇指远没有人的灵活,阿兹打火时常被烧疼手指,即使现在也不能完全避免。所以它打火时非常小心,毋宁说得首先克服恐惧。所以嘛,直到现在,在这个族群中,点火仍是专属阿兹一人的权力。当然,如果把它们对火的敬畏感看成是宗教的萌芽,也不为错。"

那边突然爆发出兴奋的尖叫,是阿兹把火点着了。小小的火苗在树枝间腾跃着,蜿蜒着,突然嘭地一下变为熊熊的大火。火星四溅,可能灼伤了几只猩猩,兴奋的尖叫中夹着惊叫。阿兹得意扬扬地从火堆边退回,把那只银白色的打火机小心地攥在手里。几只雄猩猩把三个倭丛猴的尸体穿到树枝上,架到火上烤,其他猩猩贪馋地盯着。布鲁瓦说:

"这两年来,这个族群的生活已经离不开火了。但它们没有学习如何保存火种,因为没这个客观需要——它们知道我的秘密住所有打火机,等到某只打火机打不着火了,就到这儿再偷一只。这已经成了我和它们之间心照不宣的秘密。"

那边把肉烤熟了,香味飘到这边来。它们把食物首先献给阿兹,阿兹撕下一块儿,其余的让大家分食。这时一只黑猩猩忽然离开族群向这边走来,布鲁瓦急急地介绍:

"看见来的那只雌猩猩了吗?它叫玛鲁,是我的恋人。"他看看大家,"我可不是开玩笑,至少不全是玩笑。你们先看看它腰间的草裙。"

它走近了,确实穿着草裙,样式与布鲁瓦的一样。布鲁瓦说:"玛鲁是阿兹的一个妃子,但它最近两年一直向我示好。它非常关心我,把最好的食物留给我,族群迁徙时总是把我罩到视野中,如果有半天见不到我就会非常焦灼。我生活在黑猩猩群中,按说也应该裸体的,但毕竟文明的积习难改吧,所以我一直以草裙来遮羞。我没想到的是,玛鲁从今年起对我的草裙非常艳羡,常来我身边,摸着草裙眼巴巴地看我。也许它的,噢,她的,"布鲁瓦摇摇头,自嘲地说,"有时我真不知道该用什么样的人称代词了。也许它的智慧已经懂得了遮羞?后来我为它做了一条草裙,它非常喜爱,穿上后片刻不离身。"

玛鲁走到半途,犹豫地停下来,可能是对"恋人"身边的陌生者心存忌惮。葛其宏打趣主人:

"玛鲁对你示好,那位黑猩猩之王吃醋吗?"

"不,没有。我想原因是,他——和玛鲁一样——对我所代表的智慧心存敬意。至少它们都知道,打火机,这种它们世界之外的宝物,是我带来的。嘘——"

布鲁瓦让大家噤声,因为玛鲁在短暂的犹豫后又走过来了。现在能看清它手中拿着一块儿熟肉,它走过来,避开其他人的目光,殷殷地看着布鲁瓦,把肉双手捧给他。布鲁瓦马上撕下一块儿,把其余的还给玛鲁,赞赏地拍拍它的头顶。受到夸奖的玛鲁满脸光辉,兴高采烈地跑回去了。

几个人相当感动和震惊,因为它孩子般的喜悦中显然有"女性的柔情"。布鲁瓦说它是自己的恋人,看来确有此事。接下来的事让大家更为震惊。玛鲁回到黑猩猩群中之后,阿兹走近它,两只猩猩用手语比画着。布鲁瓦说:

"看,它们在用手语交谈。手语是我教的,现在全族群都会使用了。猩猩们会用手语倒不值得惊奇,早在上世纪80年代,美国大猩猩基金会就教会一只叫科科的低地大猩猩使用1000多种手语词汇,懂得2000个英语口语单词,能够与人类相当顺畅地进行交流。"他一边介绍着,一边努力辨识着那两只猩猩的手语。"噢,阿兹是告诉玛鲁,'再送五块肉过去,因为尊贵的布鲁瓦带来了五位客人。'"

葛其宏怀疑地看着布鲁瓦,不知道他是开玩笑还是真话。原来是真的。那边过来五只猩猩,玛鲁打头。它们很快走近了,每人手里拿着一块儿熟肉,把肉恭敬地奉给五个客人。在布鲁瓦的示意下,五个人赶快收下礼物,也像布鲁瓦一样拍拍对方的头顶表示赞赏。五只黑猩猩欢天喜地地走了。

五个人都努力撕吃着半生不熟的猴肉,盯着黑猩猩群落,陷入沉思。斯特利说:"真不可思议。"董月霞也说:"实在令人震惊。"现在,这个黑猩猩族群可以说已经脱离动物的范畴了,算是灵智初开的土人了。它们有了一个慷

慨大度、颇有威望、脑瓜灵光的头人,甚至有了初步的男女之爱,假以时日,谁敢说一个新文明不会从这儿肇端?普鲁特兹问布鲁瓦:

"老朋友,我最近收集了很多资料,发现世界各地的动物都有显著的智力提升,但只有你这儿最为惊人。这是为什么?"

"很简单。我想是因为黑猩猩的智商本来就接近脱离蒙昧的临界点,所以在同样幅度的刺激下唯有这儿产生了突变;或许还有一个原因:这儿基本是自由状态下的群体生活,在这样的社会结构下,智力提升更容易产生正反馈。"

泡利有点儿按捺不住了,急迫地说:"我想去那里生活。它们允许吗?"

布鲁瓦看看他雪白的皮肤,开玩笑地说:"应该没问题。唯一的问题是:你和它们的肤色相差太悬殊啦,不过我相信它们不会把你当成劣等民族。你们是不是都去?"

"对,都去。我们都去。"其他人说。

"那你们首先得下决心,像我这样赤身裸体。"他笑着,又说,"等一下,我去问问阿兹。"

他走过去。阿兹看见了,也向他迎过来。一人一猩用手语交谈着。交谈持续了相当长的时间,这边的五个客人虽然完全看不懂,但都看得入迷。阿兹和刚才几个猩猩明显不同,目光相当沉静,没有其他猩猩的畏缩。最后布鲁瓦回来,笑着说:

"走吧。它非常高兴地邀请你们去族群中做客。我刚才是开玩笑,你们不必脱衣服。它们已经足够开明,不会在意几个无毛异类的丑陋。"

五个人欣喜地跟着他往那边走,心中也多少有些忐忑。葛其宏咕哝一句,布鲁瓦回头问:"你说什么?"葛其宏说:

"我为玛鲁惋惜。你看它的拳拳深情!但它的单相思注定是无望的。"

布鲁瓦笑笑,没有应声。过一会儿他说:"如果按这两年的智力提升速度,它们很快就会脱离蒙昧,成为人类中黑白黄棕之后的第五种肤色,或者可以称为'有毛人种'。如果是那样,你会在意妻子的肤色吗?"

葛其宏摇摇脑袋,不情愿地承认:"尽管我不敢想象娶一个有毛的妻子,但——我想你是对的,关键不在形貌,而在于大脑中盛装的智慧。"

三

100天后,普鲁特兹小组公布了这次大规模智商调查的结果。泡利同时提交了单独的研究报告,其中包含一个公式。

按普鲁特兹小组的研究结果,人类,包括成人组、青年组和幼儿组,以及所有智商可测的动物,物种平均智商比50年前都提高了45%左右,肾上腺素对其并无显著影响。黑猩猩的进步最为显著,它们的平均智商提高了65%,属于特殊的"临界爆炸"现象。由于黑猩猩的智力提高肯定与肾上腺素无关,所以这个数据对于上述结论是个有力的旁证。

两人的打赌是楚天乐赢了,因为普鲁特兹那张纸条上写的是:估计人类智商提高了35%。这个值与实测值的误差大于打赌时定的5%的标准。但普鲁特兹强辩说他当时说的5%只指负差,即实测数据比他的数据低5%才能判他输,因为他早就料到这个数据会超过!楚天乐认可了他的强辩,笑着说,"我巴不得输呢,巴不得实现那个赌约——活到100岁。"

打开泡利的燕形纸条后发现,上面并没有打赌的数字,而是一个公式,与泡利的正式报告中所列举的公式完全一致。泡利在报告中说,他早在五年前就开始了这项研究。当然,这是一个世纪性的课题,不可能在短时间内研究透彻,眼下他只能得出一个初步结论:密真空通过量子层面的效应影响了人类的智力水平,就像溶液中离子浓度的增加可以提高电流密度,土壤肥力的增加可以提高植物的生长速度。泡利以实测数据和理论推演拼出了一个经验公式,可以依据不同的真空收缩率计算出不同的智力提高值。把当下的收缩率数值代入,正好得出了普鲁特兹报告的那个数值:45%。

比起普鲁特兹的结论,泡利公式的适用范围更为广泛。公式中智力提高值与收缩率呈正相关,也就是说,如果空间继续收缩,人类智力还将提高,逐渐接近一个极限值 $e^{2/3}$,即1.95。现在智力提高了45%,还有继续提高的可能。

科学界同仁普遍接受了普鲁特兹和泡利的报告。

调查报告还附带给出了另一个结论：在密真空中电脑的计算速度并无增加。这本来就在人们的意料之中，因为电脑的计算速度基于光速电流——准确地说是光速传递的电场，已经是宇宙间最高速度了。但这个理所当然的结论还是激起了小小的兴奋。调皮鬼们在网上说："人类可以不必对神通广大的电脑自卑了，因为我们相对来说变聪明啦。"

全世界的民众——以他们已经提高的智力——欣喜地品味着这个结论的意义。成人教育立即成了最时尚最强劲的潮流，因为数十亿知识层次较低的人现在都有了过剩的智力，大家不愿像过去那样浑浑噩噩地被关在"无知的囚笼"之中。但对于乐之友们来说，喜悦的基色中也浮动着悲怆，因为智力的提高是建基在"空间收缩灾变"之上的，如果人类不能逃出灾变区域，那智力的灿烂怒放不过是死亡前的回光返照。

虫洞飞船的进展极为迅猛。春花烂漫的一天，贺梓舟从极度繁忙的工作中抽出时间，回到久违的山中。同来的有他的同事奥芙拉·哈扎，一位犹太裔姑娘，是一位出色的工程物理学家。有姬继昌，如今也是他的同事，项目组的骨干成员。姬继昌把爹妈也请来了，这是贺梓舟的意思，因为今天他要与乐之友中最重要的几个人，或者说乐之友的灵魂，谈一件重要的事情。他们没有唤亚历克斯同来，因为在这件事上他们和亚历克斯有分歧。

马氏夫妇和楚氏夫妇高兴地接待了客人，他们早就把洋洋和昌昌视为马家成员了。79 岁的马士奇极度羸瘦，不过精神还行，坐在轮椅上同客人聊天。楚天乐这一年来没有再回人蛋岛过隐居生活，因为妻子怀孕已经四个月，明显有身子了。乐水今年 44 岁，属于高龄产妇，残疾的楚天乐虽然照顾不了她，留在身边至少是精神上的安慰。马柳叶远赴美国哈佛大学留学，已经走了一年。屋里还有新请的保姆徐嫂，天乐妈毕竟年纪大了，照顾两个残疾和一个孕妇是心有余力不足了。

贺梓舟略带难为情地问："柳叶还生我气不？她到国外留学，这么大的事也不对我说一声，把洋洋哥当外人了。"

鱼乐水如实相告："她是听了我的劝告走的。我当时说的话是：'如果你想让洋洋哥接受你，把小妹妹变成恋人，那就下决心远离他三年，然后，让他突然看到一个陌生化的成熟女性。'"

她说这话时瞟了奥芙拉·哈扎一眼。女人的眼光是最敏锐的，鱼乐水已经看出奥芙拉·哈扎与洋洋的关系很亲密。所以柳叶很可能已经没希望了，等三年后她回来，这边的关系已经铁板钉钉了，但不管怎样，她觉得该把柳叶的心思说出来。鱼乐水知道，在开发虫洞飞船的世纪性行动中，科学家中已经形成了一个势力强大的少壮派，或者叫诺亚公约派，贺梓舟是其首领，这位犹太裔姑娘肯定也是其重要成员吧。

贺梓舟无奈地摇摇头，没有就柳叶这个话题说下去。奥芙拉·哈扎注意地看看鱼乐水，分明听出了她的话外之意，但没有做什么表示。贺梓舟先问了家人的安好，与马伯伯拥抱。轮椅上的马士奇说：

"我已经是风前残烛了。这具身体已经基本上拒绝接受外来的营养，正在缓慢地吞吃自身，首先是吞吃肌肉细胞，然后是骨骼。"他指指自己羸瘦的四肢。"最重要的大脑将放到最后再吞食，不过为期不远了。所以，趁着头脑还清醒，我想提前同大家告别。"

大家都很难过，在他身后，68岁的天乐妈眼眶红了。马先生说的是实情。他是因衰老引起的全身机能衰竭，无药可治的。马先生爽朗地说：

"我说过，生生死死是老天爷定下的最硬的铁律，谁也躲不过，不必说它了。不过，对死神认输前，我还想争取一个小小的胜利——看到孙子出生。"

鱼乐水藏起悲伤，和公公开着玩笑："那没问题，爸你努力坚持，我也抓紧一点。空间都压缩了，孕期难道不能压缩吗？"

她有意挽起丈夫的胳臂。这一年来，丈夫依然有很重的心事，即使将为人父的喜悦也不能驱走它。她同二老和姬人锐私下谈过自己的担心，三人都劝她不要急，说等时机成熟，天乐会自己说出口的。这会儿姬人锐看看寡言的天乐，对贺梓舟说：

"洋洋，你说有重要的事？开始吧。"

"好的。"贺梓舟喜气洋洋地看着大家，"天乐哥，那次远程虚拟会上你已经说过，对于这种因空间湮灭造成的纯位移式飞行，或者说是虫洞飞行，其最高速度没有理论上的限制而只有技术上的限制。但你也曾担心，光速限制的魔咒也许会以某种迂回方式继续有效。"

楚天乐点点头："嗯。"

"这一年来我们终于搞清了这件事——魔咒确实失效了！虫洞式飞船对非本域空间的速度完全可以达到光速，可以达到1.7龙赫甚至更高！航空术语里面一马赫是一倍音速，我在这儿使用龙赫，一龙赫就是一倍光速。当然，前提是……"

他停下来看看楚天乐。后者敏锐地说："前提是飞船得连续飞行，放弃我所设计的断续飞行方式，也就是放弃对前方的观察？"

"是的。天乐哥，眼看着宇宙中最硬的光速铁律能够被打破，我们咋能抵挡女妖的诱惑呢？"

姬人锐没有跟上贺梓舟的思路，疑惑地问："这不是问题呀。你完全可以用实验来确证它，短时间的盲视飞行不会有危险。"

楚天乐对姬人锐微微摇头，止住了他的话。贺梓舟今天来的目的，绝不是谈论一次超光速飞行实验。不，他是在谈"超光速时代"，他的心中有基于此项技术的庞大计划。楚天乐简捷地说：

"关于如何盲视飞行，你肯定有了成熟的办法。"

"对，有了办法，只是我不敢说是否成熟。不过，我先谈谈一个大计划的框架吧，在这点上我和亚历克斯叔叔有分歧。这正是我今天来的目的——想首先得到你、马伯伯、乐水姐姐和姬伯伯的支持。"

"好的，你讲吧。"

"新飞船首要任务要弄清灾变范围，找到收缩区域的边界，这是没说的。在这点上我和亚历克斯叔叔没有分歧。只是……你知道，在近年的观测中，发现灾变区域始终以光速向外扩展，而且强度没有明显的减弱。这两个兆头非常不祥，必须赶快弄清它。可是，如果探索飞船以低于光速的速度飞行，就只能一直落在海啸的边锋之后，而且离边锋越来越远。这样的探索毫无用处。我想，必须乘着超光速飞船追上海啸边锋，就近观察它，把它的机理弄清，尤其是，弄清空间收缩强度在边锋处是否减弱。"

在场的人都有点儿黯然。他说得不错，灾变区域的"光速扩展"和"强度没有明显减弱"是两个非常不祥的消息，在媒体上这是讳莫如深的话题。如果这种趋势一直不变，意味着人类再怎么努力也无法逃出生天。衰弱的马士奇此刻目光炽热，说：

"嗯，说下去。"

"所以，'近光速或光速飞船'的开发已经失去意义了，必须越过它，直接进入'超光速'的开发。而且时间紧迫，没时间再在太阳系内做实验了。在金鱼号上修修补补是不成的，必须尽快建成新飞船，然后径直追着海啸边锋飞去。现在灾变区域的半径已经接近50光年，粗略算一下，如果船速达到1.7龙赫，那追上以光速扩展的边锋也是70年之后了。如果船速达到2龙赫，时间可缩短到50年。如果考虑飞船的回程，上述时间再加一倍。"他直视着楚天乐，"由于没有相对论效应，这样的行程已经需要几代人了。所以，这艘飞船上必须建立一个千人规模的太空社会，才能保证有效的繁衍。我们，我是指诺亚公约小组的成员，"他用手划过奥芙拉·哈扎和姬继昌，"已经在提前做准备。"

他在两年前就率先开始了对"诺亚方舟人类公约"的讨论，在这个讨论中，一群少壮派科学家逐渐聚集在他的周围，形成了"诺亚公约派"，姬继昌也是诺亚组织的铁杆成员。姬人锐和苗杳看看昌昌，不由心中黯然。昌昌肯定会随这艘飞船上天的，那就是同爸妈诀别的日子。诀别虽然悲伤，但他们是去寻找生路，所以当爹妈的也想得开。姬人锐拂去伤感问：

"亚历克斯的意见？"

"他认为技术的重心应放在近光速飞行上。他说如果越过这个阶段很难保证航行安全。"

"他说得不错呀，当然首先是安全。"姬人锐说。

楚天乐对姬人锐摆摆手，姬的问题没有问到要害。贺梓舟不会不考虑飞船的安全，他和亚历克斯的分歧一定是更深层面的。楚说："说说你们克服盲视的方法吧。"

贺梓舟摇摇头："不，在超光速飞行中，盲视无法避免。它甚至比不上潜艇，潜艇在潜行时虽然无法用星空图或GPS定位，但至少可以依靠陀螺仪进行惯性导航，只是精度稍差而已。但在虫洞飞行中，飞船相对于本域空间是静止的，所以惯性导航仪、加速度仪和速度仪从理论上也不起作用——因为根本没有可测参数！"

楚天乐深深点头。洋洋是对的，虫洞飞船的导航只有一种办法：依靠星空图，但这只能在飞船脱离虫洞状态后才行。贺梓舟继续说：

"而且对于超光速飞船来说，保持观察也没什么实用价值。因为飞船对于动态的障碍物来不及做出反应，就像地面高炮无法依靠声音来对抗超音速战机——等你听到音爆，飞机早就越过你了。"

"你说得对。但——继续往下说吧。我这会儿简直是一个反应迟钝的树懒，追不上你的思路。"

"天下有你这样思维敏捷的树懒吗？"贺梓舟笑着，"我还是先给人家放一部短片吧。事先说明，短片中子弹穿过玻璃的机理与我们的虫洞飞行机理完全不同，但可以让大家有个直观印象。"

奥芙拉·哈扎和姬继昌已经做好准备，开始在电视机中放一部短片，那是用高速摄影机拍摄的子弹穿过玻璃的场面。子弹在透明的空气中飞行，由于其高速，在子弹前方形成空气的激波，激波干扰了光线的传播，使被其包围的子弹变得边缘模糊。当子弹抵近玻璃时，实际并不是子弹撞破了玻璃，而是子弹前方被压缩的空气团在玻璃上撞出一个洞。子弹随着空气团飞过小洞，空气团猛然爆开，形成强烈的湍流，但弹头形状并没有可观察的改变。

短片定格在这个画面上。贺梓舟说：

"天乐哥，我还清楚记得，在美国费米实验室第一次目睹空间湮灭时我心中的震撼。空间湮灭所产生的能量很低，但坚固笨重的加速器管道在瞬间被抛出，形成一个巨大的光滑内球面。因为这个过程与能量、力和温度无关，而是空间湮灭后物质的自然堆积，正像湖水突然消失后悬浮物会沿着湖底形成堆积一样。正是由于这个机理，才造就了此后的虫洞飞行。"

楚天乐说："你是说，虫洞自然地形成了对飞船的保护？"

"对！即使航线前方有一块坚硬的铁质陨石，也不会发生相撞，因为在相撞之前的空间湮灭已经把陨石抛到虫洞之外了，形成了湮灭空间之外的自然堆积，所以飞船穿过陨石后会留下一个贯通的光滑洞穴。甚至飞船航线遭遇恒星也不怕，虫洞将径直穿过恒星。而且，如果其行进速度超过光速，连恒星之核中上亿度的高温也不会对飞船有丝毫损伤，因为在两种空间的界面处，光和热甚至引力都无法穿越；当然，虫洞前锋过后，空间会在普朗克时间里迅速恢复正常，也会恢复正常的光热和引力传播，但它毕竟需要时间，而此时超光速的飞船早已经越过了这片区域。我想到一个例子，武器中有一种高速空泡鱼雷，是以连续的发泡推开前方的海水，能大大提高鱼雷的速度，在原理上与虫洞飞行有某种相似。"他又做了一点补充说明，"虽然依咱们飞船的结构，粒子的加速与激发只能在真空状态下进行。但只要是连续飞行，那么飞船前方就能始终保持着一块'自造真空'，从而使飞船能继续激发，哪怕是在穿越恒星的过程中。"

他所描绘的画面太惊人，全屋的人一时间都像被魇住了。大家一言不发，盯着电视上那个定格的画面。楚天乐同样沉默着，但他目光灼灼地看着远方，思路已经到了更远的地方。贺梓舟和他的两个助手静静地等着，其实他们心中远非平静。过了很久，天乐妈第一个喊出来：

"我的天爷，那飞船要是撞上太阳，不是把太阳撞碎了？"

贺梓舟摇摇头，指着电视上的定格画面："一般不会。你看这块儿玻璃，它并未被击碎，而是被射出一个小圆洞。因为子弹速度很快，其作用力来不及分散，子弹就已经飞走了。我想太阳也一样，只会被射出一个小小的圆洞，瞬间之后就会恢复正常。不过我这一点不敢下断语，恒星都是气态的，也许气态物质向洞中的流泻会放大成天文尺度的湍流。"

鱼乐水说："也就是说，这样的飞船就像一个地狱使者，所过之处留下一路毁灭？"

贺梓舟立即抬头看她一眼，心中发苦。鱼姐姐一向语言温婉，从这句话里能明显看出，她是强烈反对这种飞行方式的。他尽力解释着：

"宇宙非常广袤，极端空旷，飞船在飞行途中发生相撞的概率极低。而且不要忘了，虫洞飞行的前提是在灾变区域内，是在收缩幅度超过临界点的密真空中。即使造成某些毁灭，也不过是把命定的毁灭稍许提前而已。"

"但如果飞船撞上的,是像我们地球一样'尚未毁灭'的文明呢?"

贺梓舟迅速看鱼姐姐一眼,无话可说了。她是在使用"极端法",把最残酷的前景摆在你面前,而且这种可能也不是绝对不存在。楚天乐这时说话了,语调很平静:

"飞船撞上一颗有文明星球的前景基本等于零,不必考虑。"

鱼乐水看看丈夫,平静地说:"那么,飞船撞上褚氏号的概率呢?如果新飞船也走同样的航线呢?"

屋里气氛开始紧张,大家都从两人表面的平静摸到了观点上的冲突。楚天乐不想回答,但最终还是回答了:

"同样近乎为零。乐水,我们不能为一个近乎为零的可能就中止前进的脚步。"

鱼乐水悲凉地摇摇头,依次看屋里的人:公公,婆婆,姬人锐,奥芙拉·哈扎,姬继昌等。公公沉默着,从表情上看不出他的态度。婆婆很震惊,她显然不赞成儿子的说法,但提不出强有力的反驳理由。这时姬人锐说话了,态度很温和:

"其实即使造成'一路毁灭',这种景象也不奇怪呀。回顾一下地球历史吧,麦哲伦和哥伦布的探险就伴随着一路毁灭,包括他们对土人的屠杀,包括疾病传染,也包括对环境的破坏。其实,地球文明史上每次地理大发现和民族大迁徙都伴随着一路毁灭,至少是森林和野生动物的毁灭,但这样的一路毁灭同时伴随着文明的进步。乐水,你不会对地球文明史全盘否定吧。"

鱼乐水在心中打一个寒战,知道自己无法说服这几个男人了,他们就像盼到了圣诞礼物的男孩儿,此刻有压抑不住的亢奋。他们终于有了超光速飞行的机会,有了挑战上帝法则的机会,有了开拓新边疆的机会,绝不会放弃的,哪怕它伴随着"一路毁灭"。这种征服欲天然存在于男人的血液中,和生存欲望一样强大——不过这句话不完全准确,她讽刺地想。至少,在奥芙拉·哈扎这个女人血液中也有同样的征服欲。

马士奇终于说话了:"水儿,这件事,我是说超光速飞船或超光速时代,是挡不住的。讨论暂停吧,徐嫂已经喊咱们吃饭了。"

吃饭时该女人们当主角了。苗杏把鱼乐水拉到自己旁边，仔细询问了她怀孕的情况，以过来人的身份提了好多建议。她看出鱼乐水有心事——实际在场的众人都有心事，包括天乐妈，包括马伯伯。年轻人更为超光速飞行的实现而兴奋，那可以说是深植在人类内心深处的"原梦"。而老人们则为"一路毁灭"而心怀戚戚。苗杏劝鱼乐水：

"马伯伯说得对，挡不住的事就别想它了。对了，昌昌，你不是一直说想看看鱼阿姨那篇著名文章中提到的地点吗？像一线细流串起来的小水潭，柳叶鱼，火葬台等，吃完饭咱们去看看。"

"太好了！我这几年太忙，早该去看了。"

饭桌对面，奥芙拉·哈扎与天乐妈坐在一起。她以西方人的直率问："伯母，我听鱼姐姐的口气，柳叶对梓舟有意？"

天乐妈被问得一愣，看看贺梓舟，看看儿媳，一时不知道该如何回答。奥芙拉·哈扎不在意地说："我与梓舟的关系已经确定了。不过没关系，如果柳叶有意，我很乐意同她共享一个丈夫。"

席中的天乐妈和徐嫂都愣了。纵然是西方人的直率和性自由，这种直率和自由也太过头了吧。鱼乐水猛然醒悟，连忙解释：

"妈，她是指在飞船社会。在诺亚公约中，一夫三妻是正常的也是必须要实行的婚姻结构。这与大男子主义无关，主要是考虑繁衍的效率，也兼顾了基因的多样性。"介绍这些情况时，鱼乐水不由感叹：当高度文明的人类向蛮荒之地移民时，似乎已经被奉为天条的"文明社会规则"就立即淡化了，甚至在启程前就淡化了，而久藏于基因深处的"动物本性"却在一夜间复苏。动物本性唯一的目标是"生存和繁衍"，凡是与此相悖的，哪怕它曾是非常神圣的道德准则，也都得靠边站。

奥芙拉·哈扎点点头："对，我刚才没说清。我的意思是——如果柳叶愿意成为这艘飞船的成员的话。"

就着这个话头，贺梓舟向大家介绍了有关诺亚公约的背景和基本内容。

背景是：人类必须从心理上割断地球的羁绊，从"陆地民族"变成"太空民族"，把浩瀚的太空作为心灵的归宿。飞船不应该仅仅是人类的逃亡工具，而应是新人类的陆地。正是在这样的背景下，以他为首的一群人提前制定了详细的诺亚公约。

诺亚公约实际是新社会的民典，是太空教的圣经，内容包罗万象。贺梓舟介绍了其中的重点。

首先是人类的繁衍方式，以及有关的伦理建构。这是公约最重要的部分，因为繁衍是生存最重要的基础。飞船社会只能维持一个千人左右的较小的种群，因此必须有最高效的繁衍。兼顾繁衍效率和基因多样性，主要是Y基因的多样性，婚姻结构规定为一夫三妻。这也尽量兼顾了此前文明社会的婚姻伦理，比如说，不考虑群婚制。鱼乐水刚才已经说过，这与大男子主义无关，实际倒有点"大女子主义"的味道儿——认为在灾变时代，女性的作用比男性更重要。由于种群的规模小，难以完全避免近亲结婚，尤其是在出现意外和灾难、社会大量减员的情况下，所以有关近亲繁衍的伦理大幅放宽。飞船上严禁所有不利于繁衍的习俗或个人自由，像丁克主义、同性恋、晚婚晚育、性冷淡等。一个一夫三妻的家庭必须至少生育四个孩子，以保证种群的小幅正增长。但在种群数量达到飞船所能允许的最大值之后，必须禁绝生育。从这个角度说，一夫三妻的婚姻结构其实在飞船上没有用处，它只是为"星球社会"预做准备，如果飞船逃离灾变区域并落脚在某个类地星球上，那时就必须迅速开始最高效的繁衍。

再就是政治结构，实行绝对的民主加绝对的权威。船长两年改选一次，以简单多数通过。每个有民事能力的成员必须参加投票，票种只有赞成票和反对票，没有弃权票。在非选举期间，只要有50人以上联名，就可以提前进行选举。但船长当选后实行绝对的集权统治，其下属完全由船长任免，没有地球上那样的三权分立的制约体制。飞船上所有决定都由船长一个人做出，以便应对瞬息万变的太空环境。唯有对死刑的判决在船长做出决定后，必须交公民大会批准。

诺亚公约的条款如需修改，必须经三分之二多数通过，并进行三次表决，每次间隔时间不得少于一个月。如果在紧迫情况下不得不违反公约某条款，船长有权进行临机处置，但必须在三个月内由公民大会追认，且必须由三分之二的多数票通过，否则由船长承担责任。

听了贺梓舟的介绍，天乐妈和徐嫂都顺畅地接受了。毕竟现在是智力爆炸时代，像她们这样知识层次较低的人，也能轻松地享受理性思维。诺亚公约的很多内容，像一夫多妻、近亲婚配、实际的君主制等，从感情上说很难接受，但从理性上去认可则毫无问题。到最后，天乐妈已经能够拿这件事开玩笑了：

"今天得到的消息我得赶紧透给柳叶。如果她舍不了洋洋哥，就得抓紧时间。可是，那样她就要上飞船了，就要同爸妈永远分手了，想想真舍不得——舍不得也要舍，飞船是去寻活路的啊。"

饭桌上楚天乐说话不多。他一直面带微笑，听着大家海侃，有时同妻子低语几句。吃完午饭他说：

"昌昌，你们不是想看那几个景点吗？都去吧，让徐嫂带路。干爹、洋洋、人锐大哥、乐水你们四个留下，我还有事要商量。"

其他人知道他肯定是要商量某件重要的事，便很快离开这儿，吆吆喝喝地上山了。天乐妈不放心丈夫，但在丈夫示意下也走了。屋里一下子安静下来，留下来的四个人安静地等天乐说话。天乐笑着说：

"其实也没什么大事。洋洋你们搞的诺亚公约我很欣赏，你们年轻人已经走到我们前边了。"他看看干爹，自嘲地说，"我是不是有点倚小卖老？我今年41岁，但感觉着心态已经很沧桑了。"

马士奇笑道："你不老，但洋洋他们更年轻。他们是太空新生代。"

"洋洋，刚才你说得非常好。人类必须从心理上割断地球的羁绊，从陆地民族变成太空民族，把太空作为心灵的归宿。飞船不应该是人类的逃亡工具，而应是新人类的陆地。我的地球之根已经扎得太深，但我准备向你学习，狠心割断它。"

"你是说……你想上飞船？"贺梓舟惊喜地问。

"啊不，上不上飞船那是以后的事。"他笑着看看妻子，但鱼乐水的心中一沉，她已经摸到丈夫的心灵脉搏——丈夫恐怕想离开地球了。他在褚氏号上经历过一次无重力飘飞，实际从那时起他就隐约种下了这个念头，因为在地球的重力中，他病残的身躯是一副过于沉重的枷锁。"我今天想说的是另外一件事。洋洋，你刚才对超光速飞船的描述是对的，我相信它能实现。但你对旅程的设计只是以百年计，恐怕太保守了。这应该是一次远太空探险，就像哥伦布那样。"他补充一句，"我说的远太空探险是以万光年为计数单位的。"

贺梓舟不解地看着楚天乐。楚天乐一直是他心中的神祇，以思维的明晰睿智让他们衷心叹服，但今天他在逻辑上犯了一个大错。贺梓舟委婉地说：

"天乐哥，怪我刚才没说清楚。超光速飞行是建基在密真空上的，而且是收缩幅度超过临界值的密真空，所以飞船无法越过密真空海啸的边锋。我刚才一直说'追上边锋'而没有提越过它，就是基于这一点。所以，飞船无法进行远太空探险。"

其他三人意识到洋洋的话是对的，而楚天乐犯了一个逻辑上的大错，都看着楚天乐。天乐沉默了一会儿，笑着说："我就是为此才让其他人离开的。以下的话只是我的猜想，所以请你们四位务必保密，免得造成不必要的社会动荡。"

鱼乐水忽然心中一惊，想起姬人锐曾经有过的猜测——楚天乐的自闭有可能是预测到了更大的灾难。她瞥一眼姬人锐，后者肯定明白了她的意思，不动声色地说：

"没说的，我们都会绝对保密。你往下说吧。"

"我们当时在筹谋人类逃亡时所依据的重要理由是：虽然已经观察到灾变区域以光速向外扩展，但相信空间收缩的幅度会迅速减弱。这一点从理论上说确实是对的，因为一个地方的扰动在向外波及时，其强度与半径的平方成反比。如果是这样，超光速逃亡飞船很快就会到达安全区域。换一种说法，什么时候飞船上的激发不能维持了，不能前进了，就证明这儿的空间已经不是密真空了，已经脱离塌陷区了，已经安全了。对不对？"

贺梓舟点点头："对。"

楚天乐又沉默了一会儿，接着说："但据这些年的观测，收缩并没有出现明显的减弱。远处的星光蓝移是趋于零，但那只是因为它刚刚开始收缩，而不是因为它离扰动中心比较远。所以，我估计灾变区域将以不变的强度扫过整个宇宙。至于何以如此——我不知道。三态真空理论的最大罩门就是没有解释局域宇宙收缩的动因，直到今天仍然如此。"

众人心中一震。鱼乐水迅速看姬人锐一眼，用目光说："你不幸而言中了。"科学界此前已经有过这样的声音，但一直未能形成主流意见，因为它完全违反常识。现在，又是楚天乐首先跳出了常识的囚笼，旗帜鲜明地表明观点，让这个灾难之魔具象化。他笑着说：

"这并不是说人类完全无望了。不，不是这样的。虽然灾变区域是以光速扩散，但它扫过整个宇宙的时间是以百亿年计。咱们的超光速飞船虽然不能越过灾变波锋，至少可以与之同步，即永远处于临界密真空的最边缘处。这儿既存在可以进行激发的密真空，又处于安全区域。你们是否能在头脑中画出这样一个场景？"他笑着问，"这恰似一个海边冲浪啊。"四人点头。对，这是"海边"冲浪，在密真空扩延的边缘冲浪。楚天乐继续说，"当然这种太空冲浪与海边冲浪不一样——海岸是不动的，但密真空的边缘是以光速扩展，这样我们就能以光速进行远太空探险，验证这个边锋不会在某个地方中止。"

四名听众心潮澎湃，在心中描绘出壮丽的太空图景——灾变的凶风恶浪吞噬了地球，吞噬了太阳系，并将以光速吞噬整个宇宙，但这个时间是以百亿年计的。飞船直径不能超过虫洞，所以载客只能达千人级，这就需要一千万艘飞船。在凶风恶浪的前锋，千万艘飞船载着百亿地球人在密真空中挖出千万条不可见的虫洞，与灾变之波的波锋保持同步。他们是快乐的弄潮儿，艺高胆大。有时他们有意放慢航速，深入到凶风恶浪中来一番探险。当空间塌陷的强度已经危及安全时，他们就加快粒子激发频率，提高船速，从容撤退。在这样的航行中，由于没有相对论的时间效应，他们仍保持着正常的生死节律，也许因科学的进步把寿命延长到五百年一千年，但仍然是有限的延长，只能靠世代的更替来汇成不死的人类。现在，137亿年过去了，宇宙已经转为整体收缩，很快将结束于一个超级黑洞。人类当然也逃不过这个宿命，但他们已经生存了，奋斗了，快乐了，他们将心境坦然地落进黑洞。

当然，更好的前景是空间塌陷在某个地点和某个时间中止，那时飞船将停泊在合适的星球，让地球文明的旗帜在新的星空下飘扬……

姬人锐说："天乐，没必要保密。以现今民众的心理素质，完全能接受这样的前景——也许会更激发民众的斗志，把事情做得更快。马伯伯，乐水，洋洋，你们说呢？"

没等三个人表态，楚天乐坚决地说："不，一定要保密。"

他没有说原因，但态度异常坚决。这点儿反常在鱼乐水的心中再次投下了阴影。她不由看看姬人锐。两人在长期合作中已经做到心意相通，此刻姬人锐心中肯定有同样的阴影，但他表面上神色不动，只是平和地说：

"好的，听你的，对民众保密。但飞船要按你说的目标来建造，而且这应该是一艘千人级的新飞船。是不是？"

"是的。这不再是一次试验飞行，而是人类进入超光速时代、走向远太空的处女航。"他对贺梓舟说，"亚历克斯那儿你不用担心，我来沟通。"

贺梓舟按捺住心潮的激荡，用力点头。对。这不再是一次试验，一次探险，而是新时代的开始。他想了想，说：

"天乐哥，我有一个想法：在这艘飞船的船员中，我想把黑猩猩阿兹和玛鲁包括在内。可惜虫洞飞船尺寸受限，不能复制一个完整的地球生态圈，动植物和微生物只能以精卵子或细胞状态携带。但我想，飞船上至少要安排一两个非人类的成员吧，因为这不单单是人类的事，而是地球生命的逃亡。"

楚天乐和干爹互相看看，同时点头："对，你这个想法很好，很大气。"

鱼乐水有些迟疑："只带阿兹和玛鲁？那你没办法让这个非人类物种维持繁衍。它们的后代找不到伴侣，直系血亲的交配无法产生强壮后代。"

贺梓舟和楚天乐互相看看，没有回答。而鱼乐水也在刹那间悟出了他们的想法——不，他们根本没考虑让黑猩猩们单独繁衍。在进入飞船之后，在黑猩猩的智慧真正启蒙之后，它们，不，他们，就是飞船人类的一分子了，他们的繁衍也将纳入飞船人的整体序列。以理性思维的脉络，这是不言而喻的事。鱼乐水不由暗暗摇头。在智力爆炸之后，她以自己能进入理性思维世界而欣喜，但现在看来，她的思维节拍仍比丈夫和洋洋慢了一拍。

而他们那些比她"快了一拍"或者说"高了一个音符"的观点，也伴随着尖锐的危险性，比如他们对"一路毁灭"的坦然。

此后，当鱼乐水在《百年拾贝》中梳理自己的一生时，她认识到，自己同丈夫在世界观上的分歧正是从这儿开始的，这些分歧虽然算不上多么深重，但也终生无法弥合。

晚饭前，游山逛水的那伙人大呼小叫地回来了。山中的美景，还有那几个有历史意义的景点让他们很兴奋。他们在屋里叽叽喳喳时，柳叶打给贺梓舟的电话来了，刚才妈妈把奥芙拉的话告诉了她。贺梓舟接过电话，高兴地喊着：

"小柳叶，总算想起你的洋洋哥了！？太不像话了，出国求学这么大的事，事先也不告诉我一声……"

柳叶打断了他的话："你知道原因，所以——甭在我面前作秀了。"

贺梓舟被噎住，少顷正容回答："没错，我知道原因，我不怪你。柳叶，我觉得你变多了，成熟了。真是女别三日当刮目相看。"

"被失望和希望双重煎熬的女人，成熟起来非常快。非常感谢我妈刚才通知了我有关情况，看来我还是有希望的，是不是，贺梓舟先生？"

贺梓舟完全收起了笑谑，想了想，认真回答："对，但前提是你愿意成为飞船的船员，诺亚公约只在飞船上才是适用的。你愿意吗？"

"我愿意。我愿意跟着我心爱的人浪迹宇宙，哪怕因为那个可恶的诺亚公约，不得不同另外两个女人分享一个丈夫。"

"柳叶，我不能给你什么许诺，对于船员的遴选是非常严格的……"

"没关系，我会以百倍的努力来获得这个资格。只有一个问题：我是学文的，主修三史：文学史、哲学史和宗教史。这对成为船员有妨碍吗？"

"不，没有妨碍。飞船社会需要各种人才，包括你这样的专业。也许，"他恢复了笑谑，"当我们在漫长的航行中迷失心灵的方向时，需要你来扮演随军牧师。"

柳叶冷静地说："也许会的，但我在扮演随军牧师之前，先得学会当我丈夫的心灵牧师。奥芙拉在旁边吗？请把电话交给她。"

贺梓舟把电话交给身边的奥芙拉。他暗自摇头，离开仅一年的柳叶确实大变了，远不是那个天真幼稚的小柳叶了，至少她在心理上已经与自己达到同一高度了。柳叶同奥芙拉谈了很久，不知道她们说的什么，奥芙拉只是沉静地笑着，简短地回答，有时还辅以点头。最后奥芙拉说：

"好的，祝你早日完成学业。我会提前为你报名。再见。梓舟给你，柳叶还有话要说。"

贺梓舟接过电话，里边的语调明显变了，欢快代替了冷静："洋洋哥，正事说完了，来点小花絮吧。知道这会儿我在哪儿吗？你猜不到的——我在美国费米国家加速器实验室，那个奇崛瑰丽的空心球里！我是趁假期来这儿参观，重温当时的震撼。"

"玩没玩那种超级滑梯？"

"已经玩过了，这会儿我在球内一个观景台上，这儿已经开发成旅游景点了。"

"是吗？真可惜我不在那儿，我也很想去再看一遍。"

"我真的不虚此行。除了重温当年的震撼，还巧遇一位漂亮的金发姑娘，咱们当时远远见过一面，这会儿她就在我身边。刚才奥芙拉说昌昌哥也在这儿，让他接电话！"

姬继昌接过电话："小柳叶，我是你昌昌哥……咦，不是柳叶？"

电话中已经换了人，说的英语。那边说："我是埃玛。一年半之前，我在这儿曾偶然撞上一个场面：在这个巨大的空心球里，一个大男孩从直升机上一跃而下，来了一次勇敢的空中跳水，并在几十米高的空心球内荡上荡下，半个小时后才从缺口处跃回地面。哇，那个场面太酷了！那个男孩的动作太潇洒了！我今天巧遇了柳叶姐姐，才知道那个男孩就是你，姬继昌，昵称昌昌，对不对？"

姬继昌笑嘻嘻地说："没错，正是鄙人。不过我们不说昵称，我们把昵称叫做小名。"

"只是那场表演多少有点遗憾，最后你从空中摔到地下，摔了个结结实实的屁股蹲,是不是这样?"

"那也不假。那只相当于体操运动员的下法不稳,顶多扣 0.5 分。"

那边大笑:"对,这点小瑕疵并不影响我心目中的完美。昌昌,既然今天知道了你的名字,我不会再放过这个机会了,我马上就到乐之友那儿去,一定要逮住你!顺便说一点,我的专业是高能物理。"

姬继昌压低声音,不想让妈妈听见,他笑着说:"那你就来吧,非常欢迎。不过,最后你能否逮住我,还是我得反过来逮你,那是以后的事。"

"好的,就这样说定了!"

姬继昌挂了电话,面对妈妈期待的眼神,煞有介事地说:"美国一位 80 岁的高能物理专家,想来乐之友科学院应聘。"

苗杳知道儿子的脾性,嘴里没实话,笑着没有追问。

四

这次集会后,马老的身体急剧恶化。鱼乐水立即通知柳叶尽快赶回,还通知自己的爸妈回国来与老友告别,他们正在国外旅游。这天下午,老人把家人喊到身边交代后事,姬人锐和苗杳也在场。老人的气息微弱,有时得靠口型来猜度他的话。但他的目光却异常明亮,思维也异常清晰。那是生命力的最后燃烧。他微笑着说:

"我要走了,要同那个世界的妻子女儿团聚,她们等我太久啦。冬梅我去那边等着你,等你赶来后,两家合在一起,咱们欢欢乐乐一大家。"

天乐妈忍住啜泣:"对,先让她俩照顾你,我随后就到。"

他艰难地抬起手,指指妻子:"可不许哭。别坏了咱家的规矩。"

"不,我们不哭。"

"我死后就地火葬。天乐,我要先占用你的火葬台了。"

"没关系,爸你先用吧。爸你在升天的路上留下路标,到时我好找你。"

老人浮出又一波微笑:"好的,只要没喝孟婆汤,我一定记着这件事。水儿,恐怕我等不及你爸妈了,替我感谢他们。他们把冬梅、天乐和你送到我身边,改变了我后半生的生活。"

"爸，他们要感谢你，你改变了我们的生活。"

"可惜见不到小孙子了，真遗憾，这是我今生唯一的憾事。"

"爸，等小家伙会说话，我会经常带他到火葬台喊你，你一定能听到。"

"对，我肯定听得到。替我多亲亲他。可惜也没能见柳叶一面。告诉她也不准哭，不能坏了老马家的规矩。如果她将来上飞船，出发前到火葬台告诉我一声。"

天乐妈说："一定，她一定会的。"

"人锐呢？"

后排的姬人锐挤到前边："马伯伯，我在这儿。"

"还记得你弃官入山来游说我们的情形吗？转眼22年了。"

"马伯伯，我都记得。"

"托你办一件事，替我照顾一个人。天乐。"众人稍一愣，没想到他会提出这个要求。老人的思维十分敏锐，看出了大家的疑问，解释说，"天乐的思维非常锐利，但锐利的东西常常脆弱。你们三位，冬梅，乐水，还有人锐，都替我照顾他。"

姬人锐明白他的意思：不只是生活上的照顾，也包括思想情感上的照顾。他笑着说："对我来说，楚天乐是一个思想的巨人，我能照顾得了吗？不过马伯伯你放心。如果够不到他的高度，我们仨搭人梯来照顾他。"

老人累了，闭眼休息一会儿。然后睁开眼，看着楚天乐："我没啥可交代的了。你们都出去吧，我和天乐单独说会儿话。"

众人悄悄走了。楚天乐转动轮椅的轮子，靠近一点儿，把住老人的手，把脸埋到干爹的手心里。他是38年前来到马家的，38年的人生画面此刻在眼前流过。好长一会儿，两人都没说话。然后天乐抬起头，两人对面直视着。老人说：

"记得我说过的一句话吗？我说人体在营养极度匮乏时首先吞食肌肉和骨骼，最后才吞食大脑。很庆幸啊，我的脑细胞最终没被吞食，我在生命之烛即将熄灭时还能保持清醒。"

天乐点点头："是的。你仍保持着明晰的思维。"

"那么，也许我还能帮你一点忙，解开你的心结。说吧，我知道几年来你一直有心事，你把某个秘密一直自己扛着。"

天乐为难地说："爸，我不想让你激动……"

"糊涂！即使我因激动减少几小时寿命，又算得了什么。哪头轻哪头重？"他深沉地说，"天乐你是个天才，我知道做天才也很难啊，他要背上很多重负，失去好多快乐，增加很多煎熬。说说吧，说说心里畅快一些。"

"好的，那我就说吧。"楚天乐心中突然涌来感伤的狂潮，他努力忍住眼泪。"干爹我真舍不得你走啊。"他哽咽着，在激动中又喊出了早年的称呼。哪怕干爹因年迈已经赶不上科学的潮流，但只要有他在，楚天乐就觉得心灵上有依靠。当他在思维之海中深潜，到了蛮荒寂寥的海底时，他知道有人在水面上替他看守着那根保障安全的钢索。老人理解他的感伤，没有多说，只是拍拍他的肩膀，等着他这波感情之潮平静。

楚天乐平静下来，开始向干爹讲述埋在心中的秘密。那秘密倒并非他一人扛着，而是两人抬着，另一人就是那位肤色雪白、寡言少语的泡利。

其他人在客厅里闲聊着，其实心都放在那个房门紧闭的房间里。屋里的两人此刻在谈着什么？有时鱼乐水会和姬人锐交换一下眼色，他俩同样不知道谈话的内容，但心中有不祥的预感。天乐一直有心事，是从他到人蛋岛隐居后就开始的，但愿老人最后的这场谈话能解开他的心结。

那扇门开了。楚天乐探身向外，招招手，又摇着轮椅回去了。等这几个人过去，见楚天乐正在向老人点头：

"好的，就按你说的，等飞船上天吧。"

此后没有提起这个话头。

下午到晚上陆续有人来看望马老。因为老人身体太弱，探望人员严加控制，来人只有联合国代表、SCAC秘书长阿比卡尔，中国政府代表、贺国基办事处主任林秉章，乐之友组织的三个代表葛其宏、亚历克斯和贺梓舟。他们探望之后都回山下的乐之友总部去了。晚上，天乐妈和衣躺在丈夫身边，絮絮地说着话，不时抬头看看他。丈夫很平静，一直仰躺着，双手放在胸前，闭着眼。有时眼睛也睁开一会儿，灼灼地看着什么。他安静地听妻子说话，偶尔也回一句。这样一直到清晨，他平静地走了。

葬礼在两天后举行。火葬台的场地太逼仄，所以只让死者家人包括从美国赶回的柳叶、鱼子夫夫妇、姬家三口和五位政界代表参加了葬礼。楚天乐已经爬不动这段山路了，是用直升机送上来的。贺梓舟、姬继昌、柳叶和直升机驾驶员小朱四人抬着一副简易担架，把老人的遗体小心地举到松木垛上。柳叶点了火。她眼眶红红的，但遵从爸的遗愿，一直强忍着泪。干燥的松木凶猛地燃烧着，噼噼啪啪地爆响，散发着松脂的清香。火舌之上是浓浓的白烟，白烟直直上升，到一定高度后被水平风吹散。一只山鹰平伸着翅膀从白烟的上方滑过，翅尖的羽毛被风吹得蓬松着。也许是篝火和白烟吸引了它，它绕着烟柱久久盘旋，时而向下俯冲，时而一飞冲天，有时还发出一声鹰唳。也许它是尘世和天堂之间的摆渡者，此刻它的背上，正背负着老人沉甸甸的魂灵？

山鹰最后飞走了，众人目送那个小黑点消失在蓝天中。

第九章　长别离

　　在那波强劲澎湃的向太空进军的大潮中，马柳叶的突然退却只是一朵不起眼的浪花，一湾转瞬即逝的回流。但我仍然珍重地把它撷取下来，保存在《百年拾贝》中。我觉得它所显示的矛盾是深刻的，是人类本能和理智的搏斗。

——鱼乐水《百年拾贝》

一

　　三年过去了。

　　即使在一个人短暂的人生中，三年也不是太长的时间。但这三年是智力爆炸的三年，是科技爆炸的三年。以"海边冲浪"为目的而建造的新飞船以惊人的速度建造成功，经过全世界的投票，最后定名为诺亚方舟号。这个名字过于陈旧，但是综合考虑，只有这个沉淀了历史和宗教厚重意蕴的名字才勉强够格。金鱼号则提前完成了历史使命，它在三年的绕地球飞行中积累了不少资料数据，现在为了不再占用宝贵的同步轨道，它的轨道被提升了，成了距地面五万千米的一颗永恒的卫星。

　　诺亚方舟号的横截面是圆形，直径500米，这是受虫洞直径的限制。飞船改为多点同步激发后，虫洞直径可达近600米，再扩大的话技术难度过大。船身纵剖面是中间矩形加两端的半圆，全长1000米。这是为了在虫洞直径的限制下尽量减少粒子加速轨道的曲率。众多磁力加速器仍露天安装在飞船外侧。为了在这个较小的船体上实现足够长的加速轨道，轨道绕船体多次，就像地球仪上的经线，不过经线在"南北极"即飞船的头尾部不是汇聚，而是在不同高度上互相跨越。

飞船头部原打算设置一个收集光能的凸面鱼头,后来设计者意识到它其实是思维惯性的产物,完全没必要。因为这种飞船同以往的飞船不同,可以很方便地随行随停,没有加减速阶段及相应的能量消耗,这样就可以随意到某个行星上补充液氢。人类的氢聚变技术已经非常成熟和小型化,而氢又是宇宙中最丰富的元素,像木星那样完全由液氢海洋所组成的行星比比皆是。比较而言,空间湮灭所产生的光能是非常微量的,不值得费劲收集。飞船尾部新增了一个直径 500 米的凹抛物面形天线,以便尽可能长久地保持同地球的联系。旧式飞船上尾部位置必须留给尾喷口,但新型飞船完全没有这玩意儿,这使大尺码的尾部天线有了可能。当然,通信只能在飞船暂停飞行时才能进行。

天线框架的周边贴伏着八只"小蜜蜂",这是船员们的爱称。它们是小型飞船,设计成员为 20 人,内装已经小型化的聚变装置,动力极为强劲。它们有双重作用,既可固定在母船上,实现母船的常规动力驱动和姿态调整;又能离开母船,单独在星球上起降。尽管虫洞式飞船可以隔绝重力,按说可以更方便地在星球上起降,可惜它有一个大罩门——在非真空环境中无法进行粒子的加速和激发,除非是连续飞行。因为这个罩门,在有大气的星球上母船可以降落但无法用虫洞飞行方式起飞,这样显然不行。飞船途中为了补充能源,必然频繁地到液氢星球上采氢,而这种星球上都有以氢为主要成分的浓密大气。为此,飞船上特意配备了这八只身手灵活的小蜜蜂,它们将离开母船到地上去"采蜜"。

与建造飞船同样浩繁的工作是船员的遴选。1000 名船员经过自愿报名加严格遴选后产生,马上投入艰苦的训练。飞船的建造费用有一半来自联合国的拨款,一半来自民间捐赠。依据褚氏号形成的惯例,姬人锐为那些出资最多的人预留了 100 张船票。但令人意外的是,这些船票全部作废了,原因不一。不少捐赠者已经年迈,想在地球上安度晚年,毕竟灾变到来是几百年之后的事;也有很多捐赠者非常愿意成为船员,他们只是不愿特殊化,不愿把神圣的船员资格染上铜臭,所以主动放弃到手的船票,而是和普通人一样参加竞争。这让乐之友们,包括姬人锐、鱼乐水、楚天乐等非常欣慰。他们不免想起褚贵福,盖棺论定,那是一个伟人,但他身上带着比较重的旧时代印记。而今呢，民众的精神世界已经大不一样了。

诺亚号的第一任船长，也可以说是这个小部落的第一任酋长，是亚历克斯，任期四年，不需选举。其后他就不再担任船长。他推荐的下一任船长是贺梓舟，但最终将由选举决定。实际上贺被选上的可能并不大，一个女性占四分之三绝对多数的社会更可能是一个母系氏族，选举一位女酋长更为顺理成章。除非贺梓舟比别人多付出四倍的努力。

在三年的集中训练期间，根据自由结合并辅以电脑选择，不包括黑猩猩阿兹和玛鲁，1000名诺亚号船员结合成250个一夫三妻的家庭。船员婚配中有一个虽无明文但实际执行的做法是：各个人种、各个民族、各个国家的人尽量"均匀混合"，这样便于提高诺亚社会的同质性，对于基因优化也有好处。比如，贺梓舟的家庭中就是：黄种人的丈夫，一个白人妻子奥芙拉，一个黑人妻子肯姆多拉，一个黄种人妻子马柳叶。柳叶经过了三年的努力，终于通过了严格的甄选。她在通过甄选这一关时完全是靠自己的努力，但在成为贺梓舟妻子这一关上得到了贺的助力。在这三年中，虽然有多位女性提出愿同贺结合，但他一直留着一个妻子位置"虚位以待"，一直等到柳叶的考试过了关。在那一刻，贺梓舟非常欣喜，奥芙拉和肯姆多拉也为之高兴。

姬继昌和埃玛没能成为诺亚号的船员，亚历克斯和贺梓舟有意留下姬，作为下一艘飞船的船长人选。

飞船的航向也定了，像褚氏号一样，也把大角星作为此行的灯塔，这是为了在途中找到褚氏号，为它做一些新安排。

飞船启程在即，船员们要举行集体宣誓。仪式非常隆重，参加者有联合国秘书长、各国首脑、罗马教宗代表、乐之友代表。这个仪式之所以重要还有另外一个原因：圈内人都知道，在楚马发现的发现者之一马士奇先生去世之前，同楚天乐有过一次深谈，那时两人做出一个约定：在诺亚号上天前，楚天乐将公布一条重要的发现。据说这个发现可能蕴含着不祥，因为楚天乐曾为此在人蛋岛上自我囚禁了几个月，但——还是那句话，还有什么比"塌天"更大的灾难呢，世人已经有了足够的心理承受能力。而且，在飞船上天前的亢奋、欢快、喜庆、开朗的气氛中，"阴暗"不大容易存身。

逃出母宇宙

不过，在集体宣誓之前出了一个小小的意外——经过坚忍卓绝的努力才终于成为诺亚船员的马柳叶，忽然退出了这个团体，当然也放弃了同贺梓舟的婚姻，独自回山中去了。

二

马柳叶平静地回到了深山的家中，先是同妈来一阵"箍碎骨头"的拥抱，然后是嫂嫂，再把小侄女草儿硬抱到怀中亲了一阵儿。两岁多的草儿不认这个陌生的姑姑，尖叫着跑开了，站在远处打量她。不过午饭后她就同小姑姑混熟了。可惜柳叶没见着天乐哥，他又去人蛋岛隐居了。这次倒和"心理上的自闭"无关。诺亚号启航在即，届时他将公布那个重要消息，他想趁这几天同泡利合作，再把那件事过细地理一下，形成书面讲稿。

午饭后柳叶没在屋里多停，先是到火葬台去祭奠爸爸。不久，留在家中的天乐妈和鱼乐水就听到火葬台方向传来的喊声，声音高亢而苍凉：

"爸——爸——柳叶——回来——了——柳叶——回来——了——"

屋里婆媳两人默默地听着她的喊声。当妈妈的低声叹道："这孩子，到底为什么呀？"

柳叶的退出决定太突兀，让家人摸不透。婆媳两人都知道，这不会是因为"小夫妻闹气""三个妻子吃醋"这样的原因，作为诺亚号的船员，他们具有极高的境界。但到底是为什么呢？女儿能留下不走，当妈的自然高兴。但从理智上说，她还是希望女儿能顺利地"出嫁"，哪怕是嫁到天涯海角——这句成语现在可是一点儿不夸张，哪怕终生无缘再见，因为——这就是人生啊。何况，尽管诺亚号的征途满布荆棘，但它的目标是逃出灾变区域，只有逃出去才有生路。

晚饭前贺梓舟的电话打来了，鱼乐水接了电话。贺问：

"水姐，柳叶呢？"

"吃完午饭就上山了，去火葬台祭奠爸爸。这会儿应该已经回来了，可能是在你家吧。"

贺老在这儿当"贺国基办事处"第一任主任时，在马家附近建了一座简

269

易的山居。假期里洋洋常常来这儿度假，爷爷专门为他留了一个房间。而只要洋洋哥在这儿，小柳叶在那儿玩的时间比在自己家还多。鱼乐水断定柳叶此刻在那儿，在洋洋哥留下的氛围中舐心中的伤口。电话那边贺梓舟叹息一声，简短地说：

"我明天回去。做最后一次努力吧。"

飞船三天后就启航，此刻作为诺亚号船长的副手一定是日理万机，能在这个时候抽时间专程回来一趟，足以说明洋洋对柳叶的看重。鱼乐水不由想起当初柳叶主动示爱时，贺梓舟曾吓得退避三舍，但那并非是他不喜欢柳叶，而是一时不能完成"哥哥"身份的转换。现在呢，倒是柳叶突然退避而贺梓舟来追赶了，真是三年风水轮流转啊。不过，由于这件事内在的悲剧性，鱼乐水笑不出来。她摇摇头，小心地问：

"到底是什么原因，能不能告诉我？"

"当然要告诉你，我还希望你和伯母能解开她的心结呢。她突然退出与世俗原因无关，而是因为——水姐，你是否还记得一件事：柳叶五六岁时，有次我和她看电视上的《动物世界》栏目，有关一对非洲猎豹母女的电视片。看后她突然莫名其妙地号啕大哭。你还记得吗？"

"记得，印象非常深。"

"从本质上说，那就是她突然退出的原因。水姐，你理解我的意思吗？"

鱼乐水长叹一声："不必多说了，我理解。我劝劝她吧。"

柳叶从火葬台回来后直接去了贺家。自从老人离世、洋洋也长大成人忙于工作，贺家的这幢山居一直空着，不过一向保持着整洁。柳叶出国前常常来这儿打扫，她走后徐嫂也时常来收拾整理。其中一个房间是专属洋洋的，里面多是他少年期留下的痕迹，墙上贴着太空科幻画、足球明星和篮球明星彩照，挂着风筝和一个野蜂巨巢等。墙上也有不少柳叶留下的涂鸦，画着太空船，驾驶位上是两个手拉手的小人，还用稚拙的笔迹注明"这是洋洋哥，这是我"。少年洋洋从心灵上说已经是太空人了，这也影响了小柳叶的爱好。

柳叶在自己的儿时涂鸦前盘腿坐下，往事如潮涌来。

逃出母宇宙

她从小就是个生命力旺盛的孩子,感情丰富,感觉也格外敏锐。她爱和洋洋哥哥一起看科幻片,看《动物世界》栏目。有一个短片讲述了一对猎豹母子的故事。母豹为了儿女,拖着产后虚弱的身体,冒险捕到一只健壮的成年羚羊。但贪婪的鬣狗来了,它们总是依仗强有力的牙床抢食猎豹的猎物,母豹不敢同它们拼命,因为两个小儿女在家等着它呢,只有带着恨意沮丧地离开。疲惫的母豹回到家中,但儿子已经被过路的狮群杀死,母豹悲伤地嗅着那具小尸体,用鼻头推着,努力唤它醒来,可最终只能悲苦地离开。

狮群可能还没走远,但母豹顾不得危险,焦急地呼唤着另一只小母豹。终于,它从深草丛中欢快地跑出来,母女俩狂喜地厮搂着在地上打滚。

那时,五六岁的柳叶真切体会到豹母女的欢乐,高兴得拍手:

"洋洋哥哥,你看豹妈妈找到女儿了!你看它们多高兴!"

那时她不知道,猎豹家庭中真正的悲剧还没开始呢。很快,小母豹长大了,但相依为命的母女俩却随之反目。女儿仍对母亲很亲近,但只要它一靠近,母豹就凶狠地龇着牙赶它离开。这个"一边冷一边热"的情况持续了不久,最终小母豹知道自己不得不离开了。它摇着尾巴黯然离去,孤独的身影消失在荒野的夜色中,那情景令人愀然心痛。

小母豹很幸运,闯过了生死关,也有了自己的领地。这一天,母女俩在各自的领地外偶遇,双方阴沉地互相怒视着,吼叫着。这时已经不是豹妈妈单方面的敌意了,已经比母亲强壮的女儿显得更为凶恶,最后豹妈妈在女儿的威吓下不得不退却。

一块儿看节目的洋洋没有明显的感情激荡,但柳叶的小心灵却受到强烈的撞击,以至于号啕大哭。她大哭着,一遍遍地说:

"为啥是这样啊,为啥非得这样啊。"

她的问话中没有主语。也许她的小心灵已经凭直觉察觉到,猎豹母女反目的真正原因并不在它们本身,而在比它们高的层面上,是在"上帝"或"进化之神"那儿,是冥冥中的天条让猎豹母女注定变爱为仇,在生命之途中永远分手。洋洋哥哥被这场莫名其妙的大哭弄愣了,不理解小柳叶为啥哭——实际柳叶本人也不知道。她只是模糊感觉到,豹母女的分手是很悲苦又命定不能改变的结局，母女之间的骨血之爱、天伦之乐和眷眷深情被冷酷的"生存天条"毒化了，永远不能复返。

那时，同样有敏锐心灵的乐水最理解她大哭的原因，她把柳叶搂在怀里，耐心劝慰她。事后她曾对家人说：

"咱家小柳叶的心是露珠儿做的。"

那时候褚氏号即将上天，像洋洋那样的半大男孩都提前成了太空种族。假期里即使身在山中，他也常常通过网络，参加或亲自组织对太空航行的讨论。柳叶比洋洋小八九岁，还不能完全进入那个未来世界，不过，激情洋溢的洋洋哥当然对她有潜移默化的影响。毕竟这种充满激情的远景，与孩子的心灵最容易发生共鸣。等柳叶八岁以后，她已经可以参加这些技术性讨论了，他们常常连日彻夜地谈着同一个话题，对心目中的远景规划、技术方案，甚至太空部落的社会公约，做着一次又一次的设计和完善。可以说，此后的诺亚公约在那个孩子社会中已经有了雏形。

后来，21岁的马柳叶在参加甄选考试时，一个考官问她：

"尽管这次探险有强大的科技作后盾，但你们面对的是陌生的蛮荒之地，什么极端情况都可能出现的。如果某一天，生存与人类道德发生了冲突，你将首先选择什么？"

在那一瞬间，洋洋哥常说的一句话浮现在脑海中。她像洋洋那样耸耸肩，淡然说：

"当然是生存。这是个常识性的问题。"

考官们露出微笑，结束了对她的质询。

从理智上说她认为这个回答确实是正确的。只是，在此后的正式训练中，当教官们把这个书面上的观点细化为一个个具体问题时，她才知道其内含的残酷性。那时他们常在互动式环境模拟机上进行训练。你戴上头盔，进入到未来的太空环境，电脑会随机选择一些可能出现的危难情况，看你能否做出足够敏锐的反应——而且在很多情况下，首先要看你有没有过硬的心理素质，看你的心够不够冷酷。这些问题包括：

飞船因长期幽闭而导致集体性的歇斯底里，连船长也精神失常。作为唯一的清醒者，你只能用雷霆手段击毙为首者，平息骚乱；

现在飞船降落于一个高重力的星球，直立行走方式已经不适用，只有用基因改造的办法把人类变回爬行动物；

飞船发生重大事故，只剩下兄妹二人，受试的柳叶此刻是其中的妹妹，只有在血亲间婚配，才能维持族群的繁衍；

……

设置这些问题并非是教官变态，而是因为它们确实有可能在太空生活中出现，教官们必须事先淬硬太空人的心灵。马柳叶在这些训练中经受了一次又一次心灵的锯割，总算挺过来了。最后一次训练，电脑为她选择了一个相对温和的问题，这次并非在太空环境，而是在地球，在十万年前的非洲密林……

这是在非洲大裂谷旁边的阿法盆地，因气候变化，密林已经变为稀树草原。这儿刚发生一次部落间的血战，马塔部落战败，只剩下五六十人，逃到这片丛林间。这会儿他们都疲惫不堪，正在熟睡。但得胜的奥姆部落悄悄跟踪而来，手执石斧骨刀把这些人包围。为首的是一位黑人女酋长，她叫露西，可以把她当成后代所有人种的共同女性始祖。露西身材高大健壮，腰间裹着树叶裙，裸露着丰满的乳房，模样与现代黑人已经相当接近，只是身上的体毛尚未褪尽。她示意其他人停下，自己悄悄向马塔人逼近，只有一个少年跟在他身后。这个名叫塞班的少年的肤色要浅得多，大概是由于某种基因变异。

露西潜行着，逼近熟睡的那群人，从中找到一名马塔男人。不过她没有动手，只是默默地看着他。这男人身上伤痕累累，脸上凝着血迹，身材魁伟，相貌威严，与众人不同的是，他的肤色比一般人浅得多，倒是与露西身后的少年接近。两人相貌也很像。露西看看他，再回头看看塞班——于是虚拟环境中的受试者马柳叶知道了真相：这个外族人是塞班的生父，露西与他的一次野合成就了这个孩子。母系氏族社会中实行等级群婚制，人们知其母而不知其父，但这个父亲因为基因的变异，为父子亲缘留下了一个显明的标签，露西和族人都清楚这一点。

露西哼了一声，那个马塔男人被惊醒，狂吼一声，从地上蹿起来，可以把他当成此后棕、白、黄三大人种的男性始祖。他的族人也被惊醒，纷纷蹿起来，抓起身边的武器。他们看到了包围圈，知道凶多吉少，脸上露出绝望的凶狠。但露西没让手下进攻，而是对那个男人厉声说了一番话，她的语言带着非洲古舌语的痕迹，说话时夹杂着嗒嗒的弹舌音。

训练进行到这儿，受试者已经真正进入角色，22岁的黄种人姑娘马柳叶变成了40岁的野人露西，开始按露西的方式来思维——我知道，只要我一声令下，这儿就会血肉横飞。我的部族在人数上占绝对优势，少顷我们就会取胜，把这些人全杀死，围着篝火烤吃人肉，这个设想让柳叶在训练椅上痛苦地悸动了一下。不过我不愿这样做，毕竟这人做过我男人，还留下一个浅肤色的儿子。我只是凶狠地告诉他，"立即带着你的族人滚，滚得远远的，只要再被我撞见，会把你们杀得一个不留。"

马塔男人没有说话，疑虑地瞪着我。我放缓语气说："你们离开这儿，可以向北去，老辈人传说，很早很早的祖先中就有人往北去了，再也没有回来，你们到那儿应该能找到安家的地方。"马塔男人相信了我的话，知道这儿不会再有杀戮，脸色也放缓了。

然后我把身后那少年推过来，对马塔男人说，"走吧，带着你儿子走，他肯定是你儿子，不会错的。"马塔男人有些吃惊，少年塞班更是震惊地瞪着我，他没想到我会把他，自己的儿子，送给外族人。我狠下心不理他。我不能留他，他的肤色比别人都浅，父亲又是外族人，在奥姆族中一向被当成异数。巫师常私下说，这个有邪恶肤色的孩子是奥姆人的灾星，注定会让奥姆人血流成河。因为这个阴冷的预言，族人都对塞班怀有深深的敌意，只是慑于我的威望才没人敢杀害他，但我死后呢？他只有一条生路：离开奥姆部落，跟自己的父亲走。这正是我今天追寻这个男人的原因。

塞班知道我的决定不能更改，也就狠下心向他父亲走过去，现在他看我的眼光同样充满敌意。

马塔男人听从了我的安排，喊齐他的族人，带着他意外得到的浅皮肤儿子，准备离开这儿。我让族人撤开一个口子，沉默地紧盯着他们。就在这时，一个声音忽然从大脑深处响起——那是神的声音。神说：

"露西，我为你开启了天眼，你能看到十万年之后的事情，现在你看吧。你看吧。"

于是我忽然被开启了天眼，真的看到了十万年之后的事情。我看到，那个马塔男人，其后是塞班，带着这一小群人，沿着海边朝北走，他们先在一个叫中东的地方停下，在这儿繁衍出很大的一个部落。又有人往东南走，到了一个叫南亚的地方，在这儿也繁衍出一个很大的部落。之后他们又分开了，一支向海岛进发，最终变成棕色人。另一支人马在东亚定居，形成蒙古利亚人种，其中一小支经西伯利亚过白令海峡到了美洲，变成爱斯基摩人和印第安人。另一大支则向西北，到欧洲，最后变成白人。他们的相貌都发生了很大变化，但皮肤都比黑人浅得多。

然后就是几万年绵延不绝的屠杀。在他们分散到各大洲之前，各地已经有了不同的直立猿人，像欧洲的尼安德特人和亚洲的巫山猿人、爪哇猿人。他们也是从非洲过来的，不过时间早在200万年前。现在，带着石制和骨制武器的、有了语言能力的后来者比原生直立人更强悍，在各大洲把原住民一扫而光。这些新来者在各大洲扎下根，建立了各自的部落，建立了各自的国家，然后又是各个民族各个国家间充满仇恨的互相杀戮。

直到某一天，奥姆部落那个巫师的可怕预言终于应验了。塞班的后代中的一支，那些有邪恶肤色的白人，乘着帆船或蒸汽轮船，带着火枪火炮，杀向自己的祖庭，杀向进化缓慢的不开化的黑人——从进化之树上说，这些黑人是侵略者的血亲，而且他们才是上帝的嫡长子啊。我看到我的后代扛着长长的木枷，或带着"文明"的金属镣铐，挤在黑暗污秽的底层船舱里，他们大批病死，被扔到海里喂鲨鱼。在北美和中南美洲，牙市上的黑人男女赤身裸体，人贩子向买家夸耀着黑奴的牙口和生殖器，夸着"母畜"的繁殖能力。黑奴时代的四百年里有1000万黑人被贩卖到美洲，另有1000万死在劫掠奴隶的战争或运输途中。

我看清了这一切。一个十万年前的晚期智人，一个未脱蒙昧的黑人女酋长，由于神启而看懂了这一切。然后神说：

"露西，你放他们走吗？你放浅皮肤的塞班走吗？他命定是黑人的灾星，你放他走出非洲，就得让你的后代承受这样的苦难。但你若杀死他们，可能人类就会一直局限在非洲。你自己决定吧，你的决定将影响十万年后人类的走向，你自己得为你的决定负责。"

我所看到的真实历史，还有我能看懂这一切的天眼和智慧，汇成一个无比沉重的梦魇，压得我喘不过气。我不知道该怎么办。为了我的后代，我应该把马塔部落杀光，但我迟迟下不了决心。这不光牵涉到那个叫塞班的儿子，还因为我其实清楚这个未来是注定的，不应该改变的。人类要想在这个星球上存活繁衍，就得承担这些原罪。

我在痛苦中煎熬，左冲右突，没有出路。22岁马柳叶的意识无法承担如此之重，终于崩溃了。她扯下头盔，从剧情中逃离出来，泪流满面。在那一刻，柳叶在心中苦声重复少年时说过的一句话：

"为什么是这样？为什么一定得是这样？"

后来柳叶知道，这样的互动式训练，即使对贺梓舟这些成熟的领导人来说，也是很痛苦的经历。面对剧中犀利的道德拷问，再麻木的人也不可能无动于衷的。但所有的故事参与者在经过极度煎熬后，却都做出了同样的选择——放马塔人和塞班走。后来贺梓舟叹息着劝慰柳叶：

"柳叶，这是无可豁免的，生存就是这样啊。文明之河的流向从来不取决于哪个智者的选择，不取决于道德约束，而是缘于群体的冲动。就像在大雁社会里，其迁徙行为是由群体的迁徙兴奋激发的，头雁最多只能算做既定命运的带头人。如果某只有自由意志的头雁拒绝迁徙，能阻止雁群的冲动吗？不能。雁群肯定会抛弃它，另选一个头雁就是了。人类现在其实也正处于逃亡兴奋期，谁也拦不住的。人类历史就得按'这个样子'发展，没办法改变。不妨做个假设：如果非洲人十万年前不向外扩展，一直窝在原地，杀俘虏吃人肉，难道历史就会更干净一些吗？不是那样的。你的心灵非常锐敏，富于同情心，但——过于诗化了。"

洋洋哥的话让柳叶哑口无言。他就像在柳叶眼前突然立了一面硕大的镜子，让她看到另外一个手性相反却又完全合理的架构。她由衷佩服亚历克斯、贺梓舟、姬继昌这些人。这些表面上似乎显得狂热和冷酷的太空种族，其实比自己更为深沉、睿智和达观。

但就在那次训练之后，马柳叶异常决绝地决定退出，即使为此不得不放弃爱情。

晚上，鱼乐水哄草儿睡着，交给徐嫂和婆婆照看，拉着柳叶来到院外。柳叶是在她面前长大的，性格特质上又有颇多相似之处，两人一向非常亲近，可以说半是姑嫂半是母女。她们在一棵松树下坐定，柳叶紧紧地偎在嫂嫂怀里，安静地睇视着山坳中升起的月亮，听着山野中的松涛水声。鱼乐水想这三年柳叶真的成熟了，她心中此刻一定宛如刀割吧，但表情上一直保持着平静。鱼乐水知道柳叶的决定恐怕无法劝转的，但也要尽力一试。她笑着说：

"柳叶，明天洋洋就来了。"

柳叶在她怀中平静地说："让他来吧，我正想见他最后一面。"

"柳叶，嫂嫂不想影响你的决定，只希望你在对他给出最终回话前，尽量慎重地考虑。他能在这样的时刻专程来见你，可见你在他心目中的分量。别忘了当年是你主动追他的，吓得他不敢回家，现在这部电影倒过来放了，真逗！"鱼乐水有意开着玩笑，以便营造轻松的气氛。"洋洋说你突然退出的真正原因是那对猎豹母女的分手，是吗？"

"是的。嫂嫂，我舍不得与洋洋哥分手，现在也是，想起将要与他生离死别就心如刀割。我的决定不牵涉到个人原因。"

"我大略知道你是为什么。不过说说吧，说给嫂嫂听。"

"一言难尽啊。"柳叶语调平缓地讲述了自己的心态历程。

她说，这些年来，人类社会一直在呼喊"人类大逃亡"，她不久前才发现，这个用词错了，应该是"生命逃亡"——但不是"这个"人类。不妨看看人类文明史吧。各个民族内部只有频繁地交流互动，才能维持文化的同质性，维持族群的向心力，否则就会异化和互相敌对。成吉思汗建立了超级大帝国，快马跑个来回大概需三个月，但它很快崩解了；英国建立了日不落帝国，乘车船走个来回也是大概三个月，它也很快崩解了。直到发明了现代交通和通信，缩短了人们互相交流的地理间隔，人类才建立了统一的地球村。所以说，能够维持种群交流的地理距离，是维护族群同质性的最重要条件。

但现在呢？诺亚号以超光速离开地球，却没有超光速的通信手段，他们实际上和地球完全隔绝了，很快会异化得面目全非。文化上的异化还只是危险之一，更危险的是生理上的异化。地球上的物种分化，主因就是因为地理隔绝而造成各物种的生殖隔离，使红松鼠和灰松鼠不能交配，使同一个祖先的狮子去屠杀羚羊。但至少所有动物是生活在同一个地球上，有同样的重力、磁场、光照、气压、氧气比率、淡水、绿色植物。它们综合起来，实际为物种的分化设了一个大的约束，使他们不得越过雷池，只是我们身处其中而不知其宝贵罢了。但在太空飞船和外星球上，所有约束在一夕之间全失去了，造成非常陡峭的断层。结果会是怎样？很可能区区几百年后，从地球撒出去的太空移民们已经不是人类了。如果地球还没毁灭，那些新人类可以乘着超光速飞船很方便地回家，拜访祖庭，至于飞船上是带着鲜花还是种族灭绝的武器？至少历史的镜鉴不支持廉价的乐观。

"嫂嫂，也许从群体上说那都是无可豁免的事，但从个人来讲我想做出自己的选择。我决定留下来做一个'地球人'，等待着即将到来的宿命，不想为了逃命而去做一个异类。"

她的语调平静，但平静下埋着深切的悲怆。同样的心潮也在鱼乐水心中涌动——她想起了另外两个人不久前对"一路毁灭"这种前景的淡然。她没有再劝柳叶，只是把可怜的柳叶紧紧搂在怀里，在清冷的月光下坐了很久。

三

第二天清晨贺梓舟乘直升机来了。匆匆同马家人问了好，鱼乐水告诉他："你去天文台吧，柳叶在那儿等你。"贺梓舟询问地看看水姐——想探问她的劝解是否有效，鱼乐水只是简单地说，"你去吧。"

贺梓舟匆匆赶到天文台。自从楚天乐和马老相继病重，这儿已经久置不用，屋内设备都蒙上了时间的沧桑。不过这会儿天文台倒是处于工作状态，望远镜的镜筒低垂，对着南天，柳叶在焦点笼中，她在观看诺亚号。贺梓舟爬上去，两人挤在笼中，显得过于拥挤，柳叶没有说话，侧身把观察位置让给他。一千米长的诺亚号在镜野中只是一个小点，要努力辨识才能看清它简洁的外形。它安静地卧在高天之上，银白色的船身反射着上午的阳光，显得金光灿灿。船身之后是寂寥的太空背景，虽然是清晨，镜筒中仍能隐约看见一两颗行星，它们安静地嵌在天幕上。诺亚号的光芒在抖动，那是因为它在缓缓绕轴向自转着，这是起飞前对人造重力系统的最后一次测试，它在飞行途中将保持这样的自转速度，以产生人造重力。

贺梓舟知道，柳叶在这儿等他，是想和他一块儿捡拾少时的回忆。小时候两人常在这儿观测天象，其实主要是贺梓舟在观测，比他小八九岁的小柳叶还坐不住，多半是跟着洋洋哥来凑热闹。贺梓舟常常让她坐到自己腿上，而小柳叶总是扭来扭去的不安分，弄得他不能专心观测。不过自己那时就知道迁就这个小妹妹，从来没有厉声训斥过她……贺梓舟长叹一声，驱走这些回忆，把柳叶搂到怀里。

"柳叶，跟我去吧。只有东西失去才觉得珍贵，当你突然决定离开时，我的心好像突然被抽空了，那时我才知道你对我是多么重要。我这一去将从此永别地球，永别父母，永别爷爷奶奶的坟墓，如果有你在身边，对我将是多大的慰藉啊。"

怀中的柳叶抬头看着他。31岁的贺梓舟是个山一样的男人，肩膀宽阔，脸上棱角分明，表情坚毅自信，目光睿智练达。他会是一个好丈夫，也会是一个好酋长。他一定能带领一千子民逃离灾难，找到新的家园，披荆斩棘，胼手胝足，在蛮荒星球上开辟出一个新天地。柳叶知道，只要说出下边的回绝，这一切都和自己无缘了，这让她心中发苦。但她最终简单地说：

"洋洋哥，你也知道，我的拒绝并非缘于个人原因。我真的想做你的妻子，哪怕因为那个该死的'最佳繁殖率'，不得不同另两个女人分享你的爱情。但我舍不得地球，舍不得爹妈，最重要的是，舍不得'这个'人类，这个人类的种种爱憎、美衣美食、琴棋书画、俚歌雅舞、道德习俗，等等等等吧。我知道，只要跟你走下去，这些东西肯定会很快失去。也许这怪我心灵过于敏感吧，心里的积淀太多，坠着我不敢大胆朝前走。我羡慕你，你们男人总是能迅速确定一个简单的目标，然后将所有辎重抛之不顾。"

贺梓舟知道她这句话绝非轻言，目光一下子变得灰暗——怀中的柳叶真不忍看他悲苦的眼睛！不过他旋即平复了心情，平静地说：

"既然你决心已定，那就互道珍重吧。我尊重你的决定。"

他说得很平淡，但内心的苦味是掩饰不住的。柳叶不想让两人的最后一面浸泡在这种气氛中，而且她还要实行一个想法，那是昨晚决定的，便活泼地笑着：

"好啦，今天莫谈国事。咱们快点回你那个房间吧。"柳叶直视着有些惊愕的洋洋哥，莞尔一笑，"我不能跟你去太空，但能为贺梓舟酋长在地球上留一条血脉，今天也正好是我的受孕期。这样，"她开玩笑地说，"哪怕你真的在异星上变成异类，至少还能对地球多一份牵挂。"

说完后她意识到最后这句笑话不合适，异类——对于致力于太空移民的所有人，这是一个不愿揭开的伤疤。贺梓舟理解她的苦心，尽量放松心情，高兴地说：

"没想到我还能有这样的福分。柳叶谢谢你。有了今天，我一生无憾了。"

两人匆匆离开天文台，回到贺家，来到那个留着许多少时记忆的房间。然后关上门，贺梓舟把柳叶抱起来，放到床上。云雨之后，两人静静地躺在明亮的阳光中，没有多说话。在永别前的最后欢愉时刻，什么话都是多余的。不过柳叶说了一句：

"不许忘记我！更不许忘记你的儿女。"

贺梓舟笑着说："我当然不会忘——只要我没忘掉自己。"

柳叶把他搂紧，趴在他强健的胸膛上，听着这个男人强劲的心跳声。既然一切都已不可挽回，两人的心境反倒彻底放松了，在这种心境中柳叶竟然睡着了。

那个男人走了，但不久就回到了地球。我们仍来到这个房间约会，两人对面而立，仔细地观察着对方。他的形貌已经显著改变，身体变得扁平，腿部短粗，这是为了适应新星球上的强大重力。鼻孔非常大，胸膛异常饱满，近似畸形，这是为了适应新星球上较稀薄的氧气。这么说吧，他的新形貌就像青蛙、鳄鱼和人类的杂交。异类，我熟悉的洋洋哥已经变成了异类，我在心中说。不过我努力克服心中的陌生感甚至是厌恶感，笑着迎接他："洋洋，怎么这么快就回来了？你看，我腹中的胎儿还没生下来呢。"

他面无表情地看着我，冷冷地说："你不可能有我的后代。我刚才已经悄悄采了你的细胞，作了 DNA 测试。我们的基因已经分流了，连染色体的数目都不一样，我们已经不是一个物种了。柳叶，非常对不起，如果不是这样的生殖隔离，我们还愿意和地球人类友好共处，现在只有……"

我冷笑道："这就是你返回地球的目的？就像当年的白人返回非洲？"

他厌烦地说："我很遗憾，但我们已经不是一个族类了，再这样喋喋不休地争论下去已经没有意思了。"

他扭头出去，下了一道命令，天上无数的飞船把炮口对准地球……

柳叶忽然惊醒，冷汗涔涔。那个男人仍酣睡在阳光中，眉峰紧锁，可以看出，他在熟睡中仍没走出睡前的沉重思绪。柳叶非常内疚，这个男人深深依恋着自己，自己却在梦中把他划为异类了。但即使有内疚，这个梦境仍非常彻底地毁坏了她的心绪。

她悄悄起床，穿上衣服，来到阳台，沐浴在阳光下。想着两人的友情和爱情，不由心中发苦。

一位黑奴时代的美国大法官说：上帝面前众生平等，但黑人显然不包括在内。记得哪本书上说过，黑奴时代的黑人还是很幸运的，当他们被那些在基因之河上分隔了数万年的表兄弟掳为奴隶时，尽管白人不把他们当人看待，但黑人和白人从生理上说尚未发生生殖隔离。数万年的地理隔绝期还太短，不足以造成基因上显著的变异，所以，白人农场主找黑人女奴泄欲时还能留下混血后代。这一点常被历史学家们忽视，其实后来当黑人重新被纳入"人"的范畴时，这是最重要的基础。可是，如果分隔期再长一点呢？如果黑、棕、黄、白人种形成了不同物种？这并非玄谈，而是物种进化的必然结果。其实，如果换成某种代际交替比较快速的动物，十万年的时间就足以造成分流了。那本书上最后说："如果那样，黑人可就惨啦——眼前就有实例，想想我们更早的表兄弟黑猩猩吧。"

贺梓舟也醒了，在阳台上找到恋人，从后边把柳叶搂紧。柳叶想，不，他并没有异化，他仍是我熟悉爱恋的那个男人，但她却无法消除内心的疏远。贺梓舟敏感地觉察到怀中身体的僵硬，关心地问："柳叶你怎么啦？"柳叶回过头勉强笑笑：

"做了一个噩梦，好心绪全被毁了。我送你回去吧。"

贺梓舟点点头，没有多问。他穿好衣服，打手机唤来直升机。两人没有吻别，一块儿到马家，同天乐妈、鱼乐水、草儿和徐嫂告别。

柳叶不知道体内是否已经留下他的种子，但两人之间不可能再有一次欢愉了。

听天由命吧。

第十章　终极之灾

  一直到多年后我才知道，在我谈及智力快感的那个晚上，丈夫心中想的是什么。他是在想：只有那些能够享受智力带来的快乐同时又能感受到智力带来的痛苦的人，才是成熟的智者。在那个智力爆炸的时代，民众尽情享受着智力提升所带来的快乐，唯有天乐体味着"先知者"的痛苦。

——鱼乐水《百年拾贝》

一

  诺亚方舟号明天就要启航了。它要先在太阳系范围内航行一段时间，对飞船的性能做出最终检验，包括到木星上进行起降和采氢，并把检验结果传回地球，作为此后飞船大批量制造的依据。然后它将以断续飞行的"非盲视"方式在附近寻找已经中断联络的褚氏号。褚氏号的速度只是略大于光速的万分之一，也就是说，启航十年来只走了千分之一光年。所以，以诺亚号的性能应该是很容易找到它的，那就像是一只鹰隼在湖面上寻找一只随波荡漾的橡皮鸭子。如果能找到，诺亚号将把14个处于冷冻状态的乘员——包括褚贵福和13个卵生人幼儿——接过来，为他们解冻，作为诺亚号的新船员重新登程。毕竟新飞船的生存概率要远远优于褚氏号。至于褚氏号上的500个蛋形舱中的500万枚人蛋，诺亚号没有空间来盛装，只有让它们留在原船上，"慢吞吞"地继续其原定航程了。

  万一找不到，诺亚号也不会过多耽误，随即将开始超光速飞行。说白了，这点安排也是为了排除人们包括鱼乐水心中的不安——怕诺亚号在超光速盲视飞行中撞上它的先行者，尽管撞击的概率基本是零。从这时开始，"诺亚人"将真正成为太空种族，它将在百十年中越过灾变区域，然后在边锋处尽情冲浪，并随着边锋以光速前行，再把观察结果以光速信号送回地球。当然，地球收到观察结果肯定是三百年后的事了。

整个人类社会处于极度的亢奋，就像是处于迁徙兴奋期的雁群。自从人类被扔进一锅沸水后，人类的潜质和潜能被充分激发出来。从楚马发现公布至今只有短短22年，从褚氏号飞船上天只有短短八年，而人类的科技水平已经跨越千年，实现了以超光速航行为代表的科技大爆炸，包括三态真空理论、冷聚变技术、遮阳篷技术、人蛋技术、基因改造术、人脑与电脑的"透明式"接口、以嵌入芯片提高人脑智能的技术，等等。以楚天乐、泡利、马士奇、亚历克斯、乔治、巴罗、贺梓舟、姬继昌等为代表的天才科学家灿若群星。那个爱说调皮话的乐之友基金会副会长葛其宏曾这样叹息：

"有了这二三十年的灿烂，人类哪怕是真的灭亡，也值了。"

当然，他的"乌鸦嘴"惹来大家的笑骂。没人想到他实际是早于楚天乐作了预言。

送别仪式原打算在同步轨道上举行，就像送别褚氏号一样。但这次参加的客人太多，都去同步轨道是行不通的，只好改在地面上举行。至于送别地点，姬人锐选了一个有历史意义的地方——中国中原丹江水库的人蛋岛。那儿曾是卵生人类的诞生之地，保留着蛋壳、脚印等遗迹。有了超光速飞船后，卵生人技术被完全淘汰了，而且500万个卵生儿的生存希望也非常渺茫。尽管卵生人在人类史上很可能是过眼云烟，但不管怎样，他们是太空种族的先行者，值得追思和瞻仰。而且人蛋岛杳无人迹，水天一色，有"风萧萧兮易水寒"的意境，正是送别的好地方。

包括黑猩猩阿兹和玛鲁在内的1002名诺亚人此刻在人蛋岛中心区域列队。他们穿着统一的白色服装，上衣背后是黑白两色的太极图，这是诺亚族的族徽。各人手里都拿着一本书，那是太空族的圣经诺亚公约。他们不论男女一律光头赤脚。光头是因为在飞船的密闭环境里，脱发容易造成污染；赤脚是因为飞船环境中用不上鞋子。其实更重要的原因是诺亚人有意形成一些有别于地球人的风俗，以提醒自己"太空种族"的新身份。列队以家庭为单位。列在队前的是船长亚历克斯，妻子玛格丽特·坎尼普和一对儿女，还有后来新添的两个年轻妻子。列在第二位的是贺梓舟和他的三位妻子，其中第三个妻子是前天刚刚完婚的。后边有物理学家巴罗、数学家詹姆斯等和各自的家人。诺亚号船员的专业选择以"硬科技"为主，但也有适量的文史哲、艺术等人才。诺亚派的核心人物之一姬继昌不在这批船员中，他将是下一艘飞船的船长人选。

千人方队肃然无声，就像凝固的石像。只有队列最中间的阿兹和玛鲁安静不下来，不住地左右张望。不过，它们的智力已经足以理解周围气氛的肃穆，所以也能克制着，没有更过分的举动。

送行者有2000多人，环绕在船员周围，形成密集的人墙，但与圈内船员保持着一定距离。人蛋岛的面积不大，两拨人基本把全岛占满了。马家人都来了，天乐妈用轮椅推着天乐，徐嫂背着草儿。鱼乐水则一直把小姑子柳叶搂在身边，她知道今天对于柳叶是个困难的日子。柳叶穿着家常衣服，表情平静。现在正是杨柳吐青的季节，她上到人蛋岛后，去水边采了一些嫩柳枝，编了一个绿色的桂冠戴在自己头上，这让她在送行人群中很显眼。

他们与贺梓舟及家人隔着那段距离对面而立。贺梓舟与马柳叶默默地凝视着对方。

人们都是乘船来的，现在各种大大小小的船只团团围着荒岛，就像是辽阔的湖面上群集着一群黑天鹅。

宣誓开始了。诺亚人用右手把诺亚公约贴在左胸，齐声念诵誓词。誓词非常简单：

> 我誓死遵守诺亚公约：
> 生命高于一切，集体高于个人；
> 延续人类统绪，传承地球文明。

他们用英文宣誓，这是诺亚社会唯一的官方语言，其他如汉语、法语、西班牙语等只是为研究目的而保留。船员们声音铿锵，节奏齐整，琅琅誓词声在荒岛上空回荡。两只黑猩猩已经配备了语音转换器，也能用英语说话，他们像大家一样念诵了誓词。

听着诺亚人的誓词，鱼乐水不由想到22年前她采访马家人时，天乐妈说的一句话："人活着不就是为了留后？"那时自己曾感慨，这位文化不高的妇人用最简练最家常的词语总结了生存的意义。其实诺亚人的誓词同样可以简化为天乐妈说的四个字：

活着。留后。

宣誓结束，各位船员的家人早就瞅准了目标，此时一拥而上，冲散了圈内的白色队列。他们同亲人洒泪拥抱，为即将永别的亲人送上最后的美食美酒。专程从非洲赶来的弗朗辛·布鲁瓦挤进人群核心，找到了两只猩猩，同他们深情拥抱，用手语同他们话别。同他俩对话，布鲁瓦反倒不习惯用英语。阿兹和玛鲁经过三年的强化训练，智力更上了一个台阶，他们已经知道自己将参加太空探险，到星星上去。阿兹高兴地用手语说：

"我喜欢上天，看星星，看银河。"

"对，你们一定能看到星星，银河，还有好多好多地上看不到的新鲜事。真羡慕你们两位啊。"

玛鲁说："我喜欢你也去。"

布鲁瓦苦涩地说："可惜我不能去，我想留在地球上。不过，我会一直记着你们，两位最聪明的猩猩。"

"我也记住你。我记住喜欢你。"

布鲁瓦被她的稚语逗笑了："对，我也记住喜欢玛鲁，记住喜欢阿兹。再见。"

"再见。"

亚历克斯和贺梓舟作为船长和副手先要应酬联合国和各政府代表、教宗代表、乐之友代表等，与他们一一话别，也与下一艘飞船船长姬继昌珍重话别。半个小时后贺梓舟才抽出时间，领着三个妻子挤到柳叶面前。柳叶同奥芙拉和肯姆多拉是熟识的，贺梓舟介绍了另一位叫齐闺臣的黄种人妻子。柳叶发现那女子的眉眼同自己相当肖似，不由心中发苦，体会到贺梓舟挑选最后一位妻子时的隐秘用心。

但一切都已无可挽回，而且她也根本没打算挽回。她此刻心中满溢着怜悯，因为一会儿之后诺亚人就会听到那个可怕的消息，她昨天已经知道了。她平静了心绪，从自己头上摘下柳冠，戴到洋洋哥的光头上，开玩笑地说：

"中国古人一向喜欢折柳送别，我送你一顶柳冠吧。我把它看作一顶王冠，祝你在亚历克斯之后当一个好酋长。"

贺梓舟郑重地说："谢谢你的礼物。我会用基因技术让它永远存活，永远伴飞船前行。"

齐闺臣同柳叶拥抱，"柳叶姐我早就知道你。真可惜你决定不参加移民，不过这对我是件幸事，否则我就不能乘虚而入了。"

她放声大笑，引得周围人都笑了。柳叶羡慕她明朗的心境，她在同地球和亲人即将别离时，没有表现出悲苦感伤。两个女人拥抱时，柳叶越过齐的肩膀找到了洋洋哥的目光，两人心照不宣地点头，微笑，然后离开。

送行的人离开荒岛回到船上，以腾出地面降落直升机。1000名船员将直飞赤道的哈马黑拉岛，在那里坐摆渡飞船升到同步轨道，进入诺亚号，飞船随即就要启航。送行者依依不舍地告别了亲人，含泪离岛，在船上凝视着岛上的船员们。柳叶和天乐妈也走了，岛上的送行者只剩下轮椅上的楚天乐和推着轮椅的妻子，还有岛上的住户泡利，泡利仍是远远离开人群，表情落寞地看着这边。

1000名船员在楚鱼二人面前重新列队。岛上异常安静，微风吹动着半人深的茅草，玻璃罩下的蛋壳和小脚印无声地封存在时间之内。楚天乐对妻子微微一笑：可以开始了。鱼乐水取出无线话筒和一张纸，节奏舒缓地说：

"我丈夫楚天乐和霍克·泡利先生委托我宣读这封信。信中述及的发现是他们两人于四年前合力完成的，一直未公布。"她向远处的泡利点点头。"我公公马士奇先生临终前与楚天乐有过一次深谈，劝他公布。此后楚天乐和泡利商定，决定在飞船上天前首先向船员公布，此后即向民众公布。因为马先生说：这个时代的人类已经成熟得足以面对任何噩耗。"

1000人鸦雀无声。

鱼乐水开始读信。她的声音高亢而苍凉：

"亲人们，孩子们——请理解这样的称呼，因为我们是代表母族为儿女送行。祝福的话语不再说了，我俩今天要说的，是向你们提醒征途中的风浪，告诉你们飞船即将面对的现实。很可惜，这个现实是相当冷酷的。

"22年前，科学界发现了以太阳为中心的局域空间急剧收缩，它将造成太阳系和地球的毁灭。从那时起，人类的所有潜能都被激发出来，全力寻找种群的生路。此后科学界又发现，塌陷区域正以光速向外扩展。不过，按照物理理论，空间收缩幅度必将随距离的平方而减弱，这样逃亡飞船还可以找到安全之地。四年前科学界进一步发现，塌陷区域在以光速扩展的同时其强度并不减弱。不过，那时人类已经有了超光速飞船，因而飞船可以永远保持在海啸的边锋处安全地冲浪，直到海啸波及全宇宙。最终的结局虽然不幸，但它是百亿年后的事了。"

以上的内容是对历史的回顾。鱼乐水稍为停顿，继续往下念：

"这样的事实已经够残酷了，可惜我们发现了更残酷的事实。实际上，根本没有所谓的局域宇宙塌陷。早在22年前人类发现的，就是全宇宙整体的、同步的暴缩。只是因为暴缩是在那时的30年前才开始，由于光线传播的延迟，那时只能观察到半径30光年以内星体的光谱蓝移，于是造成局域空间收缩的假象。22年过去了，现在这个可观察区域半径已经扩大到52光年。孩子们，这也就是说，全宇宙得了绝症，将在千年数量级的时间中整体走向塌陷，再没有一片安全的绿洲，即使超光速的诺亚号也无处可逃。也许在此时此刻，多少光年外的智慧种族正竭力向我们这儿逃亡呢。"

尽管船员们在心理上已经有所准备，但这个彻底的噩耗仍使1000个人冰水灌顶，荒岛上一派阴森肃杀的气氛。鱼乐水低头看看轮椅上的丈夫，丈夫身板挺直，目光平视，如石像般全无表情。再看看人群边缘的泡利，他背手而立，也是同样的表情。他们心中此刻想的是什么？这四年来，当他俩独自揣着这份秘密时，他们想的是什么？昨天丈夫把这份讲稿交给自己时就是这样的表情，而且鱼乐水回忆到，这四年来他一人独处时也常常是这样的表情。

逃出母宇宙

昨天在山居中，妈、柳叶和草儿在院里玩耍。两岁的草儿玩疯了，咯咯笑着，从院中跑进屋里，在每个大人手心上打一下，再咯咯笑着跑出去。她不厌其烦地重复着这个简单游戏，逗得大人们都笑。柳叶与贺梓舟分别在即，心中肯定千回百转，但她没有表现出来，高高兴兴地陪着草儿玩。刚从人蛋岛回来的楚天乐把一份电脑打出的讲稿交给妻子，鱼乐水看完，震惊地看着楚天乐。天乐做了简要的解释。

"实际上，科学家们早该想到这个结论了。"他冷静地说，"结论就是：整个宇宙其实是在同一时刻开始了收缩，也同步产生了光谱蓝移。但由于光的传播需要时间，所以在开始变化的 t 年，地球只能看到周围 t 光年内的星光蓝移，这就造成局域塌缩的假象。因为收缩率均匀，所以星体的日视速度或蓝移值与距离成正比，星体越远则蓝移越大；但暴缩又是匀加速的，远处的星光是处于收缩早期，所以蓝移值越远越小。两种相反的因素综合起来，结果便是在 $0.5t$ 光年处出现蓝移的峰值。这个结论同 22 年来的观测值完全符合，不再需要任何牵强的解释。而且这也扫除了爸爸说过的最后一片疑云——他说如果塌缩恰恰发生在人类文明存在的时空，多少像是'人类中心说'的变相复活。早就该想到了啊。"他叹息道，"但正如爸爸说过的另一句话：人类身上禁锢着许多重囚笼，包括观念的囚笼，它甚至比物化的囚笼还要坚固。物理学界曾有一条金科玉律是谁都不曾怀疑过的，那就是：宇宙中无论什么样的变化动因，其传播速度都不能快于光速。这也一直被观察所证实。比如，如果一个遥远的星云在十年内整体变亮，那么它的尺度绝不会大于十光年。由于这条铁律，没有一个人，包括我，认为宇宙会在一夜之间突然整体转为收缩。这样，我们就对一个明显的事实在 22 年中视而不见。"

鱼乐水轻声说："但这条金科玉律——确实是正确的呀。"

丈夫摇摇头："它是正确的，但某种机理能绕过它，我和泡利在四年前才认识到这一点。其实早就有人在打破它，虽然是出于无意。宇宙学家一直在讨论一种假说：当宇宙临界密度大于 1 时，膨胀宇宙最终将转为收缩。这个假说其实就有一个潜在前提，那就是：宇宙应是整体地、同步地转为收缩，而不是——比如半边膨胀半边收缩。科学界已经认识到的'宇宙各向同性',实际上也暗含了宇宙的整体同步。那么,是什么机理能绕过这个金科玉律?我用一个二维世界的直观比喻,"他对鱼乐水微微一笑,"用我从小爱玩的吹泡泡做比喻吧。"

鱼乐水瞬间想到了38年前那个坐在行李卷上吹泡泡的绝症男孩,下意识地握紧丈夫的手。丈夫继续说:

"假如有一个肺活量很大的上帝,站在气球的球心处,正在吹一个百亿光年大的气球。而我们就是生活在气球表面的二维人。整个气球的膨胀是同步的,它由二维之外的原因——上帝吹气的气压——所决定,而与气球表面这个二维世界的光速限制无关。现在,假设上帝突然打了一个猛烈的喷嚏,爆炸波以光速向球面传播。由于爆炸波是发生在球心处,它将同时到达球面各处,于是球面宇宙在同一瞬间开始暴胀。"天乐做一个强调的手势,"请注意,球心的爆炸传到球面是需要时间的,仍然遵从光速限制,但那是高一维的事。而在二维球面上,暴胀是在瞬间同步发生的,似乎突破了光速限制。我和泡利把这种机理命名为'内禀同步'。"他停下来,看看妻子。"这个例子也正是我们这个宇宙发生的事,只需把二维改为三维、把'暴胀'改为'暴缩'就行。总括起来就是说,我们宇宙同步收缩的原因是在第四维,这个第四维就是真空的深层。"

两人长久地沉默。院外又传来草儿的尖叫和疯笑,听话音好像是柳叶为她逮了一只蝴蝶。良久,鱼乐水问:

"可是,动因呢?宇宙急剧收缩的动因是什么?是哪个上帝打了一个负向的喷嚏?"

楚天乐摇头。"你问得好。这仍是三态真空理论的罩门,至今没有找到解释。如果它确实发生在更高维,也许人类很难理解……"他又摇摇头,"不由想到第一次老界岭会议上,天文学家徐一凡说过的一句话。他说他有一个强烈的感觉,咱们这个局域宇宙收缩的原因很可能是发生在更高维。我那时以年轻人的狂妄轻易把它否定了,说什么'我不认可宇宙中有一个爱玩气球的上帝',现在想起来很惭愧。"他补充道,"不过,虽然动因未明,但其造成的结果——宇宙是在整体地、同步地、急剧地收缩——这一点不容怀疑。这个真相太残酷，所以我和泡利一直严格保守着它，直到和爸爸谈话后。"

鱼乐水又沉默一会儿。"爸爸鼓励你把这个发现公布？"

"爸爸没有表态，只问了一句：'你七岁那年我狠心把你的后路斩断，你后悔不后悔？'乐水，我从来没有因为知道病情真相而后悔。"两人默然。稍顷天乐说，"我不后悔。我感谢干爹这样做。干爹那时还说过：'人总是要死的，但这并不妨碍快乐地活着。'现在，我们只用把这句话中的'人'换成'人类'，换成'宇宙'就行了。活着是为了活着，不是为了逃避死亡，因为最终的死亡是无法逃避的，从理论上也无法逃避。人可以依靠科学改变局域环境，但没有人会狂妄地认为人类能改造整个宇宙，或者当宇宙无可避免地走向灭亡时，人类之花还能在废墟上独自开放。所以——不妨把人类的后路也狠心斩断吧，这样，也许人类的晚年还能有一个灿烂的花期。"

鱼乐水叹息着，无奈地认可了丈夫的决定，但免不了心中阴郁。这20多年来，乐之友们一直"鞭抽"着全人类寻找生路，没想到寻来寻去前面仍是绝路，一条彻底的断头路！她说：

"泡利也同意公布？"

"他无所谓。那是个远离尘世的哲人，只醉心于探讨宇宙的深层机理，不大看重尘世间的小小纷扰。"

"公布前要同姬人锐等商量一下吧，我怕引起大的动乱。"

楚天乐苦笑着说："我了解他，他不会同意公布的，他肯定会说，这个结论超出民众的承受能力。"

丈夫这句话其实是说，即使姬人锐不同意，他也会向民众公布，尤其是向诺亚号船员公布，他不会让诺亚人在未得知真相前启航。鱼乐水艰难地思索着，无法走出这两难的处境——如果公布，很难避免大的动乱；如果不公布，难道让人类就这么糊糊涂涂地走向死亡？最后她问：

"你愿意把这个消息告诉妈和柳叶吗？"

这句话实际是对楚天乐决心的考验："在告诉民众之前，你有勇气把这个噩耗告诉这几位亲人吗？"楚天乐看看她，没有多说话，直接把外面三人喊进来。三个女性正玩得投入，身上都带着阳光和春风的气息，草儿脸蛋红扑扑的，额上津着细汗，手中捧着一只很大的黑蝴蝶。楚天乐把那张纸交给柳叶，柳叶看完震惊地瞪着哥哥。哥哥示意她把纸转给妈妈。天乐妈看完后沉默了很久，叹息道：

"我早料到了。这几年看着天乐独自煎熬，我已经猜个八八九了。唉，我这把年纪，早把生死看淡了。可是想到草儿这样嫩生生的娃儿，真是……"

她的眼眶红了，不再说话。柳叶沉默一会儿，忽然没头没脑地说："让洋洋他们走吧。既然宇宙……让他们飞吧。"

草儿奇怪地看着几个大人，问："姑姑，你们咋啦？奶奶你为啥哭，爸爸惹你生气了？"

她用小手抚摸着奶奶的脸。天乐妈的泪水终于没能忍住。

人蛋岛的荒草坡上，鱼乐水读完了这封信，1000名光头赤足的诺亚人长久地静默着。良久，亚历克斯往前跨一步，原地转身，面对着他的部下，笑着说：

"谢谢楚天乐先生和泡利先生在我们出发前告诉真相，果断地斩断了我们的后路，就像楚天乐七岁时马老所做的一样。我理解你们做出这个决定的艰难，所以，再次谢谢你们，感谢你们对1000名诺亚人的信任。"他问大家。"现在咱们该怎么办？这是一个非常重大的意外，属于不可抗力因素。所以，如果哪位船员改变了主意，不想进行这次无望的探险，我完全能够理解。请大家考虑十分钟，想改变主意的请退到圈外，其他人仍将按原计划启程。"

他不再说话，静静地凝视着前面的方队，1000人不说不动，如1000具凝固的雕像。荒野的风吹动着深深的茅草，远处传来波浪拍击湖岸的单调的哗哗声。十分钟过去了，亚历克斯说：

"如果没有，那我就要通知直升机群过来了。"

下面仍没有人动，于是他通知了。片刻之间，几十架早就做好准备的直升机群飞而来，遮蔽了天空，然后降落在人群方队的四周，几十架旋翼搅出狂风，机腹下的荒草都趴伏在地面上。就在这时，站在前排的奥芙拉忽然高声喊：

"等我几分钟！"

她跑向最近的直升机，拉开舱门跳上去，迅速对驾驶员说了几句。这架直升机迅即拔高，向荒岛外湖面上一艘大船飞去。它在大船上空悬停，奥芙拉坠绳下去，在人群中找到柳叶。在直升机的轰鸣声中，奥芙拉大声说着，也用手势比划着。柳叶愣了有十秒钟，忽然跳起来，拥抱妈妈和小侄女，拥抱姬伯伯，泪流满面，哽声说着：

"永别了，妈，草儿，姬伯伯，记着我，我也会记着你们！"

她随即和奥芙拉手牵手奔向直升机，先后攀绳而上。直升机迅即猱身而起，飞往人蛋岛，在原地降落。两位女性跳出机舱，柳叶先跑到哥嫂身边，同两人带泪热拥。然后折回头跑向方队，来到贺梓舟的身后。贺匆匆同柳叶拥抱一下，他的另两名妻子也同柳叶匆匆拥抱，然后贺向亚历克斯做了个手势。后者随即下令，1003人井然有序地向各自的直升机跑去。柳叶在跑动过程中还用力甩脱了鞋子，像其他人一样打着赤脚。至于她黑亮的长发只有登船后再剃去了。

直升机群同时升空，像群鸟一样向南飞去。荒岛上只留下轮椅上的楚天乐、他身后的妻子和水边的泡利。三人默默地远眺南天，那些卧在玻璃罩中的人蛋壳安静地陪伴着他们。

二

距地球36000千米的同步轨道上，椭球形的诺亚号静静地悬停在那里，一如几年前的金鱼号。从外观上看它没有金鱼号壮观，因为它的尺度逊于前者，外形也过于几何化，缺乏个性。多圈缠绕的磁力加速轨道使它像一个有纵纹的哈密瓜，它的头部是一个凸抛物面，万亿电子伏特加速器的两个末端固定其上，粒子将在那里完成对撞。原来那条"金鱼尾巴"仍然保留着，只是不再做光的反射镜面，而是作为尾部天线。

新闻飞船和舱内摄像机向全世界民众播送着诺亚号的远景、近景和内景。

解说员仍是上次的叶知秋和朱迪·特纳。镜头转到船舱内部。紧贴着椭球形船体的内侧，密布着1000多个六角形的船员的生活间，恰似蜜蜂的蜂巢，它们占了船舱一半位置。船后是轮机舱和液氢贮罐，船首是指挥舱。现在，亚历克斯和贺梓舟立在船长和副手位，等待着从三亚指挥大厅下达的命令。船体中心是一个很大的活动大厅，聚集着1000名船员。他们这会儿没有具体工作，互相交谈着，拥抱着，做着手势，拍打着伙伴的肩膀，频繁交换着位置，就像是在开一个大型聚会。舱中有三个人最显眼：满脸黑毛的阿兹和玛鲁，还有穿便装、一头黑发的马柳叶。奥芙拉和齐闰臣手中拿着一套服装，挤过来找到柳叶，此刻正在为她换外衣。外衣换上了，但她黑亮的长发在一群光头中仍然非常晃眼，能让远在几万千米外的妈妈、哥嫂和草儿从屏幕中一眼认出她来。

楚天乐宣布的终极噩耗似乎对诺亚人没有太大影响，他们处于出发前的群体亢奋中。地面上的亲人们欣喜地发现，柳叶同样是表情明朗，看来她已经抛弃了此前那些有关"异化"的种种沉重思绪——本来嘛，如果整个宇宙都只有短短数百年寿命，那些伦理上的思索未免太迂曲了，那就像是对一个呱呱坠地的女婴担忧她将来分娩时的阵痛。天乐妈他们对柳叶放心了，但心中也免不了悲苦，柳叶的离去太突然了啊，让当妈的着实受不住。

两位主持人在解说，现在是叶知秋的声音："……诺亚号的点火不同于褚氏号，甚至不同于金鱼号。它有能力达到1.6龙赫的超光速，而且不存在加速阶段。所以，在点火的瞬间飞船也将瞬时消失，因为人类的目光无法追上超光速的隐形飞船。这是汪洋恣肆的神力，无论是耶和华、宙斯和朱庇特都无法做到，简直超越了人类最瑰丽的想象。但这种神力是通过科学技术实现的，是实实在在的成就。所以，请你们瞪大眼睛，等着飞船突然消失的那一瞬间吧！"

朱迪接着解说："飞船的第一站是木星，它将在那里实验高速状态急停工况和模拟采氢工况。现在，新上天的楚马望远镜已经对准了木星，让我们屏住气息，等待那里传来的好消息吧！"

民众们，包括两位解说员，此刻还不知道那个"终极噩耗"，所以众人中洋溢着出征前的亢奋。

启航时间到了。万籁俱静，单调的倒计数声敲击着凝固的空间。"……6，5，4，3，2，1，点火！"

飞船前方突然闪出白光。这次不像金鱼号，因为没有抛物形镜面的反射，白光并未聚成射向前方的单束强光，而是向四周散射，形成一次光的爆炸。然后，在间不容发的瞬间，飞船突然消失，干净彻底地消失。空中出现一条不透明的长条，遮住了后方一条窄窄的星空，不过这个时间非常短暂，只有目光敏锐的人才能有极短的一瞥。那条被遮住的条形星空随即恢复正常，而这条"混沌鱼"快速游走，很快就消失了。

70亿人观看着那个长长的空镜头。片刻之后，全球范围内同时爆出狂喜的欢呼声。70亿人的欢呼声浪汇合在一起，一定使那个瞬间的地球大气压升高了一个百分点。民众们纷纷离开电视机，来到街上，自发地组织起狂欢。非常遗憾，大多数民众因此错过了诺亚号的第一次回音，它是在飞船启航后24分钟发出的，63分钟后抵达地球。贺梓舟从七亿千米外激情地呼喊：

"这儿是诺亚号！我们已经到达木星，用时24分钟。现在诺亚号在停泊状态同地球联络，我们还没有收到地球的呼叫……"

这是一个丢脸的疏忽。诺亚号启航之时，地球已同时开始了对它的连续呼叫。这样的呼叫将永远延续，直到地球的末日。呼叫电波非常强劲，再加上诺亚号强大的尾部天线，可以保证诺亚号在十万光年内仍能收到母星的声音，前提是飞船处于悬停状态。另一个前提是：地球的声音还没有被灾难吞噬。但——本来呼叫该提前15分钟开始！以诺亚号启程时刻为时间原点，1.6龙赫的诺亚号在24分钟后到达木星，但地球的呼叫电波在39分钟后才能抵达！超光速的诺亚号像是闯入天宫的孙猴子，把一切经典程序全打乱了，而智慧圆通的科学神祇们还没学会适应新秩序。

三

诺亚号此刻已抵达木星附近，木星重力范围之外。诺亚号停止了激发，以无动力状态悬停。亚历克斯调整了飞船的角度，让船首观察窗正对着木星。

这是太阳系中最大的行星，以迫人的气势占据了整个观察窗，甚至占据了整个天空。飞船此刻处在木星黑夜区的边缘，面对着木星背面绵延几万千米的极光，极光在太空中摇曳变形，如梦如幻，在它的映照下，木星暗半球的轮廓清晰可见。两极的紫色极光更为明亮，就像巨大的木星带着两只紫色的夜光帽。木星自转极快，带动其大气层顶端的云层，以每小时约 3.5 万千米的速度旋转。云层被拉成条状云带，与赤道平行，明暗交替分布。云带的结构十分复杂，而且激烈翻卷犹如炼狱之火。至于著名的木星大红斑则更为狰狞，犹如撒旦的一只毒眼，它的颜色在鲜红中略带淡玫瑰色，云团激烈翻滚，形成强大的涡旋。

观察窗中能看到黯淡的木星环和众多木卫星。有脾气狂暴的木卫一伊奥，颜色鲜红得近乎妖冶。它是太阳系火山活动最强烈的星体，此刻正好有一次火山喷射，喷射出的火山烟云高达数百千米，拖在起伏的山脉和极长极宽的峡谷上。也有更有名的木卫二欧罗巴，它的表面覆盖着厚达数千米的冰层，明亮的冰表面上布满了纵横交错的冰裂，有些冰裂甚至贯穿五千米厚的冰层。

船员们敬畏地观察着蛮荒强悍的木星。它不应该是朱庇特的宫殿，倒更像撒旦的巢穴。木星的西方名字是朱庇特，即罗马神话中的万神之王。超光速航行造成了严重的心理时差，刚才还在绿水蓝天的地球，转眼就到了地狱般的木星——确实是转眼间！24 分钟，也就是一顿午餐的时间，没有加速减速阶段，没有过载体验，飞船就轻松越过了七亿千米的遥远距离！船员们都被过于猛烈的感官突变震晕了。

船长亚历克斯、大副贺梓舟和科学官巴罗在驾驶舱里。贺梓舟对地球呼叫完毕，不再等待回音，因为地球对这次呼叫的回答将在两个 39 分钟后才能抵达。他对亚历克斯说：

"开始采氢？"

"开始吧。你来驾驶。"

按照预定计划，诺亚号已经实验了高速飞行中的急停，以及在停泊状态下同地球的联络，现在要实验高重力下的模拟采氢了，木星赤道重力加速度为 2.52g。因为在将来的航行途中，氢的补充是飞船头等重要的大事，必须事先进行模拟。

对于化学动力飞船来说，即使在地球那样较低的重力下降落也是非常危险的操作。飞船只能沿一个非常狭窄的角度向大气层溅落，角度过大和过小都会造成飞船失事。但对于诺亚号上身手灵活的小蜜蜂来说，想要降落太轻松了，它有强劲的动力，还有两双能灵活调整角度的大翅膀，足以抵挡木星的强大重力。

贺梓舟带上两名船员，准备离开母船，通过甬道进入小蜜蜂一号，这时地球的呼叫传来了："诺亚号，这是地球在呼叫，听到请回答。诺亚号，这是地球在呼叫，听到请回答……"

这是地球信号站的自动呼叫，不是对刚才诺亚号呼叫的回答。贺梓舟没有理它，来到小蜜蜂，坐上驾驶椅，操纵它开始降落。小蜜蜂向前喷射着等离子焰流，轻飘飘地潜入大气层，五彩的木星图景快速掠过观察窗。现在重力出现了，不过，小蜜蜂是处于部分自由落体状态，重力被弱化，表现为不到 0.3g 的重力，贺梓舟三人得依靠安全带来保持在驾驶位。降落过程十分顺利，他们有闲暇来观景了。此时飞船处于白昼区，远看起来十分浓密的云层随着飞船进入而变得稀薄，颜色也淡多了，太阳在云层外闪耀，光线晦暗，个头小如苹果，在木星的淫威下失去了往日的帝王气势。随着飞艇的下降，空气的颜色逐渐变化，从红色变为棕色，变为白色，再变为蓝色。这时再回头向上看，晦暗的太阳已经淹没在浓密的大气中。68 颗木卫星中，只有伊奥和欧罗巴在夜空中撒下微弱的光亮。

此后飞艇保持匀速下降，现在作用在他们身上的是 2.52g 的重力。三人一直等着飞艇在海面上的溅落，结果根本没有感觉到。木星大气层和海洋的成分都是氢，其气相和液相是逐渐过渡的，没有一个清晰的海面。当然区别还是有的，飞艇的下降速度逐渐减小，这是由于液氢的浮力大于氢气的浮力。贺梓舟对船员小陈说：

"已经进入液氢层。开始采氢吧。"

"好的。"

飞船关闭了动力,重力使其在液氢中快速下坠。小陈打开自动进液口,听到哗哗的进液声。但声音在十几秒钟后即停止,因为飞艇上的液氢罐此刻基本是满的。模拟采氢至此顺利完成,船员们甚至觉得有点不过瘾,小蜜蜂的优异性能使凶险的太空活动成了小孩子的游戏,失去了刺激性。

他向母船报告:蜜蜂一号即将返航。通话器中传来母船的回答。但木星大气有强烈的电磁畸变,通话器中声音嘈杂,无法分辨。另一个船员维拉进行了消噪处理,然后向两人摇摇头,表示无法消噪。贺梓舟说:

"不必联系了,返回吧。"

小蜜蜂启动了动力,以 3g 的加速度奋力向上飞升。六个小时后,小蜜蜂浮出木星的大气层,看到悬停在上空的母船。

贺梓舟把模拟采氢的过程向船长做了报告,诺亚号稍做休整就要开始下一步的行程。亚历克斯说:

"我来驾驶,你去看看船员们的情绪,毕竟他们在两个小时前才得知那个终极噩耗。"他笑着加了一句,"特别是柳叶。"

他说得不错,因为对于柳叶来说还要加上另一个因素——突然的登船。这个决定太突然了,是在十秒钟内做出的,势必伴随着心理上的剧烈震荡。因为,她狠心舍弃的爱人现在重新得到了,而她打算陪伴终生的母亲、哥嫂和侄女,还有那个亲爱的老地球,却突然间生离死别!这样陡峭猛烈的转折,足以让一个女人精神休克。

贺梓舟对船长感激地点点头,带上柳叶送他的那顶柳冠,离开驾驶舱,来到活动大厅。飞船刚刚停止自转,处于无重力状态,所以飞船中 1000 名船员在大厅中自由飞翔,一片笑声喊声。贺梓舟在人群中飘飞过去,一边不停对船员说:

"一切顺利……模拟采氢已经完成……地球的回音到了……"

他看到了三个妻子,她们围在一起,刚用电动理发剪为柳叶理完发,理掉的长发被仔细收集起来,以免在失重环境下造成污染。柳叶笑嘻嘻地摸着泛着青光的光头,齐闱臣举着镜子,柳叶饶有兴趣地对镜欣赏。贺梓舟挤过去，把自己头上那顶柳冠取下来，扣在柳叶的光脑袋上。他笑着问四个人：

"你们怎么样？"

他是想问临行前宣布的终极噩耗对四人的影响，不过，看来超光速行程的刺激要远远强于那个噩耗，所以大家都答非所问。肯姆多拉说：

"一切都好。就是在航速超过一龙赫时，身体有怪怪的感觉，好像发生在细胞深处，甚至是更深的深处。至于究竟是什么，我无法准确描述。"

其他三人也说有同样的感觉。那是空间湍流造成的，虽然湍流发生在第四维，也就是在空间深层结构，但还是影响了人的感觉，只是它不可能准确描述，因为在二维世界中进化出来的生物从来没有经历过。贺梓舟笑着问奥芙拉：

"登机那个瞬间，你怎么会突然想到把柳叶拽上飞船？"

奥芙拉平静地说："也没有明确的想法，我只是觉得，既然整个宇宙都……"她没把话说完。

贺梓舟看看三个妻子："可是你给我出了一个难题。我该如何安置她呢？"

奥芙拉平淡地说："没关系，作为特别情况，船长会通融的。"

柳叶平静地听着他们的对话。贺梓舟看看她，感慨中掺杂一些谐谑：柳叶曾答应要为所爱的人在地球留一条血脉，现在食言了，她又把它带上飞船了！在突然决定登机的瞬间，柳叶是什么想法？她对于"异化"的深切忧虑是不是被那个噩耗击碎了？不管怎么说，在最后一刻柳叶来了，这让贺梓舟非常高兴。

飞船停泊状态下收到了地球的第二次回音，说感谢他们的成功实验，为地球采氢飞船的建造夯实了基础。贺梓舟把地球的回音向大家做了通报，又让每人录了第一封视频家书，以信息压缩状态发往地球。这些语音家书中属柳叶的最长，这可以理解，因为1001名船员中只有她是突然登船的。她给妈、哥嫂、小侄女、姬伯伯、姬继昌、徐嫂都致了问候，声音哽咽地道了永别。

随后，亚历克斯作为执法官认可了柳叶和贺梓舟的婚姻，为他们补办了正式手续，也举办了简易婚礼。诺亚号航程的第一天是在婚礼的喜庆中度过的，然后它开始第二项计划：寻找褚氏号。

这个工作也太轻易了。褚氏号预定朝着大角星飞，所以航线是已知的。它的最高船速是每秒40千米，亦即光速的八千分之一，再考虑加速段的耽误，它在八年中只走了不足千分之一光年。诺亚号在追赶它时，虽然不能使用盲视飞行方式而只能断续飞行，但也能轻松达到半光速。也就是说，如果顺利，它能在一天时间内追上褚氏号。超光速飞船彻底搅乱了人们的心理定式，即使作为船长、大副和飞船科学官，亚历克斯、贺梓舟和巴罗有时也觉得恍然，不敢相信数学计算得出的这些"过于轻易"的结果。

诺亚号以大角星校准了方向，以半光速前进，一天半之后还没有发现褚氏号。亚历克斯估计已经追过了头，果断地拨马而回，顺着来路再找一次。这次他们放慢了速度，仅使用0.2倍光速，又半天后找到了。褚氏号此刻是在恒星的空当中，天幕黝黑，褚氏号本身又不发光，所以第一次没有发现。衬着极为广袤荒凉的天幕，褚氏号显得就像一只背甲灰暗的小甲虫，它那反光率极高的镜面外壳在这近乎无光的环境中也显得十分暗淡。它在无边的背景下缓缓爬行，看起来就像静止在那里。褚氏号此刻是无动力飞行，因惯性保持着每秒40千米的速度。这在化学动力时代已经是极为杰出的成就，但相对于无边的宇宙，相对于超光速的诺亚号，它的速度实在太可怜了，就像一只失去大腿只能爬行的蟋蟀——褚氏号细长如蟋蟀尾须的尾喷管引发了这样的联想——这令诺亚号的观察者心存怜悯。

褚氏号已经很近了，诺亚号前部的白光映在它的镜面外壳上，立时它变得银光闪烁，恢复了生气。诺亚号轻松地追上去，等双方距离在10千米左右时，诺亚号退出了虫洞式断续飞行状态。因为再靠近的话，空间湮灭将损坏褚氏号。诺亚号改用姿态调整喷口来驱动，达到了和褚氏号同样的速度，缓缓靠上比它庞大的后者。

贺梓舟及五名船员穿上太空服，准备登船，柳叶也在内。虽然柳叶是诺亚号的新来者，但她其实接受过全套训练，所以贺梓舟在第一次太空行走中就启用了这个新手，以便她赶快重新进入角色。六人手拉手在褚氏号的中央甬道向前飘飞，四周是十个半空的燃料舱，再外边是十个货物舱。框架结构的间隙中嵌着黯淡的天幕。他们在甬道中飘飞了几百米，通过密封的指令舱，拐到甬道的一条岔路。然后他们来到一个庞大的扇圆柱形货舱，这是十个货舱之中的一个。按照资料中介绍的方法，他们从外面打开门，进去。入眼是林立的巨蛋形舱室，有四层楼高，每个装载一万枚人蛋。六个人仰视着它们，敬畏中掺杂着怜悯。虽然褚氏号是仅仅八年前制造并上天的，但此刻已如历史的陈迹。依靠褚氏号相当原始的技术，想让这些人蛋在某个星球顺利孵化并成功生存，机会相当渺茫，它们只是在那时的科技水平下所做的孤注一掷的努力。

超光速的诺亚号与褚氏号相比已经不可同日而语——可他们还不是同样面临绝境？在宇宙的整体急剧收缩中，诺业号同样是人类绝望的努力啊，至少到目前为止，看不到任何希望的微光。

贺梓舟心中感慨着打开那枚最小的巨蛋舱，里面密密麻麻垒放着人蛋，都处于深度冷冻状态。它们保持冷冻不需要消耗能量，只用依靠太空自身的低温。舱室后部就是褚贵福的冷冻装置了，同位素能源保持着工作状态，一只小小的红灯幽幽地亮着，为坟墓般酷寒死寂的舱室增添了些微生气。冷冻装置的门是透明的，那位老人在幽暗的红光中安静地睡着，他本来要睡至少45万年。六人在老人面前怀着敬意肃然而立。这个前半生劣迹斑斑的巨富在后半生完成了蜕变，成了太空种族心目中的伟人。现在他们要打扰老人的安睡了，他能否同意离开这些他本打算终生照料的人蛋，回到人群中生活？但不管结果如何，他们还是要唤醒他，这是为他负责。

他们关闭了巨蛋舱的舱门，因为冷冻者复苏需要处于有氧大气环境中。柳叶轻声说："贺大副，让我来启动吧。"

贺梓舟微笑着避到一边，柳叶上前，虔诚地按下复苏按钮。冷冻装置的透明门内立即充盈着明亮的灯光。那只微弱的红灯熄灭了，另三个明亮的红灯开始闪亮。六人耐心地等待着。完成复苏需要两个小时，在这段时间里，诺亚号本来可以飞行34亿千米！舱室中气压逐渐增加，温度逐渐升高。等到两只小红灯变绿，表示舱内大气和温度已经正常，六人取下太空服头盔。冷冻室内，加热过的血液逐渐泵入体内，老人的脸色慢慢恢复血色。终于，他的眼球在眼睑之后开始缓慢地滚动，睫毛开始颤动，然后第三只红灯变绿。复苏过程完成，他醒了。

僵硬的意识逐渐恢复流动，褚贵福收拢散乱的目光，首先看到一个形貌奇怪的人，穿着白色的太空服，但没戴头盔，她分明是女人，但脑袋锃光。而且，这个光头女人的相貌似乎有熟悉感。然后他的耳蜗恢复了功能，听到那人柔声说：

"褚伯伯你醒了？我是小柳叶呀，不过我已经大了八岁。"

马家的小柳叶？大了八岁？褚贵福努力拼拢着意识，问："你是柳叶？这是咋回事，褚氏号没上天？"

"上天了，已经飞了八年，我们是乘第二艘飞船赶上的。说来话长啊，我先扶你出来，吃一点儿流食，然后到我们船上，再给你慢慢介绍情况。"

几个光头男人过来，把他扶出冷冻装置。他认出其中一个是洋洋，贺家那崽子，但已经是30岁出头的大人了。他们先让他喝了点水，进了一点儿流食，然后为他穿上太空服，四个男人架着他返回诺亚号。走前他们恢复了这个舱室的原状，仔细关闭了舱门。

亚历克斯率领千名船员热烈欢迎这位太空人的前辈。不过他知道褚老的身体还没恢复，没让他在活动大厅多停，直接把他送到小餐厅。亚历克斯、詹姆斯、贺梓舟和柳叶四个熟人陪他吃了第一顿正餐。到这会儿，褚贵福的身体已经完全恢复，也恢复了他一向的好胃口，他一边风卷残云地吃着，一边听贺梓舟介绍这八年来的情况。他的目光变阴暗了，脱口骂一句粗话：

"我操，俺们拼死折腾，把家产花得屌蛋精光，总算找出这么一条活路，又被你天乐哥堵死了？褚氏号上500万枚人蛋没处可去了？"

亚历克斯叹息道："坦率地说，眼下还看不到希望。诺亚号马上就要全速向灾变区域的边缘飞，就是为验证或推翻楚天乐的这个发现。但愿我们能推翻它。"

他们告诉老人，根据乐之友执委会的意见，他们准备把老人和那13个卵生人幼儿转移到诺亚号上,随它航行,因为这艘新船毕竟安全得多。至于其他人蛋就只能保持原来的安排了。在新的形势下,如果老人改变主意,不愿再浪迹天涯的话,诺亚号将负责把他送回地球。褚贵福疑惑地问:

"褚氏号已经飞了八年,你说是飞了100亿千米,你们绕这么远送我回去?"

柳叶笑了:"褚伯伯,不费事。已经对你说过,诺亚号是超光速,送你回去也就半天时间。"

"半天?"

"对,来回不过耽误一天。"

褚贵福被深深地震住了。

饭后柳叶领他参观了诺亚号。诺亚号比褚氏号小,但远为精致。他们参观了活动大厅,参观了1000多个像鸽子笼一样的船员住室,还有指挥舱和轮机舱,核聚变装置就在这儿,为全船提供生活能源和常规飞行动力。所有碰到的船员都以敬慕的目光向他问好,包括那两只穿着同样服装的黑猩猩。柳叶告诉褚伯伯,这两只黑猩猩已经有十岁孩子的智力,这是智力爆炸的结果,他们通过语音转换器也能说简单的英语和汉语。柳叶说:

"阿兹,玛鲁,问褚爷爷好。"

两只猩猩恭敬地鞠躬:"爷爷好!"

褚贵福咧嘴笑了:"好,好,我又添了俩长毛的孙子。可惜爷爷空着手,没法给见面礼。"

柳叶逗他:"不用给见面礼,亲一下就行,这俩孩子最喜欢大人亲他们。"

褚贵福看看那两个长满黑毛的脸蛋,有点作难,但还是每人亲了一下。两只猩猩高兴得容光焕发,柳叶忍不住大笑。

柳叶也大致介绍了诺亚公约的内容。他听说柳叶只是贺梓舟四个妻子中的一个时,目光古怪地看了她半天。虽然他本身妻妾成群,但在内心深处把这看成"邪恶之事",只能由他这样的恶人来干,而不能落在柳叶这样的干净姑娘身上。现在这竟然成了飞船社会的正常规则,连他也一时接受不了。

柳叶本人是经历过心理上"死而复生"的人，非常同情这位老人。褚老伯不仅在肉体上而且在心理上都经历了生而复死死而复生——想想吧，他拼尽家财，付出后半个人生才弄成了这艘褚氏号飞船，用以保存他家人后来扩大为人类的血脉，忽然得知他走的仍是一条绝路！他毅然离开地球，准备沉睡45万年，陪着那些人蛋走完那漫长得令人发疯的航程，却突然在十年内就被唤醒！心理脆弱的人也许会为此精神失常，但褚伯伯没有。这位草莽出身、历尽风雨的老人一定有钢铁般的神经。

她尽力劝褚伯伯留在诺亚号上。她说，我离开了妈和家人，以后你就是我的父亲。她说，对于超光速的诺亚号来说，前边的世界必定有无穷的发现在等着它，所以飞船生活不会寂寞的。她还说，诺亚号不久就要穿越一颗恒星，来验证虫洞对飞船的保护作用，那可比杂技团里老虎钻火圈刺激多了！但褚伯伯看来没被她说动。他问：

"你们以后咋打发日子？你说过，飞船超光速飞行时连窗外的景色都看不到。"他想想又补充道，"想多生个娃儿也不行，要不飞船就要憋破了。"

"你说得对，但我们可以冥思默想。"

"啥子冥思默想？"

"飞船社会没有生存压力，没有干扰，我们会把全部精力用到研究科学、哲学、文学艺术上。也许100年后，我们会把人类的科学技术提高5000年。也许这1000个船员中会出现500个伟大的哲学家，600个伟大的文学家，700个伟大的科学家。褚伯伯，我说的可不是夸大。"

"你说的不错，可这日子不适合我这号粗人。"他干脆地说。想想又说，"既然全宇宙都他妈一个球样，我也心灰意冷了，就让那500万个人蛋和13个卵生人崽子自生自灭吧。你们要是不太费事，就把我送回地球得了。"

柳叶很失望："伯伯不跟我们走？我这么多话算是白说啦？不过，我们尊重你的意见。你不必考虑费事不费事的问题，只要你拿定主意了，我们这就把你送回地球。你慎重考虑一下吧。"

为了等他的考虑结果，诺亚号泊在褚氏号旁边耐心地等了一天。现在他们习惯于把时间换算成飞行距离，停泊一天就少走四百亿千米！但褚贵福这样的伟人值得为他耽误时间。诺亚号仍然按地球的节律安排一天生活，晚上柳叶把褚伯伯安排在自己的房间，自己挤到贺的房间。她对丈夫说，估计褚伯伯不会变主意了，那就把他送回地球吧。第二天早上她再次征求了伯伯的意见，褚说不变，于是诺亚号开始了紧张的准备。先把电文发给地球，那里将在九个小时后收到，为褚的回归做一些必要的准备。这边复查了褚氏号的状况，看昨天登船后去过的地方有没有复原。贺梓舟、柳叶他们返回褚氏号检查时，褚贵福没去，他说既然知道了这 500 万人蛋只有一条死路，不忍心再去看了。

复查人员返回前，褚贵福一直阴郁地沉默着。亚历克斯理解他的心情，让柳叶陪着他说话，尽量宽解他。复查人员返回了，诺亚号即将点火启程，一直沉默的褚贵福忽然说：

"柳叶，对不住了。告诉亚历克斯和洋洋，我还是想回船上看一下。"

柳叶愣一下，立即乖巧地说："没问题没问题，伯伯别跟我们客气，我这就告诉船长。"

亚历克斯、贺梓舟和巴罗听说后互相看了一眼，没有多说，爽快地答应了。于是柳叶为老人重新穿了太空服，第一次登船的六人重新护送他过去。他们绕褚氏号一周，看了那些银光闪闪的中空铠甲，看了十个货舱，又沿着中空甬道飘飞到褚曾待过的那个小号巨蛋舱。褚贵福立在舱前，表情沉郁地看了很久，说：

"麻烦你们再打开它，我要进去看看。"

四个船员看看贺梓舟——他们刚刚复查过这儿，把它仔细关闭。贺梓舟用眼色示意：别怕麻烦，打开吧。舱门打开了，七人进去，褚贵福在舱里慢慢走着，摸着那些人蛋，摸摸 13 个卵生人幼儿的冷冻装置，最后停在他自己的冷冻装置前。他扭回身，笑着说：

"想来想去，我还是留在这儿的好。忙活半辈子弄成这件事，它们都算是我的血脉，把它们扔在这儿，心里老大不落忍。再说，我无论去诺亚号还是回地球，都是多余的人，连儿子都不一定欢迎，还是留下来陪他们吧。若是全宇宙塌陷，就跟它们塌在一起吧，反正去诺亚号或是回地球也一样塌，对不对？"

柳叶喊："褚伯伯！……"

褚贵福止住了她的话，把她搂到怀里，亲亲她的额头："小柳叶你甭说了，我只要拿定主意，谁也劝不转。回去替我给你妈、天乐还有你姬伯伯捎个好——噢，你们要是不送我，也不会回地球了，那就在电话上替我问个好吧。来，把我再冻回去吧。"

柳叶泪光晶莹，无奈地看着丈夫。贺梓舟想了想，用太空服通话器同亚历克斯和巴罗商量一会儿，爽快地说：

"那好，我们尊重伯伯的决定。柳叶不要劝了，你嫂嫂嫁给天乐哥时说过，不管是什么样的生活，只要心境坦然，活得快乐，那就是好的人生。褚伯伯决定终生陪伴这些人蛋，也是快乐的一生，遂他的心意吧。"

柳叶想了想，想通了，带泪微笑着同伯伯拥别。其他五个人也依次同他拥抱，那边的亚历克斯和巴罗在通话器里同他告别。然后褚贵福躺回冷冻装置，笑着示意：

动手吧。

仍是柳叶虔诚地按下按钮。他们默默看着褚伯伯的笑容逐渐冻结，第二次冻结成永恒。

这次又该是多少万年的永恒？

六人返回。诺亚号用常规动力离开褚氏号。至此诺亚号在地球附近的杂事已毕，可以心无旁骛地真正开始远航了。贺梓舟在通话器中向地球通报了这边的变动，道了再见。这是单向通话，地球的回答永远追不上他们了。此后诺亚号每年还会停泊一次，同地球进行通话，但只要诺亚号没做长时间的停泊，很可能仍然只是单向通话，而且通信延迟将越来越长，实际只能让地球了解飞船数年前、数十年前甚至更早的情况。离巢的小鸟已经割断了同旧巢的联系，要独自远走高飞了。

那时他们没想到，这个联系后来并未割断。

诺亚号同褚氏号最后作了告别，同太阳系作了告别，然后化为一道白光。

第十一章　希望的泡泡

在局势最为无望的时刻，泡利为人类吹出了一个希望的泡泡——确实只能算是一个泡泡，它可能在下一秒钟就会迸然破裂。可叹的是，在那个特殊的时刻，人类仍为实现这个泡泡而付出了卓绝的努力。

——鱼乐水《百年拾贝》

一

地球上接到了诺亚号的来电，说已经顺利找到褚氏号，复苏后的褚贵福老人想回地球，诺亚号马上送他回来。姬人锐看到电文后很惊喜："老褚要回来？"不过他说了一句，"不可能吧，他舍得那些人蛋？那比他的命还贵重啊。"

按电文说的此刻诺亚号的位置，这封电文在路上走了九小时，但超光速的诺亚号返航只需六个小时。也就是说，即使电文发出后他们又耽误了半天，这会儿也该到了。乐之友们迅速开始准备。葛其宏在附近租了一套房子，给老人建一个账号，准备从基金会打过来一笔钱，数额足够他安度晚年。也安排人与褚的儿孙们联系，褚的儿孙们现在在经济上都比较困窘，估计不大乐意把老爹接回去养老——他们中多数人对老人把家产抛撒光还心存怨恨。但不管怎样，这边得通知到。葛其宏在两个小时内完成了所有准备，但诺亚号迟迟没回来。

第二天收到另一封电文，说褚在启程前突然改变主意，不回地球也不来诺亚号，还不让诺亚号接走 13 个幼儿。他仍要回褚氏号陪伴他的人蛋崽子。诺亚号尊重老人的决定，已经送他回去。现在诸事已毕，诺亚号要正式开始远航了。再见了我们的老地球，再见了我们的母族！

葛其宏叹息一声，赶紧取消了已经做好的安排，心中暗暗叹服姬人锐看人之准。虽然明知那边已经收不到这边的回复，但他们还是向飞船发去了告别电文。

在把"楚—泡利发现"向诺亚号船员公布之后，楚天乐原打算先向姬人锐等人告知，再向公众公布，但这个消息已经风一样传开了。追根溯源，原来是奥芙拉到船上劝柳叶跟诺亚号走时，说的话让周围人听到了。这个小道传播的发现立即得到众多科学家的认可，因为这个新的解释太有力了，过去人们没想到它完全是因为思维的惯性，是走不出旧观念的囚笼。科学史上不乏类似的例子：早有古人提出地球是圆的，它与各种迹象符合得极好，只是因为人们无法解释"地球下面的人为啥不会掉下去"，因而在很长时间内拒绝这个观点。又如魏格纳提出了大陆漂移说，也与各种事实极为契合，只是因为找不到大陆漂移的动力，也在很长时间内被学界拒绝。现在，楚天乐和泡利提出了那个最关键的动因——由高维原因所造成的三维世界的内禀同步——则"宇宙整体收缩"这个结论一下子就站稳了，没人再怀疑了。

这天姬人锐来到马家，他是来兴师问罪的。他郁怒地指责楚天乐，说这件事他处理得太轻率，即使不得不公布，也应该设法慢慢放出高压锅里的蒸汽，不要造成爆炸。他还说，联合国秘书长、SCAC执委会、中美印俄日法英等大国首脑，都向他表达了同样的强烈不满，还扬言要中断同乐之友的合作和资金支持。鱼乐水和天乐妈都心怀歉疚，她们认为姬的责备是对的。楚天乐叹息着说：

"姬大哥，对不起，事先没同你商量。我怕你……姬大哥，你们都没我这样的经历——在少年时代被干爹一刀斩断后路，在片刻剧痛后反倒萌发了活下去的决心，我想人类也会这样。而且它反正瞒不住的，其他科学家做出同样的发现只是早晚的事，也就往后推迟半年一年吧。我不想隐瞒它。"

姬人锐阴郁地沉默着。

"至于联合国和各国政府中断合作……"

姬人锐摆摆手，打断他的话："这点不必担心，只是一时的过激反应，不会当真实施。关键倒在另一点——他们会不会彻底绝望,真正心灰意冷。如果是那样,那就不光是中断合作的事了,而是干脆放弃努力了。天乐啊,"他喊的是天乐,但目光却是看着鱼乐水,"连我这个上帝之鞭也绝望了,我也累了。"

鱼乐水心中发苦。这位上帝之鞭一直在鞭策着所有人,从没有发现他有过丝毫的沮丧,今天是第一次。她笑着说:"你可不能绝望。我们哪能少了这根上帝之鞭?人锐,反正我没绝望,咱不说那些淡话,什么老天爷饿不死瞎家雀,车到山前必有路,等等,天乐说那是廉价的乐观。咱要的是货真价实的乐观——我不信宇宙就真的到了绝路!天乐和泡利即使再天才,两颗小小的1400克的大脑就挖到了宇宙的终极秘密?再没有秘密可挖了?我不相信,你也不会信。"

天乐妈也说:"水儿说得在理。人锐啊,水儿说得在理。马先生如果活着,也会这样说的。"

姬人锐苦叹一声,没有多说,站起来准备告辞:"我走了,我得赶紧布置对天乐的保护。"

楚氏夫妇互相看看,天乐笑着说:"对我的保护?用得着吗?"

姬人锐声音冷硬地说:"当然用得着。你一刀斩断了所有人的希望,70亿人中,肯定有人会因极度绝望而疯狂的,会把你作为泄愤的目标。泡利也要保护,但他相对安全得多,因为民众的目光一直是对准你的。我打算让杞县的老同事、公安局局长鲁军定来,就住到贺家,就近保护你们。乐水你们也要警惕。"

他步履沉重地走了。

上午楚氏夫妇到乐之友一会两院走了一圈,尽量安抚大家的情绪。至于往后怎么办,连楚天乐和鱼乐水也心中没数,所以只能泛泛地说一些鼓励的话。他们走完一圈,一直没见到姬人锐。鱼乐水不放心,让丈夫在办公室等她一会儿,她来到附近姬人锐的家。苗杏开门看见是她,舒了一口气,悄声说:

"在书房里灌酒呢，我劝不住，你劝劝他，他比较听你的劝。"她又加一句，"你们谈吧，中午在这儿吃饭。我去买点熟菜。"

她匆匆出去了。鱼乐水推开书房门，闻到浓重的酒味儿。姬人锐这会儿倒没喝酒，他仰靠在转椅上，两腿架在书桌上。鱼乐水走过去，拉把椅子坐在他对面。姬人锐看见她，收起两腿坐正，他的眼中有血丝。鱼乐水没有说话，只是静静地看着他。

过一会儿，姬人锐先开口："乐水，这次我对天乐很失望。他说到底是个读书人，当不了政治家。什么心灵需求、内心完善、活着就是为了活着，因为宇宙和生命必然灭亡之类表述，既是真理，也是狗屁。它当然是真理，但那是给圣人用的奢侈品，因为只有圣人才能够远眺时间尽头的图景。它也是狗屁，因为占人数99%的民众只愿意看到这个人生，最多也是儿孙的人生。即使在现在这个智力爆炸的时代，这也是基本的百分比。而且，说到底，玄思冥想大不过天！天就是人类当下是死是活！"

鱼乐水柔声说："你说得对。我也该道歉，我当时不该顺从他。人锐你必须振作，乐之友，甚至整个世界，都少不了你这根上帝之鞭。"

姬人锐沉默良久，声音嘶哑地说："可是——也许前边真的没路了！？"

他抬头看着鱼乐水，眼中有泪光。在这个瞬间，鱼乐水真切地感受到这个强者的软弱。她想起22年前，这个男人弃官入山，主动把一个重担扛在肩上，也把重担放到了公公、天乐和自己肩上。这些年来，姬人锐名义是工程院的院长，实际是乐之友的总管家，他确实太累了。她很想走过去，把他搂在怀里，安慰他……鱼乐水正视着他的眼睛说：

"人锐，天乐不是完人，在政治上不是，在学术上同样不是。我刚才说的那个意见是认真的，他和泡利的新发现绝不会是上帝的终极秘密，我们还得往前走！还得找生路！"她笑着，重复刚才的话，"要往前走，当然少不了你这根上帝之鞭。"

姬人锐长长地吁一口气："好了，你不用安慰我，一时的情绪低潮，我自己能走出来。我肯定还要往前走，哪怕是在绝望中走，哪怕是像最早那样，用虚假的希望来安抚民众。"

姬人锐的手机响了。他用英语交谈几句,挂了电话,多少有点困惑:"是阿比卡尔!那位 SCAC 的小秘书长,我的高届同学,他已经乘民航赶到南阳机场了。"

"这么突然?"

"他说这是一次纯粹的私人行程,贺老去世五周年,他想到贺老故居去缅怀自己的老师。还说只需我一个人陪他去。"他看看鱼乐水的眼睛,"当然这肯定是托词。估计他带来了坏消息。"

"来送 SCAC 的绝交信?联合国确实要中断合作了?"

姬人锐缓缓摇头,"不大像,那是公务,不会用这样私人性质的拜访。反正我去一趟吧。"

他同鱼乐水匆匆告辞。

姬人锐在南阳接上阿比卡尔,乘直升机返回。这些年来他们俩是常见面的,但这次见面后他不由感叹,这位老学兄确实老了,皮肤松弛,白发如雪,举止也显出老态。阿比卡尔 48 岁就任"大秘书长"——联合国秘书长,十年之后转任"小秘书长"——SCAC 秘书长,今年已经是古稀之年。他一向神情恬淡,气质沉稳,这种气度是多年身居高位修炼出来的,但今天多少透出点疲惫。这些年来,姬人锐同他的合作非常愉快,他对这位老学兄是相当佩服的。联合国的三项救世行动的成就都离不开他的强力推动,要知道,那边要推动一件事远比乐之友这边困难,除了 SCAC 执委会,上面还有 15 个婆婆,其中有五个是握着否决票的超级婆婆。特别是他从联合国秘书长位上退下来之后,并没颐养天年,而是屈尊转任"小秘书长",都是因为不能忘情于他的事业。此后他官职低微,全凭个人的威望、强悍和坚韧才能做下来。姬人锐听到不少政界私语,说五个超级婆婆已经对阿氏的过于强势颇为不耐烦了。

那么,他这趟行踪隐秘的行程是什么目的?肯定是一次深度的交谈,否则他不会专程来一趟的。一路上,当着直升机驾驶员的面,两位老同学只是说一些闲话,回忆着有关贺老的往事和母校的往事。他们到了贺家,卧室中挂着贺老的遗像。阿比卡尔在像前肃立,口中喃喃念诵,依他的宗教习俗不允许鞠躬，姬人锐则行了鞠躬礼。然后两人在客厅坐定，姬人锐泡上两杯绿茶。在袅袅的水汽中，阿比卡尔娓娓地回忆说，贺老确实是他政治上的老师，从当年贺老办的讲座中，以及与贺老的日常交往中，他学到不少东西，包括中国古老的政治智慧。尽管它们不一定符合"政治上或道德上的正确"，但却是锋利的真理。贺老从本质上是马基雅维利的信徒，认为英雄是历史的主要推动者，但这些真正推动历史的人绝非圣贤，更不会是清流。能够推动历史的人必须握有盖世权柄，但社会本身是污浊的，权力场中更是污浊血腥。所以，要想掌握权力，就必须学会权力场的游戏规则，学会权术、倾轧、党争、隐忍、冷酷、虚伪、狡诈、多疑、狠毒。大部分人在攫取权力的过程中都被彻底污浊化了，权力到手后只记得用权力来满足私欲。只有少部分人尽管已经污浊化，但内心深处还留有一片净土，大权在握后，那个纯净的梦想就会复苏，他们会借用手中的权力推动一些于国于民有利的事。这些人在历史上的定位大多是枭雄，是权臣或能臣，是儒家史书上亦褒亦贬的人物。中国历史上这样的人车载斗量，像汉高祖、魏武帝、隋文帝、唐太宗、宋太祖，像管仲、商鞅、李斯、张良、陈平、诸葛亮、长孙无忌、李泌、张居正，等等。阿比卡尔平静地看着姬人锐：

"这些年来，我早就在权力场中污浊化了，但我自认心中还保留着一块净土。姬，我知道你也保留着这块净土。当然你我是不同的，你的心外之身要比我干净得多。"

姬人锐很感激他的相知，也就不讲客套。"对，也许我的心外之身要干净一些，那只是因为我所在的乐之友算不上是权力中心，最多只能算是半虚拟的权力中心，所以我的环境要干净得多。其实，处在你的环境还能做到这样，才是最难的啊。我的老学兄，有什么需要我做的，请尽管直言。"

阿比卡尔的黑脸膛上浮出笑纹："当然，这正是我此来的目的。"

鱼乐水和丈夫在苗杳家吃了午饭。苗杳问，诺亚号之后的飞船什么时候建造，什么时候上天。她对此最为关心，因为那也是昌昌与父母永别的时刻。鱼乐水说现在还没有计划，宇宙整体收缩的消息公布后，以后究竟该怎么办，各种意见还需要沉淀一段时间才能明朗化。话题又转到诺亚号，自从它向地球通报了褚氏号的消息之后就开始了连续飞行，和地球不再有通信，所以谁都不知道它的近况，只知道按时间算它已经飞行到一光年之外了。苗杳问：

"听说柳叶登船之前已经怀孕了？那现在应该出生了。"

鱼乐水笑着摇头："你这个消息不确切。柳叶决定留在地球时，确实打算为贺梓舟留一条血脉。但那次同房是否就怀上了，连我也不知道，因为她三天后又突然上船走了。所以只能等那边的消息了。昌昌和埃玛怎样了？那俩人谁把谁逮住了？"

"谁知道啊，那俩孩子玩心太重，不像洋洋和柳叶的稳重。他俩谈恋爱就像玩电子游戏，你攻我守你追我逃的。你俩瞅机会说说他们，你俩的话比当妈的话管用。"

天乐笑道："用不着我俩劝。你应该了解昌昌，那孩子外表郎当，似乎有点儿玩世不恭，实际心中很有主见。埃玛那姑娘也差不多。"

鱼乐水的手机响了，是姬人锐。"乐水，阿比卡尔确实有重要的提议。我们刚在你家吃过饭，我让徐嫂带他去山中转转。你和天乐快点回来，我们商量一下，在他走前给出一个大致的答复。"他犹豫片刻，"要不你先来吧，还像我第一次进山时那样，我想先说服你。如果你不同意，这件事就不用对天乐说了。"

鱼乐水对他的谨慎多少有些疑虑，有意开玩笑："第二次火葬台谈话？"

姬人锐响应了这个玩笑："对，第二次火葬台谈话。是否我去那儿等你？"

"不用，你就在贺家等我吧，我马上就过去。"

她让丈夫在这儿等她，要来直升机，匆匆赶往山中的贺家。

姬人锐在门口等着，看见鱼乐水下了直升机，匆匆往这边走。这位47岁的女性仍保持着青春的活力，身材苗条，走路富有弹性，黑亮的长发在身后飘拂。鱼乐水进了屋，有点微微气喘。令姬人锐吃惊的是，她径直扑向姬人锐，紧紧地环抱着他，把头埋在姬的怀里。姬人锐稍愣了一下，也轻轻地搂住她。

无言的拥抱持续了很长时间，两人都能听见对方的心跳。鱼乐水抬头，笑着看看对方，重新把头埋下去。

她对男女之事历来不太拘泥。她相信那个观点：一个族群的平均性欲强度与这个族群的活力成正比，因为正像生存欲和食欲一样，性欲是生物最重要的本能，如果它在道德重压下萎缩和干瘪，那族群的活力也好不到哪儿去。当年马伯伯劝她慎重考虑与天乐的婚姻时，她曾爽快地说：她可以把爱情和性欲分开，那时她认为这样做是很正常的事。正巧在那时姬人锐"从天而降"，来到了她的身边，从各个方面说，这个男人都够格做一个蛮优秀的情人。但也正是这个男人无意中给她套上了道德的枷锁：他说动马家人成立了乐之友组织，他说马家四人已经在无意中占据了道德高地，占据了"天枢"和"天权"位置，这就把她推上了神龛。自此之后她就变了，倒不是说她有意压抑天性，而是说，在她所处的道德高地上，在与丈夫炽烈的爱情中，在乐之友基金会的高位上，她不再认为爱情和性欲能够分得开了，不再认为婚外情是"正常的事情"了。

从那次火葬台谈话之后，她就和姬人锐成了相知甚深的朋友——但不会再是情人了。一直到今天上午，当她看见一向是强者的他流露出片刻的软弱时，她内心深处的情愫被突然激活……她抬起头，笑着说：

"人锐，吻吻我，算是还一笔宿债吧。"

虽然今天鱼乐水的举止过于突兀，但姬人锐大致能摸清她的心理脉络，20多年来，他对身边这位女性的了解已经很深了。他也笑着，低下头，深深地吻了鱼乐水的双唇。这是一个情人式的热吻，两人都感到强烈的电击……鱼乐水推开他，直视着他的眼睛：

"我会永远记住这一刻。"她用这句话把这段感情挽了个结，随即笑着转了话题，"好啦，说正事吧。"

姬人锐向她点点头——他也会永远记住这一刻。他说："先坐下吧，这事说来话长。"

两人坐定，姬人锐复述了阿比卡尔的话：对贺老的追念，关于权力、污浊和净土的自我评判等。"阿比卡尔说，现有的政治架构对于应对灾变还是有效的，即由民间的乐之友当先锋，SCAC 紧随其后，进而通过联合国带动世界。但眼下有两个重大的变化恐怕要影响到此前的有效性。首先是全宇宙收缩的噩耗造成了悲观主义的泛滥，至少说，安理会今后会攥紧钱袋子，不会再把大把金钱撒到救世行动上了；再者，安理会尤其是常任理事国早就厌烦了他这个强势的小秘书长，只是由于他在民众、舆论界和联合国中下层官员中的威望，婆婆们对他无可奈何，但他马上就 70 岁，安理会已经透出让他退休的意思。阿比卡尔坦率地说，他退休后，SCAC 不可能再保持以前的影响力和效率，但在目前的局势下，恰恰需要更强有力的行动。他不相信人类已经走到了绝路！只要继续往前走，也许明天就会发现一个麦哲伦海峡！"

"对，应该这样。他肯定提出了具体的设想？"

"对，他提出一个重要设想，那就是——"姬人锐盯着鱼乐水的眼睛，"让乐之友和 SCAC 合并。当然，这个设想在 20 年前海利上将就提过，但那时乐之友很弱小，所谓合并其实是 SCAC 对乐之友的收编，是不合适的。而今天的合并肯定会以乐之友为主。他提出让我接任新 SCAC 的秘书长，他可以给出短期的辅助，然后他就要退休了。乐水，他的真实想法是：以 22 年来乐之友和 SCAC 所积淀的实力和威望，如果两者合并，应该有力量绕过安理会，成为实际的世界政府！到那时，救世行动就会开始一个全新的局面！即使做不到这一点，至少说，以乐之友为核心的新 SCAC，也会是一支强大的力量。否则——阿比卡尔说，也许你们要孤军奋战了。"

鱼乐水静静地倾听着，不时轻轻点头。

"我觉得阿比卡尔的分析和设想是可信的，但依我的估计，乐之友领导层不大可能同意与 SCAC 合并。所以，我想先同你深谈一次。如果我说服不了你，那就不必往下继续了。"

鱼乐水笑着说："这个变化有点太陡峭了，你让我好好想想。"

她仰靠在沙发上，陷入沉思，姬人锐静静地等着。22 年前两人的火葬台谈话实际上奠定了其后的世界政治格局，开始了一个"氦闪时代"，人类的创造力和智慧以空前的强度迸发。这次的谈话如果获得鱼的同意进而获得其他乐之友领导层的同意，同样会开始一个新的时期，救世行动将从"以威望推进"转变为"以权力推进",时代的巨轮会行驶得更加顺畅。姬人锐非常希望能出现这个结果,但鉴于他对鱼乐水以及楚天乐等人的了解,他并不抱太大希望。

十几分钟后,鱼乐水睁开眼,笑着说:

"来,说说我的想法。人锐,我不大同意合并,你看我的考虑是否有道理。第一,乐之友的人,除了你之外都是学术型的,虽然都是罕有的天才,但并不适应 SCAC 的工作,两者合并后反倒会影响工作效率。我们更适合干眼下的角色,即道义上的灯塔和行动上的先锋。第二,两者合并后架空安理会并非没有可能,但更大的可能是让我们陷入肮脏的权力之争,反倒毁了救世行动。当然,如果我们确实能执掌天下权柄,推行救世行动会更强劲,更有效,为了这,干点肮脏事也不算啥。这究竟是一个值得的冒险,还是危险大于收益?我倾向于是后者。第三,我不希望你,"她直视着姬,"完全陷入权力场中。"

第三个原因她说得很简略,但给姬人锐造成了足够的震动。这句话实际也否定了阿氏当时提出的备选方案——阿氏说,如果这边不同意合并,姬人锐是否可以单独去 SCAC 担任秘书长。姬人锐当时表示他不会离开乐之友,现在鱼乐水的意见更进一步否定了它。鱼乐水也知道这句话的意味太重,马上笑着冲淡它:

"你早就说过,我的心地太单纯,不适合思考政治谋略。这只是我个人的意见,我看,还是把阿氏的设想提交到乐之友领导层吧。"

姬人锐沉默良久,平静地说:"不,不用提交了。"他苦笑一声,"如果说服不了你,我肯定无法说服其他人。何况你的考虑并非没有道理,与我刚才说的道理相比,那是同一枚硬币的另一面。把阿比卡尔唤回来,告诉他结果吧。"

20 分钟后阿比卡尔回来了,姬人锐对他说了这边的意见。这位古稀老人很平静,但他眸子深处的火焰熄灭了,这让鱼乐水满怀歉疚。阿比卡尔没有多谈此事,转而扯了一些闲话。他说:"我马上就要退休了,退休后想来这儿住一段时间,就住在贺老住过的这间屋子里。"两人都笑着说,"那我们当然欢迎啦，期待着您的到来。"

两人陪他坐直升机到了乐之友总部，阿比卡尔没有停留，随之乘直升机赶往南阳，到那儿去转乘民航。两人怀着歉疚，目送直升机消失在晚霞中。那时他们不知道，这是同阿比卡尔的诀别。

两人回到姬家，鱼乐水对丈夫简单地介绍了阿比卡尔的来意，说详情回家再说。苗杏要留他们吃晚饭，正好天乐妈来了电话，鱼乐水听完，匆匆对姬人锐说：

"我俩得走了，婆婆让我们快点儿回去，说有一个多年不见的亲戚来了，要见天乐。"

姬人锐警惕地问："多年不见的亲戚要见天乐？是谁？"

"你放心，我婆婆说是熟人。"

"好，你们回去吧。反正小心，老鲁明天就到。"

直升机把夫妇俩送回山中，随即离开。夕阳已经沉落，西天还残留着几许晚霞。鱼乐水推着丈夫从停机坪回家，远远见婆婆揽着草儿候在门口，山风吹乱了她如银的白发。女儿柳叶突然离开后，婆婆像突然老了十岁，她不停地咕哝着：柳叶走得对。是女人总得出嫁的，再说嫁的也是心上人。再说，就算天要塌，他们乘着超光速飞船，总比留在地上多一份儿希望。但说归说，强烈的思念是无法排解的。丈夫走了，女儿也走了，她的世界已经失去了一大半儿。

鱼乐水推着丈夫，想起婆婆刚才的电话，心中多少有些疑虑。婆婆说有一个多年不见的亲戚要见天乐，但说话时分明有点吞吞吐吐，是否有别的原因？……对了，她不是说"亲戚"，而是说"亲人"，天乐多年不见的亲人，那又会是谁呢？问丈夫，丈夫也想不出来。

那边已经看见他俩了，草儿欢快地尖叫："奶奶，妈妈回来了！爸爸回来了！"天乐妈也在向这边招手。鱼乐水大声回应着，加快脚步，轮椅上的天乐也欠身向女儿招手。快到院门时，忽然山石后闪出一个人，大步跨过来，厉声喝道：

"站住!"

鱼乐水在惊愕中站住了,第一个念头就是:这就是婆婆说的那个什么亲人?他为什么这样……对方把右手伸出来,手中握着一件什么东西,恶狠狠地说:

"楚天乐,我要杀了你!"

那边天乐妈惊呼一声,接着是草儿的惊叫。鱼乐水本能地做出反应,把轮椅忽地打一个转,掩在自己身后。她努力镇静自己,在脸上堆出笑容,对来人说:

"这位先生……"

来人坚决地打断她的话:"鱼乐水姐姐我敬重你,不想误伤你,请你带着那边一老一小赶快避开。但你甭想劝我,我一定要杀死这个姓楚的混账,你快走!我手里的控制器松手即炸,你不要逼我做下让我痛悔的事!"

她知道姬人锐预言的危险果真变成现实了,在这个凶险的时刻,她努力保持冷静,果断地说:

"好,你让我安排一下。"

她推着丈夫匆匆往前走两步——但不远离凶手,以免他作出激烈反应。她对婆婆说:"妈,快带草儿和徐嫂离开!妈你快点儿!"婆婆显然在心中激烈搏斗,舍不了儿子,又想救出孙女。鱼乐水厉声说,"妈你别犯糊涂!快点儿走,还能保住三条人命!"她借着身体的掩护低声加一句,"快通知姬人锐!"

婆婆顺从了她的决定,抱上草儿,喊上屋里正做饭的徐嫂,悄悄用手机通知了姬人锐,然后含着泪,跑步离开房屋。草儿在保姆怀里大哭,使劲向爹妈这边伸着手。等她们走出危险区域,鱼乐水重新把丈夫护到身后。那人狂躁地喊:

"你也走!快滚!别想说服我!"

轮椅中的丈夫也着急地喊:"水儿快走!快走!"

鱼乐水对丈夫凄然一笑,从容地捋捋头发,对杀手说:"不要急,我也会离开的。不过,我敢说你在杀死楚天乐之前,肯定想告诉他原因。他现在听力和说话都困难,我来帮你们翻译吧,说完我就离开。"

她没有猜错这个杀手的心理，那人狂怒地喊："我恨他！是他帮我们开启了天眼，领我们走进伊甸园，又突然毁了人类所有的希望！所有的希望！"

鱼乐水心中发苦，知道这是个特殊的杀手，他曾对天乐等科学家虔诚信仰，因而在突然得知人类已经走上绝路时信仰崩溃，精神失常，这样的杀手不可能被说服的。她现在只有尽量拖住他，等候姬人锐带着警察赶来，不过肯定来不及的，即使他们赶来恐怕也于事无补。此时此刻，她已经决定同丈夫一块儿赴死，只是想起年幼的草儿，实在放不下。丈夫与她想到一块儿了，在轮椅上努力欠起身，喊道：

"水儿快走！把草儿带大！"

鱼乐水对丈夫凄然一笑。世上事大半不能两全，为了保护丈夫，只有舍弃对草儿的母爱了。她柔声对杀手说：

"谢谢你喊我姐姐。我也喊你一声弟弟吧。弟弟，你想我能离开丈夫吗？如果你真要动手，那就把我们俩一块儿炸死吧。不过你别急，先听姐姐说几句话，行吗？"

杀手显然害怕"姐姐"的劝说会使自己的决心崩溃，疯狂地喊："我不听你说！你别想说服我！快滚，不然我连你一块儿炸死！我数十下，你听着，我只数到十下，没有第二次警告！我开始数了，1，2，3……"

鱼乐水知道最后时刻来了，她伏下身，把丈夫护到怀里。楚天乐狂怒地用力推她，他的语音转换器可能断线了，无声地喊着：快走！快走！就在这个瞬间，鱼乐水的眼角余光中看到一个身影，正像猫一样悄悄从后边接近杀手。她不敢盯着看，怕杀手从她的眼神中发现那人。余光中觉得那人身体瘦长，满头白发。她悲苦地想，那人救不了他们，杀手说过，炸弹松手即炸，那人的出现只会使爆炸提前发生。忽然听到杀手一声怒吼，鱼乐水迅速抬头，看见来人用两只手死死握住杀手的右手，两人倒在地上，正在拼死搏斗。鱼乐水立即扑向丈夫，推动轮椅急速向外滑走。随即是一声震天动地的爆炸，鱼乐水昏死过去。

她没有昏迷多长时间，因为意识的黑暗中还有一盏小小的灯光在闪亮，在唤她醒来。她醒了，见丈夫正在无声地喊她，推她。丈夫满脸是血，自己也是。她努力站起来，想检查丈夫和自己的伤势，但她随即发现丈夫身上和轮椅上都是碎肉和残肢，那么，血不是她和丈夫的，而是杀手和那个恩人的。那边婆婆抱着草儿正向这边跑，但婆婆看见这边的满地血肉，连忙停住，捂住草儿的双眼。在她身后，一架直升机急速降落，几个人跳下尚未停稳的飞机，向这边跑过来，姬人锐打头。婆婆把草儿塞给其中一个人，自己发疯般跑过来，嘶声喊着：

"天乐他爹……"

山野中灯光闪亮，姬人锐、鲁局长和几个手下在处理善后。经医生检查，楚天乐和鱼乐水都只有一些轻伤，只是在轮椅的翻滚中擦破几处皮肤。杀手和那位救命恩人，楚天乐的亲生父亲，则完全被炸成碎片，只余下几段稍为完整的残肢。由此可见，杀手腰间缠的炸药威力强大，他是抱着必死的决心来的。

吓坏的草儿哭乏了，徐嫂把她抱回屋里睡了。天乐妈坐在现场附近，失神地看着那片满是血渍的地方，不停地念叨：

"天乐他爹……乐儿会认你的……他爹……媳妇孙女都会认你的……"

鱼乐水从她零乱的叙述中知道了事情的由来。

今天下午，73岁的天乐爸步行上山，来到这里。40多年前天乐得绝症时，他当了逃兵。他外出打工，一直没脸回家乡。他这一生混得很不如意，也没再结婚。现在老了，也早就知道儿子成了世界名人，又是个绝顶的天才，心里非常疚悔。他一直想来见见老伴和儿子，就是没脸来，而且他也知道妻子和马先生结婚了，还生了一个女儿。不久前得知全宇宙都在收缩，人类已经走到绝路——而且正是儿子做出的发现！他下了决心，无论如何，要在有生之年看一眼俩亲人。

他来了，天乐妈接待了他，心中却十分犯难。几十年过去了，天乐妈已经不再恨他，毕竟这是自己的结发丈夫，是天乐的亲生父亲。但天乐愿不愿意见他？愿不愿意接纳他回家？以儿子和儿媳的秉性来说应该会的，但她必须事先征得儿子儿媳的同意。那个男人知道她为啥犯难，自卑地说，他不求儿子认他，也不求能被他们接纳，只是想来看看他们。现在他已经见到了妻子和孙女，只求把儿子叫回来，让他躲在外边悄悄看一眼就行，看完他就下山，再不来打扰他们。

于是天乐妈打了那个电话。儿子快回来时，天乐爸要躲出去，天乐妈想这样也好，让他避一避，等娘儿俩把话说透再让他进来。可能他就是在躲出去那阵儿，发现了并怀疑上那个杀手。天乐妈则自始至终没看到杀手的身影，不知道杀手是什么时候摸上来的。事后，警方根据杀手的DNA查出他的身份，知道他叫何星，今年27岁，本地人，已经结婚生子。他原是楚天乐和鱼乐水的虔诚崇拜者，曾两次步行来这里，悄悄瞻仰心中的偶像，所以对这里的路径很熟。他正在努力学习，准备报考下一艘太空飞船船员的资格考试，但在突然得知全宇宙无处可逃时，他的精神一下子崩溃了。后来他利用专业知识自制了背心炸弹，悄悄摸上山，潜伏在树后，等着袭击楚天乐。

天乐妈哭诉着："爷儿俩到底没能说上一句话啊，到底也没能见一面啊。"

姬人锐目光阴沉，恨得咬牙切齿——是恨他自己。"都怪我！我已经预料到危险，安排了保护，只要再早一天，就不会出事了，我他妈真该死！"

鲁局长让手下在附近僻静处挖了墓坑，把天乐亲爸的残肢碎躯埋了。杀手的残躯装到一个塑料袋中，交给他的亲属。但亲属不方便带走，在胆怯地征得主人同意后，也埋在附近了。兴许天乐爹的坟墓里也掺有杀手的残屑吧，这是没法子的事，两者无法分得太清。天乐妈领着儿子儿媳和孙女儿，在这座无碑的墓前作了祭奠。楚天乐和妻子在坟墓前行了礼，说：

"爹，你安息吧。"

草儿也行了礼，说："爷爷你安息吧。爷爷你真勇敢。"

天乐妈说："乐他爹，你看，儿子儿媳都认你啦，孙女也原谅你啦。这下你能闭上眼了。乐他爹，我得事先对你告罪，等我闭眼后，我得陪马先生，没办法照顾你，你自己保重吧。"

墓中人无言。

回家的路上，草儿奇怪地问："妈，这个勇敢的爷爷干过坏事吗？为啥你们说原谅他？"

鱼乐水摸摸女儿的小脑袋："草儿，等你长大就明白了。"

姬人锐随即为楚天乐布置了强有力的保卫力量。鲁军定在杞县已经退居二线，他辞去了"副地级调研员"的虚职，带两个手下就住在贺家。以后，楚天乐无论去哪里，身边都站着两个身手不凡的保镖，而头发花白的老鲁总在外圈扫视着，眼神如鹰隼般犀利。楚天乐不喜欢这个调调儿，甚至可以说非常头疼。他多次向姬人锐求情，但姬一口就堵回来，没有任何通融余地。鱼乐水同样喜欢闲云野鹤的日子，不喜欢处于24小时的盯视中，但想起丈夫遭遇的凶险，她从未表示异议。

二

就在楚天乐遭遇未遂暗杀的第二天，传来了阿比卡尔的噩耗。美国航空公司上海浦东至纽约的一架波音747客机失事，坠落在太平洋的中心，机上300多名乘客全部失踪。乘客名单中有艾哈迈德·阿比卡尔的名字。

姬人锐立即赶往纽约，他将以个人身份，也代表乐之友组织对逝者吊唁。当客机经过新闻中报道的失事地点时，姬人锐俯望着白色淡云下那闪着波光的海面，心中是浓酽的苦楚。他想，如果他同意了阿比卡尔的提议，阿比卡尔很可能多停留半天以商谈具体事宜，那样也许就错过了这趟失事的班机。当然这个自责过于苛刻了，两者之间并没有直接的因果关系。但另一件因果关系则是明确的、肯定的——是他的拒绝毁了阿比卡尔一生中最后一件事业，九天之上的阿翁不会瞑目的。

灵堂设在SCAC，丧事的规格很高，是比照联合国秘书长的待遇，不少国家的首脑亲自来了，包括中国总理。首脑们的吊唁带着仪式化的庄重，至于来吊唁的普通民众和联合国中下层官员们，姬人锐从他们身上看到了更多发自内心的悲痛。姬人锐在灵堂上鞠躬默哀，在心中重复了对这位学兄的歉意，然后退出人群。SCAC的道格拉斯将军一直陪着他，将军叹息着说：

"一个伟人离去了。姬先生，也许你是最后见他的人。"

姬人锐知道，在联合国大楼里，沉痛的氛围中也有一些非难的暗流，毕竟阿比卡尔此次去乐之友并非公务，而是一次隐秘的私人之旅。将军的后一句话肯定不是无意的。姬人锐冷淡地说：

"对，我和鱼乐水会长是最后见他的人。他专程前去见我，想说动我来接替 SCAC 秘书长的职务。"他说的是实情，当然他不会说出全部实情。"可惜我没有答应，我和鱼会长当面明确地拒绝了。否则他就不会当天离开，那样的话也许他会躲开这场灾难。老天弄人啊。"他悲凉地叹道，随后补充一句，"他告诉过我，他没有就此事先同你们沟通。因为他估计我不会同意。他说，如果能够说动我，再向你们举荐。"

道格拉斯淡淡地说："坦率地说，他一向是比较独断的，对此我们已经习惯了。姬先生，你如果能就任 SCAC 秘书长，那当然是求之不得的。只是，安理会已经透露，不想再设这个职位……"

"我已经说过，乐之友明确拒绝了这个建议，所以不必说它了，你们设不设这个职位都与我无关。只是——道格拉斯先生，你能原谅我的直率吗？"

"姬先生请尽管直言。"

"阿比卡尔之所以去找我，是因为他有一个担心，担心他退休后 SCAC 会失去现在的强悍，失去雷厉风行的执行力，变成一个轮流坐庄的清谈俱乐部。也许有人会说他这个想法过于自恋，而且我也知道他的为人强势独断，惹得不少人讨厌。只是——在他离去一段时间后，也许你们会怀念他的。"

道格拉斯看看他，干脆地说："我们现在就很怀念他。尽管他有一些毛病，和 SCAC 执委会也常常有一些龃龉，但我们也都承认，他是 SCAC 真正的发动机，是一台一万马力的卡特彼勒推土机。他的不幸去世是 SCAC 最沉重的损失，因为没有人具有他的内在力量，他的威望、坚韧和强悍。但我们都会尽力的，这是他的事业，你们的事业，同样也是我们的事业。姬先生，请你放心，并把这番话转告乐之友的所有人。"

他的话让姬人锐心中涌出一股暖流。"好的，谢谢你的话。期待双方保持良好的合作。"

上帝之鞭又开始在乐之友总部呼啸。姬人锐面色如铁地说："尽管前边已经是彻底的断头路，也必须往前走！要榨尽最后一滴潜能寻找逃生之路，这样在途中才有可能发现惊喜。即使最后仍是失败，至少在努力的过程中，民众不会因为绝望而发疯！"

短暂停止的队伍又开始起步。乐之友科学院，还有全世界的专业科学家和业余科学家都动起来了。大家首先向"楚—泡利发现"发动进攻，但没人能推翻这个结论，它太坚硬了，没有一丝缝隙，对它的轮番进攻反倒越来越证明它的正确。于是人们改换了努力方向，那就是：在认可"楚—泡利发现"的基础上，努力寻找道路迂回前进，在彻底的断头路中苦苦寻找生路。

这天，一直在人蛋岛隐居的霍克·泡利突然给姬人锐打来电话，要求姬继昌和康不名去做他的助手。姬、楚、鱼等人非常欣喜：看来那位隐士有想法了，这人只要动起来就大有希望。姬人锐立即唤来了儿子。姬继昌嬉笑着说：

"那个白无常要我当助手？陪他光屁股晒太阳？"

姬人锐瞪他一眼，昌昌立即噤口。他在父亲面前一向随便惯了，但看见父亲今天脾气不好，也就很明智地躲开枪口。姬人锐说：

"他要你做助手，那是你的福气。此人是科学界的怪杰，连你天乐叔叔都很佩服他。"

旁边的楚天乐笑着说："对，我一向佩服他。你如果不想做他助手的话，我代你去吧，只要他答应。"

"别别，我去，我去。不过老爹，我想让埃玛一块儿去。"

鱼乐水调侃他："怎么，到底让她逮住了？还是你逮住了她？"

姬继昌笑着说，这是先有蛋还是先有鸡的深刻的哲学命题，一句话说不清的。姬人锐略微思考，说："行，你俩去吧。不过，如果泡利还想'天体'，你们注意别妨碍他，让他还像过去那样自由自在。天才们常有怪癖，也许在'天体'状态下他的思维最敏锐。"

"没问题，埃玛那个美国妞，才不会在乎他的光屁股呢。"

昌昌走了，姬人锐打电话通知正探家的康不名，他不清楚泡利要一位年迈的科幻作家去干什么，但想来有原因吧。当然，让83岁的康老去当"助手"，除非泡利这样不通人情世故的人才说得出口。不过这难不倒姬人锐，他在电话中换了一个名词，说泡利想请康老当"资深顾问"，问康老的身体是否受得住。那边答应得很爽快：

"那有什么受不住的，我去能干什么？无非是动动嘴，胡说八道一通，帮他启发一下灵感。谢谢泡利的抬举啦，我明天就返回。"

康不名这次探家是因为孙子的电话。26岁的康平——就是小时候最黏他的牛牛担心地说，这些天邻居一些老太太撺掇着奶奶到亚美尼亚去。如果是去旅游那是好事，但她们是要去什么亚拉腊山，就是圣经时代停泊诺亚方舟的那座圣山。主已经告知信徒，全宇宙塌陷时，唯有那儿，停泊诺亚方舟的山顶，是通往新宇宙的门户，只有信主的人、有福的人才能得到拯救。康不名奇怪地问：

"你奶奶也信这个？她不是这样的人啊。"

"所以说，爷爷你已经不是咱家的人啦。"孙子的话中含着埋怨，"你离家太久，奶奶太孤单，人孤单了就要寻求精神安慰。再加上人老了，难免糊涂。尤其是，连科学家都相信宇宙末日了，已经上天的诺亚号也无处可逃了，何况老百姓？咱们家属院那些老人，特别是老太太们，现在每天挂嘴边的就是主的圣谕，我奶奶不信都不行。连我们好多大学同学也信呢。"

"牛牛你呢？"

牛牛笑着说："我受你影响太深，绝对的无神论者。可是爷爷，我也快失去信仰了，因为我信仰的科学并不能拯救人类啊。不过爷爷你甭来思想教育，先设法劝住奶奶才是正事。那座亚拉腊雪山有6000多米，一伙儿老太太要是真去爬山，肯定把老骨头撂那儿。"

康不名立即回家了。乐之友离他家不远，开车就能回去。虽然年迈，但他开车还行，就是速度慢一点儿。到了家，他还没有盘问，老伴就难为情地说：

"老头子你回来干啥？别听牛牛胡说。素芳和凤琴每天来劝我，我却不过她们的面子就答应了,实际压根儿没打算去。"

牛牛在旁边使眼色,那意思是奶奶这会儿的话不可全信。康不名笑着说:"想去也行啊,我陪你去旅游一趟,但只能到山脚。就咱俩的腿脚,6000米的山顶无论如何也爬不上去的。"

吃过晚饭,素芳和凤琴立马就来了,她们是担心康不名这一回来会让老伴变卦,想来砸砸实,如果能顺便说动康不名本人呢,那就更理想。两人在客厅里很激情地侃侃而谈,康不名不禁感慨:这两人中,素芳曾经是比较清醒的,现在怎么也如此虔诚?而且这俩老太太的理论水平大见长进,说起来引经据典,诸如:诺亚方舟停泊在亚拉腊圣山这件事,圣经上有多处记载;在世界最早的图书馆、亚述首都尼尼微发掘出的泥版书中同样有记载;1916年一个俄国飞行员经过亚拉腊山顶时第一次看见了方舟;1953年著名探险家纳瓦拉组织考察,在山顶发现了方舟的残片;等等。她们一直没说为什么这儿是通往新宇宙的门户,想来对于圣山来说,具有这样的"拯救功能"是理所当然的事。她们真诚地警告康不名:世界末日马上就到了,死神的脚步声已经清晰可闻了,伪信者和不信者很快就要受辱和遭殃了……康的老伴夹在中间颇有点儿难为情,既不好赞同也不好反对。最后康不名和颜悦色地说:"你们说得很有道理,我也动心了,我们考虑一下再说,行不行?"然后他起身送客。

两个客人走后,老伴说:"我真的不会跟她们去,你尽管放心。"又埋怨道,"你去乐之友20年,也该回家啦,80多岁的人在那儿凑什么热闹。"康不名说:"行啊,你说得不错,我在那儿多半时间是当闲人,早该回来了。我明天就打电话请辞,陪老伴出去旅游,再过一次蜜月。不过亚拉腊山就甭去了,咱们换一个山清水秀的地方。"

睡觉前接到姬人锐的电话,说泡利点名要你去当资深顾问,康不名爽快地答应了,答应后对老伴很歉疚,忙回头解释:

"老伴你别担心。那个泡利无非是想从我这儿找一点儿灵感,我去胡说八道一通,最多三天时间就回来了。"

老伴撇撇嘴:"那就一言为定。三天。三天后你不回来,我可跟凤琴她们走了,这次一走就不回来了。"

"一定一定。不过你把时间放宽点，再加上来回的时间，最多七天吧。"

第二天一早康不名就开车走了，七天后他没有回来。

三

正如阿比卡尔的预料，在"全宇宙整体收缩"的理论得到验证后，联合国确实中断了同乐之友的合作，把全部资金和人力用于自己的项目。第一艘商用采氢飞船宇宙虫号不久就建成了，速度提高到1.8龙赫。它将为世界各国的聚变电厂提供原料。这是一桩利润惊人的生意，因为超光速飞船把木星之旅变成了廉价的城际交通，而且木星上氢资源极为丰富，一亿年也用不完，又没有政府收资源税。单从这件事上看，人类文明已经实实在在地迈了一大步，而且是在短短20多年中完成的，灾变的沸水确实激得青蛙做出了奋力一跳——可惜它跳进了另一口更大的水锅里。

用句康不名的黑色幽默：那些爱写灾难的科幻作家要集体失业了，因为现实中已经撞上了顶级灾难——宇宙中再没有比"全宇宙塌陷"更大的沸水锅了。

采氢业将为"官家"垄断，就像中国封建社会中官办的铸钱业和盐业，其全部利润将上交联合国。这个变化有深远意义，因为联合国第一次有了稳定的独立的资金来源，不必再央求各国按时交会费，也就第一次具有了政权实体的性质。之后肯定是宇宙旅游的开发。对旅游业是否仍由官办意见不一，主流意见是交私营企业来办，但联合国要收取重税。

第一块遮阳篷也在日地引力系统第一拉格朗日点完成了布设。眼下光照的增加还没有达到千分之五的临界点，这次布设只是先行试验。

所以，虽然青蛙仍在第二口更大的水锅里，但眼下水没有烧沸，而且水温正合适，它可以有滋有味地过一段小日子。

宇宙虫号处女航那天，SCAC本届首席执委、中国的曹大元上将邀姬人锐共同剪彩，剪彩仪式是在哈马黑拉发射场举行。中午十一点，两人剪了彩，从屏幕上看着同步轨道上的宇宙虫号在头部爆出一团白光，然后倏然不见。

它将以 1.8 龙赫的速度奔赴木星采氢，一星期后就能返回地球——时间主要耽误在采氢过程上。

剪彩仪式的时间是特意选择的，仪式进行的时候，位于日地系统第一拉格朗日点的遮阳篷正好也转了过来——地球的自转使这片地区转到了遮阳篷的阴影下，把灼热逼人的赤道阳光变得温情脉脉。由于遮阳篷所处的位置，它只对直射阳光起消减作用，随着地球的自转，这样的消减会均匀作用在地球的回归带上。

这种场合少不了记者采访，新华社记者问曹上将：

"在宇宙虫号开始处女航之际，请上将阁下谈一谈这次处女航的历史意义。"

曹上将笑着说："已经是老生常谈了，不过我还是说一遍吧。大家知道，氢是宇宙中最丰富也是最基础的能源，宇宙中所有能量，包括光能、裂变能、化学能等，追根溯源，其实全都来源于氢的聚变能，只有引力能除外。现在，人类有了成熟的氢聚变技术，还有了虫洞飞船，到木星采氢就像到村外小河打水一样方便。而且以人类目前的及可预料的能源消耗水平，采来一船液氢就足够全人类用一年！人类过惯了穷日子，现在突然成了能源的豪富，不知道该如何花钱了。它又是最干净的能源，地球污染也将随之减轻。这是何等灿烂的前景啊，人类文明处于空前的盛世，而且比此前的盛世何止高几个数量级。如果不是……"他抬头看看，对天上做了一个手势，说，"今天的喜庆场合不想说扫兴的话，我就此打住了。但愿以人类已经具有的无比充沛的财力，科学将很快出现突破，在彻底的绝境中仍能找出一条生路。"

记者笑着说："谢谢阁下，你的回答透着军人的爽直。乐之友的姬先生有话对民众说吗？大家都知道你是著名的上帝之鞭。"

姬人锐简短地说："我将尽自己微薄之力继续鞭策乐之友前进。众所周知，这些年来乐之友们已经率先做出了很多突破，包括这个最新的楚—泡利发现，它尽管是噩耗，但仍是一次重要的进步。"

曹将军听出他话中有话，看看他，没有多说什么。

仪式结束，两人乘曹将军的专机回国。飞机飞出了遮阳篷的范围，温和的阳光立即变得强烈灼目，随从们拉下舷窗的遮阳板。将军说：

"人锐老弟，知道你有话要说。尽管敞开了说吧。"

姬人锐尖刻地问："联合国真的要从此中断对乐之友的资金支持？"

将军温和地笑着："哪能呢。但在当前的形势下——在所有逃亡之路都被截断的情况下，我们只能暂时缩回触角，先把咱们的蜗牛壳拾掇好，让它尽量支撑得长久一点。因为我想，要想在短时间内找出新的逃亡方式，恐怕不太可能吧。"

姬人锐表示同意："对，有了聚变技术和虫洞式采氢飞船，人类的蜗牛生活可以过得相当舒适，可以醉生梦死二百年，何必管此后的天塌地陷呢。"曹将军对他的刻薄话一笑置之。"不过，你不会忘记这两项技术是从哪儿来的吧——是在向外逃亡的努力中被逼出来的。"他看看将军，"SCAC向乐之友提供了天文数字的资助，我们对此铭记在心。不过，虫洞飞船技术是我们无偿提供的，我想，单是这一项就足以抵偿你们的投入了。要不，我们把虫洞技术收回，乐之友垄断采氢业，然后把液氢高价卖给各国？"

曹将军大笑："晚了！你们可没有事先申报专利，后悔也来不及啦。"他转为正容，"人锐老弟，我说句披心沥肝的话吧：尽管阿比卡尔去世，SCAC也不会中断同乐之友长期有效的合作，只是把重点做了一些调整。而且——这也是对乐之友的一次温和抗议。你们上次未与我们通报就擅自公布了新的楚—泡利发现，弄得SCAC措手不及。"姬人锐对此沉默不语。曹将军看看他，"我知道在乐之友内部也有不同意见，你就是强烈反对贸然向民众公布的。现在事已至此，就不说它了，我们得把这一页翻过去，一起向前看。"

"很好，向前看。谢谢你的明智。"

将军接着说，"SCAC和联合国内也是有不同意见的——比如我。我和你的看法一样，尽管形势看来完全无望，我们仍得朝前走，不顾一切地向前走！只有继续向前挺进，才会有意想不到的突破，就像麦哲伦做过的那样，就像我们曾经做过的那样。我们不能消极地缩在蜗牛壳内，哪怕这个壳目前十分舒适。"

"非常感谢你的态度。要不，咱俩来个秘密协定？"

"行啊，秘密的公开的都行。咱俩的协定是——你要强力鞭策乐之友们继续往前走，再为人类做出几项大突破。一旦你们找到了新路，哪怕暂且只是海市蜃楼，我就能说服这边，继续提供强力的资金支持。"

两人笑着，紧紧握手，算是为这个秘密协定签字盖章。

仅仅一个月后，霍克·泡利率先完成了一个新的设想，要求召开讨论会，乐之友领导层欣喜地同意了。会议仍由姬人锐做主持，他看了与会的人员，不免有些伤感。会场中已经少了很多熟面孔，包括故去的马老，离开地球的亚历克斯夫妇、贺梓舟、巴罗、詹姆斯等。也增加了很多新面孔，他们多在30岁以下，大多曾属于贺梓舟建立的诺亚派，如今以他儿子姬继昌为新领袖。他们也许更敏锐，更激情，但总体来说，目前还没有达到老一代乐之友科学家的水平，楚天乐早就对此表示过忧心。姬人锐俯下身，同轮椅上的楚天乐低声说了两句，然后说：

"开始吧。"

泡利一向是不大愿意讲话的，今天也是交给助手姬继昌作主讲。他本人漫不经心地坐在后排，看着窗外，仿佛今天的事与他无关。埃玛在他身边，亲昵地挽着他的臂膊，斜倚在他身上，俨然是一对父女。姬继昌走到屏幕前，先来一个开场白：

"楚—泡利发现展示了一个完全绝望的宇宙图景。为了打破这个绝境，只能用全新的办法，不管它是多么离经叛道。我以下要谈的方案是泡利老师提出的，但其灵感其实来源于康不名先生的一篇科幻小说《泡泡》。"他向对面的康老点头示意。"这两天我们也同康老做了深入的讨论，所以请他先说两句吧。"他又补充道，"听说在第一次老界岭会议上，康先生曾说过一句话：在科幻作家一百次的胡说八道中也许有那么一两次是对的，是有价值的思想萌芽，我认为确实如此。比如，已经成为现实的木星采氢，他在30年前的一篇科幻小说中就预言过。"

83岁的康不名满头白发，脸上布满老人斑，但依然精神矍铄。他笑着说："但很惭愧啊，我从来没有预言过宇宙暴缩，没有预言过超光速的虫洞飞行技术。就连泡利先生这次提出的设想，在我的小说中也基本属于胡说八道的层次，是泡利从一大堆沙砾中发现了那么一粒金沙，并仔细地淘洗出来。所以我没啥可吹嘘的，把话筒还给昌昌吧。"

姬继昌接过话筒，正式开始了他的论述：

"众所周知，我们的宇宙不是平直空间，它被自身蕴含的质量和能量所扭曲。有一个我们熟知的现象——遥远的某颗恒星的光在经过星系团附近时会弯曲，使其变成多个星体的虚像——就是星系团造成局部空间畸变的典型例子。极度的畸变还会使局部空间自我封闭，从我们的宇宙分离出去，这就是黑洞。以上是被普遍认可的知识，但康先生在他的小说中有进一步的阐述。他说黑洞并非同母宇宙完全分离——否则它就不会仍旧待在它原先的位置上，并以其引力和粒子蒸发继续影响着原来的空间。康先生说，这是因为黑洞的封闭是一种'蛮力封闭'，是以强大引力撕裂了原二维空间，留下了无法痊愈的伤口，而黑洞正是通过这些伤口同原宇宙保持着残缺的联系。那么，有没有办法用'非蛮力封闭'的办法，从旧宇宙中轻轻松松地、完完全全地分离出一个小宇宙呢？就像孩子们吹泡泡，轻轻一口气就吹出一个封闭的球形世界？"他忽然想到什么，向楚天乐做了个手势，"啊，我想起来了，这正是楚叔叔的强项，听说他从小就醉心于吹泡泡。"

大家会意地笑了，楚和妻子也不由相对一笑——想到了两人的初遇。只有后排的泡利仍旧面无表情。

"以上是康先生小说中的内容，以下就是泡利老师的发现了。康先生的小说中提出用汇聚激光来分离婴儿宇宙，这个方法完全属于孩童级别的幻想——康爷爷，这是泡利老师的原话，你别怪我言语不敬。"

康不名笑着说："我知道泡利那张臭嘴巴，你往下说。"

"说它是孩童级别的幻想，是因为那点儿能量远远不足以造成空间的极度畸变，以至于自我封闭。关于这一点我就不多说了，我要说的是，经过近十年的科技爆炸，其实我们已经有了非常好的吹出宇宙泡泡的办法，只是我们都没意识到而已！"

他用炯炯的目光扫视大家，与会者个个思维敏捷，不少人在一愣之后恍然大悟，轻轻点头。楚天乐也在欣喜地点头，激赏之情溢于言表。

"对,看来你们已经想到了——真空之穴的激发,即虫洞飞行所依据的那项基本技术。这个被激发出来的真空之穴,学术化的名字叫'二阶真空'。"下边有低语声,姬继昌向说话者转过身子,"对,你说得对,既然命名为二阶真空,也就可能有更高阶真空。但那是以后的事,今天先不说它。我们现在对虫洞技术的利用,是在密真空中连续地挖,挖出一条连续的虫洞,使本域空间以及空间中的飞船,沿着这个二阶真空的长洞无动力地滑行。那么,如果我们不是让虫洞沿一维方向发展,而是把多个同时激发的虫洞连缀成一个封闭球面呢?无疑,这个'空'的球面会封闭出一个小的球形空间,就像一条虫子把桃核周围的果肉全都掏空了,使桃核与桃子分离。"

一个年轻科学家小松正治高兴地说:"那就会轻松地分离出一个小宇宙,让它因自身的张力而自我封闭!"想想他补充,"而且不会在旧宇宙中留下伤口!"想想他又说,"就像楚先生吹的泡泡!"

众人大笑,气氛立即活跃起来。姬继昌向主持人点点头,高兴地说:"对,这就是泡利老师的设想,它可以称为婴儿宇宙。刚才我用被蛀空的果核来比喻它,但大家要注意一个重要的区别:桃核分离后仍被圈闭在果肉内,但婴儿宇宙自我封闭后就会从原宇宙中消失,进入新宇宙中,或者,也可能它本身就扩展为新宇宙。"

与会者开始同周围的人小声讨论,或者沉浸在深度思考中。过了一会儿,姬人锐让大家安静,笑着说:"看来各位已经明白了,但我是个科盲,所以嘛还得再问两点。昌昌,你说这个婴儿宇宙将同爸爸宇宙完全分离,是不是说它对我们来说完全不可知?"

"是的。'信息不可通'正是宇宙分立的基本定义。"

"那么,我们怎么才能知道有一个婴儿宇宙被成功分离出去了?"

"可以用间接的办法。比如,在我们打算分离的那块空间预先放上一块强辐射的镭块儿,然后在安全距离之外保持对它的遥测。如果激发后辐射突然消失,那它当然是随所在空间一块儿消失了。"

"好,我明白了。那么,接下来就能做这样一些事了:在宇宙分离之前,往那块空间预先放置——比如人类基因库,或几百颗人蛋,或者干脆是一千个活人?"

"目前我们还不能确定这件事——宇宙分离时会不会影响其中放置物的生物活性,因为黑洞是会影响的。大家知道黑洞无毛,进入黑洞的所有物质都被剃去毛发,即丧失所有有效信息,只留下质量和角动量。但对于柔力分离的婴儿宇宙呢?也许它会温情一些,保留下物质的毛发。我们只能走一步说一步——也许永远不可知也说不定。但至少说,在婴儿宇宙中放一块墓碑,这种死信息应该是可以保留的,这至少达到了老爹你最初那个墓碑计划的要求。"

姬人锐调侃地说:"那只是身为穷人时的穷目标,现在今非昔比啦,两根油条打发不了我,我得要一碗红烧肉。"

他低下头同楚天乐交谈了一会儿,后者说:

"也许不用那么悲观。当然啦,黑洞无毛,但那是因为黑洞的'蛮力'所致,是因为它的强大引力破坏了物质结构。如果是用柔力分离出一个柔嫩的婴儿宇宙,其中的放置物应该能保留原来的信息。"他又说,"所谓信息不可通是指两个宇宙之间。如果在新宇宙中还保持着某种完整信息,只是与旧宇宙完全无法交流,这并不违反信息不可通的原理。"他强调道,"当然这都还只是猜想。新宇宙能否保存信息?能否保存生物活信息?能否让人存活?甚至那儿是不是仍遵循老宇宙的物理规律?一切都是未知。"

姬人锐断然说:"那是以后的事。还是一句老话,先走起来再找路!既然这个宇宙要塌,那咱们无论如何都要去新宇宙试试!昌昌你接着说,如何实现它?"

"不难。我刚才说过,技术已经完成成熟了,就用已有的虫洞飞船,简化版的就行。实验地点可以设在引力稳定点,比如月球背后的拉格朗日点,在那儿放置的物体只需微小的调整就可保持稳定。在那儿用一群飞船围成球面,头部向里,来一个同步激发,保证激发出的二阶真空泡拼成一个封闭球面,就行了。"

"得多少飞船?"

"我们是用小的泡泡拼成一个大球面,现实世界中有一个很好的类比物——用羊皮拼成的足球。如果打算分离出一个诺亚号那样大小的婴儿宇宙，需要的飞船数就是一个足球上拼块的数量。"

"很难为情的，我不踢足球，不知道一个足球上有多少拼块。"姬人锐笑着说。

鱼乐水应声说："一共32块，12块正五边形，20块正六边形，有黑有白。"面对姬人锐敬佩的目光，她多少有点儿得意，"我在中学和大学时几乎玩遍了所有的体育运动，包括足球。是和男孩子们一起踢。"

"32块，也就是说需要32艘飞船！看来这件事还真的挺容易——不会少于全世界一年的总产值吧。"

楚天乐摇摇头："不会有你想象的那样困难。进入氢时代后人类财力充沛，别说各个国家，就连一些亿万富翁都会建一艘超光速私人飞船，以方便家庭太空游。我们可以以技术支持来促进飞船制造业，等各国和民间有了足够的飞船，我们做实验时借用，用后归还就行了。"他笑着说，"以姬大哥的人脉和煽惑力，肯定连租金都不用付。"

众人都笑了。姬人锐笑着说："没说的，只要不用我掏钱建飞船，我不怕厚着脸皮去讨借。不论船主是谁，都得给我这个面子。"

"而且飞船部件可以标准化制作，成本会大大降低，生产效率大大提高。关于这一点，康老向我提出过一个很好的建议，建议发展一种全新的'内爆成型法'，甚至可以把飞船成本降低95%！当时他是针对采氢飞船提的建议，现在正好用于婴儿宇宙。它会发展成一个大的产业，今天来不及说了，随后再细谈。"

姬人锐让大家自由发言。他一边听发言，一边招手把泡利叫过来，与身边的楚天乐和姬继昌低声讨论着。等讨论告一段落，他站起来，这会儿完全收起了笑谑，严肃地说：

"好，那么这个项目就正式立项了，上帝之鞭又要在空中呼啸了。我们的目标是分离这样尺寸的婴儿宇宙，至少可以容纳一条飞船外加一千个活人。如果不幸存在一条上帝的规则，不准我们把活人送出本宇宙，那么，即使只能送出去一块墓碑，也要干下去！先走起来再找路！你们只管往前冲，不要管身后的天塌地陷！霍克·泡利先生，多长时间？"

自打会议开始，泡利说了第一句话。他干脆地说："两年。"

"行，这个时间没水分，我不再压缩了……"

泡利打断他的话："前提是，那时要有32艘现成的飞船。"

"这件事交给我。我的鞭子会转回来抽自己的屁股。至于你所需的人力和资金，尽管向我要。我只有一个要求：给姬继昌等年轻人压担子，越重越好。他们这一代还嫩，得赶快锤炼。"

"没说的。还想请出楚这尊主神。"

楚天乐摇摇头："扯淡，你才是主神。我会时刻关注这件事，但不会具体参与。因为——我想在这条路之外，尽力另寻一条路子，增加一重保险。"

泡利没有再坚持："好的，我不勉强。"

散会了，人员开始离开。姬人锐笑着对儿子说："我听你一口一个泡利老师，叫得蛮亲热嘛。我儿子懂事了，我很高兴。"

昌昌很谦虚："没啥，应该的，这是做弟子的本分。"

泡利微微一笑："平时他们俩是另外的称呼。"

姬继昌有点儿脸红。他和埃玛去人蛋岛之后，泡利并没中断夕阳浴和裸泳的爱好。埃玛对此倒是完全不在意，不过平时他俩欺负泡利不懂汉语，常把"咱们那个光腚老师"这类的称呼挂在嘴边，甚至有更出格的绰号，当着泡利的面也敢说。现在看来，原来这条"白毛老狐狸"心中早就明镜似的？知道了也不动声色？真是狡猾狡猾的。他看见老爹要瞪眼，连忙嬉笑着打岔：

"对，我俩对泡利老师有更亲昵的称呼。也不光是他，埃玛私下给爸起的绰号是'老鞭叔叔'，给妈起的绰号是'猫咪阿姨'——她说'苗杳'就是'喵喵'。"

这就把矛头立马转到埃玛身上了，他知道老爹不会对埃玛发火。埃玛与恋人配合默契，甜言蜜语地说："是啊，我觉得这样的称呼更亲切。不过我知道叔叔一定更喜欢另外的称呼，比如'猫咪妈妈'，'老鞭爸爸'，对不对？"

姬人锐对这俩活宝没办法生气，笑着说："好的，你俩抓紧点，早点把称呼变过来，你妈就放心了。走吧，赶快干活去！"

四

泡利—姬继昌小组开始了疯狂的工作。他们很快完成了理论计算；又对原诺亚号飞船的图纸进行了整改，设计了适用于近太空旅游的简化版飞船，完成了定型图纸。这些图纸将免费向全世界公布，以后所有飞船，包括私人建造的飞船，都必须按这个图纸统一生产。然后他们就开始进行实验设计和相应的准备，其中分量最重的工作——32艘虫洞式飞船的监造由姬人锐负责。

姬继昌还同时开始另一项准备——如果成功分离出一个婴儿宇宙，那么等第二次实验时，他就会带着一艘飞船和1000名船员进入新宇宙，所以要提前进行培训。相比诺亚号甚至褚氏号，这次远行更为凶险。进入那个新宇宙中的会不会是一船尸体？或者干脆是被压缩成一个中子团？即使他们活着，能不能找到落脚之地？能不能找到食物？飞船在新宇宙中能否飞行？那儿的物理规律是不是同老宇宙一样？……一切都是未知数。

这样的探险与"送死"几乎是同义语，但他们一定要去尝试。原因很简单，因为在这么多不确定之前有一个已经确定的事实，那就是：老宇宙将在几百年间彻底塌陷！只有冒险才可能有生路！

他父亲姬人锐也用同一根鞭子把自己抽成疯狂的陀螺。他首先亲赴纽约，同SCAC本届首席执委曹将军协商。那位已经同他有"秘密协定"的曹将军非常为难，因为婴儿宇宙计划太"不靠谱"——地球永远不可能知道婴儿宇宙是否成功，连理论上也不可知。乐之友作为民间组织敢于做这种不计后果的事，但没有一个政治家敢这样做。不过姬人锐成竹在胸，充分施展了他的三寸不烂之舌。他摇摇食指，笑着说：

"不，不，我并非请SCAC参与婴儿宇宙这件事，那件事太不靠谱，怎么可能让谨慎的政治家们参与呢。我只是说，乐之友愿与SCAC携手开启一个灿烂的超光速时代。要用最优惠的政策鼓励各国和私人建造虫洞式飞船，全世界至少建32艘。乐之友将无偿提供技术支持，SCAC则补助20%的成本费，条件是飞船必须在两年内建成。想想吧，有了32艘超光速飞船，世界将变成什么样子！我们可以实现太阳系旅游甚至星际旅游；可以轻易在月球建工厂，可以向火星大规模移民……"

曹将军截断他的话："是的，是的，说到这儿就够了。这个前景颇具吸引力和可行性，相信会在 SCAC 和联合国大会顺利通过。至于你以后要用这 32 艘飞船干什么，我是一概不管、不问、不知。"

两人笑着互击手掌，谈成了这笔交易。

六个月以后，姬人锐、鱼乐水、葛其宏等人赶往美国伊利诺伊州韦斯顿镇的费米国家加速器实验室参观。楚天乐没有同来，大概正进行一项重要的思考。这儿已经改建成"费米飞船船体建造中心"，由于这个建议是康不名提出的，再加上他的本业是机械制造高级工程师，乐之友便干脆任命他为这个中心的总经理兼总工。有人担心他年龄太大，但实践证明这次选择是对的，这位老黄忠用六个月时间刀劈了夏侯渊——建造中心顺利投产，即将开始第一艘船体的建造。

在机场迎接他们的仍是上次接待贺梓舟的阿伦·戴奇，他如今是中心的常务经理。直升机下出现了那个神奇的 8 字，戴奇让直升机先降落在 8 字的外围，在这儿耸立着一个气势雄伟的空心球体，上半部有参差不齐的缺口，通过缺口可以看到内部完美的球形镜面。路上戴奇已经告诉他们，这就是当年第一次实验所产生的空心球，因为新工厂只能建在那片地方，所以用整体搬移法，把球体之下的十米土层用钢梁加固，垫上滚杠，向外平移了一千米。"这是一个时代的纪念碑，我们肯定会让它永久保存。要知道，那里面嵌着我四位同事的遗体。"戴奇苍凉地说。

直升机通过缺口进入空心球，观赏了它鬼斧神工的构造，也吊唁了四位烈士。直升机飞出球体，外围的田野里有几十座帐篷，五颜六色，有数千人在帐篷外打坐。其中又有一个地方最密集，那是人群在排着队领取食物，三名老太太在发放。康不名在球体附近的地面迎候他们，姬人锐同他是打惯嘴仗的，见面就说：

"咦，老康你怎么还是油光水滑的？我以为你在半年间筹建了这座工厂，应该累得惨不忍睹了呢。"

"那要感谢我的副手。"他指指戴奇,"我一向是个懒人,动嘴不动手。我只提想法和要求,其他事项全交给他了。而且等首件成品一出来我就彻底撒手,仍回泡利那儿当顾问去。"

戴奇笑着说:"这才是最高明的领导艺术呢,让部下累死都是高兴的。"

鱼乐水指指田野中的人群:"这些打坐的人都是什么人?好像都在念诵经文?"

康不名无奈地摇摇头,"是世界各地等候拯救的人。现在他们改了说法,说,通向新宇宙的门户不是在亚拉腊山,而是在这儿。知道不?我的两个老邻居没敢爬那座6000米的雪山,如今也来这儿了。我老伴来这儿后无意中见到了她俩,她们已经在这儿等了六个月了。"

康不名上次探家时,原答应老伴七天后回家的,但他食言了,所以在老伴面前一直理亏。后来他来美国建厂,干脆带着老伴一块儿来了。"我老伴来这儿可忙坏了。那群人住在帐篷里,生活自然是比较苦,老伴碰到两个老邻居后,免不了去送些热汤热饭什么的,后来规模越来越大,变成了开粥棚赈济灾民。再这样下去,乐之友给我的工资不够老伴抛撒。"

姬人锐和鱼乐水相视一笑:"老康你不用哭穷,很快你就会发大财。"

他的笑容有些鬼道,康不名疑惑地看看他,不过没往下问。葛其宏笑着问:

"那些人是在等新宇宙的门户开启?知道准确时刻了吗?"

"知道了,主已经告诉信众,下一次粒子激发时那个门户就将同时开启。看米主也很能与时俱进,善于借助科技的力量。"

鱼乐水轻叹道:"其实我赞赏他们,他们也是在努力找生路啊,总比彻底绝望好。"

一行人又绕球体的外沿走了一圈,观看了颜色斑驳的球体外壁,康不名说:"看了这个空心球,有了直观印象,现在参观我们的生产线吧。"

他们仍然乘直升机,向里飞了一千米,到了空心球原来的位置,也就是加速器进行粒子激发的区域,是原来的CDF和D0探测器的所在地。空心球连同下面的 10 米土层整体移走后，这儿留下一个巨型深坑，能装得下一艘 3000 吨的货船。CDF 和 D0 探测器没有恢复，只恢复了真空管道，但这段管道大大加粗，其外形像是普通的高压罐体，中部是长圆柱，两端是半球。罐体外部很粗糙，不像是高科技设备应有的外貌，它离地面有十几米，用普通的木材支承着。康不名领大家沿脚手架爬上去，来到罐体中部，仔细察看，原来罐体竟是粗糙的纤维板！用这种纤维板做真空管道，确实匪夷所思。康不名说：

"内爆成型法，准确说是二阶真空泡成型法，它的原理你们肯定清楚吧。"

姬人锐打趣："我们清楚，但今天你既然来当导游，就别偷懒，按全套导游词来一遍吧。"

"那好，我就按全套的导游词。这段真空管道使用廉价的竹纤维板。内壁喷涂气密性涂料，以保证它可以抽成真空。它由高强度骨架支撑，在形成真空后不致被压瘪。大家已经知道，二阶真空泡被激发后，激发区域内的所有物体都会在瞬间向外'飞散'，在真空泡的球面处形成自然堆积，于是这段真空管道就瞬间转化成我们需要的罐形船体。所以它是一次性的，其后每次都需要重建，以用于下一次激发。罐体生产过程中不需要模具，不需要高温。形成的球壁很薄，只有两毫米厚，但你不用担心它的强度。它是类中子态物质，有极高的硬度、强度、韧度、透明度和光洁度，是材料学家做梦都想得到的理想材料。而且它是由质子、中子等粒子的重构所形成。"他用重音念出这俩字。"重构之后与原物体的材质完全无关，所以用不着昂贵的高强度金属，什么廉价材料都行，像竹纤维板啦，泥土啦，沙子啦。这样，飞船的造价就会大大降低，说它降低95%已经很保守了。"

鱼乐水衷心赞叹："真是化腐朽为神奇。"

"没错。再说形状。用这种工艺生产的产品，其基础形状只有一种：球形。不过，通过多点同步激发和调节激发强度，产品也可以是椭球形、弯曲香肠形以及罐形，后者比较适合做飞船船体。你们看，眼前这段真空管道就是罐形，但请你们记住，成品的形状其实与它无关，而纯粹由激发模式所决定。只要这些材料位于激发区域内，在激发瞬间它们就会向外'飞散'，在真空泡的泡壁形成堆积。但如果激发前物质堆放形状和设计的泡壁形状拟合，生成品的壁厚就会均匀。所以我们才把这段管道预先做成拟形的罐状。"

众人对这种全新的生产工艺赞叹不已。"老康啊，你开辟了一个时代。"姬人锐说。

康不名笑了，自负地说："这句褒语一点儿也不算过誉，所以嘛我就坦然收下了。纵观万年文明史，制造业都非常依赖材料的原始性质，即使在发明了塑料、合金、纳米材料之后，也都是对各种材料在原子级别之上的调配。现在，我们实现了材料在原子级别之下的重构，材料专家在新工艺中彻底失业，即使最廉价的材料经过这种重构后，也能达到无法想象的优异性能。"

葛其宏惊叹："不可思议！真不可思议！那是不是说，连垃圾也能用来建造飞船？甚至核废料也行啊，只要经过原子级别之下的重构，放射性也就消失了。"

康不名吃惊地瞪着他，瞪了很久，弄得葛其宏有点讪讪的，不知道自己说了什么外行话。良久康不名才说：

"失敬了，失敬了，想不到一向爱说俏皮话的葛副会长竟有这样的战略眼光。小葛啊，你知道你这句话的价值吗？你无意中开启了一个产值数万亿元的新产业！不过不是用来造飞船，地球眼下用不到那么多飞船；而是用于建材！很快世界上就会到处耸立着廉价的、性能优异的球形透明房屋，而垃圾这个名词将从此消失！"他转向大家，激情地说，"这个发明的意义太伟大了，无论怎么评价都不算过誉。自打文明肇始，人类就像一条巨蚕，贪婪地吃着绿叶，然后留下大堆的粪便。而且粪便越来越多：工业垃圾、生活垃圾、建筑垃圾，更不说危险的医疗垃圾、化工废料和核废料，等等。这是文明的癌症，一直没办法解决，因为它在本质上是基于'熵增不可逆'的宇宙法则。有识之士担心，总有一天，垃圾会成为主流，甚至把文明完全淹没……现在，小葛把这个问题一劳永逸地解决了！小葛，快点报专利，你我联名。不要重犯克拉克的错误，他因为对同步卫星的发明漫不经心，在太空丢失了十亿英镑。我们这个专利的收益又何止十亿！"

听了他最后一句玩笑，姬、鱼和葛相视而笑，笑容相当神秘，弄得康不名有点发毛。没等他问，姬人锐笑着说：

"老康啊，既然你提到了专利，我就提前揭宝吧。给，这是你的专利证书，关于'二阶真空泡成型工艺'的发明专利，我让葛会长为你申报的，已经覆盖了世界各国。因为这是你职务之外的发明，所以这份专利属于你个人。还有一份合约，关于乐之友如何向你付专利使用费的。"他讥讽地说，"这是接受虫洞飞船技术的教训啊，我们无偿向联合国提供了这项技术，让他们在采氢业上大发横财，他们却想中止对乐之友的拨款。所以，技术专利还是握在自己人手里保险。你如果同意合约内容就请签字，乐之友随后开始向你付专利使用费。"

康不名接过硬邦邦的专利证书和合约文本，匆匆扫了几眼，困惑地说："我就这么一不小心，变成亿万富翁了？"

"对，没错。所以我说你别再抠门，别怕尊夫人把你的工资施舍光。"

"但这个发明实际最早是洋洋提出的啊。"

"对，是他首先提出，但诺亚号上天前时间太紧张，他没有申报也没实施，是从你真正开始的。再说，洋洋已经离开地球，也没有留下后人。反正专利已经归你啦，你想怎么花钱那是你的事，想寄给几十光年外的洋洋，也行啊。"

"这么多钱，留个零头就够我们老两口和子孙们花啦，其余我捐给乐之友。"

"我说过，那是你的事，以后再说。还有，刚才你的笑话不能当笑话，确实要申报一个用于建材的补充专利。"他想了想，"就以贡献最大的三个人，康不名、楚天乐、葛其宏为专利权人吧。"

葛其宏也被震晕了："我？就因为刚才那句话？"

"对，一言可丧邦，一言可兴邦嘛。记不记得德国总理施罗德的一件逸事？事发原因我记不清了，可能是某次足球赛德国队夺冠之后吧，他高兴地喊：'让我们干一杯！'后来这句话被谱成歌曲，全国流行，他糊里糊涂就赚了几百万稿费。"

"真是祸从口出啊。这次我完了，心宽体胖的好日子要到头了，得尝受世界级富豪们劳心伤力的苦日子啦。我也学康老,留点零花钱,其余捐给乐之友。"

玩笑归玩笑,他们决定回家后立即申报专利,还是那句话,权利握在自己人手里最保险。他们从脚手架上下来,戴奇说,准备工作还要一个小时,请他们先到休息室休息。鱼乐水立即说:

"不,既然还有时间,我们到哪儿去一趟。"她指指远处的人群。"他们在这儿守了六个月,够苦的,天气马上就要转凉,日子会更苦。人锐你想办法把他们劝走吧,我知道你有办法,当年在杞县就曾大展身手,老鲁说你使用了反间计、空城计、美肉计、连环计,'谈笑间樯橹灰飞烟灭'。"

姬人锐不免摇头:"你呀,真是菩萨心肠,到处当滥好人。其实他们不苦,他们认为肉体的苦修会收获心灵的快乐,心灵的救赎。"

鱼乐水笑着坚持:"你试着劝一次嘛。劝过之后,如果他们仍要坚持,也算我们尽了心。"

"好吧,我试试。"

他们仍乘直升机过去。人群中心有一口很大的不锈钢罐,里面盛的大概是中国式的杂烩汤,香味四溢,热气腾腾,人们排队领取,秩序井然。三个老太太掌着长勺为大家分发,她们看来很享受这种"施予者"的角色,干得很热情,一边分发,一边与领取者亲切地交谈着。其中两位老太太显得蓬头垢面,应该是在帐篷里过苦日子的两个邻居,衣装整洁的那位肯定是康的老伴。姬人锐让同伴们在圈外等候,他找到三个老太太,说了一会儿话。鱼乐水等听不清他在说什么,只听见他是交错使用汉语和英语,显然也在对周围人讲。20分钟后他回来,笑着说:

"好了,老康的两位老邻居同意回国了,其他人也已经动摇。"

鱼乐水很佩服:"这么快!你都说了什么?这次是三十六计中哪一计?"

"完全没有用计,这次是靠真话的力量。我对他们说:这儿确实能激发出真空泡,这种二阶真空可以说是新宇宙,所以'主'说这是通向新宇宙的门户,也不为错。但处于激发区域的物体,包括人的身体,都会嵌入你们眼前这个空心球的球壁。你们看,通过缺口能看到那儿有一具人体,对不对?当时嵌在球壁中的共有四位义烈之士，至于他们的灵魂能否脱离肉体而进入新宇宙，按我们的信仰是不信的，但也不排除你们的信仰是对的。我给你们透个消息，这里半个小时后就要进行首次工业性激发，依主的说法：那时天国之门就将洞开。你们三位如果愿意进入天国之门，我可以开个后门，事先把你们送到那个罐体里——只是这样做了之后，灵魂的归宿我不敢保证，但肉体肯定要嵌在船壳上了。"

"他们怎么说？"

"康老的老伴首先摇头，笑着说，你弄错了，我是来给他们舍粥的，我没准备进天国。两个老邻居犹豫一会儿，决定放弃我提供的后门，说马上离开这里回国。其他人也动摇了，应该会有相当多的人步她俩的后尘吧。"

"好，干得不错。谢谢啦人锐，功德无量啊。"

那边的脚手架已经拆除，激发马上要开始了。他们乘直升机返回，立在坑口，一眼不眨地看着下面。准备铃声响过之后，万籁俱静，忽然一道白光闪过，空间似乎抽搐了一下，伴随一声清亮的声音，那段膨大的真空管忽然消失了。定睛观看，它还在，只是变成了一个完全透明的罐形船体，尺寸比原来略大一号。罐体下边的支承歪倒了，罐体直接坐在地面上，那一声清亮的声响应该是罐体坐地的声音。罐体范围之外的真空管道还保持原状，但已经与罐体脱离。两台激光切割机同时伸出长臂，开始在船体上切割。切割器发出夺目的蓝色光芒，但与普通的切割不同，割口处完全没有火花飞溅，只有一道极细的割口随着激光延伸，在透明的船体上慢慢勾勒出舱门的形状。看来这种新型物质切割起来比较困难，切割机行进得相当慢。一个小时后，两扇门——不，四扇门切割完毕，原来激光切割器在对侧罐壁上也同时完成了切割。

康不名和戴奇领众人走进一台观光吊舱，液压伸缩臂把吊舱送到刚切开的门洞处。戴奇介绍说，船体马上要移走，在另外的车间里进行后续加工。在这儿提前把门切出来，只是为了检查和吊装的方便。然后就要开始下一件产品的准备了。众人透过门洞，敬畏地观察这座巨大的透明船体。舱壁确实非常薄，只有两毫米，再加上完全透明，几乎就像融化在空气中。

葛其宏笑着问：

"康老，戴奇先生，壁这么薄，真的能做飞船船体吗？"

戴奇看来早就预料到类似的问题，提前准备了一个大铁锤，此时他拎过铁锤，抡圆了砸向船体，众人不由心中一揪——他们已经习惯了玻璃在锤击下哗然破碎的场景。但这样的场景并未出现。只听得清亮的一响，铁锤被反弹回来，而被砸处完好无恙。那一响的余音不绝，震波沿着薄薄的船体传播，造成了光线的衍射，一圈圈彩色波纹沿着船身荡过去。从这个现象看，这种高强度的材料也有优异的弹性。康不名笑着说：

"他的锤击只是作秀，是给记者们准备的直观画面，其实船体的强度远远大于锤击的力量，甚至能抵抗微陨石的冲击。"他笑着问葛其宏，"小葛，有没有恐高症？如果没有，你可以用这样的透明球体组成摩天大楼，让建筑物融化在蓝天里，而住户可以透过地板，观看脚下的彩虹卧波，云飞云停。"

葛其宏由衷地说："那是神仙的境界了。"

众人都笑，但笑容深处也有苦涩——人类社会已经到了全新阶段，有用之不竭的廉价能源，"环境污染"将变成死亡的旧词汇。人类已经因科技而进入自由王国，从人界走向神界。可惜，前边仍旧蹲伏着一个恶魔，它会把这一切美好毫不怜惜地一口吞下，已经神化的科技至少到目前为止还没有应对办法。没错，泡利正全力开发婴儿宇宙，但结果如何难以逆料，它只能说是绝望中的疯狂努力。

他们在苦涩的喜悦中与康老告别，离开美国。

此后，新式飞船以惊人的速度建造。以美国费米中心生产的标准化船体为基础，姬人锐在全世界组织了流水线生产，所有具备相应技术水平的国家都参与了零部件生产，最后在中国组装。当然，姬人锐已经提前同所有船主在私下达成协议：飞船完工后乐之友要首先借用三个月，不付租金，但要保证飞船的完好，若有损坏照价赔偿。

至于以同样方法生产整体式房屋的产业也随之诞生，康不名的孙子康平是总负责人。这是涉及万亿产值的大产业，他们要先制定标准，进行先期实验，完成定型图纸。

两年后，在姬人锐、泡利、康不名等人近乎疯狂的努力下，33艘飞船顺利建成，多了一艘作为备用。新工艺和流水线生产大大降低了费用，即使如此，建造总费用也占当年全世界GDP的45%，大大影响了民众的生活。但民众都知道它是干什么用的，所以并未引起什么风波。只有一件事姬人锐没办到：他原想给飞船都买上保险，但没有一个保险公司敢接这业务。其实即使有人接，姬人锐也拿不出天文数字的保费。而且——说到底，保不保险又有什么区别呢，在姬人锐心目中，现在全世界的钱都是他的，都可以用于人类逃亡这个目的。那么，买了保险，不过是把右口袋的钱转到左口袋而已。何况这个实验是"本质安全"的，真空湮灭只能释放微量的能量，即低强度光脉冲，人员设备只要位于湮灭范围之外就是绝对安全的。金鱼号和诺亚号的成功，还有费米中心已经常规化的工业激发就是明证。所以到后来，姬人锐把买保险的念头放弃了。

在这两年时间里，楚天乐一直密切关注着这件事的进展，但确实没有具体参与，更多时间他待在山中家里。他总是坐在轮椅中，眉峰微蹙，目光对焦在无限远处，数小时一动不动。鱼乐水尽量多抽时间在家里陪丈夫，她知道丈夫在苦苦寻找"另一条路"，但他的寻找肯定不顺利。鱼乐水能够感觉到他内心深处的焦灼。连草儿都知道了一条规则：在爸爸"变成石像"时绝对不能打扰，她会悄悄跟着徐阿姨或妈妈到外边去玩。鱼乐水从不过问丈夫的进展如何，不想给他造成压力。她想起公公晚年主动退出了科研，就像一位善水者年迈之后主动远离大海，那时难免有失落感吧。鱼乐水有一个感觉——丈夫可能也快要离开智力搏击的舞台了。虽然他只有44岁，但他的病也许会影响到智力。

对于丈夫这样的人，仅仅智力上的衰退就意味着人生的结束啊，鱼乐水苦涩地想。

两年后的六月份，婴儿宇宙实验的准备工作全部就绪。姬人锐从SCAC借来宇宙虫号，拉上楚天乐和鱼乐水，来到月球背后六万千米的地月引力系统第二拉格朗日点，代表乐之友总部进行实验前的视察。32艘无人飞船已经在那里泊好，船身上漆着各艘船的名字：盾构机、深潜、寂寞之心、矿工、新伊甸园、天国之门，等等。由于新飞船都装有尾部天线，它们仍然酷似金鱼，不过是小尾巴金鱼。32条金鱼头对头围在一起，尾巴拼成一个巨大的花球。实验将在北京时间今晚零点进行，到那时，32条金鱼将同时吐出水泡（二阶真空泡），32个水泡将连缀成一个封闭的球面，而被这个球面封闭的球形空间（一阶真空）将从它原属的三维宇宙中分离，飘走，消失。

泡利陪同视察。这家伙一向不修边幅，这两年中太忙，连理发也省了，现在淡黄色的头发和胡子都很长，乱蓬蓬的。姬继昌和埃玛私下称老师是"白毛雄狮"，应该是一个贴切的绰号。近来他没时间去游泳和洗澡，身上的味道也像雄狮一样刺鼻，不过参观者秉持绅士风度，对此佯做不知。泡利指着飞船，对鱼乐水笑着说：

"看，这就是你的足球。"

32艘飞船是一模一样的，仅尾部天线的形状分为两种。飞船制造过程中，有些好事者私下串联，做了如下分配：12艘船的尾部天线做成正五边形，黑色；20个做成正六边形，白色；一如足球的32个拼块。考虑到这点小改动无关大局，姬人锐当时一笑放行了。所以从远处看，这些飞船围出一只逼真的大足球，只是尚未拼拢，黑白拼块之间留着间隙。鱼乐水笑着摇头：

"这个足球也忒大了点。"

楚天乐也笑："要想踢它，得有夸父那样的大脚板。"

泡利指指这个足球的中心，那里有一个网格状的东西悬停在那里："那就是放射源，用来校验实验是否成功。月球背面放置有灵敏的探测仪，如果泡泡激发后探测仪的指数忽然回零，我们就可以开香槟了。我把放射源做成网格状，一共125个节点，每个节点固定着100克镭。这样的结构可利用太空的低温对镭块冷却，避免因放射能造成中心过热。"

楚天乐说："但只有激发的瞬间可以测量，因为放置仪器的月球很快就远离这片空间了。"这个解释是针对姬、鱼二人的，他俩毕竟不是专业科学家。"过去人们一直把'星体坐标'和'空间坐标'混在一起，观测宇宙时只记录星体的坐标，从未尝试确定特定的空间点，因为真空就是空无，处处皆同，没有什么特征可以定位。但在我们的激发之后，宇宙空间就有了特定的一点，它就像海洋肚脐眼，造成周围空间的流泻。因为地月是运动的，会迅速远离这个静止的特定点。打个比方吧，就像是在一辆飞速行驶的汽车尾部点燃爆竹，在地面上炸出一个小坑。小坑将很快远离汽车，那是因为汽车的运动，而小坑是固定不动的。"

鱼乐水有些不解："那你怎么验证激发是否成功？如果镭块儿并未掉落到婴儿宇宙中，它也会随那个特定点迅速远离月球，月球上的探测仪同样会失去读数。"

楚天乐笑了："错！如果镭块儿没有掉进婴儿宇宙里，而是仍待在本宇宙，那它就会受地月引力作用，仍会跟地月坐标系一块儿运动。所以综合结果是：只要月球上探测仪读数回零，就意味着可以开香槟。泡利我说得对不对？"

"对。"

姬鱼二人仔细捉摸，点点头说："对，是这么回事。"

忽然，那32艘飞船中有一艘的尾部冒出两团蓝光，船身微微动了一下。其他飞船尾后也相继冒出两团或四团蓝光，船身也微微动一下。随即蓝光熄灭，船身恢复稳定。泡利解释说：

"32艘飞船是联动控制，以中心放射源为原点，保持严格的球面形状。如果有微量飘移，电脑会自动指挥飞船的微调系统点火，精确校正飞船方位。"

对现场的视察很满意，姬人锐和楚天乐都没提出什么意见。一行人乘宇宙虫号离开这里，去六万千米外的月球背面，实验指挥所设在那里。这会儿日、地、月不在一条直线上，月球背面大部分沐浴着阳光，像一个亮闪闪的金盘悬在天幕上。不过这个金盘上满是疤痕，有众多环形山，但更醒目的是众多的"海"，如科罗廖夫海、齐奥尔斯夫斯基海、门捷列夫海、阿波罗海、莫斯科海等，它们都撒在金盘的盘面上。楚天乐贪馋地看着，熟练地为妻子指认着各个地方，叹道：

"我观测天文三十年,这是第一次看到月球背面,不过我早在月面图上把它们背熟了。"

飞船在月球背面的中心停下,这儿是一处无名平原,离艾特肯环形山不远。一艘简化版飞船停在那里,上面的名字是女娲号,它就是33艘飞船中备用的那艘。宇宙虫号关闭虫洞飞行状态,利用尾部四个小蜜蜂的动力,降落在低重力的月球上。走下飞船后才看见指挥所,它是全透明建筑,似乎融化在阳光中。它呈完美的球形,球体下半部分埋在月岩下。球体里面有二十几个人和一些设备,一架带摄像机的小型望远镜对着天顶。泡利领着三人穿上太空服,下了飞船,从地道进入指挥所,再脱下太空服。里面的姬继昌、康不名、世通社摄影记者兼播音员霍普斯等迎上来,同客人紧紧握手,埃玛也在远处向这边招手。泡利指指透明的球形房屋,赞赏地说:

"看,康老的功劳。他巧妙借用已经成熟的船壳制造技术,在月亮上因陋就简,用女娲号的激发系统弄出了这个实验室。"

几个人同康老握手致谢,姬人锐赞赏地说:"你这老家伙真是闲不住啊,跑月球上又鼓捣出这个大泡泡。"

85岁的康不名依然保持着一颗赤子之心。他激情洋溢地说:"欢迎各位来到科幻时代。这些天在这儿工作,我总觉得我是在某个科幻电影的场景中。我想,即使人类的最终结局不可改变,我也要感谢20多年前那锅沸水,让一群渺小的青蛙跳出了人生最高高度。"

姬人锐笑骂道:"你这只老乌鸦,少在这儿瞎激情。先介绍情况吧。"

姬继昌介绍了月球基地的准备情况。介绍后姬人锐问:"我看泡利小组的主力都在这儿。实验必须用这么多人吗?"

姬继昌回答:"不。实验是全自动的,除了摄影记者,只用两人就够了,但伙伴们都不想放过亲眼观察实验的机会。"

姬人锐不客气地说:"那你们还没有学到乐之友的传统。乐之友的传统是:只做最必要的事,只冒最必要的险。"他回头对泡利说,"当然当然,我知道这种实验很安全,只会激发出柔和的光脉冲,在老康的工厂里,这种激发已经常规化了,何况这儿离实验场地还有六万千米。但既然试验用不到那么多人，就让他们回地球去，包括旁边那艘女娲号。"

泡利立即点头认可，对那些显然心有不甘的手下做一个坚决的手势，说："这一鞭抽得对。我、姬继昌、摄影记者霍普斯留下，其余人乘女娲号离开。"

姬人锐说："对，赶紧回去，还能赶上午夜看直播。"

一个手下沮丧地说："那可是隔着整整一个月球啊，那就像隔着被子抚摸妻子。"

楚天乐笑着说："只好委屈你啦。你难道不知道上帝之鞭的凶名？——关键是他说得对，多一份小心总归没坏处。"

康不名忽然插话："对，应该离开——不过姬继昌不能留。既然是为了安全，那么泡利小组的B角理应离开。我留下吧。"他提前堵住那些年轻人的口，"看在我满头白发的份儿上，谁都甭跟我争。我这把年纪，就是埋骨月球也值了，绝对算得上喜丧。"

姬人锐又骂他一句："你这只老乌鸦，越聒噪越来劲儿啦。不过，就按他说的吧。"

鱼乐水看看姬，心中暗暗佩服。这个男人处事干练，虑事周详，该胆大时比谁都胆大，该小心时比谁都小心。倒不是说这次实验有风险，但他坚决地预先摒弃任何"不必要的风险"，做得非常到位。真要感谢命运给乐之友们带来这个人，其实应该说是他促成了乐之友的诞生，他和天乐一样是乐之友的灵魂。如果说天乐是管思考的大脑，那他就是管行动的小脑。他唯一的缺点——只能算是她的感觉吧——姬人锐似乎过于享受拥有权力的快感。两年前她不同意阿比卡尔的提议，这是一个重要原因。

姬继昌不大甘心，明知道泡利不会同意，仍试探地说："老师，让我留下指挥吧，你尽管放心，我保证……"

泡利打断他的话，简短地说："A角优先。"

姬继昌知道拗不过他，沮丧地摇摇头，嘴里咕哝着骂一句："你个白毛老狐狸。"那边的埃玛听见了，笑着用英语说："泡利老师，昌昌又在喊你的昵称啦。"泡利听后声色不动。

鱼乐水笑着催大家："快走吧，快走吧。别把看直播也耽误了。"

众人开始穿太空服，姬继昌穿到一半忽然停住，拍拍脑袋："哟，我忽然想起来了，今天是老爹的重要日子，六十大寿！"

姬人锐一愣："你不说，我自己也忘了。临走前你妈还问我今天能不能返回，我说肯定能。她没说生日的事，也许是想给我个惊喜？"

众人大笑，说快回家快回家，你们爷儿仨就着生日蛋糕的烛光看直播吧。姬人锐忽然指着康不名，他们因生日相同，一向戏称老同庚："你……"

康不名也同时想起来："哈哈，也是我的生日！没关系没关系，我就在月球上过吧，这应该是我85年来最别致的生日。但我得和老伴说一声。"

他通过指挥部要通家里电话，说今天不能回去了，生日蛋糕你们替我吃吧。老伴让四岁的重孙女蛐蛐为老爷祝了寿，奶声奶气地唱了生日歌，老人高兴地挂了电话。

康老打电话时，泡利把楚天乐叫到一边，平静地说："既然是执行安全措施，我索性把遗言也留下吧。楚，万一有不测，泡利公式留给你了。"

楚天乐感慨地看着这头须发杂乱的雄狮。泡利的目光很平静，但楚天乐从中读出了他的深意。这个"白毛老狐狸"可说是世人中目光最清醒的，直觉惊人。圈内人都知道他喜欢打赌——在某项研究得出结论前，先凭直觉猜出结果，而且基本没输过。最近这一段，他从一个光屁股晒太阳的逍遥者忽然变成一个工作狂，肯定有重大原因。也许他提前看到了又一个横亘在人类前面的灾难？他曾说过，泡利公式虽是经验公式，但具有简洁美和对称美，应该能成为理论公式。现在，他特意把公式留给自己，当然有深意……眼前的时刻不宜长谈，天乐只是笑着说：

"你是在为难我。你知道我是半路出家，数学底子比较差，做不了这件事。我相信你会平安归来，这事还得你来完成。"

泡利以惯常的直率说："我知道你的数学差一些，但你有过人的直觉，它和数学水平同样重要。好了，交给你了。"

"好吧，我暂且接下它。"

两拨人告别，大家经由地道出来，分别登上两艘飞船。太阳已经半落，月球荒野上暮色苍茫。飞船用常规动力起飞，然后切换为虫洞飞行方式。在众人的视野转为盲视之前，他们看见，在那幢灯火通明的水晶球中，沐浴在温馨光芒下的三个人影正向他们频频挥手。这也成了三人留在大家记忆中的遗照。

两艘飞船停泊到哈马黑拉发射场上空的同步轨道上。他们乘小蜜蜂返回地面，再乘专机返回中国西峡。到总部已经是夜里 11 点。姬人锐不放楚氏夫妇走，要他们一块儿吃生日蛋糕。鱼乐水虽然想早点回家见草儿，但盛情难却，再者草儿肯定已经睡熟，也就爽快地答应了。苗杏听见外边动静，赶快迎出来，见是丈夫一行，舒了一口气。本来不能回家的儿子也意外回来，让她更高兴。她说：

"总算赶着今天回来了，没把六十寿诞拖到明天过。"

她果然备好了生日蛋糕和一桌盛宴，屋里还有鲁军定夫妇。大家忙忙碌碌地吹蜡烛，切蛋糕，但都拿一只眼睛盯着电视屏幕。屏幕上，那个黑白分明的大足球仍然安静地悬停着，等着指挥部的点火指令。今天是农历初七，透过窗户，夜空中一弯细细的月牙挂在中天，暗淡的月盘隐约可见。从方位上说，实验场地，即地月系统第二拉格朗日点此刻在月盘中心的背后。鲁军定对鱼乐水不在意地说：

"实验要是成功，我就立马轻松啦。"

他是说，如果实验成功，民众又有了盼头，心理上得以宣泄，就不会有人再来搞什么暗杀了。他说得不为错，但在这个喜悦亢奋的时刻突然提起这个话头，鱼乐水心中突然泛出一波阴郁。看一眼丈夫，他在努力吃饭，现在他咀嚼比较困难，没有对这句话在意。鱼乐水连忙把话头扯开。

这顿生日喜宴吃得风卷残云，因为时间已经快到零点了。大家来不及收拾碗盏，先堆在餐桌上，都到客厅看电视。有时也把目光投向窗外的新月，因为从真实方位上说实验地点是在那个方向，他们真想透过月球亲眼看到它。

由于婴儿宇宙计划有太多不确定的东西，所以今天的直播有意低调，没有专门的主持，没有观礼的贵宾。镜头在实验现场和月球实验室来回切换，实验室内只有泡利、康不名和兼做主持人的霍普斯。11 点 59 分，霍普斯简单地宣布：

"实验即将开始，现在开始一分钟倒计时！"

电脑计数声单调地响着。姬家屋子里也静下来，所有目光都盯着屏幕上那个黑白相间的大足球。计数结束时，大足球忽然爆出一道极强的白光。众人不由喝一声好，但这声欢呼只喊出一半就卡住了，因为电视突然黑屏！就在同时，窗外的夜空变得雪亮，强光背景下唯有半空中的月盘是黑色的，就像撒旦的独眼。强光一闪而过，夜色又恢复原貌，只有月盘的圆周残留有细细的白光，围出了一个空心的月亮。不过光圈很快消失，复现出原来的弦月。奇怪的是，在白光消失之前，月盘似乎突然抖动了一下，然后一切复归沉寂。

电视屏幕上仍然是黑屏。

这样的强光远远超过理论计算值，这是不祥之兆。屋里静了一秒钟，也许两秒钟，然后几个人同时跳起来，开始了行动。姬人锐父子分别打电话询问了乐之友总部和SCAC的值班人员，得知在强光闪过的瞬间，所有直接用望远镜观看夜空的人都被短暂致盲。此时能绕过月球观察实验点的只有太空中的楚马望远镜，但它也因突然的强光造成数据溢出，无法提供报告。楚天乐向姬人锐招招手，说：

"立即乘飞船，去现场！"

姬人锐点点头，在电话中下达了一系列命令。十分钟后，楚、姬等十数人已经坐上直升机，到南阳换乘小蜜蜂，向哈马黑拉发射场飞去。泡利小组其他成员同时从各地向那儿赶。

飞行途中姬人锐作出决定，这些人将分乘两艘飞船前往出事现场。他、姬继昌带上两名泡利小组成员坐宇宙虫号先走，楚、鱼带领其余人乘女娲号在同步轨道上待命。两船随时保持联络，只有在得到前者的安全通报后，后者才能出发。月球背后此刻不大可能有什么危险，但——他们也曾认为这次实验是安全的！楚天乐和鱼乐水同意了这个决定。楚天乐低声说：

"姬大哥，昌昌，保重！"

由于要随时保持联络，宇宙虫号只能采用断续飞行方式，赶到出事现场用了两个小时。越过月球边界后他们小心地向前推进，姬继昌不停地报告着：

"32艘飞船全部失踪……远处似乎有飘浮物，眼下看不清楚……现在到了月球背面——天哪！"

守在女娲号通话器前的鱼乐水急急地问："你们看到什么了？"

通话器中换成姬人锐的声音："你们自己来看吧。已经确认没有危险。"

一个小时后女娲号赶到了月球背后，船上成员都被眼前的景象惊呆了。月球背部的中心区域凭空升出了一个巨碗，其大小大致等于中国的吐鲁番盆地。碗底深陷在月球表面，比周围未变化的月面要低十千米左右。碗壁向四周升起，边缘比月面高约三十千米。碗壁不完整，边缘呈锯齿状，颜色也不一致，有深有浅，还有透明的区域。碗壁很薄，高高翘起在月面上，似乎用手指一戳就会哗然坍塌，给人以锋利的痛楚感。看到这个怪异的场景，楚人乐联想到了费米国家加速器实验场发生过的事，那儿出现了一个巨大的带缺口的空心球，后来知道，那是真空湮灭后物质沿湮灭球面所形成的自然堆积。今天这个碗同样是那种自然堆积，只是尺度大了近千倍。球体的中心是地月引力系统第二拉格朗日点，即实验所在地，也就是说，这次实验所激发的湮灭空间，其半径大致为六万千米。

当年费米实验室两个半球的内壁非常光滑，最内一层透明，逐渐过渡到不透明，今天这个碗的内壁同样如此。两艘飞船映在内壁的镜面上，因为镜面曲率很小，接近于平面镜，飞船的成像只是略略变小。两艘飞船到这儿都停止了激发，以免出现危险。第一艘飞船上放出了一架小蜜蜂，以常规动力飞行，沿着那个巨大的碗壁在寻找着。他们很快找到了两具飞船遗骸，它们已经成了平面状，平平地贴在碗边，但其大的结构，像船首、五边形或六边形的尾部天线、以经线状排列的电磁加速线圈，等等，都基本能分辨出来。其中一艘飞船的名字正朝着这边，仔细查看后竟然还能勉强认出来：寂寞之心。

小蜜蜂向碗底飞，这儿有一块区域比别处的透明度更高一些。那儿原是实验指挥所，那个透明的球形建筑。它也被平面化，贴在碗壁上。半球中的三个人成了放大的剪影，摊手摊脚地嵌在透明物中，有点像琥珀中嵌着的古

生物,只是尺度大了几十倍。通话器中听见小蜜蜂里的埃玛在低声说:

"这位可能是泡利老师,他的肤色最白;这位应该是霍普斯,身边是那架小型天文望远镜;这是康先生,还能看清他的白发。今天是他的85岁生日啊……"

那边沉默了,船员们在向三位烈士默哀。

两艘飞船离开月面,搜索一番后找到了其他一些飞船。它们也都被平面化,形成了弧度相同的球面残片。这些残片在形成的瞬间应该都与第二拉格朗日点等距,也就是说被堆积在半径六万千米的超级球面上。这些位置已经远离引力稳定点,而且地球和月球的相互位置也早就变了,所以,由于地月引力的拖曳,这些残片散布在长达数十万千米的地球轨道上。但残片中没有发现安放镭块的正方体网格。女娲号和宇宙虫号都带有辐射监测仪,但仪器上没有任何显示。为了确认镭块的消失,姬继昌让飞船电脑计算出镭块儿三小时前的空间坐标,然后赶往那里。飞船逼近那个曾经的球心,仪器仍然没有任何反应。也就是说,实验成功了。那个有125个节点的镭块方格确实已经随着一块自我封闭的空间,从这个宇宙中飘走了。

实验成功了,而且是超乎意料的成功。现在,泡利激发的封闭空间不是区区千米尺度,而是直径为12万千米的超级球。它甚至可以轻松地把半径6371千米的地球封闭其中,送到另一个宇宙。只是——这场胜利的代价过于惨重,它以三条生命为牺牲,以32艘贵重的虫洞式飞船为陪葬。

两艘飞船再次返回月面,以常规动力悬停在大碗的中心,向三位殉难者致敬。大家目光泫然,但都没有流泪。眼前这个造型奇特的碗可以说是三人的纪念碑,是一件超现代派的艺术品。它有足够的强度,估计能抵抗微陨石的冲击,寿命至少可达数万年——不过宇宙已经没有这么长的寿命了,数百年上千年罢了。这么说来,这座薄薄的纪念品肯定能"与天同寿"。

他们告别死者返回,姬人锐平静地说:

"三条人命,32艘飞船,全世界半个年度的GDP。我欠了一百万年都还不清的巨债,也许只有追随他们三人而去,才能一了百了。"

楚氏夫妇相对摇头，楚天乐低声说："姬大哥别这样想。这是咱们大家的债。"

鱼乐水凄然说："是咱们大家的债。我回去后得尽快向三人的家属吊唁，可是——我该如何开口啊。"

有关这次小型天文尺度灾变的情况陆续汇集。灾变时刻一个意想不到的收获是：由欧洲航天局 ESA 和美国航空航天局 NASA 共同投资建造的激光干涉空间天线 LISA——一个位于太空的正三角形激光干涉仪，边长为 500 万千米，用以测量引力波——自 2015 年建成后从未得到过确定的信号，但那天的记录上却出现了一个突然的峰值，时间正是实验激发时刻。

第二天晚上，姬人锐和楚天乐、鱼乐水、姬继昌商量后，召开了乐之友科学院和泡利—姬继昌小组的联席会议。鉴于上次暗杀事件的教训，此次姬人锐未雨绸缪，派鲁军定和他的手下在会议室外布置了严密的警戒。会场气氛沉重，没有挂三位烈士的遗像，但在主席台上放了三束白色的鲜花。姬人锐声音低沉地说：

"大家起立，向三位烈士默哀。"

众人默哀，每人都泪光盈盈。姬人锐请大家坐下，开门见山地说：

"婴儿宇宙激发实验是乐之友建立以来最大的一次失败，赔上了三条宝贵的生命和 32 艘贵重的飞船。世界上肯定会掀起一阵凶风恶浪把我们吞没，而我这个人类史上空前绝后的最大欠债人只有自杀才能谢罪。不过我想，在惩罚之剑落下之前，我们得抓紧时间对实验来一个总结，这样在法庭上忏悔认罪也能说得利索一些。现在，请泡利小组的第二负责人姬继昌发言。"

姬继昌起身，先走过来，向姬人锐庄重地行鞠躬礼："首先向姬人锐先生致谢。"他这么庄重地向自己父亲致谢，大家一时摸不着头脑。姬继昌说，"实验前我爸爸视察现场时提出：为防万一，泡利小组大部分成员必须撤回地球，他这个决定保住了小组中十九条生命。康不名爷爷又主动代我留下，使我还能站在这里。"

与会众人不知道这个细节，都赞赏地对姬人锐点头，同时也都感到后怕。

以下姬继昌开始正文：

"我爸说这是乐之友最大的失败，实际上实验非常成功，成功得出乎我们意料。过去我们只能激发出千米级别的二阶真空，这一次陡增为12万千米，从宏观尺度跃升为宇观尺度了。也就是说，如果确认婴儿宇宙激发成功，我们可以轻松地把整个地球都送往另一个安全的宇宙。大家不知道，此刻的月球，连同它身后的地球和太阳，都已经不在原来的空间坐标了，它们被空间裹挟着向当时的球心行进了六万千米，只不过由于是同步前进，相对距离基本没有变化，我们也感觉不到而已。真空之洞对面的天体则离我们近了12万千米，这个距离差值及其引起的引力变化是可以测出来的，只是眼下还顾不上。不过对这一点不必怀疑，因为 LISA 空间激光干涉引力波测量仪已经明白无误地记录下这个时刻。"他苦楚地说，"不禁想起康不名先生。如果他还在世，一定能用生花妙笔为我们描述出这么一场看不见的剧变，这么一次世不二出的科技进步。可惜……"

众人十分震惊。时间太仓促，大部分人还沉浸在悲痛和挫折感中，还没有想到这次灾难的科学意义。

"我们的错误在于：32倍的激发所造就的二阶真空并非原来的32倍，它们互相激励，产生次级激发，最后结果就是这个直径12万千米的婴儿宇宙。侥幸的是，二阶真空泡的球面正好抵达月球背部的表面，仅在月面上造成了十千米深的凹陷。如果球的半径再大4000千米，整个月球就会——像费米实验室曾发生过的一样——瞬间变成薄薄的半球形的自然堆积。当时实验安排在月亮背后，是想让月亮起到安全掩体的作用，但我们错了，对于这种真空泡激发，掩体不起作用，唯一的安全因素是距离。距离只要大于真空泡半径就绝对安全，但若小于真空泡半径，什么样的掩体也不起作用。"他以苍凉的语调开了一个玩笑，"如果弄出这么一个巨大的月盘，夜里看书绝对不用点灯了。"

这个玩笑令人毛骨悚然——一个几十万千米的巨大月盘！它让地球变成了一盏巨型吸顶灯上的一只苍蝇，这个图景既壮观又怪异。姬继昌继续说：

"如果真空泡的半径再大38万千米，那就轮到地球了。所以——我们确实很幸运的。"

众人默然。现在不是毛骨悚然，而是惊定之后冷静的后怕，这种冷静的后怕远远甚于浅薄的毛骨悚然。罗格深叹一声：

"如果是这样，我们真是万死难辞其咎了。但是没办法。为了逃离灾变，我们试走的都是从未走过的路，无法确保万无一失，只能祈祷康老说过的那个宇宙法则在暗中保佑——越大的灾变，其激发阈值就越高。"

姬继昌继续说："现在回想起来，我们的实验方案错了，但错得并不多，只用略作改动就行：32艘飞船不要头朝里围成球形；而改为全部排在内侧，头朝外围成球形。这样，在激发出那个直径12万千米的球面时，32艘飞船就会被包在新生的婴儿宇宙里。这也就是说，"他目光炯炯地扫视着大家，"先不提投送整个地球那档子事，至少我们已经有能力向新宇宙一次性地投放这样规模的船队：32艘飞船，外加32000名船员。"

听到这个匪夷所思又在情理之中的结论，众人先是陡然一惊，然后目光陡然发亮。他们紧紧盯着发言人，然后转为相互之间的目光交流。屋内保持着极度的寂静，但寂静中分明有极度的喜悦在跃动。埃玛看着自己的恋人，目光可以说是无比灿烂。鱼乐水看着他们，带点儿苦涩又带点儿戏谑地想：这真是一群记吃不记打的小孩子啊。刚刚经历一场灾祸，腮边的泪珠儿还没擦干呢，一听见有更好的游戏，立马就全身心投入了。她看见楚天乐的目光也陡然变亮了，盯着姬继昌，毫不掩饰他的赞赏之意。她理解丈夫此刻的心理。丈夫一向以思维敏捷思路清晰而自负，这会儿忽然发现了一个同样的天才，就像是诸葛亮晚年发现了姜维，欣喜之情难以名状。楚天乐停顿片刻，看还没有人说话，便对姬继昌说：

"32艘飞船这个数目太大，如果让船队的规模小一点呢？我觉得，飞船改为'头朝外'排放后，这个数目可以大大减少。那么，最少使用多少艘飞船就能激发出一个封闭球面？告诉你父亲。"

姬继昌立即转向父亲，答道："我已经考虑过了，是一个正方体的面数。六艘。"

楚天乐也把目光转向他父亲。姬人锐明白了两人的意思，苦笑着说："我知道二位的意思了，你们想让我在那32艘飞船的欠债上再新添六艘，对不对？欠就欠，俗话说得好，虱多不痒，债多不愁，只要有人还敢借。"他考虑一会儿，正容问，"也就是说，最小规模是六艘船？"

"对。"

"好的。刚才我儿子感谢了我，这会儿我要投桃报李，也谢谢姬继昌后生。有了他描绘的这幅光明图景，不会再出现我刚才担心的凶风恶浪了。只要我们跨出这么一大步，民众会忘记前一次失败，继续跟我们走的。再设法说动世人制造六艘船并借给咱们用，虽然难，我能办到。好，昌昌你们商量怎么往下走吧，我要开始考虑上哪儿打这么大的秋风——尤其是在32艘船欠债不还的基础上。"

姬继昌开始讲述后续计划，包括6000人船队的组建，包括诺亚公约的修改。楚天乐和姬人锐没有参与后面的讨论，两人都瞑目而坐，神思已经游于屋外。鱼乐水默默看着这俩人，感慨系之。他俩是百折不回的，这会儿都在筹划下一个大战役的总体布局。其中尤其是姬人锐，按说，对外筹款应该是乐之友基金会的事，不是工程院的事，但他不分彼此，统统揽在自己肩上。鱼乐水沉思片刻，对丈夫交代一声，悄悄离开会场。

这是乐之友历史上最长的一次会议，直到深夜才散会。在会议上，关于下一个大战役的设计，包括战役的事务层面，全部谈透了。散会时，姬人锐疲惫地走出会场，看见妻子在门口等他。他问苗杳有什么事，苗杳直言不讳地说：

"是乐水交代我在这儿守着你。她说这些天要我看好你，一步也不许离开，直到她回来。她说，否则以你的走火入魔，你真敢为那笔32艘飞船的巨债去自杀谢罪。"她又补允道，"她还说，自杀并非是你认为自己有罪，而是想通过自杀来占据道德高地，使其后的六艘船容易解决。"

姬人锐颇为尴尬："听她胡说。这位鱼会长才是走火入魔了呢，我怎么会自杀？我姬人锐像是会自杀的人吗？"

苗杳神色不变。"那更好，不过反正我跟定你了。"

"鱼乐水到哪儿去了？"

"不知道。你别这样看我，她真的没告诉我。"

苗杏果然一步不离，跟着丈夫回家，做饭上厕所都要丈夫待在她的视野里。姬人锐尴尬地说："好啦好啦，我就是真的曾经打算自杀，你这么一搅和，也把杀气弄泄了，肯定不会再实施了。所以别再盯我，趁空考虑点儿正经事吧。"

"什么正经事？"

"如果下一次行动实施，昌昌肯定是要走的，你得有心理准备。"

苗杏眼眶红了："我知道，也有准备。自打柳叶走后我就有准备了。我不拦昌昌。虽然这一去生死未卜，毕竟是去逃命，至少有点希望吧。我想得开。"

"还有昌昌的对象。"

"对，埃玛也是诺亚公约派的骨干，肯定要跟他一块儿上船。"

"杏杏，我想让他们在地球上留下骨血——这也是受柳叶的启发。让他俩赶紧结婚，出发前生一个儿女。实在来不及，就留下几颗受精卵，你找人代孕。"

苗杏想了想，决然说："如果是走第二条路，那我亲自做代孕母亲。女人绝经后还是能做代孕母亲的，我知道。"

姬人锐看看妻子："你自己决定吧。这件事以后就由你来操办，我不再过问了。"

几天后姬继昌突然带着埃玛回家。姬人锐知道妻子已经同儿子把话说透，他问儿子：

"昌昌，我知道六艘船这个数字不能再少，那是为了激发出一个完整球面所必需的最少数量。至于船员人数，这次是否可以不要满员？"

姬继昌立即回答："爸爸我知道你的意思。如果是一般实验，我肯定会谨慎为上，一步一步来，第一次实验让乘员尽量少。但——你知道，婴儿宇宙的分离是否成功，母宇宙是不可知的，无法像正常程序那样，依据上次实验的情况来改进下一次的实验。所以，只有赌一赌命运。如果我们能胜利地到达彼岸，那么人数越多，这个种群越容易生存。"

埃玛接着说："再说，想去新世界的人太多了！6000个名额远不够分呢。"

姬人锐不再劝，转了话题："我的那个计划，妈妈已经告诉你们了吧。"

"是的。出发前太忙，没时间生育，我们决定每对夫妻都至少留下两颗受精卵，请乐之友基金会寻找代孕母亲。噢，对了，因为这次是 6000 人，种群规模足够大，就不需要一夫三妻的婚姻结构了。经过诺亚成员的认真讨论和表决，决定对诺亚公约中有关条款做出修改，仍恢复传统的一夫一妻制。我们认为，既然大自然造出了一夫一妻的物种，就证明这样的结构自有它的优势。何况，新宇宙的环境必然很艰苦，需要多一些男人干力气活。"姬继昌笑着说。

当爸爸的笑着说："很好。虽然两种婚姻结构并不牵涉道德层面的是非，但我还是比较喜欢这个新律法。"

一星期后，鱼乐水风尘仆仆地回来，没有先回山中的家，而是先到姬家。"苗姐，快做一碗家乡的粥为我接风，这一星期外国饭实在把我吃腻了。"她说，"这一趟我跑了不下五万千米，绕地球一圈还挂零。好歹没有白跑。"

苗杏非常欣喜，答应着去厨房了。鱼乐水微笑着从挎包里掏出一叠硬邦邦的证书，递给姬人锐。后者打开，原来都是债权放弃书，一共 32 份。债权人栏有的是个人签名，有各种文字：中文、英文、法文、阿拉伯文等。债权栏中也有政府公章，有中国、美国、英国、俄罗斯、沙特、巴西等。苗杏在厨房听见，跑出来，兴高采烈地拥抱鱼乐水，笑着说：

"有了这叠玩意儿，我不用再看守他了吧。"

"不用了，你解放了。"

姬人锐嗓子发哽，摇摇头说："你真是走火入魔了。我哪至于去自杀啊，我老姬像自杀的人吗。"

鱼乐水定定地看着他。"你不会。但如果弄不到后续的六艘船，你会的，并不是你有负罪感，而是你认为这样可以感动潜在的捐款者。"

姬人锐的嗓子彻底哽住，这会儿只有摇头。鱼乐水接着说："后边六艘船的资金也基本落实了，这是名单，可能有两个还要再做些工作。已经向捐款人事先做了交底，这些新船要随新宇宙一块儿消失，所以它们是馈赠而不是租借，自然不用再归还。人锐这次你彻底放心了吧，旧债不用还，新债也没欠。"

她心情轻松地打趣着。姬人锐此刻已经平定了情绪，笑着说："大恩不言谢。"

"当然不用谢啦。其实这是基金会的职责，是我的分内工作，倒是你这位工程院院长在越俎代庖。"

他们轻松地吃完这顿饭，呼来直升机送鱼乐水回家。苗杳的几件心事都圆满解决了——丈夫的债、小两口的受精卵，还有儿子的事业——所以晚上睡得很沉。姬人锐睡不着。他不敢惊动妻子，枕着双臂默默地想心事。他相信儿子的话——人类已经有能力向新宇宙投放一支船队，但不敢确信船员们能活着到达，更不敢相信他们能在那个一无所知的宇宙中生存下去。所以，儿子此去肯定是永别，肉体的永别加上心理的永别。但是没办法，是绝对无望的局势逼着人类采取这样疯狂的、近乎自杀的行动的。只有这样干下去，民众才不至于在漫长的绝望中发疯。也但愿在这些疯狂的行动中，幸运地碰上一条连接希望的麦哲伦海峡。

资料介绍，麦哲伦在开始他的环球探险时，依据的其实是一份错误的地图，地图上标出的所谓通往东方的海峡，实际只是拉普拉塔河的入海口。但麦哲伦当时深陷于追求香料与地理发现的狂热中，义无反顾地去了。历史证明，正是他狂热的、显然不谨慎的行动导致了一次伟大的发现。

但愿昌昌也有麦哲伦那样的幸运吧。

第十二章　蓦然回首

蓦然回首，那人却在，灯火阑珊处。

——鱼乐水《百年拾贝》

一

三年后，第二支船队组建完成，定名为美丽新世界船队。这个名字暗含着祈祷——他们将去的新宇宙是一个美丽的新世界。但一般人嫌这个名字长，都简称姬船队。六艘飞船的名字分别是：万户号、夸父号、精卫号、赫拉克勒斯号、代达罗斯号和普罗米修斯号，全是神话悲剧中的主人公。单从这些名字就足以嗅出此次行动的悲壮。

在已经成功建造过 32 艘飞船的基础上，这六艘船实际可以建造得更快一些，不过姬人锐这次有意压低了速度。关键还是那个无法破解的难题——母宇宙无法知道婴儿宇宙的情况。第一次的冒险无疑是值得的，那是青蛙在沸水中的奋力一跳，但在第一批飞船及 6000 名船员成功"失踪"后，后续行动该如何进行？是否要倾地球之力，把成千上万勇者一批又一批地送往这个无底洞？在姬人锐、楚天乐、鱼乐水、罗格、葛其宏等乐之友委执层，这个问题还需要慎重考虑。

六艘飞船的船长人选已经确定：姬继昌、田咪、卡普德维拉、马鸣、奥格芙纳、凯赛琳。巧合的是，六人中男女正好各一半，中外正好各一半。不过这只是统计学数据而已，在姬船队中早就抛弃性别和国别的概念了。

6000 名船员已完成遴选和训练。

飞船上除了尽量加大氢燃料的容量外，也准备了足用十年的给养。船员们曾对一个问题产生过争论：去新宇宙带不带武器。如果带，那就势必减少其他必需品的数量。另外，争论还涉及某些哲理或道德上的因素——有些人认为，诺亚人作为新人类，应该从根本上远离暴力。对于这个争论，姬人锐用一句话平息了：

"扯淡！生存第一！"

最后决定带少量轻武器，至少在对付外星食肉猛兽时能保持最低度的威慑。

此次为确保地球安全，二阶真空的激发地放得非常远，远在冥王星轨道之外。包括原来的宇宙虫号和女娲号，以及另一艘幽灵号，现在有了九艘超光速飞船，更多的虫洞式飞船正在建造中，冥王星已经不再属于遥远的冥界。到了这年的4月，一切准备就绪，姬船队将在4月7日启航。这天正赶上是中国的清明节和西方的复活节，这个巧合为这次行动赋了了一个隐喻：6000人将在一团白光中成鬼，从母宇宙消失，然后——但愿——将在新宇宙中复活。

地球收到了诺亚号启航以来的第一份正式报告。

地球，联合国安理会暨 SCAC 执委会，乐之友总部：

  诺亚号启航 13 个月，在盲视状态下飞行整一年，现在进行第一次停泊。根据天文测量，飞船此刻距离地球 1.78 光年，也就是说，飞船此段航程的全程平均速度是 1.78 龙赫，超过了飞船的最高设计速度。飞船的航向仍是正对大角星，角误差不超过 1′。我们已经根据星空图对飞船参数作了校正。

  飞船暂未收到地球的呼叫信号——也许永远收不到了。但诺亚号将一如既往，每年向地球发送一次报告。

  飞船休整三天后将再次启程。第二段航程仍将采用盲视状态，飞行一年后进行第二次停泊。

  至于对空间收缩的考察，因为航程刚刚开始，尚未获得有价值的信息。据我们估计，第一份有价值的报告将在 120 年后即飞船达到"海啸边锋"时才能给出。

亲爱的人类同胞,诺亚人爱你们!

附 1003 名船员的家书。

诺亚号飞船船长　亚历克斯·汤利

报告执笔　贺梓舟

飞船纪年元年 12 月 31 日

地球立即回电表示祝贺和慰问,只是,如果飞船一直采用同样的速度赶路,地球的无线电波就永远无法赶上诺亚号了。在相对论系统内,即使飞船速度非常逼近光速,地球所发的电波仍将以相对于飞船来说的光速赶上飞船。但如今的诺亚号是采用空间位移方式飞行,电波变成了兔子后面的乌龟,越跑离得越远,除非飞船有长时间的停泊。

差堪告慰的是,地球上还能收到诺亚号发来的电波,还保持着这种单向联系。只不过存在着延迟,而且会越来越严重——比如说,诺亚号飞行一年后发来的家书,地球在 2.78 年才能收到,收信者只能了解飞船上 1.78 年前发生的事。写信时孩子三个月大,这边读信时孩子已经两周岁了。

妈,天乐哥哥、乐水嫂嫂,草儿侄女:

飞船的状况,梓舟在工作报告中都有述及,我就不再说了。我们这儿一切都好,只是一直在盲视状态下飞行,一年来舷窗外尽是一片黑暗。现在停泊了,又停泊在恒星的空当,飞船周围一片空旷寂寥。我们只能观看远处的星空,与地球上看到的星空毫无差别。不过我们并不寂寞,一年中一直在学习,也就是所谓的"冥思默想",也许明年再写家书时,就能向你们报告在真空深层结构领域的马柳叶理论了。

向你们报告一个好消息,我生了一个男孩,这会儿三个月大了,是飞船上的首位小船员。他在人造重力下生活得很健康,在他心目中,环形地面、辐射状重力和飞船对外界的封闭是再正常不过的事。

飞船停泊后，我们让他从舷窗里第一次看外面的星空，他非常兴奋，咯咯地笑个不停。他自打生下来后就成了全船人的生活重心，我们只好限定名额，每天只能有50人来探视。也就是说，船员们20天才能轮一次，很多人对此强烈不满。他的其他三个妈妈当然不受这个限制，不过她们也会为分时不均而争抢。另外还有雌猩猩玛鲁，每天赖在这儿不走，几乎成了小天使的专职保姆。对了，前面忘了说，孩子的名字就叫天使，飞船上不再使用姓氏。

可惜小天使永远见不到外婆、舅舅、舅妈和表姐。不过他一定认得你们。我每天都在对他念诵你们的名字，展示你们的照片。他永远是外婆膝下亲亲的小外孙！

妈身体好吗？年纪大了，女儿又不在身边，一定要多保重！替我问姬伯伯、继昌哥哥好。请哥嫂替我给爸爸上坟，在坟前替我多念叨几句。代我问徐阿姨辛苦。飞船对家书的信息量有限制，不能多写了。我想你们！

柳叶

天乐妈听完女儿的家信，喃喃地说："这会儿小天使已经过两周岁了吧，柳叶这个糊涂妈，信中也没告诉小天使的生日。"

鱼乐水笑着说："妈，我写回信时问问，让柳叶下封信中告诉咱们。"

天乐妈年岁大了，身体也很衰弱，但头脑并不糊涂。她凄然一笑："乐水啊，按这个速度飞的话，电波也追不上啊。咱们以后只能听她说，没法和她交谈了。"

鱼乐水看看丈夫，改口说："那也没关系。只要能经常听到她的消息，咱们就放心了。"

天乐妈说："小家伙也可怜，一辈子关在那艘船上，小脚板儿永远没机会沾沾地气。船上还等于没有窗户，一年里就停船的几天能看见星星。"

楚天乐说："干爹不是早就说过嘛，人自打生下来就罩着很多逃不脱的囚笼。不管怎么说，柳叶和小天使逃离了灾变区域的中心，应该比地球上多一份儿希望。"

妈妈沉默了好久，说："这些道理我都懂。可是天乐，乐水，柳叶心里不畅快呀。我从她的话里听得出来。"

天乐夫妻沉默了。妈说得对，尽管柳叶在录音口信中喜笑颜开，但话语深处似乎潜藏着郁闷。这也难怪，他们已经过了一年的囚居生活，还要永远这样过下去。乐水笑着安慰婆母：

"妈你是太想念柳叶了，想得魔怔了。她的话里哪有什么郁闷？我看挺高兴的。"

"水儿你不用安慰我，我想得开。有点儿郁闷也没啥，只要活着就好，人哪，一辈辈就是这样过来的，哪时候能没有个煎熬愁苦？我想得开。"

"对呀，这样才好。"

"昌昌他们马上就要出发去新宇宙了吧。"

"对，今天晚上零点正式出发。他爹妈乘宇宙虫号去冥王星送行去了。"

"那也是一场生离死别呀，我知道，他们要走的路比诺亚号更凶险。不说它了。天乐，乐水，我年纪大了，老想往事。这两天我突然生出一个念头，想回那个地方看看，就是咱娘儿俩第一次碰见水儿和她爹妈的地方，就是怕麻烦你们。"

乐水笑了："那还不容易？下了山，只有几十里，半个小时就到了，要去咱们这会儿就能走。天乐你行动不方便，留在家里吧，我带妈去。"

"不，我也去吧。我也想来一次旧地重游。"

"可是，今晚的现场直播？"

"来得及。实验是北京时间零点准时激发，但直播信号到达地球要加上5.36小时的延迟，到明天早上了。人锐大哥在那里，我没有什么可担心的。再说，即使……也鞭长莫及啊。"

"好啊，那咱们现在就走，草儿、徐嫂都一块儿去。抓紧点，晚上能赶回来。"

直升机唤来了，把全家人送到山下乐之友总部，那儿已经备好了车，因为一行人中有两辆轮椅，准备的是中型客车。司机和徐嫂扶两个病人上车，把轮椅安顿好，鱼乐水让司机回去了，自己开车。路上三人不免沉浸在对往事的回忆中，话头不多，只有草儿和徐嫂叽叽呱呱地说个没完。晚饭时分他们到了那个镇子，鱼乐水放缓速度，慢慢沿街开着。已经过去了43年，这儿变化不小，街上铺面多了，装饰更华丽，但大的格局没变，只是加油站被充电站代替了。面包车在乡镇公路上缓缓开着，天乐妈忽然指着前边：

"呶，就是那儿，那就是胡神医的诊所。"天乐妈笑着说，"虽然那是个骗子，但说起来多亏了他，要不咱娘儿俩也见不着水儿一家，见不着马先生。"

"妈说得对，咱们真该感谢他。"楚天乐也笑着说。

现在那儿是一个玩具店，店里满满当当地堆满了廉价玩具，一群七八岁的孩子在门外玩闹，有男娃有女娃。鱼乐水停下车，跳下来仔细端详："对，的确是这儿，妈你的记性真好。看，你当时坐在这个台阶上哭，天乐你就在那边，坐在一个蓝色条纹的行李包上，没心没肺地吹泡泡。"

草儿听见了："妈，我也要吹泡泡！"

鱼乐水笑着直摇头："想来也可叹，天都要塌了，小孩儿们的玩法儿还没变。草儿你来，我带你去，问问店里有没有泡泡水。"

鱼乐水领着草儿进了玩具店，店里这会儿没有其他顾客，她同女店主拉了一会儿家常，捧着泡泡水出来，不是一瓶，而是一大捧。"妈，店主说那个胡神医早就离开此地了，现在生死不明，按年龄看恐怕不在人世了。"徐嫂问她买这么多泡泡水干啥，鱼乐水说，"难得故地重游，我想请这群孩子和草儿一块儿吹泡泡，让草儿玩个痛快。"她唤过门前的孩子，每人送一瓶泡泡水，孩子们高兴地接受了她的礼物。"来，草儿，和哥哥姐姐们一块儿吹，看谁吹得最大！"

七八个孩子一块儿吹，弄得满天都是五彩缤纷的泡泡，赶得上一台专业发泡机了。几个大人，包括轮椅上的天乐妈和天乐，包括鱼乐水、徐嫂和女店主，都高兴地为孩子们喝彩加油。吹了几轮后，优胜者的头衔明显落在一个女孩头上，不知是什么缘故，她吹的泡泡就是比别人大，停留在吹管上的时间也比别人长。在大人的夸奖下，她越吹越来劲儿，现在她又吹了一个大泡泡，她吹得很专心，很小心，泡泡颤颤巍巍地变大，在重力作用下变成扁球形，七彩光芒在泡泡上轻快地流动。鱼乐水不由想起，当年天乐吹泡泡时也是这样专心。草儿高兴地拍手：

"这位姐姐吹得最大！你是冠军！姐姐你可劲儿吹，把它吹成最大最大的！"

一个调皮男孩不服气，悄悄走过来胳肢那个女孩。女孩怒目瞪眼地警告对方，又不想放弃眼下这个"最大最大的"泡泡，不敢剧烈反抗。她终于被那个男孩胳肢到了，忍不住想笑，又赶快憋住，吹管上的泡泡也随着她的喷气憋气而先胀后缩，最终迸然破裂。女孩气恼地说：

"你耍赖！耍赖也是我赢！"

草儿为她帮腔："对，就是姐姐赢！"

就在那个大泡泡在吹管上胀缩时，楚天乐忽然呆住了，一道通天彻地的电光陡然划破脑中的迷蒙。他紧紧盯着那个泡泡，思维乘着光波追赶它的胀缩，把它分解成一帧帧的慢动作。他的思维进入了时空的深处，来到宇宙诞生的时刻。他觉得自己突然悟到了那个终极答案，只是，连一向自信的他也不敢相信——这就是答案？它太简单了，简单得像眼前这个七八岁男孩的胡闹。一场塌天灾难的缘由不可能这样简单！但它又分明是对的，只要把这个答案填在九宫格的中心，一切疑点都顺理成章地得到了解释。

没错，这应该就是答案，因为宇宙本来就是按最简单的规则演变的。

当年哈勃发现宇宙膨胀时是否也有过同样的自我怀疑？因为"真空能够膨胀"是个全新的概念，在他之前没人想到过。那时以及后来很长时间里人们并不知道真空有深层结构，认为真空就是完全的空无，那么，说"空无"膨胀有意义吗？空无能够膨胀吗？膨胀的空无能克服星体的惯性，带着它们一块儿"向外运动"从而产生宇宙学红移吗？或者反过来说，如果星体的惯性本身就是扎根于本域空间，那这种关联是如何实现的？在当时的科学水平上，这些都是合理的、深奥的怀疑，但宇宙并不在乎这些怀疑，它只管按最简单的方式，径自膨胀下去。

鱼乐水偶然回头看见丈夫的表情，立时惊呆了，此刻他的病容被发自内心的光辉所照亮，变得生动鲜明。这种表情在火葬台那一夜显露过，在丈夫发现"密真空"秘密时显露过……听见丈夫低声说：

"乐水，我想我找到了最终答案，人类有救了。"

衰弱的天乐妈一直仰靠在后排座椅上看孩子们吹泡泡，但儿子这句低语她听得非常清楚。她赶忙支起身，急急地问："天乐你说啥？你是不是说，天不会塌了？要不就是有办法救它？"

楚天乐顾不上回答，他还陷在自己的思路中。忽然他急急地喊："乐水快通知总部，通知姬船队立即停止激发！用不着冒险到新宇宙去了！"他努力欠身看看汽车仪表盘上的钟表，焦灼地说，"不，现在是 7 点 35 分，肯定来不及了。那儿距地球 5.36 光时，等电波到达那边已经是 0 点 57 分，激发早就完成了。"

他目光如火，焦灼地喃喃着："来不及了，来不及了。"他脑海中忽然灵光闪现，眸子一亮，断然说："有办法了！乐水快通知总部，让一艘小蜜蜂尽快来接我！同时命令女娲号尽快做好点火准备！快点！"

鱼乐水立即按他吩咐做了通知。等鱼乐水通知完毕，他才向妻子解释："根据诺亚号的工业性试验，该类型飞船的平均速度可达 1.8 龙赫。这样的话，5.36 小时的航程只需 2.98 小时就能抵达，比电波快 2.38 个小时。即使加上飞船点火前的一小时准备，还能提前半个小时赶到。时间非常紧迫，现在只有拼一拼了！"

他们立即上车，开到镇外的空旷地，等着小蜜蜂到来。在等待时楚天乐一直沉默着，眉峰紧蹙，口中下意识地呢喃着，他是在考虑此后行程的所有细节。天乐妈知道儿子的脾性，这时悄悄地待在后排，把草儿揽到怀里，不来打扰他。鱼乐水过去，轻声向婆母做了必要的解释，她说自己要陪丈夫去冥王星，其他人留在这儿，乐之友总部马上会派人来接应。

乐之友的工作速度一向惊人，14 分钟后，苍茫天幕上出现了淡蓝色的喷焰，是小蜜蜂来接他们了。小蜜蜂疾速升空，以 4 万千米的时速向南向上飞去。又 56 分钟后，夫妇俩已经坐在女娲号的驾驶室里，这比楚天乐预计的时间晚了 10 分钟。此时飞船已经完成了启动前的准备，并设置好了盲飞程序。他们没有握手寒暄，飞船关闭密封门后立即点火，进入最高速度，观察窗顿

时被混沌笼罩。进入正常飞行后,船长斯科特才走过来同楚氏夫妇握手,导航员也过来打了招呼。船长对楚天乐说:

"楚先生,我计算过,即使飞船全速飞行,恐怕也来不及。因为我们不能一直保持盲视状态,那会撞上他们的,至少在抵达前半个小时,就得转换为断续飞行状态和常规动力状态。"

"不必过度小心,剩五分钟航程时再停!这么远的距离,你即使瞄准他们开过去,也不会恰好就碰上的,所以提前五分钟停船足够安全了。停下后,先不要花时间寻找他们,而是要立即发电重复刚才的通知。我计算过了,这样,他们将在激发前 10 到 15 分钟收到我们的电文。"

船长心算一遍,点点头:"对,是个好主意,用这种超光速飞行加电波的接力跑,有可能赶得上。"

他对程序做了必要的调整。女娲号在盲飞状态下与整个宇宙隔绝,无法测量当下的船速,只能依照诺亚号的实验资料,按平均速度 1.8 龙赫来设置。至于方位,只能按眼下的星空图来设定。调整后飞船将一飞到底,船长无事可干了。楚天乐说:

"趁这个空当,咱们到活动大厅去,讲讲我的新发现吧。所有船员都去。时间太仓促,也许推理中有致命的硬伤,希望大家集思广益,扒出有硬伤的地方。"

15 个船员在大厅中集合,楚天乐开始讲述。他说,他和干爹、亚历克斯等共同建造的三态真空理论一直有一个最大的罩门,那就是引起宇宙收缩的动因不明,但只要这关键的一点弄不清,三态真空理论就最多只能算是半经验理论,没有坚实的基础。现在,借着一个小女孩吹的气泡,他终于找到了动因。

众所周知,宇宙学中有一个著名的暴胀理论。其实更准确地说,应是暴胀急停理论。在宇宙爆炸后 10^{-35} 秒的极早期,由于反引力的作用使宇宙暴胀。这个阶段极短,到 10^{-33} 秒即以急停结束。此后反引力转变为正引力,宇宙进入温和的膨胀,直到今天。

可以想见,暴胀急停使宇宙产生了疏密相接的孤立波,它是否能影响今天的宇宙呢?"为了直观,还是举一个二维的例子吧。"楚天乐说,"假如上帝站在一个气球的中心吹气,使二维球面温和膨胀。现在,上帝不经意间猛烈地打了一个喷嚏,震波从球心同步传到球面,造成整个球面的同步暴胀,形成一个孤立波。如果球面世界没有更高维,那么这个孤立波就会随时间逝去,不会留下任何涟漪。但实际上球面世界处于更高维度中,那么,球面的孤立波肯定会在三维空间内造成扰动,造成三维的孤立波。后者将在三维世界的边界反射,回扫到二维宇宙中。这时对二维世界的生物来说,空间收缩就凭空出现了!把这个例子外推到我们的三维宇宙……"

鱼乐水说:"真空深层结构就是我们这个空间的第四维?"

"对。"

"宇宙诞生时的暴胀急停在第四维造成了孤立波,它在第四维边界反射,回扫到三维世界,于是我们的宇宙就凭空出现了收缩?"

"对。"

"那么,在这个密波之前是否应该有一个疏波?你想嘛,暴胀、急停——这两个过程会产生一个疏波,然后是一个密波。"

"不,次序反了,疏波应该在密波之后,是宇宙边界的反射造成了次序的反演。而且在多次反射之后,它的延续时间也被离散化了,原来只有 10^{-33} 秒级别的孤立波,现在已经拉长到至少五十年以上——但我想,它的拉长也是有限的,也就在百年级别吧。所以,"楚天乐语调缓慢地对听众宣布,"如果我上面的推理没错,那么宇宙的急剧收缩恐怕快要到达峰值了,此后是下行的半周期,收缩率将逐渐变小,直到恢复为标准真空。然后转为时间相等的急剧膨胀。等这两个孤立波过去,宇宙就会恢复为原来的温和膨胀。"

"所以——天根本就不会塌?"

"对,老天爷只是打了一个尿颤。"

鱼乐水对丈夫苦笑。原来只是上帝的一个尿颤!所谓塌天灾难只是一场虚惊!听说姬人锐在平息万人自杀时曾说过类似的比喻,当然那只是他玩的空城计,没想到他竟有幸而言中。难怪这会儿丈夫要急巴巴地往冥王星赶,人类安全无恙,已经不用进行那个冒险了。楚天乐说:

"宇宙创生以来,他老人家肯定已经打了多次的尿颤,只是那时没有科学仪器,甚至没有文明,没有智慧种族,所以这样的尿颤一直不为人所知。"

"那么，两次尿颤之间的间隔是多少？"

"只有等收缩结束，得知这个孤立波波峰的准确数据，才能反算出波间距。它肯定是随多次反射而越拉越长的，眼下我只能按收缩率的加速度给出一个粗略的估算：这次尿颤与上一次的间隔大约是十万年的数量级。"

所有听众啼笑皆非。这真是一个天大的玩笑啊，在灾变的沸水劈头浇来时，全人类曾奋力一跳，在短短 28 年间弄出了遮阳篷技术、氢聚变技术、人蛋技术、二阶真空激发、虫洞式超光速飞船、婴儿宇宙……现在，原来根本没有灾变，这只是上帝的一次喷嚏，一个尿颤，马上会天下太平。这当然是喜讯，天大天大的喜讯，但这个喜讯也带着内在的残酷性，让人类的伟大努力成了滑稽表演。楚天乐补充一句：

"乐水你可能记得，我干爹曾对'人类中心论'的变相复活抱有疑忌，即使在我发现它是全宇宙同步暴缩之后，干爹的疑忌仍未完全消除。因为人类中心论虽然在空间轴上消除了，但仍盘踞在时间轴上——在宇宙诞生的百亿年中，恰好在人类有能力观察暴缩灾变时才出现暴缩，是不是太巧合？但现在呢，一切疑虑都消除了。这道孤立波无疑扫过宇宙多次，我们只是适逢其中一次而已。还有泡利，他虽然没有发现'暴胀急停'的机理，但他早就说过，他不相信全宇宙暴缩会一直持续下去，怀疑理由很简单，就是一句中国的成语：其兴也勃，其亡也忽。凡是其发生过于迅猛的东西，常常会同样迅猛地结束。想到这些，我由衷钦服干爹和泡利无与伦比的直觉。"他问大家，"大家认真想一想，我的推理有硬伤吗？"

众人努力思索后缓缓摇头，楚的新理论清晰流畅，无懈可击。斯科特船长的思维比众人快一些，想到了由此延伸的一个问题。他谨慎地问：

"咱们的虫洞飞行技术是建立在密真空之上的，而且要求收缩幅度超过临界点。如果密真空消失，那么……"

楚天乐苦笑："你说得完全正确。密真空消失后，虫洞技术将成为屠龙之技，不再有用处，而眼下这个灿烂的超光速时代也将一去不返——不，准确的说法是：人类得耐心等到十万年后，它才能返回。"

喜讯突然变成噩耗，周围气氛滞重，尤其是对于这群超光速飞船的船员——他们马上就要失业了。斯科特苦笑，喃喃地说：

"是这样……我倒但愿宇宙暴缩不会结束啊……"

但不管怎样，既然宇宙不再塌陷，婴儿宇宙激发试验就该暂停，那是绝境之下的疯狂赌博，赌注是珍贵的6000条生命和六艘虫洞式飞船。至于能否来得及中止它，一会儿就见分晓了。

预定的飞行时段快结束了，大家结束讨论，各自回到岗位上。驾驶舱的三个人担心地等待着，他们能否及时叫停姬船队的行动，取决于盲飞结束后飞船的定位是否准确，只要与实验现场有15光分之上的误差，姬船队就来不及收到这边的电文了。但在盲飞状态中他们完全无法可想。这是超光速虫洞飞行的最大罩门。

铃声响了，预定的2小时55分钟的飞行至此结束。飞船平稳地瞬停，观察窗中立即出现了深太空的寂寥图景，也能在不算太远的地方看到糖浆颜色的冥王星和它的三颗卫星，这说明飞船降落地点定位基本准确。船长按楚天乐事先的交代，立即开始对姬船队的呼叫。导航员也迅即开始对星空坐标的测量，半分钟后他欣喜地说：

"船长！飞船定位基本准确，姬船队肯定距我们15光分之内，应该是13光分吧。"

船长和楚天乐夫妇欣喜地点头，然后是等待。等待令人发疯，距零点还有15分钟，10分钟，5分钟……通话器仍然冷漠地保持寂静。现在已经过了零点，船上众人的心都开始下沉。令人欣慰的是，他们虽然没有收到回音，但也没有发现闪光，不过，在零点爆出的闪光传到这里应是13分钟之后了。此刻无法可想，只有等待。对姬船队的呼叫肯定已经没有用处了，不过呼叫仍在坚持。0点5分，0点7分，0点11分……

二

在冥王星绕日轨道之外的某处，六艘飞船船首朝外聚在一起，已经做好了同步激发的准备。飞船外围布置有12个袖珍飞行器，携带着摄像机、辐射监测仪、光度仪等设备。它们距离飞船有一万千米，即在预计的真空空洞之外，因为估计此次激发的球半径尺度不会超过 5000 千米。为姬船队送行的人们，此刻已经乘宇宙虫号和幽灵号离开激发点，停泊在两万千米之外。因为这次是短途飞行，这两艘飞船的载客量可以大大增加，但也最多只能装载 6000 人，所以船员的送行亲属只能每家来一人。由于可以想见的原因，她们多是乘员的母亲，所以两艘飞船基本成了纯女性的世界。姬人锐夫妇倒是都来了，因为姬人锐是作为乐之友的官方代表，不占家属的名额。

周围是无边的黑暗，遥远的太阳有气无力地闪耀着，就像夜空中一只弱小的萤火虫。其他星星则显得比往日明亮，也不再因大气而闪烁。因为没有大气的散射，它们似乎都小了。小小的冥王星带着更小的三颗卫星，以 59 亿千米的半径绕太阳巡行，此刻正赶到这里，但距激发点也超过 10 万千米。这是个冰封的岩石星球，表面布满固体的氮、甲烷和一氧化碳，它已经被地球天文界开除出行星队伍，被冠以"矮行星"这样有失尊贵的名字。通体透明的飞船把内部灯光倾泻到黑暗的太空中，就像六颗璀璨的钻石。有时飞船会冒出两团或四团淡蓝色的火焰，那是飞船用常规动力做位置微调，以保证六艘飞船的相对位置。

此次实验规模远小于上次，如果单从安全考虑，其实用不着放到 59 亿千米外的遥远太空。乐之友科学院是看中这里的微重力环境。这里的太阳引力已经非常微弱，冥王星的引力同样微弱，飞船只要做少量的姿态调整就能保持恒定的空间坐标，以便进行"定点激发"，这样有利于周边仪器的观测。这与上一次把激发点设在地月系统第二拉格朗日点完全不同。拉格朗日点是相对于地月引力系统固定，相对于静止空间则是运动的；而在这儿，观测仪器相对激发点是不动的，可以从容地观测湮灭空间，得出更可靠的数据。

在宇宙虫号飞船内，失重状态下的家属们互相挽着臂膊防止飘移，凝视着大厅中心的全息图像。苗杳左臂挽着丈夫，右臂挽着埃玛的母亲。全息图像显示的是六艘飞船的外景。透过透明的船体可以看到，在每艘飞船内，1000 名船员光头赤足，身穿带太极图的白色衣服，同样挽成了一个方阵，列队肃立。十几分钟后，地球北京时间零点，一团白光将把船队淹没，他们将瞬间从母宇宙消失。至于新宇宙中等待他们的是怎样的命运——所有人早将生死置之度外。他们的目光中跳荡着对新世界的向往。在两艘家属飞船内同样寂然无声。所有母亲的眼眶都是红的，她们的表情虽然还平静，不过给人这样的印象——如果有一人失声痛哭，就会迅速放大为全船的悲声。

各艘飞船向旗舰万户号报告了最后一次检查情况。现在是宣誓仪式，6000个声音汇成整齐的声浪：

我誓死遵守诺亚公约：
生命高于一切，集体高于个人；
延续人类统绪，传承地球文明。

下面是美丽新世界船队负责人姬继昌致告别辞。镜头转到旗舰万户号舱内，船内气氛肃穆，姬继昌离开方队，在镜头前稳住身躯，然后他的面容被放大。姬人锐等人发现，他不像其他人那样肃穆，而是一脸顽皮的嬉笑。他笑嘻嘻地大声问部下：

"哥们儿，姐们儿，这会儿紧张不紧张？"

这样的称呼，这样的问话，以及他的嬉笑，都出乎船员的意料，所以回答不很整齐："不紧张！"

"不紧张是扯淡。"姬继昌干脆地说，"我就很紧张，紧张但不害怕。为啥？因为我是科学的虔诚信徒，我坚信人类的物理学同样适用于新宇宙，那儿的宇宙也会有同样的演变史。所以我们既不是去天堂，也不是去地狱，而是回家！和这边一样的家！唯一拿不准的是：我们会赶上那个宇宙的什么时刻。如果正赶上一个老得要伸腿的宇宙，或者赶上一个虽然年轻但得了绝症的宇宙，那就比较倒霉。不过这也不打紧。咱们既然能跳进去，也就能跳出来。我们的飞船有一年的燃料库存，如果算激发次数，那是300万亿次，可以说是无限的。如果发现那个宇宙不令人满意，咱们就脚底抹油溜他娘的，出来再找一个。找它千万次，万亿次，还能找不到一个满意的宇宙吗？你们说是不是？"

下边哄然大笑："是！"

这边的母亲们也都被逗笑了，埃玛母亲用肘子触触亲家母，满意地点头，悄声说：

"你儿子是个好船长。"

苗杳也悄声说："你女儿一样啊。"

姬人锐非常欣慰。他知道儿子这番话主要是对母亲们的安抚，而且非常有效，除了讲演者的开朗轻松，也因为他说的不无道理——新宇宙同样具有老宇宙的演化规律，这应该是概率最大的前景。知子莫若父，这小子从小顽皮，看似郎当甚至有点油滑，实际心里有板眼，有决断，有机变，也有很强的亲和力。他会是个好的船长。

姬继昌讲完话，飘飞到点火按钮前，六艘飞船的同步激发是在这儿集中控制。通信官埃玛守在通话器前，不时笑着向镜头也就是向妈妈招手。在飞船肃穆的气氛中，大家默默等待着，再过十分钟就要开始一分钟倒计数了，通话器中一片寂然。

只有五分钟了。三分钟了。现在该开始一分钟倒计时了……忽然，万户号的通话器意外地响起来："女娲号紧急呼叫姬船队，请立即中止激发！女娲号紧急呼叫姬船队，请立即中止激发！收到请回答！收到请回答！"

埃玛迅速确定了呼叫方位，惊疑地报告："船长，女娲号应该就在附近！"

姬继昌迅速接过通话器："这儿是美丽新世界船队，遵嘱中止激发。但是为什么中止？请速告原因。"

由于距离的原因，26分钟后回话才传过来。那边显然大喜过望，以致不再使用船队通信的例行用语："谢天谢地！昌昌，我是鱼阿姨，和你天乐叔叔一块儿来了。不要着急，等着我们，估计六七分钟就能赶到。"

"好的。"姬继昌向各船下达命令，"接到紧急通知，暂时中止激发，各船原地待命。"

宇宙虫号上的姬人锐也忍不住问："乐水，天乐，我是人锐。怎么回事？"

这次那边的回答很快就到了，显然距离已经大大缩短："人锐大哥你不要急，我们快到了，马上去接你。"

女娲号按照对方的电波定出精确方位,在太空中很快找到了姬船队。女娲号以超光速飞行了六分钟,改为常规动力驱动,很快用肉眼就能看到一个明亮的六星星团,那是姬船队。女娲号开过去,与万户号接合。接合后没有进行解释,直接把姬继昌接到女娲号上。然后女娲号又与宇宙虫号接合,把姬人锐夫妇接过来。这次楚天乐很谨慎,他要在小圈子里先把话说透,把该考虑的事项考虑清楚,再向船员公布,以免造成不必要的动荡。

在女娲号驾驶舱里,他向姬家三人介绍了最新的理论突破。新理论非常有力,姬氏父子立即接受了它,在那个刹那,楚天乐在姬继昌的眸子中看到的不光是喜悦,还有——幻灭感。姬继昌眉头微蹙,沉沉地思索着。他的妈妈苗杏则满怀喜悦,不住口地说:

"这就好了,这就好了,真是否极泰来呀。车到山前必有路,柳暗花明又一村,还是老辈儿的话对。"又说,"不光灾变没有了,还正赶上好年景。现在是氢时代,日子富得流油,人类哪个时代也比不上啊。"

姬人锐的心情则相当复杂,当然有巨大的喜悦,但也有严重的失落,有哭笑不得的感觉。在这个刹那,他脑中闪过28年来走过的崎岖的路。全人类28年的搏命努力换来了令人目眩的科技进步,但原来所谓的灾变只是上帝不经意间打的一个尿颤!他甚至有浓重的幻灭感,是对楚天乐的幻灭,对人类智慧的幻灭。他曾对楚天乐、泡利、马士奇、亚历克斯、乔治、巴罗、罗格、贺梓舟、儿子昌昌这类智者虔诚膜拜,而且他们的天才确实光芒璀璨,令人敬服。他也自认是聪明人,但那是另一个领域的聪明。可是当这些天才穷尽才智,努力设法攀到天厅,来到上帝的宝座之下时,反倒更加证实了人类的渺小。上帝撒完尿,抖抖老二就遛弯去了,却累得人类最杰出的天才们苦斗一生!

此时姬继昌已经考虑成熟了,语气沉稳地说:"天乐叔叔,谢谢你,你用卓绝的天才帮人类厘清了迷雾,认明了方向。虽然乍看起来,人类只是回到了28年前的状态,但这场假灾变带来了极度辉煌的科技进步,在人类史上空前绝后。你是这个闪光时代的开创者,又为它画了一个圆满的句号,历史将用金字写上你和一大批人的名字!"

楚天乐摆摆手,想中断他的褒扬。姬继昌紧接着说:"我很高兴宇宙又平安无事了，人类不必逃亡了，但我想此次行动不必停止。诺亚人的目标不再是逃亡，而是发现新世界，这已经成了诺亚人的信仰。还有很关键的一点，这个机会是稍纵即逝的，如果空间收缩降到激发临界点之下，人类就永远——准确说是在十万年内——失去了探索新宇宙的可能。楚叔叔，鱼阿姨，爸爸，我希望这次行动仍然继续。如果必要，可以让6000名船员进行一次公投，以决定是否继续实验。"

楚天乐还没有回答，姬人锐生气地说："糊涂！我上次就批评过你，你还没学会乐之友们的行事规则——从不惧任何冒险，但只限于最必要的冒险。在人类处于绝境时，婴儿宇宙计划是必要的冒险。如今人类已经安全，它就是不必要的疯狂！不要提什么公投，公投并不具备天然的合理性，尤其是在冲动情绪下的公投，我不认为它比得上少数智者冷静的权衡。你真想公投也可以，先把实验暂停，等它一年，等情绪稳定后再来进行，那时的公投结果恐怕要和今天的大相径庭吧。而且，"他看着儿子的眼睛，"恐怕不光是船员们的公投，而应该是人类的公投。至少说，在新的形势下，六艘飞船的产权人是否还愿意无偿捐赠昂贵的财产？他们应该有重新选择的权利，这才公平。"

姬继昌面色惨然。他知道父亲说的是实情，但这恰恰是他急于进行激发的原因，如果按父亲说的程序走下去，新宇宙计划不光要搁浅，而且会彻底泡汤。不说别的，单是六位产权人或产权国就会否决这次行动。在人类处于绝境时，民众的集体主义得到最大程度的强化，可以慷慨地举家相赠。现在，灾难已经纾解，船主恐怕该操心如何大赚一笔，借助超光速飞船开发宇宙旅游业了。在"这个宇宙"已经平安无事的情况下，有几个人会关心另一个宇宙的事？除非那些天性极不安分的家伙——比如麦哲伦、哥伦布、白令、康爷爷和自己。但这种不安分，这种强烈的探索欲，正是人类最可宝贵的天性，是人类进步的动力。但父亲的话句句在理，无懈可击，他无法反驳。想了想，爽快地说：

"好吧。如果这是乐之友的决定，我无条件服从。"

姬人锐回头对楚说："比较难办的倒是你这儿。天乐，昌昌刚才说得不错，你带着乐之友们，带着全人类，造就了一个无比辉煌的时代。但……怎么说呢，当最后的真相被揭示后，它不像是英雄史诗，倒更像是一部荒诞剧。咱们共同营造了一个强大的气场，又要一针把它戳破。天乐，乐水，咱们该如何善后呵，一个接一个的急转弯，会把乘客们震休克的。而且，这个喜讯的尾巴上恐怕还拖着一些小悲剧，比如——诺亚号。"

楚天乐与妻子沉重地对视。姬人锐说得没错，飞出去的诺亚号已经如风筝断了线，无法通知他们了。诺亚号终将知道这个机理——当宇宙收缩率降到临界点之下、飞船陷在泥沼中无法行进时，他们就知道了，就如当年麦哲伦船队曾长期陷于无风的太平洋。那是一个凄惨的前景，但眼下他们无法可想。即使派一只飞船循迹追赶，也不容易追上的，诺亚号走得太久了。

楚天乐叹息道："姬大哥你说得对，这样一次接一次的急转弯，肯定会撂下一些不幸者，让他们心理崩溃。慢慢想办法吧。我知道你这会儿的想法，你想压下这个发现暂不披露，但那不现实。如果瞒着它，咱们咋劝说6000名船员放弃毕生信仰，顺顺溜溜跟咱们回去？而且，我一向说，我并不是什么世不二出的天才，也就是有时能比别人早看一步而已。即使我不公布，很快就会有人发现这个机理的。我的意见，还是像上次那样，果断地公开。"

鱼乐水点点头："公开吧。毕竟它是个喜讯，如果引起动荡，化解起来也相对容易。"

姬人锐长叹一声："你们误解我了，我这次压根儿没打算瞒，谁能瞒住这样的惊天喜讯呢。只是……不说了，昌昌，你回去宣布新决定吧。"

姬继昌乘小蜜蜂回到舰队旗舰万户号，他将在那里宣布中止行动的决定。姬人锐看着儿子的背影，笑着对楚天乐说：

"天乐，还没感谢你呢。我真佩服你那个脑瓜，能够想出'超光速航行加电波'的接力方式，救了昌昌和他6000名部下。太险了，再晚一分钟就全完了！"他对乐水说，"咱们都知道超光速飞船，但很难跳出旧的思维惯性。如果把我搁在那个节骨眼儿上，我肯定想不出这个办法。"

天乐不在意地说："逼出来的办法。把你搁在那个位置，你同样也会想出办法的。听，昌昌在宣布。"

通话器中，姬继昌正在向 6000 名船员发表动情的讲演：

"……咱们已经叩响新宇宙的门环了，却不得不撤退，这当然很扫兴，但喜悦的分量更重。我们的老宇宙安全了，地球母亲安全了，亲人们安全了！咱们得回去好好庆贺一番！至于对新宇宙的探索，我相信这只是暂时的退却，不久以后，我们会重新叩响新宇宙的大门！"

船员们欢呼着，接受了中止行动的命令。九艘飞船编队返回地球。

三

船队在哈马黑拉岛的清晨返回，飞船仍旧定位于同步轨道，乘员们乘小蜜蜂返回地面。楚天乐几人立即乘机赶回乐之友总部。路上他们接收了有关的信息反馈：世界各天文台近来已经观察到，空间收缩虽然仍在加速，但已经有放缓迹象，可能接近峰值了。各国科学家都依照楚的新发现建立数学模型进行了计算，很快得到了大致相近的结果：

28 年前发现空间暴缩时，它实际开始了 31 年。也就是说，暴缩开始于距今天 59 年前。这个孤立密波的半周期为 62 年，现在它已经接近曲线最高点，估计在三年后空间收缩率到达峰值；

此后应是 62 年的下行周期，空间仍处于收缩状态但收缩率逐渐降低，直到恢复原来的标准真空，实际是温和膨胀的真空。顺便指出一点：密真空的可激发区域是峰值点前后各 20 年；

再从零点继续下降，应是呈镜像对称的一个周期为 62 年的孤立疏波的加速段。宇宙由标准真空转变为膨胀，膨胀率越来越大，62 年后到达峰值；

再以后是 62 年的膨胀减速段，膨胀率越来越小，62 年后恢复原状。

宇宙完全复原那一天，是在距现在的 189 年之后。

这真是天大的喜讯，但正如楚、姬、鱼等人预料的，社会上虽然升腾着狂喜，但也夹杂着浓重的茫然。原来老天爷并不特别操蛋，并不特别狠毒，他只不过是一个粗心疏懒的父亲，不大在意他的子民。他不经意间打了一个尿颤，却搅得尘世天翻地覆。这件事实在有点"妈妈的"，它让人类看到了自己的渺小，给生存的悲壮涂上了闹剧的色彩。

楚姬鱼三人立即召开乐之友执委全会。这是一个务虚短会，主题是"新形势下怎么办"。没有主题发言，因为："这会儿我们几个召集人的心里也是一盆糨糊。大家别等别靠，自己往前摸索吧，等谁最先有了突破性的想法，咱们再开一次会。"姬人锐苦笑着说。

务虚会一结束，楚氏夫妇立即赶回山中。事变过于突然，前天他们是把老娘和草儿扔到半路上匆忙离开的，这会儿老娘肯定心乱如麻，得赶紧回去化解。回到家已经是晚上，徐嫂立即迎上来，压低声音说：

"你们可回来了。我知道你们这两天不能打扰，就忍着没告诉你们。大娘回来后就躺倒了，不吃不喝，不说不动。我能猜出她是操心柳叶。"

草儿也知道操心了，这会儿还没睡，她拉着妈妈的手，小大人似的皱着眉头："妈妈爸爸，奶奶病了，一天多没吃饭了，用不用请医生来打针啊。"

两人哄住草儿，让她随徐嫂睡觉，两人来到母亲屋里。母亲躺在床上。一看到母亲的目光，两人的心就沉了下去——那里面盛的是平静的绝望，是心死如灰。乐水在床边坐下，天乐把轮椅靠近床边，一边一个拉着妈的手，想着该如何安慰她。天乐妈问：

"昌昌他们回来了？"

"回来了。"

"回来就好，人锐两口子该高兴了。现在天不会塌了，大家安稳过日子吧。可是……柳叶和洋洋他们不会知道这个消息的，发电报也追不上了。"夫妻俩心口发堵，但没办法安慰母亲，母亲现在思维清晰，哄是哄不住的。母亲又说，"可是，要是他们啥也不知道，空间突然不收缩了，他们该咋办啊。我知道虫洞飞行得倚仗密真空，没有密真空，飞船就像陷在泥塘里。要是正好船上的燃料也烧完了，常规动力也不能用，只有饿死一条路啊。"

她说话时声音平静，不想让邻近房间的草儿听见，但两条泪河汹涌奔流。小两口心如刀绞，勉强支撑着外表的平静。妈说得不错。她的智力提高后，对涉及技术的事情虽不能说精通，但大体轮廓是明白的，眼下她的担忧就完全属实。只不过柳叶他们面临的危险不是饿死，飞船上的食物储备足够坚持三五年，如果燃料用尽，船员将首先死于冰冻和窒息。天乐振作精神，笑着说：

"妈你别哭了，你是一家之主，这么带头一哭，把军心都哭乱了。你放心吧，诺亚号上设备精良，亚历克斯、洋洋、巴罗他们又聪明绝顶，咱们能发现的秘密，他们照样能发现嘛。再说还有乐之友那么多人呢，还有世界上那么多聪明脑瓜呢，总能想出办法的。你想想嘛，这些年来，天塌地陷的灾难也没难倒咱，想出了一个个应对办法。现在天不塌了，就只剩一个缺少燃料这样的小事，人们反倒没办法了？绝不会的。妈你仔细想想，我说得在不在理？"

天乐妈的眼中有了希望之光，低声说："真的有希望？"

"肯定。当然这确实是个难题，不可能在明早就想出办法，你给我三年时间，不，两年，我一定想出办法，和柳叶他们建立联络。"

天乐妈舒心地笑了。"我清楚你的聪明脑瓜。妈不担心了，你们快点想办法，我得等着有个确信儿后再闭眼。"

乐水说："那可不行！知道确信儿也不能闭眼，得亲眼看见柳叶回来才行！"

天乐妈也乐了："好啊，我就多熬几年，等着柳叶洋洋他们回来，还抱着我的小外孙——不对不对，我又犯糊涂了，那时小外孙早长大啦，说不定该成婚立家啦。就像你姬大哥说过的，让他领个外星人媳妇回来。唉，回是回不来啦，只要在外边安全就好。"她挥挥手，"走吧，你们肯定累了，我也该睡了。"

"不行，你一天多没吃饭，吃完再睡。"

"好吧，让徐嫂把刚才端来的饭热一热。"

她吃了一小碗饭，睡了。两人告别母亲，回到卧室，度过了无眠的一晚。鱼乐水知道刚才丈夫说的只是安慰话，至少以眼下的情况，诺亚号的局势是无望的。她真想问问丈夫到底有没有办法，但她不想给丈夫施加压力，就忍着没问。她身边的天乐一直狂热地思考着，直到凌晨才眯了一会儿。

那晚母亲睡得很熟，第二天早上乐水喊她吃早饭时，才发现婆婆已经安然离世。那么，她在停止最后一息呼吸时，是抱着希望还是绝望？但愿是前者吧。乐水为婆婆换了寿衣。看着婆婆平静的遗容，她不由忆起婆婆的一生。婆婆一生平凡，没有什么闪光的时刻，她的一生可以用四个字来概括：活着，留后。但这四字天条正是生物天性中的精华。

家人把死者送到火葬台上。草儿哭得几乎断气。这些年来楚氏夫妇太忙，陪伴草儿最多的是奶奶和徐阿姨，奶奶是草儿最亲的人。草儿已经理解了死亡，知道奶奶这一睡就再也醒不过来了，以后永远不能抱草儿了，永远不能贴着阜儿的脸蛋讲故事，不能拿汪汪狗草给草儿编小狗了。草儿全不理会马家那条"人死不哭"的规矩，哭得揪心揪肝，哭得爸妈、姬伯伯、苗阿姨、昌昌哥哥、埃玛姐姐都红着眼眶。最后草儿啜泣着从妈妈手里接过火把，点着了火堆，火焰噼噼啪啪地响着，白烟袅袅上升。一只苍鹰在蓝天白云间轻盈地滑过来，在白烟上方掠过。妈妈说，那只苍鹰是来驮死者的灵魂上天的，爷爷火葬时它就来过。以后，它还会驮着爷爷奶奶的灵魂，沿着这条白烟指明的路，从天上下来看望草儿。

第十三章　二度梅开寒又来

在那个时期，各种不可思议的科技进步和无法预料的灾难接踵而来，亿龙赫紧接着 $e^{-2/3}$，似乎上帝存心让人类在大喜大悲的揉搓中疯狂。

——鱼乐水《百年拾贝》

一

楚天乐的孤立波理论很快在科学界得到公认。灾变有惊无险地过去了，世界开始从"战时经济"恢复正常。六艘飞船果然被原主人要回去了，因为全世界已经兴起宇宙旅游热，眼下多是短程游，是去金、木、水、火、土、海王、天王各行星，或者去柯伊伯带和奥尔特星云。但远程游已经在积极筹备，目前还局限在 16 光年远的牛郎星以内，因为以 1.8 龙赫的船速，到牛郎星往返一趟需要耗时 18 年，已经占去旅游者寿命的四分之一了。如果想去更远的星球，肯定得开发更高龙赫数的飞船，但这需要新的理论突破。这些超光速飞船炙手可热，别说六艘了，六十艘也不够。新飞船正在以狂热的工作节奏来建造，因为，依照孤立波理论，可以激发出二阶真空的超临界密真空 23 年后就会回到临界点之下，到那时，人类将无奈地告别超光速时代，所以人们都在争着上最后一趟巴士。

既然灾变已经过去，联合国安理会提议解散 SCAC。但联合国大会讨论之后，决定让 SCAC 暂时存续，待善后工作完全结束后再正式解散。乐之友总部完全没有解散的迹象，因为乐之友的"大脑""小脑"和"心脏"，还以和过去同样的节奏紧张地工作着。虽说灾变过去后给乐之友的捐款肯定大大缩水，甚至干涸，但以眼下的资金状况，维持十年八年的运转还没问题。

姬人锐指示鲁军定仍坚持对楚天乐的严密保护。这事说起来有点不合逻辑——要知道，正是楚天乐这只病鸽子尽力扑打着病残的翅膀，为诺亚方舟衔来了橄榄枝，证明了洪水已经退去！但问题是，当年的大洪水预告同样是楚天乐做出的，那个预告虽然算不上是假消息，却也是一场虚惊，这难免让民众心中杂有说不清道不明的情愫。要说谁会因这点情愫来暗杀楚天乐属于夸张，但有了上次的教训，谨慎一点总没有坏处。

楚天乐倒是很让老鲁省心，从母亲去世后他一直在山居中足不出户。他总是独自把轮椅开到院外，一动不动地待上几个小时。他的目光盯着远处，盯着蓝天白云，盯着蓝天之后的深太空。草儿已经学会不在这时候打搅爸爸，只要爸爸"变成石像"，她就去找徐阿姨或鲁伯伯玩。鱼乐水处理完基金会的公务后尽量多回家陪丈夫。她能感觉到，在丈夫石像般的躯壳之内是一架飞速旋转的思维机器，已经转得快要飞车了。飞车是柴油机上的一个专有名词，一旦它的转速自控装置失灵，如果不切断柴油的供给，它会越转越快，直到机器散架。鱼乐水想，丈夫肯定是在履行对母亲的承诺，在竭尽智力寻找搭救洋洋柳叶的办法。她也发现，丈夫的膝盖上常放着一张纸，上面打印着泡利公式，就是泡利常常自夸为"具有简洁美和对称美"的那个公式，看来丈夫同样放不下对泡利的思念。这个患白化症的怪人应该是同丈夫在学术领域里最相知的人。

其后很久她才知道，推动丈夫思维机器超速旋转的不仅是责任感和愧疚感，还有更为强劲的一种动力——恐惧。

闲暇时她也考虑为昌昌准备礼物，苗杏说他很快就要结婚了，是和姬船队的人组织一次集体婚礼，据说还要放在太空举行。

小蜜蜂飞到了"泡泡"公司的上方，今天是衣冠楚楚的公司总经理康平亲自驾驶。他夸耀地指指下面：

"下面就是公司的两座主厂房，请各位兄弟参观。"

机上乘员还有七人，姬船队的六名船长加上埃玛。他们乘坐的小蜜蜂是"军转民"产品，是太空用小蜜蜂改型的观光用飞行器。它的船体包括舱底基本是全透明，已经极度小型化的聚变装置放在机舱上部，不影响视线，所以可以方便地向下俯瞰。现在，机舱下是成丁字形排列的两幢生产车间。一座车间是透明的，横卧在地上，由一个个透明空心球削去两端后连缀而成，外形酷似一条巨型多节青虫。它的头部紧邻着公路，几百辆大型翻斗车首尾相接，在车间大门前排队，车上装的都是垃圾或工业废料。巨型青虫吞下垃圾后，在体内经过粉碎、挤压成形，最后屙出一个个杂色的空心圆球。这些圆球从天上看很小，但真实大小相当于四居室的房屋——它本来就是为此设计的。另一座车间是立着的，实际上它压根儿就是一艘飞船，头朝下扎在地面上，船身上排列的纵纹是粒子加速器的磁力线圈。与太空飞船不同的是，这条"厂房飞船"的粒子加速轨道外又加了一层透明外壳，夹层中抽成真空。

大青虫屙出来的空心圆球经过输送带直接进入飞船型厂房，在里边进行激发，实现原子级别之下的重构，于是垃圾材质的空心球瞬间变成精美绝伦的透明空心球，再从厂房另一端滚出来。这一端也连着公路，此前送垃圾来的大型翻斗车经过冲洗，此刻返回到这里。空心球直接滚到车厢内，厢板自动立起，车辆随即开走。这个过程是流水式的，每半分钟就完成一件。

姬继昌问："这么高效的生产线，为啥不建专用铁路？"

"这座工厂来不及了，以后的十座厂房都要建专线的。昌昌老弟，我得抓紧啊，你们这些大脑袋科学家说过，23年后真空就不能激发了，我这些工厂就没用处了。我得抓紧这个时间，把世界上已经有的垃圾尽量多消化一些。这是我爷爷给我的遗命，他老人家在那儿，"他指指天上，"每天盯着我哩。"

姬继昌说："什么昌昌老弟，是昌哥！咱们刚刚查证过。"

他俩是光屁股朋友，康平个头大，一向是当哥的，但不久前经过查证，姬继昌竟然比康平大三天。康平嬉皮笑脸地说：

"只三天嘛，属于可以忽略的误差，老称呼已经习惯了，就甭改了。再说，你今天是来求老哥的，嘴巴还不该甜一点儿？"

"求你也不用嘴巴甜，咱们的规矩，借钱的才是大爷。"

埃玛笑着说："牛牛哥，别理他。我喊你哥，我们几个都喊你哥。"

卡普德维拉、田咪、奥格芙纳、凯赛琳齐声说："对，我们都喊哥。"只有马鸣性格比较老成，而且年纪比康平大，他没有喊，但只是笑笑，也没有否认。

"这才对嘛。走，到我的办公区。"

旁边不远是办公区，各幢建筑形状不一，但都是以球形为基本单元。主楼是幢30层的建筑，从横截面看是辐条式，12个球体连缀成外圈的大圆，一层层堆上去，形成高90米的圆柱。圆柱中心是单个球体上下连缀成的柱形，里面安装电梯和步行梯。柱形通过六根辐条同外圈相连，实际六根辐条仍然是球体。所有单元都是透明的，屋内的情况一览无余，球内三分之一高的地方装有地板，其上是人员的活动空间，地板下放置各种设施和管线。员工们都在伏案工作。

小蜜蜂降落在楼顶，康平领他们经电梯来到30层的总经理办公室。职业化的女秘书甜甜地笑着，为各人斟了清茶或冲了咖啡，又把墙壁调成不透明的绿色，然后退出，轻轻关上房门。康平说：

"昌弟，你说找个机密地方谈话，这儿就是。有话尽管说，你们的事就是牛牛哥的事。"

他再次强调了哥与弟的称呼，看来是想"乘人之危"造成既成事实。姬继昌笑着，没有和他再计较。埃玛先开口：

"牛牛哥，我们需要一大笔钱。"

"没说的。我的公司虽然名义上属于我爷爷、楚叔叔和葛叔叔，但三人早对我放过话，这些钱都是乐之友的。"

"不，这件事想暂时瞒住乐之友。"

康平犹豫了一会儿，"那这事要麻烦一些，不过——你们先往下说。"

"我们想到天上举行集体婚礼，姬船队的弟兄们都去，所以需要租六艘虫洞式飞船。"

康平笑了，"我还以为什么大事呢，六艘飞船的租金，我用私房钱就能解决……"他忽然顿住，目光锐利地看看姬继昌，"你们……还想搞那个婴儿宇宙？"

姬继昌笑了："我早说过，瞒不过你个老奸商。对，我们放不下那件事。"

康平大为摇头："灾变好容易过去了，老宇宙平安无事了，人类又赶上了氢盛世，小日子富得流油，简直是流淌着牛奶和蜜的天堂，30年前做梦都不敢想。对着这样的天堂，你们还死不了那条心？那跟自杀差不了多少啊。"

"对，我们死不了那条心。这个探索新世界的机会转瞬即逝，不抓住它我们死不瞑目。"

"姬船队6000人都去？"

"我们还没串联，等飞船弄到手再说。但我估计，至少有一半会跟着去。"

"我听说姬叔叔、楚叔叔和鱼阿姨都已经表示过，要你们放弃这个不必要的冒险。"

"对，他们确实反对。"姬继昌坦白地说。

康平目光锐利地依次盯视着七人，七人面色平和，静静地注视着他。康平转而透过墙壁看屋外，在他的盯视下，那片墙壁自动恢复透明，显示出洁净的蓝天，白色淡云在缓缓移动。很长时间后，康平才扭回头，摇摇头说：

"哥是个俗人，商人，市井之徒，确实无法理解你们的走火入魔。这事搁我身上，打死我我都不去。我要是帮你们，几乎等同于帮你们自杀，说不定还会惹上官司。"田咪和埃玛想说话，姬继昌用眼色制止了。"但刚才忽然想起了我爷爷。那是个怪老头，一辈子只喜欢和孩子们玩，和年轻人交朋友。我给你们透露个秘密，他在同龄人中其实很孤独的，几乎没什么来往，因为他对一般的'成人话题'，什么炒股炒房、级别待遇、家长里短等，从来不感兴趣。可以说他始终是个大孩子，脑海里老是冒出些奇思怪想，一串一串的。直到80多岁，也不能安稳地待在家里享福，最后把老命丢到月亮上。"大家都随他的目光看着天上，现在看不到月亮，但他们似乎看到了月亮背后的三位烈士。"我说过，作为一个商人，我肯定一口回绝你们的要求，绝不会上贼船。可我刚才忽然想到，如果我爷爷这会儿在场，他会如何表态？我想——他一定会同意的。当然，我不是说姬叔叔他们的决定是错的，不，那肯定是正确的，但我爷爷也不错。两种相反的意见都是正确的。"他笑着说，"反正不管谁对谁错，牛牛哥决定帮你们啦。"

姬继昌击节称赞："好！正如我的预料！"他笑着加了一句，"以后你就是哥了，我永远不再争了。"

"这会儿知道嘴甜了？好，哥帮你们完成这个心愿。只是，你们走了之后，我如何见各位的父母啊。"

"我们走前会留下告别信，把话说透，不会让你为难。"

"先不说这个了，既然大策已定，枝节问题就往后放放。现在开始事务性安排。实打实地说，我这儿因为加速扩张生产能力，资金很紧张，一时拿不出购买六艘飞船的费用……"

"我们已经考虑到这一点了，所以，不需要购买六艘飞船的费用，只需要六艘船一个月的租金。"

康平怀疑地看着他："然后……你们就玩失踪？让债主骂你们八辈子祖宗？"

姬继昌不在意地说："我爸说过，干大事不拘小节——这话好像你爷爷也说过吧。关键是：我们是在做正事，是作为人类代表去探险，所以尽管行为有点耍赖，但心里有底气，不怕别人骂。再说，"他笑着说，"债主对死人肯定会宽容一些吧——要知道，不管我们在新宇宙里能否活下去，反正在这个宇宙里已经死了。"

这话的骨子里含着悲怆，让康平又看了他们很久。最后康平回过神，笑着摇头："不，这种做法太无赖，会坏了姬叔叔的名声，也坏了乐之友的名声。你们听哥的吧，我打算这样办：以我公司的名义租下八艘飞船，然后秘密装上够你们用三年的给养。这样有个好处：以工厂的名义用飞船装运物资，不容易引起怀疑。然后我以办公益活动的名义在媒体上大作宣传，就说要免费为几千人举行太空集体婚礼。等你们成功地消失了，我就痛痛快快地把债扛起来。虽然眼下我拿不出这么多钱，但只要十家新工厂都投产，钞票多的是。而且，我花这钱并非公款私用，我认为你们干的仍是乐之友的事业。"

"对，肯定仍是乐之友的事业。牛牛哥，大恩不言谢。如果我们能在另一个宇宙站住脚，一定好好报答你。"埃玛笑着说。

"咋报答？"

"在新宇宙为你的产品免费打广告。要不，干脆送你一颗星球。"

"这个人情有点太远吧，好意我心领了，至于广告效果嘛我就不指望了。"

准备什么时候走?"

"中秋节,也就是一个月之后。"

"时间够紧的。现在,你们提一个物质清单,我为你们准备。"

姬继昌看看田咪,她马上掏出一份厚厚的清单,笑嘻嘻地递过去。康平微嘲地说:"清单早就准备好了?看来你们是吃定我了。"他接过清单大致看了一遍,"没问题,除了你要的轻型武器我办不到——中国不允许武器交易,我不想让公司吃官司——其余的都交给我好啦。"

"没关系,武器让埃玛到美国去置办。"

康平忽然想到一个问题:"噢对了,我知道姬船队6000名船员已经预先配为3000对夫妻,只不过还没来得及办婚礼。如果报名要去的人并非夫妻同去,或者男多女少,那该怎么办?"

姬继昌不在意地说:"那就重新配对。如果男女比例悬殊,那就一夫多妻或一妻多夫。你别忘了,诺亚号就是这样的。"

康平大为摇头:"我那口子绝不会让我这样干的。不过,你们是新宇宙的人,肯定是新观念,我就不上道德课了。"

这件大事就算谈成了,顺利得出乎预料。七位代表都很兴奋,把牛牛哥围在中间。四位女性挽着康平,说不完的甜言蜜语。埃玛提议:

"牛牛哥,咱们谈成这么重要的事,今天晚上是不是该庆祝一下?"

"不用说,又是我做东道,对不对?谁让我是哥呢,好的,我让秘书安排,从今天起每天晚上撮一顿。咱们之间是见一面少一面啊,昌昌,虽然知道你们是去办正事,但我实在不忍心说永别啊。"

之后一个月是紧张的秘密准备。每个船长都和1000名部下通了电话,电话中首先要求对方,不管是否同意下面要说的事,对方都必须承诺严格保密。得到承诺后,各个船长通报了秘密计划。启航时间定在中秋节,愿意去的,必须在中秋节15天前报名。

报名的电话陆续打来,到了截止期,报名的正好超过4500名。康平曾经担心的那个"男女配对问题"基本没出现,因为报名者大多是夫妻商量后同去。也有少量放单飞的，姬继昌让田咪负责重新作了调配。虽然这是一次大规模的秘密行动，但实施起来难度不大，因为此前已经进行过多年的训练，尤其是经过一次真刀真枪的实战演练。所以各人该干什么都很清楚，也许最关键的是——他们已经有了足够的心理准备，有视死如归的勇气。今年的中秋节是在国庆后三天，国庆节前，姬继昌给同伙们放了假，让各人回家再陪陪亲人，这是最后的团聚了。当然，事先对各人做了严厉的告诫：回家后各人势必面对家庭温情的侵袭，如果改变主意就不用回来了，但绝不能透露秘密。

姬继昌也回家了。昌昌妈早就在忙着筹备婚礼，却苦于忙不到点子上。昌昌和埃玛说过，他们将到太空，在上次去过的老地方，来一次最别致的集体婚礼，姬船队的老伙伴大部分都参加。这样别致的旅游结婚当然不错，但新房也得准备呀，可那俩宝贝对新房的事浑不在意，说婚礼办完再操心新房也不迟。奇怪的是，姬人锐对新房的事也不上心，苗杳只好一个人忙。

国庆节前一天儿子回来了，埃玛没回，说回美国探亲去了，明天能回来。苗杳埋怨：眼看到婚期，那边父母答应要来的，这会儿去探什么亲！儿子不解释，只是嘻嘻地笑。她只好领儿子一人看了新房，问他有哪些该改进的地方，昌昌赞不绝口，说一切都好。然后就撺掇爹妈，趁十一长假出去旅游，痛痛快快玩几天。最好拉上楚叔叔一家同去。姬人锐平淡地说：

"哪儿也不去，就在家过节吧。也许你楚叔叔有事找你呢。"

十一上午，埃玛刚到家，楚天乐果然给昌昌打电话，请他来山中度假。"顺便和你谈一件事。昌昌，把姬船队其他几名船长一块儿喊上吧，埃玛也来。"

姬继昌和埃玛对视一下，心中有点打鼓，楚叔叔在这个当口儿——秘密行动马上就要开始的时候——让六名船长都去他那儿，莫非他有了觉察？不管怎样，楚叔叔既然邀请，他们肯定要去，趁这机会把话说透也未尝不可。以楚叔叔的心胸，应该会支持他们。

他立即带着七个伙伴赶来了，多带的一位是习明哲，这人很年轻，但稳重干练,思维敏捷,是他近来看中的船长人选。徐嫂为客人们准备了很多小吃,把为中秋节准备的月饼也提前拿出来了。草儿难得见到这么多客人,乐疯了,拉着昌昌哥哥和埃玛姐姐不丢手。有人提出要参观一下火葬台等景点,鱼乐水说:"好啊,我领你们去。"楚天乐突然说:

"我领他们去吧。好长时间没去了,我正想去那儿看看呢。喂,昌昌,你们有没有力气把我背去?"

姬继昌笑着说没问题,我们八个年轻人还对付不了一个你?说着把他从轮椅上拉起来,背到背上。背上后有点心酸,天乐叔叔身轻如燕,难怪鱼阿姨曾打趣,说背他就像孙大圣背红孩儿。楚天乐对妻子说:

"你就不用上去了,在家里陪草儿玩。"

草儿不依,闹着非要去。鱼乐水蹲下来低声对她说:"你去也行。但爸爸要和这些叔叔谈正经事,上去了你不许闹,不许疯,行不行?"

草儿懂事地低声问:"爸爸是不是又要变成石像了?我知道,我不闹。"

于是鱼乐水带着草儿也跟着上去了。一群人先来到火葬台,地下是两次燃烧所留下的炭屑,其上是新堆的松木,还没有干透,这是为下一位死者准备的,应该是楚天乐吧。眼前的情景难免引发人们的悲思,草儿也想到了奶奶,眼泪汪汪的。大伙儿默默凭吊了一会儿,姬继昌把楚天乐放在一块石头上安顿好,八个年轻人围着他席地而坐。这个残疾人一向是他们心目中的神祇,而且此次楚天乐唤他们来肯定是有深意的。他们安静下来,目光都盯着楚天乐,当然也免不了有点儿"心怀鬼胎"。楚天乐说:

"来,随便聊聊。你们都是姬船队的核心,我知道那次行动取消后,你们的心还没有散,不想放弃婴儿宇宙的探险,是不是?"

姬继昌看看楚叔叔,看看伙伴,虽然楚叔叔没有把话说透,但估计他已经对秘密行动有所了解。姬继昌简短地说:"是。"

田咪忙转移话题:"楚叔叔,我们不甘心超光速时代在23年后就结束。你能指条路吗?"

"我一直在找啊,找得很苦。"

"找到了吗?"

"我好像看到了海天尽头有一个小岛,但不知道它是不是海市蜃楼。今天我请你们来,就是想让你们帮我证实或否定它。"

八个人顿时眸子发亮!楚叔叔一向不轻言,他这样说,应该是有了七八成把握。如果……那就太令人振奋了!他们都暂时忘了心中的"鬼胎",竖起了耳朵。站在圈外的鱼乐水也认真听着,知道丈夫半年来的思考马上要结出果实了。

"先把话头拉远一点,说两点众所周知的小常识吧。大家都知道化学反应中常常离不开催化剂,如铂、铑、铜、二氧化锰等。它们能改变反应速度,但并不参与反应,反应后仍完身而退。"

这确实是最基本的常识,中学生都知道。但人家知道楚讲述这些常识必有深意,都认真听着。

"另外,数学中有鬼变量。有些积分无法进行,需要设一个鬼变量作为中间值,妙处是积分结束后,鬼变量可以完全消去。所以,也可把它看成是数学运算中的催化剂。"

大家轻轻点头。

楚天乐开始了正题:"大家可能记得三态真空理论是如何来的。20多年前,曾有一个叫洋洋的十岁男孩说,假如真空有能量,飞船在太空中飞行就像航行在能量的大海上,随便舀一瓢就够烧一个月,那该多好!因为常规飞船把大部分能量都花在对燃料本身的加速上,如果能量可以从太空中随时获得,哪怕它非常微量,比如像恒星的光压,最终也能使飞船无限接近光速。"

鱼乐水眼前浮出洋洋还有柳叶的面容,他们正在意气风发地向远太空航行,不知道一个泥淖在前边等他们。草儿轻声说:"妈妈,我知道洋洋叔叔和柳叶姑姑!"鱼乐水把手指放到嘴唇上,让她安静地听下去。

"正是受这个十岁男孩的启发,我做出了后来的发现:超临界密真空可以因高能激发而湮灭,转化为低强度的光脉冲,其释放能量略大于激发能量,从而用于飞船驱动。可以说,'真空湮灭属于释能反应'这一点是所有应用的基础。"

姬继昌说:"对。只是后来有了意想不到的变化,歪打正着,飞船由光压驱动改为'虫洞拖行'。"

"对，你说得对。但由于思维的惯性，很长时间里人们还认识不到这其中包含的关键机理，那就是：'真空湮灭属于释能反应'这个条件，实际只是超光速飞船发现过程中的催化剂和鬼变量，可以完身而退了！换一个角度说，能否实现超光速飞行，只取决于能否把真空湮灭，并不在乎它是释放能量的正反应，还是吸收能量的负反应！"他停顿片刻，平和地说，"昌昌，你们好好想想，从中可以得到什么启发。"

他停止了讲述，招招手让草儿过去，把草儿搂到怀里，父女俩低声说着闲话。这边，八个人不语不动，狂热地思索着。楚天乐给他们出了一个难题，难题背后可能是一条通向新世界的麦哲伦海峡，他们要充分开动大脑，利用上帝赐予人类的智慧来发现它。过了十几分钟，姬继昌首先开口了。

"楚叔叔，你是说，最初的飞船设计是基于超临界密真空，它能因高能激发而湮灭，并释放出低强度的光能，释放能量大于激发能量。"

"对。"

"正是这点限制了我们的思维，如果我们别管它是释放能量还是吸收能量，跳出这个圈子再来设想，临界值之下的密真空是否可以被激发呢？因为我们可以大幅度提高激发强度，哪怕需要消耗巨额能量！我们已经有了聚变技术，而超光速飞船在航行途中可以轻易取得燃料。因为氢是宇宙中最丰富的元素，液氢星球比比皆是。而且虫洞式飞行可以随行随停，不必为停泊一次耗费大量燃料和时间。"

"对！"

"而且不只是临界值之下的密真空，也许连标准真空，甚至疏真空也能被激发？当然其激发能量肯定要高得多，至少高于 8TeV，否则自上个世纪以来，费米实验室和欧洲核子中心早就在标准真空中激发出真空湮灭了。"他又加了一句，"不过这也说明，当年泽利多维奇的担心并非杞人忧天。"

楚天乐没有再回答，但他脸庞上的阳光已经说明了一切。他抬起头看看妻子。妻子从他的眼睛中读到了他无声的话语——我已经找到那条路了，可以追上诺亚号了，妈妈在九天之上可以安息了。姬继昌和伙伴们交换着火一样的目光，按捺不住心中的狂喜。人类曾经打开了超光速飞行的大门，后来悲哀地得知这扇大门马上就要关闭，它首先带来的噩耗是诺亚号的悲剧。但楚叔叔的新设想有可能重新打开这扇大门。而且这次只要打开，就永远不会再关闭了！人类不必再为密真空时代即将过去而心怀戚戚，因为标准真空乃至疏真空并非《西游记》中描写的弱水，照样可以行船！火葬台上洋溢着浓浓的喜悦，他们此刻还不知道，更大的喜悦在等着他们。楚天乐问：

"那么你们设想一下，标准真空如果能被激发，飞船速度能够达到多少？"

姬继昌误解了他的话意，说，"我想应该也赶得上密真空中的船速吧，两者在原理上并无本质不同，只要有充足的能量……"他忽然愣住了，因为他在刹那间悟出了楚叔叔的真实意思。一扇巨大的天堂之门豁然洞开，迸射出来的强光耀花了他的眼睛，极度的喜悦几乎让他的心脏骤停……他看着楚叔叔的眼睛，没错，楚叔叔的想法肯定就是这样。但喜悦过于灿烂，让他不敢放胆前行。他看看伙伴，他们个个都是聪明绝顶的家伙，此刻也看到了那扇天堂之门，不过同样被耀花了眼睛，一时之间不敢轻言。姬继昌谨慎地考虑一会儿，才慢慢说：

"按照三态真空理论，用激发真空泡的方式飞行，或者说位移式的飞行，飞船相对于本域空间是静止的，所以并没有相对论效应，没有质量的无限增大和长度的无限缩短，没有光速限制的魔咒，因而船速并无理论上的限制而只有技术上的限制。"

楚天乐轻轻点头："对。"

"技术限制的瓶颈是激发频率能达到多高，而它当时主要受限于以下两个因素：某次激发之后，因为向'海洋肚脐眼'狂泻而形成的疏真空，需要多长时间恢复到标准真空；还有，标准真空在周围压力下恢复为密真空，又需要多长时间。"

"对。"

"第一次恢复时间很短，根据你的'真空最小单元稳恒态增生'理论，疏真空恢复成标准真空只需普朗克时间，在工程设计中可以略去不计。第二次恢复时间较长，大约是微秒级别，所以飞船激发频率主要取决于它，现在船速只能达到 1.8 龙赫，就是受它的限制。"

"对。往下呢？"

"如果我们提高激发强度，使标准真空甚至疏真空也能激发，那就一举跨过了这道瓶颈，想提高速度就不用考虑空间恢复的时间，只用提高加速器的粒子对撞频率就行了！"姬继昌说。

"那么最高船速能达到多少？"楚天乐问，"不妨做两个粗估：一、激发出的真空空洞可以达到两千米级别，也就是每次激发可使飞船前移一千米；二、假如粒子对撞频率可以提高为每秒 30 万亿次。以上两个数值，经过努力都能达到。"

埃玛失声叫道："不可能！那可是亿倍光速！"

姬继昌立即说："别忙着断言不可能。近光速飞船曾经是不可能的，后来实现了；1.8 倍光速曾经是更不可能的，后来也实现了。所以，只要突破相对论限制，没有什么是不可能的。"

众人交流着喜悦的目光，激情在胸腔中撞击。亿倍光速！即使再"泼皮胆大"的科幻作家也不敢做这样的设想。楚天乐平和地说：

"我不能断言它肯定会实现，但理论上并无限制。昌昌，我、你乐水阿姨和你爸都知道，你们还对婴儿宇宙放不下，正在组织一个秘密行动，对不对？"

姬继昌看看伙伴，虽然有点儿难为情，但爽快地点头承认。

"我建议你们彻底放下它吧。你父亲说得对，在人类处于绝境时那是必要的冒险；在和平时期那就是不必要的疯狂。何况现在有更重要的事要干。"他看着大家，"希望你们接手这件事，证实或否定它吧。"

姬继昌没有犹豫："没说的，我们干！楚叔叔，谢谢你给我们这份儿荣幸。"

楚天乐随意地摆摆手，笑着说："如果认为可行，那就把这个消息捅给你爸，让上帝之鞭再呼啸作响吧。你们要抓紧时间，用出吃奶的气力，尽快把它搞出来！有了它，诺亚号就有救了。"

众人笑着说：好啊，让那根鞭子再响起来吧。其实我们已经对他的鞭抽上瘾了，离不了啦，一个月不挨抽皮就发痒。

"好啦，今天的正事已毕，你们去山里玩吧。昌昌，你把这件事理一下，理出一个粗线条的框架。再过三天是中秋节，到那天欢迎你们还来山中玩，顺便把你们的框架给我讲一下。"他似乎随意地说了一句，"也许，我会请你们再做一件事呢。"

八个人都敏锐地领会到最后这句话的分量，他们的目光之炬再次闪亮。大家把激情和亢奋先收藏在心中，八人中的男性轮流背上楚天乐，女性轮流背草儿，人呼小叫地进山游玩，去观赏鱼阿姨文章中提到的各个景点，像一线细流串起来的水潭啦，潭里的柳叶鱼啦。鱼乐水跟在丈夫后边，看着他恬淡冲和的表情，心中十分欣慰。

六位船长立即通知秘密行动的成员：那件事暂停，等候通知。然后是三天狂热的思考和准备。姬继昌刚刚得出结论，就提前悄悄通知了铁哥们儿康平，因为，如果这个理论被证实，康平的工厂就不是23年寿命，而是与天地同寿了！康平欢呼雀跃，说这个美梦如果成真，你还是我哥，我一辈子不争了！想想又补充道：

"婴儿宇宙计划肯定要淘汰了，但那个太空集体婚礼照旧进行吧，所有人力费用我都包了！"

姬继昌笑着答应。

三天后，八个人再度进山。徐嫂已经补充采购了月饼水果，这次准备得更丰盛。八个人陪着草儿疯了一会儿，把院中石桌上摆的月饼石榴花生瓜子一扫而光。姬继昌说：

"楚叔叔，我该向你汇报那个框架了，不过咱们还是到老地方吧，在那儿赏月更为雅静。而且，"他笑着说，"我觉得那儿的气场特别适合思考。"

楚氏夫妇笑着答应，于是一伙人照旧背上楚天乐和草儿，欢笑着向山腰攀登。一轮明月照着空谷细流，照着悬崖上斜生的松树，也照着空场中那个松木柴垛。马鸣指着圆月遐想：

"要是泡利先生那次激发的威力圈再大 4000 千米，月球就会完全消失，变成一个巨大的球形薄盘。那今天的风景就大不一样了。想想吧，一个足以遮蔽半个天空的大月亮，和太阳一样明亮！"

卡普德维拉说："你说得不全面。满月时它会无比明亮，但如果不是月圆时分，亮度反倒会减弱，因为薄盘形的月亮在斜向阳光照射下只是一条长长的弧线。人类最好想办法把月亮背部转过来，到那时，嗨，一个巨大的凹面反射镜，月光将比阳光更强烈！"

习明哲说："转过来的话，用望远镜就能看见巨碗中那三个人。"

提到三位死者，大家不由伤感，但伤感的基调是悲壮。凯赛琳提议为他们默哀，大家响应了。默哀之后田咪笑着说：

"其实我很羡慕他们的，那是科技时代的马革裹尸。特别是康不名爷爷，我看过他不少作品，他一直是一个激情澎湃的大男孩、老顽童，始终坚持英雄主义理想。能有那么个很科幻的坟墓，可以说死得其所。"

姬继昌让大家停止闲侃，开始向楚天乐汇报他们定出的框架。这些天他们完成了理论计算，预计激发能量提高到 10TeV 时就能激发出标准真空的湮灭，至于疏真空，激发能量随其"疏"的程度而不同，但不超过 12TeV。这个能量级别当然不容易实现，但也并非高不可攀。他们打算在三年内啃下这根硬骨头。其他工作相对容易，因为已经有了雄厚的技术基础，有了四十艘虫洞飞船的建造经验，只要突破 10TeV 的瓶颈，再用三年时间就能制造出实用型飞船。仅仅三年啊，远远超过人类最大胆想象的亿龙赫飞船就要实现了！直到现在，他们也恍如梦中。可惜的是，虽然届时人类将拥有亿龙赫的交通工具，却没有同样速度的通信工具，通信将远远滞后于交通。人类社会又得回到电波通信之前的时代，得靠亿龙赫飞船传送远方亲人的信件。这个难题的解决只有等下一个科技突破了，比如量子瞬时通信。

楚天乐对这个进度计划没有提出异议。姬继昌又说，他已经同父亲谈过，父亲立即和 SCAC 做了沟通，因为下一步开发仍然需要后者强大的资金支持。"你猜怎么着？"姬继昌开心地笑着，"SCAC 非常痛快地答应了，一点哏都不打。后来，现任首席执委德比罗夫上将甚至特意向乐之友表示感谢！因为，有了这个计划，SCAC不会再被解散了，安理会根本不再提这个茬儿了！"

楚天乐和鱼乐水也都很高兴。楚天乐说："好啊，这是件大好事。这几十年来，SCAC和乐之友的合作一直很好，算是一家人了。可惜阿比卡尔没有看到这一天。"

"对。民众都说，乐之友再加半个SCAC是世界的实际领导，为此安理会一直吃醋。而且，只要开始亿龙赫飞船的开发，这种政治态势还会继续保持下去。"

姬继昌说的是实际情形，但楚鱼二人都没有接这个话头。

"我们的框架就汇报到这儿吧。楚叔叔，上次你曾说过，你在亿倍光速飞船之后还想让我们干一件事。我们对此可是迫不及待！"楚天乐笑着点头，姬继昌抢先说，"不过，这两天我们也想到一件事。要不我们先说吧，看与你说的是否是同一件事。"

"好啊。你先说吧。"

"那件事是田咪最先提出的，让她说吧。"

田咪是个圆脸庞的小姑娘，长得像个可爱的猫咪。她今年20岁，是七人中最小的，但她19岁就当了姬船队的一名船长，自有其不凡之处。她笑眯眯地说：

"我那天的提议是——环宇宙航行！就像麦哲伦那样，以一次环宇航行来验证爱因斯坦的超圆体宇宙理论！"她看看大家，解释说，"其实这不是我的首创，而是康不名爷爷的，就是在月球上牺牲的那个老人家。他曾以环宇航行为主题，写过一篇热情激扬的小说。小说中飞船的名字就叫夸父号，和我曾指挥的那艘船同名。"她笑着更正，"其实话得倒过来说，是因为我看过那篇小说，才建议把那艘船命名为夸父号。不过康爷爷笔下的环宇航行只有一对夫妻船员，写得太儿戏了。怎么可能呢，一次宏伟的史诗式的航行只有两个船员？"她笑着指指月亮，"希望康老的在月之灵不要介意我的吹毛求疵。"

姬继昌打断她："别扯远了，回到正题。"

"好，回到正题。人类已观测到137亿光年的宇宙深处，假如它已经是宇宙边缘，那么对于一个超圆体宇宙来说，环行一周就是两个137亿光年的相加。乘坐亿倍光速飞船来环游,虽然没有相对论时间效应造成的寿命延长,也不过是几代人的事,以当前健康医学的爆炸式发展,说不定一代人就能完成!而且其中还有一点最令人兴奋——康爷爷写的小说里,一对宇航员夫妻在有生之年环游了宇宙,但飞船外时间仍是以百亿年计,等他们回到原地球所在的方位,宇宙已经毁灭了。但如果用我们的新飞船航行,船内船外的时间是一样的,飞船环游宇宙后回到地球,地球也不过是25世纪!也许我们的亲人还在世呢。"

这群科学雅皮士没有欢呼蹦跳,但他们眸子中是极度的喜悦,理性的喜悦让他们酩酊大醉。草儿奇怪地问妈妈:"妈妈,这些叔叔阿姨怎么了?你看他们个个摇头晃脑的。"

这句稚语引发了一波大笑。田咪抱过草儿用力亲她的小脸蛋,接着埃玛、卡普德维拉、马鸣、奥格芙纳、凯赛琳、习明哲都像受到了传染,一个接一个来可劲儿亲她。草儿有点儿受不住了,挣扎着下来,扑到爸爸怀里。楚天乐笑着说:

"草儿别怕,哥哥姐姐们不是要啃你的小脸蛋,他们是乐疯了。"

草儿撇撇嘴,"难怪你们叫啥乐之友,原来都是些喜疯子。"

这话又惹起一阵大笑,不过笑的都是中国人——外国人不懂这个名词。埃玛问什么叫喜疯子?鱼乐水笑着说:"这是中国民间的俗语,指那些见人就笑的非狂暴型精神病人。不过,我真不知道草儿从哪儿拾来这个名词。"这下子外国人也笑起来。楚天乐让大家平静下来:

"不妨粗线条地想一想,环宇航行还有没有什么不可克服的难点?"

田咪说:"我们考虑过了,没有太大的难点。环宇飞船需要300年级别的生态自循环系统,这个不难解决;还需要巨量的液氢燃料,这个在途中也不难解决;最难的是在茫茫宇宙中如何定位,确保回到出发地。这个难点其实也不难。因为宇宙边缘正好有巨型灯塔——类星体。当然,在飞船以超光速逼近它时,它会加速走完一生的演化,不过这不妨碍它的灯塔作用。"

楚天乐点点头。

姬继昌说:"楚叔叔,我们的设想说完了,现在该你说了。你想要我们再干一件事,那是什么?"楚天乐笑着没说话,用左右手的食指互相一碰,意思是明白的:双方所说的正是一件事。"那么,这就是我们的下一个目标了!等开发出亿倍光速飞船,第一艘样机就要用于环宇航行!"

楚天乐笑着说:"但首先要把诺亚号和褚氏号从空间泥淖中救出来。"

姬继昌不在意地挥挥手:"小事一桩。"

他并非大言。如果亿倍光速飞船开发出来,这确实是不值一提的小事,进行环宇航行时走马就捎带了。在场众人都舒心地笑了,包括鱼乐水。那会儿她有一个随意的想法,丈夫把这次谈话安排在火葬台,是不是想让爸妈的灵魂在第一时间听到这个喜讯?

"那好,这两件事就交给你们,我从此不再过问了。"

"那怎么行!具体活儿我们干,但你得坐镇着,随时指方向。"

"不,我真的不会过问了。我得抽出身来,静下心,为我的余生做一点准备。我的智力恐怕要走下坡路了。"他有意无意地看看妻子。"借用一句形容女性的话,红颜易老韶华易逝啊。你们正当韶华,千万要抓紧时间啊。"

鱼乐水心中一震。丈夫的话中有浓重的悲凉和不祥的意味。尤其是,在一片光明的背景下,他的悲凉相当突兀。丈夫的病情十年来一直很稳定,并没有恶化的迹象。那么他的悲凉是从何而来呢。姬继昌等年轻人也听出了古怪。他们同鱼阿姨交换一下目光,机敏地把话头扯开了。

二

新一轮开发大张旗鼓地展开了。经历了前一段的沉寂,基金会副会长葛其宏春风满面地说:"这才是咱乐之友该有的场面,我对这样的狂热节奏已经上瘾啦。"乐之友再度成了全世界的中心,成了青少年心目中的圣地。此前人类是在对灾难做艰难的防御,而现在是对未来主动的进攻。亿龙赫飞船!300年内完成环宇航行!这些设想已经突破了人类想象力的极限,让民众尤其是青少年热血沸腾。现在姬人锐最头疼的是如何处理报名远征的热血青年。新飞船为了提高激发功率,必须加大粒子加速环路的长度,所以飞船尺寸要大上几倍,但加大后的额定乘员也不过是5000人,而报名参加者已经有5000

万了。

这段时间，姬人锐运筹帷幄，干了几件大事。

一是为亿龙赫飞船报了专利，专利持有人是楚天乐、姬继昌等人。他从此前的经历得了教训：如果先把权力掌握在自己手中，然后对他人高尚和慷慨则比较容易；如果先把权力送人，再要求别人做出高尚和慷慨的回报，则比较难。所以，不管将来如何处理这项专利，先握到手再说。

二是以迅雷不及掩耳之势成立了"地球航宇协会"——不及掩耳的是联合国安理会和联合国大会。姬人锐敏锐地觉察出，新的时代就要开始了，人类文明的重点很可能要移向太空，太空将是未来的政治中心。他打算以乐之友的超快节奏来推进这项事业，不愿意让它再受15个婆婆尤其是五个超级婆婆的干涉，不想经受联合国马拉松长会的折磨。按说这个组织的名字应该是"联合国航宇管理局"什么的，现在用"协会"称呼，是想尽量隐去这个组织的敏感性。协会由首任SCAC首席执委的海利上将担任会长，这将有利于与SCAC的合作。由乐之友委派秘书长，实权操在乐之友手中。他和乐之友领导层商量后，推荐儿子担任首任秘书长。

协会有很多事情要干：对全世界已有的35艘超光速飞船登记造册，进行管理；规划和管理近地太空航线；拟定《太空公约》和《航宇运输管理细则》；建立航宇技术标准委员会，组织对宇航员的技术培训，等等，这些工作基本都是从零起步，所以事务浩繁，协会秘书长肯定会累得吐血。

协会成立的头天就向全世界发了一个通告，建议目前在建的低龙赫飞船，至少是那些还未完成一半工期的在建飞船，立即停止建造，以免造成浪费，因为亿龙赫飞船已经提上议事日程，有了它们，1.8龙赫的飞船连蜗牛都算不上。

这天，姬人锐父子专程来到"泡泡建材制造公司"，康平在大门口笑嘻嘻地迎接："姬叔叔来了？蓬荜生辉啊。"他转向姬继昌，"昌昌哥，你是我哥，我认了。"

姬继昌一本正经地说："不行，你是我哥。我已经说过，说话得算话。"

"行啊，那咱们就互为兄长吧。"两人在"谦让"时，姬人锐只是笑着旁听。康平转向姬人锐,"姬叔叔,你难得来,肯定是有大事。尽管说,泡泡公司的所有财富都是乐之友的。"

"今天的大事是——送泡泡公司一份大礼。具体情况由昌昌说吧。"

"那更好啊,我先谢谢啦。"

三人到办公室,秘书奉上茶,姬继昌开始了正式的公务谈话:

"航宇协会"正式建议,泡泡公司立即筹办一个亿龙赫飞船制造中心。虽然这儿原是生产建材的,但核心工艺和制造飞船完全相通,所以改行并不难。亿龙赫飞船的壳体要大大加大,原有的美国费米船体制造中心已经不能承担。另外,新飞船必须能在有气体的星球着陆,而不能再依靠小蜜蜂的转运,那种零敲碎打的方式肯定不适应未来的太空移民。这种"可着陆飞船"在技术上并不难,因为虫洞式飞行本身能隔绝重力,最适宜在星球上起降。唯一的瓶颈是:粒子的加速和对撞无法在非真空中进行。所以新型飞船要做成双层壳体,把粒子加速轨道封闭在真空中。至于船首的粒子激发区域是无法封闭的——因为船的实体尺寸必须小于飞船所激发的虫洞直径——但这其实也很好解决,方法是激发区域保持敞开,激发时,最初的光速粒子将与空气粒子碰撞而改变方向,因而不能实现对撞。但这些被"牺牲"的粒子很快会扫出一条通道,令其后的某次对撞完成。而只需一次成功的激发,就能制造出真空环境,以后保持连续激发就可以了。公司这边对技术问题不必担心,乐之友将提供全套技术支持。

这对公司来说是一个重大转型,而且前景灿烂。康平非常兴奋。他的脑袋瓜也很灵光,立即提出一个工艺方面的设想:

"这些年来,我们已经能精确控制二阶真空泡的大小,所以双层壳体从工艺上也不难解决。可以先激发出一个大的船壳,再在它内部激发出一个小一号的船壳,双层壳体就完满解决了。没说的,姬叔叔,我们干!昌昌哥,预期资金投入是多少?肯定是天文数字吧。"

姬人锐平淡地说:"给你俩十天时间搞个可行性规划,包括资金计划。需要多少百亿的资金,朝我来要吧。"

"好的。姬叔叔,我这儿一定豁出命来干,保证不会给乐之友丢脸!"

正事谈完，康平问昌昌，太空集体婚礼什么时候办。"太空集体婚礼？"乍一听，姬人锐还以为两人是说那个秘密行动。听过二人介绍，他考虑片刻后说："这是好事，只是你们的眼界还是太窄了。不是仅仅办一场太空婚礼，而是应办成人类太空时代的剪彩仪式，一次盛大的阅兵式！依我看，不是六艘，而是35艘，全世界已有的飞船都要参加。这些飞船最多能容纳多少人，就去多少新人。全世界媒体要全程直播。也要邀请联合国和各国首脑。"他想了想，"不，首脑们不一定同意参加，也要考虑安全，邀请他们的代表吧。"他对康平说，"这样规模的庆典，一个公司是办不了的，要交给航宇协会来操办。"

"好，我来办。"姬继昌说。

"行，航宇协会主办，我大力协助。要我做什么，你们尽管吩咐。昌昌哥我不怕你说我钻到钱眼里，这件事对公司的广告效应，多少钱也做不出来啊。"康平笑着说。

在回来的路上，姬继昌问父亲："爸，我看你近来的动作很大，都是战略性的抢点布局。和乐之友领导层沟通过了吗？"

他这样问是有用意的。作为乐之友科学院的执委，他知道乐之友并未就这些大事开过会。父亲沉吟片刻：

"初步沟通过，大家都没意见。只是你楚叔叔最近状态不大好，好像有点儿心不在焉。等不及了，咱们先起个头，完成布局后再从容协商。昌昌，知道我为什么让你转到航宇协会吗？你是个不错的科学家，但也许是个更好的政治家，是难得的'科学执政'。很早就有人说乐之友是'科学执政'，但实际上，你楚叔叔、亚历克斯、巴罗甚至你洋洋哥，都过于专业化，你乐水阿姨则更多是精神上和道德上的灯塔，而我呢，虽然在政治上强一些，可惜科学素养较差。只有你马爷爷比较全面，可惜他过早去世了。还有一个——就是你。"他沉沉地说，"只有握住盖世权柄，才能推动文明进步。可是，这样的人也很容易被权力所腐蚀。当年阿比卡尔想让我当SCAC秘书长时，你乐水阿姨阻止了我，内中原因我知道的，她是担心我被权力异化。但是，因噎废食是不行的，淡泊权力并非值得称道的品格。昌昌，我对你期许很高。你有专业造诣，有理想，有权力欲，有机变，有亲和力，这都是很可贵的素质。"他笑着说，"听说你那次秘密行动招募了 4500 名成员？足以证明你的凝聚力。"

"谢谢老爹啦，我可是很少听到你的表扬。所以，你这次表扬让我压力很大的。"

航宇协会开始了这次"太空时代阅兵式"的组织，经过热烈讨论，也发动了大规模的网上讨论，最后定出以下的内容：

一、参加人员：35 艘飞船中有 6 艘是千人级别的，其他飞船比较小，总共可容纳 21800 人。其中船员 350 人，参加太空婚礼的很多新人本身就是船员，所以每船 10 名船员足够了，各界贵宾 650 人，记者 800 人，上述人员共计 1800 人。此外还可容纳新人一万对。婚礼免费，但参加者要声明，万一出现飞船失事等不可抗拒事件，航宇协会只负担太空葬礼费用。航宇协会强调这点还有另一点含意——想顺便检测一下，普通民众是否已经具备了太空移民的心理素质。

二、这次典礼要兼顾实用，尤其是要试验船队的编队飞行。对于盲视的虫洞式飞行来说，这是极为重要的技能——否则，船队中靠后的飞船也许会径直从前面的船身中穿过去，把它们都变成内部光亮的虫洞！姬团队指定田咪和习明哲专门负责开发这项技术，并在这次典礼中进行考验。为安全起见，这段航程肯定是先进行断续飞行，再逐渐过渡到完全盲视飞行。

三、飞行路线：姬船队成员原来的打算是到冥王星轨道之外的老地方举行婚礼，但对于婚礼和阅兵式来说，那儿太远也太荒凉。月球是个不错的选择，可以参观那个奇特的太空碗并瞻仰三位烈士，不过这儿太近，如果不组织地面活动就太没劲儿；如果组织，一时又难以准备 21800 套舱外太空服。后来放弃月球，把目的地改为火星，但只是绕过火星就返回，因为目前的飞船不能在有大气的星球上降落和起飞。火星大气密度只有地球大气的 0.6%，虽然稀薄，但对于粒子加速来说已经很致命了。

科学界曾把火星作为太空移民的首选，现在这种可能性已经大大降低，因为对于亿龙赫飞船来说，百万光年的距离和火星到地球十几光分的最大距离没有太大区别，而在百万光年之内肯定能找到比火星更合适的移民星球。当然，在超光速通信未发明之前，火星还是有优势的，而且作为星际移民的中转站，火星的作用仍非常重要。这次把目的地定为火星，就是想拉近它与人类的心理距离。

四、作为一次公益活动，飞船运行费用由乐之友和康平的公司承担一半，另一半各飞船自理。这个规定并非为了节约乐之友的经费，而是为了另一个目的：考验航宇协会的号召力。姬团队认为，即使各飞船要承担一半费用，它们也都会参加，包括属于联合国的宇宙虫号和幽灵号。

方案公布后，紧接着就是热烈的报名。不出所料，35艘光速飞船都慨然承诺参加。两万名新人名额当然首先要分配给姬船队成员。上次同意参加秘密行动的4500名船员自不必说，其余1500名觉得自己上次当了逃兵，很有点难为情，但在老伙伴的劝说下也都来了。剩下的14000个新人名额竞争激烈，最后只得采用网上秒杀方式报名。记者名额的争夺也相当激烈，它们当然不能用秒杀方式，最后由姬人锐和海利拍板决定了。姬人锐原来有点儿担心各国首脑代表能否参加，因为这其中含有某些政治上的微妙之处——如果前来参加，实际就是承认了"航宇协会"这个民间组织在太空时代的领导作用。后来证明他的担心多余了，被邀的各国代表都爽快地答应参加，可能他们都看到这是大势所趋吧，航宇协会的分量是以乐之友长期以来形成的威望和技术实力为后盾的。

这中间还有一个有趣的花絮：关于媒体的现场直播，有一点技术细节在网上引起激烈的争论。船队去往火星的路程中将采用亚光速飞行方式，这时现场直播没有问题，只是无线电信号将存在滞后，以火星和地球眼下的相对位置，最多可滞后15分钟。民众对此并无异议。但从火星回来的路程中，在确认了编队飞行的安全性之后，船队将采用超光速盲视飞行。盲视飞行期间是不能向外播发信号的，只能在停止的片刻发回压缩过的信号。这就出现了一个新问题——由于船速高于电波速度，后发的信号有可能先到！电视台在播放时只能采用这样的办法：先把信号储存，等全部画面到齐后再按正确时序播发。按说这是很"正确"的做法，没想到在网上惹起激烈的反对意见。网民们说：他们一定要看"真正的直播"，不许思维僵化的电视台编辑们随意阉割，如果时间上靠后的电视画面反而先到，看着才有味儿！类似于时间倒流！最后，各家电视台接受了网民的意见，直播时将把屏幕分割成数个画面，完全按接收时序来播放。

到了元旦，庆典船队就要启航了。海利、姬人锐夫妇、贺国基办事处现任主任司马德如、葛其宏夫妇、康平夫妇、SCAC 的德比罗夫上将都参加，其余是各国首脑代表、罗马教廷代表等。姬人锐也邀请了曾为乐之友做过贡献的一些老人，像林秉章、詹翔、徐一凡、美国的段同声医生、生物学家王清音、鲁军定夫妇等。楚天乐因身体状况不好没有参加，鱼乐水也留在家陪伴丈夫。

姬人锐等赶到哈马黑拉航天发射场时，这儿已经被白色的花海所淹没。一万对新人中，新郎穿着各民族的婚礼盛装，式样各不相同；但新娘一律是洁白的婚纱，于是在视觉效果上这儿成了新娘的天下。姬人锐一行赶到时，新人们排成两行，夹道迎接，笑容飞扬地向他们行礼。在这样喜庆吉祥的时刻，新娘们个个秋波盈盈，面容娇艳。康平连连惊叹：

"世上有这么多漂亮姑娘啊，结婚早了，结婚早了。"

他妻子不凉不酸地来了一句："不早啊，我给你自由。"

康平嬉笑着把妻子搂到怀里："不敢不敢，我就是嘴巴上痛快一下。"

50 艘小蜜蜂正在忙碌地起降，把新人们送到在同步轨道上等待的飞船上。小蜜蜂的额定载客都是 20 人，至少得起降 22 次才能运完。它们的频繁起降在天地之间拉起了一条不断的长链，让发射场笼罩在不熄的蓝光之中。

姬人锐他们是最后一批上飞船的，坐的是水晶球号。这是壳体透明的新型号飞船，可以直接通过舱壁观察外边的景象。在同步轨道上，35 艘飞船已经排列成出发队形，每三艘一组，三艘之间靠得很近，组与组之间则拉得较远。这是田咪和习明哲的发明。他们在开发编队飞行技术时发现，既然这种虫洞式飞行在飞船之后拖着大约十个船身长的"本域空间"，那么，如果让几艘飞船紧靠着停在这片空间之中,应该可以被"免费托运",就像在雁阵后部的雁群可以借助头雁所造成的气流。他们对这种全新的飞行方式进行了实验,证明完全可行。不过为保险起见,只让一只头雁带飞两只同伴。

田咪在最前边的夸父号上,声调激昂地说:"婚礼船队即将启航。请航宇协会会长海利先生宣布出发命令!"

海利将军已经年过九十,身体干瘦,但声音还很洪亮:"我宣布,婚礼船队现在启航!我还要宣布,"他笑着说,"人类真正的太空时代从现在开始!"

12艘飞船的头部爆出一团白光,船队缓缓启程,各艘飞船内同时爆发出欢呼声。各艘飞船的头尾部也同时爆出横向的蓝光,这是用常规动力来使飞船自转,以产生人造重力,因为今天的乘员都没受过专业训练,长期失重会造成身体不适。壳体透明的飞船也调成不透明,以免船体旋转时乘员产生晕眩感。在水晶球号飞船里,等重力差不多达到地球重力时,海利步履平稳地走过来,与姬人锐紧紧握手:

"姬先生,非常佩服你。你是新时代的弄潮儿。"

姬人锐笑着说:"弄潮儿是你!航宇协会的会长!"

海利也笑着:"我只是一个摆设罢了。但我很高兴,我这只古董花瓶还能派上用场。姬,你的抢点布局很及时啊,不过——"他富有深意地看看德比罗夫和司马德如,"这是乐之友应该得到的东西。"

那两位当然知道他话中含意,但他俩是现任官员,不能随便说话,只是笑笑,没有应声。

几十名记者簇拥过来要采访姬人锐,他笑着连连摇手:"不,不,请各位别忘了今天是一场婚礼,我既不是新人也不是婚礼主持人,绝对当不了主角。"记者们仍不依不饶,一个女记者高声说:"但谁都知道你是幕后主角!这场婚礼其实是太空时代的阅兵式,乐之友是幕后的指挥!"姬人锐笑着看看这位女记者——她正好说出了自己的意图——仍然笑着摇手,"这只是你的说法,乐之友绝对不敢这样自夸。噢,对了,你们采访这位康总吧,他是这次活动的倡议者和资助人之一,而且他的公司马上要开发可着陆式亿龙赫飞船,这种飞船势必成为新时代的LOGO。我还可以向诸位透露一点儿秘密:

这家伙嘴巴不太关风,你们想挖什么新闻素材尽管去找他。"

记者们知道今天从姬人锐这儿挖不到东西,于是转而围攻康平。这正中康平下怀,作为一个企业家,他是不会放过这个机会的,于是他在记者包围中兴致飞扬地侃侃而谈。

在飞船的环形重力场中,乘员分布在圆形船身的圆周,头部对着飞船的轴心。在轴心处,全息图像显示着船队的队形。船队目前是间断飞行,所以都目视可见,也可以互相遥测,各飞船依据田咪所开发的编队飞行技术,随时调整着激发参数,将各船之间的距离和方位保持严格一致。等状态稳定后,这些激发参数就将被固定,以便在以后的盲视飞行中依据它们来保持船队的精确队形。

在化学动力时代里火星之旅相当漫长,要为期数月甚至数年。但在如今,即使以间断式飞行,也不过是两小时的路程。火星在全息图像中迅速增大,然后在眨眼之间来到了眼前。飞船停止了虫洞式飞行,改用常规动力,进入了火星极地轨道,选择这种轨道是为了使大家能观看火星全貌。各艘飞船把镜头对准地面,第一艘飞船上的田咪充当解说员:

"各位新人,你们已经到了火星上空。现在我们脚下是塔尔西斯高原,在它东部是著名的水手峡谷,全长4000千米,占了火星周长的五分之一!……好,现在是著名的奥林帕斯山,这是太阳系各行星上最高的山,高21.7千米,是地球最高峰的近三倍!这是因为火星上重力较小,山脉可以长得很高。不过从外表上看它一点也不高峻,是一个平缓的盾状火山……现在是北方低原,是陨石撞击形成的……请看,现在已经到了极冠,这儿有大量的冰,如果融化,可以覆盖整个火星达11米。所以,将来我们到火星生活,不用发愁淡水……现在,从不远处掠过的就是火卫一,一个外形不规则的家伙,没有我们的月亮漂亮……请欣赏漂亮的极地云,还有火星边缘的蓝色云霭……"

船队用两个小时环绕火星一周,看完了最著名的景点。田咪说:"很遗憾,目前的飞船不适合在火星上降落,只能带你们来一个走马观花式的游览。相信等你们的孩子们上小学的时候,就能在火星上举办夏令营,举行低重力跳远跳高比赛,在两个月亮的天空下开办篝火晚会,或者组织全太阳系最高的登山探险。今天我们也能送你们一个小小的欢乐,新郎们,搂紧你们的天使,蹬一下地板,飞起来吧!"

35艘飞船的首尾同时亮起了横向蓝光,这是在进行自转减速。飞船同时向外飞行,脱离火星的重力。人们的重量越来越轻,终于有人等不及,夫妻拥抱着蹬一下地板,然后飘飘摇摇地向上飞升。他们在空中高声欢笑,激情热吻。新娘的婚纱在无重力环境下更为蓬松,很快飞船的空间被白色的婚纱全部占据了。从各个方向升到飞船中心的人们开始交会,也难免发生碰撞,于是激起更大的欢笑声。田咪的夫君是卡普德维拉,一个热情如火的西班牙人,本应在这种场合大放异彩,但他此刻在第三艘船上任船长,只好在飞船通话器上喊:

"田咪,可惜我这会儿无法拥抱自己的天使,送你一个吻吧!"

通话器中"噗"的一声,再次激起一波欢笑。水晶球号内的新人相对少一些,多了几对老夫妻,他们也拥抱着在空中飞翔,包括苗杳和姬人锐。苗杳今天像年轻人一样兴奋,大笑着说:

"人锐,今天我也该穿婚纱!"

"是啊,很遗憾事先忘了这件事。没关系,等银婚时我为你补上!"

失重是短时的,因为担心新人们不能长期忍受。飞船开始了自转,径向重力慢慢产生,满船的婚纱也缓缓飘落到地面。船队开始返航,这次将是不间断飞行,速度为1.8龙赫,九分钟就能返回地球。返程中,新人们仍沉浸在刚才的亢奋中,紧紧拥抱着窃窃私语。忽然——飞船中止了虫洞式飞行,开始了常规动力飞行,人们有了向后仰的感觉。全息图像也恢复了,蓝色的地球代替了荒凉的火星。地球上观看直播的亿万观众先看到船队返航,又四分钟后,船队从火星启航的图像才传回地球。

水晶球号上的乘员最先乘小蜜蜂回到地面。他们同地面欢迎的人们互相拥抱,然后守在发射场,一直把新人全部送走。不少亢奋的新娘情不自禁地冲上来,为这次婚礼的组织者们献上一个香吻。也有不少新郎激动地对姬人锐说:"从今以后,我们就是太空人了!还有我们的孩子!"

他们对姬人锐的敬仰溢于言表。鲁军定看着这一幕,笑着说:"人锐,当年我曾说过，你这个人早晚要成龙；后来又说，没想到你成了一条野龙；再后来又说，没想到你当野龙也能弄出这么大一片云彩。今天你弄的云彩就更大啦！"

苗杳因兴奋而脸色红润，似乎回到了少妇时代。她对丈夫说："有了今天，我年轻时的愿望也算实现啦。"

姬人锐知道她说的愿望是什么，但故意问："什么愿望？"

苗杳很坦率："就是那个——我想至少当副总理夫人。"

姬人锐笑着说："可我只是一个民间工程院的院长，弼马温一样不入流的官职啊。"

苗杳只是笑，挽紧了丈夫的臂膊。

他们乘小蜜蜂返回中国西峡，姬人锐让儿子儿媳陪妈妈回家，他直接去楚天乐家。这一段的大动作，他确实没同楚天乐、鱼乐水好好沟通，现在得立即补上这一课。其实要说没沟通有点儿冤枉，他曾非正式沟通了，但天乐似乎状态不好，没有做出应有的反应。也许，他的病情确实影响到了智力？

虽然在 64 年生涯中已经修炼出足够的定力，但今天姬人锐也免不了有些亢奋。自从诺亚号上天，人类已经进入了超光速太空时代，但那时人们只顾专注于抗拒灾变，没有充分认识到这一点。在那之后，得益于天乐、泡利、康老等人的推动，科技又大跨了一步。亿龙赫飞船问世后，30 万光年之内的太空将进入"一日交通圈"，成了地球首都的城郊。这项技术连同已经成熟的聚变技术，使能源枯竭的威胁彻底消除，在宇宙中的富氢星球没有全部耗尽之前都不必担心它。另一个看似较小的发明——用垃圾制造建材——实际有同样深远的意义，人类的文明进程一直是科学和熵增、进步和代价的角力，这个问题曾被认为是科学无能力解决的，文明的灿烂终将被熵增的废墟所掩埋。但现在，通过二阶真空激发方式，实现了不耗能的物质重构，这个问题一劳永逸地解决了！在过去，科技的光明之后永远拖着一个黑影，现在彻底摆脱了！科学变得通体透明，灿烂无比。

不谦虚地说，人类能走到今天，乐之友居功甚伟。它曾有力地推动了时代之船的行进，那么，它也有责任管理今后的航向。

天乐夫妇安静地待在家里看直播。听见小蜜蜂的降落，乐水迎出门外，笑着说：

"知道你要来。我们已经提前准备了你爱吃的北京烤鸭，你爱喝的汾酒。"她领姬进了屋，对保姆说："徐嫂，炒菜吧。"

天乐操纵着电动轮椅过来，微笑着打招呼。姬人锐说："趁饭前这个机会，我把几件事简单说一下吧。"

他简明扼要地介绍了最近的"大动作"，然后说："乐水，当年阿比卡尔想让我当SCAC常任秘书长时，你劝阻了我。我知道你当时的用心——不想让我在权力中污浊化。我感激你的心意……"

鱼乐水笑着说："言重了。我从没担心你会污浊化，我相信你的定力。"

姬人锐笑着摇摇头，继续自己的话题："但现在形势不同了。新的形势再次把乐之友摆到了'天枢'的位置，把太空时代的权柄交到我们手中。天予不取，反受其咎！权力欲如果和高尚结合起来就是最完美的至宝，只有握有它，才能做引领时代的英雄。"

天乐说话了："姬大哥，你恐怕是误解了。我和乐水都还没想这么远，而是……说来话长啊。"

天乐夫妇互相看看，他们显然已经就某个问题谈透了，这会儿乐水的表情中微见凄然。姬人锐的反应足够敏锐，在一刹那中猜到了事情的真相——自己的抢点布局是建基在一个灿烂光明的时代之上的，但——也许这样的灿烂时代并未到来，前行之路仍被灾变的黑影所覆盖。

他的心向黑暗中沉落。

三

前一段时间，在姬人锐督办那几件大事时，楚天乐确实置身事外，连新飞船的开发也没有过问。他没有和妻子打招呼，独自召集了十几名生物学家、脑生理学家、人工智能专家等，关起门来开了一天会。鱼乐水自从上次听了丈夫那几句不祥的话语，时刻把丈夫罩在视野里，当然不会放过这次会议。

会后她拦住会议的首席科学家、以色列魏兹曼研究所的伊莱娜教授。这是一位40岁的俄籍犹太美女，肤色红润，胸脯饱满，一双碧蓝的眼睛湛然有神。她是一位狂热的强科学主义者，终生未婚，因为她"在青春飞扬的时代就已经与科学之神结婚"——从这句话来看，显然她心目中的科学之神是男性。鱼乐水佯作随意地问：

"教授你好，我今天有事没来与会。你大致介绍一下会议内容。"

伊莱娜教授没什么戒心，热心地介绍了会议内容，今天楚天乐是在认真探讨大脑离体存活的可能性。这几十年医学科学飞速发展，已经做到了狗脑的长期离体存活。其实黑猩猩脑的实验对人类更有可比性，但因为伦理限制而没有进行。科学界已经有了共识，对黑猩猩这类与人类亲缘很近的动物，一般不允许进行动物实验。离体的狗脑可以更方便地补允营养，可以方便地进入和解除冬眠，因而其智力活动的水平大为提高，存活寿命也可成十倍地延长。难点在于大脑的信息的输入和输出，虽然已经能将视觉信号和听觉信号编码输入，并将大脑输出信号用电脑破译，但只是低层次的，"短期内无法破译爱因斯坦的思维过程。"教授开玩笑地说。

她又说，其实一个不那么纯粹的、难度较低的替代方案是头颅离体存活。后者可以利用原件的视力、听力和语言能力，因而就不存在上述的输入和输出瓶颈。头颅存活只用把原件的头部血管和神经同机器母体相连接就行了，实施起来相当容易。当然，正因为它还使用脑外器官，所以它的思维就达不到绝对的高效。听了我们的介绍后，你丈夫倾向于第二种方案……

"你说什么？我丈夫打算让头颅离体存活？"

那位在专业上睿智但在人际关系上低能的女科学家这时才觉察到不妥。"难道……"她小心地问，"你丈夫没有事先同你商量？他说他的病躯恐怕坚持不了多久了，但他的责任未完。所以我们很乐意帮助他，帮助我们心目中的科学神祇。"

鱼乐水瞥见丈夫刚把轮椅驶出会议室，此刻正平静地看着她与伊莱娜教授谈话。她莞尔一笑："商量嘛倒是同我商量过，但我还没同意呢。你可以想见的，我当然更喜欢一个完整的丈夫。"

伊莱娜教授笑了："那是当然。那是当然。没关系，我们现在尚处于务虚阶段，等真正开始手术，肯定要看到家属的手术同意书。"

鱼乐水同教授道了再见，走过去，接过丈夫的轮椅。

那天是阴历十月一，亲人祭拜亡灵的日子。楚氏夫妇都是彻底的唯物主义者，从未张罗供品冥币什么的，但一个简化的仪式他们做得很认真。鱼乐水在二老屋里把遗像摆好，点上两炷香。婆母去世后，这一间屋子始终为他们留着，现在，在两炷清烟的缭绕中，二老含笑看着他们。天乐也默默地凝视着二老，鱼乐水做了三鞠躬，笑着说：

"妈你放心吧。天乐已经提出了亿龙赫飞船的设想，如果成功，就能救出柳叶洋洋他们了。"

她推着丈夫出门，唤上外边玩耍的草儿，来到不远处那座无碑的新坟。这里安息着楚天乐的亲爹，他年轻时在患绝症的儿子面前当了逃兵，一生饱受良心的折磨，晚年他挡不住亲情的召唤终于来找妻儿，正好赶上救了天乐一命。现在，他虽然尸骨无存，心灵应该很安然吧。

鱼乐水让草儿点了香，敬在灵前。三人对着坟墓三鞠躬。草儿轻声说："爷爷你安息吧。爸爸妈妈都说你是个好爷爷。"

那位凶手的坟墓离这儿不远，他们顺便为他做了祭奠。随着时间的流逝，他们对这位凶手的恨意已经淡化了，剩下的更多是怜悯。

天乐让徐嫂把草儿带走玩耍，对妻子说："我想参观一家民政系统的福利厂，你陪我去吧。"

这件事有点突兀，但鱼乐水没有问，安排了直升机和汽车。这家福利厂在不远的一个镇上，是民政系统和基督教会合办的，女厂长姓白，是位基督徒。她没想到名闻遐迩的楚氏夫妇亲临工厂，十分惊喜，热情地接待了他们。在办公室，她介绍了这家福利厂的情况。工厂很小，有43个工人，都是残疾人和智障者。产品也很简单，是再生塑料的水桶水盆等，没什么技术含量。再加上这些特殊工人的生产效率比较低，所以工厂是亏本的，要依靠民政和教会的资助。她领楚氏夫妇参观了生产车间。这儿设备虽然简陋，管理还行，环保措施比较到位,车间里并没有塑料热压过程中的异味。几十个工人虽然明显地笨手笨脚,但干得都很投入。楚天乐默默参观了一遍,对厂长说:

"麻烦厂长,能不能介绍几个智障者?"

白厂长从旁边喊来一个工人。这是一位典型的先天愚型病人,圆脸,眼裂小,斜眼,耳朵又小又低,短脖子,身材矮小,走路一晃一晃的,显得肌肉软弛无力。他用愚钝的目光讨好地看着厂长。白厂长亲切地问:

"二保,今天干得怎么样?能不能得个红花?"

二保使劲点头,口齿不清地说:"肯定能!"

白厂长对客人们说,"我们这儿每天要在黑板上发红花。他们干得很好,差不多每人每天都能得。谁哪天得不到,会伤心痛哭呢。"她回头对那人说,"二保,你能把名字写给客人看吗?"

二保连连点头,接过白厂长递过的笔,努力写出"丁二保"三个字。不过"保"字是横躺着的。白厂长夸奖了他,他兴冲冲地离开了。白厂长无奈地笑着:"我纠正了多次,这个'保'字还是躺着,我干脆也不纠正了。"

她又喊来两位并做了介绍。楚天乐指着不远处一位中年工人问:"那位应该也是智障者吧,我看他的肢体都健全。"

白厂长赶紧摇摇手,低声说:"别让他听见。这是位特殊智障者,曾经是一家技术型企业的老总兼总工,企业办得相当红火,多次慷慨资助过我们厂。后来他不幸得了脑瘤,手术后智力极度降低。其实以他的财力,完全可以留在家中由专人护理。他是主动要求来这儿的,家属拗不过他。我猜想,也许他在资助我们厂时,对这儿留下了较深的印象?他来这儿后,只能干最简单的活儿,但我总觉得他对过去的生活有记忆。有时他会陷入沉思,努力回想,回想不起来,就会来一场发作,做出一些狂暴的举动。我们对待他特别小心。"

楚天乐低声问:"我能过去看看吗?"

"可以的,他今天情绪比较平稳。但去之后不要说什么。"

楚氏夫妇过去,默默观察着。那位工人衣着整洁,面容保养得不错,与旁边的工人明显有区别,不大像是智障者。但当他抬头看这边时,显然不是正常人的清明目光，而是智障者特有的茫然和畏缩。他在为水桶穿铁丝提手，干得很认真。楚氏夫妇默默地看着他，怜悯伴着敬意。这位智障者主动来这儿当工人，说明他不愿意做一个废物，说明他还保持着当年的尊严。那人不时抬头看看客人，显然两位客人的凝视让他不安。他的不安情绪显然越来越浓，他抬头看客人的频率越来越高。白厂长意识到了，忙示意两位客人离开，这时那人忽然问：

"他们是不是要考我认字？我没忘。"

他的神情中透着恐惧。白厂长反应很快，笑着说："是啊林先生，他们知道你一直没有忘记认字，很不简单的，想来考考你。"

她掏出记事本，示意客人写几个简单的字，鱼乐水写了"人、天、日"几个字，那人顺利地认出来了。白厂长和鱼乐水齐声夸他，他的神色转为霁和。

回办公室的路上，白厂长感慨地说，这位智障者现在最恐惧的事情之一，就是他会忘掉写字和认字，那样他觉得自己就成了真正的废物。实际上他确实把大部分汉字都忘了，我们只能圈定二三十个最简单的字，经常问，不断强化他的记忆，也算是对他的安慰。楚氏夫妇很感动，从白厂长刚才称呼"林先生"的细节上，也感受到白厂长的良苦用心。

临走时，楚天乐留下了一张50万元的支票，白厂长连连致谢，楚天乐真诚地说：

"不必客气，其实该感谢你。残疾智障都是人类不可豁免的痛苦，在这个意义上，可以说这些残缺者是在代替正常人受苦。你关爱他们，把这当成终生的事业，我和乐水都谢谢你了。"

白厂长眼眶红了，合掌致谢。

回程中两人都比较沉闷。回到家里他们赶紧打开电视，电视上正播放着火星婚礼。那儿飞扬着热情，跳动着亢奋，镜头中的姬人锐尽管表情冷静，但内心的亢奋是藏不住的。这与屋里的沉闷形成了鲜明的反差。丈夫看看她，笑着说：

"乐水，你今天见了伊莱娜，知道你有话要说，你说吧。"

鱼乐水开玩笑地说："你今天太让我掉面子了！这么大的事，事先不告诉妻子。我很伤心的。"

虽是玩笑，也含着五成的认真。但楚天乐不大在意："没那么严重吧。我只是不想没必要地刺激你。我想先咨询一下可能性。如果不行，那这件事就干脆不提了。如果行，我肯定会立即告诉你。"

"但咨询的结果是可行。"

"是的。"

"而且你简直是挠着了伊莱娜教授的痒处，让她得以大展她的高超技艺。"

楚天乐听出妻子的不满，仍笑着说："这点你也没说错。"

鱼乐水侧过身，定定地看着他，看了很久。她叹息一声："天乐，我想……"

楚天乐打断妻子的话，"乐水，我知道你是怎么想的。但有些话可能难以出口，还是我来说吧，然后你来评判这是不是你的内心想法。算是一个猜谜游戏吧。"

他是有意把谈话的气氛轻松化。鱼乐水响应了，笑着说："好啊，游戏开始吧。"

"你和我都信奉我干爹的话：人活着就是为了享受活着的乐趣，不是为了逃避死亡。在活着的进程中，为了生存所干的任何事都是天然合理的。到这里为止你我没有分歧，但之后分歧开始了。你认为，活着的主体应该是人，而不是，比如一个人头和机器身子的杂合怪物，你认为那已经失去了活着的意义。不妨把这两种'活着'定义为：肉体的活着和理性的活着。我认为，从长远来说，人类的生存应该是后者，它可能有各种方式，包括一个流动在大一统电子网络中的思维。"

鱼乐水摇头："那些前景已经超越了我的心灵，我不想说反对或厌恶这类话，只是——留给后人去实行吧。"

楚天乐的口气忽然急转直下："但我说的分歧是极而言之。我相信我说的'理性活着'终将会实现，但并非说我就准备身体力行。你说得对，那种前景留给后人吧。我也像你一样想有一个肉体，虽然这具不合格的肉体让我承受了很多痛苦,少了很多乐趣,包括性之乐趣,但我仍很看重它。乐水,我喜欢你偎在我身边,摩挲着我的皮肤,发丝痒痒地搔着我,气息柔柔地吹着我。乐水,你不知道我有多看重你,有人谬赞我是乐之友大脑什么的,但这颗大脑有你的爱情滋润才有了灵性。"

楚天乐一般比较内向,不大对外开放心灵,今天这些很动情的话,鱼乐水是第一次听到。她非常感动,把丈夫搂在怀里,两人享受着心灵的共鸣。过一会儿,楚天乐说:

"但你肯定要问,我为什么准备让头颅离体生存?那是不得已而为之。"

鱼乐水心中忽然一沉。她猜不到丈夫要说什么,但已经远去的恐惧和绝望又悄悄地来了。怎么可能呢?人类已经逃脱了全宇宙塌陷的灾变,正在开发亿龙赫飞船,有用不完的能量,再不用担心环境污染,前途一片光明,人类可以说已经开始进入神的境界,进入自由王国,怎么会……但她知道魔鬼又来了,而且和丈夫今天的参观有某种关系。丈夫直视着她,一直看到她的心灵深处,叹息着说:

"对,你已经猜着了。那个撒旦并没有真正离开。它又来了,正阴森森地盘踞在人类的前行之路上,也许这是个更可怕的魔鬼。"

那晚,楚天乐详细讲述了人类面临的另一场灾难。

他说,61年前开始的空间暴缩通过某种量子效应大大提升了人类智力,按照普鲁斯特的验证及泡利的公式计算,人类智力已经提高了45%,还有可能继续提高。人类社会在短短三十年中实现了科技大爆炸,无论是科技精英,还是普罗大众,都充分享受了高智力,把它视为平常之事。不过,我们已经知道这次暴缩是个孤立波,半周期为62年,一年后就要达到峰值,然后收缩强度逐渐降低,提高的人类智力也会逐渐下降。再62年后,空间恢复到标准真空,人类智力也会复原到灾变前水平。到那时,再也不会有今天这样的天才飞扬和智慧怒放了,人类发展科学仍然得像过去那样,用可怜的智力东撞西碰,就像老鼠钻迷宫一样。如果没有这轮智力暴涨,人类不会意识到自己智力的可怜。但经历了智力暴涨又把它失去,人类情何以堪啊。

但这还不算灾难，灾难是在其后——其后是一个暴胀孤立波，周期同样为 124 年。空间暴胀时对人类智力会是什么影响？其实泡利公式已经预言了，该公式是关于原点对称的，收缩率既能以正值代入，也能以负值代入。其曲线在正负区间都有极值，分别为：

变化后的智力与原始智力的比值 $E_t / E_0 = e^{\pm 2/3}$

智力最高升幅为 94.8%；

智力最大降幅为 48.7%。

那时泡利并不知道宇宙会有暴缩，所以他说负值区段纯粹是数学推演，可能并不具有实际的物理意义；但他同时也说，该公式虽然只是经验公式，但具有简洁美和对称美，以他的直觉，也许能够升级为理论公式，就像普朗克的黑体辐射公式那样。如果是理论公式，那么负值区段也许有实际的物理意义。上帝还是很厚道的啊，他在一个形式对称的公式中给出了不对称的数值：升幅为 94.8% 而降幅为 48.7%，没有让文明生物在空间暴胀中出现智力清零，但这么大的智力衰退足以造成科技清零了。也许，这种大致以十万年为周期的科技清零，才是费米佯谬的真正解释。费米佯谬是指，如果宇宙中有其他类似地球发展历程的文明，那我们早该看到他们了，因为数十亿年前就可能有生命在其他星球上诞生。"泡利在牺牲前的遗言，就是提醒我关注这个公式。"

楚天乐又说，"虽然泡利当时不知道这次的宇宙暴缩只是个孤立波，但他有过人的直觉。他多次给我嘀咕过：这种十分暴烈的空间收缩恐怕不会持久，正如一句中国古语：其兴也勃，其亡也忽。所以早在那时，他就对暴缩后可能转为暴胀及暴胀可能引发智力衰退的前景惴惴不安。泡利无奈地说，很可惜，他无法用实验或观测来验证该公式在负值区间的推演结果。此前，物理学与玄学有一个根本区别——物理学有实验室，任何玄思奇想必须由实验来验证。但不幸的是，科学发展到宇宙学阶段已经没有实验室了。比如，怎么可能在实验室里制造一个暴胀的空间，从而验证人类智力是否会下降？这种膨胀是发生在空间第四维，人类绝对不可操控。所以，他只和我讨论过这些担心，我们从没告诉第三人。"

但现在不同了。宇宙胀缩的孤立波理论已经被证实，空间暴胀将是63年后的现实。如果泡利公式的预言是正确的，人类智力就将随之降低，最多降低48.7%，那就降到黑猩猩之下了。

如果人类还处在茹毛饮血时代的话，这样的智力降低并无太大危险。宇宙胀缩的孤立波已经多次扫过宇宙，近期的间隔大约为十万年一次，但并未造成以十万年为周期的物种大灭绝。不妨设想一下：也许在智力提升期黑猩猩很快学会了用树枝钓白蚁，学会用石头砸坚果，甚至学会了利用天然火，进化出了简单的语言；可是不幸轮到智力降低期，它把这些进步全忘了——那也不要紧，它们仍然可以摘香蕉，吃树叶，用猩猩的兽语呼唤同伴，照样能活下去。可惜人类已经不是蒙昧的动物，人类有核电站、飞机、万吨巨轮、拦河大坝、病毒实验室、基因工程公司，更不说有核潜艇、洲际导弹、生化武器……这些都需要智慧来控制。如果把这些开关、按钮都交给一群愚昧的黑猩猩，想想世界会是什么样的前景吧。

鱼乐水打一个寒战。她不禁想起这半年来丈夫近乎"飞车"的狂热思考，原来他知道智慧的韶华马上就要过去了，甚至会转为智力崩溃！他是在努力抓住剩余的时间，力图绘出人类智力崩溃后的图景。

楚天乐苦涩地说：

"怎么办？现在无法可想。这次的灾变虽然是软性的，实际比上次更为深重。乐水，人类科技发展到今天这样的水平，即使因某种灾难使全人类都失去听力或视力，失去语言能力，失去双腿、双脚甚至心脏，都不要紧，高度昌明的科学都能给出应变之道。但如果失去智力，那一切都完了，人类真的无处可逃了！我惧怕这个，远甚于惧怕肉体上的绝症。今天在那个福利厂，看着那几位智障者，尤其是那个从正常人沦落的智障者林先生，我就像看到了自己的明天。"他叹息着，"正因为局势彻底无望，这些担心我没有告诉任何人，连姬人锐也没有说。但是——我预言的这个阴暗前景，其他人同样也会预料啊，如果几个月后，全球范围内出现科学家的自杀狂潮，我不会感到意外。"

这个前景让鱼乐水打了个冷战，她忽然坐起来："不，应该告诉大家，首先告诉姬人锐。咱们一块儿想办法。我觉得，他在这些软问题上的应变能力要比你强。"她苦涩地说，"至少也该商量一下，确实没办法时该怎么收拾残局。"

"经过上次那件事，我不会再瞒他。"他指指屏幕，"他已经到航天发射场了，晚饭前会回来，我估计他会主动来找我们，最近他做了不少大动作，肯定会来向咱们通报。"

"你让徐嫂采买的北京烤鸭就是为他准备的？"

楚天乐点点头："对。"

他们暂且把这个话题抛开，继续看直播。估计姬人锐快要到时，鱼乐水为他泡了茶水。那段时间两人没说话，各自在心中梳理着想法。山顶上出现了小蜜蜂的蓝光，少顷姬人锐匆匆进来了。

听楚天乐讲完，姬人锐眉峰紧蹙，努力消化这个过于突兀的噩耗。鱼乐水默默地看着他，期待着他的睿智。在科学领域，她敬服丈夫的天才；在社会政治领域，她更敬服姬人锐的智慧；而眼下的灾变应该是横跨两个领域的。姬人锐此刻心中五味俱全：有浓重的失落，有深深的悲怆，也有绝望的愤懑。30 年前，人类突然得知那口沸水锅的存在后，曾有了奋力的几跳，实现了千年的科技进步，走到了灿烂光明的坦途——却突然得知更大的灾难还在后头！难怪在他干了几个大动作之后，天乐一直像是心不在焉，原来并非他变迟钝了，而是自己过于乐观了。自己眼中的灿烂前景，原来只是一个漂亮的肥皂泡。

上帝真会玩人啊。

姬人锐沉默一会儿，问："你们说完了？"

"完了。"鱼乐水说。

"不，没完。你们没有说到这些情况和'头颅离体存活'有什么关系。"

鱼乐水一愣，不错，自己在震惊中忽略了这一点。她看看丈夫。丈夫点点头，说：

"姬大哥你说得对。这个打算牵涉到我的一个设想，但它过于玄虚，我不知道它属于'必要的冒险',抑或是'不必要的疯狂'。"

"如果人类处于绝境中,就没有什么'不必要的疯狂'。接着讲。"

"将在63年后出现的、125年后达到峰值的那波空间暴胀,仍然是全宇宙同步,人类无处可逃,也许只有一个地方例外。"

鱼乐水立时竖起耳朵,她看见姬人锐同样如此。

"你们已经知道,虫洞式飞船只能在虫洞内行进,其船体绝不能越出虫洞之外。因为虫洞外是非本域空间,在那儿物体仍然遵从相对论体系,包括下面这些众所周知的机理——需要有力才能产生加速度啦,船速接近光速时质量趋于无限大啦,等等。所以说,即使飞船仅仅有一个小小的凸起越出了虫洞,也将给飞船的行进造成极大的阻抗。我这儿没用'阻力',是因为这种阻抗并非力的性质。"

"对,我们知道。"

"所以,虫洞式飞船设计的第一条规则,就是飞船实体的直径一定要小于虫洞直径。这已经成了金科玉律。可是现在咱们不妨来个逆向思维——如果技术专家们能克服天大的困难,把一个有人头那么大的凸起伸到虫洞外,同时勉力保持虫洞内的飞船的行进——当然,这种行进肯定低于光速,否则就违犯了相对论——假如这样,那么这个凸起将会处在什么样的真空中?可以想象一下,这个凸起物在行进时,宇宙的静止空间将扑面而来,就如坐敞篷车飙车时扑面的狂风。所以,对于这个凸起物来说,空间被大大压缩了。"

"人造密真空!"鱼乐水兴奋地说。

"对,人造的密真空。这类似于多普勒效应,但实质上不是。因为对我们有用的不是波频的升高,而是空间的压缩,是真空深层结构的压缩。常规动力飞船其实也能造成真空的压缩,可惜它们的速度太低,效果不明显。我大致计算过,如果虫洞飞行维持在半光速,空间压缩效应就足以抵消空间暴胀。如果那个凸起物中装载着,比如一颗人类的头颅,他应该能保持着峰值智力,这样就能在沉睡的雁群中设一个清醒的雁哨。当然,这个凸起物将不得不承受强化了的宇宙辐射,如果它里面装着人脑,就必须有坚固的保护,那种

'类中子态物质'就很适用。"

两人读出了他没说出的话：正因为如此，他才考虑仅仅头颅的离体存活。楚天乐又说：

"如果上述猜测能实现，那就好办了，可以让逃难者坐上飞船，然后，每艘船上只要有这么一个伸到本域空间外的脑袋，就可以指挥飞船的正常运转，并监视着地球的状况。这样一直熬到空间暴胀的结束。"

鱼乐水皱着眉头："慢着——这种做法，让凸起物中的那个人脑来指挥飞船的运转，是不是违背了你说的那个'不同宇宙信息不可通'的铁律？因为虫洞内外的本域空间和非本域空间，从本质上说是不同相的。"

楚天乐微笑着看她："乐水，以后你别说自己不擅长理性思维了。你说得对，这样的做法如果成功，确实也打破了那个铁律——其实也不算违背，因为它是通过虫洞来实现的。所谓虫洞就是连接不同宇宙的通道，我们过去说宇宙不可通，只是因为没有找到合适的虫洞而已。但正因为如此，我对自己的设想没有太大把握。我不知道这个铁律究竟能否被打破。"

姬人锐说："既然咱们已经打破了'光速不可超越'的定律，超越了相对论体系，那再打破一个定律也不是什么了不起的事。这样吧，我们静下来考虑三天，然后见面，商量一下以后该如何办。天乐，谢谢你的信任，这次你把这个灾变及时告诉了我，没有像上次那样藏着掖着，采取单独行动。"

他的夸奖实际是批评，是撒一撒上次窝的气。楚天乐说："对，我不会再瞒你，这也是乐水的意见。"

"是吗？那我也要感谢乐水。乐水你知道公众对咱们仨的评价吗？虽然重复它有点自我吹嘘，我还是讲一讲吧。这个评价是：楚天乐是乐之友负责思考的大脑，姬人锐是负责行动的小脑，鱼乐水则是指引方向的心灵。对我的评价虽是过誉，也算贴切。小脑算啥玩意儿？没有大脑的指挥，它只能做出简单的植物性反应；没有心灵的指挥，它可能会步履敏捷地走邪路。所以嘛——谢谢你们两位。"他苍凉地长叹一声，"但愿这次咱们还能走出一条路来。"

他起身告辞。

四

乐之友基金会副会长葛其宏说:"人上齐了,开船吧。我说船长,14年了,怎么还是你个老家伙?"

船长笑着回骂:"你还没死,我能死到你前头?"

"少跟我油嘴滑舌。开船吧,好好开,要知道……"

船长截断他的话头:"我知道你下边放啥屁,趁早打住。说什么这些人都是全世界最顶尖的科学家啦,要是一翻船,物理学得倒退100年啦。是不是?"

葛其宏笑了笑:"你这样聪明,也省得我多说了——得,咱俩别胡扯了,上次来过的罗格先生也在,他可是懂中国话的。"

船长开着船,悄声问葛其宏:"喂,葛会长我问句正经话。这次是不是还要来一个啥子秘密投票?我知道上次这儿一投完票,美国费米实验室立马按电钮,爆出来个超大空心球。"

"对不起了,会议内容嘛,正好保密到……"

"你这一级?"

葛其宏摇头:"不,这回保密到我上面一级,我也不知道这次是啥内容,只知道来的都是物理学家、宇宙学专家、虫洞飞船制造专家、大脑科学专家,等等。你甭打听了,专心开你的船吧。"

船长盯着他看了一眼:"不是坏消息?我看你眉间有黑气,笑起来也带着哭味儿。"

葛其宏对会议内容其实是知道的,当然他不会透露:"你开船还兼职看相?少扯淡,开你的船吧。"

坐在船头的罗格听见了船尾的对话,他只是回头看一眼,没有接腔。今天船上还有姬团队的姬继昌、原来的六个船长加习明哲等八人,有康平和美国的阿伦·戴奇,他俩作为飞船制造业的代表。他们对会议内容倒是一无所知,听着葛副会长和船长打哑谜,都不免在心中暗暗猜度。毕竟这次会议召开得太突然了。

人蛋岛到了。岛上仍保持着当年的荒凉景象，也没有修码头，客人通过一个临时的木板栈桥上岛。这儿和岸上有显著的反差，那边已经遍布透明的球形建筑了，明亮的房屋远远看过去就像仙景。楚天乐、鱼乐水和姬人锐立在岸边迎接。等30名代表全都上岸，鱼乐水说：

"欢迎大家来到人蛋岛。有些人是故地重游，但多数人是第一次来。开会之前，是不是先领你们参观一下？"

大家同意。于是葛其宏领大家参观，楚、姬、鱼三人先去地下会议室等着。大家饶有兴趣地瞻仰了那些半球形玻璃罩，残缺的蛋壳和地面上的光脚小脚印仍旧凝固在时间中——比上次参观时又多凝固了14年。25根石柱还在，只是上面的摄像头已经被拆除。罗格总觉得岸边似乎有一个白色的身影，正背着手抬头望天。当然这是他的想象，泡利已经去世六年，那颗天才的脑瓜永远嵌在月岩上了。他们匆匆看一遍，来到地下室。地下室仍是摆着一圈草蒲团，草色已经干枯。当时编织草团的是天乐妈和柳叶，柳叶已经上天九年，而天乐妈也去世三年了。

姬人锐主持会议。他神态苍凉，开门见山地说：

"人类多灾多难啊。虽然已经证明前一个灾难只是虚惊，但还有一个灾难在前边等着我们，它不大可能仍然只是虚惊。一会儿楚天乐将对它进行详细阐述，我们随后讨论应对办法。这个灾难……怎么说呢，它是软性的，但也许比过去的硬性灾难更为可怕。所以，如果一时找不到可行的办法，各位与会人应发誓保密，以免造成剧烈的社会动荡。保密是无限期的，直到某次会议作出新的决定。大家同意吗？如有不同意做出这个承诺的，请现在退出会场。"他依次看着众人，众人也依次点头。"好，天乐你开始吧。"

楚天乐讲了即将到来的疏真空孤立波，讲了对人类智商崩溃的担忧。他讲得很实在，既讲了自己的深切忧虑，也明白地说：这个灾变是未经证实的，而且无法提前验证。屋内很静，只有他的语音转换器的金属声音在回荡。讲完后会场静默了很长时间，鱼乐水想，大家突然听到这样的噩耗，确实得努力琢磨一会儿才能消化。但她的想法不全对，与会人员中至少有四个人的沉默是因为别的原因。过一会儿，罗格长叹一声：

"谢谢你们召开这个会。楚先生，你所担忧的前景我同样考虑到了，半年前就考虑到了。我认为，虽然它只是泡利公式的数学推演，但只需比照一下空间暴缩所带来的智力暴涨，则空间暴胀会带来智力陡降就不必怀疑了。这半年来我保持沉默，是因为我一直没想到应对办法，连起码的方向都没有。既然无法可想，我也不想聒噪着惊醒世人。坦率说吧，我已经做好了自杀的准备，如果没有这次会议，也许几星期内我就会实施。"他苦重地说，"因为我对失去智力的恐惧，远远甚于对死亡的恐惧。"

会场上有三个人相继点头，他们是物理学家居士朋，天体物理学家克里古，量子物理学家松本益智：

"罗格，我也想到了啊。"

"我也一直保守着这个秘密。"

"说不定我也会因绝望而自杀。"

会场中最吃惊的是姬团队的八人、康平和戴奇。他们已经全身心地投入到对新时代的进攻战，对明天的灿烂充满了期许。他们刚刚在火星参加了太空婚礼，新婚的亢奋还在心头跃动。现在却突然听到噩耗，原来后方已经彻底沦陷！姬继昌侧身盯着父亲，父亲苦涩地点头："孩子，很抱歉我没有提前告知你。此刻我理解你的心情，对于一个已经披甲上阵的先锋官来说，这个弯子实在太陡峭了。"

楚天乐说："我同样沉默了很长时间，努力寻找破解办法。但到今天为止，我也只是找到了一个很勉强的办法。"

尽管他的调子很低，但与会者都相信他的睿智，会场气氛为之一变。接下来，楚天乐平静地讲述了他的"雁哨计划"，请大家评判它是否可行。大家默默地思索着。

过了一会儿罗格发言："向楚先生致敬。他没有屈服于这个撒旦的淫威，勉力想出了一个办法，我觉得它是可行的。这在心理上为我们松了绑，那咱们也尽情放飞智慧吧，我现在就要飞了！"他笑着转向楚天乐，"楚，你的办法对我有很大启发，我立即产生一点灵感。那就是——"他缓慢地说，"我们已经知道在虫洞飞行时，飞船外的非本域空间将由暴缩转为暴胀；那么在虫洞内,飞船之后拖着的那个本域空间,将如何变化?和非本域空间同步吗?"

他用炯炯的目光看着楚天乐。天乐明显一震,应声说:"这是非常有价值的疑问。请往下讲。"

"我觉得不会同步,没理由同步。本域空间与非本域空间是不同相的,互相隔绝的,没有信息的交流自然不会同步。所以,依逻辑推理,它仍将保持原来的疏密状态,只要飞行不停止,状态就不会改变。这就像存入银行的死期存款,你存入时的利率是多少,银行就一直依此来计息,不管此后利率是否有变化。但一旦你取出再存,就要按新的利息标准了。"

楚天乐思索着,轻轻点头。鱼乐水说:"我明白了。罗格你是说,趁着宇宙尚为密真空状态之时让飞船迎入虫洞,然后保持连续飞行,使飞船之后的本域空间一直保持密真空状态。直到外部空间恢复成标准真空。当然,这期间飞船将一直盲飞,与外界不能有任何信息交流。是不是这样?"

"对,这样就能避过那个智力崩溃期。不妨用一个比喻,持续飞行的飞船就像是一个完全密封的智慧保鲜室,为人类保留一批智慧的种子。前提是飞船不能中途停飞,因而船上的燃料一次充装后要足以使用186年,即孤立波的1.5个周期。"罗格说。

楚天乐击节称赞:"没错!这比我的办法更好,更易实现。至于你说的186年连续飞行,对于虫洞式飞船不成问题。昌昌你来说吧,你们在这次火星之旅中刚刚开发出了这种办法。"

姬继昌敏锐地理解了他的意思,说:"飞船之后有大约十个船身长的本域空间,它至少能容纳三艘船,可以用来做副油箱。这类似于火车头拉着几节车厢,但两者实际是不同的:火车多拉车厢需要多耗动力,而我说的副油箱是被空间带着一块儿走,并不会增大动力消耗,算是免费托运。有了这几船备用燃料,连续飞行186年绝对没有问题。"

与会人员进行深入讨论后,对罗格办法表示认可。居士朋说:"但楚天乐办法也有独特的优势。因为,那是个主动式的智力强化器,即使孤立波全部过去,宇宙恢复原来的温和膨胀,仍可利用它来制造局部密真空。而且,在灾变期间，它能够保持对地球的主动干预能力，而罗格的'密封式智慧保鲜箱'只是消极防御。"

克里古说："不过楚天乐办法有两点限制。第一，这种飞船不可能达到光速，否则那个伸出在非本域空间的突出物的质量就会达到无限大；第二，虫洞中的飞船不再像过去那样可以瞬间加减速，而必须是匀速加减。也就是说，洞内的飞行态必须与洞外保持一致，否则就会使受力曲线出现尖点，导致飞船毁坏。而且这种飞船的制造难度很大。因为过去的虫洞飞船从本质上说是不受力的，可以做得非常轻巧。而现在呢，伸出在'非本域空间'的凸起将带来巨大的阻抗，飞船必须有极大的强度和刚度，材料性能肯定得提高几个数量级。考虑到这些因素，楚天乐办法不会马上实现，只能作为一个备用方案。"

康平同他手下一个年轻的材料学家科瓦廖夫低声商量了一会儿，然后意气风发地说："不必担心。只要有了努力的方向，技术上的难题总归能解决的，特别是，咱们现在已经有了性能优异的类中子态物质！"

中午大家吃了简易的工作餐，继续深入讨论。晚饭前姬人锐做了总结：

"讨论已经很充分了，我来小结一下吧。此次会议做出以下结论：一、提请联合国考虑罗格办法，制造足量的'智慧保鲜室'，投放一支十万人级别的船队。以便万一文明毁灭，这些人将回到母星重建文明。这支船队以姬继昌等正在研发的亿龙赫可着陆式飞船为基型。二、环宇探险继续进行，但也有少许变动，即它的前期飞行中也要保证186年的连续飞行。三、楚天乐的雁哨办法同时开始研究，但以不妨碍前两者进度为准。对这三条结论，大家有意见吗？"

众人依次点头，表示通过。会议主持人姬人锐苍凉地说：

"先生女士们，弟兄姊妹们，依照公认的数据，空间收缩明年将到达峰值，也就是说人类智力即将达到巅峰，其后就该走下坡路了。红颜易老韶华易逝啊，趁着我们有一个高效的大脑，大家百倍努力吧。现在散会！请大家吃了工作餐再离开。"

工作人员为大家分发盒饭。一位工作人员匆匆进来，交给姬人锐一张电话记录纸，姬人锐匆匆浏览一遍，抬起头，震惊地看着楚氏夫妇。正在照顾丈夫吃饭的鱼乐水问：

"什么消息？我想它一定非常重要。"

"诺亚号的来电。亚历克斯他们已经重复了我们的所有发现——不，不是重复。诺亚号来电时离地球四光年远，所以我们今天收到的这些发现应该是四年前做出的，早于我们。"

"所有发现？"鱼乐水下意识地重复。

"对——除了雁哨方法。"他把那张纸递给楚天乐。"关于全宇宙塌陷只是两个孤立波；关于亿龙赫飞船；关于即将来到的智力崩溃期，以及逃离它的连续飞行方法等，他们都早于我们独立发现了。并且他们已经付诸实施，从四年前发出这封电文后，他们就果断进入了连续的虫洞飞行状态。直到他们进入盲飞的131年后，也就是从现在算起的127年后，才会恢复与外界的联系。他们的氢燃料不足以连续飞行到空间疏波结束，但他们已经想办法解决了这个问题。"

"怎么是131年？"鱼乐水疑惑地问。

楚天乐已经看完了纸上内容，长叹一声："没错，他们做出了与我们完全相同的发现，除了一点——孤立波的周期。我们说半波周期是62年，而他们说是46.5年。姬大哥，我们必须立即严格复核这个数据！我个人认为62年是准确的，毕竟飞船上的观测设备不如地球，再加上他们的观测要受到飞行状态的干扰。可是，如果真的如此，诺亚号就有大麻烦了。"

鱼乐水迅速默算一下，不由得打了一个寒战。如果地球观测到的62年半周期是对的，那么，当127年后，即诺亚号认为空间恢复正常的时刻，它兴奋地脱离了虫洞，迎接它的恰恰是空间膨胀的峰值。他们将从密真空突然进入极度的疏真空！这样陡峭的突变，肯定会造成诺亚船员的智力大崩溃，也势必带来飞船的毁灭！

——可是怎么办？毫无办法。诺亚号已经进入了预期为131年的连续虫洞飞行，它与外部宇宙是完全隔绝的，没有任何办法可以通知他们。而且，他们进入盲飞后无法再观测虫洞外的宇宙，因而肯定无法自我修正错误。

鱼乐水凄然看着丈夫，丈夫拍拍她的手背说："咱们立即安排对孤立波周期的复核。乐水，不要绝望，总会有办法的。"

但他的话音中并没有多少信心。

半个月后复核结果出来了。地球观察到的62年半周期是对的，而诺亚号得出的46.5年是错的。

五

妈、天乐哥、乐水嫂、草儿侄女：

你们好。关于那四个重要发现，梓舟执笔的工作报告中已经做了详细阐述，我只补充一点儿背景资料。飞船启航五年来，我们的冥思式思维已经有了丰硕的成果，显然它的效率远远高于地球上的常规思维。虽然诺亚人对于发明权已经淡漠，但在亲人面前我还是想小小地吹一句牛：那四个发现中有一个是我的贡献，梓舟也有一个。

我们在做出四个发现后，为了让地球同胞尽快知道，就立即向地球折返——毕竟1.8龙赫的飞船比电波走得更快。返程持续了两年。现在我们离地球只有不足四光年，但不敢再往前走了。今天是宇宙收缩第57年，已经过峰值10年了，我们得抓住目前空间尚为密真空的时机进入虫洞状态，以便为地球文明保留一颗高质量的种子。至于地球社会，我们估计，如果你们在接到电文后立即着手，尚可在密真空结束之前让飞船上天。那样，你们至少可保持灾变发生前的智力水平。如果来不及，那么你们就要按最坏的可能着手做准备，以便在人类智力崩溃时尽力避免文明的毁灭。

亲人们，我为你们担心。但我想，地球上有天乐哥、罗格、姬继昌这样数目众多的天才，一定会想出办法的。我有一个大胆的估计：也许在电文到达地球前你们已经做出了同样的发现。亲人们，我为你们祝福！

妈的身体还好吗？这两天我有一个强烈的感觉，总觉得妈已经离我们而去。我似乎真切看到了火葬台上的火光。如果这个臆测不符合事实，希望妈一笑了之。我知道妈从来不怕听不吉利话。如果我不幸而言中，那就代我在爸妈的灵前祭奠并代我同二老告别。我也要同你们道一声永别。诺亚号马上就要进入虫洞状态，该状态将延续131年，在此期间不能同外界有任何信息交流。等诺亚号脱离虫洞状态时，我肯定已经作古，如果我的小天使还健在，那他也是135岁的老人了。

亲人们，永别了。我爱你们，想念你们，也祝福你们！

柳叶

六

世界科学界经过半年的讨论，基本认可了楚天乐和泡利预言的下一个灾变。虽然没有任何观测证据来证实它，但鉴于人类正经历着由空间暴缩所带来的智力暴涨，那么"空间暴胀将带来智力陡降"便是非常自然的推延。千名科学家联名写信给联合国安理会，敦促他们重视楚—泡利预言。信上说，科学尤其是宇宙学发展到宇观阶段后已经到了一个分水岭，因为不可能再像经典物理学那样，用实验来验证某个理论，那人类只能相信逻辑的力量，理性的力量了。当然，验证还是要做的，只不过要交由宇宙本身来进行，而且只能是一次性的、事后的验证。

联合国安理会经过长达一年的讨论，最终通过了乐之友起草的新灾变应对计划。这在很大程度上要得益于SCAC的大力推动。毕竟"智力下降"对民众而言只属于软性威胁，算不上硬性灾难，何况30年来民众经受了太多的急加速、急转弯和急刹车，已经产生了普遍的厌战情绪。他们更愿意扔掉所有的烦恼，忘掉所有的恐惧，乘超光速飞船到太空旅游，享受氢盛世的富足生活。不过——毕竟这是智慧灿烂的时代，民众最终用理性战胜了感性。

新计划大致是四点内容：

一、尽力确保地球的安全。联合国将建立一个权威的智力监测室，随时对人类平均智力进行观测。当智力下降到临界点时，将决绝地关闭所有高科技设备，使人类回到刀耕火种的时代，以避免高科技设备造成的次生灾害。灾变前的准备工作异常繁重，包括大量储备粮食，以及筹划在智力退化期如何分配粮食等。但这个计划有一个根本性的矛盾——对于智力下降到临界点的人类，能否做出"人类智力已经下降到临界点"的判断。这可以说是哲理层面的、由自指产生的悖论，无法解决。有人提出让电脑来做法官，因为疏真空不会影响电脑的智力，但这个意见最终被否决了。人类不可能把事关生死的大权拱手交给电脑。这个计划中还有一些事务层面的矛盾也是很难解决的，比如：一旦人类回到动物时代，地球绝对养活不了70亿人，也许只有千分之一的人能够存活下来。那么让谁活让谁死？没人能做出这个决定，只有听天由命。

但无论如何，该做的准备还是要做。这个工作由安理会督促各国政府来完成。

其他三条是乐之友已经议定的：

二、智慧保鲜室计划。制造九艘亿龙赫可着陆式飞船，至迟在十年内上天并进入连续飞行，直到疏真空结束后即从现在起186年之后再脱离虫洞状态。

这些飞船对姬继昌在人蛋岛会议上说的"副油箱办法"做了改进。九艘飞船分为三支船队，即天、地、人三队，每队三艘，一艘为主船，两艘为副船，互相之间用软性管道连通。每艘船可容纳6000人，实际只配员2000人。副船主要装载燃料，但也配齐所有设备，可单独飞行。这是出于安全考虑，如果主船的动力系统出了故障，副船可以接替——而且最关键的是：接替过程中也能保持连续飞行！乐之友科学院已经找到了方法：一旦发生这种情况，就把主船的船员和有用物品迅速转移到副船中，然后在主船尚未停机的时候副船开始激发，径直穿过主船继续前行，而把主船变成身后的洞壁。这样，即使最后只剩下一条副船，也能勉强容纳船队的6000名乘员。

三支船队将沿不同方向飞行。因为在长达186年的飞行中，靠飞船自身仪器来校正方向是不可靠的，所以三支船队要尽量分散，以免在盲飞状态下发生碰撞。

三、三支船队中有一队将按环宇航行的路线行进。它将一直朝外太空飞,直到从另一个方向回到地球——或者消失在太空深处。但它的前期飞行也将有一个186年的连续飞行,以确保船员们能安全度过智力崩溃期。

其他两队飞船将沿一个圆形航线飞行,186年后从理论上说将回到地球附近。届时,他们将带领地球上残存的、可能已经野兽化的人类重建文明。

四、雁哨计划。按照楚天乐办法制造一艘飞船,1000名船员。至迟在十二年后上天并进入连续飞行。它将绕地球飞行,时刻监测着地球上的异常。

可以看出,后两项计划兼顾了"智慧保鲜"的内容。这三项计划主要由乐之友组织完成。已经成立的"航宇协会"仍然保留,但作战方向由"进攻"转为"防御",它将协助乐之友一会两院推行上述计划。

乐之友总部的建筑已经全部推倒重建,这是康平的反哺。他说是乐之友教会了他本事,当然要首先回报乐之友。新建筑都是时下的"球风格",是以透明球为基本单元组合成的。院内有三幢耸入云天的主楼,分别是乐之友一会两院的。其中科学院大楼是螺旋形,像一架盘旋而上的天梯,由球体连缀而成。工程院大楼是金字塔形,但比埃及的金字塔瘦削一些。基金会则是比较保守的圆柱形。其他一些次要建筑更是异彩纷呈,尤其是一种高脚豆形住宅楼最为惹眼。在建筑师们信服了类中子物质的优异强度后,这种建筑由单个球体两端削平后联结起来,拼成细细的圆柱,柱内只装两部电梯,一直上升到几十米之后才膨大为住宅区。这种建筑看起来"摇摇欲坠",给人以惊心动魄的感觉,而且它确实是"摇摇不已"的,大风可以使上部出现几十厘米的摆幅。不过,年轻人很喜欢这样的"随风摇",因为它是"纯高层建筑",没有不受欢迎的低层单元。

附近一座水泥桥也重建了,是"球风格"的变形。康平公司已经能够生产带拱度的长圆形建桥单元,形状类似弯曲的香肠,把它们两端削平就能拼接为拱桥。这种桥是全封闭式的,桥面在内部,隔绝风雨,而且由于透明度极高，在桥廊中行走不会有局促的感觉。这种"弯曲香肠形"建材的生产工艺已经成熟，今后也会用于一般楼房，使建筑风格更趋多样。

鱼乐水的办公室在基金会大楼的最高层。今天她约姬人锐见面。姬进屋后，鱼乐水对秘书小李交代：

"我要和姬院长谈一件重要公事，两个钟头以内不要见客。"

小李沏好茶水，把墙壁调成半透明，关上屋门，轻手轻脚地退出。鱼乐水先问了小豆豆的情况，他已经满周岁了。姬人锐笑着说，"那小东西对家人是分等级的，奶奶苗杳最亲，妈妈第二，爸爸第三，我这个爷爷只能排到最后。"他们说了一会儿闲话，鱼乐水说：

"姬大哥，今天约你来，想谈一件大事。你知道天乐已经决定做头颅离体手术，显然不适合再领导乐之友科学院。我打算多陪陪他，也想辞去乐之友基金会的工作。"

姬人锐看看她，叹息一声："其实最该退位的是我，我今年66岁，早该退休了。不过……不由得想起诸葛亮的一句话，司马懿预言他不久于人世之后，诸葛亮的下属劝他保重身体，不要事必躬亲，诸葛亮长叹一声说，'我何尝不知道应该如此，只是担心别人不如我这样尽心啊。'"

"姬大哥，我理解你。这些年你名义是工程院的院长，实际是乐之友的总管家。"

"乐水，今天在你这儿，我不妨来一个最坦率的自我剖析。我之所以恋栈，除了上面说的责任心外，也有对权力的迷恋。每当想到，正是在我的鞭策下，人类的文明之车骤然加快了速度，历史上任何时刻都无法比拟，那种精神上的满足是妙不可言的。在这儿，责任心和权力欲已经互相交织、密不可分了。"

鱼乐水笑着点头："我理解。我非常理解。"

"你当然知道民众中的普遍说法，说乐之友再加半个 SCAC 是世界的实际领导，被称为'科学执政'。"

"我听说过。这属于夸张性修辞法，乐之友只能算是联合国的智囊团吧。"

"你的说法太谦了，实事求是地说，这些年来，人类文明的走向确实是乐之友们决定的。我们其实是联合国的中央政治局。我甚至曾认真考虑过，干脆让乐之友接过全世界的领导权柄，以世界军政府的形式领导人类应对灾变，那样可能会做得更为高效。你当时劝阻了我。后来，我推动成立航宇协会时，就是想让它成为太空时代的政治中心——可惜这个灿烂时代只是昙花一现。"

"对，我知道。不过我和天乐都认为，不该把一辆沉重的战车绑在身后，那会影响我们冲锋陷阵。乐之友更适合扮演轻装前进的先锋。"

"恐怕这不是全部原因吧。你们也担心这样的军政府会演变为个人独裁，比如，我的独裁。"

鱼乐水笑了："哪里话。人锐你言重了。"她顿一顿，又说，"当然我也知道，从内心讲你是马基雅维利的信徒，相信历史应该由英雄来引导。你从不淡泊权力，认为权力应该掌握在英雄手里。你从不怯于玩弄权术，用不太光明的手段来实现高尚的目的。但你的世界观是以善为基的，在你的心灵深处有一条非常明晰的道德底线。我和天乐都完全信任你。姬大哥，我和天乐都太'干净'，不脱书呆子气，所以，认真说来，你才是乐之友的真正推动力。"

"你对我的剖析很正确。但是，我这样性格的人，如果沿某条道路不受节制地走下去，确实也会发展到个人独裁。我能时时感觉到权力女妖的诱惑。我之所以在她的诱惑中还保持着清醒，是因为你和天乐的平衡作用。所以——谢谢你们。"

既然姬人锐把话说到这个份儿上，鱼乐水也不再虚言。姬的自我剖析是正确的，他的责任心或曰权力欲的确有可能向另一个方向发展，只是命运没给他那个环境，可以说是命运对他的厚爱吧。其实就连楚天乐的性格也含有某种危险，天乐比较偏激，为了人类的生存可以把任何事都做绝，比如他对人类异化的坦然，对"虫洞飞船会造成一路毁灭"的坦然，对头颅离体的坦然，等等。公平地说，没有姬人锐和楚天乐这样近乎冷酷的决心，乐之友不可能做出这样大的成就。但在她的心灵中，在一个女人心灵最深最柔软的地方，总有模糊的隐忧。这也是鱼乐水想让三人都退位的原因之一。她说：

"姬大哥，我很佩服你的坦率和清醒。世上哪有完人？世界正是由不完美组成的。这么说，你也准备退下了？"

"不，你再给我一年时间，在我们三人退下前，应该把乐之友的组织结构尽量完善，在确保效率的前提下建立对权力的制约。我曾说过，灾变期间人类无法享受'权力制约'这样的奢侈，我至今仍然认为这句话是对的。但现在呢，局势基本稳定，可能还要稳定较长时期，应该对权力加上起码的制约了——当然，约束的前提是仍要保证足够的效率。这个工作交给我吧，让一个迷恋权力者来制定约束权力的条款，这是以盗制盗的好办法。"

鱼乐水大笑："姬大哥，你的自我判决过于严厉啦。如果你是'盗'，那世界上就没有君子了。不过，这件事就算定下了，咱们三人都在一年后退下，在此之前要把乐之友的组织结构进行完善。"

"好的。苗杳如果听到这个消息，一定会乐疯啦。她曾是我迷恋权力的强力助燃剂，但现在她的'气场'已经被小豆豆腐蚀了。"

两人又谈了一些细节问题。姬人锐说，昌昌已经表示，等九艘飞船的建造基本完成后，他就会辞去航宇协会秘书长的工作，准备担任天字一号的船长，进行他心念已久的环宇探险。鱼乐水比较遗憾，她认为昌昌这孩子比较全面，适合子承父业，当乐之友组织的总管家，但咱们尊重孩子们的心愿吧，再说环宇探险的船长也是重要的职务。姬人锐忽然想到一件事：

"说到船长我倒想起来了，昨天一个人忽然找我说，他已经决定也要上天。你能猜到是谁吗？一个年轻的亿万富翁，曾声言'打死我都不会上天'的。"

"……康平？"

"对，真是想不到啊，看来康不名老人的不安分基因也传给他了。"

姬人锐准备告辞了，鱼乐水笑着看他一会儿，突兀地说："人锐大哥，有时候我真想替天乐向你道歉，是他毁了你的美好憧憬。"

这当然是开玩笑。楚发现的新灾变是客观存在，并不是楚用咒语唤来的，但姬人锐仍不免感慨。当年他最先看到了太空时代的灿烂前景，其灿烂远远超过历史上任何一个盛世。如果成真，那么作为新时代的三大功臣，楚、姬、鱼的名字将用金字写在人类史册上，甚至成为后人敬仰的神祇。要说谁对这种前景不动心那是扯淡，何况姬人锐从来不认为自己是淡泊名利淡泊权力的人。即使现在，发展到那个盛世的条件仍然都还健在，只是被天乐发现的新灾变魇住了，那个天堂也就可望而不可即。姬人锐笑着说：

"对，是该向我道歉，这家伙实在太清醒了，他干吗看得那么远呢？"

鱼乐水送他出门，小李说："会长，伊莱娜教授想见你，已经等了一个小时了。"

鱼乐水赶快来到会客室："教授，劳你久等了，请到我办公室来谈吧。"

今天，漂亮的伊莱娜教授显然心事重重，她是一个月前重返乐之友总部的，一直在与天乐商量那个手术的事。这一次鱼乐水一直没有过问，她和丈夫相处时，也会默契地避开这个话题。鱼乐水请伊莱娜入座，亲切地说：

"教授有什么事？请尽管讲。"

教授苦笑道："鱼会长，上次来这儿时我已经说过，楚天乐是我非常崇拜的科学神祇，我愿为他做任何事情。"

鱼乐水笑着摇手："过了，说得过了。没错，天乐是个了不起的人，但他绝不是什么神祇。"

"不，在我心目中他就是一位神祇。我也非常理解他这样的天才对失去智力的恐惧。我认为，只要能保持他过人的智慧，即使头颅离体也是值得的。"

"对，你上次说过。"

"但形势已经变了！现在有了智慧保鲜室，他能够以完好的身躯继续保持智力。在这种情况下，我觉得我无法再对他进行头颅离体手术，我觉得那是犯罪。"

鱼乐水有点儿吃惊。上次谈话后，她原以为伊莱娜教授是一个典型的强科学主义者，乐意用科学的刀锯来随意改进人体，没有任何伦理或情感上的忌讳，没想到她原来是这样的态度。鱼乐水轻声问：

"噢，原来是这样。我丈夫怎么说？"

"这一个月来，我一直努力劝他放弃，但他不为所动。昨天我下了最后通牒，如果他执意要做手术，我就要退出了，请他另请高明。他当时犹豫片刻，说，那你不妨去找我妻子，由她来做出最终的裁断，我会尊重妻子的意见。于是我就来了。"

伊莱娜期待地看着她。鱼乐水沉默片刻，叹息一声："教授，你成全他的心愿吧。"

"你也同意？"伊莱娜震惊地问，"上次你与我谈话时，虽然没有明确反对，但我的印象中你是不赞成的。"

"那时我还没来得及了解他的全部想法。不错，用智慧保鲜室也能保持智力，但那些飞船将在186年中与地球完全隔绝。而依照楚天乐办法，他的头颅将时刻位于两个空间的交界，可以保持对地球的观察和联系。也就是说，万一人类的智慧沉睡了，还能在外太空保持一个清醒的雁哨，一旦危险降临，他至少可以对沉睡的雁群大喊一声。当然，很可能他的大喊不会有作用，因为那时人类的智力已经不足以做出理智反应了。但……他至少尽到了自己的责任。"

伊莱娜沉默了。

稍顷，鱼乐水苦涩地说："其实我该陪他同去才对。雁哨飞船为了保持阻抗平衡，将设置两个伸出到异相空间的凸起，多余的那个简直就是特意为我准备的。但我的思想过于保守，即使对失去智力的恐惧，也不足以让我克服对那种情景的恐惧——孤零零的一个人头，用几支管线连接着，穿过长长的中空臂杆，连接到一个硬邦邦的供养机器上。天乐说这是'理性的活着'，说思维脱离肉体是人类文明发展的最高境界。但我接受不了，我只愿意'肉体的活着'。但我也想通了，不会拉丈夫的后腿，他愿意那样做，咱们就成全他的苦心吧。顺便告诉你，姬人锐院长也是这个意见。"

伊莱娜沉默良久，显然下定了决心——一直到12年之后，鱼乐水才知道她是做出了什么决定——说："好吧，我尊重你们的意见。"

"我只有一个要求：离体手术尽量推迟，等到雁哨飞船上天前再做。在这期间，你们全力进行研究准备，一定要做到万无一失。"

"这个当然。请你放心。"

"在这段时间里，我想让他尽量多陪陪家人，以一个完整的、肉体的楚天乐来陪我们。"

"好的，相信这也是楚先生的意愿。"

正事谈完了，但伊莱娜没有马上离开。她踌躇良久，难为情地说："鱼会长，我是一个不合格的女人，一向不善于处理学术之外的事情。我清楚你做出这个决定不容易，一定伴着心灵上的磨难，但我不知道该怎么安慰你。"

"谢谢，谢谢，你的理解就是最好的安慰。但你不要再说了，再说下去我就要变成眼泪汪汪的小女人啦。"

她笑着，泪光潋滟，同伊莱娜拥抱，送她出门。

"爸，妈，我昨晚做了一个梦，梦见柳叶姑姑和洋洋姑夫了。"

14岁的草儿兴致勃勃地说。今天是星期天，夫妇两个给徐嫂放了假，两人陪着草儿玩。这位试管婴儿越长越像母亲，外公外婆不久前来过，惊叹草儿"简直是当年水儿的翻版"。天乐也说，一看见草儿，就想到当年在路上偶遇的10岁的鱼乐水。乐水本人倒是对自己的童年形貌记忆不深，不过听父母和丈夫都一再这样说，也就相信了。节假日里，当这个精力过剩的小姑娘在屋里院里蹿来蹦去没个消停时，她总是悄悄欣赏着，回忆着自己逝去的童年，心中满溢着稍带苦味的甜蜜。

"是吗？梦中他们在干什么？"天乐问。

"那个梦乱七八糟的。梦中奶奶没死，奶奶追到飞船上对柳叶姑姑说，'可不得了啦，你们把一个重要的数算错了，不是46.5年，应该是62年。这个数错了，你们就永远回不来啦。'柳叶姑姑笑着说，'妈你别担心，我们这会儿不知道，几年后乐水嫂嫂会追上来告诉我们的，那时我们就知道啦。'"草儿咯咯地笑着，"她已经知道有这件事，怎么还要几年后妈再去告诉她？典型的逻辑混乱。"

"虽然逻辑混乱，大体脉络还是对的。我们确实在想办法撬开那具虫洞棺材，把这个错误通知他们。而且，这个方法大体上有眉目了。"天乐说。

"我还梦见爸爸乘着光速飞船回到过去，把褚爷爷救回来了，把嵌在月球岩石里的康爷爷和泡利伯伯也救回来了。我知道这是胡说八道，即使乘着亿倍光速飞船也不能回到过去。"

"对，不能回到过去，月亮上那两位没办法救了，在太空冬眠的褚爷爷倒是可以救回来的。"楚天乐说，"草儿，你长大想干啥？"

"当然是开飞船啦。我要当那艘雁哨飞船的船长。我知道爸爸要上那艘飞船的,我当船长顺便也能照顾爸爸。不,是照顾爸爸的脑袋,或者是照顾只余一个脑袋的爸爸。爸,妈,你们说哪种说法最准确?"她笑嘻嘻地问。

乐水看看丈夫,勉强笑着说:"应该是最后一个说法更准确。只剩下一个脑袋,他也是你完整的爸爸。"

草儿的手机响了,便回屋去打,她现在已经有自己的朋友圈子了。草儿最后两句话让鱼乐水不由黯然,但想想也释然了。人类的文明进程就是这样,上一代人心目中难以逾越的某些界线,下一代人会视为理所当然,因而也就远离了相应的心灵磨难。丈夫的手指动了一下,鱼乐水回过头,丈夫说:

"乐水,我知道伊莱娜找你谈过话。"

"对。"

"你千万不要打那个'陪丈夫上飞船'的主意。你有一个健康的身体,就留在地球上过完正常的一生吧,那是上天赐予你的。至于我,不幸摊上这么一具劣质肉体,早就烦透它了,那个手术对我其实是一种解脱。在褚氏号上咱们曾经有过一次无重力飞翔,那一直是我的向往。"

鱼乐水定定地看着丈夫。"不,那不是解脱,恰恰是把责任揽上肩。你不放心智力崩溃的人类,想保持一双清醒的目光。为此你不惜让头颅离体,囚禁在厚厚的类中子物质盒子里,巡行在扑面而来的真空狂风中。你也知道这样将失去生存的乐趣,没有妻子的身体轻轻触碰着你,发丝痒痒地拂着你,气息柔柔地吹着你。不过……也许10年后的草儿真的会成为雁哨飞船的船员,那就让女儿代我照顾你吧。"她笑着说:

"我没有勇气让头颅离体,只能留在地上了。不过,飞船上天前这10年我要好好陪你过。我们俩,还有姬大哥,都把乐之友的职务辞掉。然后咱们把我爸妈接来,好好过一过五人世界。"

"好的。乐之友的工作全部交给年轻一代,我们好好享受家庭生活。"

他们把草儿唤过来,两人共同搂着她。鬼灵精的草儿感觉到了异常,疑惑地问:"爸,妈,你们怎么啦?我觉得你俩的眼睛这会儿特别亮。"

两人没有回答,笑着亲亲女儿的额头。

第十四章　天马行空

　　亿龙赫飞船上天后，人类完成了一次涅槃，由宏观生物提升为宇观生物。我有幸参加了亿龙赫飞船的处女航，原本可怕的天文距离如今可轻松玩弄于股掌，那种上帝般的感觉实在是妙不可言。

——鱼乐水《百年拾贝》

一

　　第二次人蛋岛会议十二年后。

　　由乐之友负责的三项计划基本如期完成。两年前，九艘亿龙赫可着陆式飞船全部建成，泊在同步轨道上待命。三支船员队伍已经完成组建，每队 6000 名船员，合计 18000 人。他们大致分为两类人，一类是知识界的精英，包括科学家、哲学家、文学家、音乐家，等等；另一类是"生存的精英"，包括各类技工、农夫、受过野外生存训练的特种兵、善于在各种艰苦环境下生存的布须曼人、俾格米人、玻利尼西亚人和藏人，等等。三支船队的名字以天、地、人分别命名，其中含意是：天——象征着人类对宇宙永远的向往；地——象征着船员对母星球永远的眷恋；人——象征着船员对人类文明永远的坚持。

　　船长也都确定，天马、天隼、天狼号的船长为姬继昌、埃玛和康平。地火、地脉、地魂号船长为田咪、卡普德维拉、阿瓦廖夫；人杰、人俊、人瑞号船长为马鸣、凯赛琳和奥芙拉。当年"姬船队"的 6000 多名老伙伴大都已经过了 45 岁，但基本全数参加了新船队，分散在三支船队九条船上，都是骨干成员。其中凡为夫妻的，不一定在一艘船上，但必须在一个舰队，像姬继昌和埃玛、田咪和卡普德维拉、马鸣和奥芙拉，都属于这种情形。这中间康平的情况比较特殊,这个46岁的亿万富翁原来绝对是"另一条船上的人",而且他根本不相信上飞船比在地球安全,这从他坚决不许妻女同上飞船就能看出来。但这家伙骨子深处有他爷爷的不安分基因,它们曾经沉睡,但突然之间变活跃了。连他自己也想不到,有一天他会忽然决定弃妻别女,抛下成功的事业来参加远征,就像民国时代著名文学家李叔同极其突然的出家一样。他说爷爷没能上天,他要代爷爷还愿。对他的决定,船队当然没意见,大家很高兴又多了一个船长的人选,他的专业结构和领导水平都很适合。

诺亚公约不允许船员单身,所以他肯定要找一位新配偶。康平妻子讽刺地说:

"原来你这么坚决地上飞船,是想逃离我,觅一个新欢啊。"

康平在"突然出家"后对家人很抱愧,那段时间放弃了一切工作,一直在家陪妻女。他对妻子赌咒发誓,说不让妻女上飞船完全是为她们着想,想让她们过安稳日子。还说,如果妻子不谅解他就不要新老婆,虽然公约不敢违反,名义上得找一个,但他保证不让她近身。妻子撇撇嘴:

"骗鬼吧,你让不让她近身我咋知道?飞船是亿龙赫又是盲飞,我就是高价聘私家侦探也奈何不了你呀。"她凄然一笑,"不开玩笑了,你赶紧物色一个太空妻子吧,让她替我照顾你,你心里别忘我们娘俩就成。哼,说到底,你是个'喜新厌旧'的混账,这样的混账才能做出那个混账决定!木已成舟,不说这些了,好好陪我们娘儿俩过两年吧。"

两年后,雁哨号飞船也在同步轨道组装成功。它不是亿龙赫飞船,而是普通的低龙赫飞船,只增加了可着陆功能。它将在近期启航,以地球为中心做圆周飞行。船队共1000名船员,船长是习明哲。这位38岁的船长已经结婚,妻子也曾受过太空训练,但此后改变主意,退出了远征队。这没有改变习明哲的决心,最后忍痛与妻子分手。23岁的楚草正如少年时的梦想,果然成了雁哨号的船员,虽然不是梦想中的船长,她的职务是导航员。

同年,天马号亿龙赫飞船要做工业性试飞,这对于新产品来说是必须完成的程序。试飞期间顺便做几件事:首先找到褚氏号飞船,对船上的褚贵福老人及500万枚人蛋做出新的处置；其次要追上可能已经在三十光年之外的诺亚号，把孤立波的正确周期通报给他们；然后返回太阳系，为届时已经上天的雁哨号飞船送行。如果试飞顺利，三支船队此后就将正式开始各自的行程，其中天队是环宇航行，地队和人队是各自绕地球转一个174年的大圈。

天马号船员中还包括两位白发苍苍的老宇航员，因为在与褚氏号会合后，要用到驾驶化学动力飞船的技艺。

姬继昌邀请了父母和鱼阿姨上船，来一次太空短程游。虽然从几何距离来说，这次试飞已经是五六十光年的旅程，够漫长了；但从时间上来说只有几天而已。三个人都高兴地答应了，他们全都退休，时间充裕，既然有这个机会，当然想亲自尝一尝"飙车"的感受，要知道这可是亿龙赫的飙车啊。其中鱼乐水答应上船还有一个重要原因——楚天乐马上要做头颅离体手术，按说在这样的场合妻子不能离开的，但鱼乐水因为心理上的障碍，实在无法目睹丈夫被"砍头"，只好含着歉疚避开。她和姬人锐夫妇将在雁哨号上天时赶回来送行。好在雁哨号上有草儿，有女儿陪着爸爸做手术，此后还要陪爸爸走完人生的旅程，鱼乐水可以放心了。草儿的配偶也已经选定，不久前，她领着习明哲回家拜见了父母。这个男人稳重干练，心地善良，是个让人放心的男人，楚氏夫妇很满意。虽然年龄差别大些，但比比百年的航程也算不了什么。

鱼、姬、苗三位老友已经在憧憬着飙车的享受了，可惜飞船临启程时姬人锐心脏突然发病，住了院，苗杳自然要留下陪他，两人只得遗憾地放弃了这趟旅行。

由于这次只是试飞，没有正式的送别仪式，新闻界也没来多少人，只有亲人们来哈马黑拉岛航天发射场为他们送行，盛装的亲人围着100名身穿白色衣服、光头赤足的天马号船员，其他1900名船员已经被送上飞船。77岁的姬人锐向医院请了假，偕妻子来了。苗杳把大名姬星斗的小豆豆紧紧搂在怀里，眼眶发红。她哪舍得13岁的孙子同爷奶永别，但更不愿他留在地球上经历那个可怕的智力崩溃时代，因为依现在的医学进步，人类平均寿命很快就会达到150年,也就是说,豆豆这一代肯定得经历疏真空的峰值期。最终苗杳狠狠心,同意放豆豆走。

年少的豆豆没有一点儿离愁别绪,笑嘻嘻地说:"爷爷再见!奶奶再见!奶奶别哭鼻子,过几天我就回来了——不过,到那时就要真正永别啦,你到那会儿再哭吧。"

姬人锐在他脖颈上抽了一记:"小子!会不会说人话?"

年迈的鱼子夫夫妇也来送行。鱼乐水说:"爸,妈,天乐和草儿上天时我要回来送行的。万一我赶不上,你们代我送送他俩吧。"

爸爸说:"当然要去的,不过如果你赶得及,我们就不去送。水儿,我和你妈都是彻底的唯物主义者,但我俩还是没勇气面对那位只剩脑袋的女婿。科学发展到现在,已经有点邪魔外道的味儿了。"

鱼乐水叹息着:"尽量理解吧。姬大哥和天乐说得对,为了生存的疯狂是天然合理的。"

年迈的天文学家詹翔也来送行。他笑着说:"小鱼,我很有些感慨啊。"

鱼乐水笑问:"怎么了?"

"虽然今天只是天马号的试飞,也是惊天动地的大事。可是你看今天的场面是何等平淡!怪只怪这40年来的科技爆炸,大爆仗一声接一声,弄得民众都麻木了,连亿龙赫飞船的试飞都不看在眼里了。"

鱼乐水莞尔一笑:"绚烂归于平淡——这才是科学昌明的最高境界啊。"

姬继昌指指头顶:"小蜜蜂来了!"

转瞬间,五艘大翅膀的小蜜蜂飞艇迅速变大,遮蔽了天空,然后在一片淡蓝光芒中轻盈地降落。这是最后一次运送乘客。姬继昌指挥发射场上剩余的100名船员迅速进入飞艇,与送行者告别。飞艇关闭舱门,在明亮的蓝光中轻捷地昂首升空。小蜜蜂动力强劲,一个小时后抵达地球同步轨道,群集在天马号周围。

从结构上说,天马号同诺亚号飞船有较大的区别,仍是椭球形的船身,但船身变为双层,原来暴露于外的粒子加速线圈现在都被密封。不过外壳透光度很好,所以它们还能看得清清楚楚。尾部是一个硕大的凹抛物面形镜面,它不是用作驱动的反射镜面，而是用作大功率天线，兼做小蜜蜂的固定船台。天马号船身比诺亚号飞船大了许多，船身外缠绕的粒子加速轨道长了数倍，从而把粒子激发能量提高到 10TeV。这一步跨越使飞船的核心功能得以实现——不仅能对密真空，同样能对标准真空和疏真空进行激发。

一艘小蜜蜂飞艇划了一个漂亮的弧线，飞到天马号后边，同母船鱼尾中心的对接口进行接合。此后，在三艘船编队飞行时，这个母船对接口要与副船对接。乘员进入母船后，小蜜蜂脱离接合，以自动驾驶方式飞到船尾的固定架上，自动完成固定。天马号上一共将固定十艘小蜜蜂，其中尾部八个，头部两个。它们在航行途中作为常规动力辅助驱动，因为神奇的虫洞飞行方式其实有很大的局限，无法完成很多简单动作，比如：姿态微调或无动力滑行。

鱼乐水所在的小飞艇是最后一个接合的。他们通过双层密封门进入天马号，飘飞到宽敞的中心大厅。2000名光头赤足的白衣船员在微弱的重力下排成整齐的方队，向她行着注目礼。等到她来到大厅中央，周围爆发出惊雷般的喊声：

"向敬爱的鱼妈妈致敬！"

鱼乐水连忙向四周鞠躬："谢谢！我实在不敢当！"

"向敬爱的楚天乐致敬！"

"谢谢！应该向泡利、康不名、霍普斯等牺牲者致敬！向褚贵福、亚历克斯、贺梓舟等先行者致敬！"

"向牺牲者和先行者致敬！"

姬继昌高声说："天马号即将启航。虽然只是试飞，还是同地球做个告别吧！"

船身内映出了地球的全息图像。一个水光潋滟的蓝色星球浮在暗淡的天幕上，赤道信风吹着白云缓缓后退，云眼中露出水中的岛屿和半岛上的绿色密林。这是他们的诺亚方舟，是截至目前宇宙中所发现的唯一的生命乐园。虽然眼下只是小别，但几天后他们就要同地球永别了。船员们无声地向地球挥手。鱼乐水能体会他们心中的肃穆和惆怅。

姬继昌做了一个手势，2000名船员无声地散开，分别进入圆形船壳上嵌着的蜂窝形房间，不过房间不再是六边形的，而是标准的透明球。一共有2000个房间，每个房间都是按三人舱设计的，但只住一个人，所以船员们住得很宽敞。埃玛领鱼乐水到一个房间，说：

"你这几天暂且用我的房间吧，这儿的生活设施备得比较齐。"

她帮鱼乐水把不多的随身物品安顿好，然后领她来到船首的指挥舱。舱内有船长姬继昌，还有其他船的船长：康平、埃玛、卡普德维拉、田咪、马鸣、凯赛琳、奥芙拉、阿瓦廖夫，他们是来实习的。只有习明哲要准备雁哨号的起飞，只能遗憾地放弃这次宝贵的实习机会。埃玛的实习职务是描迹员，不过眼下还用不上描迹工作，姬继昌安排她作鱼乐水的导游。虽然鱼阿姨这些年来耳濡目染，对有关虫洞飞行的技术已经十分精通，但她的了解多是理论性的，细节不一定熟悉。

在飞船的"鱼头"中央是一个巨大的广角大视场画面，向他们展现着前方旋转着的星图。现在飞船处于同步轨道的切线位置，蓝色的地球嵌在星图的下方。指挥舱的四人在微重力下做着启航的准备。实习大副卡普德维拉按下小蜜蜂的遥控按钮，窗外，淡蓝色的光芒照亮了暗淡的天幕，那是小蜜蜂飞船的喷焰。天马号缓缓地转动身躯，从水平位置转到尾巴朝地球，头部朝外。埃玛介绍说：飞船马上就要启航了，现在在等待起飞窗口。同步轨道上的飞船随地球自转，等转到船首对准牧夫座的时候就要启航，因为褚氏号和诺亚号都是沿这个方向向外飞的。"鱼阿姨，窗口到了！"

牧夫座的亮星大角刚刚转到广角镜头的中心，天马号微微一抖，船首爆出一团亮光，镜头下方的蓝色月牙——地球立即无影无踪。星图也变了，现在它不再旋转，明亮的大角星始终保持在镜野的正中心。鱼乐水知道飞船已经启航，此刻地球可能已经被甩到百万千米之外了。但飞船起飞得过于"轻易"，她不大敢相信自己的判断，便疑问地看着埃玛。埃玛笑着，低声说：

"没错，飞船已经进入虫洞飞行状态。不过眼下是断续飞行，所以你还能看到前方的星图。"

她对大副做了个手势,大副点点头,按下一个按钮。前方的星图立即消失,代之以一片白蒙蒙的混沌。很难用语言描述这种混沌,它不是完全的空无,似乎有白光的湍流在暗中涌动,但这些涌动又是不可见的,也把其外的星空完全隔断。埃玛说:

"你现在看到的就是激发状态下的视野。在真空湮灭瞬间,虫洞外的星空被隔断,只能看到真空湮灭所转化的白光,于是呈现出这样的混沌。为了观察前方,飞船电脑会把这些时间片断剔除,只留下飞船激发空当中能看到的视野——当然,只能在飞船断续飞行时才能做到。"

大副把星图恢复正常,仍是那幅不变的星图,明亮的大角星稳稳地待在星图中心。只有星图右下角的一颗亮星明显有变化,其位置在向外挪移。鱼乐水定睛辨认,认出这是半人马座的南门二,目视星等 –0.27。它因为离地球最近,只有 4.35 光年,所以这几分钟的飞行已经让它的位置有可观察到的变化。鱼乐水问:

"眼下的船速是多少?"

"对于这艘亿龙赫飞船来说,即使以断续飞行方式,其平均船速也能达到千万倍光速。不过眼下船速非常低,只有千倍光速。化学动力时代的人们真可怜啊,我们要找的褚氏号飞了 28 年,才飞了 300 亿千米左右,合 0.003 光年。天马号即使以这样低的船速也只用几分钟就能追上它,一不小心就飞过啦。"

像是为她的话作证,实习瞭望员马鸣忽然说:"褚氏号!我看到它了!"

天马号瞬间停止激发,也在瞬间停了下来。但它已经超过褚氏号,大家通过透明侧壁看着后边。左后方出现一个小黑点。黑点迅速追上来,身影也迅速扩大。现在已经能看清它的模样了,前方是巨大的框架式船身,白色的铠甲映着星光,船后,细长的喷管有如蟋蟀的尾须,但没有尾焰,此刻它依靠惯性飞行。它以每秒 40 千米的速度闪电般掠过静止的天马号,然后迅速变小,又成为众多星星之间的一个小黑点。鱼乐水简直有点不敢相信,曾是化学动力火箭一朵奇葩的褚氏号,用最高速度整整飞行了 28 年,天马号仅用它的"爬行挡",竟然在短短两分多钟就追上了它!虽然她熟知两艘船的技术参数，但当数字转化为直观形象，仍然让人难以接受。

天马号抖动一下，船尾八个小蜜蜂喷出蓝色的尾焰。埃玛赶快扶鱼乐水调整好身体的方向，说：

"鱼阿姨站好，马上就有10g的重力了，是指向船尾的！"

飞船加速度平稳地增大，很快达到10g重力，其后就以这个加速度平稳地加速。鱼乐水很快适应了它，笑着说：

"这会儿才有当宇航员的感觉。刚才的虫洞飞行太平淡了，连起飞的超重都没有！"

埃玛笑了，夸她天生是当宇航员的材料。又说："说来这也是天马号的悲哀。虽然是亿龙赫飞船，但只要一停止激发，飞船立马静止。像这样近距离地追赶只能使用常规动力。"

"但我们用两分钟追上了28年？"

"对。鱼阿姨，你觉得惊奇吗？可是，这个时代正是楚天乐、你和姬人锐这一代伟人开启的呀！"

镜头中的褚氏号又开始迅速增大。天马号不久就超越了它，然后斜飞到褚氏号的正前方，开始减速，因为后者的接口在船首。等褚氏号追上来时，两者速度大致相等，然后天马号谨慎地进行速度微调和姿态微调，一直到两者精确位于一根轴线上，使船尾挨着褚氏号的船首，就像一只大头蟋蟀咬着一条金鱼的尾巴，然后天马号熄火。现在，两艘飞船都以同样的速度无动力滑行，互相保持静止，从外表看就像是变成了一列火车。一直忙于指挥飞行的姬继昌这时回头一笑：

"鱼阿姨，让埃玛帮你穿太空服吧。你可以同老朋友见面了。"

二

复苏的褚贵福逐渐收拢了神智，不大情愿地咕哝着："咋又把我喊醒了，睡觉也不让安稳——咦，你是哪个，是——小鱼？你头发都白了？"

鱼乐水藏起心中的伤感，笑着说："褚伯伯，是我。不过现在我该喊你褚大哥才合适，我已经67岁了。"

褚贵福真正醒过来了，已经可以开玩笑了。"那不行。辈分在那儿搁着哩，哪怕你的年龄超过我，也得照旧喊我大伯。这一个是谁？我看他的眉眼和老姬很像。"

姬继昌笑道："褚爷爷好眼力，我是姬家那个崽子。"

"昌昌？"

"对，是我。"

"你们和洋洋柳叶不是一伙儿的？我是说，不是一条船上的？"

"不是，他们上次唤醒你是20年前的事了。不过褚爷爷，先去我们的天马号吧，等你身体恢复后我们慢慢聊。这20年来的变化实在是太多太多，一言难尽啊。"

他们为褚贵福穿上太空衣，把他带回大马号，喂他吃了些流食，吃饭时扯了一些闲话，让褚贵福的情绪慢慢平复。褚贵福问了几位熟人的安好，楚天乐、姬人锐、天乐妈、苗杳、葛其宏等。得知楚天乐还活着，褚贵福很高兴：

"好样的，小楚把阎王爷打败了，那种绝症说是只能活到30岁，他已经翻了一倍，没准儿还能活到一百岁！"

鱼乐水说，"老姬两口子本来也要上飞船，想来见你一面。可惜临走前老姬发了心脏病，太遗憾了。"褚贵福也很遗憾，说："我同老姬最谈得来，不像同你们这些读书人说话，话出口前我还得先掂量一下，怕嘴巴太臭熏了你们，对老姬我不用在乎。"

他们也谈了褚家儿孙。鱼乐水说，"他们的情况都还不错，开始几年日子过得艰难些，后来乐之友有了余力，就为他们每人发年金，只当是那200亿的微薄利息。你的大儿子已经退休，四儿子端着你的饭碗，干房地产，乐之友经常给一些帮助。现在房地产火得很，到处都在推倒重建，不过不是建水泥钢筋大楼，而是用透明球组装的，就是咱们飞船船壳这样的玩意儿。对，这位康平，康不名的孙子，上飞船前是世界上最大的透明球生产商，他向来是按最低价向你四儿供货。"

康平笑着说："褚老，我一直不知道该怎么称呼你。按鱼阿姨和我爷爷的辈分，我肯定该喊褚爷爷的；但我和你四小子大刚是哥们儿，我要称你爷爷，那小子就占便宜了。干脆我就喊褚老吧。"

"随便，喊老褚都行。"

"那可不行，这俩字的次序绝对不能调。褚老，你那三个大儿子不怎么样，但老四大刚能干，也很顾家，有他在，就能罩住你全家人，包括你还活着的四个太太和其他儿孙，你老就放心吧。他做生意是把好手，就是心太黑，跟你当年有一拼。我给他供货时一向按最优惠价，他还使劲儿压价，压得我吐血。"

褚贵福很欣慰。"好，只要有一个能干儿子我就放多半心，我这些儿孙都托你们照顾了。喂，咱们书归正传吧，20年过去了，你们巴巴地赶上来第二次唤醒我，肯定又有大事，是不是洋洋告我说的那个全宇宙收缩有了变化？"

"是的，不过说来话长啊。"

鱼乐水和姬继昌用了半天时间，对老人详细讲了此后的变化。全宇宙收缩倒是被证实了，但现在已经知道，它只是一个为时124年的孤立波，很快就会过去的，不会把宇宙收缩成一个黑洞，所以，人类不用逃亡了，原来发射的遮阳篷什么的也没了用处。不过，随后还会有一个呈镜像对称的膨胀波，它会给人类带来新的灾难——降低人的智商，甚至使人类回到动物状态；乐之友研究出了两种逃避办法：智慧保鲜室和雁哨式飞船。楚天乐准备做头颅离体手术，随雁哨号上天；至于眼前这艘天马号，是一艘亿龙赫飞船，马上要开始环宇探险。如果它连续飞行，也能同时起到"智慧保鲜"的作用。

吃好喝好的褚贵福恢复了他的草莽性格，听着这些匪夷所思的情况和进展，不时加一句独特的褚氏评论："我操！他姥姥的！"他说：

"我上天前天乐就说过，也许比我晚几年上天的飞船很快就会超过我，还答应我，后来的飞船也会带上褚氏号上的基因备份。"

"对，诺亚号带着，天马号正式启航时也要带上。"

"不过，那时连他也没想到进步会这样快。我上天八年后，你们弄出个1.8龙赫飞船，又20年，弄出来个亿龙赫飞船！看来我当时真不该急着上天。"他笑着说。

鱼乐水笑着说："但所有这些进步，都是从你那 200 亿开始的呀。"

"好说，好说。我这些钱真没白花，我不后悔当年的决定。"

鱼乐水说："既然宇宙已经不会塌陷，按说该把这 500 万枚人蛋接回地球的。坦率地说，当时仓促开发的卵生人技术不是很成熟，安全性不高，既然造出了这些人蛋，咱们就得负责到底。褚伯伯你说是不是？不过，要说服民众接受这些卵生人回地球生活，稍许有点麻烦。"

褚贵福沉下脸："咋，我的卵生崽子们低人一等？"

鱼乐水看看他："不是你的崽子，是咱们的崽子，也是全人类的崽子。"褚贵福听出了这句话的分量，不吭声了。"严格说来，他们确实算不上血统纯正的人类，一般民众有些想法也是正常的。不过问题主要不在这儿，而是我们本来就不想把他们接回地球。既然人类已经迈出太空移民的第一步，没理由再回头。我们还指望着这些卵生崽子们为人类闯出一片新天地呢。"

"你说得对。我本人也不会让他们再回头。"

"但是以现在的技术水平，我们可以对那 500 万枚人蛋做出更妥善的处置。原先的办法有很多不确定因素，那是受限于当时的技术条件，是不得已而为之。"

她告诉褚贵福，近年来科学家已经找到上万个地外行星，距离最近的一个位于天秤座的 Gliese581 恒星系，距地球仅 20 光年。天马号将拖带着褚氏号到各个行星转转，请你老褚亲自选一个比较合适的。"有了亿龙赫飞船，这就像开着奔驰逛城里的超市。500 光年以内的行星，可以让你在几天内全部看一遍。"

她继续介绍："等选到合适的行星，就让褚氏号停留在外空轨道，先把低等生物的种子撒下去，估计在数万年内星球环境就会改变得适宜人类生存。到那时，地球将派来一个团队，用航天器把人蛋送往地面，这样更安全。这个团队将留下来，照顾它们孵化，照看着小家伙们长大，再把人类科技传播给他们。一句话，他们的生存将有幼儿园阿姨的精心照顾，不再是自生自灭，不再是撞大运。"

"这敢情好！这下我老褚就彻底放心了。"

"当然有一个前提，那就是：在智力崩溃期之后，地球文明能迅速恢复。"

"总能恢复的。老天爷不会这样操蛋。"

"但是，如果采用新的安排，你就没必要留在这里陪他们了，是否和我一块儿回地球？你若不放心，还想继续照看他们，那也不耽误。你可以在地球上进入冬眠，一直到地球派'幼儿园阿姨'出发时，再把你唤醒同去。"

姬继昌插话："褚爷爷你回去吧，我爸老惦记着你，他退休了，没事干，等着你回去和他下棋钓鱼呢。"

小豆豆也插话："对，我爷爷老是念叨你！"

褚贵福摸摸小豆豆的脑袋，咧着嘴笑了："没说的，我也盼着见他。不过，我回地球这事……"他犹豫着，"柳叶已经劝过我一次了，那次最终没劝动我。现在……要不，先把人蛋安顿好，再说我的事吧。"

"那咱们现在就出发？"姬继昌问。

"马上就走？"

"对。"

"你说要拖运褚氏号，那你怎么绑缆绳？你可要注意，张明先一再说过，褚氏号是按不受力状态设计的，框架非常薄弱，可别用缆绳一拉，把它拉塌架了。"

姬继昌笑了："什么缆绳都用不着。褚氏号只要待在天马号的本域空间里就行。我们把这叫作'空间免费托运'。褚氏号的直径小于天马号挖出的虫洞直径，这是'免费托运'得以实施的前提。如果打个比方，天马号就像火车车头，它身后的本域空间就像是装集装箱的专用车厢，而褚氏号就是集装箱，只要它的尺寸能放在车厢里就能运走，不会有附加受力。"

褚贵福听得皱着眉头："这个方法够绕的，我这榆木脑袋听不明白。你也别解释了，反正你觉得安全就行。"

"好，现在就出发。这次行程远一些，船速定为万龙赫吧。"他特意对褚伯伯补充一句，"万龙赫仍属于断续飞行，不是盲飞，可以看到外边的风景。"

在他们谈话时，大副早就做好了出发的准备，他按下点火钮，天马号前端爆出白光，两艘飞船疾速前行。明亮的大角星划了一个弧线消失在船后，然后飞船把天秤座的 Gliese581 恒星锁死在镜头的中央，径直飞去。这次因为船速较快，鱼眼镜头中的星图迅速变化着。天空像一只巨碗，碗的周边慢慢向天马号包过来，然后分散为单个的恒星，迅速消失在身后。不过，不管怎么变，前边那个巨碗还始终存在。万龙赫的航速并没有造成星光的紫移，这是因为看到星光的每个瞬间，飞船都处于静止状态。褚贵福兴致勃勃地看着星图，不停地惊叹着：

"飞得这么快！不像是真的，就像玩电子游戏！没有超重，也不用安全带。张明先那家伙要是坐上这艘船，肯定高兴死，要不就嫉妒死。对了，刚才忘问了，老张还活着没？算来他有 90 岁了。"

鱼乐水黯然摇头："可惜他去世得早，只来得及看到低龙赫飞船，就是洋洋那艘诺亚号，没能看到亿龙赫飞船。"

"那太可惜了。乐水你回地球后记着给老张上坟，告诉他这个消息，要不他一定死不瞑目。"

"你也回地球吧，咱俩一块儿上坟。"

"也行啊。有了这样的飞船，想到外星球上看我的卵生崽子，还不像是下乡走亲戚那样容易？咦，星星咋转起来了？"

埃玛过来扶住鱼乐水和褚贵福，笑着说："因为这回的行程较长，需要飞将近一天，所以船长让把人造重力加上。"

天马号缓缓旋转，转速逐渐加快，人们都开始感受到指向圆形地板的重力。重力慢慢加大到地球的重力值，现在他们都稳稳地站在地面上，船舱对面的人们则是头朝下悬在他们的头顶，就像高难度的杂技。船首的星图以 Gliese581 为中心平稳地旋转着。

飞船上还保持着地球的 24 小时节律。他们吃了午饭，又吃了晚饭。该到睡觉的时候了，但两位老人都说不累，仍在兴致勃勃地观看。前边的"夜空"开始变亮，星图中央那颗昏暗的红色星星迅速增大。埃玛为两人解说：

"褚爷爷，鱼阿姨，这就是 Gliese581 恒星。它的体积只有太阳的三分之一，表面温度只有数百度。它有六颗行星，包括岩石行星和气态巨行星。比较适合生物生存的是 Gliese581g，我们命名了一个中文名字，叫息壤星。它是岩石行星，直径和质量都比地球略大，公转周期为37天，自转周期为其三分之一，即大约12天。息壤星上有大气，有液态水，有江河湖泊和大洋，不过大气成分类似于地球的原始大气，主要是甲烷、二氧化碳、水汽、氨和氢气。"

说话间那颗恒星已经遮蔽了半边天空，飞船方向略做修正，把行星Gliese581g锁在星图中央。转眼间这颗行星也迅速增大，遮蔽了半边天空。飞船停止激发，干净利落地停下。埃玛笑着埋怨：

"船速实在太快啦，快得都来不及念完导游词。褚爷爷，现在飞船已经进入息壤星的重力范围，你的飞船要点火了，准备进入轨道。"

两名老宇航员早已穿好太空衣，这时从气密门出去，飘飞到褚氏号，进入它的指挥舱。褚氏号原来没有设人工驾驶系统，所以他们随身带来一个微型驾驶台，把它外接到飞船电脑上。此前，在行进过程中，这边已经用管道向褚氏号泵送了液氢液氧，把十个半空燃料罐都装满了，也把后者的同位素电池更换了，换为最新型号的。少顷，褚氏号的蟋蟀尾须处冒出蓝色的光芒，它离开天马号，然后逐渐加速，进入息壤星的轨道。天马号上的常规动力也同时点火，尾随着前者。

现在他们可以俯瞰息壤星了。它基本是地球的蛮荒版。星球表面大部分是水域，陆地约占三分之一，其上有很多面积很大的湖泊。河流水系还没有发育成熟，没有大的江河，只有短而细的河水流向湖泊，也有串珠似的湖泊由一段段的河流串着，一直延伸到海洋。火山活动相当强烈，陆地上随处可见火山喷出的浓密烟云，连海洋中也有很多地方冒着黑烟。火山附近常是浓云密布，闪电在云中频繁地闪亮。

"褚爷爷，请系好座椅上的安全带，天马号准备降落了，用激发方式降落，我们要试验它的着陆功能，也想请你亲自踩踩息壤星的地面。"

这会儿飞船基本处于失重状态，姬继昌把褚爷爷按在座椅上，仔细系好安全带。船员们对各种物品也做了检查，该固牢的固牢。飞船以虫洞方式进行降落会产生一个新问题：重力不是逐渐加大而是突然出现的，它也许会造成一些小小的麻烦。

逃出母宇宙

天马号精确测定了飞船到地面的距离，这是"虫洞式降落"过程中最关键的一步。如果降落距离过短，飞船脱离虫洞后可能处于悬空状态，并在突然出现的重力中坠落，造成船体与地面的撞击；降落距离过远，则会在息壤星地面爆出一个半球形的洞。实习大副卡普德维拉按测定距离调定激发参数，然后向地面降落。由于在降落过程中息壤星的重力仍被隔绝，所以降落十分轻松，只是 10 微秒的一瞬。然后它"突然出现"在息壤星的一处平坦地带，船外的太空景色也在瞬间切换为地面景色。在同一瞬间，息壤星 1.1g 的重力突然淹没了失重状态下的飞船。乘员们都感到眼前一黑，这是重力突现造成的脑部失血。飞船内也同时叮当一片，这是各种器物"落地"时发出的，虽然它们在失重状态下已经被绑缚固定，但不一定与地面或桌面贴实。不过，总的说降落过程十分顺利。此前乐之友科学院曾担心，"重力突现"也许会造成不可预料的生理反应，毕竟这是人类从未经历过的现象，在过去的任何工况，重力都是逐渐产生的，不过现在可以放心了。

等视野恢复正常，埃玛扶着褚贵福出来，让他第一个踩到了息壤星的土地，鱼乐水、姬继昌、生物学家谭玉璋和行星地貌学家森随后下来，再随后是康平、阿瓦廖夫等人。当年阿姆斯特朗第一个踏上月球时曾说过一句名言：个人的一小步，人类的一大步。今天应该是更伟大的时刻，但褚贵福留下的名言是：

"我操！这风景怪头日脑的！"

他像孩子一样好奇地四处观看。这儿的重力比地球稍大，但还不至于影响行走。昏暗的红色太阳挂在地平线上。湖水极其清澈，一片空无——这儿当然不会有水草和鱼虾。褚贵福的脑袋在头盔里滴溜溜乱转，兴致勃勃地观看着，也许他在想象着这儿一万年后、十万年后的情景。谭玉璋和森对他介绍说，虽然地球上的"行星猎人"们已经发现了上万颗行星，但这是第一次踏上行星实地考察。遗憾的是，如果以地球生命的生存条件为准，绝大部分行星的自然条件都太严酷，比如没有液态水、没有大气、高辐射、酷寒酷热等。唯有少数几个星球符合生存条件，比如息壤星。虽然它眼下不适合生命存在，但它非常类似于地球的原始地貌，它的大气层也类似于地球早期大气，也就是说，它至少有发展成现代地球的可能性。森笑着说：

"褚老，关于生命的存在条件，我是比较乐观的，我认为，只要有能量——不一定是阳光，比如地球的深海热泉附近就有以化学能为生的生命——有液态水，生命就可能存在。我相信，以息壤星眼下的条件，只要输入合适的、成熟的生命模板，十万年内肯定会变成生命乐园！"

谭玉璋说："用不着那么多时间吧。出发前我们就制订了'生命加速计划'，其运行机理很简单——在某星球上播撒生命种子后，增加一个人工增益程序，既每隔若干年就派人来一次，筛选出那些能够存活的、生命力强悍的微生物，然后人为地大量繁殖，并再次向整个星球全面播撒。然后再筛选再播撒，反复进行。用这种强化办法，可能一万年内就能建立该星球的生态系统。当然，这要求'阿姨团队'提前进驻，所以嘛，褚老，可能20年后地球就会派人来啦，那时你可以一同过来。"

埃玛笑着说："只是这儿的时间节奏让人难以适应，一天比较长，合地球的12天，但三天就一年！真可谓时光匆匆，但也可以说是'度日如年'。还有，这儿有三个月亮。褚爷爷，你的卵生崽子将在三倍月光下谈恋爱，多有诗意！"

鱼乐水笑了："埃玛，你褚爷爷可不喜欢这样的小资情调。"

"你说得对。在这样的蛮荒世界里，崽子们只要饿不死、能长大、能生崽子就行，哪有闲心谈什么恋爱！"

众人大笑。姬继昌问："褚爷爷，这颗行星你瞧中没有？如果瞧不上，咱们再逛逛别处。"

褚贵福果断地说："不再挑了，就是它了！我知道宇宙里没有伊甸园，能找到这么一个有水的行星已经蛮不错了。这儿的最大好处是离地球近，便于照料。想走亲戚也容易。"

"你决定了？"

"决定了。"

"好的，那我们就开始安置了。"

姬继昌通知了褚氏号。两名老宇航员驾着褚氏号向低轨道转移，不久，褚氏号的外层铠甲在重力作用下自动脱落,向地面坠去。它们在下坠过程中与大气摩擦,温度迅速升高,轻云物质在高温下喷射出来,包住了铠甲,在飞船后面形成了一条长达数万千米的洁白腰带,围住了整个行星。腰带飘飘摇摇地下坠,在下坠过程中分离,散落在陆地上和海洋里。褚氏号绕息壤星的不同纬度转了十几圈,生命种子也被播撒到整个星球上,其中的厌氧微生物将很快苏醒,与外界进行新陈代谢,从而开启星球生命大循环的第一步。

褚氏号完成播撒后重新爬高,定位在远太空轨道,它将在那里待上一个时期,等着地球的"阿姨团队"来临。现在天马号准备从地面起飞,仍使用虫洞方式。在船首的激发区域,近光速粒子驱赶着静止的空气原子或分子,爆出连续的微弱闪光,在息壤星的大气中开辟出了一条动态的真空通道。终于,第一次粒子对撞实现了,船首爆出一团白光,飞船瞬间被混沌包围。重力也在同一瞬间突然消失,乘员们都产生了"红视现象"。若干微秒之后,飞船已"突然出现"在远太空轨道,舱外的地面景观也瞬时切换为太空景色。

起飞就这样完成了,鱼乐水不由想起过去飞船起飞时的"壮丽场景"——在如雷的轰鸣声中,明亮的飞船尾焰照彻天地,成百吨燃料的燃烧才艰难地托举着飞船缓缓上升。而现在呢,实在是"易如反掌"。科学技术的力量让人敬畏,一如大自然使人敬畏。

飞船放飞一架小蜜蜂,把两位老宇航员从褚氏号上接过来。姬继昌笑着对褚贵福说:

"褚爷爷,向你的卵生崽子们告别吧。天马号就要返航,把你、13个幼儿、鱼阿姨和两位老宇航员送回地球。你别舍不得这些人蛋,反正有了亿龙赫飞船,你想来探望很容易。"

他一边说,一边悄悄打量着褚的表情。飞船离开地球前爸爸曾说过,据他估计,褚不会随飞船回地球,他属于那种"一根筋"的生性,只会往前闯,不会后退。既然他用后半个人生和全部财力干了这件事,就把自己和500万枚人蛋紧紧绑在一起了,不大可能抛下它们独自回地球的。但姬继昌不忍心把一位72岁的老人撇在地老天荒之处,想尽量把老人劝回去,哄回去。在他劝说时褚贵福没有拒绝,姬继昌把这作为默认,立即命令小蜜蜂再次飞过去,

准备把13名冬眠的幼儿接过来,然后天马号立即启航,以免他又改变主意。不过,小蜜蜂刚刚起飞,褚贵福平静地说:

"让小蜜蜂回来,把我送回老地方吧。"

姬继昌大为失望:"怎么了?你不是答应过,要回地球陪我老爹下棋钓鱼嘛。"

小豆豆说:"曾爷爷,我爷爷交代过,让我一定把你拉回地球。"

褚贵福咧嘴一笑:"很可惜,这辈子怕是没这个福分啦。"

姬继昌说:"你可不能食言。你还说要回地球给张明先老人上坟。"

"麻烦老姬替我去吧,我伸腿之前哪儿也不去,只守着我的人蛋。13个幼儿也不回,是死是活都跟着我。"

埃玛、田咪、康平也都来劝老人。虽然他们即将开始环宇航行,那同样是生死未卜的征程,很可能一去不返的。不过毕竟这儿有2000个同伴,有性能卓异的亿龙赫飞船,至少说心理上比较光明。而褚贵福老人则是孤苦伶仃,守着一艘比蜗牛还要慢的破飞船,不免让人心生怜悯。大家劝了很久,老人只是摇头。最后鱼乐水叹道:

"算了,不要劝了,劝不动。咱们就成全他的心意吧。"

她起身与老人拥别。拥抱时褚贵福低声说:"乐水,你对天乐那件事也想开点,遂他的心意吧。"

鱼乐水感激地低声说:"谢谢。我想得开。"

褚贵福同她拥抱了很长时间,鱼乐水偷眼望去,老人的眼中有水光。对于粗犷霸气的褚贵福来说,这是难得的温情流露,似乎连他脸上那道狰狞的刀疤也变得温和了。鱼乐水心中作疼,笑着说:

"褚叔叔,既然你决定留下了,那就先别忙过去。我们留下来多陪你一天。虽然以后地球会派人来看你,但咱俩肯定是最后一面了。"

褚贵福明显犹豫着。他当然很看重这最后的相聚,不过最后还是挥挥手说:"算了,不耽误你们的行程了,该聊的话已经聊过了,天下没有不散的筵席。再说,"他嘿嘿笑着,"我怕多留一会儿,你会劝得我改变主意啦。不行,我的人蛋离不了我。"

指挥舱里几个人依次同他拥别。他们为褚老穿上太空衣，送他去气密门。大厅里，姬继昌已经指挥 2000 名船员列好队伍为他送行。大家齐声高呼：

"向先行者褚老致敬！"

老人笑嘻嘻地向大家挥手，表面上看不出一点儿离愁别绪。鱼乐水、姬继昌、埃玛、小豆豆等几个人把他送回褚氏号的冷冻装置里，再次同他告别，肃然看着他的笑容冻结成永恒。

三

与褚氏号告别，天马号立即拨转船头，重新把大角星锁在星图的中央。他们要开始第二项任务——找到诺亚号，并将正确的宇宙胀缩周期告诉他们。已经进入盲飞状态的诺亚号实际是处于另一个不同相的宇宙，发现它很难，而打破相空间的屏障与它建立联系更难。不过，天马号出发前，乐之友科学院已经进行了充分的研究，开发出了相应的技术。尽管这样，能否成功仍要依赖船员的勇气和——运气。

天马号仍采用断续飞行方式。由于此后的任务是艰难的搜索，所以船飞得很慢，只有千龙赫。船首的大视场画面里始终嵌着一幅清晰的星图。这几十年来耳濡目染，鱼乐水对各个星座已经非常熟悉了，但眼下的星图她完全陌生。这不奇怪。地球上的星图是以地球为中心绘制的，各星座实际是某半径方向的宇宙纵深在"恒星天"上的叠加投影，同一星座中的星体在径向上何止相距数万光年。而现在呢，飞船是从一颗离地球 20 光年的天秤座恒星飞向离地球 36 光年的牧夫座大角星，基本是沿圆周方向飞行，所以熟悉的星座图完全被打乱了，扭曲了。这时星座的概念已经完全无用，只能让飞船电脑咬住某颗恒星作为目标来指导飞行。

此刻瞭望员马鸣成了全船的中心人物，而 2000 名船员也第一次进入工作状态。马鸣把星空分成 40×50 个单元格，让每个船员负责观察一部分，以便更容易发现诺亚号。诺亚号早就进入连续虫洞飞行，它看不到洞外，洞外也看不到它，但这个不可见的虫洞会遮蔽后方星空，就像一条细长的不透光的梭鱼飞速游过。乐之友的科学家们习惯称它为"混沌鱼"，因为它是混沌的，边缘模糊的。混沌鱼的粗细只有千米级别，长度有万米级别，必须认真观察才能发现。何况天马号也是超光速飞行，一旦发现有异常，飞船可能已经飞过去几百万千米了。

搜索过程比较漫长，这些天鱼乐水没有事，沉浸在离别的感伤中。她对孤独的褚老非常疼惜，是在心中最柔软的地方发疼。这位老人前半生劣迹斑斑，但当他多少是偶然地卷入一个高尚的目标之后，他的人格也变了，就像发生了"原子级别之下的重构"，由乌黑脏乱的杂物变成透明晶莹的类中子态。他那"咬死目标不松口"的狠劲儿尤其让鱼乐水佩服。

她已经同褚老永别，很快就是同昌昌、埃玛诸人的永别，同洋洋和柳叶的二次永别，尤其还有同丈夫和草儿的永别。但这都是无法豁免的痛苦，是为了活着必须忍受的。性格豁达开朗的鱼乐水能够达观地对待这些，但实在说来，今天的达观与青春时期已经大不相同了，那时的达观带着朝露的甜梢，而今天浸着苦味。

昌昌很善解人意，这些天常常抽时间来陪她，聊一些闲话。鱼乐水打趣他，说他小时候顽皮得出格，把幼儿园园长阿姨的手都咬破了，问他记不记得这些光荣事迹。姬继昌笑着说：

"好事不出门，坏事传千里。不过我早就改邪归正了。"他突兀地说，"鱼阿姨，有句话按说是晚辈不该说的，但我这人一向嘴巴不关风，我就说了吧，行不行？但你得事先保证不生气。"姬继昌嬉笑地盯着她。

"好啊，我不生气。要是我不该听的话，我听完就忘掉。"

"乐水阿姨，依我的感觉，你在我爸的心目中分量很重。非常重。说句极端的话吧，我妈是老爹在生活中的妻子，你是他精神世界的恋人。"他笑着说，"该打该打，天乐叔叔听见，一定抽我左边一耳光；我妈听见，再抽我右边一耳光。"

鱼乐水心中顿时激起满湖的波澜！她平静一下，也笑着说："行，那我也说一句按说长辈不该说的话：你爸在我心目中分量也很重啊，不光是工作，也包括私人关系。昌昌，我们几乎成为情人，但最终还是把它保留在精神领域里。"

姬继昌惊奇地看看阿姨，笑着说："谢谢阿姨对我这么坦诚，看来我的感觉很准确。阿姨，我、埃玛、豆豆、天乐叔叔、草儿都上天后，你和我爸妈多来往，互相安慰吧。"

"那是自然。安心走你们的路吧，别为我们担心。"

忽然警铃大作，方格图上一块方格闪着红光，一名船员报告：

"X35/Y49方格发现异常！"

飞船立即停止激发，瞬间停止。那个方格被迅速放大，放大后可以看出，方格中并非"混沌鱼"而是气态星际物质。马鸣否定了这次报警，天马号恢复了飞行。此后又有两次报警，马鸣仍然做出同样的判断。飞船已经飞了十天，对于一艘有能力达到亿倍光速的飞船来说，这已经是非常漫长的时间了。现在飞船离大角星已经很近，那颗地球上的北天亮星已经有橙子般大小，其亮度赶上了满月的亮度，只是它不是月亮的银白色，而是橙红色。这段飞行中，天马号因三次搜索逐渐转了方向，从相对太阳轨道的"圆周方向"转回到"径向"，牧夫座又大致恢复了原来的模样，它的几颗子星仍然排成五角形，或为淡黄，或为淡蓝，十分美丽。忽然警铃大作，又一个方格中红光闪亮，这回是康平发现的。天马号瞬间停止。马鸣调出该方格的有关参数看了一遍，又看了一遍，然后抬头兴奋地说：

"没错，就是它了！康平啊，你立了首功！"

康平很谦虚："没啥，人们都说，第一次上赌场的人手气最好。"

这就是诺亚号。它离开地球20年，其间曾短暂地返回，现在距大角星只有几天的行程。以这些参数计算，它的船速肯定比原来的1.8龙赫要高，大致为2.5龙赫，看来亚历克斯和贺梓舟他们找到了某种提高船速的办法。发现诺亚号时它已经被甩到后方，但在天马号停飞的瞬间，一条边缘模糊的"混沌鱼"闪电般追上来，又闪电般掠过天马号，在前方星空中消失。天马号立即点火，把速度调到略大于诺亚号，紧紧地追了过去。

离开地球前，丈夫曾对鱼乐水仔细讲过追上诺亚号的办法，乐之友科学院的那伙儿雅皮士们戏称为"扒火车"。这个方法的关键是：诺亚号做虫洞飞行时，其后拖着一条喇叭形的"本域空间"，它的长度大约有十倍船身，然后就被非本域空间逐渐侵入和同化。由于天马号的船速远远高于前者，所以即使在断续飞行也就是保持视野的状态下，也能轻松地追上它，就像一辆超级赛车能轻松追上火车。但最后一步是最难的——天马号必须在最后一跳中准确地"跳上火车"，即进入前者拖带的喇叭形本域空间，然后停止激发，被该空间拖带着前进，也就与诺亚号变成相对静止。但在天马号最后一次激发时，又必须与前者保持安全距离，否则会使前边的飞船瞬间毁灭。难就难在，即使天马号已经接近"混沌鱼"的尾部，它也无法清晰观察诺亚号，而只能以混沌鱼尾的空间紊乱程度来间接判定前者的实际位置。要在超光速运动中做到这一点，是对导航员判断能力和船长驾驶技术的严峻考验。

而且这个行动的安全不光依赖于天马号，同样依赖于诺亚号的机敏。后者在虫洞飞行状态时看不到外边，但当天马号进入两个空间的交界处时，诺亚号应该会看见的。当他们惊喜地发现追来者时会怎么办？赶紧停下来等着？那就彻底完蛋。后边的飞船在最后一跳中，将从前者的船体中径直穿过去，留下一个内壁光亮的虫洞，而1000名诺亚号船员将变成镜面上的平面图形。所以，诺亚号必须保持原来的恒定速度，才能让后面的人平稳地"扒上火车"。

这一切都发生在瞬息之间。亚历克斯、贺梓舟和柳叶他们能来得及做出正确的应变吗？楚天乐坚信他们会的，因为他们的"冥思式"思考已经超越了地球的科技发展。而且说到底，这是打破相空间屏障的唯一办法。鱼乐水只能在心里为诺亚号祝福。

天马号指挥舱里没有一丝声音。姬继昌专心地操纵着飞船，实习导航员田咪低声报着有关参数：与诺亚号的距离、两船纵轴线的误差、两船的速度差等。姬继昌短促地下达着命令，实习大副卡普德维拉熟练地操纵着电子舵轮。忽然，前方的混沌视野唰地变了，出现了一个巨大物体的模糊形象，那应该是诺亚号巨大的尾部天线，距他们只有十千米左右。天马号已经进入两个空间的交界处了！姬船长下令：

"最后一跳！"

逃出母宇宙

天马号进行了最后一次空间激发，一团白光之后，前边的鱼尾巴又近了近千米。天马号停止激发，在瞬间静止——但它已经静止在诺亚号的本域空间里，跟着前者以相对非本域空间2.5龙赫的速度继续前行。两艘飞船同时开始呼叫也同时收到呼叫，现在，在同一个空间里，电波可以自由穿越了！

"诺亚号，我是天马号，听到请回答！"

"天马号！我看到了船首的名字。欢迎你们！诺亚号的对接口暂时无法使用，请来者穿上太空衣！"

这边的人不免吃惊：诺亚号的对接口不能使用，莫非在途中出过什么事故？但听那边说话的口气不像有什么异常。天马号启动常规动力，在本域空间中缓缓前进。现在他们可以看清了，在诺亚号庞大的尾部天线之后，拖着一个长长的东西，长度大约与船身等长，通体闪着奇异的银光。再仔细看，它是中空的，洞口敞开，没有气密门。银色的空洞内此刻有几个身穿太空服的身影，正急切地挥着手，等着迎接客人。这边也都穿好了太空衣，姬继昌把鱼乐水推到前边，让她能第一个与自己的亲人会面。出了气密门，对面一个女子扑过来，太空服通话器内听到她的欢呼声——是41岁的柳叶！她认出了嫂嫂，隔着太空服与她紧紧拥抱。鱼乐水越过她的肩部看到后边的贺梓舟，急急地问了她最关心的事：

"洋洋，刚才，在我们的最后一跳之前，你们发现来船没有？有没有打算停船等我们？"

51岁的贺梓舟过来，把妻子和嫂嫂都揽在怀里，笑着说："发现了，但当然没打算停船，我们同样研究出了这种'扒火车'的办法，知道该如何应对。不过，这个问题你该问柳叶的，现在她是船长。"看到嫂嫂疑问的眼神，贺梓舟自嘲地说，"诺亚号现在是母系社会。亚历克斯退位后我当过八年船长，不过后来她们把我这个大男子主义的船长选掉了。"

柳叶笑着说："诺亚号上男人是珍稀动物，得着力保护，所以女人们愿意多干点儿活。"

她等于肯定了那个事实——贺的船长被选掉了。洋洋笑着说：

"我眼下的工作是飞船园艺师，等一会儿进诺亚号你就会看到满眼绿色，

463

都是我用柳叶送我的柳枝培育成的。"

诺亚号的骨干成员一个个钻过来，72岁的亚历克斯，他的一位夫人玛格丽特，贺的另外三位妻子奥芙拉，肯姆多拉和齐闺臣、数学家詹姆斯及家人等。他们同这边的人见面，互相介绍，拥抱和欢呼。鱼乐水没有见到巴罗，问柳叶，柳叶凄然道：

"他因癌症去世了，是诺亚号上的唯一减员。"

见面的亢奋稍微平静，主人领着客人们通过空洞朝前走。周围是银色的洞壁，但壁面比较粗糙，形状不甚规则，显然是在"野外条件"下仓促加工的。姬继昌则一直入迷地盯着它，问：

"金属氢？"

贺梓舟回答："对，是金属氢，我们决定进入连续飞行之前采来的。诺亚号燃料舱设计容量无法满足连续130年的飞行，我们只好因陋就简，搞了这个舱外副油箱——不，没有油箱，只有金属氢本身，类似于新式枪械中的无弹壳火药。好在太空酷寒能维持金属氢的稳定，虫洞又能起到理想的绝缘作用，行程中不怕接近恒星。只是它挡住了船尾的对接口，在把它用完之前，对接口无法使用了。"

他说得很平易，来客们则心存敬畏——又是一项世纪性的发明。金属氢是地球科学界全力拼抢的圣杯之一，有了它，至少氢燃料汽车就会轻易取代汽油车甚至电动车了。氢燃料汽车可以说全身都是优点，诸如无污染、能质比高、廉价、轻便等；而只有一个缺点，就是氢的储存不方便。但有了金属氢，这个缺点便不复存在。贺梓舟不好意思地说：

"我们该向地球通报这件事，但我们决定进入连续飞行之前太过忙碌，竟然把这件事忘了。随后我会给你一份详细的技术说明。其实只用八个字就行了：太空低温，微型核爆。"

姬继昌略微思考后说："是的，我已经大致清楚了。"

在洞口另一端，他们看到金属氢同船尾连在一起，肯定不是焊接，而像是凝结。对接口被"副油箱"挡住后，虽不能完成飞船对接，但人还是可以通过的。一行人通过双层气密室进入船舱，脱下太空服，进入大厅。放眼看去，飞船内果然一片浓绿，绿遍了每一个角落，不过不是普通的柳树，它们都袖珍化了，枝条更加柔细，叶子更加纤巧，模样几乎像地球上的文竹，这自然是洋洋的功劳。近千名光头赤足的诺亚号船员集合在大厅中迎接他们，亢奋的欢呼声经久不绝。鱼乐水首先看到了两只黑猩猩——应该称两位黑猩猩了。他们也在欢呼，是通过脖子上挂的语音转换器。鱼乐水笑着同前排的人拥抱，包括两位黑猩猩。黑猩猩阿兹说了一句什么，鱼乐水没听懂，柳叶笑着翻译：

"他是在向你秀汉语哩，说的是：有朋自远方来，不亦乐乎？"

她这一说，鱼乐水悟出，阿兹刚才确实是在说这句话，便由衷地夸奖："阿兹不简单，正在学习《论语》吧。"

阿兹骄傲地点头。玛鲁用英语急切地问："布鲁瓦来了吗？"

"很可惜，他没来，年龄太大了。"

玛鲁非常失望，怏怏地说："我想他。我第一爱他。"她看看阿兹，机敏地补充，"我也第一爱阿兹，两人都第一爱。"

那位丈夫一点儿也不吃醋，认真地点着多毛的头颅。鱼乐水笑着说："谢谢，我替布鲁瓦谢谢你。我回去后一定向他转达你们的爱意。"

一行人穿过欢迎的人群，来到指挥舱，柳叶立即开始正题，"嫂嫂，昌昌，你们不顾危险，用扒火车的办法追上我们，一定有重要原因吧。"

姬继昌说："是的，柳叶姑姑，你们上次信中提到的几大科学突破，地球上同样做出了。只有一点不同：孤立波的半周期不是46.5年，而是62年。"他正视着柳叶，强调道，"经过严格的复核，地球上的观测值是正确的，你不必怀疑。我想，飞船上的观测仪器毕竟简陋一些，所以才出现这样的错误。但这意味着，按照你们原定的计划，当诺亚号连续盲飞到孤立波结束然后脱离虫洞之时，你们面临的宇宙并非已恢复为温和膨胀，而正好处于疏真空极值，那就危险了。"

柳叶疚悔地叹道："我的天，我们的观测非常严格啊，没想到会出这样大的纰漏。谢谢你们的及时通知。不过，"她迅速进行了心算，"按你们的数值，膨胀孤立波将在距现在174年后才结束，诺亚号的氢燃料，包括我们新搞的那个副油箱,还不足以使用到那时候。"

"不用担心。我们尽可能为你们准备了一些,待会儿就泵送过去。柳叶姑姑,你们最早进入连续虫洞飞行,虫洞内因而保持着最好的密真空状态,所以你们无疑是最聪明的地球人。请小心保持它,整个人类都将受惠于你们。"

"谢谢,谢谢。"

两边的船员准备来一个联欢。天马号的船体较宽敞,联欢会场就定在天马号的大厅。这边的船员穿上太空衣,陆续来到后边的天马号。双方互相介绍了这些年的情况。诺亚号同样做出了亿龙赫飞船的理论突破,但囿于条件无法实施,只是在飞船条件下做了一些小的改进,现在船速能达到2.5龙赫。他们对天马号薄而透明的船壳,对它的亿龙赫速度都非常艳羡,艳羡得要发疯,真想立即过一过飙车瘾,但无法可想。为了保持诺亚号所处的高质量空间,他们只能不停地飞下去,直到174年后疏真空结束。鱼乐水忽然问:

"小天使呢?这半天怎么没见着他?我高兴糊涂了,竟然把他给忘了。算来他已经20岁了吧。"

"噢,他一定是正陷在'深思'中。我这就喊他过来,还有他的几十个同龄伙伴。"她用报话器做了通知,对嫂嫂解释说,"我对地球通报过,说诺亚人学会了'冥思式'思维,但新生代们对它做出了新发展,能够随时进入一种深度冥思状态,就像气功的入定,可以使思考效率再提高十倍左右。我们称之为'深思'。可以说,普通智商的人只要进入深思,都成了天乐哥那样的天才。哎,他们马上就过来了,我得事先告知你们,这些新生代一向是赤身裸体。他们说,生活在飞船这样恒温的、理性主义的环境里,既不需要避寒也不需要遮羞,衣服已经完全失去了必要性。"

此时几十个"新生代"已经络绎来到天马号,脱去太空服后来到大厅。他们年纪都在20岁以下,有男有女,打头的显然是天使,在这群人中年纪最大。他们同其他船员一样光头赤足,只是身上不着一丝。他们目光沉静,身材健美,皮肤光滑润泽,浑身漫溢着一种无形的光辉,一种不可见的神性。但他们显然不习惯大厅中的亢奋,在长辈的催促下才走过来,同来自遥远地球的亲人们拥抱。鱼乐水把朝思暮想的小外甥紧紧搂到怀里，忍不住热泪盈眶。但她悲伤地发现，对方的拥抱纯粹是礼节性的，并没有内在的热情。这些新生代显然不喜欢这样的亲情倾泻，他们以施舍的态度同亲人拥抱后，很快从圈子中退出去，默默站在四周，以冷静的目光观察着亢奋的大人们。

鱼乐水悲伤地看到，从拥抱到离开，小天使一直没有问及地球上的亲人，没有问天乐舅舅、外公外婆、爷爷奶奶，而这些老人，尤其是天乐妈，可是时刻把小外孙挂在心尖尖上的，当年为了怕诺亚号陷在"泥沼"，婆婆流过多少泪啊。不免想起柳叶在第一封信中说过的话："我每天都在对他念诵你们的名字，展示你们的照片。他永远是外婆膝下亲亲的小外孙！"与眼下的情况对比，鱼乐水的心中锯割一样地疼。

在这个瞬间，鱼乐水忽然想到柳叶曾断然逃离诺亚号的决定。她那时的担忧是对的，那些担忧已经落到她的亲生儿子身上。短短20年，诺亚号上已经形成了一支异化的新人类。他们传承了人类的文明，但同人类已经没有什么感情上的维系。那么，200年后呢？当飞船远离地球十万光年后呢？

13岁的豆豆非常崇拜天使这样的"前辈宇航员"，一直在他们周围打转，想和他们亲热。但过了一会儿，他怏怏地返回，小声说：

"鱼奶奶，那些光屁股的家伙都是200型生物机器人，不带感情程序！"

鱼乐水苦笑着拍拍他的脑袋。忽然天使向这边走过来，鱼乐水忙对豆豆说："他来了，你不许再乱说！"她想，天使主动过来会说些什么呢？天使径直走到鱼乐水身边，客气地说：

"鱼……我应该称你舅妈吧。你回地球后，请向楚天乐舅舅转达我由衷的敬意。他仅以自然智商就做出如此多的发现，堪比我们的深思智商，确实是不世出的天才。"

他总算问到天乐了，而且话中也能感受到他的真诚，但这种真诚是纯理性的，不带一点儿体温。对方的冷静也影响了鱼乐水，她敛容回答："谢谢你的赞扬，我一定传达到。我想我的丈夫会羡慕你们的，你们发展出了深思技艺，又处在能激励智商的密真空中——这可是全宇宙中唯一保存下来的优质密真空！相信在 200 年后，当你们返回地球时，已经把飞船文明发展到了令地球人仰视的程度。"

天使没有谦让，点点头："可能是这样的。不过，毕竟地球人有巨大的基数，70 亿人中如果能出现百十个像楚先生那样的天才，那么，地球文明还能与诺亚文明并驾齐驱。"

两人含笑对视。此时鱼乐水的情感相当复杂，对这位外甥既有仰视——因为他的天才和无形的神性，也有怜悯。他一出生就囚禁在飞船上，尤其是近 12 年来，飞船一直处于虫洞状态，他们等于生活在不见天日的活棺材中。所以，他们逃避人世，躲在"深思"的世界里寻求心灵宁静，追求智力快感，是完全可以理解的。但无论如何，她无法再与天使进行感情上的沟通了。他们含笑对视片刻，天使客气地点点头，仍旧退回到圈子之外，保持着冷静的沉默。

此后的闲聊中，鱼乐水摸清了诺亚号的现状。现在，以天使为首的新人类已经成了飞船事实上的核心，他们组成了一个智囊团，飞船上的所有事项先要经过智囊团的讨论，得出大致意见，然后报船长批准实施。这也是飞船改为女性船长的重要原因，因为这些人尽管感情冷漠，毕竟与母亲更亲近一些。亚历克斯、贺梓舟等老辈船员都痛快地认可了这个变化，因为具有深思技艺的新人类确实比其他人高出一筹。但他们还是尽最大努力，把"付诸实施"的权柄握在老一辈手中，这类似于人类对电脑的态度。至于这个权柄还能握多长时间，没人能回答。

这边姬继昌没有耽误时间，已经安排船员接通管道，向诺亚号泵送液氢。也向诺亚号提供了准确的空间坐标，因为后者在盲飞状态下无法依天文观察确定坐标。在提供技术参数时，无意中有了一项重大发现：两艘飞船的原子钟有高达 86 万秒的误差，也就是说，诺亚号的时间快了大约 10 天！何以如此？不知道。按照虫洞理论，飞船相对本域空间是静止的，没有相对论时间效应，所以两艘飞船的时间都是宇宙静止时间，应该是绝对同步的。但显然有某种未知因素影响了诺亚号的时间速率，而且是变快而不是变慢——按说，以超光速航行，即使有相对论时间效应，时间也该变慢才对啊。柳叶皱着眉头思考一会儿，想不通，姬继昌同样想不通。柳叶咨询儿子的意见，天使对

此非常重视,说:

"此刻我不知道,但我觉得这个现象非常重要,它是三态真空理论天空中的一片乌云,也许足以颠覆整个体系。我们要立即进入深思,尽早勘破这个秘密。眼下我能肯定的是:我们对孤立波周期的观测误差,肯定与原子钟的误差有关。"

他显然已经进入临战状态,带着几十个同伴匆匆离开这儿,返回母船,没有同客人们告别。姬继昌对柳叶说:

"根据我们'扒上火车'前的观察,诺亚号的方向正对着大角星,不是对着中心,而是对着大角星半径的中点处。飞船此刻与大角星已经非常接近,按2.5龙赫的速度,只有不到一天的路程了。"

柳叶说:"我们很欣慰啊,看来诺亚号的方向掌握得很好。在进入连续飞行前,我们是以大角星校准了方向。这么多年盲视飞行后,误差也不大。"

"你们打算从这颗红巨星中穿越而过吗?"

亚历克斯回答:"对,当初把大角星设定为航标时,就有这个打算。虫洞式全盲飞行难免与某个天体相撞,那就让我们先做一个实验吧。"

姬继昌稍稍犹豫:"我们跟在你们后边来一次穿越也未尝不可,但我想,这样重要的首次穿越,最好有一个站在圈外的观察者。"

"没错,能有一个观察者,是可遇不可求的机遇。"

"那么,只能赶在穿越前与你们分手了。"

"太遗憾了,时间太仓促,久别重逢,大家都还没有尽兴哩。"柳叶黯然说。

虽然依依不舍,双方还是以最快的速度处理善后,准备分手。柳叶吩咐丈夫带一班人尽量与姬继昌交流信息,因为对于多年来处于信息盲区的诺亚号来说,任何外来的信息都是非常宝贵的;而具有"深思"技艺的诺亚人,也说不定会再给这边一些意外的惊喜,就如金属氢的发明一样。柳叶则抛开一切杂务,拉着嫂嫂独自待在船长室,尽情谈了姑嫂间的话题。柳叶问了妈妈去世前的情况,天乐和草儿的情况,所有熟人的情况。对哥哥的"头颅离体"她唏嘘了一番,但没有太大的反应。也谈了这边的小家,说四个妻子相处得很好，因为飞船上没有争风吃醋的土壤，实际上真要有一点感情波澜，反倒好些，现在的生活过于理性化了，因而也过于平淡。鱼乐水小心地问起小天使，柳叶叹息一声：

"嫂嫂，我总有一个印象，其实天使并不是我的儿子，他是一位先知，是耶稣、穆罕默德、弥赛亚、弥勒佛之类的圣人，借我子宫生出来而已。他太完美了，太睿智了。我真希望他是个普通的男孩，干了什么捣蛋事，被我揪住，在屁股上揍一顿，可惜……"她摇摇头没往下说。鱼乐水只有陪她沉默。"我已经悟出，我和他有一个最大的区别——我有一个根而他没有。我那个根就是在地球上20多年的生活，尤其是在老界岭度过的童年和少年，山野中的'地球味儿'已经把我浸透了，此生不会忘记。可是天使呢，他一直生活在这口活棺材中。"

鱼乐水叹息一声："活着就是这样啊，要得到一些新东西，扔掉一些旧东西，哪怕这些旧东西很宝贵。古往今来都是一样的。不妨往远了想一想，我们也早就忘了百万年前非洲荒野的猿人生活。只不过天使他们的改变太快了，是在短短一代人中改变的，让人难以接受。"

"是啊，活着就是这样，得改变一些东西，忘掉一些东西。嫂嫂，我当年曾突然决定离开诺亚号，又在十秒的冲动下突然决定回来。现在我觉得，回来的决定是对的，但离开的决定——也许更对。"

鱼乐水疼惜地把小姑子搂在怀里。

百事繁杂，她们不能沉溺于姑嫂情中，两人结束私语，出了房间。玛格丽特在外边等着鱼乐水，直截了当地说：

"虽然时间太紧张，还是得打扰你一下。请与亚历克斯谈一次话，他的心境很不好，他觉得自己在诺亚号是个废人。"她苦笑一声，"其实这也是我的感觉，但我能做一些心理调整，而他不行。"

她领着鱼乐水匆匆去找丈夫，途中继续讲着有关情况。亚历克斯一生以智力自负，但与天使等新一代相比，他永远差那么几步。关键是，亚历克斯在理性思维之外的生活中比较低能，所以在失去了引以自负的智力之后，也就失去了生活的脊梁。不像贺梓舟，贺被晚辈们挤出决策者圈子之后，学会用园艺工作来充实自己。她们在大厅的一个角落里找到了亚历克斯,为了照顾他的自尊,鱼乐水单独过去了。她发觉亚历克斯确实变了,此人一向孤傲自负,凛然生威,表情总像拒人于千里之外,只有在同他长期接触后,才能从他表面的冷漠中感觉到他内心的温暖。但现在呢,亚历克斯的"酷劲儿"没有了,代之以圣诞老人一样的和善笑容和……无形的自卑。他看见鱼乐水,笑着说:

"是玛格丽特让你来宽慰我?用不着。我的心理调整实际很容易,只要老实承认自己是个已经退休的废物,一切都迎刃而解。"他叹息道,"其实就连洋洋和柳叶他们,很快也会步入同样的命运。我很羡慕巴罗的,他死得早,死得早是一种幸福。"

他的思维仍是这么敏锐,鱼乐水真的无法再宽慰他。鱼乐水忽然想——也许可以把他接回地球?但她随即打消了这个念头。以亚历克斯的骄傲,他不会回头的。她只能坦诚地说:

"我哪有资格宽慰你啊,你在我心目中一直是仰之弥高的科学神祇。你现在觉得对太空新生代望尘莫及,不过请你记住:眼下的一切,包括天使们的超级智慧,都和乐之友诸位几十年的努力分不开,新时代功臣包括天乐、泡利、我公公、巴罗、乔治、洋洋、昌昌,当然也包括很重要的你。"

亚历克斯笑了:"这就是最聪明的宽慰啊。好的,以后我会经常回忆当年的风光来自我宽解。分手在即,你忙别的去吧。"

分手的时候很快到了,这次肯定是永别,等诺亚号174年后脱离虫洞状态,回到地球,迎接他们的肯定都是陌生人。而天马号很快要开始环宇航行,如果几百年后能回到地球,也只能见到诺亚人的后代。双方告别时,天使和他的同伴没有出现,他们肯定已经进入深思,不愿意跳出来。姬继昌颇为遗憾:

"我还在盼着他们给出有关时间误差的答案呢,我也觉得这个现象非常重要,也许预示着什么新的突破。不过,看来是等不及了。很可惜,即使他们以后得出结论,也无法向虫洞外传达。"

贺梓舟笑着更正："啊，不是这样的，天使他们已经想出了办法。类似于潜艇在潜行时施放信息浮标，或者航海启蒙时代往水中扔漂流瓶，我们也打算制造一种小型飞行器，让它以常规动力向后退，脱离本域空间，然后向地球发报。这样的信息浮标或漂流瓶将定期施放，当然，地球收到第一封电文也是40年之后了，而且迟滞期会越来越长。"

"好的。我们会把这个信息通报给地球，让他们随时倾听潜航者的耳语声。"

"可惜这种联系办法是单向的，在盲飞途中，我们无法接收虫洞外的信息。"

"耐心等着吧。只要地球文明不崩溃，很可能会有另外的亿龙赫飞船步我们的后尘，再次用扒火车的方法追上你们。所以，你们施放漂流瓶时，注意标明施放时的空间坐标，便于后来者找到你们——虽然你们在连续飞行时只能依靠计算来得到空间坐标，但聊胜于无吧。"

"那是当然。"

时间已经很紧张了，诺亚号船员恋恋不舍地退出天马号，气密门关闭，双方隔着透明舱壁最后一次挥别。两船开始分离，天马号启动常规动力，缓缓向后退。淡蓝色的焰流照亮了虫洞内的小空间，照亮了诺亚号的凹面状天线和它身后拖带的银白色"副油箱"。忽然天马号有轻微的颠簸，它已经退出诺亚号的本域空间，返回到大宇宙中了。紧接着警铃声大作，仪表盘上高温警告灯疯狂地闪亮，外部视野被强烈的橙红色光芒所淹没。看来他们的退出晚了一点，此刻位置离大角星的表面太近，应该不超过一光分的距离，已经能感受到大角星4400度高温的灼烤了。姬继昌迅速指挥飞船来了个180度的调头，然后进入千龙赫的虫洞飞行。虫洞遮蔽了外界的强光和高温，飞船内的报警立即停止了。真正的盲飞状态只持续了不到0.5秒，等飞船脱离虫洞状态，它已经离开大角星有一个天文单位。天马号折回头，通过天文望远镜开始了从容的观察。

在大角星的强光背景下，他们很容易找到了那条混沌鱼。原来"混沌"并非完全不透明，垂直方向的强光可以进入混沌外层，然后顺着圆周方向绕到对面，再以垂直方向向外投射。这个过程起到了偏振滤光作用，使它类似一个硕大的李奥滤光器，这个效应把混沌鱼清晰地显露在强光背景上。它的方向没有正对大角的中心，而是指向某条半径的中点偏外一点，那里应该是恒星对流层和中介层的交界处。这样的穿越点其实更稳妥，可以躲开红巨星中心的类似白矮星的高密度内核。当然，由于虫洞的保护，从理论上说径直穿越内核也没有问题的，不过那会引起大角星更猛烈的反弹。毕竟这是虫洞式飞船穿越恒星的第一次试验，稳妥一点为好。

现在，诺亚号已经进入大角星的日冕，尽管这里的太阳风非常稀薄，但飞船所挖掘的虫洞还是造成了一条暗黑的冕洞，使它易于观察。冕洞快速地向大角星本体延伸。此时天马号退离穿越点超过一个天文单位，大约为10光分的路程，所以天马号观察到的冕洞已经是10分钟前的"旧景"了，而诺亚号此刻的实际位置要大大地远于目视的景象。它的前进速度是2.5龙赫，早就穿越了大角星并行进25光分以上的距离了。

诺亚号的超光速飞行造成了以下奇特的场面：尽管穿越早已完成，但穿越场面仍在继续"直播"。在天马号的视野中，诺亚号继续挺进，进入色球范围。这儿像是狂暴燃烧的草原，无数条玫瑰红的舌状大日珥向上升腾，那条暗黑的虫洞快速向前，在圆洞范围内压平了日珥。现在混沌鱼进入了恒星的光球层，这一薄层结构是恒星可见光的主要源头，所以当暗洞挺进到这里时，"黑暗"在强光背景下显得更为清晰。它与日面上通常出现的黑子明显不同，面积很小但边缘清晰，犹如一口无底的深井。飞船继续挺进，现在深入到了对流层，这儿存在着强烈的径向对流。虫洞基本是垂直于径向的，等于是横渡了湍急的河流，但其方向丝毫不受影响。

飞船从对流层的边界穿过去，此后的行程就是前半程的反演了。对流层—光球—色球—日冕。大角星的半径约为1800万千米，穿越区的厚度大约为3000万千米，对于2.5龙赫的飞船来说，只需40秒（0.7分钟）就能穿过；但对于"现场直播"来说，穿越过程需要100秒（1.7分钟）时间才能播完。

穿越完成了。尽管恒星都是气态的，但虫洞所造成的物质堆积仍在大角星内部构建了一条坚固的隧道，足以在强大的压力下保持一段时间。一个天文单位之外，天马号用常规动力做了姿态调整，现在他们的目光正好能穿越那条笔直的孔洞。奇怪的是，在强烈的红光的背景下，透过孔洞还能看到后方的星空，两三颗星星在那个洞中闪耀。这是因为那条孔洞形成了望远镜的"镜筒效应"。

天马号船员通过船首视场，肃然观察着这幅壮美的场景。他们看得太痴迷，忽略了危险在向他们逼近，那道洞壁毕竟抵抗不了恒星内部的强大压力，在2分钟内就訇然溃散了。这在大角星内引起了强烈的扰动，于是这颗红巨星干出了红超巨星才会干的事——把除了日核之外的气态部分全部抛出，它们以极高速度向四周喷发，形成了一波可怕的气态海啸。其先头部队是强烈的红光，在10分钟内到达天马号。

红光淹没了视野，引发急骤的报警声。姬继昌立时看到了面临的危险，必须赶快逃离！否则等恒星物质弥漫而来时，飞船将尸骨无存。但此时飞船再转头已经来不及了，姬继昌当机立断，立即启动了3000龙赫的连续式虫洞飞行，沿着诺亚号的穿越方向径直向大角星扑去。不过他机警地做了方向微调，否则速度更高的天马号会穿过前边的诺亚号，把它变成一个内壁光亮的孔洞。

天马号前部爆出一团白光，立即被混沌所包围。在虫洞的隔离下，强光和高温立即消弭于无形，报警声随之停息。一秒后姬继昌停止了激发，飞船静止下来。现在它已经行进了约43光分距离，停在大角星另一面，离大角星表面有30光分，即大约3.6个天文单位。这个距离是姬继昌特意选择的，据计算，天马号停下时诺亚号正好也赶到这儿。

观察员马鸣把屏幕上的视野切换到飞船之后，鱼乐水很快看到了大角星，这颗橙色的星星此刻跟地球上看到的太阳差不多大小，但光芒要黯淡一些，安静地待在天幕上。他们看不到穿越过来的诺亚号，也看不到这颗恒星的大爆发。一时之间，鱼乐水有点不相信自己的眼睛。当然，这是因为天马号的超光速飞行。此刻他们看到的是还没有变化的大角星。姬继昌说：

"鱼阿姨，请从容观看吧。大角星爆发的强光在30分钟后才能到达这里，或者说，我们30分钟后才能看到星球爆发的直播画面——不，应该是18分钟，因为飞船启动时，强光已经向这边行进12分钟了。"

马鸣高声喊："看，诺亚号！"

他在飞船侧部发现了一条混沌鱼，它就是几乎同时到达这儿的诺亚号。但奇怪的是这条混沌鱼迅即分为两条，一条向前，迅即消失在太空深处；一条向后，径直扑向大角星。这种场景连姬继昌也没想到，他认真思索片刻，想通了，笑着对鱼乐水解释：

"鱼阿姨，应该是这样的……"

但鱼乐水早就是"理科脑袋"了，她笑着说："我好像也想通了，让我先说吧，你来当考官。"姬继昌笑着点头。"诺亚号的分身是它超光速飞行所造成的错觉。在我们的飞船停下时，2.5龙赫的诺亚号几乎同时到达这里，所以我们看见了它，并看着它向前飞行并消失在太空深处。但诺亚号早先在途中的景象却是以1龙赫传播，滞后于2.5龙赫的飞船，形成了一个倒放的电影镜头。在我们的视野中它将一直倒退，30分钟后退到大角星——不，不是30分钟，应该是20分钟，这是图像比实物滞后的时间。"

"完全正确！但倒放的电影镜头将至此结束，此后是正放的大角星爆发的画面。鱼阿姨我很佩服你，你已经67岁了，又一向自谦为'文科脑袋'，实际你的思维非常清晰迅捷，一点儿不亚于专业科学家。"

鱼乐水笑着摆手："别让我脸红啦，瞎猫逮了一只死耗子罢了。"

观察员马鸣把望远镜头对准那只倒退的混沌鱼，大家默默观看。它飞速后退，在太空中形成了一条模糊的踪迹。20分钟后，它一头扎进大角星。从这一瞬间起，倒放的电影转为正放，或者更准确地说，是大角星爆发过程的正放但其中抠去了混沌鱼的图像。它扎进去的地方，即大角星的半径中点处突然出现一个亮斑，那是诺亚号穿越恒星时，其前部激波所造成的恒星物质的局部喷发。但喷发后混沌鱼就凭空消失了！因为它在穿越之后的途中图像已经提前播过了！

然后大角星的爆发开始影响到这片区域，红光漫天而来，引发了天马号的再次报警。但天马号此时已经处于安全位置，红光强度相对较弱，所以姬继昌没有开船,仍在原地观察。

大角星在他们的目睹中缓慢解体,缓缓地扩散,变成一片新星云,星云边缘是大角星往常的橙红色,但因扩散而变淡;而中心是明亮的蓝白色,那是因为大角星内部的高温物质现在都暴露在外了。在蓝白色的背景中还有一个更为明亮的蓝色小球,那是原大角星的日核,刚刚被剥露出来,温度高达上千万度。接着,星云之中突然出现一个边缘整齐的笔直的孔洞,比原来他们看到的孔洞更大,边缘更整齐,透过它能看到星云之后的天幕。这个孔洞并非诺亚号挖出的,而是天马号自己挖出来的,但直到这会儿才被"直播"。至于它此后在途中的图像已经提前直播了,因与诺亚号的途中图像基本重合,所以刚才大家没注意到。片刻之后,新隧道也塌陷了,于是在星云中再次激发了一次更猛烈的海啸。

此时温度已经过高,不能停留了,姬继昌启动了爬行挡的一龙赫飞行。大角星爆发后的强光以相同速度追赶着他们,在屏幕上表现为不变的画面。随着距离的增加,红光的光强逐渐降低,这时天马号就稍做停留,回头观看星云的扩展。这种"边逃边看"的过程持续了几个小时,等飞船距大角星的中心达五个天文单位之后,环境已经足够安全,天马号停止了激发,驻足观看。他们一直观察了几天,直到大角星的急剧膨胀期基本结束,此后它将转为慢速膨胀。

地球人熟悉的大角星,这个天庭的守护者(阿拉伯神话)、大熊的守护者(希腊神话)和苍龙之角(中国神话)从此消失,在原处留下一片扩散的星云,星云中央是一颗白矮星,虽然其表面温度高达上千万度,但因表面积太小,在地球人眼中应该暗淡无光。

大家对死去的大角星进行了最后的凭吊,姬继昌说:

"鱼阿姨,咱们返航吧。不能耽误太久,你还要赶回去为楚叔叔送别呢。"

"好的,返航吧。"

回程中没有其他事的耽搁,飞船就以亿龙赫的最高速度,回头径直穿过那片新星云。以这样的速度,12秒后飞船就能赶回地球了。飞船飞行6秒后,姬继昌忽然停止飞行,笑着对鱼乐水说:

"鱼阿姨，还有你们大家，想必你们还想看看大角星的模样，那就请回头欣赏吧。"

飞船脱离了虫洞状态，外面的视野恢复了。通过望远镜，他们又一次看到了熟悉的大角星，此刻它离飞船有 18 光年，仍安静地待在牧夫星座，完好无损，比地球上看到的大角星要大得多，与几颗成五边形的子星相偎相依。这不奇怪，天马号现在看到的是它 18 年前所发的光。如果在地球上仰望，大角星将生存得更为长久，直到 36 年后才会爆发。一时间大家就像是乘时间机器回到了过去，似乎此刻若调转船头返回大角星，就会看到一个完好无损的原物，对天马号来说只需要 6 秒的时间！当然这是不可能的。假设天马号快速返回并保持着连续的视野，他们将会看到大角星 18 年加 6 秒的历史以高倍速快放，在 6 秒内完结。等飞船回到大角星附近，迎接他们的仍是那个已经变成星云的大角。亿龙赫飞船能看到过去，但不能回到过去。此刻看到原来模样的大角星，鱼乐水心中反倒涌出更强烈的悲凉。她叹息一声，感伤地说：

"不看了，回地球吧。我该去见见我那个只剩脑袋的丈夫了。"

四

雁哨号已经做好了启航的一切准备，仍然定位于哈马黑拉宇航发射场上空的同步轨道上，只等着来为丈夫送行的鱼乐水了。匆匆赶回的天马号停泊在它的斜上方，大家透过透明舱壁看着雁哨号的外貌。此刻它正在展开横杆，两根长达千米的乳白色横杆原来贴在船身上，贴合状态下的船身可以完全包容在虫洞内，因而可以进行虫洞式飞行。横杆此刻以船尾为中心徐徐展开，在船尾拼成一根两千米长的水平横杆，这个长度足以保证其端部的球体凸伸到虫洞之外。从船首向横杆斜向拉了六对乳白色缆绳，一共 12 条。小豆豆也挤在指挥舱里观看，笑着喊：

"这哪是飞船，完全是一座斜拉桥嘛。"

他说得不错，远远看去，雁哨号确实像是一座漂亮的单塔白色斜拉桥。只是横杆很细，和普通电线杆差不多，作为桥身来说显然不像。小豆豆又改口说：

"不，不像斜拉桥，倒像一个长长的哑铃！那俩球球就是楚爷爷的住室吧？"

横杆两端担着两个球体，构成了一个过于纤长的哑铃。球体的个头也不大，大小约为一辆大型汽车。埃玛看看陷于感伤的鱼乐水，小声说：

"对，你楚爷爷的脑袋就住在这里。从头颅引出的血管、神经和空气管道通过中空横杆延伸一千米，一直通到雁哨号本体内，连接到维生装置上。那个球是类中子物质的，球壁有两米厚，特意制造成黑色，以便阻隔辐射。道理你知道的：两个球球在非本域空间里高速行进时，迎面的低能态光子会变成高能辐射。不过球壁不用具备隔热功能，因为与真空的'摩擦'不会产生热量。"

"这些道理我都懂，你不用细讲的。可是，两个球体，一个住着楚爷爷，另一个是空的吗？"

埃玛立即瞄一眼鱼乐水，把这个问题岔过去了。她说，"我给你详细讲讲横杆的结构吧，咱们刚才讲的只是外部的形貌。透过透明的雁哨号船舱你可以看到，横杆的中部绞接着一根较粗的纵杆，与其成丁字状。纵杆从船身中央直通到船首，然后以一个万向球铰与船首相连。它与船体也只有这一处为刚性连接了，其他部分都是柔性密封。你知道为什么要采用这样的浮动式结构吗？"她问小豆豆。

13岁的小豆豆已经学完了大学工科的课程，立即回答："甭拿这样简单的问题来考我，我当然知道。横杆缆索系统与船身之间采用浮动式连接，那么横杆受力变形时就不会影响船身。因为船体绝对不能变形，否则就会影响船外粒子加速轨道的精准。我还知道，横杆和拉索的用材都是乐之友科学院好不容易开发出来的，是以 C_{60} 为基材的新型复合材料，具有超级强度和超级弹性。对不对？还有，横杆采用的是'恒阻力'设计……"

"对极了，对极了，以后干脆你当我老师得了。"埃玛笑着打断了他的话。

这位13岁的小科学家具有丰富的科技知识，可惜在感情领域里仍是个孩子，不知道刚才的问题对鱼阿姨来说过于敏感——另一个中空球体中住着另一个人，一个女人，即那位为楚天乐做了头颅离体手术的伊莱娜教授。在成功做完这个手术后，她没有与任何人打招呼，立即让助手为自己做了同样的手术。等姬人锐闻讯后匆匆赶来，她笑嘻嘻地说：

"我开发的头颅离体手术太奇妙啦，这么好的东西，我可舍不得不用于自身。再说我这样做是为了维护大自然的对称之美——两个球球，不能让一个空着嘛。一边住一个男人，另一边住一个女人，这才符合你们中国的阴阳互补、阴阳合一的哲学。姬先生，你知道我一直未婚，因为我是以科学之神为丈夫，而伟大的楚天乐先生完全有资格做科学之神的肉身。所以，在浩瀚的太空中陪着他，说说情话，来一场柏拉图式的精神恋爱，百年偕老，一定很浪漫的。"

她用半合成声音说话。离体的头颅虽然保留着声带，但缺乏胸腔的共鸣，所以仍需要机械的辅助作用。她说的"百年偕老"并非修辞上的夸张，在非本域空间里做高速运动的两颗头颅，将享受到时间延迟的相对论效应，寿命可延长百年。姬人锐豁达地说：

"事已至此，多说无益，我真诚地为你祝福吧。"

"姬先生，我有一个要求：在我和楚先生之间接一个直通电话，不需经过雁哨号的中转，我得营造一个私密的二人世界。还有，楚先生的躯体火化时，把我的也一块儿火化。"

姬人锐笑着说："只要天乐没意见——我想他不会拒绝一个痴情女子的小小要求——我乐意为你办到。"

楚天乐得知这些变动后相当吃惊，但事已至此，说也无益。他叹息一声，痛快地答应了。姬人锐也通知了另一位"半个当事人"草儿。草儿摇摇头说：

"这个犹太女人啊……我没意见，我妈也不会有意见的。成全她的心意吧。"

这是几天前的事。当天马号得知有关消息后，鱼乐水感伤地沉默一会儿，说：

"按说该由我去陪伴丈夫，只是……替我谢谢伊莱娜教授，谢谢她能陪伴天乐走完人生。"

此后几天鱼乐水有点怏怏不乐。她独自静默,往事如潮水般回流。25 岁那年她毅然决定留在山中,陪伴一位不久于人世的残疾人,那个决定多半是缘于青春的激情,是在冲动中作出的,不过她从未后悔过。她与天乐有了一个值得骄傲的人生,两人都为对方、为世人付出了全部的爱。只是天乐以及她的柏拉图式情人姬人锐在理性之路上的前进过于蛮悍,过于迅捷,她已经追赶不上了。无论如何,她不会认同把人变成靠几根管道吸收营养的头颅,或者变成脱离肉体游荡在电子网络中的幽灵。天乐说,思想与肉体二者的分离是人类进步的必然一步,鱼乐水不想在这个观点上与丈夫驳难,但她不会让这种前景在自己身上实现。

所以,她不愿去飞船陪伴头颅状态的丈夫,更不会像伊莱娜女士那样抛弃躯体陪伴他。可是,想着与丈夫从此成为路人,心中仍是刀割般地疼。毕竟,丈夫的"异化"是为了做一个清醒的雁哨,是基于可敬的动机……

姬继昌过来说,小蜜蜂已经与母船连接,请她乘小蜜蜂到雁哨号为丈夫送行。鱼乐水站起来,说:

"不,为我穿上太空衣吧,我想先到空心球那儿看看。"

埃玛为她穿上带推进装置的舱外太空衣,小蜜蜂把她送到雁哨号横杆端部。她飘飞出来,飞向那个球体。下面是浩瀚的太平洋洋面,一片怡人的蔚蓝;上面是暗色的星空,明亮的繁星如沙粒般稠密。黑色的球体悬在纤长的乳白色横杆上,显得十分脆弱。这时她看见雁哨号的气密门打开了,飞出另一个太空漫步者,是姬人锐。两人的通话器已经接通,鱼乐水担心地说:

"姬大哥,你的身体……"

"别担心,恢复得差不多了。不管怎样,我得同天乐'面对面'告个别。"

两个相随着飞过去,接近球体时姬人锐先停下,让那两口子有个隐秘的说话空间,实际上通话器都是连通的。鱼乐水靠上去,隔着太空衣的手套摸摸球体。为了保护球内的大脑,球体是完全密封的。球体上装有摄像头,外部视野转换为电子信号后再送到楚天乐的视野中,送往雁哨号的观察屏幕上。声音转换系统也是如此。通话器中响起楚天乐的半合成语音,语音的质量很高,与天乐年轻时的声音很相似:

"乐水，我的爱，我已经看到了你迷人的容貌，感受到了你亲切的抚摸——当然是通过电子感受器。"天乐笑着说，"告诉你吧，虽然我被囚禁在重球里，但自打抛弃了那具劣质肉体，我感觉自由多啦。我觉得自己能在星云中遨游，在时间中穿梭。所以乐水你别难过。我会一直在天上注视着你。"

鱼乐水勉强笑道："你怎么变得油嘴滑舌。"她苦涩地叹息一声，"按说我该来陪你的。"

楚天乐郑重地说："乐水你不要这样想。每人都有权按自己的意愿生活，那才是幸福。我已经找到了自己的幸福，所以，你完全不必内疚。"

"天乐你不用劝我，我不难过。"

"托付给你一件事。记得不？我曾说过要活100岁，然后动手写一篇回忆录，叫《百年拾贝》。如今活一百年已经不成问题——现在我抛弃了病残的身体，而且亚光速运动将产生时间延迟效应——只是'动手'有点不方便，哈哈。你替我写吧，每写完一章就用电波发给我和草儿。"

"好的。"

"现在你进舱吧，联合国代表在等着你呢。"

"我去同伊莱娜女士告个别吧。"

她启动推进器离开这里，姬人锐靠过来："天乐，我的好兄弟。"

"人锐，我的好大哥。"

"天乐，我只说一句告别辞：我一点不后悔42年前辞官入山，认识你们夫妻。"

天乐笑着说："人锐大哥，虽说责任不在我，但我老觉得该向你道歉。你已经开始了一个灿烂的时代，我却硬把它中止了。"

"这就是命吧。文章憎命达，魑魅喜人过。月满则亏，水满则溢。上帝不乐意他的子民建成通天塔。不过，新时代的软硬件还都在，如果智力崩溃不出现——不，这个可能已经基本为零了，那就说，如果人类智力能够复苏，重新进入太空时代还是很容易的。"

"但愿吧。你的话：先走起来再找路！"

"对，先走起来再找路！"

"还有，不管怎样，都要——活着！"

"对，活着！"

两人"对面"而笑，心中跳荡着苍凉的激情。姬人锐说：

"天乐，我有个打算要告诉你。你走了，咱们的晚辈都走了，只留下乐水、我、苗杳三个孤老。我俩想搬到山上的贺家，仨人说个闲话也方便。"

"那敢情好，你们俩多费心，替我照顾乐水。"

"互相照应吧。说不定是乐水照顾我俩多些。"

两人依依不舍地告辞。

鱼乐水已经沿着横杆飘飞到两千米外的另一端，现在，她隔着两米厚的球壁同另一个女人相对。伊莱娜说：

"你好，鱼会长。我可以称呼你姐姐吗？"

"当然。你好，伊莱娜妹妹。"

"向你通报一点儿情况。楚先生的躯体已经火化，就在山中那个火葬台火化的，他说不想让你睹物伤情。我的躯体也一块儿火化了，我是为了彻底斩断自己的退路，不想把脑袋再安回去。你可能不知道，我开发的头颅离体手术已经可以双向实施了。"

"谢谢你能陪他，请费心照顾他。"

"那是当然。不过，现在的我只能在精神上照顾他了，但说起精神上的照顾，应该是他照顾我更多一些。你知道，在精神领域里，我对他一向是仰视的。"

鱼乐水心中多少有些担心，她总觉得伊莱娜这个决定带着西方人的冲动，而且其动机中感性大于理性。她的行事令人敬佩，但在漫长孤凄的囚禁生活中，她能坚持到底吗？当然她不会让这点担心外露，只是亲切地同伊莱娜道了别。

姬人锐已经进飞船了，她飘飞到雁哨号的气密门，进去，脱下太空衣。飞船大厅里，几位重量级官员在等着她，他们是：联合国秘书长克罗斯韦尔，联合国安理会轮值主席休伊什，联合国 SCAC 代表德比罗夫上将，中国政府代表、贺国基办事处上届主任林秉章，以及其他国家的政府代表。在场的还有：乐之友工程院前院长姬人锐和现任院长刘苏女士，乐之友基金会现任会长洛威尔，乐之友科学院现任院长成城。陪同他们的是雁哨号船长习明哲和导航员楚草。这些人依次同她握手拥抱，秘书长克罗斯韦尔说：

"现在开始吧。"

休伊什开始讲话。讲话向全世界直播：

我的人类同胞们：

经过多年的讨论，本届联合国大会已经全票通过了有关实施睡美人计划的决议。决议全文随后将向世界公布，我在此只讲讲睡美人计划的要点。雁哨号飞船即将开始为期174年的虫洞飞行，直到那场降低人类智力的疏真空孤立波结束、宇宙恢复到温和膨胀的原始状态为止。在此期间，楚天乐先生作为人类的雁哨，将一直待在虫洞和母宇宙的交界处，时刻观察着地球的变化。同时，地球各国做了周密的准备，对在智力崩溃期可能影响人类安全的所有设施，诸如病毒实验室、基因实验室、核电站、水库蓄水坝、飞机、火箭、化学工厂等，全部设置了自毁程序。一旦雁哨确认人类的智力已经下降到临界点之下，由他发出的一个指令将启动全世界上述设施的自毁过程。到那时，人类文明将暂时沉睡，直到疏真空结束和人类智力恢复时再苏醒。至于各国的武器，已决定将提前销毁。

我们对睡美人计划制定了周密的安全措施。为防止雁哨在长期的独居生活中精神失常，他下达的自毁指令将由飞船船长习明哲先生副签，由执行者楚草女士执行，他们对楚先生的命令各有独立否决权。该二人的心理状态都经过最严格的鉴定，是执行这一指令的最好人选。另外，自毁指令还含有一个简易密钥，如果那时的人类科学家还具有今天一般大学生的智力，就足以解出密钥，从而逆向中止这个指令。

众所周知，在42年前人类得知那场塌天灾难后，在人类自救的历程中，楚天乐先生做出了最为杰出的贡献。现在他又自愿抛弃躯体，把头颅囚禁在一个球体中，充当人类的雁哨。我谨代表联合国，代表全人类，向他致以最诚挚的感谢。伊莱娜女士自愿抛弃躯体以陪伴楚先生，我们也向这位大义的女士致以最诚挚的感谢。

现在，我将代表联合国大会，把人类文明自毁指令，亦即把人类的命运，信任地交于我们的雁哨楚先生之手。

愿人类的诸神保佑人类。

两个工作人员抬着一个金盘，上面放着一个移动硬盘，内含的自毁指令可以直接复制到楚天乐的大脑中。休伊什转向鱼乐水和姬人锐：

"现在请灾变时代的另两位功臣，乐之友组织的鱼乐水女士和姬人锐先生，亲手把磁盘插入电脑。"

两个工作人员把金盘交到两人手中，两人取下磁盘，插到电脑里，把另一份密钥交给船长。楚天乐接受了自毁指令，简单地说：

"谢谢你们对我的信任，我将尽力而为。现在我来对指令做出验证。"

他在脑海中暗诵那个自毁指令。随着他的暗诵，电脑屏幕上出现一个红色开关，开关上罩着两道开关锁。暗诵结束，第一道开关锁应声而开。船长在电脑上打出了另一道密钥，第二道开关也应声而开。休伊什说：

"指令通过。现在，只要执行者楚草用食指按下这个指纹开关，自毁指令就将送往地球。"

草儿用食指按下指纹开关，屏幕上显示：

"自毁程序将在30分钟后启动。如需中止，请在30分钟内重复按三次开关。"

草儿按了三次开关，退出程序。

验证结束，客人们同即将出发的船员们依次拥别，同楚天乐和伊莱娜告别，最后是楚草和妈妈告别。24岁的草儿搂着妈妈，热泪滴落在妈妈的肩头。她说：

"永别了妈妈！我会照顾好爸爸的，你放心吧。"

鱼乐水强忍悲酸，拍拍女儿的后背，安慰她："这不是最后的告别，我还要为你们送上一程哩。"

雁哨号启航了。其他客人乘小蜜蜂返回地球，只有天马号留下。姬人锐的身体基本复原了，也和苗杳留在天马号上，为40年的老友再多送一程。雁哨号的结构属于全新设计，但为了赶时间，没有经过工业性试飞，而是把最开始的一段路程作为试飞阶段。为了安全，天马号要跟着它观察，直到确认成功。这一波开发研制中，为了最大限度地赶时间，各个阶段包括试飞安排得环环相扣。

经历了前一段的天马行空，现在鱼乐水痛苦地感觉到，雁哨号太可怜了，它的飞行是捆着锁链的舞步。它们处于非本域空间，必须遵从牛顿力学和相对论，为了与两个重球保持同步，雁哨号只能以"匀加速状态"缓慢地加速，加速度取定为 $10g$，这是为了让重球中的两颗头颅尽可能舒适，而虫洞内的成员没有加速度。但这种"匀加速"只是直观的比喻，从原理上说，雁哨号是以逐渐加快的断续纵跳来带动两个重球连续的匀加速运动，两种运动之间的差异则由柔性杆件来吸收。

虽然加速度仅 $10g$，但与往日的化学动力飞船也不可同日而语。12天后，雁哨号已经达到秒速十万千米，飞行里程 530 亿千米。它将在加速到半光速后改为恒速飞行。由于行星相位的关系，这段飞行途中只与土星有近距离接触，这颗扁球形的巨大行星浑身布满金黄色的水平条纹，带着它的漂亮星环和十几个卫星，步履从容地从雁哨号的舷窗外闪过。其余时间里，舷窗外只是空旷寂寥的太空，天幕上嵌着一成不变的星图。

雁哨号是专门为低速工况设计的，在时速十万千米的低速下已能勉强做到连续激发，使自身被虫洞封闭，展现在天马号视野中的是一条不发光也不反光的"混沌鱼"。不过，与此前的诺亚号稍有不同，这条混沌鱼并未完全隐身，两个球体及部分横杆还露在虫洞之外。有时天马号仍用"扒火车"的办法进入雁哨号的本域空间，这时能看到两根横杆向后弯曲，形成了一个巨大的弧形，似乎扑面而来的真空对重球的行进造成了阻力。横杆在中间被混沌截断，外部的球体就看不到了。当然，这弯曲并不是因为"风阻"，而是来自重球的惯性，它只在加速过程中存在。横杆和拉索弹性极好，当加速度达到 10g 时，横杆完全折进虫洞内，只把两个球体露在外面，此后，即使加速度再提高，横杆的弯曲也不会加大，所以这是一种"恒阻力"设计。

雁哨号的速度将达到半光速以上，这个速度再加上"恒阻力"设计，可以保证两颗重球经受足够的"真空压缩"，并始终处在虫洞之外。这样，即使人类文明已经沉睡，在地球周围仍有两只清醒的雁哨。

飞行途中，如果天马号在虫洞外，他们能与球体中的两人直接进行无线通话；如果天马号处于虫洞内，则只能通过雁哨号作中介。他们仔细询问着两人的状况。回答说一切正常。他们现在头脑敏锐，精力很好，而且在没有口渴、腹饥、疲倦、性冲动等其他生理因素干扰的情况下，他们能更好地进行理性思维。听到这些消息后鱼乐水很欣慰，但欣慰也是有限度的。因为此刻的状态良好并不意味着永远良好。随着时间的流逝，孤独烦躁将不可避免，那时才是真正的考验。

飞行的最初阶段，飞船一直是背向太阳，后来缓慢转弯，现在已经变为圆周方向。为了随时监测地球的状况，雁哨号应绕着地球旋转，而且越近越好。但飞船速度不能低于半光速，这样才能形成高质量的连续虫洞，从而保持虫洞内的密真空。在半光速的最低速度下，若半径过小将产生过大的向心加速度，超过两颗人脑的承受能力。在引力场中以自然状态做圆周运动的人感受不到这个向心加速度，但在外力强迫下做圆周运动的人能感受到。好在今天的乘客仅是两颗大脑，供血系统的数值可以由计算机任意调整，不会造成加速时的大脑充血，所以可耐受加速度大大提高，可达 100g，但仍是有限的。为了让向心加速度保持在这个数值之下，半径不能小于 220 亿千米，离地球相当遥远了，远在柯伊伯带之外，甚至越出了太阳风的范围。但没有办法，这是多个因素平衡的结果，没办法自由选择的。

所以，雁哨号只有待在地老天荒的太阳系之外，睁大眼睛、竖起耳朵，时刻注意着地球上的动静。在合适的窗口，它将改变轨迹，以大离心率的椭圆轨道深入太阳系内部，从地球旁边一掠而过，这是为了双方便于交流。

"雁哨号习船长，我谨代表天马号通知你，我们的观察证明你船的飞行完全正常。我们决定中止观察，返回地球了。"

"谢谢你们，谢谢鱼会长。可惜我们不能为天马号的环宇之旅送行了。我代表全体船员，预祝大马号在环宇航行中一帆风顺，早日返回地球——当然是从相反的方向。"

"好的，天马号全体船员感谢你们的祝福。现在我想与丈夫和伊莱娜说几句话。"

通话器中换成楚天乐的半合成声音："乐水，请讲吧，我们听着呢。"

"天乐，这次分手很可能就是永别了。我会在地球上时刻关注着你。我马上开始写《百年拾贝》，把咱俩人生中每一片贝壳都捡起来。这本书不光涉及我们俩，也能折射时代的惊风骇浪。"

"很好。写好一章就用电波传给我，我盼着呢。"

"天乐，伊莱娜，临别之际我想坦率地讲讲我的一点忧思。"

"请讲，我俩会认真思考你的话。"

"你和伊莱娜以头颅离体方式做人类的雁哨，这是非常时期采取的非常行动，我完全理解，也表示支持。但最近我越来越觉得这个行动稍显草率，因为头颅离体手术还未经过充分的验证。它能存活多久？能否一直保持清醒的思维？是否确实能保持原来的人格？是否会像其他做截肢手术的人一样患上'幻肢症'——不，应该是'幻躯症'？是否会因长期囚居或幻躯症而精神失常？尤其是你们肩上担负着如此重大的使命。"

"谢谢我妻子的坦率警告。我和伊莱娜会时刻警醒。"

鱼乐水苦笑道："但这也正是我的忧虑所在。正如在逻辑学中的悖论总是产生于自指，一个人能否对自己的精神和理智状态作出客观的评价？恐怕很难。所以，天乐，伊莱娜，请你们在今后的电子交流中尽量保持各自的人格，以便以'互校'方式，作出尽量准确的判断。"

伊莱娜说："好的。衷心感谢鱼姐姐的警告和信任。我会终生铭记。"

"还有习船长和楚草，你们在副签和实施执行时也要坚持自己的判断。尤其是，对你们来说还有父女感情的干扰。你们一定要抛开感情因素，独自做出判断。"

"妈妈，我一定做到。"

"鱼会长，我一定做到。"

鱼乐水笑着说："说点轻松的吧。明哲，你称我鱼会长，但我更喜欢另一种称呼。"

习明哲立即说："妈，请你放心，我和草儿会照顾好爸爸，我也会照顾好草儿。"

"好的，我们该告别了，但愿不是永别。天乐，好好活着，记着我！草儿，好好活着，代我照顾好你爸爸！明哲再见！伊莱娜再见！所有船员再见！"

"乐水，别了！"

"妈妈再见！"

姬人锐也致了告别辞，告别辞很简短："我刚刚和楚天乐先生告了别，就把刚才的告别辞送给大家吧：先走起来再找路！活着！"

两艘船的船员互相告别，天马号退出雁哨号的本域空间。现在，他们看到的是一条混沌鱼及它拖带的两个球体。混沌鱼疾速游过，消失在深邃的太空中，它拖带着的两个球体也很快消失，但它通过球体发出的无线电定位信号始终清晰。

五

返航途中鱼乐水一直沉默着，静静地看着舷窗外的星空。姬继昌理解她的心情，让飞船以低速飞行，保持着对外的视野。姬人锐和苗杳与她相对默坐。另一边的小豆豆对妈妈小声说：

"妈，我发现鱼奶奶很难过，一直不说话。"

"嗯。"

"爷爷奶奶多不懂事，也不知道劝劝她。我去劝吧。"

埃玛笑了："你能劝解她？"她忽然有了主意，"这样吧，鱼奶奶说过，她一直弄不清环宇航行途中如何确定方向。我知道你对此非常精通，你给她讲讲吧。"

"没问题！"小豆豆痛快地答应。他走过来，拉住奶奶的手："鱼奶奶，听妈说你想知道环宇航行中确定方向的原理，我给你讲讲，行不行？"

鱼乐水感激埃玛的用心，笑着说："当然好啊，谢谢我的小老师。"

苗杏也说："豆豆说吧，爷爷奶奶也在听。"

小豆豆说，"其实你的这个问题非常深刻，牵涉到宇宙的本质。如果宇宙是平直的，就如我们直观中的三维空间，而且尺度上非常巨大，甚至是无限，那么，无论朝哪个方向一直向外飞，都无法回到原处。但爱因斯坦说，我们的宇宙是超圆体，因引力而自我卷曲并完全封闭。但三维超圆体从直观上很难理解的，咱们就拿二维宇宙来做比喻吧，行不行？"

"行，当然行。"

"球面就相当于二维超圆体，它因卷曲而封闭，有限，但无边界。球面上处处平权，没有特殊的宇宙中心。生活在球面上的二维人如果想做环宇航行，无论朝哪个方向，只要一直向前走，就会沿着一个大圆，从相反方向回到原处。"

"你说得很对，可是你没说如何确定方向啊。"鱼乐水逗他。

"别急嘛，我马上就要讲到。现在做几个假设：一、假设这个球面的大圆周长是 274 亿光年，半周长是 137 亿光年；二、假设球面中的星系分布均匀；三、假设所有星系的早期都是活动剧烈的星系核，也就是越早的星系就越亮。又因为光线传播需要时间，实际表现为越远的星系其绝对亮度越大。星系一般呈现各向异性，从不同方向看，它们会表现为不同的东西，像类星体、星爆星系、蝎虎 BL 天体、塞弗特星系等。这些分类名字不好记，你甭记它，只记住两点：越早的星系其绝对亮度越大，但从不同方向观察，同一个星系会表现出不同的样子，这就行了。这三个假设做了很大简化，但总体上说符合我们宇宙的特征。"

"好，我记住了。"

"现在，假设在球面上的北极点，有一个二维人在观察她的二维宇宙——注意，在这个二维超圆体世界中，她的目光是要沿着球面弯曲的。她看得越远，纬度圈就越大，因而看到的星系越多。当她的视线越过四分之一周长，看到球面的赤道也就是最大的纬度圈时，看到的星系应该最多。所以，按说在她的星表中，距离为68.5亿光年的星星最多。"

"对，你的比喻很好理解。"

"再往前看，观测距离达到半周长，即137亿光年后，她的视线应该汇聚于球体背面的南极点，在这儿应该只有一个星系。所以他的星表中，距离为137亿光年的星系按说只有一个。"

"好像应该是这样的。"

"可是观察者不知道！她不知道她向各方的视线沿球面弯曲后已经聚到一点，在她的直观印象中会下意识地把球面撕裂并展平，于是她在各个方向的137亿光年处仍能看到很多星系，而且因为方向不同，这个星系表现为不同的东西。"

"啊呀，那个观察者真傻，她的智力大概和我差不多。"

"有关内容如果细讲太复杂，我就做最大的简化吧。那就是：如果在几对相对方向上，寻找到几对离我们最远的类星体，那么，它们很可能就是一个东西。再往下就简单了：认准这个星系，把它作为灯塔，一直朝它飞就是了。等到达这个星系，再一直背对它飞就是了。"

"这样的类星体灯塔已经找到了吗？"

"找到了一对，它俩的形状基本成镜像，红移都超过5，距地球的距离大致为137亿光年。"

"是吗？那太好了，飞船确认飞行方向就很简单了。"

"也不简单。我们看到的是它们在137亿年前的相貌。天马号是亿龙赫飞船，飞抵那儿只要137年时间。但在这趟行程中，那颗类星体会迅速衰老，在137年中走完137亿年加137年的寿命。而且它会在飞船观察者的视野中迅速展开，由一个点变成一个巨大的星系。我们必须学会辨认它。"

"没关系。137年后，我们的小豆豆一定还活着，成了一个经验丰富的导航员。你一定会抓牢它，哪怕它有七十二变。好，我懂了，完全懂了。谢谢我的小老师。"

逃出母宇宙

"爷爷奶奶，你们懂了吗？"

"懂了，都懂了，你讲得这样清楚我们咋能不懂呢。"

小豆豆满意地走了，过去对埃玛低声说："妈，鱼奶奶已经不难过了，而且，那个问题她完全弄懂了，爷爷奶奶也懂了。"

"谢谢，你真是个称职的小老师。你去玩吧。"

小豆豆快活地离开指挥舱。姬继昌打趣道："鱼阿姨，小豆豆说他给你讲解清楚了有关定向的原理。"

鱼乐水笑了："没错呀。他讲得确实非常直观，而且从总体上说大致正确。也许小孩子最适合研究宇宙学，因为宇宙的终极秘密一定是最简洁的。就像哥白尼，用简明直观的太阳中心说代替了托勒密那些烦琐的本轮和均轮。相信等你们回来，有关宇宙学的大学课本一定会大大减薄。"

姬继昌看看她，忽然说："鱼阿姨，我再邀请一次，请你跟我们一块儿去环宇探险吧。我妈坚决不去，我爸当然也去不成，但你是自由之身啊。你千万不要说年纪大了，到飞船上是个累赘。不，你将成为飞船的精神核心，就像是一颗有巨大引力的星系核。这次环宇航行肯定会破解不少未解之谜，比如类星体、暗能量、暗物质、宇宙的临界密度等，而你将目睹这些破解过程。这肯定是一次激动人心的旅行。"

"对，我完全相信。"

"如果你在途中去世，我们会为你举行一次壮丽的太空葬。你将在群星之中得到永生。"

"谢谢，非常感谢。"她笑着看看对面的姬氏夫妇，"但是很遗憾，我和你妈一样，还是要留在地球上。我是一个很恋家的家庭妇女，想守着我在山中那个家，等着我那位只剩一颗脑袋的丈夫。不过，我还是很感谢你的邀请。"

姬人锐夫妇都笑着说："昌昌，别劝了，我们仨你是拆不散的。"

姬继昌叹息一声，不再说了。这三棵老树的根太深，无法移栽到飞船上了。

天马号途中在木星稍作停留，补充了液氢的库存，然后回到地球。姬继昌给船员放了七天假，以便与亲人最后一次团聚。七天后，天、地、人三支船队同时出发，天船队正式开始环宇之旅，其他两队开始以地球为圆心的"智慧保鲜之旅"。这次有众多重量级人物来哈马黑拉航天发射场送行，像联合国秘书长、联合国安理会轮值主席、SCAC代表、乐之友一会两院代表，各国政府代表，中国政府驻乐之友的贺国基办事处主任。梵蒂冈教廷没有派代表前来，但在此前，由教廷宗座圣经委员会主席洛马克主教在罗马主持了一次祈福仪式，为三支船队的成功祈祷，也盛赞这次环宇之旅。仪式结束后，一名促狭的记者问：

"洛马克主教，如果这次环宇之旅最终证明，宇宙中并没有伊甸园，上帝成了无家之人——以科学界对宇宙的认识，这是非常有可能的——请问这会影响到上帝在信徒心目中的地位吗？"

洛马克主教微笑着，给出一个得体的回答："上帝不需要具象的住所，他在我们心中。"

这个机智的回答成了时代的名言。

欢送会上洋溢着欢快的气氛——尽管基调中仍隐隐涌动着悲凉。自从42年前楚-马-格林发现公布，人类在沸水浇顶的灾难中奋力一跳，大力推行了遮阳篷计划、人蛋计划、诺亚计划、智慧保鲜计划、雁哨计划等，这些都是前无古人的伟大计划。人类开始了全新的时代。但所有上述计划都是防御性的，苛刻一点说，只是表现了灾难压顶时的逃命本能。只有环宇航行是进攻性的，至少是攻守兼备的，是本能向理想的升华。人类大踏步走向宇宙深处，这本来是数千年或更长时间才能达到的进步，现在一朝实现了。但欢快中也隐含着苍凉。毕竟这次探险成败未卜，飞船能否在数百年后回到地球实在难以逆料。而且即使它回来了，地球文明乃至人类的智慧是否已经崩溃，也在未定之天。

安理会本届轮值主席休伊什发表了讲话，讲话向全世界直播：

"……人类在发明飞机之前，尽管早就有了对天空的向往和想象，但其肉体束缚在地面，实质上只属于二维生物。此后飞机发明了，人类的肉身得以离开地面，第一次具有了俯瞰地球的目光，它的精神境界就完全不一样了，人类也从二维生物羽化为三维生物。但那时的人类被束缚在局促的近地空间里，只能用目光和想象来试探性地勾勒宇宙，从本质上说只是一种笼中生物。

现在，亿龙赫飞船第一次赋予我们俯瞰胀观宇宙和细察渺观真空的目光，人类将再一次羽化，成为超三维生物。我们的精神将包容数百亿光年的宇宙，包括四维空间和第五维的时间！……"

休伊什请鱼乐水讲几句，鱼辞谢了，把话筒转给姬人锐。姬也想辞谢，想了想，说："我只对我的小孙子说一句：好好干，早点回家，最好给姬家带回来一个外星公主！"

众人欢笑，现场过于凝重的气氛变活跃了。苗杏和埃玛的母亲手拉着手，都在无声地垂泪，鱼乐水把她俩拥在怀里。康平的妻儿也来送行，儿子手里捧着康不名老人的遗像，他们想让老人能看到人类迈向太空的步伐。

远在同步轨道的姬继昌代表三支船队18000名船员向地球作了告别："……再见了地球，再见了人类同胞！我们永远不会忘记地球之根和母族之根，愿人类之树永远长青！"他也向另两支船队告了别："地船队和人船队的伙伴们，当年姬船队的老兄弟们，还有新兄弟们，咱们同时出发但各奔东西，但愿天涯宇角，还有相见的时候！"田咪和马鸣代表两支船队告了别。

三支船队主船的船首各自爆出一团白光，九艘飞船倏忽不见。

第十五章　漂流瓶

我在百岁寿辰的那天凌晨，把这本回忆录赠给那位凶手的儿子，所以，此后克罗斯韦尔秘书长所通报的惊人信息，就没能出现在那本《百年拾贝》的正文上。

——鱼乐水《百年拾贝续》

鱼乐水百岁生日的头天晚上，一个技术小组来到她山中家里。一个大男孩，一个大女孩，都嫩得能掐出水，男女都剃着锃光的脑袋。这是新一代青年的时髦，是出自对四个"太空部落"的崇拜。他们乘的是空中电动车，其燃料就是鱼乐水从诺亚号上带回的新发明：金属氢。这种大众工具不是使用氢聚变方式而是用燃料电池方式发电，廉价、轻便、无污染，操作简便，续航里程超过一千千米。它已经完全大众化了，老少咸宜，保姆刘嫂今天回家度假，就是独自驾驶这种飞车。

两个技术员带来一台仪器，安放在附近的贺家，架起天线。雁哨号每隔十年左右要以大偏心率的椭圆轨道深入太阳系内部，以便就近对地球进行考察。今年他们精心选择了时间和轨道参数，将正好赶在鱼乐水百年诞辰日的晚上零点，以30万千米的最近距离掠过地球，楚天乐将在那一刻为爱妻祝寿。

雁哨号一直以半光速飞行，其虫洞之外的两个球体内有了可以观察到的相对论效应，时间速率是地球的0.861。其通信电波也会因多普勒效应而产生强烈的畸变，这台装置就是对这些因素进行校正，使其复原为正常的通话。当然，有些因素是无法校正的，比如两人对话之间至少为两秒的时间延迟，对此只有听之任之了。

逃出母宇宙

两个大孩子很懂事，知道今晚女主人肯定是心潮激荡，所以把机器调校好，把一个无线话筒送给女主人后，就礼貌地告别，安静地躲在贺家不露面。晚饭后月色很好，鱼乐水出门散步，下意识地走到那三座坟前。这儿又添了姬人锐夫妻的合葬墓。苗杳在晚年选择了土葬，这让姬人锐有点儿为难。他是想要火葬的，就在上面的那个火葬台。那是马氏夫妇升天之处；天乐和伊莱娜的躯体也是在那儿火化；天乐的脑袋如果能回地球，肯定也是选那儿为归宿；鱼乐水百年后自不必说。虽然姬人锐是彻底的无神论者，但还是觉得，几位亲近的人能在一块儿火化，将来唠个嗑也方便。最后他决定死后在这儿火化，但骨灰与妻子合葬，这样就两者兼顾了。

自打天马号上天后，姬氏夫妇就搬到山上了，住在贺家。乐之友为两位退休会长都配了保姆，但他们说用不上俩，只留了一个刘嫂。之后两家实际合为一家，各自都为对方留了一个房间，晚上在哪家聊得晚就不走了。吃饭更不用说，都是在一块儿吃。三人搭伙儿过了七年，83岁的苗杳先走了，其后两人继续搭伙儿过。姬人锐老了之后性格有些变化，思维倒是清晰如常，但感情上有点脆弱。苗杳走后，人锐非常恋鱼乐水，用刘嫂的打趣话：就像孩子恋妈一样。他一直住在这边，不再回那幢房子了。每晚睡前必得同鱼乐水互道晚安的，否则他就睡不安生。在那几年中，他们过得既像朋友，也像柏拉图式的夫妻。

在这当中姬人锐提了一个建议，想在火葬台所临的山崖上刻几个字，算是为死者、将死者和那个时代留个纪念。他说，"马老夫妇和天乐你俩都崇尚简单，我也一样，那就来个最简单的题词吧，只俩字：活着。"鱼乐水同意了。姬人锐打电话请来了吉大可一位学生陈白戈，这人50岁，擅长书法和雕刻。他闻召即来，对姬、鱼非常尊重，一口一个"前辈"，而且事先声明不收费。姬人锐刚说了一句："那怎么行呢？"他一句话堵回来："你再提钱的事我就跟你急！"姬鱼二人只好由他了。

刻字那天，两个老人都去了现场。秋风萧瑟，松涛声声。火葬柴垛下的灰烬已经被风雨洗去，重新堆砌的松木已经干透。姬人锐指指柴垛，笑着说："乐水，这个地方肯定我要僭先了。"乐水笑着反驳："那不一定，不过真要是你先用,我也不会埋怨。"

在錾子清亮的敲击声中,两个一丈见方的大字渐渐成形。字体是狂草,大开大合,夭矫如龙,陈白戈说只有选这种字体才能体现生命的强悍。姬人锐定定地看着这俩字,40年的风雨在心海激荡,一时情不能已,便顺口吟了四句小诗。正专心干活的陈白戈耳朵很灵,听见了,立即说:

"姬前辈,你吟的诗很有味,我把它也刻下来吧。"

姬人锐笑着拒绝,说我那也算诗?糟蹋圣人。我的智商中从来不包括文学细胞,你别让我把脸丢到千秋万代。陈白戈笑着说:

"那可不好说,诗外之人无意中也能咏出千古名句。就像南北朝的武将曹景宗,有一次酒醉,强求与名士们唱和,结果写出了南北朝唯一的豪放派诗歌。就是那首'去时儿女悲,归来笳鼓竞。借问行路人,何如霍去病'。前辈,你这首小诗同样苍凉凝重,很有诗味儿。"梁朝的曹景宗累立军功,为右卫将军。一次梁帝于华光殿宴饮联句,未让景宗参与,景宗意色不平,梁帝劝说:"卿伎能甚多,人才英拔,何必止在一诗?"这句话说白了就是:"你一个武将,何必在写诗上丢人?"但景宗已醉,强求不已。于是给他"竞、病"韵,没想到景宗操笔而成。

鱼乐水也怂恿着刻上它,最后姬人锐让步了,但不许注明作者。陈白戈说干就干,立即在旁边新錾出一块区域,临刻字前想了想,说这首小诗用魏碑体吧,算是与那边的狂草互为对照,因为生命既有强悍跳荡,也有舒缓凝重。于是在原刻字旁边有了一首以这俩字为诗题的19字小诗:

活 着

生命是过客,

而死亡永恒。

但死神叹道,

是你赢了。

两人搭伙儿过了四年。人锐去世前一天,已经意识到生命即将终结。他

逃出母宇宙

坚决不让乐水和刘嫂通知乐之友,说他一向主张人要死得有尊严,所以不想经受那些折腾人的安慰治疗。那天他要乐水陪在床边,听她絮絮说着50年的往事。他目光明亮,安静地听着。只是偶尔插几句。晚上他声音细弱,断断续续地说:

"乐水……你累了,回你房间……好好……睡一觉。"

"好的。你也好好睡一觉。"

姬人锐微微一笑:"没说的,我这一觉……笃定……睡得安稳。乐水,雁哨号……回归时,替我问候……天乐和草儿。"

鱼乐水柔声说:"我会的。"

"昌昌、洋洋、柳叶他们……如果有信,到我坟上……说道说道。"

"我会的。"

"真盼着……有来生啊,可惜……你去吧,走前亲我一下。"他的唇边浮出笑意,"要情人式的吻。"

鱼乐水笑着俯下身,在他双唇上留下一个情人式的热吻。两人互道晚安,各自回房间睡了。就在那天晚上,姬人锐安然去世。

时间在她的回忆中逝去,现在已经是夜里11点。探家的刘嫂不放心这边,也知道鱼乐水一向睡得晚,这时打了电话问安。鱼乐水说:"一切都好,因为在等12点的电话,所以我干脆不睡了。"她独自来到户外,仰视暗蓝色的星空。她在牧夫座找到了那颗明亮的大角星,它仍安然无恙,五颗漂亮的子星陪伴着它。诺亚号撞碎大角星是33年前的事,但地球上在3.5年后才能看到爆发场面。对于目睹过那个场景的鱼乐水来说,这36.5年的等待未免过于漫长,有时候,在老年人的思维恍惚中,她会觉得那只是一场梦,而大角星应该是完好无损,而且就这样走完它的天年。当然,这是不可能的,毁灭的大角星永远不可能重生了。

这会儿雁哨号已经快"回家"了吧。这些年她同天乐一直保持着密切的联系,但毕竟距离太远,一般情况下通话会有近一天的延迟,所以只能像古人那样"书信往来",无法进行直接对话,像今天这样的机会是很少的。

497

百岁的鱼乐水已经心静如水。她的一生可谓绚烂多彩，如今绚烂归于平淡，她唯一的工作便是写那本《百年拾贝》。书稿已经杀青，也许再添上今晚的经历，就可以捆上丝带，安放在保险柜里了。她的智力早就过了巅峰期，以她的年龄看，这属于正常的生理性变化。但全人类的智力也早就过了巅峰期。天乐那个时代天才飞扬，各种突破如礼花般绚烂喷射，但现在喷射已经接近尾期，光芒暗淡多了。这样普遍的智力衰退，就只能用真空的由密转疏来解释，现在密真空的峰值已经过去43年。所以，那个泡利公式虽然无法用实验验证，但无疑是正确的。

这会儿书稿就放在她膝盖上，她坐在石坎上仰视星空时，两手轻轻抚摸着笔记本柔软滑腻的皮质封面。这部书稿她满可以直接在电脑中写，但当年分手时，只剩一颗脑袋的丈夫曾开过一个玩笑。他说："你代我写吧，我再'动笔'不方便。"既然丈夫这样说了，她决定真的"动笔"。她用的是一支特制的笔，既能在日记本上留下碳素墨水的清晰笔迹，也能把所写内容同步输入电脑，每完成一章后就传送给丈夫，这也是丈夫当年的嘱咐。

这本书稿以平静的语调记录了她的百岁人生，主要是和天乐第二次相遇后的75年人生，因为那也是人类社会突遭灾变、几死几生、大悲大喜、大起大落的时期。毫不夸张地说，这75年浓缩了人类千年的历史，实现了数千年才能实现的科技突破。上帝不经意打一个尿颤，便累得他的亿万子民如蝼蚁般仓皇，其中也升华出生命的壮美。如今惊涛已经退去，海滩上只余下满地贝壳。如今她把残贝细心地捡拾起来，默默欣赏残贝上天然的虹彩。

月亮在山凹中升起来了，光华清冷，如梦如幻，一生的场景在朦胧的月光中闪现……天乐坐在行李卷上吹泡泡，认真地说："我朝一个吹好的大泡泡横吹一口气，它本该碎的，但它没碎，又分成几个精美的小泡泡，这里有上帝之手在干涉……"马伯伯平和地说："人活着是为了享受活着的乐趣，不是为了逃避死亡。因为无论是个体，是人类这个物种，还是宇宙，所有一切的死亡都无可逃避……"天乐睡在床上，她俯身吻了他，笑嘻嘻地说："我留下不走啦。不过啥时候我累了，觉得和你生活在一起是痛苦而不是快乐，我立马就走，不带打哏的……"天乐妈困惑地说："我的天爷！闹了半天，原来啥子天塌地陷只是老天爷打了一个尿颤?……"公婆,此后还有姬人锐,都在火葬台上变成了袅袅上升的白烟,白烟隐着三人的灵魂,一只苍鹰飞来把它们驮走了,升入天堂。丈夫和伊莱娜只火化了躯体,他俩的灵魂应该还在两颗大脑中吧……柳叶、洋洋、昌昌并排立在她面前,认真地交代:"这30年来我们一直被包在虫洞里,没办法和你们联系。但我们放了十几个漂流瓶,你们收到没?……"

鱼乐水突然惊醒。原来她已经进入浅睡,把真实回忆和梦境揉到一块儿了。这些回忆在她一向平静的内心中激起了涟漪。今年是宇宙开始收缩的第105年,再过19年,收缩波将结束,宇宙会恢复到原来那个温和膨胀的真空,严格说是零真空。然后,下一个暴胀的孤立波就要开始。它真的会带来人类的智力崩溃吗?如果会,人类社会将变成什么样子啊。

鱼乐水叹息一声。无论如何,她是看不到那个场景了,但天乐能。由于半光速飞船的相对论效应,再加上维生装置对他的头颅的精心维护,他至少可以再活80年,那是疏真空达到峰值的时刻。说不定他能活一个半世纪,看到宇宙恢复原状。有他充当人类的雁哨,鱼乐水可以放心地瞑目了——只要天乐本人始终保持着他的智力和人格。

时间快到了,鱼乐水回到屋里。时钟敲响零点时,通话准时开始。

"乐水,我是天乐。我现在离地球31万千米。"

鱼乐水脑中闪过这样的图像:一条混沌鱼风驰电掣地深入到地球的绕日轨道之内,然后以大曲率掠过地球。雁哨号的两个球体理论上是可见的,此时地球上所有的天文望远镜都在瞄着它们所在的方位。但它们不发光,速度也太快,不一定能发现。"天乐,我听见了。此刻你怎么样?我知道,当你以大曲率掠过地球时,向心加速度要大大增加。"

两秒的通信延迟。

"还行,短时间中能够承受。乐水,按老规矩吧,通话前先轻松一下。"他是要进行一两个智力小游戏,这其实是对对方的考察——考察对方在密真空变化后是否还具有正常的智力。智力游戏很浅显,因为考察只须验证对方有"普通人的正常智力"即可,并不需要验证对方是天才。"先猜一个汉字的字谜：一字十笔成，无竖也无横。"

"我可是百岁老朽啦，脑筋迟钝得像蜗牛，你真是难为我。"鱼乐水笑着埋怨，然后想了想说："是爹妈的'爹'字。"

两秒的通信延迟。

"猜对了！你说什么头脑迟钝，我看一点儿也不迟钝。再来一个谜：清明去上坟，两人哭一人。一人哭的是老丈人的女婿，一人哭的是女婿的老丈人。问这两人是什么关系。"

"这道题考不倒中国人，你最好拿它去难为西方人。"鱼乐水笑着说，"是一男一女。男的是女人的姐夫或妹夫；女的是男人的小姨子或大姨子，即男人妻子的姐妹。"她顿了一下，"这个答案不好，姐夫哥拉着小姨子一块儿上坟，这不大合中国的习俗。那就改改答案：应该是一对夫妻一块儿上坟，祭奠女方的前夫。"

两秒的延迟。

"对！现在轮到你给我出题了。"

这种智力考察向来都是双向的。鱼乐水笑着说："我对你的智力状态没有怀疑，我考考你的记忆力吧。你记得咱俩在火葬台度过的那晚吗？就在那晚你发现，局域塌陷的边界处并没有逆向湍流，人类可以逃生。"

两秒的延迟。

"对，我当然记得，还是你把我背去的，你说是孙大圣背红孩儿。"

"你当时努力抓住这句话带来的灵感，完成了认识上的突破，然后又睡着了。"

"对。"

"睡着后你还说了梦话。你说：'很抱歉我不能在性生活上满足你，你不要苦自己，找一个好男人陪你。'这句梦话你记得吗？"

回话延迟。鱼乐水隔着30多万千米的距离，仔细倾听丈夫的心声。这个问题并不是随意问的，她不怀疑丈夫的智力，但担心丈夫的心理状态，毕竟他是以一颗头颅的状态孤零零地囚禁在全密封的单人牢笼里。她相信丈夫的善良和仁厚，但也在侧耳倾听着丈夫心理上的任何不正常。她今天有意以

"私情"来刺激丈夫,是想观察他的应激反应,因为男人的嫉妒心是最强大的本能之一,最能泄露他的真实心理状态。两秒的时间延迟过去了,丈夫还没有回答。不过也许这是因为飞船此刻离地球的距离拉远了。三秒过去了,那边有了回答:

"哪有你这样的古怪考法,考问对梦话的记忆?"那边笑着说,"不过正好我记得。这确实是我在梦中说的,但也可以说是我有意在梦中说的,所以我能记得。但我知道,自那之后你其实一直在苦自己,并没有婚外情。你可能曾对姬人锐有意,但依我的感觉,你俩最终没跨过这一步。乐水,我太自私,从理智上我该唱'妹妹你大胆地往前走',但感情上的纠结使得我最终没有说出口。"

鱼乐水得出判断:丈夫的心理状态仍保持正常。她笑着说:"好啦,感谢你的'理智意见',也理解你的'感情纠结'。你的猜想是对的,当我想履行'把爱情与性欲分开'的约定时,我确曾属意姬人锐,但最终我们并没越过朋友的线,因为后来我逐渐觉得,爱情和性欲还是不能分开的。天乐,时间宝贵,说正事吧。"

仍是三秒的延迟。看来刚才的延迟加长,确实是因为距离的增加,而不是丈夫回答前有过迟疑。

"今天最大的正事就是祝你生日快乐。我让乐之友的办事员代订了生日蛋糕和鲜花,明天会送来。"

"谢谢。天乐,你的百岁生日——按地球时间——也快了,但我不一定能熬到那个时候了。"

四秒的延迟。

"我想一定能。即使你没能活到那一天也没关系,在你我的心境中,生死的界限已经很模糊了。可惜你一直不认可那种脱离肉体的生存,否则我真想把你的思维复制过来,与我融为一体。"

鱼乐水笑着说:"这事就不必说了。对了,姬大哥去世前托我向你道歉,说他未经允许就占用了楚家的火葬场。他说,虽然他不相信灵魂不死,但他仍愿意和咱爹妈、你、我死在一块儿,在另一个世界里继续搁伙计。"

五秒的延迟。

"没说的,可惜我在那儿火化的只有躯体没有脑袋,眼下没办法和他聊天的。等百年后,雁哨号回到地球后,把我的脑袋在那儿补行火化吧。"

飞船即将远离地球,楚天乐抓紧时间通报了一些他监测到的情况。这些内容都已用压缩信息方式通报给地球,但天乐愿意把其中重要的部分亲口告诉妻子。雁哨号虽然一直保持虫洞飞行,但通过处于大宇宙的两个球体,一直对大宇宙进行着观测。那个压缩孤立波的周期已经精确测定为123.61年,将在十九年零三个月后完全过去。目前恒星蓝移值已大大回落,其变化符合公式计算;据他的测试,地球人的智力目前尚能保持正常,但显然过了巅峰期,快要回到空间暴缩前的正常水平了。雁哨号船员的智力则保持在较高水平;其他飞船:诺亚号和天、地、人三队飞船,都处于连续虫洞状态,不可能与外界有任何联系,所以他们的情况无法得知。"好了,我不说了。伊莱娜想对你说几句私房话,所以我会把这边的通信切断。乐水,再见!"

通话器转到伊莱娜那儿。双方对话中的延迟更长了一些,而且越来越长。

"鱼姐姐,你好。"

"伊莱娜妹妹,你还好吗?"鱼乐水小心地问。伊莱娜的通话要避开天乐,让她心中有不安的感觉。

"不好。"伊莱娜直率地说,"囚居生活太久了,33年了。我心情不好,很烦躁。我无法自我调整。"她补充道,"我瞒着楚,但他肯定有所察觉。鱼姐姐,我看来高估了自己。我原以为我对楚的强烈爱情足以支持我战胜囚居生活的枯燥,那是柏拉图式的爱情,是理性的东西,与肉体和肉欲无关,在太空的寂寥中也能保持常青。但我难过地发现,当我失去了肉体,失去了性器官和性腺后,我的理性激情逐渐消退了。"

鱼乐水一时不知道该如何安慰她,对方下边的话更让她吃惊:"鱼姐姐,你在那篇著名的访谈中说过,人活着是为了享受活着的乐趣。既然生活对我已经没有乐趣,我想不如把它结束。虽然没有手脚,我也能设计和实施自杀,这没问题。我只是担心这会给楚带来过重的痛苦,毕竟这33年来我俩一直互相慰藉。"

鱼乐水已经想好了如何回答,笑着说:"既然有这样的担心,证明你的激情并未枯萎啊。伊莱娜，你当然知道体育运动中的生理极限。极限到来时运动员会濒于崩溃，但只要熬过极限，就会重新走上坦途。现在你遇到的就是心理上的极限，熬过它，快乐就会重回你的心中。这样吧，你再坚持五年，我也坚持着多活五年，五年后的通话中，咱俩对这句话来个验证，如果你仍未能走出阴影，我陪你一块儿自杀——我不吃亏的，那时候我已经是105岁的老人精啦。怎么样？"

五秒的延迟后，伊莱娜平静地说："好吧，我同意这个约定。鱼姐姐再见，你抓紧时间同草儿通话。"

"再见。"

鱼乐水又同草儿通了话。草儿的儿子宇儿、女儿宙儿都十几岁了，草儿让他俩喊外婆，但俩孩子对这位从未谋面的外婆显然很生疏。这不奇怪，鱼乐水虽然参观过诺亚号的生活，甚至在天马号上有短暂的驻留，但她还是无法真切想象，在那条被虫茧严密包裹着的雁哨号中，这33年是如何一步步走过来的。也许宇儿和宙儿已经像天使那样，成了没有七情六欲的理性纸片人？一想到这儿她就心疼，但这是没法子的，你不能要求"无根"的太空人和有根的地球人具有同样的人格。她与草儿互相叮咛，嘱咐她好好照顾爸爸。又同女婿习明哲抓紧时间聊了两句，那是个性格稳重大气的男人，把丈夫和草儿托付给他，可以放心。

对话迟滞越来越长，最后他们道了再见。这次再见很可能是永别了。

雁哨号转过了椭圆的陡弯，加速离开地球。通话结束了。两个技术人员收拾了装置，同女主人道了晚安，乘空中电动车离开。

鱼乐水送他们升空后，没有马上回屋，静静地伫立在山风和月华中。伊莱娜的倾诉更加重了她对雁哨号船员和丈夫的担心。船员们相对好得多，他们有健全的躯体，有千人规模的集体生活，还有最能分忧的孩子，所以应该能保持心理健康。但丈夫呢？他与伊莱娜可以说是同病相怜，当然，丈夫的意志力可能强于伊莱娜，但高强度的合金钢也会疲劳的。

忽然一个身影从阴影处出现，在她惊诧的目光中从容走过来。这是一位五十岁左右的男人。她忽然想起似曾相识的一个场景：当年那位想杀害丈夫的凶手，就是这样藏在黑影中。由于这点回忆，她立即认出了来人的身份——是那位凶手的儿子，因为两人的相貌酷似。虽然当年她与凶手相处时间很短，又是在极度的震惊中，但鱼乐水素来对人的相貌有超强的记忆力。

那个男人平静地注视着她。鱼乐水问："你是……那人的儿子？"

"对。你不记得他的名字？"

鱼乐水抱歉地说："真对不起，我确实忘了。毕竟是五十多年前的事了。"她指指远处，"在那边有他的坟墓，但没有立碑，否则我也许能记得。"

男人冷冷地说："看来他死得真是不值，连被害者都记不住他的名字。"稍停他说，"他的坟我看过了，维护得很好，坟顶还摆着一束花，应该是清明节放的吧。谢谢你们。"

"不必客气。离它不远就是天乐亲爸的坟墓，后来又加上姬人锐夫妇的合葬墓，我一向同时祭奠三家死者。每年三次：清明、十月一、春节。"她顿了一下，皱着眉头说，"该死，连天乐亲爸的名字我也想不起来了，因为他的坟上同样没有石碑和名字。我毕竟是百岁老朽，记忆力不行了。能否告诉我你的名字？"

"当然可以。我叫何明，是何星的遗腹子。"

"何明，何星，这回我不会忘记了。"说完这些话两人沉默了。鱼乐水没有问他来干什么，想来他自己会说的。那人说：

"原谅我深夜闯到这儿，我是想重走一遍父亲走过的路，体味他当时的心境。鱼女士，我不会像父亲那样行凶。我来这儿是想公开告诉你，我会扯起反旗，反对楚天乐这位人人仰视的圣人。"

鱼乐水忽然省悟，想起何明这个名字了，他是一个秘密组织的首领，该组织的宗旨就是反对睡美人计划。乐之友和联合国早就知道了有关情报，但并没有采取任何行动。两者都觉得，为了让睡美人计划尽量稳妥地实施，有一个反方组织的存在并无害处，甚至是有益的。警方暗地里了解了这个组织的成员，包括其首领何明，认为他们并非恐怖分子，而是脚踏实地的知识分子，他们的反对是出自对人类的责任心。此后警方没有为难他们，只是暗地里继续关注。她平静地说：

"楚天乐绝不是什么圣人。但我很乐意听一听你为什么反对他。"

"他预言了一场人类智力崩溃的灾难，但纯是使用推理和类比，没有任何实证。现在，人类文明即将因一个人的命令而主动停摆，恢复到刀耕火种的蒙昧时代，甚至茹毛饮血的蛮荒时代，这太荒唐了！尤其是，这个圣人现在只剩下一颗脑袋，独自囚禁在金属的牢房中，说不定早就是个疯子了！所有同意把人类生死之权交给他的人，也都是疯子！也许你会说，他的命令必须有一人副签，一人实施，这两人都有否决权；地球方面还可以反向破解。但这些都是过于儿戏的防护，如果他心存恶念，完全可以想办法绕开这三道防护，在瞬息之间让地球文明倒退一万年。"他补充说，"我是联合国'睡美人计划'中国分部的一位高级主管。作为圈内人，我比别人更了解这些危险。"

他说完后，鱼乐水沉默一会儿，柔声说："不久前我刚刚同丈夫通完话。按照惯例，我们要对对方的智力状态来个小测验——不，你先别说那同样是儿戏，请耐心听我说完。但我今天并没有测验他的智力，而是有意向他提及我同另一个男人的私情。知道为什么吗？"

男人看看她，没有回答。

"我是有意拿最敏感的问题来测验他的心理状况。我并不是说他已经有了什么危险的变化，不，截至目前什么都没有，但谨慎总是好的。你看，我和你有同样的担心，所以我们两个不是敌对关系，而是同盟军。"

何明没有想到楚的恩爱妻子竟是这样的态度，一时倒愣住了。

"我们可以共同做这件事。考虑到我年事已高，余日无几，我打算现在就把重担托付给你。我刚刚写完回忆录《百年拾贝》，详细记录了我俩的一生，这对了解他的性格为人应该大有裨益。我想把它交你保存和使用，你可以依此建立一个精确的固定坐标系，来对比他的人格和行止有没有变化或偏差。你愿意接受它吗？"

她手里托着那本皮封面的日记本。何明踌躇片刻后说："谢谢。我接受。"

鱼乐水的态度转为严厉："但你在行这件事时必须客观公正。坦率地说，从你刚才的言行中，我嗅到了一些偏激，那也许是得自你父亲的遗传。我也嗅到了愤懑不平之气，那是因你父亲的悲剧而生发。对于你要完成的使命来说,这些都是要不得的干扰,必须完全摒弃。你能做到吗?"

何明想了想,坚决地说:"我能。"

"好,让咱们握握手吧,就算是签约了。"

两人握手。握手时四目相对,但都没说话。何明把日记揣到怀里。鱼乐水说,"你可以先到屋里休息,等天明我唤直升机来送你走。如果你不想惊动别人也可以,明早保姆就回来了,可以用空中电动车送你走。"何明摇摇头说,"我还像来时那样步行下山,我就是想体味这样的心境。"他道了别,脚步声渐渐隐没在夜色中。

鱼乐水目送他远去,听到屋里的电话铃声。她赶快回屋打开话机,是联合国秘书长克罗斯韦尔的。屏幕中他说:

"咱们之前说定,明天我要去你那儿祝寿。不过我刚刚听到一个消息,想提前告诉你,这样的话,也许明天在我见你时,就能听到一个睿智的意见。说来惭愧啊,楚先生离开地球这33年,人类社会忙于防御智力崩溃的灾难,几乎没有像样的科学探索。你知道,这些年只建了一艘亿龙赫飞船——凌波号,一个月前开始试飞,今天刚回地球。"

"是不是有了柳叶他们的消息?还是姬继昌的?另两支船队的?"

"哈,你像我一样迫不及待!告诉你吧,是有关诺亚号的。凌波号在距太阳系110光年处,拾到一个他们施放的漂流瓶。那个玩意儿在不停地发射电波,但如果没有碰上凌波号,地球到110年后才能收到信文。"

他在电话屏幕上向这边展示漂流瓶的实物。它并不是瓶状,而是一个镜面圆球,以旁边的人手做对比,它不比篮球大多少。球的上下各伸出一根天线。没有看到动力装置,也许是隐在球体内的。"什么内容?好消息还是坏消息?"

对方的回答有点犹豫:"算是中性的吧。你不妨先猜一猜,放飞你的想象!"

鱼乐水首先想到了姬人锐说过的笑话,笑着问:"天使娶了一个外星公主?"

"你的猜想太不科幻啦。不,信中内容应该算是一次大的理论突破,只不过——我不知道它是福是祸。"

他借助屏幕,向这边展示了信件的主要内容。临结束前他说,这些消息当即就通知了雁哨号,当时它距地球还只有不到50光分的距离,所以楚天乐先生这会儿已经知道详情了。秘书长道了晚安，挂断电话。

鱼乐水回到床上睡下。明天，世界上很多首脑要来为她贺寿，她曾尽力劝阻，但没有效用，众人说这是百年寿辰，无论如何也要亲来。有这么多人要应酬，今晚必须眯一会儿。但她这会儿睡不着，脑海中播放着信文的内容。

克罗斯韦尔说得没错，信中内容应该是一次大的理论突破。要点是这样的：

在相对论体系中，当物体在普通三维空间做高速运动时，时间速率会变慢。两者有一个简单的关系即洛仑兹公式，它就具有泡利爱说的那种简洁美。这个关系是经典的、确定的、符合因果律的。它可以称为"一阶时空的因果律关系"；

三态真空理论中，当物体在借助于二阶真空泡飞行时，它相对于本域空间并无运动，所以其时间速率不受相对论效应的影响，仍是静止时间；

但现在诺亚号发现，有关虫洞飞行的结论只适用于本域空间，而不能贸然推广到非本域空间。也就是说，飞船时间速率相对虫洞内的那个喇叭形空间是不变的，但相对于外面的大宇宙来说就可能有变化。怎么变？很可惜，速度和时间的关系不再是经典的、确定的、符合因果律的。对它只能用量子效应中的概率来描述。可以称之为"二阶时空的概率关系"。诺亚号当年在观测宇宙胀缩周期时产生的误差，就是由这种效应引起的。至于有没有三阶、四阶的时空关系，现在还不能断言。

具体来说，当虫洞式飞船经历了长期的高龙赫飞行后，飞船时间速率相对大宇宙来说，可能加快，也可能变慢。所以，当这些飞船回到大宇宙后，可能回到现在，或回到过去，或去往未来。不过根据理论计算，三个特定的时间点具有最大概率，即：

现在，相对飞船出发时刻的"现在"；

宇宙肇始；

宇宙末日。

信件末尾有一句祝词。

人类，为我们祝福吧！

看了祝词，鱼乐水敢肯定这封信件是天使执笔的——在他心目中，地球人和太空人已经是互相独立的两个物种了。

这个理论很直观，鱼乐水以其百岁的衰退智力，以其处于低度密真空的衰退智力，也能轻易地看懂它。她在猜测着：在发现这个理论后，诺亚号还会继续飞行吗？继续飞行就有更大可能偏离现在，掉到宇宙肇始和宇宙末日。还有，其他船队能独自做出这个发现吗？地球有没有办法通知它们？很难通知的，对于这些亿龙赫飞船，即使"扒火车"的办法也行不通了。但是，如果这些不知情者懵懵懂懂地一直飞行，那么，由于超高的二阶真空激发强度带来的超高速度，他们的时空坐标更容易偏离中值，从而掉落到时间的开端或尽头。

克罗斯韦尔说明天想听到她的睿智意见，可惜她没有，但天乐可能有，他是理性大海上的弄潮儿，喜欢接受这样的挑战。也许克罗斯韦尔明天来时，口袋中已经装着天乐的回复，一个简洁明晰的回复。

但愿吧。她揣着这个愿望躺到床上。

活着真难啊。对于无智慧的生物来说很难，对于有蒙昧智慧的先人们来说很难，对于已经差不多进入科学自由王国的新人类来说，同样难。只是难的内容和程度不同罢了。

但再难也要活着。活着不是为了逃避死亡，而是享受活着的乐趣和痛苦。当生命处于绝境时，不能绝望，先走起来再找路。鱼乐水在这些漫然思绪中逐渐进入半睡半醒状态。她看到面目狰狞的死神蹲伏在前边的山顶，它脚下的山峰由无数的死尸所堆成；但死神的神情沮丧、妒忌、惨然。它喃喃地说，"我杀死了所有的生命，但最终是我输了。"

在她的蒙眬思绪中，天色渐渐放亮了。